阴法鲁 审订

吉林文史出版社

国学普及文库

昭明文选译注

第二册

主编 陈宏天 赵福海 陈复兴

目 录

情

补亡

述德

劝励

献诗

公宴

祖饯

咏史

百一

游仙

招隐

反招隐

游览

咏怀

哀伤

赠答一

赠答二

幽通赋一首

班孟坚

题解

《幽通赋》是班固青年时代的作品。《汉书·叙传》说:"固,弱冠而孤,作幽通之赋,以致命遂志。"盖"幽通",乃为幽思而致通达之意。诗人认为天地之间,万事万物都在时刻变化,社会生活中的许多事物,又很乖违错杂。因此,人生的祸福辱荣,常是不可预测。为了保身荣名,为后世遗则,就当精诚神明,以圣人之道为用,顺应天性,守道不移。忧伤夭物,悲辱莫痛。班固所生之东汉明、章二帝时代,贤良路塞,朝廷挤满邪佞不肖,《幽通赋》借述世事乖违错谬,实有讽刺时政之意。

《幽通赋》是一篇骚体赋,以抒情为主。但在抒情之中,还是恣意敷陈。诗人从他的家世到自己的幽思,从世事的乖违错谬到圣人的后世遗则,还是采取敷陈叙述的笔法写出的。赋文写得笔酣情浓,感情真挚深沉,很有感人力量。但铺排典故过多,显得冗赘重复。

原文

系高顼之玄胄兮[1],氏中叶之炳灵[2]。飖颽风而蝉蜕兮[3],雄朔野以飏声[4]。皇十纪而鸿渐兮[5],有羽仪于上

京[6]。巨滔天而泯夏兮[7]，考遘愍以行谣[8]。终保己而贻则兮[9]，里上仁之所庐[10]。懿前烈之纯淑兮[11]，穷与达其必济[12]。

咨孤蒙之眇眇兮[13]，将圮绝而罔阶[14]。岂余身之足殉兮[15]，违世业之可怀[16]。靖潜处以永思兮[17]，经日月而弥远[18]。匪党人之敢拾兮[19]，庶斯言之不玷[20]。魂茕茕与神交兮[21]，精诚发于宵寐[22]。梦登山而迥眺兮[23]，觌幽人之仿佛[24]。揽葛藟而授余兮[25]，眷峻谷曰勿坠[26]。昒昕寤而仰思兮[27]，心矇矇犹未察[28]。黄神邈而靡质兮[29]，仪遗谶以臆对[30]。曰乘高而遌神兮[31]，道遐通而不迷[32]。葛绵绵于樛木兮[33]，咏南风以为绥[34]。盖惴惴之临深兮[35]，乃二雅之所祇[36]。既讯尔以吉象兮[37]，又申之以炯戒[38]。盍孟晋以迨群兮[39]，辰倏忽其不再[40]。

承灵训其虚徐兮[41]，伫盘桓而且俟[42]。惟天地之无穷兮[43]，鲜生民之晦在[44]。纷屯邅与蹇连兮[45]，何艰多而智寡[46]？上圣迕而后拔兮[47]，虽群黎之所御[48]？昔卫叔之御昆兮[49]，昆为寇而丧予[50]。管弯弧欲毙雠兮[51]，雠作后而成己[52]。变化故而相诡兮[53]，孰云预其终始[54]。雍造怨而先赏兮[55]，丁繇惠而被戮[56]。栗取吊于逌吉兮[57]，王膺庆于所戚[58]。叛回穴其若兹兮[59]，北叟颇识其倚伏[60]。单治里而外凋兮[61]，张脩襮而内逼[62]。聿中和为庶几兮[63]，颜与冉又不得[64]。溺招路以从己兮[65]，谓孔氏犹未可[66]。安慆慆而不萉兮[67]，卒陨身乎世祸[68]。游圣门而靡救兮[69]，虽覆醢其何补[70]？

固行行其必凶兮[71]，免盗乱为赖道[72]。形气发于根柢兮[73]，柯叶彙而零茂[74]。恐魍魉之责景兮[75]，羌未得其云已[76]。

黎淳耀于高辛兮[77]，芈强大于南汜[78]。嬴取威于伯仪兮[79]，姜本支乎三趾[80]。既仁得其信然兮[81]，仰天路而同轨[82]。东邻虐而歼仁兮[83]，王合位乎三五[84]。戎女烈而丧孝兮[85]，伯徂归于龙虎[86]。发还师以成命兮[87]，重醉行而自耦[88]。震鳞漦于夏庭兮[89]，匝三正而灭姬[90]。巽羽化于宣宫兮[91]，弥五辟而成灾[92]。

道脩长而世短兮[93]，敻冥默而不周[94]。胥仍物而鬼諏兮[95]，乃穷宙而达幽[96]。妫巢姜于孺筮兮[97]，旦筭祀于契龟[95]。宣曹兴败于下梦兮[99]，鲁卫名谥于铭谣[100]。妣聆呱而刻石兮[101]，许相理而鞫条[102]。道混成而自然兮[103]，术同源而分流[104]。神先心以定命兮[105]，命随行以消息[106]。斡流迁其不济兮[107]，故遭罹而嬴缩[108]。三栾同于一体兮[109]，虽移易而不忒[110]。洞参差其纷错兮[111]，斯众兆之所惑[112]。周贾荡而贡愤兮[113]，齐死生与祸福。抗爽言以矫情兮[114]，信畏牺而忌鹏[115]。

所贵圣人至论兮，顺天性而断谊[116]。物有欲而不居兮[117]，亦有恶而不避。守孔约而不贰兮[118]，乃輶德而无累[119]。三仁殊于一致兮[120]，夷惠舛而齐声[121]。木偃息以蕃魏兮[122]，申重茧以存荆[123]。纪焚躬以卫上兮[124]，皓颐志而弗倾[125]。侯草木之区别兮[126]，苟能实其必荣[127]。要没世而不朽兮[128]，乃先民之所程[129]。观天网之纮覆兮[130]，实棐谌而相训[131]。谟先圣之大猷兮[132]，亦邻德而助信[133]。虞韶美而仪凤兮[134]，孔忘味于千载[135]。素文信而底麟兮[136]，汉宾祚于异代[137]。精通灵而感物兮，神动气而入微。养流睇而猿号兮[138]，李虎发而石开[139]。非精诚其焉通兮,苟无实其孰信。操末技犹必然兮,矧耽躬于道真[140]。

登孔昊而上下兮[141],纬群龙之所经[142]。朝贞观而夕化兮[143],犹谊己而遗形[144]。若胤彭而偕老兮[145],诉来哲而通情[146]。

乱曰:天造草昧[147],立性命兮[148]。复心弘道[149],惟圣贤兮。浑元运物[150],流不处兮。保身遗名[151],民之表兮[152]。舍生取谊,以道用兮[153]。忧伤夭物[154],忝莫痛兮[155]。皓尔太素[156],曷渝色兮[157]。尚越其几[158],沦神域兮[159]。

注释

〔1〕高顼(xū 需):高,高阳氏。顼,帝颛顼。颛顼是传说中古代部族首领,号高阳氏。　系:连。　胄:绪。系高顼之胄,颛顼的后裔。因颛顼都帝丘,今河南省濮阳县,属于北方,北方水色黑,故称玄。《幽通赋》是班固模仿《离骚》之作,所以也先交代家世。

〔2〕中叶:中世,中古,指楚国的令尹子文时代。　炳灵:赫赫神灵。氏中叶之炳灵,楚国令尹子文的神灵传说时代是我家世的中叶。据说班氏的祖先,与楚国是同姓,是楚令尹子文的后代。子文初生时,被弃在梦泽中,有虎来哺乳。楚人把虎叫"於檡",把乳叫"穀",所以子文名"穀於檡","子文"是他的字。又因为子文乃是吃虎乳长大的,楚人称之为虎班。子文之子又以"班"为号,称为"斗班",秦灭楚之后,家族迁徙到晋、代之间,于是竟以"班"为姓了。见《汉书·叙传上》。

〔3〕飖风:南风。飖,同"凯"。　蝉蜕:蝉脱壳。　飖:飘摇。

〔4〕朔野:北方的土地。朔,北方。　飏声:声名远扬。　雄:雄杰。以上两句是说,班氏家族在楚国灭亡之后,像野蝉脱壳一样离开南方故土,而来到北方的晋代之地,又成为雄杰而声名远扬。

〔5〕皇:指汉皇。　十纪:汉代十世时,指汉成帝时代。　鸿渐:飞鸿渐近于高位。鸿,大雁。渐,进。此语出自《易经》,《易·渐》:"鸿渐于陆,其羽可以为

仪。”

〔6〕羽仪:装饰着羽毛的旌旗仪仗。指显贵之家的排场。　上京:指长安。以上两句说的是汉成帝时代班家的情况。成帝之初,班况女为婕妤,很得宠,班家父子并在长安,门庭显赫。事见《汉书·外戚传·孝成班婕妤》。

〔7〕巨:指王莽。王莽,字巨君。　滔天:漫天,形容王莽罪恶与权势的巨大。语出《尚书·尧典》:“象恭滔天。”　泯:灭。　夏:诸夏,指汉朝。

〔8〕考:父亲。　遘:遇。　愍(mǐn 敏):祸乱。　行谣:诵唱古歌谣。汉朝王莽之乱后,天下分裂,雄杰并起。隗嚣据陇拥众,招集英俊;公孙述称帝于蜀汉,天下云扰。班彪曾为隗嚣诵《大雅·皇矣》诗句,言刘氏天下乃天授之,讽谏隗嚣自息。事见《汉书·叙传上》。

〔9〕贻则:遗则,留下处世的法则。

〔10〕里:居住。　上仁:上古仁德之人。　庐:居处。里上仁所庐,意思是接上句来的。上句说他的父亲在乱世中保存了自己,并给后人留下了处世的法则。这个法则就是“里上仁之所庐”,即像上古仁人一样,选择一个好的居处,以避时难。此句出自《论语·里仁篇》:“子曰:‘里仁为美。择不处仁,焉得知?’”

〔11〕懿:美。　前烈:先祖。　纯淑:高尚贤善。

〔12〕济:成。穷与达其必济,意思是说先祖处世,不管“穷”或“达”,都能保持高尚节操。语出《孟子·尽心上》:“穷则独善其身,达则兼济天下。”

〔13〕咨:叹息。　孤蒙:孤幼蒙童。　眇眇:细微的样子。

〔14〕圮(pǐ 匹)绝:断绝。　罔阶:没有阶路使自己成名。

〔15〕殉:营,营谋。殉道,为追求理想、道义而献身。　足:值得。

〔16〕违:同“讳”,恨。　怀:思。

〔17〕靖:古“静”字。　潜处:幽室隐居。　永思:长念。

〔18〕弥远:久远。

〔19〕党人:同道结合之人,此指有道德修养的人。《后汉书·灵帝纪》:“制诏州郡大举钩党,于是天下豪杰及儒学行义者,一切结为党人。”　拾(shè 舍):蹑足而上。

〔20〕玷:缺,损失。

〔21〕茕茕(qióng qióng 琼琼):孤孤单单的样子。　神交:与神灵交会。

〔22〕宵寐:夜里睡觉。

〔23〕迥眺:远望。

〔24〕觌(dí 敌):见。 幽人:指神人。

〔25〕揽:抓揽。 葛藟:葛蔓。《诗·周南·樛木》:"南有樛木,葛藟累之。"

〔26〕眷:回顾。

〔27〕昒昕(hū xīn 忽欣):拂晓,黎明。蔡邕《青衣赋》:"昒昕将曙,鸡鸣相催。"

〔28〕曚曚:模糊不分明。

〔29〕黄神:神灵的黄帝。 邈:远。 质:质问。此句说神灵的会占梦的黄帝离我们太遥远了,无法去质问。

〔30〕仪:忖度。 遗谶(chèn 衬):遗留下来的谶书。相传黄帝善占梦,他有谶书留于后世。谶书,预知未来事象的书。 臆对:主观地与梦中景象求印证。

〔31〕乘高:登高。 遻(è 饿):遇。《列子·黄帝》:"死生惊惧,不入乎其胸,是故遻物而不慑。"

〔32〕遐通:通到很远。

〔33〕绵绵:连接不断的样子。

〔34〕南风:指《诗经》中《周南》部分风诗。 绥:安。

〔35〕惴惴:恐惧的样子。

〔36〕二雅:指《诗经》中《小雅》里两篇诗。《诗·小雅·小宛篇》有"惴惴小心,如临于谷"诗句,《诗·小雅·小旻篇》有"战战兢兢,如临深渊,如履薄冰"诗句,故云"二雅之所"。 祗:敬。

〔37〕讯:告。 吉象:吉祥的象征。

〔38〕炯:明。 戒:警戒。

〔39〕盍:何不。 孟晋:勉进。 迨(dài 代):及。

〔40〕辰:时光。 倏忽:疾速,极短的时间。

〔41〕灵训:神灵的训戒。 虚徐:怀疑。

〔42〕伫:久立。 盘桓:逗留不进的样子。 俟:等待。

〔43〕无穷:无穷尽。

〔44〕鲜:少。 晦:无几。

〔45〕纷:纷繁。 屯邅:指《易经》中的《屯卦》,《屯卦·六二爻辞》有"屯如邅如"句,屯邅,难行不进的样子,比喻处境不利,进退两难。 蹇连:指《易经》中《蹇卦》,《蹇卦·六四爻辞》有"往来蹇连"句,蹇连,行路艰难。屯邅与蹇连句,意思是说处境险难。

〔46〕艰多:社会生活中艰难太多。　智寡:智者少。

〔47〕上圣:上古之圣人。　迕:遇。　后拔:然后自拔。

〔48〕群黎:群黎百姓,此指平凡的人。

〔49〕卫叔御昆:卫叔武迎接他的哥哥。　卫叔:指卫叔武。　御(yà 迓):迎接。　昆:兄,哥哥,指卫成公。

〔50〕昆:兄。　寇:仇敌。昆为寇而丧予,他的哥哥反而认为他是仇敌而把他杀了。春秋晋、楚城濮之战时晋文公因卫不用命,曾驱逐了卫成公,想另立卫叔武为卫国国君。卫叔武开始不肯就位,但又怕别人被立为君,他的哥哥卫成公就永远不能返国了,于是他就接受了晋文公的命令而作了卫国的国君。践土之盟后,卫成公得以返国。卫叔武听说哥哥成公归来,正高兴迎接时,成公却说叔武篡了他的君位,而把叔武杀掉了。事见《公羊传》。

〔51〕管:指管仲。　弧:弓。　雠:同"仇",此指齐桓公。管弯弧欲毙雠,管仲弯弓要射死敌人齐桓公。

〔52〕后:国君。作后,指小白归国立为齐桓公。　成己:成全了自己,指管仲被桓公任用为相。此两句所指事,在《国语》、《史记》中均有记载。齐襄公乱政,管仲护卫公子纠逃往鲁国,鲍叔护卫小白逃往莒国。襄公死。公子纠与公子小白都争先回齐国,想立为国君。管仲恐小白先到齐国,率兵在路上堵截,射了小白一箭。他以为小白死了,就护卫着公子纠慢慢地回到齐国来。但未及入都城,听说小白已经被立为桓公了。原来管仲射中小白带钩,小白佯装死去,却乘车急驰到齐,得先立为君。桓公即位后,打败鲁国,杀了公子纠,又欲囚回管仲剁成肉酱。由于鲍叔的说服荐举,待管仲被囚回时,反而厚礼以为大夫。

〔53〕诡(guǐ 鬼):违反。

〔54〕预其终始:预料到它的变化吉凶。

〔55〕雍:指汉雍齿。　造怨而先赏:深结怨仇的人反而最先受赏。汉高帝即位后,未及遍封诸将,诸将有怨言。高帝问张良计,张良建议找一个对高帝最有怨恨的人先封。高帝知雍齿对他最不满,于是就下令先封雍齿为什方侯。诸将见雍齿都得到封赏了,于是都放心等待了。事见《汉书·高帝纪下》。

〔56〕丁:指汉丁公。　繇:由。　繇惠而被戮:由于有恩德而被杀掉。　丁公:名固,曾为项羽将。兵围刘邦于彭城时,刘邦危急,对丁公说:"两位贤德人怎么能互相残害呢?"于是丁公放走了刘邦。后来刘邦称帝,丁公以为有前恩去谒见,刘邦认为他为臣不忠,是他使项羽失去了天下而把他杀了。事见《史记·

季布栾布列传》。

〔57〕栗:指汉景帝妃栗姬。　取吊:自取忧伤。　逌(yóu 由):所。栗取吊于逌吉:栗姬因幸宠而带来忧伤。汉孝景皇帝初期宠幸栗姬,栗姬之子被立为太子。后来,长公主有女,欲与太子为妃,栗姬妒,日怨怒,又急欲立为皇后。景帝怒,废太子为临江王,栗姬也忧伤死去。事见《汉书·孝景王皇后传》。

〔58〕王:指汉孝宣帝妃王婕妤。　膺庆:得到庆幸。　戚:忧愁。　王膺庆于所戚:王婕妤从忧愁中获得庆幸。孝宣帝姬王婕妤,因无子终日忧愁。后来,霍皇后废,许皇后子早失母,又几为霍氏所害,于是孝宣帝就立王婕妤为后,令她养育太子,从而得幸。事见《汉书·孝宣王皇后传》。

〔59〕叛:乱。　回穴:邪僻。

〔60〕北叟:塞北老叟。　倚伏:指事物相互依存、相互影响、相互变化。语出《老子·道德经》:"祸兮福所倚,福兮祸所伏。"北叟颇识其倚伏:塞北老叟颇知祸福相倚的关系。传说北塞有人的马跑入胡中。人皆以为不幸,而他的父亲却说:"怎知不是一件好事?"过几月,这匹马领着胡马跑回来了。人皆以为喜,而他的父亲却说:"怎知不是一件坏事?"得到胡马后,家富马良,其子骑马奔驰,一下摔断了腿。人皆以为不幸,他的父亲又说:"怎知不是一件好事?"过了一年,胡人进犯,边塞人凡能拉弓的都得参战,死者十分之九,而唯独这个摔断腿的人,得以保住性命。事见《淮南子·人间训》。

〔61〕单:指鲁单豹。　治里:使其内脏得到调理。　外凋:外形残破。　治里而外凋:调理了内脏而外形却残破了。语出《庄子·达生篇》:"鲁有单豹者,岩居而水饮,不与民共利,行年七十,而犹有婴儿之色。不幸遇饿虎,饿虎杀而食之……豹养其内,而虎食其外。"又嵇康《答难养生论》曰:"单豹以养内致聚。"

〔62〕张:张毅。　襮(bó 雹):外表。　逼:相迫。脩襮而内逼,整治了外表而内里却受到逼迫。张毅为人行义,不管对什么人都恭敬有礼,因为礼节过周,不胜其劳,刚四十岁就得内热病而死去了。见《汉书·外戚传上》应劭注。

〔63〕中和:中和之道。　庶几:差不多。

〔64〕颜:指颜渊。　冉:指冉耕。　颜与冉又不得:颜渊与冉耕虽履中和之道,但却又不得免难。　《论语·雍也篇》:"哀公问:'弟子孰为好学?'孔子对曰:'有颜回者好学,不迁怒,不贰过,不幸短命死矣,今也则亡,未闻好学者也。"又《论语·雍也篇》:"伯牛有疾,子问之,自牖执其手,曰:'亡之,命矣夫!斯人也而有斯疾也!斯人也而有斯疾也。'"伯牛是冉耕的字。

〔65〕溺:指桀溺。 招路:招引子路。 从己:跟从自己。溺招路以从己,桀溺招引子路来跟随自己。《论语·微子篇》:"长沮、桀溺耦而耕,孔子过之,使子路问津焉。长沮曰:'夫执舆者为谁?'子路曰:'为孔丘。'曰:'是鲁孔丘与?'曰:'是也。'曰:'是知津矣。'问于桀溺。桀溺曰:'子为谁?'曰:'为仲由。'曰:'是鲁孔丘之徒与?'对曰:'然。'曰:'滔滔者天下皆是也,而谁以易之?且而与其从辟人之士也,岂若从辟世之士哉?'耰而不辍。"仲由是子路的字。

〔66〕孔氏:孔门。

〔67〕慆慆(tāo tāo 滔滔):指纷纷乱乱的样子。 葩(féi 肥):避。

〔68〕卒:终于。 世祸:社会生活中的祸患。

〔69〕游圣门:游学圣师之门。 靡救:无法救助。

〔70〕覆醢(hǎi 海):覆盖上肉酱。 醢:肉酱。 以上四句是说子路的事。子路由于不能在乱世中远身避祸,而终于在卫国被乱刀剁死。传说孔子得知子路被杀,他在庭中大哭。有使者来,他问子路怎么死的,使者说是被乱刀砍死的。孔子马上叫人把厨案上的肉酱盖上,心中为子路悲伤,不忍食其相似之物。事见《礼记·檀弓上》。

〔71〕行行:刚强的样子。语出《论语·先进篇》:"闵子侍侧,訚訚如也;子路,行行如也。"

〔72〕盗乱:为盗作乱。 赖道:赖闻于圣贤之道。

〔73〕柢(dǐ 底):树根。

〔74〕櫜:盛。 零茂:零落与茂盛。

〔75〕魍魉:又作:罔两,寓言中影子外层的淡影。 责景:责备影子。 景:影。 魍魉责景:影子外层的淡影责备影子。这个寓言出自《庄子·齐物论》:"罔两问景曰:'曩子行,今子止;曩子坐,今子起,何其无特操与?'"

〔76〕羌:发语辞。

〔77〕黎:楚民族的祖先。 淳耀:大放光彩。 高辛:高辛氏,帝喾的号。

〔78〕芈(mǐ 米):楚姓。 汜:涯。

〔79〕嬴:秦姓。 取威:获取威信。 伯仪:伯益,秦的先祖,为虞官,典鸟兽尽得其仪,秦由是兴。

〔80〕姜:齐姓。 三趾:指天地、人、鬼三礼。

〔81〕仁得:求仁而得仁。语出《论语·述而篇》:"(子贡)入,曰:'伯夷、叔齐何人也?'曰:'古之贤人也。'曰:'怨乎?'曰:'求仁而得仁,又何怨?'"

〔82〕天路：天道。　同轨：同法。

〔83〕东邻：指殷纣，因其在姬周之东，故称东邻。　歼仁：尽害了三仁。三仁，指微子、箕子、比干。　《论语·微子篇》："微子去之，箕子为之奴，比干谏而死。孔子曰：'殷有三仁焉。'"

〔84〕王：指周武王。　三五：五位三所。　五位：指岁、日、月、辰、星皆在正位。　三所：指逄公所凭神、周之所分野、后稷所经纬。《国语·周语下》："泠州鸠对景王曰：'昔武王伐殷，岁在鹑火，月在天驷，日在析木之津，辰在斗杓，星在天鼋。星与日辰之位皆在北维，颛顼之所建也，我姬氏出自天鼋。又析木者，有建星与牵牛焉，则我皇妣大姜之姪。伯陵之后，逄公之所凭神也。岁之所在，则我有周之分野也。月之所在，辰为农祥也，我太祖后稷之所经纬也。王欲合是五位三所而用之。'五位，谓岁、日、月、辰、星也。三所，谓逄公所凭神，周分野所在，后稷所经纬也。"得"三位五所"，言有帝王之德。

〔85〕戎女：骊戎之女，指晋骊姬。　烈：残酷。　丧孝：使孝子丧亡。此指骊姬害太子申生事，《国语·晋语二》"骊姬谮杀太子申生"条载：晋献公娶骊姬为夫人，生奚齐。骊姬欲立奚齐为君，就向献公进谮言，杀害太子申生。骊姬先设毒计，离间献公与申生的父子关系，说她梦见了齐姜，让申生速去祭奠。申生祭奠后，她又在申生带回的祭肉里放上毒，诬陷申生要毒死献公。献公怒，欲杀申生，申生逃往新城后，自缢而死。所谓"丧孝"，指申生至死不改孝道。

〔86〕伯：指晋文公，晋文公曾为诸侯之长，故称伯。　徂：往，指文公出走。归：归来。徂归，指文公出走和归国。　龙、虎：指龙年和虎年。晋文公在鲁僖公四年出走，在外十九年，后归国为君。他出走那年是卯年，归国那年是酉年。按古代星宿分野，卯在东方为龙，酉在西方为虎，故又称为龙年、虎年。

〔87〕发：指周武王姬发。　还师：班师回国。　成命：以成天命。《周书》载：武王观兵于孟津，诸侯皆曰可伐纣。武王认为时机未到，说众诸侯未知天命，竟颁师归国。后来，待纣王已为天下共怒，发兵一举灭之，以成天命。

〔88〕重：指晋文公重耳。　醉行而自耦：指重耳逃亡期间一段事。重耳逃亡到齐国时，齐桓公以女妻之，于是他就心安志颓，忘记归国了。齐姜为使他归国取得君位，就和他的随行子犯计谋，用酒把他灌醉，逃离齐国。以后重耳果然归国得以为君，这个举动也就算是与天意偶然相合了。事见《国语·晋语》。

〔89〕震鳞：指龙。　漦（chí 迟）：涎沫。　夏庭：夏帝王庭。

〔90〕匝：周，经过。　三正：指夏、商、周三代。以上两句事见《史记·周本

纪》:夏朝衰末之时,有两条神龙出现在宫庭,并作人言:"我们是褒氏的两个先君。"夏帝不知吉凶。问卜,卜官说把涎沫藏起来才得吉祥。于是以简策之书祷告神龙,请它流涎,龙去后,就用木匣盛起龙涎,藏于宫庭。夏亡,将此物传殷;殷亡,又传至周,三代没人敢打开看。到周厉王末年,打开来看时,龙涎流在王庭上,除不掉。厉王使妇人裸体欢呼,龙涎忽变玄黿入王后宫。后宫一宫女遇见后,竟怀孕生下一女婴来。无夫生子,以为不祥,把婴儿弃于宫外。周宣王时,有童谣说:"檿弧箕服,实亡周国。"宣王于是下令,凡国内卖桑弓箕矢之人全杀掉。有一对卖弓矢的夫妇在逃亡道上。拾得宫女所弃女婴,逃到褒地抚养起来,后来长大就是褒姒。褒姒自入宫为后,就终日迷惑幽王,她废太子,乱宫庭,终于招致申侯与犬戎联合来攻,幽王被杀,西周灭亡。所谓"震鳞漦于夏庭兮,匝三正而灭姬",就是指这段故事。

〔91〕巽羽化:雌鸡变为雄鸡。《易》巽卦为鸡,鸡为羽虫之属。　化:变。宣宫:汉宣帝宫庭。

〔92〕弥:终于。　五辟:五代皇帝。　以上两句李善注引应劭曰:"宣帝时未央宫路軨中雌鸡化为雄,元后时始为太子妃,至平帝,历五叶而莽篡也。"

〔93〕道:天道。　脩长:长远。　世短:人世短促。

〔94〕夐:远邈。　周:至。

〔95〕胥:须。　仍:因。　诹(zōu 邹):咨询。

〔96〕宙:《淮南子·齐俗训》:"往古来今谓之宙。"

〔97〕妫:陈姓,指陈厉公子之敬仲。　巢:居。　姜:齐姓。　孺:小。筮:用蓍草占卦。《史记·陈杞世家》载:陈厉公生子敬仲,周太史过陈,陈厉公使以《周易》筮之,卦象说该子必到姜姓之国始得其昌。厉公死后,至宣公时,宣公嬖姬欲杀敬仲,敬仲惧而奔齐。齐桓公使为工正,齐懿仲欲妻陈敬仲,卜之,占曰:"是谓凤皇于飞,和鸣锵锵。有妫之后,将育于姜。五世其昌,并于正卿。八世之后,莫之与京。"

〔98〕旦:周公旦。　筭:数。　契龟:龟甲上的刻文。《左传·宣公三年》:"楚子伐陆浑之戎,遂至于雒,观兵于周疆。定王使王孙满劳楚子。楚子问鼎之大小轻重焉。对曰:'在德不在鼎。昔夏之方有德也,远方图物,贡金九牧,铸鼎象物,百物而为之备,使民知神奸。故民入川泽山林,不逢不若。魑魅罔两,莫能逢之。用能协于上下,以承天休。桀有昏德,鼎迁于商,载祀六百。商纣暴虐,鼎迁于周。德之休明,虽小,重也。其奸回昏乱,虽大,轻也。天祚明

德,有所厎止。成王定鼎于郏鄏,卜世三十,卜年七百,天所命也。周德虽衰,天命未改。鼎之轻重,未可问也。'"又《史记·周本纪》:"定王元年,楚庄王伐陆浑之戎,次洛,使人问九鼎。王使王孙满应设以辞,楚兵乃去。"

〔99〕宣:指周宣王。　曹:指曹伯阳。　兴败于下梦:在梦中预示了他们的兴败。李善注:"《毛诗》曰:'牧人乃梦,众维鱼矣。大人占之,众维鱼矣,实维丰年,宣王竟中兴。'"又"《左氏传》曰:'初,曹人或梦众君子立于社宫,而谋亡曹,曹叔振铎,请待公孙强,许之。及曹伯阳即位,公孙强为政,背晋而奸宋,宋人伐之,执曹伯阳以归,杀之。'"此即宣曹兴败于梦的故事。

〔100〕鲁:指鲁文公、鲁成公。　卫:指卫灵公。　名谥于铭谣:他们的称号从石铭、童谣中预示出来。李善注:"《左氏传》曰:'师己曰:吾闻之,文成之世,童谣有之:裯父丧劳,宋父以骄。'杜预曰:'裯父,昭公;宋父,定公也。'应劭曰:'昭公死于野井,定公即位而骄也。'庄子曰:'卫灵公卜葬沙丘而吉,掘之数仞,得石椁焉。有铭,曰:不冯其子,灵公夺而理之,灵之为灵久矣夫。'"事见《庄子·则阳》篇。

〔101〕妣:指晋叔向之母。　聆:听。　呱:婴儿啼哭声。　劾:揭发罪状。石:晋叔向之子伯石。《国语·灵语》:"杨食我(叔向子伯石,生于杨邑,名食我)生,叔向之母闻之,往,及堂,闻其号也,乃还。曰:'其声,豺狼之声,终灭羊舌氏之宗者,必是子也。'"

〔102〕许:指西汉河内老妪许负。　相理:观察面部纹理。　鞫(jū 居):告。　条:指周亚夫,汉文帝大将周亚夫,曾封为条侯。《汉书·周勃传》:"亚夫为河内守时,许负相之:'君后三岁而侯。侯八岁为将相,持国秉,贵重矣,于人臣无二。后九年而饿死。'亚夫笑曰:'臣之兄以代父侯矣,有如卒,子当代,我何说侯乎?然既已贵如负言,又何说饿死?指视我。'负指其口曰:'从理入口,此饿死法也。'居三岁,兄绛侯胜之有罪,文帝择勃子贤者,皆推亚夫,乃封为条侯。……亚夫子为父买工官尚方甲楯五百被可以葬者。取庸苦之,不与钱。庸知其盗买县官器,怨而上变告子,事连污亚夫。……初,吏捕亚夫,亚夫欲自杀,其夫人止之,以故不得死。遂入廷尉,因不食五日,欧血而死。"

〔103〕道:指事理的本质。　混成:浑然一体。　自然:自然的规律。语出《老子》:"有物混成,先天地生……可以为天下母。吾不知其名,字之曰道。"

〔104〕术:术学,研究各种事理的学问。　同原而分流:虽分成许多流派而发源相同,如水同源而分流。

〔105〕神:神明。　先心以定命:先于人心而注定命运。

〔106〕命:命运。　随行以消息:随着人的经历而减增。消,消减。息,增长。

〔107〕斡流:旋转流动,比喻事物不断变化。　迁:徙,发展。　济:停止。

〔108〕遭罹:遭遇忧患。　晋:满。　缩:减缩。

〔109〕三栾:指晋大夫栾书、栾黡、栾盈。　同于一体:犹若一个整体。

〔110〕移易:时移事迁。　忒(tè 特):差误。　以上两句说吉凶福祸原本注定的,比如三栾父子的遭遇,虽然过去许多年,而报应却丝毫不差。三栾事见《左传》:栾书、栾黡、栾盈乃三代父子,栾书贤明,因而给栾黡带来福分。而栾黡恶虐,因而给栾盈带来祸患。

〔111〕洞:深奥。　参差:不齐。　纷错:纷乱错谬。

〔112〕众兆:庶人,一般人。　惑:迷惑。

〔113〕周:庄周。　贾:贾谊。　荡:放荡。　贡愤:溃乱。

〔114〕抗:高举。　爽言:高明卓异的话语。　矫情:矫正世俗民情。

〔115〕信:确实。　畏牺:见牺牛而生畏。《庄子·列御寇》:"或聘于庄子,庄子应其使曰:'子见夫牺牛乎?衣以文绣,食以茎菽,及其牵而入于大庙,虽欲为孤犊,其可得乎?'"　忌鵩:忌讳鵩鸟入宅。《史记·贾生列传》:"贾生为长沙王太傅三年,有鸮飞入贾生舍,上于坐隅。楚人命鸮曰'鵩'。贾生既以适居长沙,长沙卑湿,自以为寿不得长,伤悼之,乃为赋以自广。"

〔116〕至论:可以作为准则的言论。　断谊:以道义为论断标准。　谊:同"义",道义。

〔117〕居:处。

〔118〕守:守道。　孔约:甚为专一。　不贰:没有怀疑。

〔119〕輶:轻。　无累:不为事物所累身。

〔120〕三仁:指古代三个贤人:伯夷、叔齐、柳下惠。　殊于一致:他们的行事虽然各异,但同时都达到仁人君子程度。

〔121〕夷:伯夷。　惠:柳下惠。　舛(chuǎn 喘):相违背。　齐声:名声相齐。《论语·微子》:"子曰:'不降其志,不辱其身,伯夷、叔齐与!'谓'柳下惠、少连,降志辱身矣,言中伦,行中虑,其斯而已矣。'"

〔122〕木:指段干木。　偃息:安卧。　蕃魏:使魏国昌盛起来。《吕氏春秋》:"段干木者,魏文侯敬之,过其庐而轼之。其仆曰:'干木布衣耳,而君轼其庐,不亦过乎?'文侯曰:'干木不趣俗役,怀君子之道,隐处穷巷,声驰千里之

外,未肯以己易寡人也。寡人光乎势,干木富于义,势不如德尊,财不如义高,吾安敢不轼乎?'秦欲攻魏,而司马康谏曰:'段干木贤者,而魏礼之,天下皆闻,无乃不可加乎兵。'秦君以为然,乃止。"

〔123〕申:指申包胥。　重茧:脚掌磨出厚皮。　存荆:使楚国得以保存。《淮南子·修务训》:"申包胥……重茧,七日七夜至于秦庭,……以见秦王曰:'……使下臣告急。'秦王乃发……击吴……果大破之,以存楚国。"事见《战国策·楚策》。

〔124〕纪:指纪信。　焚躬:身体被焚烧。　卫上:卫护了汉王。上,指汉高祖刘邦。《汉书·高帝纪》:"夏四月,项羽围汉荥阳……五月,将军纪信曰:'事急矣!臣请诳楚,可以间出。'于是陈平夜出女子东门二千余人,楚因四面击之。纪信乃乘王车,黄屋左纛,曰:'食尽,汉王降楚。'楚皆呼万岁,之城东观,以故汉王得与数十骑出西门遁。令御史大夫周苛、魏豹、枞公守荥阳。羽见纪信,问:'汉王安在?'曰:'已出去矣。'羽烧杀信。"

〔125〕皓:指商山四皓,东园公、绮里季、夏黄公、甪里先生。　颐志:坚持节操。　弗倾:汉朝社稷没倾覆。　《汉书·张良传》:"汉十二年,上从破布归,疾益甚,愈欲易太子。良谏不听,因疾不视事。叔孙太傅称说引古,以死争太子。上阳许之,犹欲易之。及宴,置酒,太子侍。四人者从太子,年皆八十有余,须眉皓白,衣冠甚伟。上怪。问曰:'何为者?'四人前对,各言其姓名。上乃惊曰:'吾求公,避逃我,今公何自从吾儿游乎?'四人曰:'陛下轻士善骂,臣等义不辱,故恐而亡匿。今闻太子仁孝,恭敬爱士,天下莫不延颈愿为太子死者,故臣等来。'上曰:'烦公幸卒调护太子。'"于是太子终不得废,使汉初政局免于动荡。

〔126〕矦:语助词,同"惟"。　草木之区别:草木区分为各种各类。

〔127〕苟:诚,如果。　实:实行,实践。　荣:荣名。

〔128〕要:总,总要。　没世而不朽:虽然人殁世而他的言语声名却永垂不朽。

〔129〕程:法则。

〔130〕天网:天道。　纮覆:广大而包罗万象。

〔131〕棐:辅助。　谌:同"忱",诚然。　训:教诲。

〔132〕谟:谋求。　大猷:大道。

〔133〕邻德:以有德行的人为朋友。《论语·里仁》篇:"德不孤,必有邻。"

〔134〕虞韶：虞舜时的韶乐。　仪凤：凤皇来仪，《尚书·益稷》篇："韶乐奏九遍，而凤皇飞来。"

〔135〕孔：孔子。　忘味于千载：千载还流传着孔子不知肉味的故事。《论语·述而》篇："孔子在齐国听到《韶》的乐章，很长时间尝不出肉的味道来。"这是说孔子为《韶》乐陶醉的情况。

〔136〕素：素王，有帝王之德而未居其位的人，指孔子。　文信：文章明示礼度，指孔子作《春秋》。　厎（zhǐ 纸）麟：招致麒麟。厎，致。鲁哀公十四年，西狩获麟。孔子说："吾道穷矣。"于是《春秋》一书至此而止。

〔137〕宾祚：以宾礼赐福于后人。　异代：不同的朝代。孔子作《春秋》明示礼法，不仅在当代为人敬奉，据《史记·孔子世家》载，到了汉代，汉高祖过鲁，还以太牢之礼去祭祀。

〔138〕养：指养由基，春秋时楚国人，善射。　流睇：眼睛斜视，指射箭时瞄准的样子。　猿号：猿猴号叫。　《战国策·周策》载：楚国养由基，善射，去柳叶者百步射之，百发百中。

〔139〕李：指汉李广。　虎发：以为是虎而发箭。《汉书·李广传》载："广出猎，见草中石，以为虎而射之，中石没矢，视之，石也。"

〔140〕矧（shěn 审）：况且，何况。　耽（dān 单）：乐于，专心于。　道真：得道的真人。《庄子》曰："道之真以持身也。"意思是说，掌握了道的真谛，就可以明哲保身。

〔141〕登：升。　孔：指孔子。　昊：指太昊。孔子、太昊皆古代贤者。　上下：从古至今。

〔142〕群龙：群圣，指自伏羲下讫孔子的历代贤能的人。　经纬：规划治理。

〔143〕朝：早晨。　贞观：意谓大道贞正得一，其功可为物之所观。　夕化：夕死。《论语·里仁》篇："子曰：'朝闻道，夕死可矣。'"

〔144〕谖（xuān 宣）己：忘记自己。谖，忘记。　遗形：抛弃形骸。遗，弃。

〔145〕胤（yìn 印）：续，后嗣。　彭：指尧时的彭祖，活八百岁。　老：指老子，春秋时楚国人，著有《道德经》，也高寿。　胤彭：与彭祖相接续。　偕老：与老子年寿相偕。

〔146〕来哲：后世的贤人。

〔147〕天造草昧：天地创造万物于冥昧之中。

〔148〕立性命：创造万物的生命。

〔149〕复心弘道：归心致志而把道廓大起来。弘道，把道廓大。《论语·卫灵公》篇："子曰：'人能弘道。'"

〔150〕浑元运物：天地元气使万物运转。

〔151〕保身遗名：活着能保全身体，死后能留下声名。

〔152〕表：仪范、表率。

〔153〕道用：以道为用。　谊：义。

〔154〕忧伤夭物：生而忧伤，生命为外物而夭折。

〔155〕忝(tiǎn 腆)：耻辱。

〔156〕皓尔太素：使你的天质纯白。　皓：白。　素：天质。

〔157〕渝色：变颜色。　以上两句说，人应笃信好学，死守善道，不被流俗污染，使自己的天质保持洁白，何能变色呢？

〔158〕尚：庶几，差不多。　越：于。　几：几微，细微。

〔159〕沦：入。　神域：神明的领域。

今译

我的家族本是古帝颛顼的后裔，家世中叶在楚国显出赫赫神灵。楚亡后南风飘飙蝉脱故土，又雄据北方晋代之地远扬声名。汉皇十世时官居高位，旌旗仪仗显耀在皇帝京城。王莽罪恶滔天几亡汉室，我父在祸乱中歌唱志行。终于保住自己为民作出楷模，像上古仁人择居一样逃避时凶。懿美的先祖多么英明贤善，不论穷达都不忘济救生民。

可叹我孤幼蒙童身单力微，断绝先祖事业是因为无阶成名。难道我身不足以营谋先人之业？我是为家世衰断而深怀长恨。幽室隐居不尽长想，岁月悠悠而绵邈心情。不敢与有德行之人并肩比善，不玷辱祖先之德恪守善行。常常是心魂单与神灵交会，精诚常发于宵夜之中。梦中我正在登山远眺，仿佛看见幽谷的神人。他抓揽葛藟授给我，回顾峻谷告我勿坠深渊。黎明醒来我仰卧冥思，心神朦胧不知吉凶。黄帝邈远我无人问询，只好忖度谶书臆猜于胸。书中说登高而遇神，将是道术遐通而不迷津。葛藟缠绕连接于樛木，歌咏《凱风》是安乐象征。心中恐惧如临深渊，乃知《诗经》二雅中的戒劝。梦境已告我吉祥象征，神明又给我以警戒。何不奋勉进取以贤明为伍，倏忽不再有日月光阴。

虽蒙神灵训戒而犹有徘徊，久久盘桓而难以前进。在身上天地变化是无穷，人生几何多么短暂！纷繁的世事险阻重重，奈何艰难太多而智慧太少。上古圣贤遇逆境而能自拔，凡夫俗子怎能预先防止？当初卫叔武诚心迎接其兄返国，其兄反把他当作仇敌射死。管仲弯弓要射死政敌小白，桓公即位竟任以宰相之职。事物变化多么乖诡无常啊。谁能预测出它的终始？雍齿发怨言而却最先受赏，丁公施恩惠却被杀戮。栗姬因为宠幸而带来忧伤，王婕妤从忧伤中获得庆幸。事物乖违邪僻竟是如此，塞北老叟才能识破祸福的倚伏关系。鲁单豹调理了内脏但外形凋残，汉张毅修整了外表但内脏窒热。有人说中庸之道能免于祸难，可是颜渊与冉耕又都是短命。桀溺招引子路来跟随自己，他说孔子之道无济于世。子路不避纷纷乱世，终于在乱世中而被剁死。游学圣贤之门也未得救助，虽盖上肉酱又补于何事？过于刚强必遭凶患，免于祸乱还有赖于圣贤之道。万物生机皆发于根柢，根柢壮才能枝叶繁茂。魍魉竟至责备影子，这都是未得事物的体要。重黎光显于高辛时代，楚强大于长江之南。秦国扬威于伯仪，齐国兴盛于三礼。求仁得仁何其诚信，仰视天道亦同常理。殷纣暴虐杀害三仁，周武得五位三所故成天子。骊姬残酷使孝子身亡，晋伯归国恰逢年龙虎。周武还师终得天命，重耳醉行竟与天心偶合。神龙流涎于夏帝王庭，经过三代而竟亡周国。汉宣帝宫中有雌鸡化雄，过了五世酿成灾祸。

天道悠悠而人世短促，邈远冥然不可透彻了解。必须借助卜筮而谋诸鬼神，古人借此穷古今而通幽微。筮说敬仲必居齐才能昌盛，龟甲上有周公占祀的记载。周宣王、曹伯阳都在下人诉梦中予示了他们的兴败，鲁成公、卫灵公都在铭谣中予示谥名。叔向母听见婴啼而指说伯石定是亡晋之人，老妪观察面部纹理而告戒条侯有饿死之凶。大道浑然一体而成于自然,道术虽分派歧流而发源相同。神明先于人心而注定命运,命运随着人的行径而减增。世事如巨流滚滚没有止息,人生的祸福遭遇时有盈亏。三栾父子是一体相承,虽世代变化也报应不差。天道幽微不齐纷乱错谬,因此众人迷惑不醒。庄周、贾谊思想狂放不羁,竟造出齐死生等祸福之辞。高唱卓异话语来矫正世人之情,确有人见牺牛生畏和忌讳鹏鸟入室。

还是圣人的至论为贵,人当顺应天性而论断以道义。富贵所欲非道而不求,贫贱所恶守道而不避。守道专一不持两端,立心纯粹不为物欲牵累。三仁行事虽异但同致于仁,伯夷、柳下惠去留不同而名声相齐。段干木安卧居室竟使魏国隆昌,申包胥双脚磨出厚茧才使楚国得以保持。纪信保护汉主甘愿焚身,四皓坚持节操使太子免于废弃。惟此草木犹有类别区分,人能实践仁义之道必得荣名。人死后而应该声名不朽,这乃是先哲留下的真言。纵观天网宏阔笼罩人世,实在辅助诚信帮助教化。思索先圣的济世之道,也是以德为邻而辅助以信。虞舜韶乐声美而使凤皇飞来,千载之后人们还记着孔子忘掉肉味的事。孔子著《春秋》明示礼法而招致麒麟,至大汉王朝则特封其后代。人的精诚通神而能感动于物,神动气运而能入于幽微。养由基搭弓转目猿即哀号,李广疑虎发箭而石被射开。不是精神所感焉能通达?如果没有实证有谁相信。矢射小技犹是这样感通必然,况且专心于大道之真?

自孔子、太昊直到今天,经纬天道有多少先哲圣贤!朝闻大道夕死就可以了,犹如忘了自己而遗弃骸形。如得接续彭祖、老聃而与之齐年比寿,我将诉之来者以幽通之情。

结尾说:冥昧中天造万物以立性命啊,归心宏道惟有圣贤为能啊。天地运物总是流转不息啊,为后世师表当保身留名啊。舍生取义以道为用啊,忧伤夭物悲辱莫痛啊。使自己天质纯白怎能变色啊,守道通幽庶几近于神明啊!

(于非译注　陈复兴修订)

思玄赋一首

张平子

题解

《思玄赋》是张衡直抒个人怀抱表达高远情思的作品。其巨制《二京赋》是模仿班固《两都赋》的体式而作的,《思玄赋》则是更多地因袭了屈原《离骚》的结构与词采,使汉赋由描写宫苑射猎,供帝王玩赏,而转向以较为清新明快的文辞,抒发志士真情实感的艺术体制。

张衡是严肃的科学家与正直的政治家。而他所活动的时代(主要是和、安、顺三朝)则是阉宦专权,政治昏暗,谶纬之说盛行,迷信之风笼罩。他的品格与怀抱同周围现实尖锐对立。"衡常思图身之事,以为吉凶倚伏,幽微难明,乃作《思玄赋》,以宣寄情志"。(《后汉书·张衡传》)

思玄,就是思索宇宙人间的深远之理,吉凶祸福,奥不可测。张衡仰慕古圣先贤的遗训,坚守高尚美好的节操,但是在现实中却无人理解无人赞赏。那里是野草受珍视,鲜花却不香,坏人得志,好人却遭殃。他感到孤独忧虑,前途可怕。他向周文王去问卦,得到的回答是逃走远游才得吉利。前途是艰险的,但是只要自强不息,终必逢凶化吉。之后赋家在幻想中开始了宇宙的神游。他先游东方,登上仙山蓬莱,宿于扶桑。继而到了南方,感觉风在燃烧,水也沸腾,心情郁闷孤独,不愿久留。于是往西方,看见了千岁寿人之国,也没感到有什么欢乐。这时,他又去请教黄帝。黄帝告诉他命运不可知,只要修德树仁必得善报,鼓励他趁时远游扬名。接着他浮游北极，看见积冰又坚又厚，清泉冻而不流，以及各种奇景异物。他拜会了西王母，玉女宓妃向他以歌传情。巡游四方之后，又去叫开天帝之门。天皇在琼瑶之宫招待他观广乐，听素女的抚弦歌唱。再向太微之宫飞升，看到各种星辰运行飞落的奇妙景象。最后终于厌倦于远游，返归故乡，遵仁义，学先贤，做一个不出户而知天下的明哲之士。

全赋完全摆脱了现实的外在的逻辑，只写主观的意识活动。时空交错，自由流动。赋家直接跟远古的文王、黄帝对话，跟西天的王母、琼宫的天皇相见，听天官之歌，观神女之舞。现实的、远古的、幻想的，三种时空交互流转。他所描写的天体最高层次上的星辰运行的动人景象（由“出紫宫之肃肃兮”至“乃今窥乎天外”），完全是一位大天文学家之奇想的形象化。张衡的思玄，远远超越出了个人所身历的生活，而具有一种宇宙性、无限性与永恒性。

全赋的构思极为奇巧。以《周易》的卦辞与爻辞“利飞遁”，由“历众山”至“蹈玉阶”做为全赋的关键。其后远游的思路就是按这个模式呈往复递进的形态展开的。问卦文王继而远游，是一往复；问命黄帝继而再远游，是一往复；由觌天皇而窥天外，是一往复。每一往复对前一往复，皆为一递进或上升。就全赋来说，开头的遭遇经过远游，再归于结尾的不出户而知天下，则是一个大往复。“无往不复，天地际也。”赋的构思，正是由这种《易经》哲理衍化而来的，显示出《思玄赋》的哲理性。

《思玄赋》是张衡的抒情达志之作，也体现出他科学与哲学上的最高成就。

原文

仰先哲之玄训兮，虽弥高而弗违[1]。匪仁里其焉宅兮，匪义迹其焉追[2]。潜服膺以永靓兮，绵日月而不衰[3]。伊中情之信脩兮，慕古人之贞节[4]。竦余身而顺止兮，遵绳墨而不跌[5]。志抟抟以应悬兮，诚心固其如结[6]。旌性行以制佩兮，佩夜光与琼枝[7]。纗幽兰之秋华兮，又缀之以江离[8]。美襞积以酷烈兮，允尘邈而难亏[9]。既姱丽而鲜双兮，非是时之攸珍[10]。奋余荣而莫见兮，播余香而莫闻[11]。幽独守此仄陋兮，敢怠遑而舍勤[12]。幸二八之遌虞兮，嘉傅说之生殷[13]。尚前良之遗风兮，恫后辰而无及[14]。何孤行之茕茕兮，孑不群而介立[15]。感鸾鹥之特栖兮，悲淑人之希合[16]。彼无合而何伤兮，患众伪之冒真[17]。旦获讟于群弟兮，启金縢而后信[18]。览蒸民之多僻兮，畏立辟以危身[19]。增烦毒以迷惑兮，羌孰可为言已[20]。私湛忧而深怀兮，思缤纷而不理[21]。愿竭力以守谊兮，虽贫穷而不改[22]。执雕虎而试象兮，阽焦原而跟趾[23]。庶斯奉以周旋兮，恶既死而后已[24]。俗迁渝而事化兮，泯规矩之圆方[25]。宝萧艾于重笥兮，谓蕙茝之不香[26]。斥西施而弗御兮，絷骒褭以服箱[27]。行颇僻而获志兮，循法度而离殃[28]。惟天地之无穷兮，何遭遇之无常[29]。不抑操而苟容兮，譬临河而无航[30]。欲巧笑以干媚兮，非余心之所尝[31]。袭温恭之黻衣兮，被礼义之绣裳[32]。辫贞亮以为鞶兮，杂技艺以为珩[33]。昭彩藻与雕琭兮，璜声远而弥长[34]。淹栖迟以恣欲兮，耀灵忽其西藏[35]。恃己知而华予兮，鶗鴂鸣而不芳[36]。冀一年之三秀兮，遒白露之为霜[37]。时亹亹而代序兮，畴可与乎比伉[38]。

咨妒嫮之难并兮，想依韩以流亡[39]。恐渐冉而无成兮，留则蔽而不彰[40]。心犹豫而狐疑兮，即岐址而胪情[41]。文君为我端蓍兮，利飞遁以保名[42]。历众山以周流兮，翼迅风以扬声[43]。二女感于崇岳兮，或冰折而不营[44]。天盖高而为泽兮，谁云路之不平[45]？勔自强而不息兮，蹈玉阶之峣峥[46]。惧筮氏之长短兮，钻东龟以观祯[47]。遇九皋之介鸟兮，怨素意之不逞[48]。游尘外而瞥天兮，据冥翳而哀鸣[49]。雕鹗竞于贪婪兮，我倘絜以益荣[50]。子有故于玄鸟兮，归母氏而后宁[51]。占既吉而无悔兮，简元辰而俶装[52]。旦余沐于清源兮，晞余发于朝阳[53]。漱飞泉之沥液兮，咀石菌之流英[54]。翾鸟举而鱼跃兮，将往走乎八荒[55]。过少皞之穷野兮，问三丘于句芒[56]。何道真之淳粹兮，去秽累而飘轻[57]。登蓬莱而容与兮，鳌虽抃而不倾[58]。留瀛洲而采芝兮，聊且以乎长生[59]。凭归云而遐逝兮，夕余宿乎扶桑[60]。饮青岑之玉醴兮，餐沆瀣以为粻[61]。发昔梦于木禾兮，穀昆仑之高冈[62]。

朝吾行于汤谷兮，从伯禹乎稽山[63]。嘉群神之执玉兮，疾防风之食言[64]。指长沙之邪径兮，存重华乎南邻[65]。哀二妃之未从兮，翩缤处彼湘滨[66]。流目眺夫衡阿兮，睹有黎之圯坟[67]。痛火正之无怀兮，托山坂以孤魂[68]。愁郁郁以慕远兮，越卬州而游遨[69]。跻日中于昆吾兮，憩炎火之所陶[70]。扬芒熛而绛天兮，水泫沄而涌涛[71]。温风翕其增热兮，惄郁悒其难聊[72]。颜羁旅而无友兮，余安能乎留兹[73]。

顾金天而叹息兮，吾欲往乎西嬉[74]。前祝融使举麾兮，纚朱鸟以承旗[75]。躔建木于广都兮，摭若华而踌躇[76]。超轩辕于西海兮，跨汪氏之龙鱼[77]。闻此国之千岁兮，曾焉足以娱余[78]。思九土之殊风兮，从蓐收而遂徂[79]。欻神化而蝉蜕兮，朋精粹而为徒[80]。蹶白门而东驰兮，云台行乎中野[81]。乱弱水之潺湲兮，逗华阴之湍渚[82]。号冯夷俾清津兮，棹龙舟以济予[83]。会帝轩之未归兮，怅徜徉而延伫[84]。恫河林之蓁蓁兮，伟关雎之戒女[85]。黄灵詹而访命兮，樛天道其焉如[86]。曰近信而远疑兮，六籍阙而不书[87]。神逵昧其难覆兮，畴克谋而从诸[88]？牛哀病而成虎兮，虽逢昆其必噬[89]。鳖令殪而尸亡兮，取蜀禅而引世[90]。死生错其不齐兮，虽司命其不晰[91]。窦号行于代路兮，后膺祚而繁庑[92]。王肆侈于汉庭兮，卒衔恤而绝绪[93]。尉龙眉而郎潜兮，逮三叶而遘武[94]。董弱冠而司衮兮，设王隧而弗处[95]。夫吉凶之相仍兮，恒反仄而靡所[96]。穆届天以悦牛兮，竖乱叔而幽主[97]。文断祛而忌伯兮，阉谒贼而宁后[98]。通人暗于好恶兮，岂昏惑而能剖[99]。嬴擿谶而戒胡兮，备诸外而发内[100]。或辇贿而违车兮，孕行产而为对[101]。慎灶显以言天兮，占水火而妄讯[102]。梁叟患夫黎丘兮，丁厥子而剚刃[103]。亲所睼而弗识兮，矧幽冥之可信[104]。毋绵挛以幸己兮，思百忧以自疹[105]。彼天监之孔明兮，用棐忱而祐仁[106]。汤蠲体以祷祈兮，蒙庬褫以拯民[107]。景三虑以营国兮，荧惑次于他辰[108]。魏颗亮以从治兮，鬼亢回以毙秦[109]。咎繇迈而种德兮，树德懋于英六[110]。桑末寄夫根生兮，卉既凋而已育[111]。有无言而不酬兮，又何往而不复[112]？盍远迹以飞声兮，孰谓时之可蓄[113]？

仰矫首以遥望兮，魂惝惘而无俦[114]。逼区中之隘陋兮，将北度而宣游[115]。行积冰之硙硙兮，清泉冱而不流[116]。寒风凄其永至兮，拂穹岫之骚骚[117]。玄武缩于壳中兮，腾蛇蜿而自纠[118]。鱼矜鳞而并凌兮，鸟登木而失条[119]。坐太阴之屏室兮，慨含唏而增愁[120]。怨高阳之相寓兮，伷颛顼而宅幽[121]。庸织路于四裔兮，斯与彼其何瘳[122]。望寒门之绝垠兮，纵余绁乎不周[123]。迅猋潚其媵我兮，骛翩飘而不禁[124]。越谾㟪之洞穴兮，漂通川之硹硹[125]。经重阴乎寂漠兮，愍坟羊之深潜[126]。追荒忽于地底兮，轶无形而上浮[127]。出石密之暗野兮，不识蹊之所由[128]。速烛龙令执炬兮，过钟山而中休[129]。瞰瑶谿之赤岸兮，吊祖江之见刘[130]。聘王母于银台兮，羞玉芝以疗饥[131]。戴胜憖其既欢兮，又诮余之行迟[132]。载太华之玉女兮，召洛浦之宓妃[133]。咸姣丽以蛊媚兮，增嫮眼而蛾眉[134]。舒沙婧之纤腰兮，扬杂错之袿徽[135]。离朱唇而微笑兮，颜的砾以遗光[136]。献环琨与琛缡兮，申厥好以玄黄[137]。虽色艳而赂美兮，志皓荡而不嘉[138]。双材悲于不纳兮，并咏诗而清歌[139]。歌曰：天地烟煴，百卉含葩[140]。鸣鹤交颈，雎鸠相和[141]。处子怀春，精魂回移[142]。如何淑明，忘我实多[143]。将答赋而不暇兮，爰整驾而亟行[144]。瞻昆仑之巍巍兮，临萦河之洋洋[145]。伏灵龟以负坻兮，亘螭龙之飞梁[146]。登阆风之层城兮，构不死而为床[147]。屑瑶蕊以为糇兮，斠白水以为浆[148]。抨巫咸作占梦兮，乃贞吉之元符[149]。滋令德于正中兮，含嘉秀以为敷[150]。既垂颖而顾本兮，亦要思乎故居[151]。安和静而随时兮，姑纯懿之所庐[152]。

戒庶僚以夙会兮，佥供职而并讶[153]。丰隆轩其震霆兮，列缺晔其照夜[154]。云师黮以交集兮，涷雨沛其洒涂[155]。轪雕舆而树葩兮，扰应龙以服路[156]。百神森其备从兮，屯骑罗而星布[157]。振余袂而就车兮，脩剑揭以低昂[158]。冠岩岩其映盖兮，佩綝纚以辉煌[159]。仆夫俨其正策兮，八乘腾而超骧[160]。氛旄溶以天旋兮，霓旌飘以飞飏[161]。抚轸轵而还睨兮，心勺濼其若汤[162]。羡上都之赫戏兮，何迷故而不忘[163]。左青雕之揵芝兮，右素威以司钲[164]。前长离使拂羽兮，后委衡乎玄冥[165]。属箕伯以函风兮，惩澳猳而为清[166]。拽云旗之离离兮，鸣玉鸾之嘤嘤[167]。涉青霄而升遐兮，浮蠛蠓而上征[168]。纷翼翼以徐戾兮，焱回回其扬灵[169]。叫帝阍使辟扉兮，觌天皇于琼宫[170]。聆广乐之九奏兮，展洩洩以融融[171]。考治乱于律均兮，意建始而思终[172]。惟般逸之无斁兮，惧乐往而哀来[173]。素女抚弦而余音兮，太容吟曰念哉[174]。既防隘而靖志兮，迨我暇以翱翔[175]。出紫宫之肃肃兮，集太微之阆阆[176]。命王良掌策驷兮，逾高阁之将将[177]。建罔车之幕幕兮，猎青林之芒芒[178]。弯威弧之拔刺兮，射嶓冢之封狼[179]。观壁垒于北落兮，伐河鼓之磅硠[180]。乘天潢之泛泛兮，浮云汉之汤汤[181]。倚招摇摄提以低徊剹流兮，察二纪五纬之绸缪遹皇[182]。偃蹇夭矫娩以连卷兮，杂沓丛颡飒以方骧[183]。楲汩飘泪沛以罔象兮，烂漫丽靡藐以迭遢[184]。凌惊雷之砊磕兮，弄狂电之淫裔[185]。逾庬鸿于宕冥兮，贯倒景而高厉[186]。廓荡荡其无涯兮，乃今窥乎天外[187]。据开阳而頫眡兮，临旧乡之暗蔼[188]。悲离居之劳心兮，情悁悁而思归[189]。魂眷眷而屡顾兮，马倚辀而徘徊[190]。虽游娱以媮乐兮，岂愁慕之可怀[191]。

出阊阖兮降天途，乘焱忽兮驰虚无[192]。云菲菲兮绕余轮，风眇眇兮震余旟[193]。缤连翩兮纷暗暧，儵眩眃兮反常闾[194]。收畴昔之逸豫兮，卷淫放之遐心[195]。修初服之娑娑兮，长余佩之参参[196]。文章奂以粲烂兮，美纷纭以从风[197]。御六艺之珍驾兮，游道德之平林[198]。结典籍而为罟兮,驱儒墨以为禽[199]。玩阴阳之变化兮,咏雅颂之徽音[200]。嘉曾氏之归耕兮,慕历坂之嵚崟[201]。恭夙夜而不贰兮,固终始之所服[202]。夕惕若厉以省諐兮,惧余身之未敇[203]。苟中情之端直兮,莫吾知而不恧[204]。默无为以凝志兮,与仁义乎逍遥[205]。不出户而知天下兮,何必历远以劬劳[206]?

系曰[207]:天长地久岁不留,俟河之清秪怀忧[208]。愿得远渡以自娱,上下无常穷六区[209]。超逾腾跃绝世俗,飘遥神举逞所欲[210]。天不可阶仙夫稀,柏舟悄悄吝不飞[211]。松乔高跱孰能离,结精远游使心携[212]。回志朅来从玄谋,获我所求夫何思[213]?

注释

〔1〕仰:景仰,钦敬。 先哲:先贤,古代的贤人。 玄训:玄妙的仁德之训。玄,玄妙。训,教训,教化。 弥高:愈高,愈益高深。 弗违:不违,不能背离。

〔2〕仁里:仁者所居之地,后也以称风俗淳美之地。 焉:安,怎么。宅:居住。 义迹:仁德的业迹。 追:追随,跟随。

〔3〕潜:暗中,内心。 服膺(yīng 英):牢记心中,衷心信服。服,信服。膺,心胸。 永靓(jìng 静):永远思索。李善注引《方言》:"靖,思也。"靖与"靓"同。 绵:绵联,连续不断。 不衰:不减衰。

〔4〕伊:语首助词。 中情:中心,内心。 信脩:诚信美善。 慕:钦服,向往。 贞节:坚贞的德操。

〔5〕竦(sǒng 耸):立。此谓修养,提高。 余身:自身,本身。 顺止:顺应礼义。止,指礼义。 遵:遵循。 绳墨:比喻规矩法度。此指先哲的玄训。 跌:错失,差误。

〔6〕志:心志。 抟抟(tuán tuán 团团):忧思。 应悬:与悬旌相应,比喻心神不安定。悬,悬旌,悬挂的旌旗,喻飘飘无定。《战国策·楚策一》:"寡人卧不安席,食不甘味,心摇摇如悬旌,而无所终薄。" 诚心:指对先哲玄训的向

慕之心。　固:坚定而不可动摇。　结:固结,缚结,形容如绑结住一般,不可松动。

〔7〕旌:表彰,显示。　性行:德行。　制:裁制,　佩:玉佩,佩带的饰物。佩:佩带。　夜光:宝珠名。　琼枝:玉树之枝。

〔8〕缡(zuī):古系香囊之绳,此作动词用,即系,结。　幽兰:即兰草,一种香草。古之所谓兰多指兰草,花开于秋季。　秋华:即秋花。　缀:点缀,装饰。江离:香草名,又名蘼芜。此两句之珠玉香草,皆比喻仁德美行。

〔9〕美:美善。　襞(bì 必)积:衣服上的皱褶。　酷烈:指香气。允:诚信。尘邈:久远。　亏:亏损,减损。

〔10〕姱丽:美丽。姱,美好。　鲜双:少双。即难以匹敌。鲜,寡,少。　是时:此时。　攸珍:所珍重。攸,所。

〔11〕奋:振动。　余荣:指我所佩的鲜花。荣,草开的花。　莫见:没有人看见。　播:传播,散播。　余香:指我身上花草发出的芳香。　莫闻:没有人嗅到。此两句喻自己的仁德美行不被世俗所理解与接受。

〔12〕幽:沉静,安适。　独守:独处。　仄(zè)陋:僻隐鄙陋之处,地位卑贱之人所居。　敢:岂敢。　怠遑(dài huáng 代黄):懒散偷闲。　舍勤:不愿辛勤。舍,舍弃。

〔13〕幸:庆幸。　二八:即八元和八恺的简称,皆指古代有才智而受到重用的人。八元,《左传·文十八年》:"高辛氏有才子八人:伯奋、仲堪、叔献、季仲、伯虎、仲熊、叔豹、季狸,……天下之民,谓之八元。"八恺,《左传·文十八年》记载:"高阳氏有才子八人:苍舒、隤恺、梼戭、大临、尨降、庭坚、仲容、叔达。"　遌(è 厄):遇,逢。　虞:虞舜,古帝名。姚姓,有虞氏,名重华。相传其父顽母嚚,弟象傲。由四岳举于尧,尧命摄政三十年,除四凶(鲧、共工、驩兜、三苗),举八元八恺,天下大治。　嘉:义与"幸"同。　傅说:传说中的人名。殷高宗武丁之相。曾筑墙于傅岩之野,遂以之为姓。　殷:指殷高宗武丁。

〔14〕尚:崇尚,崇敬。　前良:往昔的善德之君,指选贤任能的虞舜和武丁。遗风:传统。　恫(tōng 通):病痛,痛心。　后辰:后时,后代。　无及:赶不上。

〔15〕孤行:孤立独行。　茕茕(qióng qióng 穷穷):孤独无依的样子。孑(jié 截):孤单。　介立:孤立,特立。

〔16〕鸾鹥(luán yī 峦壹):鸾鸟和凤凰。鹥,凤的别名。　特栖(qī 七):孤独地栖息。　淑人:良善之人。　希合:与人合不来。希,少。

〔17〕彼:代淑人。　无合:与“希合”义同。　伤:害,害处。　患:忧虑,担心。　众伪:众多虚伪之人。　冒:覆盖,掩盖。

〔18〕旦:周公姓姬,名旦。周文王子,武王弟。武王死,成王幼,周公摄政。武庚、管叔、蔡叔等为乱,周公东征而平定之。七年,营建成周洛邑。相传周代的礼乐制度皆出其手。　获讟(dú 读)于群弟:指管叔蔡叔曾于国中散布流言,说周公将不利于成王。讟,谤。　启金縢(téng 疼):打开以金封的书柜。武王疾,周公祷于三王,愿以身代;其后周公因管蔡流言,避居东都,成王开金縢之柜,得周公祷告的祝文,乃知周公的忠勤,执书而泣,遂迎周公归成周。

〔19〕览:观。　蒸民:众民。　多僻:多邪僻。　畏:畏惧,担心。立辟:特立独行而被置于法网。辟,法。　危身:危害自身。

〔20〕增:乃,则。　烦毒:烦忧。　羌(qiāng 腔):语助词,无义。孰:谁。言:谈话,谈心。　已:语助词。

〔21〕私:私自,私下。　湛(zhàn 占)忧:深忧。　深怀:深思。思:思索,思路。　缤纷:杂乱不清的样子。

〔22〕守谊:即守义,坚守仁义之道。　贫穷:生活困难,前途无出路。

〔23〕执:捕捉,把持,掌握。　雕虎:兽名,因其身有花纹,如同雕画,故名。旧注引《尸子》:“中黄伯曰:余左执太行之獶,而右搏雕虎,唯象之未与,吾心试焉。有力者则又愿为牛,欲与象斗以自试。今二三子以为义矣,将恶乎试之?夫贫穷,太行之獶也;疏贱,义之雕虎也;而吾日遇之,亦足以试矣。”　阽(diàn 电):临近,靠近。　焦原:巨石名。旧注引《尸子》:“莒国有石焦原者,广五十步,临百仞之谿。莒国莫敢近也。有以勇见莒子者,独却行齐踵焉,所以称于世。夫义之为焦原也,亦高矣。贤者之于义,必且齐踵,此所以服一时也。”　跟趾:谓跟趾立于焦原之上。跟,脚后跟。李善注曰:“雕虎以喻贫,试象以喻竭力,焦原以喻义。言已以执雕虎之贫穷,愿竭试象之力,而守焦原之义。上句为此张本。”　此两句以比喻申说上两句的思想,不顾危险不怕贫穷而坚守仁义之道。

〔24〕庶:庶几,表希望之词。　斯:乃,则,就。　奉:奉行。　周旋:谓反复实践仁义之道。　恶:副词,表强烈的语势,相当于很、甚。

〔25〕俗:时俗,世俗。　迁渝:改变,变化。　事化:事物起变化。泯:泯灭,磨灭。　规矩:校正圆形方形的器具。此句言校正于规矩的圆形与方形的区别泯灭了,以喻善恶是非的标准被取缔了。

〔26〕宝:珍视,宝爱。　萧艾:野蒿和臭草。比喻不肖、奸邪。　重笥

(chóng sì 虫四):方形的食器,以苇或竹为之。 蕙茝(huì zhǐ 会止):蕙草和白芷,皆香草名。比喻贤良方正。

〔27〕斥:斥逐,辞退。 西施:春秋时越国美女,越王勾践败于会稽,范蠡求得西施,献吴王夫差,吴王许和。越王十年生聚,十年教训,终以灭吴。此代绝代美人。 御:宠幸。 絷(zhí 直):拴缚马足的绳索。 騕褭(yǎo niǎo 咬鸟):良马名。 服:使用,驾车。 箱:指大车。此两句言美好贤德之才不被重用,而居于贱位。

〔28〕行:品行。 颇僻(pō pì 坡辟):奸邪不正。 获志:得志。 循:遵循。 法度:法令制度。 离殃:遭殃,遭罪。离,遭。

〔29〕惟:思,想。 无穷:谓天地之大无穷无尽,其运行无有极限无有休止。 无常:反常、反于常道。此指遭遇反常道的时代。

〔30〕抑:委屈。 操:操行,志节。 苟容:苟且取容于世俗。临河:到河边准备渡河。 航:船。此言不降低自己的人格而苟合世俗,就不可能有出路,就好比过河而无船。

〔31〕巧笑:原指美好的笑貌,此为贬意,形容谄媚的样子。 干媚:谓取媚于当世。干,求,取。媚,谄媚。 尝:尝受,经历。

〔32〕袭:衣,穿。 温恭:即"温良恭俭让"(《论语·学而》)的简化。此谓符合礼义的道德准则。 黻(fú 服)衣:古代的礼服。 被(pī 披):穿着。 绣裳:古代的礼服。《诗·秦风·终南》:"君子至止,黻衣绣裳。"

〔33〕辫:编织。 贞亮:正直忠实。 鞶(pán 盘):古时束衣的大带。 杂:交杂,杂糅,聚集。 伎艺:才智技能。 珩(héng 横):玉佩。

〔34〕昭:光明闪耀。 彩藻:文采,藻饰。 雕琭(diāo lù 刁路):刻镂的花纹。皆指冠带的色彩和修饰。 璜(huáng 黄)声:佩玉之声,璜,半璧,古时贵族身上佩带的玉饰。 弥长:久长。 以上四句皆以高贵美善的服饰比喻自己高尚的品德和才艺。

〔35〕淹:久,久留。 栖迟:游息。 恣(zī 兹)欲:放纵欲望,指实现自己以先哲玄训匡正世俗的理想。 耀灵:太阳。 忽其:疾速的样子。其,语助词。 西藏:西匿,谓太阳西落。此言长久地渴求实现匡正世俗的理想而不得机会,而时岁已逝了。

〔36〕恃(shì 世):依仗,此有希望的意味,与下句"冀"相对。 己知:自己的知识、才能。知,同"智"。 华予:谓认为我美盛而有文采。华,此为意动用

法。　鶗鴂(dì jué 地决):鸟名,杜鹃,亦名伯劳。李善注引《临海异物志》:"鶗鴂,一名杜鹃,至三月鸣,昼夜不止,夏末乃止。"传说该鸟一鸣,则群芳皆凋零败落。　不芳:谓鶗鴂一鸣则众草不芳。此两句言期待世人理解自己的仁德善行,但是奸邪当道,个人的善德不能被接受。

〔37〕冀:希望。　三秀:指灵芝,一年三度秀茂。　遒(qiú 求):迫,迫近。　白露:秋天的露水。　此两句含义与前两句同。

〔38〕时亹亹(wěi wěi 委委):时序演进。　代序:时序更替,谓时间不断流逝。　畴:谁。　比伉(kàng 抗):亲近配偶。指志同道合者。

〔39〕咨(zī 兹):感叹词,相当于"嗟"。　姤嫮(gòu hù 够户):姤,恶;嫮,好。此指善恶,美丑。　难并:难以同时并存。　依:依从,跟随。韩:韩众(或作终),仙人名。屈原《远游》:"奇傅说之托辰星兮,羡韩众之得一。"洪兴祖《补注》:"《列仙传》:齐人韩终为王采药,王不肯服,终自服之,遂得仙也。"　流亡:远游。

〔40〕恐:担心。　渐冉:逐渐,渐进,谓时间的不断推移。　无成:谓从韩众学仙道而无所成。　留:谓留在世俗。　蔽而不彰:谓被奸邪之人所掩蔽而不得彰明,即被埋没才德不得显露。

〔41〕犹豫:内心迟疑不决。　狐疑:多疑而无决断。传说狐多疑,因以形容疑虑多端。　即:就,近,到。　岐址:岐山之下。岐山,周文王姬昌为殷诸侯时之封地。在今陕西岐山县东北。　胪(lú 卢)情:陈情,诉说心情。

〔42〕文君:周文王。传说周文王为殷诸侯时曾被囚于羑里,于此曾推衍《周易》。　我:代远游者。　端蓍(shī 湿):谓详审占卜的蓍草,以其预兆定吉凶。端,端视,详审。蓍,草名,多年生草本植物。我国古代常用以占卜吉凶。　利:吉利。　飞遁(dùn 盾):遁,《周易》卦名。遁卦上九爻辞说:"飞遁,无不利。"意思是迅速逃走,就会大吉大利。飞,鸟飞,以喻速。遁,隐遁,逃走。　保名:保护自己的名声。

〔43〕此句以下至"蹈玉阶"句皆为释卦之辞。　历众山:八卦主要是通过象征天地风雷水火山泽八种自然现象的符号推测自然和社会的变化情况,以定吉凶。即乾,代表天;震,代表雷;兑,代表泽;离,代表火;巽,代表风;坎,代表水,艮,代表山;坤,代表地,遁卦卦体为下艮上乾。下艮,艮为山。从初六至九三,经历了三爻而成艮,故曰"历众山"。　周流:周游,行游各地。　翼迅风:从二爻至四爻为巽,巽为风。故曰"翼迅风",翅膀驾迅风翱翔。因为数爻时必须

由下往上数，即由初六数至上九，始得飞遁，告之以隐遁应如鸟飞。 扬声：显扬声名。此句言飞越群山，周游宇宙，如鸟儿翱翔，声名远扬。

〔44〕二女：按《周易》筮法，遁卦可变为咸卦，卦体为下艮上兑。上兑，兑为少女。二爻至四爻为巽，巽为长女。故曰"二女"。 崇岳：兑、巽、乾，三者皆在下体艮之上，艮为山，山即岳。 冰折：三爻至五爻为乾，乾为冰，又兑，为折毁。此句言虽说飞遁可得吉利，如鸟儿翱翔四方，但是前途还是曲折多艰，未来也并不一帆风顺。因为遁变为咸，有二女相感于高山之上，有寒冰毁折道路，又不可修筑，前途茫茫。

〔45〕天盖高而为泽：咸卦之三爻至五爻为乾，乾为天。四至上爻为兑，兑为泽。即兑居于乾之上，有泽居天上之象。天最高，泽最低，但是咸卦有泽居天上之象，正能变反，反能变正，说明逢凶可以化吉，置于死地而可以得生。路虽毁而可以畅通。因此，下句曰："谁云路之不平"。

〔46〕勔（miǎn 免）：勉励。 蹈：登。 峣（yáo 尧）峥：高峻的样子。 玉阶：天子之阶。咸卦之三爻至五爻为乾，乾为玉，故曰玉阶。此言虽欲离现实的污濁而远游，如文君为我占蓍所言"利飞遁"，但是仍然恋慕朝廷而不忍就去。

〔47〕惧：担心，疑惧。 筮氏：占卦的人。 长短：即龟卜为长，蓍占为短。古人认为，蓍短龟长，即龟卜比蓍占更为灵验。 钻东龟：在龟甲上钻眼，在火上烤出裂纹，借以测定吉凶。东龟，古占卜用龟。龟有六种，青色者称东龟。 观祯（zhēn 真）：观察吉祥。祯，祥。

〔48〕遇：指在龟甲上所见。 九皋（gāo 高）：深远的水泽淤地。《诗·小雅·鹤鸣》："鹤鸣于九皋，声闻于野。"《笺》："皋，泽中水溢出所为坎，自外数至九，喻深远也。" 介鸟：大鸟。此指鹤。九皋之介鸟指龟卜所得的龟纹。 怨：怨恨，愤懑。 素意不逞：意谓原来的意愿不能得以实现。即"勔自强而不息兮，蹈玉阶之峣峥"，以先哲的玄训匡正世俗的志向不能实现，现在是只剩远游一条路了。

〔49〕游：远游。 尘外：尘垢之外，尘世之外。 瞥（piē 撇）天：击天，拂于天。形容鹤飞之高，翅膀拂于天穹。 冥翳（yì 义）：高远，深杳不可测。

〔50〕雕鹗（è 饿）：两种恶鸟，以喻小人。 竞：追逐。 我：指鹤，代远游者。 脩絜：修养高洁的品格。 益荣：增强美好的声名。

〔51〕子：你。指远游者。 有故：有原因，有关系。 玄鸟：指鹤。 母氏：指天地万物之本源，即老子所谓道。《老子》："无名天下之始，有名万物之母。"此

句借卜者之辞言从龟卜得到启示，自己为高洁之玄鸟，小人为贪婪之雕鹗，不与之争，不以为伍，远走高飞，归于无为之道，自会得以安宁。

〔52〕占：占卜，指上文请文王端蓍，钻龟。　既吉：已经得到吉利的回答。　无悔：无灾祸。悔，灾祸。　简：选择。　元辰：美好的时辰。元，善，美好。辰，时辰。　俶（chù 处）装：整理行装。

〔53〕沐：洗发。　清源：清澈的水源。　晞（xī 希）：晒干。　朝阳：指山的东面。

〔54〕漱（shù 树）：漱口。　飞泉：奔泻的泉水。　沥液：流液。　咀（jǔ 举）：咀嚼。　石菌：生于石上的灵芝。古为瑞草之称。　流英：飘落的灵芝花。英，花。

〔55〕翾（xuān 宣）鸟：疾鸟，疾迅之鸟。　举：起飞。　八荒：八方荒远之处。

〔56〕过：访问。　少皞（hào 号）：传说中古代部落首领名。黄帝子，己姓，亦称金天氏。　穷野：穷桑之野。穷桑，少皞所居之地。　问：询问。三丘：指东海中的三仙山：蓬莱、瀛洲、方丈。　句芒：东方神。因远游东方故问之。

〔57〕何：多么，何等。　道真：谓三山仙人之道纯真无邪。　淳粹：朴素精美。　秽累：尘俗污秽累赘。　飘轻：谓排除一切尘世的秽累而飘逸轻扬。

〔58〕蓬莱：东海的三神山之一。　容与：安逸自得的样子。　鳌（áo 熬）：传说中的大海龟。　抃（biàn 便）：拍掌击水。　不倾：传说蓬莱山在海中有巨鳌背负，而不偏斜。

〔59〕留：停留，逗留。　瀛洲：东海三神山之一。　芝：灵芝草，一种瑞草，传说服之可以长生。　聊且：暂且。　以：以之。之，代灵芝。

〔60〕凭：凭借，凭依。　归云：晚云。　遐逝：远逝，远游。　宿：住宿。　扶桑：神木名。传说日出其下，以代日出之处。屈原《离骚》："饮余马于咸池兮，总余辔于扶桑。"此谓远游于东方。

〔61〕青岑（cén）：山名。　玉醴（lǐ 里）：玉泉。　沆瀣（hàng xiè 杭谢）：晚霞。　粻（zhāng 张）：米粮。

〔62〕发：发觉，发现。　昔梦：夜梦。昔与夕，同声通用，夕即夜。（用朱珔说）　木禾：谷类植物，也叫玉山禾。《山海经·海内西经》："昆仑之虚，方八百里，高万仞。上有木禾，长五寻，大五围。"李善注引《说文》："嘉谷也。"　穀：种植。　昆仑：山名，在新疆西藏之间，西接帕米尔高原，东延入青海省境内。层峰叠岭，势极高峻。此指神仙所居之地。　高冈：高丘，顶巅。

〔63〕行:游。 汤(yánɡ 扬)谷:日出之处。《书·尧典》:“分命羲仲宅嵎夷,曰汤谷。”《传》:“日出于谷而天下明,故称汤谷。” 伯禹:夏禹。以代父鲧为崇伯,故称伯禹。禹继父业,疏九河,瀹济漯,决汝汉,排淮、泗,在外十三年,过家门而不入,洪水悉平,初封夏伯,后受舜禅。国号曰夏。史称夏禹,又称夏后氏。都安邑。东巡狩至会稽而卒。 稽山:即会稽山,在浙江绍兴县东南,相传禹会诸侯江南计功,故名。此句言由东往南行。

〔64〕嘉:赞美,称许。 群神:指禹之群臣。 执玉:即执玉帛,持瑞玉和缣帛。玉与帛为古代祭祀会盟时用的珍贵礼品。《左传·哀七年》:“禹合诸侯于涂山,执玉帛者万国。” 疾:恨。 防风:古部落酋长名,《国语·鲁语》:“昔禹致群神于会稽之山,防风氏后至,禹杀而戮之,其骨节专车。”食言:背弃诺言。食,消;谓言而不行,如食之消尽。

〔65〕指:指向,趋向。 长沙:郡府名。秦置郡,因有“万里沙祠”,故曰长沙。汉为长沙国,其地皆包今湖南全省。后汉复为长沙郡。 邪径:即斜径。邪通“斜”。 存:存问,慰问。 重(chónɡ 虫)华:虞舜名。《书·舜典》:“曰若稽古帝舜,曰重华,协于帝。”《疏》:“舜能继尧,重其文德之光华。” 南邻:南方。此指虞舜南巡死于苍梧之山,又名九嶷之山(在今湖南宁远县境)。

〔66〕二妃:指尧之二女娥皇与女英,皆为舜之妻。 未从:谓舜南巡葬于苍梧之野,娥皇女英没有随从而往。 翩(piān 篇)缤:飞翔的样子。此谓二妃奔于舜死之地。 湘滨:指江湘之间,二妃奔舜之死,并死于江湘之间,而其神处于此。

〔67〕流目:放眼观看。 眺:远望。 夫:语中助词。 衡阿:衡山脚下。衡山,五岳之一的南岳。在今湖南省。旧跨长沙衡州二郡。阿,山边。有黎:指高辛氏(上古帝喾之号,黄帝曾孙,尧之父)的火正(古时掌火之官,掌祭火星,行火政),即祝融。 圮(pǐ 痞)坟:毁坏坟墓。传说楚灵王之时衡山崩,祝融之墓为之毁坏。

〔68〕痛:哀痛。 火正:指祝融。 无怀:祝融的灵魂无所归。怀。归。托:寄托。 山坂(bǎn 板):山坡。 孤魂:指祝融的无所归依之魂。

〔69〕郁郁:愁闷的样子。 慕远:向往远方。 越:跨越。 卬(ánɡ 昂)州:古地名,在正南。旧注引《四海图》曰:“交广南有卬州,其处极热。”依注当在今南洋一带。 游遨(áo 熬):远游。

〔70〕跻(jī 机):登,升。 日中:日正中,正午。 昆吾:日正午所经之处。

《淮南子·天文训》:"日出于旸谷,至于昆吾,是谓正中。"《注》:"昆吾邱,在南方。" 憩(qì 气):休息。 炎火:盛阳,灼热的阳光。《诗·小雅·大田》:"田祖有神,秉畀炎火。"《传》:"炎火,盛阳也。"《疏》:"以言炎火,恐其是火之实,故云盛阳也。阳而称火者,以南方为火,炎为甚之,故云盛阳也,知非实火者。" 所陶:指炎火所燃烧下的山丘。陶,炎炽,燃烧。

〔71〕扬:散播,放射。 芒熛(biāo 标):火焰。 绛(jiàng 降)天:使天变成赤红色,绛,赤色,此做动词用,使动用法。 泫沄(xuàn yún 绚云):水沸腾的样子。

〔72〕温风:温热之风。 翕(xī 西)其:聚集,旺盛。其,语助词,惄(nì 匿):忧思。 郁悒(yì 义):忧愁的样子。 难聊:无所聊赖,无所寄托。聊,赖,寄托。

〔73〕頯(kuī 亏):孤独的样子。 羁(jī 基)旅:寄居做客。 安能:焉能,怎么能。 兹:此。

〔74〕顾:视。 金天:指西方。古帝少皞号金天氏,西方为其所主。《左传·昭元年》:"昔金天氏有裔子曰昧,为玄冥师。"《注》:"金天氏,帝少皞。" 嬉:欢乐。

〔75〕祝融:高辛氏的火正,死为火官之神。 举麾(huī 挥):举旗。谓举旗指挥。《尚书·牧誓》:"王左杖黄钺,右秉白旄以麾。"秦汉以来即以所执之旌名曰麾。 缡(lí 离):指缀在旗上的带子。此做动词用。 朱鸟:星宿名,也称朱雀。二十八宿中南方七宿(井、鬼、柳、星、张、翼、轸)的总名。七宿联起来像鸟形;朱,赤色,像火,南方属火,所以叫朱鸟。 承旗:连接于旗。此句言把带子缀上朱鸟星的文饰,连接在旗上。

〔76〕躔(chán 缠):践,经历,经过。 建木:神木名。木高百仞无枝,日中无影,众天神由此上下。 广都:传说中的地名,后稷葬地。《山海经·海内西经》:"后稷之葬,山水环之。" 摭(zhí 直):拾取。 若华:若木之花。若木,神木名,长于日入处。华,同"花"。《山海经·大荒北经》:"大荒之中,有衡石山、九阴山、洞野之山,上有赤树,青叶赤华,名曰若木。"《注》:"生昆仑西,附西极,其华光赤下照地。" 踌躇(chóu chú 愁除):徘徊不前的样子。

〔77〕超:越过。 轩辕:传说中的国名。《山海经·海外西经》:"轩辕之国,在此穷山之际,其不寿者八百岁。在女子国北。人面蛇身。" 西海:泛指西方。与东、南、北对举。《礼·祭义》:"溥之而横乎四海……推而放诸东海而准,推而放之西海而准。" 跨:跨越。 汪氏:传说中西海外的国家。此国多龙

鱼。

〔78〕此国:指轩辕汪氏国。　千岁:指该国之人寿一千岁。　曾:乃,竟。　焉:怎么。　娱余:令我快乐。

〔79〕九土:即九州。　殊风:不同的风俗。　蓐(rù入)收:西方神名。　遂徂(cú):往,到。

〔80〕欻(xū需):轻盈高举的样子。　蝉蜕(chán tuì缠退):脱离皮壳,谓使精神、灵魂解脱。　朋:朋友,做动词用,使动用法。　精粹(cuì萃):淳美。指脱离尘垢之后的精神灵魂。　徒:伴侣,同伴。

〔81〕蹶(jué决):踏过。　白门:古代把天地八方分为八门,西南方为白门。《淮南子·地形训》:"八纮之外,乃有八极,……西南方曰编驹之山,曰白门。"云:语首助词。　台(yí夷):我。　中野:荒野之中。

〔82〕乱:横渡。　弱水:水名,指西方绝远之处。《山海经·大荒西经》:"西海之南,流沙之滨,……有大山名曰昆仑之丘,……其下有弱水之渊环之。"　潺湲(chán yuán缠园):水流的样子。逗:留,止。　华阴:太华山的北面。　湍渚(tuān zhǔ):急流中的小岛。

〔83〕号:叫。　冯夷:河神名。《庄子·大宗师》:"冯夷得之,以游大川。"俾(bǐ比):使。　清津:水流清澈的渡口。　棹(zhào照):划船的工具。状如桨。此做动词用。　龙舟:龙形的船。济予:把我以船渡过去,以归中土。

〔84〕帝轩:指黄帝。葬于西海桥山。桥山,山名,在陕西黄陵县西北,有沮水穿山而过,山呈桥形,因以为名。也称子午山,相传上有黄帝墓。未归:谓帝轩神灵未归来。　怅(chàng唱):失望的样子。　徜徉(cháng yáng常羊):徘徊。　延伫(zhù住):等待久立。

〔85〕慖(xì系):休息。　河林:河畔的树林。　蓁蓁(zhēn zhēn真真):茂盛的样子。　伟:美,意动用法。　关雎(jū居):《诗经·周南》篇名。旧注以为咏后妃之德,实是描写男女爱情的情歌。　戒女:警戒女性。

〔86〕黄灵:黄帝之灵。　詹:至。　访命:问命。访,询问。命,命运,指吉凶祸福。　樛(jiū究):求,探求。　天道:谓占验天象。　焉如:怎样发展变化。如,往。

〔87〕曰:黄帝回答说。　近信而远疑:近指人道,人间的事物,信,征信,可知;远,指天道,疑,不可征信,不可知。《左传·昭十八年》:"天道远,人道迩。"《国语·周语》:"吾非瞽史,焉知天道。"　六籍:六经。指诗、书、礼、乐、易、春

秋。　阙(quē 缺):缺。　不书:没有说明。

〔88〕神逵(kuí 奎):神道,神奇莫测的自然之道,指前句所谓近的人道与远的天道。昧,幽昧不明。　难覆:难以详知。覆,详知。　畴:谁。克谋:能够知道。　从诸:从之乎,遵循它。诸,之,代神逵。　以上四句为黄帝言命的主旨,为下文张本。

〔89〕牛哀:鲁哀公时人名。旧注引《淮南子》:“牛哀病七日而化为虎,其兄启户而入,哀搏而杀之,不自知为虎也”。　昆:兄。　噬(shì 士):食,吃。

〔90〕鳖令:古神话中的蜀人,继望帝而为帝。李善注引《蜀王本纪》:“望帝治汶山下邑曰郫,积百余岁。荆地有一死人,名鳖令,其尸亡,随江水上至郫,与望帝相见。望帝以鳖令为相,以德薄不及鳖令,乃委国授之而去。”　殪(yì 易):死。　尸亡:尸体逃走。　蜀禅(shàn 善):蜀帝所传与的王位,禅,以王位传人。　引世:延续一个时代。引,延长,延续。世,代,帝制时代,易姓建立新王朝为一世。

〔91〕错其:错杂,错乱。其,语助词。　不齐:不可辨别。齐,辨。《易·系辞》:“齐小大者存乎卦。”《注》:“齐,犹言辨也。”　司命:神名。《礼·祭法》谓王立七祀,诸侯立五祀,皆有司命。汉代民间祀司命。　胵(zhì 至):目明,看得清楚。

〔92〕窦(dòu 豆)号:指汉文帝窦后事。李善注引《汉书》:“孝文窦皇后,景帝母也。吕太后出宫人以赐诸王,窦姬与在行中。家在清河,愿如赵近家,请其主遣宦者吏必置赵籍之伍中。宦者忘之,误置代籍伍中。当行,窦姬涕泣怨其宦者,不欲往,相强乃肯行。至代,代王独幸窦姬。生景帝,后立为皇后。”窦,窦后。号,号哭。　代路:往代地之路。汉文帝刘恒(汉高祖子)封于代(今河北蔚县一带),立为代王。　膺祚(yīng zuò 英作):谓立为皇后。膺,当,受。祚,帝位,此指皇后之位。　繁庑(wú 无):茂盛。此谓窦后子孙兴旺。

〔93〕王肆侈:指汉平帝王后事。汉平帝时,王莽为大司马,朝政集于一身,号安国公。以女妻帝,是为王后。及莽篡夺帝位,后常称疾不朝,颇有节操。王莽被诛,自投火中死。　肆侈:恣意豪奢。　汉庭:汉朝。　衔恤(xián xù 贤续):含忧。　绝绪:绝嗣,断绝后代。

〔94〕尉:古官名。军尉。　尨(máng 忙)眉:黑白杂色的眉毛。尨,黑白杂色。　郎潜:以郎官的位置而被埋没。郎,古时的宿卫之官。　逮(dài 代):三叶:赶上三个时代。逮,及,赶上。三叶,指汉文、景、武三个朝代。　遘(gòu

够)武:遇到汉武帝。此指汉时颜驷的故事。李善注引(汉武故事》:“颜驷,不知何许人,汉文帝时为郎,至武帝,曾辇过郎署,见驷龙眉皓发,上问曰:‘叟何时为郎,何其老也!’答曰:‘臣文帝时为郎,文帝好文而臣好武;至景帝好美而臣貌丑;陛下即位,好少而臣已老。是以三世不遇,故老于郎署。’上感其言,擢拜会稽都尉。”

〔95〕董:指董贤。汉哀帝宠臣。　弱冠:古时男子二十成人,初加冠,体还未壮,故称弱。　司衮(gǔn 滚):董贤官至大司马,为三公(大司马、大司徒、大司空)之一,服衮(古时帝王及上公祭宗庙所穿的礼服)。　王隧(suì 岁):古时帝王墓葬,可修筑通坟墓之中的地道。隧,地道。李善注引《左传》:“晋侯请隧。”杜预曰:“掘地通路曰隧,王葬礼也。”　弗处:谓董贤死后其尸体不能置于所筑的墓葬之中。李善注引《汉书》:“董贤年二十二为三公。哀帝崩,贤自杀。家惶恐,夜葬之。莽疑其诈死。有司奏贤造冢墓,不异王制。贤既见发,裸诊其尸,因埋狱中。”

〔96〕夫:表议论的语助词。　吉凶:福祥和灾祸。　相仍:相互因依。　恒:永远。　反仄(zè):反复无常。　靡(mǐ 米)所:无定所。

〔97〕穆届天:指春秋鲁大夫叔孙豹事。由于其兄侨如引起其封国内乱,豹奔齐。经鲁国庚宗地方曾有一妇人招待其食宿。到齐国曾梦见天压头顶,呼人帮他解脱,其人黑脸驼背,深眼猪嘴。后鲁召其归国主管其封地,又遇见庚宗妇人,言其已生一子。召见,乃梦中帮助过他的黑脸人,称之为牛,并任为竖(小臣)。叔孙豹继承大夫的封地,宠爱竖牛。竖牛排除异己,迫害忠良,最后使叔孙豹本人饿死(《左传·昭公四年》)。　穆:穆子,叔孙豹的谥号。　届天:届于天,受到天的压力。届,至,压。　悦牛:宠爱竖牛。　竖乱叔:竖牛为乱于叔孙氏。　幽主:谓竖牛把叔孙豹幽闭起来,使其饥饿而死。此言穆子当初宠爱的人,后来成了他的迫害者。

〔98〕文断袪(qū 区):指春秋晋文公重耳事。由于晋国内部争夺王位的斗争,晋献公曾派寺人(宫廷内侍之官)勃鞮去害重耳。重耳翻墙逃走,衣袖被斩断。在外流亡十九年之后,重耳在秦穆公支持下回晋就王位,勃鞮来见他,得到宽恕。后来,重耳对立派的余党吕甥、冀芮谋反,欲烧毁王宫并杀重耳。勃鞮便向重耳报告,使之得免于难(《国语·晋语》)。　文:晋文公。　断袪:斩断衣袖。　忌伯:忌恨伯楚。忌,怀恨。伯,伯楚,勃鞮之字。重耳初归国,勃鞮来见,曾指责勃鞮几次欲加害他的罪过,表示怀恨,而后者则以君臣之义说明自己

时不得不为之,乃释前隙。 阉(yān 烟):男子被除掉生殖器为阉,此指寺人勃鞮。 谒(yè 业)贼:报告有人谋反事。谒,禀告。贼,指欲加害重耳的坏人。宁后:使重耳获得安宁。后,指重耳。上句说竖牛原似善却做恶,下句说勃鞮原做恶却又办好事,人事难知。

〔99〕通人:有才智有见识之人。此指叔孙豹和重耳。 暗:看不清楚。好恶:好人与坏人。 岂:怎么。 昏惑:胡涂人。 能剖:能够分辨。

〔100〕嬴(yíng 营):指秦始皇,嬴,其姓。 擿谶(tī chèn 梯衬):相信谶纬之说。擿,挑选,选取,采纳,相信。谶,古代预卜吉凶得失的文字、图记。 戒胡:戒备胡人。 备诸外:即备之于外。防备外来的敌人。诸,之于的合音。之,代胡。 发内:爆发于内。此指秦始皇事。李善注引《史记》:"卢生(秦方士,曾为始皇入海求仙药,不获遁逃。)使人奏箓图(记录谶纬文字的簿籍与图记)曰,亡秦者胡也。使将军蒙恬北击胡,略取河南地。"又:"始皇崩,李斯与赵高谋,诈受始皇诏,立胡亥为太子也。"此句意为始皇依谶纬之说防备外面的胡人,却发生了内部的祸患。

〔101〕或辇(niǎn 碾)贿(huì 会):指《鬼神志》及《搜神记》故事:有一个叫周犨的人,家贫,夫妇夜里种田。天帝看见,很同情他,就问司命:"可以叫此人富起来吗?"司命说:"命当贫。有个叫张车子的,钱财可借给他。"于是司命就把张车子的钱借给了他,约定说:"待车子生下来就赶快把钱财还上。"周犨稍稍富了一些,还钱的期限到了,他们夫妇就拉着车,把钱财运走了。路上遇到一对夫妻在他们的车下过夜,生下一子。妻问夫给孩子起个什么名字。夫说:"生在车下就叫车子吧。"从此以后周犨的日子又逐渐归于贫困(据《思玄赋》旧注)。 或:有的人,指周犨。 辇贿:谓用车拉财物逃走。 违车:谓躲避张车子。 孕行:于路上怀子。 对:相配,相符合。谓路上所遇夫妻生子名同司命所言车子相符。

〔102〕慎灶显:在鲁大夫梓慎和郑大夫裨灶测天失误事。李善注引《左传》说:鲁昭公二十四年五月乙未朔,出现日蚀。梓慎预测说:"将要闹水灾。"叔孙昭子说:"日过春分,阳气还不能胜阴气,要胜就一定要过分,能不旱吗?"这年秋八月天大旱。梓慎之言不验。鲁昭公十八年夏五月,火星开始昏暗无光。郑大夫裨灶说:"宋卫陈郑都将闹火灾,郑若采取我的意见,以宝器祭祀,这回就可免一场大火灾了。"郑人请求用宝器去祭神。子产不同意,说:"天道远人道近,裨灶怎么能知天道呢?纯是多嘴。"子产没有给他宝器去祭神,火灾也没有发

生。显:地位名望显赫。谓慎灶皆为大夫。言天:谈论天象。占水灾:预测水火灾害。妄讯:妄说。妄,没有根据。讯,诉告。

〔103〕梁叟患:指古代梁国一位老人受鬼之害的故事。李善注引《吕氏春秋》说:梁国黎丘地方有奇鬼,善于模仿人的样子。市镇上有位老人去赶集,酒醉而归。鬼就变成他儿子的模样,搀扶他,在路上折磨他,让他尽走难行的路。回到家里酒醒之后就指责儿子,儿子哭着叩头说,根本没有这回事。老人知道上了鬼的当。第二天上市又酒醉而归,儿子怕父亲再为鬼所苦就去迎接。老人望见,疑为奇鬼作祟,拔剑而刺杀之。梁叟:梁国的老人。患:遇到祸患。夫:语助词。黎丘:古时梁国地名。丁:当,值,遇到。《诗·大雅·云汉》:"宁丁我躬。"《后汉书·岑彭传》:"我喜我生独丁斯时。"厥子:其子,他的儿子。厥,指示代词,相当于其。剚(zì 自)刃:以刀剑刺杀。

〔104〕亲:亲自,亲眼。所睼(tiàn):所看见的事物。睼,视。弗识:不能辨别。矧(shěn 审):何况。幽冥:暗昧不明之事,指上文所叙的谶纬之说。

〔105〕毋:无。绵挛(luán 峦):牵制,拘束。幸:引。疹(zhěn 枕):病,苦。此两句言不要为世俗所缠绕,使自己忧心忡忡,空自苦恼。

〔106〕天监:上天的监视。孔明:很清明。孔,很。用:以,因此。棐(fěi 匪):辅助,帮助。忱:诚信。祐(yòu 又):保佑。仁:仁德。

〔107〕汤:商汤王,商朝的创建者,传说中的贤君。蠲(juān 捐)体:洁体。蠲,通"涓",清洁。祷祈:祈祷上帝。蒙:蒙受,得到。厖褫(máng sī 忙丝):大福。拯民:帮助人民。拯,救济,帮助。李善注引《吕氏春秋》:汤剋夏,大旱七年,乃以身祷于桑林,自以为牺牲,用祈于上帝。民乃甚悦,雨乃大至。"

〔108〕景三虑:指春秋宋景公事。李善注引《吕氏春秋》:"宋景公有疾。司星子韦曰:'荧惑(火星别名,隐现不定,故名)守心(星宿名)。心,宋之分野(古时天文说,以十二星辰位置划分地面位置。就天文言,谓之分星,就地面言,谓之分野。),君当之。若祭,可移于相(星名)。'公曰:'相,寡人之股肱(大腿和胳膊,喻辅佐),岂可除心腹之疾,移于股肱,可乎?'曰:'可移于民(司民,星名)。'公曰:'民者,国之本,国无民,何以为国?如何伤本而救吾身乎?'曰:'可移于岁(星名,即木星)。'公曰:'岁,所以养民,岁不登何以蓄民?'子韦曰:'君善言三,荧惑必退三舍,延命二十一年。'视之,信。"景,宋景公。三虑:三种忧虑,指景公对相、民和岁的三种回答。营国:治国。次:舍、住。他辰:代相、民、岁三星。

〔109〕魏颗亮:指魏颗不以其父之宠妾殉葬事。李善注引《左传·宣公十五年》:魏武子(魏犨,晋卿)有个宠妾,有病时命其子魏颗说:"一定把她嫁出去。"病重,又说:"一定用她给我殉葬。"他死后,魏颗则把她嫁出去。说他父亲病重时已经胡涂了,要按他明白时的合理命令办。后来魏颗在辅氏(地名)抵抗秦军,看见一位老人结扎草索抵御秦将杜回。杜回跌倒在地就被活捉。夜里老人托梦于魏颗,说:"我就是您所嫁出的妇人之父,您执行了先父合理的遗命,我是来报答您的。"魏颗,魏武子之子,晋卿。 亮:忠实正直。 从治:遵遁合理的遗命。 鬼:指老人的鬼魂。 亢(kàng 抗)回:抵御杜回。亢,通"抗"。回,秦将杜回。 毙秦:打败秦军。

〔110〕咎繇(gāo yáo 高摇):即皋陶。传说中虞舜之臣,掌刑狱之事。迈:勤勉。《书·大禹谟》:"皋陶迈种德,德乃降。" 种德:传布仁德。种,传布。树德:培植仁德。 懋(mào 冒):通"茂",繁茂。 英六:古地名。夏禹封皋陶后代于此。

〔111〕桑末:桑树的末梢。 寄:依附,依赖。 夫:语中助词。 根生:即寄生,依附于他物而生的植物。 卉:草木。此指桑末。 凋:凋落,败落。育:茂。此句言咎繇积德于前,其子孙得封英六于后,众国皆灭,而英六独存。桑末,即卉,喻英六附近的小侯国。根生,喻咎繇的后代。育,喻咎繇后代之受禹封而兴旺。

〔112〕有无言不酬:即有言必酬,有善言(指积德)于前,必有善报于后。何往而不复:即往而必复。往,对人有德。复,得到报答。 此两句为商汤王、宋景公、魏颗、咎繇行仁义而得善报做结,以呼应"天监"句。前文言天道人事难知,此强调修德行仁必有后福。

〔113〕盍(hé 合):何不。 远迹:远游。 飞声:传扬仁德的声誉。孰:谁。时:时光,时间。 可蓄:可以蓄积,可以留住。 以上皆为黄帝之言,为访命所做的回答,以命不可知始,而以行仁积德终。

〔114〕仰:远望。 矫(jiāo 交)首:举首。 惝惘(chǎng wǎng 敞往):失意的样子。 俦(chóu 仇):伴侣。

〔115〕逼:迫。 区中:中区,中土,中国。 隘陋:狭隘鄙陋,谓不容纳遵先哲玄训的贤德之士。 北度:北向。 宣游:遍游。

〔116〕积冰:堆积的寒冰。指北方。 硙硙(ái ái):冰厚的样子。 冱(hù 互):寒冷冻结。

〔117〕凄(qī 七):寒冷的样子。 永至:久至。 拂:吹过。 穹岫(xiù秀):山峰。 骚骚:风劲吹之声。

〔118〕玄武:龟蛇相交为玄武,北方神兽。 壳:甲壳。 腾蛇:北方兽名,似龙。 蜿:盘曲。 自纠:自己盘结。

〔119〕矜鳞:竦动鳞甲,形容寒冷的样子。 并凌:与冰相并。并,相合,相触。凌,结冰。 失条:失于条,在枝条上站不住。形容天气严寒,鸟儿脚爪不好使。条,柯条,枝条。

〔120〕太阴:北方。李善注引《汉书》:“以阴阳言之,太阴者北方也。” 屏室:隐蔽的居处。 慨:慨叹。 含唏:暗自欷歔(xī xū 希虚),暗自抽泣。

〔121〕怨:埋怨。 高阳:高阳氏,古帝名,上古五帝之一,其他为伏羲、神农、轩辕、金天。 相(xiàng 象)寓:相宅,占视宅第。即古代以迷信的方法占验所居之地是否吉祥。《书·召诰》:“成王在丰,欲宅洛邑,使召公先相宅。”《传》:“相所居而卜之。” 傰(qiòng):小的样子。此意动用法。 颛顼:高阳氏之号。高步瀛引金鹗《礼说》曰:“‘《月令》:春帝太皞,夏帝炎帝,中央黄帝,秋帝少皞,冬帝颛顼。此五天帝之名也。伏羲、神农、轩辕、金天、高阳五人帝,以五德迭兴,故亦以五天帝为号。’此赋高阳颛顼对举,当从金说。” 宅幽:居处于北方。宅,居处。幽,指北海的幽都之上。此指北方。李善注引《山海经》:“北海之内有山,名幽都之山。黑水出焉。”

〔122〕庸:劳苦。 织路:往来于路。织,形容东西往来,行路如织。四裔(yī 衣):四方极远之地。 斯与彼:此与他,此处与他处。 瘳(chōu):病愈。此有胜过、较好的意思。

〔123〕寒门:北极之山。因积寒所在,故曰寒门。 绝垠(yín 银):辽远的边地。垠,边际。界限。 纵:放开,放松。 绁(xiè 谢):系牲畜的绳索。此指辔。 不周:山名。传说在昆仑西北。

〔124〕迅猋(biāo 标):迅疾的旋风。 潚(sù 肃)其,迅疾的样子。其,语助词。 媵(yìng 硬)我:送我。媵,陪送。 鹜(wù 务):奔驰。 翩飘:轻盈而进的样子。 不禁:毫无阻挡。禁,制止,阻挡。

〔125〕谽谺(hān xiā 酣瞎): 空旷的样子。 漂:漂浮。 通川:深广的河流。 碄碄(lín lín 林林):深广的样子。

〔126〕经:经过。 重阴:地下。 寂漠:幽静。 愍(mǐn 敏):通“悯”,怜悯。 坟羊:土怪。 深潜:深藏于地下。

〔127〕追:驰骋。 荒忽:幽暗不明的样子。 轶(yì 义):超越。 无形:指天地间元气的混沌状态。 上浮:谓由地底向上空浮游。

〔128〕石密:山名,密山。传说此山生玄玉,黄帝取密山之玉策,而投之钟山之阴。 暗野:幽暗之野。即密山之阴。 不识:辨认不清楚。 蹊(xī 西):小路。 所由:所由来。指小路所来的方向。

〔129〕速:急速。使动用法。 烛龙:神名。《山海经·大荒北经》:"西北海之外,赤水之北,有章尾山,有神,人面蛇身而赤,直目正乘,其瞑乃晦,其视乃明,……是烛九阴,是谓烛龙。" 执炬:掌火炬。 钟山:昆仑山之别名。 中休:中途休息。

〔130〕瞰(kàn 看):远望。 瑶谿(xī 西):指钟山东的谿谷。 赤岸:钟山东瑶谿的崖岸。 吊:哀悼。 祖江:神话人名。李善注引《山海经》:"钟山有子曰敷,其状人面而蛇身,钦䲹杀祖江于昆仑之阳。帝乃戮之于钟山之东曰瑶岸,钦䲹化为大鹗。" 见刘:被杀。刘,杀。

〔131〕聘:探望,拜访。 王母:即西王母,神话中的女神。《穆天子传》三:"吉日甲子,天子宾于西王母,乃执白圭玄璧以见西王母。"《注》:"西王母如人,虎齿,蓬发,戴胜,善啸。" 银台:西王母的居处。传说西王母以黄金白银为宫阙。 羞:进献。 玉芝:芝草,以色白如玉而名,亦名白芝。 疗饥:可以止饥饿。

〔132〕戴胜:头戴玉胜。胜,首饰。 慭(xìn 信):笑的样子。 诮(qiào 翘):责备。 行迟:走得慢。

〔133〕载:乘坐。此使动用法。 太华:山名,即西岳华山。在今陕西省渭南县境内之旧华阴县南。 玉女:太华神女。 召:召唤。 洛浦:洛水之涯。 宓妃:女神名,洛水之神。

〔134〕咸:皆。 姣丽:美丽。 蛊(gǔ 古)媚:以姿态迷惑人。 增:多。此指眉眼频频传情的样子。 嫮(hù 户)眼:美丽的眼睛。 蛾眉:蚕蛾的触须,弯曲而细长,如人的眉毛,故以比喻女子长而美的眉毛。

〔135〕舒:舒展。 眇婧(miǎo jīng 渺精):苗条的样子。 纤腰:细腰。 扬:飘动。 杂错:形容衣饰色彩缤纷的样子。 袿徽(guī huī 规灰):妇女的服饰。袿,妇女的上衣。徽,衣上的飘带。

〔136〕离:微开。 朱唇:美艳的嘴唇。 的砾(lì 立):光彩闪动的样子。 遗光:散发光彩。

〔137〕环琨(kūn 昆):圆形中间有孔的玉佩。 琛缡(chēn lí 抻离):玉饰

的带子。琛,玉。缡,带子。　申:表明。　厥好:友好。厥,其。　玄黄:彩色的丝帛。　以上四句皆言玉女与宓妃对神游者友好的表情与行为。

〔138〕虽:虽然。　色艳:姿色美艳。　赂美:献出的美好感情。赂,赠予,给予。美,指美丽的表情与美好的赠品(环琨琛缡之类)。　志:心志。　皓荡:开阔广大。　不嘉:不以为美善。嘉,美善,意动用法。

〔139〕双材:指玉女与宓妃。　不纳:美好感情不被接受。并:一同,共同。　清歌:清美的歌唱。

〔140〕烟煴(yīn yūn 因晕):天地未开时的混沌之气。此指祥瑞之气。　百卉:众多的草木。　含葩(pā 叭):含苞未放。葩,草木之花。

〔141〕交颈:两颈相依。　雎鸠(jū jiū 居究):鸟名。　相和(hè 贺):相互应答,此唱彼和。

〔142〕处子:处女。　怀春:谓少女怀念异性。　精魂:灵魂。　回移:往来徘徊。

〔143〕淑明:贤良聪慧。　实多:实在多。　以上八句为二女之歌。

〔144〕答赋:远游者答二女之赋。　不暇:无暇,没有时间。　爰:于是。　整驾:整理车驾。　亟(jí 急)行:急速而行。

〔145〕瞻:视,望。　巍巍:形容山之高峻。　临:居上视下。　萦河:指昆仑山下萦回曲折的河水。　洋洋:水流盛大的样子。

〔146〕伏:降伏,使服从。　灵龟:神物。　负坻(chí 池):谓背负河中的沙洲以做桥梁。坻,河中的小洲。　亘(gèn):横贯。　螭(chī 吃)龙:传说中无角的龙。　飞梁:浮桥。

〔147〕阆(làng 浪)风:山名,相传在昆仑之巅,为神仙所居。　层城:相传昆仑山有层城九重,分三级:下层叫樊桐,一名板桐;中层叫玄圃,一名阆风;上层叫层城,一名天庭,为天帝所居,上有不死之树。　构:构造,构成。　不死:指层城上的不死之树。

〔148〕屑(xiè 谢):研成细末。　瑶蕊:玉英,玉花。　糇(hóu 侯):干粮。　斞(jū 居):舀取。　白水:水名。屈原《离骚》:"朝吾将济于白水兮,登阆风而绁马。"《注》:"《淮南子》言:白水出昆仑之山,饮之不死。"　浆:酒。

〔149〕抨(bēng 崩):指派,支使。　巫咸:古代的神巫。　占(zhān 沾)梦:按梦境而测定吉凶。　贞吉:占卜而得吉祥。　元符:大的祥瑞。指下文之嘉秀与垂颖。元,大。符,符应,瑞应。此句之梦指上文梦木禾之事,为下文说梦

张本。

〔150〕滋:繁茂,滋长,发展。 令德:善德。 于正中:以正中之道。 含:怀藏。 嘉秀:草木的美好之花,此喻善美。 敷(fū 夫):传播,散布。此句言远游者以正道直行来发展自身的善德。正如梦中木禾的美好之花,向四外散播芳香。上句为远游者的心志,下句为梦中之象。

〔151〕垂颖:垂下禾穗。垂,下垂。颖,带芒的禾穗。 顾本:眷念根本。要:总要。 思;怀念。 故居:故乡。此言梦中的木禾之穗下垂,顾念自己生长的根本,表明远游者思念故乡,而不忘本。上句为梦中之象,下句为远游者的心志。

〔152〕安:安适,满足。 和静:和顺闲静。 随时:随顺时俗。 姑:暂且。纯懿(yì 义):高尚完美的德行。纯,大。懿,美。 所庐:所居,所在。此句言要安于和静随俗,和静与随俗才是美德之所在。 以上六句为巫咸为之占梦的内容。

〔153〕戒:命令,告请。 庶僚:众官。庶,众多。指下文的丰隆、列缺、云师、涷雨等。 夙(sù 素)会:及早集合。 佥(qiān 千):共同。 供职:任职。并:同时,一同。 讶(yà 压):迎接。

〔154〕丰隆:雷公。 軯(pēng 烹):雷鸣声。 其:语助词。 震霆:霹雳,突然震响之雷。 列缺:闪电。 晔(yè 业)其:光辉灿烂的样子。

〔155〕云师:云神。 黮(dàn 旦):阴暗的样子。 涷(dōng 东)雨:暴雨。沛其:雨水盛大的样子。

〔156〕轙(yǐ 椅):车衡上穿过缰绳的大环。此做动词用,等待出发的意思。雕舆:雕玉的车舆。 树葩(pā 叭):立起车盖。葩,原为草木之花,引申为华美,此指华美的车盖。 扰:驯服。 应龙:神话中有翼的龙。五百年为角龙,又千年为应龙。相传禹治洪水时,有应龙以尾画地,于是成了江河,使水流入大海。 服路:驾车。

〔157〕百神:众神。 森其:众多的样子。其,语助词。 备从:完全随从。屯:聚集。 骑:骑兵。 星布:像群星遍布。

〔158〕振:抖动。 袂(mèi 妹):衣袖。就车:登车。

脩剑:长剑。 揭:剑动的样子。 低昂:高低起伏。此形容长剑佩在身上随车上下摆动的样子。

〔159〕冠:帽子。 岩岩:形容帽子高的样子。 映盖:谓与车盖的华彩相

互映衬。　佩:玉佩。　绯缅(lín lí 林离):盛饰的样子。

〔160〕仆夫:驾车的人。　俨(yǎn 眼)其:庄重的样子。　正策:端正马鞭。　八乘(shèng 胜):以八马驾车(从吕延济注)。　腾:腾跃。　超骧(xiāng 香):奔驰。

〔161〕氛旄(máo 毛),以氛气为旗。氛,此指空气。旄,旗竿顶用旄牛尾为饰的旗。　溶:旗子飘动宛转的样子。　天旋:在天上回旋。　霓旌:以虹霓为旗。霓,虹。旌,旗。

〔162〕抚:抚摸。　軨轵(líng zhǐ 灵只):车箱前面或两边的横木。　还睨(nì):回顾。还,返,回。睨,斜视。　勺瀿(zhuó shuò 卓硕):热的样子。　汤:沸水。

〔163〕羡:想慕,向往。　上都:天帝所居之地。　赫戏:光明炎盛的样子。　迷故:迷恋故旧远游之地。　不忘:谓不忘上都。　此两句承前两句,"抚軨轵""心勺瀿"都是迷恋远游之地的感情。所以,此言既顾本而归故居,为何还迷恋旧游之地而不能忘呢?

〔164〕青雕:青纹之龙。　揵(qián 前):竖立。举起。　芝:小的伞盖。　素威:白虎。　司钲(zhēng 征):掌管钲鼓。李善注引《礼记》:"君行,左青龙而右白虎也。"

〔165〕长离:南方的朱鸟,即凤鸟。　拂羽:振羽。　委:委托,委任。　衡:即水衡。掌山泽之官名。汉武帝元鼎二年置水衡都尉、水衡丞,掌上林苑,即周之林衡、川衡二官,兼保管皇室财物及铸钱。　玄冥:北方之神。

〔166〕属(zhǔ 主):托付,嘱托。属,通"嘱'。　箕(jī 基)伯:风伯,箕星之神。李善注引《风俗通》:"风师者,箕星也。主簸扬,能致风气也。"　函:怀,通"含"。　淟涊(tiǎn niǎn 忝捻):污垢。指污浊之气。

〔167〕曳(yè 业):牵引,撑持。　云旗:似云之旗。　离离:旗帜飘动的样子。　玉鸾:饰玉的鸾铃。　嘤嘤(yīng yīng 英英):铃声。

〔168〕涉:游历。　清霄:天边的微云。　遐(xiá 侠):远。　浮:浮游。　蠛蠓(miè měng 蔑蒙):天空中的小飞虫。此指天空的游气。　上征:上行。

〔169〕纷:众多。　翼翼:行进的样子。　徐戾(lì 立):徐徐到来。戾,至,到。　焱:光华盛大的样子。　回回:光闪闪的样子。　扬灵:显扬神灵。此言众神迎迓远游者的情景。

〔170〕帝阍(hūn 昏):天帝的守门人。　辟扉:开门。　觌(dí 敌):相见。

天皇:天帝。　琼宫:指天帝之宫。

〔171〕聆(líng 灵):听。　广乐:乐名。传为天上的乐曲。　九奏:即九成,乐曲有九个乐段。《史记·扁鹊列传》:“与百神游于钧天,广乐九奏万舞,不类三代之乐,其声动心。”　展:信,确实。　洩洩(yì yì 易易):和乐的样子。　融融:和乐的样子。

〔172〕考:考察,探究。　治乱:治,指政治清明安定;乱,为治的反面。此指社会政治情况。　律均:律,指古代音乐的十二律。钧,指五钧,五种乐调。　意:思想。　建:立,从。　思:思索。　此两句言从音乐考察社会治乱情况,广乐弹奏自始至终都引人思索。

〔173〕惟:思,想。　般(pán 盘)逸:快乐安逸,逸乐。　无斁(yì 义):无厌,不知满足。　乐往:乐去,乐尽。　哀来:哀至。

〔174〕素女:神女。　抚弦:弹奏琴瑟。　抚,抚弄,弹奏。　余音:奏罢尚余之音,指音乐给予人留下的感觉。　太容:黄帝的乐师名。　吟:叹息。　念:思虑。

〔175〕防溢:谓防止过度的逸乐。溢,过度,指过度的逸乐。　靖志:使心志平静。靖,安定,平静。　迨(dài 代):及,等到。　暇:闲暇。　翱翔:遨游。

〔176〕紫宫:紫微宫,星宿名,天帝所居。　肃肃:清静,幽静。　集:聚集。　太微:星宿名。位于北斗之南,诸星以五帝座为中心,呈屏藩状。阆阆(làng làng 浪浪):高峻的样子。

〔177〕王良:古之善御者,在上天主管天马。　掌策:掌鞭,掌管。　驷:天驷之星。　逾:跨越。　高阁:星名。　将将(qiāng qiāng 枪枪):高峻的样子。

〔178〕建:立,布置。　罔车:星宿名,即毕星。　幕幕:覆盖周密的样子。青林:星名,即天苑星。　芒芒:广大的样子。此以星宿比喻狩猎的用具与苑囿。

〔179〕弯:拉弓。　威弧:星名。　拔剌(là 腊):弯弓的样子。　嶓冢(bō zhǒng 波种):山名。在陕西宁强县北,东汉水发源于此。　封狼:封狼星,在嶓冢山上。

〔180〕壁垒:星名,军营的垣垒,营壁。　北落:星名。　伐:击,敲打。河鼓:星名,即牵牛星。　磅硠(pāng láng 乓郎):鼓声。

〔181〕乘:跨过。　天潢(huáng 黄):星名。旧注:“天潢,天津也。”指天河的渡口。　泛泛:浮动的样子。　云汉:天河。　汤汤(shāng shāng 商商):水流动的样子。

〔182〕招摇:星名。北斗第七星,在北斗的勺端。 摄提:星名。位于大角星两侧,左三星为左摄提,右三星为右摄提。 低徊:徘徊。 剹(jiū 究)流:缭绕。 二纪:指日月。 五纬:金、木、水、火、土五星之总名。《周礼·春官·大宗伯》:"以实柴祀日月星辰。"《注》:"星谓五纬。"《疏》:"五纬,即五星:东方岁星,南方荧惑,西方大(太)白,北方辰星,中央镇星。言纬者,二十八宿随天右转为经,五星左旋为纬。" 绸缪(chóu móu 愁谋):连绵,缠绕。 遹(yù 玉)皇:往来运行的样子。

〔183〕偃蹇(yǎn jiǎn 眼简):高举,骄傲的样子。 夭矫:屈伸自如的样子。 娩(miǎn 免):跳跃。 连卷:屈曲的样子。 杂沓:众多纷杂。 丛颡(cuì 粹):与"杂沓"意义相近,众多杂乱的样子。 飒:疾速的样子。 方骧:分散奔离的样子。

〔184〕瞲汩(yù yù 玉玉):疾速的样子。 飘洌(liáo lì 辽立):迅疾的样子。 沛:迅疾的样子。 罔象:虚无的样子。王褒《洞箫赋》:"罔象相求。"李善注:"罔象,虚无罔象然也。" 烂漫:分散的样子。 丽靡(mǐ 米):华美的样子。 藐:藐远的样子。 迭逷(dié táng 蝶唐):光彩彼此过越,往来急驰的样子。

〔185〕凌:驾御。 砊磕(kāng kē 康科):雷声。 弄:玩弄。 淫裔:电光闪烁的样子。

〔186〕逾:逾越。 庬鸿(méng hóng 蒙红):天上的混沌未分的元气。 宕冥:幽暗的样子。 贯:穿过。 倒景(dào yǐng 道颖):道家谓天上至高之处。《汉书·郊祀志》:"登遐倒景。"《注》:"如淳曰:在日月之上,反从下照,故其景倒。" 高厉:高举,高高飞升。

〔187〕廓荡荡:空旷辽阔的样子。 无涯:漫漫无边。 窥:看。

〔188〕据:依托,凭借。 开阳:星名。北斗七星的第六星。眡,同"视"。临:由高往下视。旧乡:故乡。 暗蔼:遥远的样子。

〔189〕离居:离别故乡。居,故居。 劳心:心神劳苦。费心思。 悁悁(yuān yuān 冤冤):忧愁的样子。

〔190〕魂:心魂。 眷眷(juàn juàn 倦倦):依恋向往的样子。 屡顾:屡次回顾。 辀(zhōu 舟):车辕。 徘徊:往来行走而不进。

〔191〕游娱:远游,遨游。 岂:怎么。 愁慕:愁苦想慕。 可怀:内心怀有。 此两句言虽说远游快乐,但是内心怎么能够受得了思乡之苦呢?

〔192〕阊阖(chāng hé 昌合):天门。 降:下。 天途:天上的路。乘:驾。

猋(biāo 标)忽:疾风。 驰:使驰驱。 虚无:指虚空之气。

〔193〕菲菲:形容云雾盛多,飘飘扬扬的样子。 绕:环绕。 轮:车。 眇眇(miǎo miǎo 渺渺):风吹动的样子。 震:震动。 旟(yú 于):绘有鸟隼图像的军旗。

〔194〕缤:纷繁杂乱的样子。 连翩:连续不断。 纷:与“缤”意义相同。 暗暧:昏暗不明。 儵(shù 树):疾速。 眩眃(xuàn yún 绚云):疾速的样子。 反常闾:归故乡。此言众神迎迓,回归之速。

〔195〕收:收拢。 畴昔:往昔。 逸豫:安乐。 卷:收卷。 淫放:放纵,不受约束。 遐心:远游之心。

〔196〕修:整治,穿著。 初服:从前的服饰。 娑娑(suō suō 梭梭):衣饰轻扬的样子。 长:增长。 佩:玉佩,身上的装饰之物。 参参(shēn shēn 申申):长的样子。 此两句言回归之后要专心修养仁德。

〔197〕文章:指衣服的章彩。 奂(huàn 换):焕发。 粲烂:光辉闪烁。 纷纭:盛多。 从风:随风飘扬。

〔198〕御:驾御。 六艺:指礼、乐、射、御、书、数。 珍驾:宝车。 平林:平原上的森林。此句言以道德为林,而游其中。

〔199〕结:结合,编织。 罟(gǔ 古):网。 驱:驱赶。 儒墨:儒家和墨家。儒家主张仁义为本,礼乐为用。墨家主张兼爱非攻,强本节用。 禽:禽鸟。此比喻从儒墨经典之中汲取思想精华。

〔200〕玩:玩味,领会。 阴阳:古时以阴阳解释万物的变化,凡天地、日月、昼夜、男女,以至腑脏气血皆分属阴阳。此谓领悟事物变化的规律。雅颂:《诗经》中《雅》和《颂》的合称。此代圣世之乐。 徽音:美音。仁义的正音。

〔201〕嘉:羡慕,向往。 曾氏:曾参,孔子弟子。以事亲至孝著称。归耕:琴曲名。李善注引《琴操》:“《归耕》者,曾子之所作也。曾子事孔子十有余年,晨觉,眷然念二亲年衰,养之不备,于是援琴鼓之曰:‘歔欷归耕来兮,安所耕,历山盘兮。’” 慕:与“嘉”义同。 历坂(bǎn 板):历山之坡。历山,山名,传为虞舜躬耕之所。 嶔崟(qīn yín 亲银):高峻的样子。

〔202〕恭:奉行,谓奉行仁义之道。 夙(sù 肃)夜:早晚。 不贰:无贰心。 固:坚持不懈。 所服:所实行。服,行。此言对自己的理想日夜不懈,贯彻始终。

〔203〕惕:警惕,戒惧。 厉:危险。 訾:同“訾”,同“愆”,罪过,过失。未

敕(chì 斥):没有整饬。

〔204〕中情:内心。　端直:正直无邪。　莫吾知:莫知吾。不恧(nǜ):不惭愧。

〔205〕默:静默不言。　无为:道家治天下的一种主张,即顺应自然。不求有所作为,而后达到有所为。《老子》:"为无为,则无不治。"　凝志:聚集心志而不外骛。　与:同。　逍遥:安适自得的样子。

〔206〕户:门。　历远:经历远游。　劬(gòu 够)劳:辛苦。

〔207〕系:总结全赋整体意旨的部分,与乱作用相同。

〔208〕岁:岁月。　不留:不停。　俟(sì 四):待。　河之清:黄河水流澄清,传一千年清一次。以喻国家政治清明之世。河清难,国家政治清明亦难。秖(zhǐ 只):仅仅。此言天地长久而人亦老,明时如河清难待,令人只有忧愁。

〔209〕远渡:远游。　上下:往来于天上地下。　无常:无常心,不固定。穷:穷尽。游遍。　六区:即六合,谓上下四方。

〔210〕超逾:超越。　腾跃:升腾。　绝:断绝,脱离。　飘遥:扶摇上升的样子。　神举:心神飞升。　逞:舒展,实现。

〔211〕不可阶:不可升。　夫:语中助词。　稀:少。　柏舟:《诗·邶风》篇名,小序言:"言仁而不遇也。卫顷公之时,仁人不遇,小人在侧。"其中说"忧心悄悄,愠于群小","静言思之,不能奋飞"。　悄悄:忧愁的样子。　吝(lìn 赁):遗憾,愤恨。　不飞:谓不能如鸟儿一样展翅飞翔。

〔212〕松乔:赤松子与王乔,皆传说中的仙人。《史记·留侯世家》:"愿弃人间事,欲从赤松子游耳。"《淮南子·齐俗训》:"今夫王乔、赤诵(松)子,吹呕呼吸,吐故纳新;遗形去智,抱素返真。以游玄眇,上通云天。"　高跱(zhì 至):高高独立。　孰:谁。　离:依附,附著。　结精:凝聚精神。结,凝聚,聚集。携:提将,牵引。李善注引《公羊传》:"携其妻子。"又引何休曰:"携,犹提将也。"此句言结精从仙远游,徒使我心受到牵引而无所依归。

〔213〕回志:转变心志。　曷(hé 何)来:何不来。　从:遵循。　玄谋:玄远之道。与第一句中"仰先哲之玄训"中的"玄训"义同。　获:获得。　夫:语中助词。　何思:有何思虑。此两句言何不回转心志来遵行先哲的玄谋,获得我所追求的理想,还要做甚么远游之思呢?

今译

景仰先哲的深奥教化啊，虽然高深而永无违背。不是仁义的乡里怎能居住啊，不是仁义的业绩怎能追随。内心信服而永远体味啊，日月流逝而兴趣不衰。内心诚信善美啊，向往古人的坚贞气节。勉励自身而顺应礼仪啊，遵循法度而无错失。心神忧虑而飘然无定啊，信奉先哲之心则坚定不移。显示高尚的德行而制成玉佩啊，佩带着夜光珠与玉树枝。串联起幽兰之秋花啊，又用江离来点缀。衣饰华美而香气四溢啊，诚信久远而不亏。品貌美好而举世无双啊，并非现实所珍惜。显露我的华美而人们有眼无珠啊，散播我的芳香而人们嗅觉不灵。安适独守这狭隘陋巷啊，怎敢荒疏怠惰而害怕艰苦。庆幸八元八恺那样的才智之士，得遇虞舜那样的贤君啊；赞许傅说那样的贤人，生于殷高宗那样的明时。崇敬古代贤君的圣德遗风啊，痛心后代人君无可企及。特立独行何其孤单啊，孑然一身而不容于群。感慨于鸾凤的单独栖息啊，悲悯于贤良的落落寡合。他们不容于众而何伤啊，忧虑伪善众多而淹没真人。况且周公曾遭诸弟的谣言诽谤啊，成王启开金縢而后信其忠诚。眼见众人行为邪僻啊，担心陷入法网危害自身。倍加烦忧而迷惑啊，可向谁倾诉我的内心？暗暗忧愁而深思啊，思维杂乱而无条理。誓愿竭力而坚守礼义啊，虽说贫穷而信仰不改。坚守礼义好比捕捉雕虎而又奋力与巨象搏斗啊，又似立足巨石焦原之巅而下临深渊。奉行诚信而反复实践啊，贯彻到底死而后已。世俗演化而人情多变啊，为方为圆不以规矩检验。野蒿臭草视若珍宝啊，蕙草白芷硬说不香。排斥美人西施而不宠爱啊，套住骏马騕袅使为大车驾辕。行为邪僻而志满意得啊，循规蹈矩却遭灾难。想象宇宙的广阔无穷啊，个人遭遇何其反常莫测。若不坚持操守而苟容当世啊，就好比过河而无舟船。若巧言令色而取媚当道啊，绝非我的心灵所能忍受。身着仁德的盛装啊，穿上礼义的绣裳。编织起忠实正直以为衣带啊，杂糅起才能技艺以为玉佩。藻饰镂纹光辉闪烁啊，环佩之声悠远而久长。长久游息以实现匡正世俗的理想啊，谁想时光已经疾速流逝。自信才智充裕而品质美善啊，伯劳一鸣而众卉不芳。希望像灵芝一样一年三秀啊，又迫近白露化而为霜。时序演进不断更迭啊，我可与谁为友朋。

唉，善恶难以并存啊，想跟随仙人韩众而远游。担心年华荒疏学仙无成啊，留在世俗又被埋没而不得显露。内心犹豫不决而多疑虑啊，就到岐山之下向周文王倾诉心情。文王亲自为我占蓍啊，卦辞爻辞告以隐遁而保名。越过众山而周游啊，凭借疾风而传扬声誉。二女交感于崇山啊，寒冰毁坏道路而无可修成。天盖虽高却居沼泽之下啊，谁说坎坷之路不可变平？奋勉自强而不息啊，向往登上高耸的玉阶。唯恐占蓍还不灵验啊，又取东龟钻卜以观吉祥。龟纹呈现水泽上的大鸟啊，为素志不能实现而感到怨恨。遨游尘外而拍击苍穹啊，直至冥深莫测之境而哀鸣。鹨雕之辈都为贪欲而角逐啊，我却修养洁行而增荣。君与玄鸟素有渊源啊，归依无为之道而后安宁。占卜吉利而无殃祸啊，选择良辰而整束行装。早晨我在清澈水源洗头啊，又在山之东面把发晾干。用奔泻的泉水漱口啊，咀嚼灵芝的落英。像疾鸟起飞游鱼腾跃啊，我将远游八方荒远之邦。拜访少皞于穷桑之野啊，向句芒询问东海三座仙山。仙人之道何其纯真而精粹啊，解脱尘世污秽之累而飘飘轻扬。登上蓬莱之巅而安逸自得啊，巨鳌拍掌击水背负仙山而不倾倒。留在瀛洲而采集灵芝啊，暂且用以长生不老。驾御晚云而远逝啊，夜晚我住宿于扶桑。畅饮青山的玉泉啊，饱餐夕霞以为米粮。夜梦于木禾啊，种植在昆仑的顶峰。

早晨我行游于汤谷啊，跟随夏禹而到达会稽之山。夏禹赞许群臣手执玉帛以示友好啊，气愤防风氏的食言。奔向长沙郡的斜径啊，慰问虞舜于南邻。感伤于娥皇女英没有跟从南巡啊，翩翩奔往却葬于湘水之滨。放眼眺望那衡山之麓啊，目睹了有黎的荒坟。哀痛火正无所归依啊，只将孤魂寄托于山坂。愁闷闷而向着远方啊，越过邛州而遨游。我日中而登上昆吾之山啊，休息于炎火熊熊的山丘。火光散播映红了天啊，大水沸腾波涛汹涌。热风劲吹热度高啊，忧愁郁闷无聊赖。孤独羁旅无友朋啊，我怎能永久留此地。

顾视西天深叹息啊，我要往西方而追求快乐。祝融举旗为前导啊，朱鸟星形的缀饰连旗幡。建木之下过广都啊，拾取若木之华而徘徊不前。越过人寿千岁的轩辕之国到西海啊，跨过龙鱼杂生的汪氏之国。此国人寿虽皆千岁啊，也不能让我感到欢乐。我思念九州的殊风异俗啊，随西方之神蓐收而奔往。轻盈神化而蝉蜕啊，以精神淳美为伴侣。越过白门而东驰啊，我行游于荒野之中。横渡过潺潺的弱水啊，逗留于华山北的急流与沙洲。呼唤河神冯夷到水流清澈的渡口啊，让他划起龙舟送我到彼岸。黄帝神灵尚未归来啊，我惆怅徘徊久久等待。休息于河畔茂盛的树林啊，我赞赏《关雎》篇咏后妃之德给女性以告诫。黄帝到达就去询问命运啊，探求天道会怎样变化。回答说：信人道而疑天道啊，此事六经缺而不载。神奇莫测的自然之道幽昧难知啊，谁能通晓而加以遵循。牛哀大病七日而化为虎啊，虽逢其亲兄也必吃掉。蜀人鳖令死后而尸走啊，接受王位还治理一个时代。死生复杂而难知啊，纵使司命之神也不能看清。窦后当年哭泣而不登去代地之路啊，后来却做了皇后而子孙兴旺。王皇后于汉廷曾显赫一时啊，最后不免含恨而死断绝了后嗣。龙眉年老的郎官值过三朝的宿卫啊，终遇武帝而擢为会稽都尉。董贤年纪轻轻而做大司马啊，豪奢至极却死无葬身之地。吉凶祸福而互为因依啊，永恒反复而无有定所。叔孙穆子梦天压顶而喜爱竖牛啊，竖牛为乱于叔孙氏而幽闭了君主。寺人勃鞮加害晋文公啊，文公宽恕他的罪过而获得了他的忠诚。才识高超之士尚难以辨别善恶啊，头脑胡涂的人怎能剖析清楚。始皇信谶纬而以胡人为害啊，却未想到祸乱起于宫禁之内。有人违约以车拉走了应还的财物啊，富了一时终是空无所有。梓慎与裨灶地位显赫而妄测天象啊，占验水火之灾终成胡说。梁叟于黎丘遇鬼作祟啊，再遇亲子就刺中他的心窝。亲眼所见尚不能识别啊,何况幽明之事怎可确信。不受尘世困扰而自我烦恼啊,更不必忧心忡忡伤害身心。那天帝的观察确实分明啊,他赞助诚信辅佐仁人。商汤遇大旱以身作则祈祷上天啊,得到大福而拯救了万民。宋景公事事考虑为国为民啊,感动了灾星解除了病患。魏颗忠实公正而爱惜人命啊,鬼神感动而帮他战败秦军。皋陶奉公勤勉表现出仁德之心啊,夏禹还将其后人封于英六。寄生植物依赖桑树而生啊,桑叶皆凋唯此物郁郁葱葱。有仁德必有善报啊,有往必有复。何不远游而扬名啊,谁说时光可以留住。

举首而远望啊,心神惆怅孤独而无友。逼近中土就感到狭隘而鄙陋啊,决心往极北而远游。踏上硙硙堆积的寒冰啊,清泉冻结而不流。冷风凄凄吹不尽啊,吹打山峰而声飕飕。怪兽玄武蜷缩甲壳中啊,腾蛇屈曲自盘结。鱼动鳞与冰连啊,鸟登木而失柯条。身坐极北方的暗室啊,感慨歔欷增悲愁。埋怨高阳相宅第啊,遗憾颛顼居北海。辛苦往来于四方之路啊,此与彼又有何差异。遥望极北的寒门绝塞啊,放开马缰直奔不周之山。疾风飒飒送我行啊,飘飘驰驱无所阻。通过空旷的洞穴啊,漂浮宽阔的河流。穿行于阴暗的地府啊,可怜那土怪坟羊深深潜藏。冲过地底的幽暗啊,浮出那天穹的混沌。出了密山与幽暗之野啊,却认不出所来的小路在哪里。让神仙烛龙快举起火炬啊,驰过钟山方可间休。望钟山东侧的瑶岸啊,哀悼祖江的被戮。访问西王母于白银之宫啊,进献白色的灵芝为之充饥。她头戴玉胜微笑高兴啊,又责备我来得太迟。接来华山的神女啊,又召请洛水的宓妃。都是那样艳丽而诱人啊,眉目闪动频频传情。舒展苗条的身腰啊,掀动色彩错杂的服饰。启朱唇而微笑啊,容光闪烁而令人难忘。献来环佩和饰带啊,又以美丽丝帛要结好。虽说颜色艳丽礼品美啊,我的情志坦荡不为动。二女悲哀不被纳啊,同时赋诗唱清歌。歌曰:天地祥云漫漫,百花含苞待放。仙鹤交颈鸣叫,雎鸠此唱彼和。处女春情奔放,心神飘然回荡。何其贤淑聪慧,薄情实在太多。我要答赋而无暇啊,整顿车驾而疾速上路。望巍峨的昆仑啊，视曲折涛涛的河水。让灵龟背负阻遏航行的沙洲啊，让螭龙且做河上的浮桥。登上昆仑之巅的阆风啊，用那里的不死之树制造卧床。粉碎琼瑶之蕊以为干粮啊，舀取白水以为酒浆。让巫咸来圆梦啊，占卜而言木禾乃为祥瑞。我正道直行以发扬善德啊，好比木禾含有美善之花而芳香远播。禾穗下垂正是不忘根本啊，我也总在思念故乡。安于和顺闲静而随顺时俗啊，那才是德行完美的所在。

命令众神尽速会集啊，都来尽职共同迎迓。雷公鸣鼓震雷响啊，闪电光辉划夜空。云师阴沉都集拢啊，暴雨倾盆洒归途。雕车待发华盖举啊，调动双翼蛟龙来驾车。诸神纷纷全出动啊，集合骑兵胜似群星遍太空。我抖抖衣袖上雕车啊，身佩长剑多气魄。高冠楚楚映伞盖啊，玉雕鲜明放光彩。仆夫端庄手执长鞭啊，八匹雄骏腾跃而奔驰。氛气为旗漫天回旋啊，云旗飘飘而飞扬。手抚车箱而回顾啊，心内翻腾如热汤。向往天都那辉煌灿烂啊，为何迷恋旧游之地而不忘？左有雕纹青龙举华盖啊，右有白虎掌鼓钲。前有朱鸟振羽引路啊，后以北方之神做水衡之官。嘱咐箕伯刮起旋风啊，吹走尘垢玉宇清。云旗忽啦啦地飘扬啊，玉饰鸾铃叮当当地作响。游清霄愈升愈高远啊，浮过高空的游气而上升。众神纷纷行进啊，光灿灿而显灵。叫天帝的门卫打开天门啊，与天帝相见于琼瑶之宫。聆听演奏九遍的广乐啊，确实令人心荡神怡。从音乐可以考察社会的治乱兴衰啊，从始至终都令人深思遐想。想到贪图逸乐而无厌啊，忧惧乐往而哀来。神女弹琴而余音袅袅啊，黄帝乐师太容感慨说："发人深思啊！既要防止过分逸乐又要平静自己的心志啊，趁我有暇而翱翔。走出幽静的紫宫啊，又到达寂寞的太微。命王良策厉天驷啊，跨过险峻的高阁。布下周密的罔车啊，狩猎于广大的青林。以威弧为弓啊，射猎嶓冢山上的封狼。在北落星上观看壁垒啊，敲打河鼓之隆隆。跨过奔流的天潢啊，游过涛涛的星河。依倚招摇摄提二星而徘徊周游啊，观察日月以及五纬之星的萦绕运行。它们高起屈伸跳跃而连卷啊，又纷纷丛聚而飒然奔离。它们疾速流逝而化做虚无啊，烂漫光华往来急驰。凌驾轰轰的惊雷啊，拨弄闪烁的电光。于幽暗之中越过混沌的元气啊，穿过日上的倒影而飞升。空荡茫然无际啊，而今才窥见天外。凭靠开阳星而俯视啊，故乡遥远而迷茫。哀离乡而心伤啊，情愁苦而思归。心神眷恋而屡屡回顾啊，马靠车辕而徘徊不进。虽然遨游而快乐啊，内心岂能经得住恼人的乡愁。

走出天门从天途下降啊，乘上狂飙疾驰于虚无。云飘飘绕我轮啊，风飕飕吹我旗。缤纷连绵啊昏昏暗暗，疾驰而行啊返回故乡。收拢往日的逸乐之心啊，不再做放纵的远游之想。修整往日婆娑轻盈的衣裳啊，增加身上长长的佩饰。文采焕发而灿烂啊，华美连绵随风扬。驾六艺的宝车啊，游道德的平林。以先哲的经典为网罟啊，追求儒墨学说以为禽。领会阴阳变化之理啊，吟咏雅颂之美音。赞许至孝而做《归耕》之曲的曾参啊，景慕至贤而耕于历山之坂的虞舜。朝夕奉行仁德而无贰心啊，坚持信仰贯彻始终。日夕警惕而反省过失啊，唯恐自身不检点。若内心端庄正直啊，无人了解而不愧惭。静默无为凝聚心志啊，伴随仁义而逍遥。不出户而知天下啊，何必远游而苦辛。

结尾道：天长地久时不留，河清难待只怀忧。愿得远游自娱乐，上下四方漫天游。超然飞升绝世俗，飘然神飞随所欲。天不可登仙更稀，怨恨群小难离君。乔松高超怎攀附，凝神远游心徒牵。回转心志遵圣道，获我所求复何怨。

（陈复兴译注并修订）

归田赋一首

张平子

题解

这是张衡的一篇述志短赋。张衡生于东汉中后期，当时幼主暗弱，朝政腐败，宦官独揽大权，他虽有雄心大志却难以实现，因此心中十分忿懑。本篇抒写出对腐败政治的厌弃，表现出对归田隐居的向往。文中着重铺写归田后逍遥于良辰美景，沉浸在游钓、弹琴、读书、创作之中的无限乐趣。据考，张衡并未有归隐的经历，这里不过是采用辞赋体物写志的惯例，表达心中的愁苦。文句流畅清丽，简炼明快，着墨不多，却绘出一幅明媚秀丽的田园图，对后世有较大的影响。

原文

游都邑以永久[1]，无明略以佐时[2]。徒临川以羡鱼[3]，俟河清乎未期[4]。感蔡子之慷慨[5]，从唐生以决疑。谅天道之微昧[6]，追渔父以同嬉[7]。超埃尘以遐逝[8]，与世事乎长辞。

于是仲春令月[9]，时和气清，原隰郁茂[10]，百草滋荣。王雎鼓翼[11]，鸧鹒哀鸣[12]。交颈颉颃[13]，关关嘤嘤。于焉逍遥，聊以娱情。

尔乃龙吟力泽[14]，虎啸山丘。仰飞纤缴[15]，俯钓长流。触矢而毙，贪饵吞钩。落云间之逸禽[16]，悬渊沉之鲨鰡[17]。

于时曜灵俄景[18],系以望舒[19]。极般游之至乐[20],虽日夕而忘劬[21]。感老氏之遗诫[22],将回驾乎蓬庐[23]。弹五弦之妙指[24],咏周孔之图书。挥翰墨以奋藻[25],陈三皇之轨模[26]。苟纵心于物外,安知荣辱之所如!

注释

〔1〕都邑:指东汉的都城洛阳。

〔2〕明略:高明的谋略。

〔3〕羡鱼:比喻良好的愿望无法实现。语出《淮南子·说林训》:"临流而羡鱼,不如归家织网。"

〔4〕河清:此处用《左传·襄公八年》"俟河之清,人寿几何"语意。相传黄河水一千年清一次,古人认为河清是政治清明的征兆。

〔5〕蔡子:即战国时蔡泽,燕人,善辩多智,入秦,代范雎为相。唐生:即战国时唐举,魏人,善相面,蔡泽曾向他问相,问寿。唐举熟视而笑曰:"先生曷鼻、巨肩、魋颜、蹙齃、膝挛,吾闻圣人不相,殆先生乎?"蔡泽知唐举戏之,乃曰:"富贵吾自有。吾所不知者寿也。愿闻之。"唐举曰:"先生之寿,从今以往者四十三岁。"蔡泽笑谢而去。

〔6〕谅:信,实在。　微昧:幽隐不明。此暗指宦官当权,朝政不明。

〔7〕渔父:即指屈原《渔父》诗中的渔人。

〔8〕埃尘:喻污浊的社会现实。　遐逝:远去。

〔9〕令月:吉月。令,善。

〔10〕原:高的平地。　隰:低的平地。　郁茂:草木繁盛。

〔11〕王雎:即雎鸠,水鸟。

〔12〕鸧鹒:同"仓庚",即黄鹂。

〔13〕颉颃:飞上飞下的样子。

〔14〕尔乃:于是。方泽:大泽。

〔15〕纤缴(zhuó 酌):系在箭上的细丝绳。

〔16〕逸禽:飞翔的鸟。此指鸿雁。

〔17〕魦(shā 沙):吹沙小鱼,也写作"鲨"、"鲨"。陆机《毛诗草木鸟兽虫鱼疏》下:"似鲫鱼而小,体圆而有黑点,一名重唇龠鲨。常张口吹沙。"　鰡(liú

留）：也是一种小鱼。

〔18〕曜灵：指太阳。　俄：斜。　景：通"影"。

〔19〕望舒：月神，此处指月亮。

〔20〕般（pán 盘）游：游乐。

〔21〕劬（qú 渠）：劳苦。

〔22〕老氏：即老子。　遗诫：指《老子道德经》第十二章："驰骋畋猎，令人心发狂。"

〔23〕蓬庐：茅屋，草舍。

〔24〕五弦：指五弦琴，相传为舜所创制。

〔25〕奋藻：发挥词藻，指挥笔写出华美的文章。

〔26〕轨模：法则规范。

今译

我长久地在京城中游历，却未拿出高明的韬略来辅佐当今的皇帝。空怀着远大抱负而无从实现，总也盼不到圣明的时日。有感于蔡泽的慷慨壮志，找到唐举问相以消除心中的疑虑。天道实在幽昧难知，只好追随渔父和他同游乐。超越纷乱的尘世远游，与这浑浊的世道永远告辞。

时光正临仲春佳日，季节和暖气象清新。广阔的原野之上，树木茂密，百草繁荣。天上有雎鸠奋飞，树上有黄莺哀鸣，成双成对，忽上忽下，叫声不停。此时此地，多么逍遥自在，且以此来宽慰自己的心情。

这里正是我最适当的处所，任感情的潮水四处奔流。正如蛟龙长吟于大泽，猛虎咆啸在山丘。昂首用箭射下空中飞鸟，俯身用钩钓起水里的游鱼。飞鸟因触箭而丧生，游鱼为吞饵而上钩。射落高飞于云间的鸿雁，钓起深潜于水中的鲂鰡。

夕阳刚刚西斜，圆月就已冉冉升起。极尽游玩的乐趣，就是日落傍晚也不想去休息。有感于老子留下的遗训，我决心回到茅屋旧居。弹起五弦琴，妙趣横生，讽诵圣人经典，更加心旷神怡。挥毫写出华美的文章，陈述三代圣王的规范遗迹。且让我把心放达在世俗之外，怎能知道眼前的荣辱得失。

（陈宏天　吕桂珍译注　陈复兴修订）

闲居赋一首

潘安仁

题解

潘岳字安仁，热心功名，趋附豪门。虽然担任过县令、太傅主簿、尚书度支郎等官职，但在外戚王公争权夺利的西晋初年终究仕途不达，升迁无常，甚至凶险四伏。本篇即是潘岳官场失意时所作。据李周翰注，此赋名“闲居”，取自《礼篇》，意为不再涉足世事，甘愿归隐田园，逍遥闲逸以尽天年。

作者笔下的隐居之乡，草木芳菲，清净闲雅；隐居之士，引吭高歌，愉乐生平。作者在序中反复表白自己安于拙者之乐，自谓巧智不足，不配为官，只能闲居故里，侍奉老母，以尽孝道。似乎这种闲居尽孝的生活是天经地义之事。然而华丽辞藻的铺排，名人典故的罗列，遮掩不住作者的点点愁思。托志于老庄之学，“仰众妙而绝思，终优游以养拙”，并不是什么明哲保身，急流勇退，而是严酷现实面前无可奈何的哀叹。作者没有慷慨悲歌，直叙衷肠，其心中之苦曲折委婉地流露于花团锦簇的文辞之间，这正是本篇特有的抒情手法。

原文

岳尝读《汲黯传》〔1〕，至司马安四至九卿〔2〕，而良史书之〔3〕，题以巧宦之目〔4〕，未尝不慨然废书而叹，曰〔5〕：嗟乎！巧诚有之〔6〕，拙亦宜然〔7〕。顾常以为士之生也〔8〕，非至圣无轨、微妙玄通者〔9〕，则必立功立事，效当年之用〔10〕。是以资忠履信以进德〔11〕，修辞立诚以居业〔12〕。

仆少窃乡曲之誉〔13〕，忝司空太尉之命〔14〕，所奉之主，即太宰鲁武公其人也〔15〕，举秀才为郎〔16〕。逮事世祖武皇帝〔17〕，为河阳、怀令〔18〕，尚书郎、廷尉平〔19〕。今天子谅暗之际〔20〕，领太傅主簿〔21〕，府主诛〔22〕，除名为民〔23〕。俄而复官〔24〕，除长安令〔25〕。迁博士〔26〕，未召拜〔27〕，亲疾，辄去官〔28〕，免〔29〕。自弱冠涉乎知命之年〔30〕，八徙官而一进阶〔31〕，再免〔32〕，一除名〔33〕，一不拜职〔34〕，迁者三而已矣〔35〕。虽通塞有遇〔36〕，抑亦拙者之效也〔37〕。昔通人和长舆之论余也〔38〕，固谓拙于用多〔39〕。称多则吾岂敢，言拙信而有征〔40〕。方今俊乂在官，百工惟时〔41〕，拙者可以绝意乎宠荣之事矣〔42〕。太夫人在堂〔43〕，有羸老之疾〔44〕，尚何能违膝下色养〔45〕，而屑屑从斗筲之役乎〔46〕？

于是览止足之分〔47〕，庶浮云之志〔48〕。筑室种树〔49〕，逍遥自得〔50〕。池沼足以渔钓，舂税足以代耕〔51〕。灌园粥蔬〔52〕，以供朝夕之膳〔53〕。牧羊酤酪〔54〕，以俟伏腊之费〔55〕。孝乎惟孝，友于兄弟〔56〕，此亦拙者之为政也〔57〕。乃作《闲居赋》，以歌事遂情焉〔58〕。其辞曰：

傲坟素之场圃〔59〕，步先哲之高衢〔60〕。虽吾颜之云厚，犹内愧于宁蘧〔61〕。有道吾不仕〔62〕，无道吾不愚〔63〕。何巧智之不足，而拙艰之有余也〔64〕。

于是退而闲居于洛之涘〔65〕。身齐逸民〔66〕，名缀下士〔67〕。陪京泝伊〔68〕，面郊后市〔69〕。浮梁黝以径度〔70〕，灵台杰其高峙〔71〕。窥天文之秘奥〔72〕，究人事之终始〔73〕。其西则有元戎禁营〔74〕)，玄幕绿徽〔75〕。谿子巨黍〔76〕，异絭同机〔77〕。炮石雷骇〔78〕，激矢虻飞〔79〕。以先启行〔80〕，耀我皇威[81]。其东则有明堂辟雍[82],清穆敞闲[83]。环林萦映[84],圆海回渊[85]。聿追孝以严父[86],宗文考以配天[87]。祗圣敬以明顺[88],养更老以崇年[89]。若乃背冬涉春[90],阴谢阳施[91]。天子有事于柴燎[92],以郊祖而展义[93]。张钧天之广乐[94],备千乘之万骑。服振振以齐玄[95],管啾啾而并吹[96]。煌煌乎[97],隐隐乎[98]!兹礼容之壮观[99],而王制之巨丽也[100]。两学齐列[101],双宇如一[102]。右延国胄[103],左纳良逸[104],祁祁生徒[105],济济儒术[106];或升之堂[107],或入之室[108];教无常师[109],道在则是[110]。故髦士投绂[111],名王怀玺[112]。训若风行[113],应如草靡[114]。此里仁所以为美[115],孟母所以三徙也[116]。

爰定我居[117],筑室穿池[118]。长杨映沼[119],芳枳树篱[120];游鳞瀺灂[121],菡萏敷披[122];竹木蓊蔼[123],灵果参差[124]。张公大谷之梨[125],梁侯乌椑之柿[126],周文弱枝之枣[127],房陵朱仲之李[128],靡不毕殖[129]。三桃表樱胡之别[130],二柰曜丹白之色[131]。石榴蒲陶之珍[132],磊落蔓衍乎其侧[133];梅杏郁棣之属[134],繁荣丽藻之饰[135]。华实照烂[136],言所不能极也[137]。菜则葱韭蒜芋[138],青笋紫姜[139];堇荠甘旨[140],蓼荾芬芳[141];蘘荷依阴[142],时藿向阳[143];绿葵含露,白薤负霜[144]。

於是凛秋暑退[145],熙春寒往[146]。微雨新晴,六合清朗[147]。太夫人乃御版舆[148],升轻轩[149];远览王畿[150],近周家园[151]。体以行和[152],药以劳宣[153];常膳载加[154],旧痾有痊[155]。席长筵[156],列孙子[157]。柳垂阴,车结轨[158]。陆擿紫房[159],水挂赪鲤[160]。或宴于林,或禊于汜[161]。昆弟班白[162],儿童稚齿[163]。称万寿以献觞[164],咸一惧而一喜[165]。寿觞举,慈颜和[166]。浮杯乐饮[167],丝竹骈罗[168]。顿足起舞,抗音高歌[169]。人生安乐,孰知其佗[170]?退求己而自省[171],信用薄而才劣。奉周任之格言[172],敢陈力而就列[173]。几陋身之不保[174],尚奚拟于明哲[175]?仰众妙而绝思[176],终优游以养拙[177]。

注释

〔1〕汲黯(àn 暗):字长孺,西汉景帝、武帝时人,祖上世代为官,武帝时官至九卿。《史记》、《汉书》有传。

〔2〕司马安:汲黯外甥,少时与汲黯同为太子洗马(太子的侍从官),官至九卿。　九卿:秦汉时代中央政府各部门的行政长官。

〔3〕良史:指东汉史官班固。

〔4〕题:品评。　巧宦:善于钻营仕途,巧取官位。　目:名称。

〔5〕慨然:感慨的样子。　废书:放下书。

〔6〕巧诚有之:机敏通达的确是有道理的。

〔7〕拙亦宜然:笨拙也同样是有道理的。

〔8〕士之生:读书人活在世上。

〔9〕至圣无轨:最高明的圣人行事不留踪迹。　微妙玄通者:深通玄机的神人心志精微。

〔10〕效当年之用:使效用当年兑现。效,达到,实现。用,功用。

〔11〕资忠履信:用尽忠心,履行信约。　进德:修养德行。

〔12〕脩辞立诚:研习文辞,树立诚意。　居业:维持常业。

〔13〕仆:潘岳自我谦称。　乡曲之誉:乡里的称誉。

〔14〕忝司空太尉之命:因自己不争气而使司空太尉荐举之情蒙受耻辱。忝,辱。司空太尉,指贾充,贾充官拜司空,后转为太尉。

〔15〕太宰鲁武公:贾充生前被封为鲁武公,死后又追封太宰,谥号为武公。其人:那个人。

〔16〕郎:诸郎官的通称。

〔17〕逮:及,到。　事:事奉。　世祖武皇帝:指晋武帝司马炎,司马炎死后谥为世祖。

〔18〕河阳、怀令:河阳县令和怀县令。

〔19〕尚书郎:晋武帝时潘岳曾调补尚书度支郎(管理财政收支的官员,隶属总管政务的尚书省)。　廷尉平:廷尉(最高司法官)的属官。

〔20〕天子:指武帝子之晋惠帝。　谅暗:亦称谅阴,指帝王或上层人物为先辈守丧。晋武帝刚死,晋惠帝为父守丧未满,故称谅暗之际。

〔21〕太傅主簿:太傅的属官,掌管太傅府中文书,也办理其他事务。太傅,教导太子的官员,这里指晋惠帝初立时的执政大臣杨骏。

〔22〕府主:府署之主,指太傅杨骏。杨骏是武帝的皇后杨芷之父,武帝死后,杨氏独揽朝政,惠帝妻贾皇后杀死杨骏,灭杨氏满门。　诛:杀。

〔23〕除名:被朝廷除去名籍,取消官员的身分。杨骏死后,其党徒数千人被杀,潘岳侥幸逃脱杀身之祸,但被削职为民。

〔24〕俄而复官:不久恢复了官职。

〔25〕除长安令:任长安县令。

〔26〕博士:官名。秦汉时期博士是皇帝的学术顾问,晋时朝廷开设高级学府,以博士为教官。

〔27〕未召拜:没有去朝廷敬受官职。召,请。拜,任命官职。

〔28〕亲疾:母亲生病。　去官:主动辞去官职。

〔29〕免:被朝廷罢免官职。

〔30〕自弱冠涉乎知命之年:从二十岁到五十岁。弱冠,指二十岁左右的年龄;弱,年少;冠,古代男子二十岁行冠礼,表示已到成年。知命,指五十岁左右的年龄。语出《论语·为政》,孔子曰:“五十而知天命。”后人就以五十岁为“知天命之年”。

〔31〕八徙官:八次调动官职。　一进阶:一次晋升官阶,指由怀县令升为尚书郎。

〔32〕再免:再次被免官,指因公事而被免去廷尉平,调任博士时因离职还乡而被免官。

〔33〕一除名:任太傅主簿时,因杨骏被诛而免去主簿之职,并除掉当官的名籍。

〔34〕一不拜职:指调为博士时,未到任就职。

〔35〕迁者三:三次调动官位,指调任廷尉平、太傅主簿及博士。

〔36〕通塞有遇:平生的遭遇有时顺利,有时阻塞。通,通达。塞,阻塞不通。

〔37〕效:征验,表现。

〔38〕通人:博古通今、学识渊博的人。 和长舆:晋人和峤,字长舆。

〔39〕拙于用多:不善于利用多才多艺的长处。

〔40〕信而有征:属实而且有验证。

〔41〕俊乂(yì 义)在官,百工惟时:《尚书·皋陶谟》:"俊乂在官,百僚师师,百工惟时。"意思是:有德才出众的人在职,百官都效法他,政事就不会有过错。俊乂,贤能之士。百僚、百工,皆指百官。 时,即"是",正确。

〔42〕绝意乎宠荣之事:断绝在仕途中追求荣誉地位的念头。

〔43〕太夫人:指母亲。

〔44〕羸(léi 雷)老:年老体弱。

〔45〕膝下:语出《礼记》。幼儿常依偎于父母膝下,所以用"膝下"表示年幼;子女言及双亲时亦用"膝下"表示敬意。此处表示在母亲身边。色养:和颜悦色侍奉双亲。《论语·为政》:"子曰:'色难'。"孔子认为奉养双亲而能经常保持和悦之色,是最难做到的。后来以"色养"代指尽孝。

〔46〕屑屑:琐细的样子。 从斗筲(shāo 梢)之役:从事斗筲般的小小职务。斗,量器;筲,竹器。斗、筲容量都不大,用来比喻小的事物。

〔47〕止足:止,止步不前;足,满足,知足。老庄哲学主张"知足"、"知止",知足就不会招来耻辱,知止就不会陷入困境。 分:分寸,限度。这里指达到"知止"、"知足"境界的标准。

〔48〕庶:庶几,接近。 浮云之志:《论语·述而》:"子曰:'……不义而富且贵,于我如浮云。'"孔子反对用不正义的手段猎取富贵,后人就把孔子的这种思想称为"浮云之志"。

〔49〕种树:栽培植物。

〔50〕逍遥:无拘无束。

〔51〕舂税:指依靠租粮维持生活。舂,舂粟为米税,租,租粮。 代耕:代替种田。

〔52〕粥(yù 玉)蔬:卖蔬菜。粥,即"鬻",卖。

〔53〕朝夕之膳:指日常的膳食费用。

〔54〕酤(gū 姑)酪(lào 烙):出卖乳制品。酤,本指买酒、卖酒,这里泛指一般的买卖。

〔55〕俟(sì 似):等待,准备。 伏腊:夏祭和冬祭。

〔56〕孝乎惟孝,友于兄弟:《论语·为政》:"子曰:'书云孝乎惟孝,友于兄

弟,施于有政。是亦为政,奚其为为政?'"孔子认为对父母孝顺,对兄弟友爱,可以给当政者以良好的影响,这也就是参与政事,不一定做官才算参与政事。

〔57〕为政:参与政事。

〔58〕歌事遂情:歌咏离官闲居这件事,使自己的情趣得到满足。

〔59〕傲:《胡氏考异》卷三:"陈云傲《晋书》作遨。"傲与遨,古音同,此处傲字应作"遨",意为遨游。与司马相如《上林赋》"翔翱乎书圃"中的"翱翔"意义接近。　坟:指三坟(传说远古三皇之书)五典(传说远古五帝之典)之类的古代典籍,其详不可考。　素:指素王孔子所立之法。汉儒认为孔子作《春秋》,代王者立法,虽无王者之位,而有王者之道,故称素王。　场圃:以古代典籍为园地。

〔60〕先哲:古代圣贤。　高衢(qú 渠):大道。

〔61〕宁:指宁武子,春秋时卫国大夫。据《论语·公冶长》所载,孔子称赞宁武子:国家政治清明的时候就聪明,国家政治昏暗的时候就装傻,他的聪明,别人赶得上,他装傻,别人就赶不上了。蘧(qú 渠):指蘧伯玉,春秋时卫国大夫。据《论语·卫灵公》所记,孔子认为蘧伯玉称得上君子,国家政治清明,他就出来做官,国家政治昏暗,他就把自己的才能收藏起来。以上两句是说即使脸皮厚,想起宁武子和蘧伯玉来,也感到内心有愧。

〔62〕有道:天下太平。

〔63〕无道:社会混乱。

〔64〕拙艰:性情笨拙,行动艰难。

〔65〕洛:洛水。涘(sì 四):水边。

〔66〕逸民:失去官位的散逸平民。潘岳辞官退居,故称逸民。

〔67〕下士:据《孟子·万章下》,周代诸侯国君以下有五等官爵:卿、大夫、上士、中士、下士,下士等级最低。潘岳退居前担任过级别不高的官职,故自谦为下士。

〔68〕陪京:西晋京都洛阳古有陪都之称,亦称陪京。此处一语双关,既指古陪都洛阳,又指退居之处背靠京城,陪通"背"。　泝伊:面向伊水。诉,逆流而上,这里指逆向。

〔69〕面郊后市:前是城郊,后是集市。

〔70〕浮梁:浮桥。　黝(yǒu 有):深远。这里指浮桥绵延伸向远处。径度:泛渡水流。

〔71〕灵台:古代观察天象的高台。　杰:挺拔壮观。(依吕向说)　峙(zhì 志):耸立。

〔72〕窥(kuī 亏):仔细察看。　秘奥:奥秘。

〔73〕究:探究。　终始:人世变迁的归宿和兴起。

〔74〕元戎:兵车。　禁营:保卫帝王的禁卫军驻地。(依李周翰说)

〔75〕玄幕:黑色的帐幕。　绿徽:绿色的旗帜。

〔76〕谿(xī 溪)子:古代的良弓。　巨黍:古代的良弓。

〔77〕异絭(juàn 眷):不同的发箭处。絭,弓上发箭的地方。(依刘良说)　同机:同一发箭的机关。

〔78〕炮石:用机关发射的飞石。　雷骇:炮石发射,如雷声一样骇人。

〔79〕激矢虻(méng 盟)飞:射出的箭像奋飞的虻虫一样。

〔80〕以先启行:做开路先锋。

〔81〕耀我皇威:炫耀天子的威风。

〔82〕明堂:天子处理国事的宫殿。　辟(bì 璧)雍:天子的学宫。这里明堂辟雍同指一处,即天子行事之所。

〔83〕清穆敞闲:清净严整、高大闲雅。

〔84〕环林萦映:明堂辟雍四周有林木环绕辉映。

〔85〕圆海回渊:明堂辟雍外围有流水回环,如环形之海。

〔86〕聿(yù 玉)追孝:《诗经·大雅·文王有声》:"聿追来孝。"意谓追念已故祖先而行孝道。后来称孝敬已死的祖先为追孝。聿,语气助词。严父:尊敬父亲。

〔87〕宗文考以配天:据《孝经·圣治》载,周公在郊外祭祀周人祖先后稷,在明堂宗祀周文王,以使德行合于天命。这里指祭祀晋文帝以合于天命。司马炎称帝后追封其父司马昭为晋文帝。

〔88〕祗(zhī 支)圣敬:敬奉圣贤之道依。(张铣说)祗,敬。圣敬,圣贤敬祖尊父之道。　明顺:表明顺从天命。

〔89〕更老:即三老五更。上古时代朝廷尊养三老五更各一人,他们都是通晓事理、德高望重的老人。　崇年:尊崇年岁。

〔90〕背冬涉春:冬去春来。

〔91〕阴谢阳施:阴气退去,阳气升发。

〔92〕天子有事:天子举行祭祀。　柴燎:焚柴祭天。

〔93〕郊祖:郊祭祖宗。　展义:施行德义。

〔94〕张:陈设,这里指演奏音乐。　钧天之广乐:传说中天上的音乐。钧天,天之中央。

〔95〕服振振:《左传·僖公五年》:"袀服振振。"袀服,黑色的军服。振振,威武的样子。　齐玄:全部是黑色。

〔96〕管:乐器名。　啾啾:管乐吹奏之声。

〔97〕煌煌:光明的样子。

〔98〕隐隐:盛大的样子。

〔99〕礼容:礼制仪容。

〔100〕王制:帝王具有的法式。　巨丽:雄伟华丽。

〔101〕两学:指国学和太学,是朝廷开设的最高学府。

〔102〕双宇如一:两学府的屋宇整齐如一。

〔103〕右延国胄(zhòu 宙):右边的国学教育贵族子弟。国胄,贵族子弟。

〔104〕左纳良逸:左边的太学招纳贤良。良逸,未入仕途的优秀人才。

〔105〕祁祁:众多的样子。　生徒:学生。

〔106〕济济:庄重丰富。　儒术:儒家学说。

〔107〕升之堂:使学生的学业有所长进。与下文"入之室"同出《论语·先进》,孔子评论弟子子路的学业有所长进,好像入门以后又登上了堂,但还不够精深,就像上堂后尚未深入内室。古代居宅结构,堂在门内,室在堂内;先入门,次登堂,最后才能进入室,故以"升堂"比喻学有所成,以"入室"比喻深入发展。

〔108〕入之室:比喻学生的学业专深。

〔109〕教无常师:教学没有固定的老师。

〔110〕道在则是:谁有学问谁就是老师。

〔111〕髦(máo 毛)士:俊杰之士。　投绂(fú 服):丢下官印。绂,系官印的丝带。

〔112〕名王:有名的国王。　怀玺:怀藏印玺。玺,印。以上两句是说名流显贵都弃印藏玺前来求学。

〔113〕训若风行:良师教导得法,如风行草上。

〔114〕应如草靡:弟子受业勤勉,如草遇风而倒。

〔115〕里仁:住在有仁德的地方。里,人们居住的地方。

〔116〕孟母所以三徙:孟子母亲为此而三次搬家。典出《列女传》,孟子母

亲为使孟子学有所成而三次迁徙，最后移居学校附近，孟子从小受到学校环境的影响，志于儒学，终成名家。

〔117〕爰(yuán 圆)：于是。　定我居：我在此定居。

〔118〕筑室穿池：建造房屋，开凿池塘。

〔119〕长杨映沼：高大的杨柳倒映在池塘的水中。

〔120〕芳枳树篱：栽种芳香的枳树做为篱笆。枳，树名。

〔121〕游鳞：水中游动的鱼。　瀺灂(chán zhuó 馋着)：鱼在水中出没的样子。

〔122〕菡萏(hàn dàn 憾旦)：荷花。　敷(fū 夫)披：开放。

〔123〕蓊蔼(wěng ǎi 滃矮)：茂盛。

〔124〕灵果：佳美的果实。　参差：高高低低。

〔125〕张公大谷之梨：洛阳人张公，住在大谷，家有名贵的梨树。

〔126〕梁侯乌椑(bēi 悲)之柿：梁国侯家有世上罕见的柿树，名为乌椑。

〔127〕周文弱枝之枣：周文王时有枣树名弱枝，枣味甚甘美。

〔128〕房陵朱仲之李：房陵县有个叫朱仲的人，家有李树，名为缥李，世所稀有。

〔129〕靡不毕殖：上述稀有品种的果树，没有不种的。靡，无。毕，全部。殖，种植。

〔130〕三桃表樱胡之别：三种桃树显示出樱桃与胡桃的差别。

〔131〕二柰(nài 奈)曜丹白之色：两种柰树闪耀着红色和白色的光辉。

〔132〕蒲陶：即葡萄。　珍：珍品。

〔133〕磊落：众多充实的样子。　蔓衍：滋长延伸。

〔134〕郁：郁李，果树名。　棣(dì 弟)：果树名。

〔135〕繁荣：草木茂盛。　丽藻：亦作藻丽，花木华美。　饰：装饰园林。

〔136〕华实照烂：花朵果实光彩照耀。

〔137〕极：尽。

〔138〕葱、韭、蒜、芋：都是蔬菜名。

〔139〕笋(sǔn 损)：竹笋，可供食用。

〔140〕堇(jǐn 紧)：菜名。　荠(jì 记)：菜名。　甘旨：味道甘美。

〔141〕蓼(liǎo 了)：菜名。　荾(suī 虽)：菜名。

〔142〕蘘(rǎng 攘)荷：菜名。　依阴：生于阴地。

〔143〕藿(huò 获)：这里指藿香草，可供食用。

〔144〕韰(xiè 械)：同“薤”，菜名。

〔145〕凛(lǐn 廪)秋:寒凉的秋季。
〔146〕熙春:和煦的春天。
〔147〕六合:上下四方,这里指大自然。
〔148〕御:乘车。　版舆:一种人力板车。
〔149〕轻轩:轻便车子。
〔150〕王畿(jī 机):京城四周的区域。
〔151〕周:周游。
〔152〕体以行和:身体因散步而得到调和。
〔153〕药以劳宣:服用的养生之药因外出活动而得到消解。宣,消散。
〔154〕常膳载加:日常的饮食有所增加。载,语气助词。
〔155〕旧痾(ē)有痊(quán 全):旧病痊愈。痾,病。
〔156〕席长筵:摆下长长的筵席。
〔157〕列孙子:子孙列座。
〔158〕车结轨:车辆轨迹盘旋不再前行。
〔159〕擿(zhì 掷):投掷。　紫房:紫色的果实。
〔160〕赪(chēng 称)鲤:赤色鲤鱼。
〔161〕禊(xì 细):为消除不祥而举行的祭祀。汜(sì 巳):通“涘”,水边。
〔162〕昆弟:兄弟。　班白:须发斑白,表示年老。
〔163〕稚齿:年龄小。
〔164〕觞(shāng 伤):酒器。
〔165〕惧:指担心老人年迈寿终。　喜:指为老人长寿而高兴。
〔166〕慈颜和:慈母脸色和悦。
〔167〕浮杯:罚酒。浮,罚。
〔168〕丝竹:弦乐管乐,这里泛指乐器。骈(pián 便)罗:并列。
〔169〕抗音高歌:高声歌唱。抗,高。
〔170〕佗:同“他”。
〔171〕退:退隐,退居。　求己:要求自己。　自省,自我省察。
〔172〕周任:古代的良史。　格言:可以奉为准则的成语。
〔173〕陈力:把自己的力量贡献出来。　就列:就职。
〔174〕陋身:卑贱的身躯。
〔175〕拟:比拟,模仿。　明哲:指古代的圣贤。

〔176〕众妙:即众妙之门,语出《老子》,意谓通向一切奥妙事物的门径。绝思:断绝其他一切念头。

〔177〕优游:悠闲自得。 养拙:自养拙性。

今译

我曾经读《汉书·汲黯传》,看到司马安四次高升至九卿。班固记载了司马安的生平,把他评为善于钻营仕途、巧取官位的人。每次读到这里,无不感慨万分,释卷长叹。唉,官场中用心机敏确有道理,但表现笨拙也同样有道理。不过我常常认为读书人活在世上,除非深通玄机的至圣神人,一般都为追求当年的效用而建立功业。所以竭尽忠心,履行信约,而提高德行;研习文辞,树立诚意,而维持常业。

我年轻时窃享乡里的称誉,实在是使司空太尉的褒赏受辱。我侍奉的主人就是那位太宰鲁武公,他举荐我做了秀才,并提拔为郎官。到了事奉武帝时,被任命为河阳县令和怀县令,接着升任尚书郎,又调任廷尉平。武帝驾崩,新天子惠帝守丧之时,我调任太傅主簿。府主太傅杨骏就戮,我受到牵连,被朝廷除去名籍,削职为民。不久恢复了官位,任长安县令,又迁为博士,但我没有去朝廷敬受职务。因为母亲有病,我辞去职务,朝廷也就将我免官。

从二十岁到五十岁,共八次调动官职,一次晋升官阶,两次罢官,一次被除掉名籍,一次未到任受职,三次调任官职。虽说我的平生遭遇有时通达,有时阻塞,也不过是拙者的表现。过去有位博古通今的和峤先生曾评论过我,认为我本来就不善于利用多才多艺的长处。说到多才多艺,我怎敢承当,要说我笨拙,倒是属实,而且有验证。现在有德才出众的人在职位上,百官都效法他,政事就不会出差错。像我这样笨拙的人,就应打消在仕途中追求荣誉地位的念头。况且家里有老母亲体弱多病,我怎敢不在老人家身边尽孝,而小心谨慎地去从事斗筲般的小小职务?

于是我看到了“知止”、“知足”的境界，决心树立起孔子那样的“浮云之志”。建造房屋，栽种树木，日子过得无拘无束、悠闲自得。家里有池塘足以垂钓，收取舂税可以代替耕田。浇灌园田，卖菜赚钱，可供给一日三餐。放牧牛羊，出售乳品，以支付祭祀费用。孝顺父母，团结兄弟，这也就算是拙者参与政事。于是写了这篇《闲居赋》。来歌咏退隐闲居，以满足拙者的情趣。此赋写道：

我遨游在古代典籍的苑囿中，漫步于前世圣贤的大道上。虽然我厚颜不羞，想起宁蘧也深感内愧。世道清明不能把官做，社会昏暗不会装糊涂。机智灵巧总是不够，愚笨艰难却有剩余。

于是我辞官退隐，闲居在洛水之畔。身与逸民同列，名与下士相连。背靠京都面临伊水，前接城郊后近集市。绵长的浮桥穿流而过，雄伟的灵台拔地而起。观测天象的奥秘，探究人事的终始。宅西有兵车禁营，黑色帐幕绿色旗帜。谿子巨黍之弓，异絭而同机。炮石轰鸣如惊天霹雷，弓箭发射似虻虫奋飞。劲旅先行开路，炫耀天子兵威，宅东有明堂辟雍，清净闲雅，高大庄严。林木萦绕，流水回环。追念先祖尊父，宗祀文帝上天。敬奉圣贤从天意，尊养更老崇年。至于冬去春来，阴气退阳气升。天子焚柴祭祀上天，郊祀祖宗推广德行。安排上界仙乐，准备千乘万骑。军服威武一律黑色，管乐啾啾齐奏并吹。多么辉煌呵，多么盛大！礼制仪容如此壮观，皇家模式雄伟华丽。国学太学分立成双，两处学府整齐划一。右边国学培育贵族后代，左边太学招收贤良逸士。弟子众多，儒术精辟。学有长进如升高堂，精到专深如进内室。授业之师不固定，有道之人则为师。因此，俊杰之士弃官求学业，著名之王藏玺做弟子。教师施教如风抚草而行，学生治学如草应风而靡。所以选择居处以近仁德为善，孟母为此三次迁徙。

于是我在此定居，修建房屋挖鱼池。水边高大杨柳倒映，宅旁芳香枳树为篱。游鱼出没沉浮，荷花开放艳丽。竹树郁郁葱葱，佳果累累参差。张公大谷之梨，梁侯乌椑之柿，周文弱枝之枣，房陵朱仲之李，稀有品种无不培植。三类桃显示出樱胡之别，两种柰闪现着红白之色。葡萄石榴珍奇，果实累累遍布两侧，梅杏郁棣名贵，枝叶萋萋装饰田舍。花果辉映之美，言辞表达不尽。蔬菜有葱韭蒜芋，青笋紫姜；堇荠滋味甘美，蓼荾气味芳香；蘘荷背阴而生，藿草向阳而长；绿葵沾露，白薤挂霜。

秋至暑退天凉，春天寒去日暖。细雨初晴，天宇爽朗，老母亲乘坐版舆，又登上轻轩，往远观赏京郊，就近周游家园。常散步气血调和，勤活动药物消散。日常饮食有所增加，多年老病有所好转。长筵摆下，子孙入席。柳荫之下，车马停息。田里摘下紫果，池中捞出红鲤。间或林中设宴，有时水边祭祀。兄弟也已年长，儿童尚还幼稚。祝福老人万寿，一同上前敬酒。衰老令人忧患，长命令人喜欢。频频举杯祝酒，慈母和颜悦色。行酒令以助兴，奏管弦以欢愉。顿足起舞，引吭高歌。人生只求快乐平安，其他世事何必知晓。退隐后自我省察，忠信不足而学识浅薄。信奉周任名言，应当尽职尽责。几乎不保微躯，哪敢学古代先哲。诚信妙道断绝杂念，自养拙性终生悠闲。

（吴穷译注　陈复兴修订）

长门赋一首

司马长卿

题解

汉武帝元光五年(前130)七月,陈皇后因妒嫉而被废,从皇宫中逐出,幽禁于离宫——长门宫,愁闷悲伤,凄苦异常。她知道武帝非常赏识司马相如的文章,幻想借助司马相如的生花妙笔,转述自己眷念武帝的心情,以感动武帝,恢复自己皇后的地位。于是派人送给司马相如黄金百斤,以求一赋。陈皇后的愿望变成了泡影,但《长门赋》因此而产生并流传下来。

司马相如怀着深切的同情,以失宠的陈皇后的口吻,形象生动地抒写了女主人公望君不至的复杂心理,谴责了武帝的负义行为,描叙了陈皇后对武帝的专一的爱情。她从清晨等到黄昏,绝望了,痛苦得不能成眠。她忽而把雷声当成"君之车音",忽而在梦中"觉君之在旁"。这梦魂萦绕的思念更增加了她的惆怅。作家以铺张排比的手法,以娟秀委婉的词句,曲折细致地展示了女主人公坐待天明的种种行动和孤寂难挨的内心痛苦,概括了封建时代皇帝后宫里绝大多数妇女可怜可悲的命运,因而有一定的典型意义,对后代"宫怨"题材的诗歌创作有深远的影响。

对于《长门赋》的著者问题,历来争论不休。有人根据《南齐书·陆厥传》提出"《长门》、《上林》殆非一家之赋"和赋序,认为《长门赋》非司马相如手笔，是后人托名之作。我们认为，历来否定此赋是司马相如所作的根据不足。一、此赋之序是《史记·外戚世家》司马贞《索隐》，本非赋之原序，但后来却以假乱真，被当做赋作之原序；又忽略了司马贞后面的话："作颂信有之，复亲幸之恐非其实也。"所以不能以序来否定赋文本身。二、对《陆厥传》"《长门》、《上林》殆非一家之赋"的话，历来存在误解。在此话后，陆厥又云："《洛神》、《池雁》，便成二体之作。……一人之思，迟速天悬；一家之文，工拙壤隔。"篇名虽不同，但皆指"一人"、"一家"。陆厥话的意思是，《长门》、《上林》虽同为相如之作，但风格差异很大。故以陆厥之言来否定《长门》是相如之作不妥。三、此赋《史记》、《汉书》司马相如传不载，只能说明此赋当时不被看重，不能证明不是相如之作。四、以作品本身风格论，与相如之作一致。此问题，力之《〈文选·长门赋〉为司马相如作无疑辨》(《文选与文选学》，学苑出版社，2003年)有详考，可参看。

关于"长门"之名，程大昌《雍录》卷六云："《郊祀志》曰：'文帝出长门亭，若见五人于道，遂立五帝坛。'如淳曰：'长门，亭名也。'亭以门为名，而非城门之名也……而夫门以'长'为名也，其必取之长水也，以其地近故也。文帝顾成庙在城外无宿馆，窦太主献长门园，武帝以为长门宫。如淳曰：'园在长安城东。'陈皇后以妒废处此宫，司马相如所作赋者是也。是皆并长门亭而立为此名也。"

原文

孝武皇帝陈皇后[1]，时得幸[2]，颇妒[3]，别在长门宫[4]，愁闷悲思[5]。闻蜀郡成都司马相如，天下工为文[6]，奉黄金百斤为相如文君取酒[7]，因于解悲愁之辞[8]。而相如为文以悟主上[9]，陈皇后复得亲幸[10]。其辞曰：

夫何一佳人兮[11]，步逍遥以自虞[12]。魂逾佚而不反兮[13]，形枯槁而独居[14]。言我朝往而暮来兮[15]，饮食乐而忘人[16]。心慊移而不省故兮[17],交得意而相亲[18]。

伊予志之慢愚兮[19],怀贞悫之欢心[20],愿赐问而自进兮[21],得尚君之玉音[22]。奉虚言而望诚兮[23],期城南之离宫[24],修薄具而自设兮[25],君曾不肯乎幸临[26]。

廓独潜而专精兮[27],天漂漂而疾风[28]。登兰台而遥望兮[29],神怳怳而外淫[30]。浮云郁而四塞兮[31],天窈窈而昼阴[32]。雷殷殷而响起兮[33],声象君之车音。飘风回而赴闺兮[34],举帷幄之襜襜[35]。桂树交而相纷兮[36],芳酷烈之訚訚[37]。孔雀集而相存兮[38],玄猿啸而长吟[39]。翡翠胁翼而来萃兮[40],鸾凤翔而北南[41]。

心凭噫而不舒兮[42],邪气壮而攻中[43]。下兰台而周览兮[44],步从容于深宫[45]。正殿块以造天兮[46],郁并起而穹崇[47]。间徙倚于东厢兮[48],观夫靡靡而无穷[49]。挤玉户以撼金铺兮[50],声噌吰而似钟音[51]。刻木兰以为榱兮[52],饰文杏以为梁[53]。罗丰茸之游树兮[54],离楼梧而相撑[55]。施瑰木之欂栌兮[56],委参差以槺梁[57]。时仿佛以物类兮[58],象积石之将将[59]。五色炫以相曜兮[60],烂耀耀而成光[61]。致错石之瓴甓兮[62],象玳瑁之文章[63]。张罗绮之幔帷兮[64],垂楚组之连纲[65]。

抚柱楣以从容兮[66],览曲台之央央[67]。白鹤噭以哀号兮[68],孤雌跱于枯杨[69]。日黄昏而望绝兮[70],怅独托于空堂[71],悬明月以自照兮,徂清夜于洞房[72]。援雅琴以变调兮[73],奏愁思之不可长[74]。案流徵以却转兮[75],声幼妙而复扬[76]。贯历览其中操兮[77],意慷慨而自卬[78]。左右悲而垂泪兮[79],涕流离而从横[80]。舒息悒而增欷兮[81],蹝履起而彷徨[82]。揄长袂以自翳兮[83],数昔日之諐殃[84]。无面目之可显兮，遂颓思而就床[85]。抟芬若以为枕兮[86]，席荃兰而茝香[87]。忽寝寐而梦想兮[88]，魄若君之在旁。惕寤觉而无见兮[89]，魂迋迋若有亡[90]。众鸡鸣而愁予兮[91]，起视月之精光[92]。观众星之行列兮，毕昴出于东方[93]。望中庭之蔼蔼兮[94]，若季秋之降霜[95]。夜曼曼其若岁兮[96]，怀郁郁其不可再更[97]。澹偃蹇而待曙兮[98]，荒亭亭而复明[99]。妾人窃自悲兮[100]，究年岁而不敢忘[101]。

注释

〔1〕孝武皇帝：姓刘，名彻，孝武是其谥号，一般称汉武帝。 陈皇后：名阿娇，长(zhǎng 掌)公主刘嫖(武帝的姑母)之女。刘彻原非太子，因长公主之力而得立为太子，娶阿娇为妃，即帝位后，立阿娇为皇后。

〔2〕幸：(皇帝)宠爱。

〔3〕颇妒：武帝后来宠爱妃子卫子夫，陈皇后十分妒嫉，利用巫婆楚服在后宫设坛，为自己祈祷并诅咒卫子夫。事被发觉，武帝大怒，废了阿娇的皇后之位。受连累被杀者三百多人。

〔4〕别：另外住在，这里指被遗弃谪居。 长门宫：汉宫名，在长安城南，陈皇后被废后幽禁于此。

〔5〕悲思：悲伤。思，悲，伤。

〔6〕工：善于，长于。 为文：写文章。

〔7〕取酒：买酒的钱。这是陈皇后为酬谢司马相如写文章的委婉说法。

〔8〕于：为。

〔9〕悟主上：使皇上醒悟，意思是使武帝回心转意。

〔10〕复得亲幸：重新得到宠爱。据《史记·外戚世家》司马贞索隐："作颂(指《长门赋》)信有之也，复亲幸恐非实也。"

〔11〕何：多么。 佳人：指陈皇后。佳，美，好。

〔12〕逍遥：优游自得的样子，这里指陈皇后徐徐踱步的样子。 虞：测度，考虑，指陈皇后考虑自己被废而幽禁于长门宫之事。

〔13〕逾佚(yú yì 鱼义)：飞扬，失散，这里是形容陈皇后丧魂失魄的样子。

反:同“返”。

〔14〕形:形体容貌。 枯槁:憔悴。

〔15〕言:(武帝)说,主语“武帝”省略了。 我:代武帝。

〔16〕人:指陈皇后。

〔17〕慊(qiàn 欠)移:绝情变心。慊,绝,断绝。移,改变。省(xǐng 醒):顾念。 故:旧人,指陈皇后。

〔18〕得意:称心如意的人,指卫子夫。

〔19〕慢愚:愚笨,自谦之词。

〔20〕贞:忠贞,正直。 悫(què 却):诚实谨慎。 欢心:好意,这里指爱情。

〔21〕赐问:指武帝过问陈皇后。 自进:陈述自己的心情。

〔22〕尚:承受。 玉音:对人言辞的敬称,指武帝的话。

〔23〕虚言:虚假的话。 望诚:希望是真诚的。

〔24〕期:期待,等待。 离宫:古代帝王在正式宫殿之外另建的宫室,以便随时游处。这里指长门宫。

〔25〕修:整治,这里是备办的意思。 薄具;菲薄的肴馔。具,肴馔。

〔26〕曾(zēng 增):乃,竟然。 幸临:指皇帝到来。

〔27〕廓(kuò 扩):廓然,空旷寂寞的样子。 独潜:孤独地幽居。专精:专心致志地守候等待。

〔28〕漂漂:又作“飘飘”,风势迅疾的样子。

〔29〕兰台:台名。

〔30〕怳怳(huǎng huǎng 恍恍):心神不定的样子。 外淫:外游,指魂不守舍。

〔31〕四塞:遮蔽四方。

〔32〕窈窈:幽暗的样子。

〔33〕殷殷(yǐn yǐn 隐隐):象声词,形容雷声。

〔34〕飘风:旋风。 赴:奔向,这里指吹向。李善注本作“起”,据六臣本改。 闺:内室,女子的闺房。

〔35〕举:起,动,这里指吹动。 帷幄:宫室的帷幕。 襜襜(chān chān 搀搀):摇动的样子。

〔36〕桂树:即桂花树,又叫木犀,开白、黄色小花,花香味浓烈。交而相纷:枝叶互相交错。

〔37〕訚訚(yīn 音):香味浓烈。

〔38〕集:鸟儿栖止在树上。 相存:互相呼唤亲近。存,慰问,抚慰。

〔39〕玄:黑中带赤。

〔40〕翡翠:鸟名,又叫翠鸟。羽有蓝、绿、赤、棕等色,雄赤叫翡,雌青叫翠。 胁翼:收拢翅膀。胁,敛,收拢。 萃:聚集。

〔41〕鸾(luán 栾)凤:鸾鸟和凤凰。鸾,古代传说中的一种凤凰之类的青色神鸟。

〔42〕凭噫(píng yì 平义):愤懑抑郁的样子。

〔43〕邪气:指不得舒展的忧恨之气。 攻中:侵入心中。中,内心。

〔44〕周:遍。

〔45〕从(cōng 聪)容:舒缓的样子。

〔46〕块:独立的样子。 造:至,到达。

〔47〕郁:壮大的样子。 并起:指多座宫殿并立。 穹(qióng 穷)崇:高峻的样子。

〔48〕间(jiàn 见):有时。 徙(xǐ 洗)倚:徘徊。

〔49〕靡靡:富丽华美。

〔50〕挤:推。 玉户:指殿门。 撼:摇动。 金铺:门上兽面形的铜制环钮。这里指门环。

〔51〕噌吰(zēng hóng 增宏):象声词,多形容钟鼓声。

〔52〕木兰:佳树名。 榱(cuī 崔):椽子,放在檩上架屋瓦的木条。

〔53〕文杏:佳树名。 梁:房梁。

〔54〕罗:排列。 丰茸(róng 荣):众多的样子。 游树:指建筑上的浮柱。

〔55〕离楼:攒聚众木的样子。 梧:斜柱。

〔56〕施:设,置。 瑰木:珍贵的木料。 欂栌(bó lú 伯卢):柱上承梁的方形短木,即斗拱。

〔57〕委:堆积。 参差(cēn cī):长短不齐的样子。 槺(kāng 康)梁:中空的样子。王念孙《读书杂志·余编·委参差以槺梁》:"参差,双声也,槺梁,叠韵也。槺梁者,中空之貌,言众欂栌罗列参差而中空也。"

〔58〕仿佛:恍忽。 物类:物体。

〔59〕积石:积石山,古人认为是黄河发源的地方。 将将(qiāng qiāng 枪枪):高峻的样子。

〔60〕炫:光亮的样子。曜,同"耀",照耀。

〔61〕烂:鲜明。 耀耀:明亮闪光的样子。

〔62〕致:细密,致密。　错石:交错拼成花纹的石头。　瓴甓(líng pì 玲辟):长方形的砖。

〔63〕玳瑁(dài mào 代冒):形状像龟的爬行动物,甲壳黄褐色,有黑斑,很光润,可做装饰品。　文章:花纹。

〔64〕张:挂。　罗绮(qǐ 起):丝织品。　幔帷:帐幕。

〔65〕楚组:楚地出产的丝带。组,丝带,以楚地出产的为最好。连纲:丝带互相连结起来系在幔帷的总带上。纲,总的丝带。

〔66〕柱楣(méi 梅):指梁柱。

〔67〕曲台:指未央宫中的曲台殿。　央央:广大的样子。

〔68〕噭(jiào 叫):鸟悲鸣。

〔69〕孤雌:失偶的雌鸟,喻陈皇后。　跱(zhì 至):同"峙",独立,这里是停落的意思。

〔70〕望绝:望不见。

〔71〕怅:怅惘,惆怅。

〔72〕徂(cú 殂):到,降临。　洞房:深邃的内室。洞,深。

〔73〕援:引,拿过来。　变调:改变它的曲调,弹奏情绪比较激越的曲调。

〔74〕长(zhǎng 掌):增长。

〔75〕案:通"按",弹奏。　流徵(zhǐ 止):流利的徵音。　徵:古代五音之一,善于表现悲哀之情。　却转:回转,指变换曲调。

〔76〕幼(yào 要)妙:轻细曲折。　扬:飞举,指声音高。

〔77〕贯:贯穿,概括。　历览:依次观览。　中操:节操,操守,这里指曲调表现的内心感情。

〔78〕卬(áng 昂):激昂。

〔79〕左右:身边的人。

〔80〕涕:泪。流离:犹淋离,形容泪流不止的样子。　从(zòng 纵)横:纵横,形容泪水交流的样子。

〔81〕舒:吐。　息:叹息。　悒(yì 义):忧郁。　欷(xī 希):欷歔,哽咽声。

〔82〕蹝(xǐ 洗)履:趿着鞋,指坐而复起。

〔83〕揄(yú 鱼):挥动,扬起。　袂(mèi 妹):衣袖。　翳(yì 义):遮盖。

〔84〕数(shǔ 属):一个一个地计算,这里是考虑之意。　諐(qiān 千)殃:过错。諐,过错。

〔85〕颓思:喟然叹息。据王念孙《读书杂志》此“思”字是“息”字之误。

〔86〕抟(tuán 团):持,凭借。　芬若:香草。

〔87〕荃、兰、茝(zhǐ 止):都是香草名。

〔88〕寝寐:入睡。

〔89〕惕:迅速。　寤觉:醒来。

〔90〕迋迋(guàng 逛,又读 kuáng 狂):惶恐,恐惧。

〔91〕愁予:使我愁。

〔92〕精光:月光。精,指月光。

〔93〕毕昴(mǎo 卯):二十八宿(xiù 秀)之一,有星八颗。毕昴出现于东方在五六月,这里的意思是天要亮了。

〔94〕蔼蔼(ǎi ǎi 矮矮):天色暗淡。

〔95〕季秋:秋季的最后一个月。

〔96〕曼曼:同“漫漫”,漫长。

〔97〕郁郁:郁闷。　再更:再经受,再忍受。更,经历,经受。

〔98〕澹(tán 谈):通“惔”(tán 谈),火烧。　偃蹇(yǎn jiǎn 眼俭):伫立。

〔99〕荒:天色将亮。　亭亭:遥远的样子。

〔100〕妾人:妇女自称。

〔101〕究:穷,极。

今译

孝武皇帝的陈皇后经常得到宠爱,由于很妒嫉,被废弃而谪居在长门宫,愁闷悲伤。听说蜀郡成都的司马相如在全国最善于写文章,就奉送黄金百斤给相如和卓文君做为润笔之资,请相如写一篇能解除自己悲苦的文章。相如就写了一篇赋,并使皇上醒悟了,陈皇后又得到宠爱。那赋写道:

有一窈窕佳人啊,徐徐踱步,暗自思量。丧魂失魄形憔悴,寂寞独居守空房。君王许诺“我晨去而暮返”,却沉醉于饮食之乐而把人遗忘。他断情绝意不念故人,结交新欢心舒畅。

我性情愚笨,内心却忠贞诚谨。望君王赐问,得表述臣妾忠心,恭候君王佳音。我把虚言奉做海誓山盟,痴心等待于城南之“长门”。肴馔菲薄却是我亲自安排,君王竟不肯驾幸光临。

我独处沉思,专心候望,狂风骤起,迅猛异常。登兰台而远望啊,却精神恍惚,如灵魂离开躯体一样。彤云密布,天宇白昼无光,雷声轰响,像君王驾幸的车声一样,风旋转着冲向内房,吹动帐幕摇摇晃晃。桂树枝叶交错,花香馥郁,十里飘香。孔雀停落而相互问讯,黑猿长啸而声声悲凉。翠鸟敛翼来相会,青鸾凤凰却各奔一方。

心烦闷而郁结,愁思盛而侵入心中。下兰台而周游遍览,脚步如千斤沉重。正殿独立高达天际,群楼并起直向苍穹。在东厢之旁徘徊不停,看那富丽的景像无尽无穷。推开玉饰之门而金环撼动,声音噌吰而似钟声。雕刻木兰以为屋椽,修饰文杏以为房梁。众多的浮柱密密排列,交叉的斜柱互相支撑。以珍奇木料做斗拱,斗拱都参差而悬空。眼前廊柱斗拱模模胡胡,就像那高峻的积石山峰。五彩斑斓互相辉映,光芒四射灿烂光明。致密的彩砖铺成地面,像玳瑁的花纹图形。张挂着绫罗之帐幔,系于楚地所产之丝绳。

手抚摸着廊柱,远望曲台那样深远宽广。失偶雌鹤落于枯杨,噭噭哀鸣使人神伤。日落黄昏不见君影,惆怅孤独托身于空旷的厅堂。高悬明月照孤形,清冷夜色降深房。以弹奏排解忧思,曲调激越哀伤,心里却想,痛苦之情不可再增长。旋律如泣如诉,由轻细曲折而转为高亢。纵观琴曲的寓意,激情满怀,慷慨悲凉。身边之人为之泪下如雨,沾湿衣裳。长叹息反而更加欷歔,只好起身来回彷徨。举长袖遮住脸吧,仔细反省对不起君王的地方。再没脸面去见人,喟然叹息卧身床上,以芳若为枕,以荃、兰、芷编成之席散发幽香。恍然入梦,君王如在身旁。突然惊醒,一无所见,心中惶恐,像丢了魂儿一样。群鸡啼鸣更使我愁情满怀,只好起视皎洁的月光。那星空排列有序,毕昴八星已现于东方。庭院夜色霭霭,如深秋所降之白霜。长夜漫漫,度夜如年啊,再难忍受,已寸断柔肠。忧心如焚地等待天明啊,远方已露出曙色,即将天亮。我暗自悲叹,即使终生如此,也不敢忘怀君王。

(陈延嘉译注并修订)

思旧赋一首

向子期

题解

向秀(约227—272),字子期,河内怀县(今河南武陟西南)人。竹林七贤之一。魏晋之际文学家、哲学家。官至黄门侍郎、散骑常侍。他"清悟有远识","雅好老庄之学"。曾经为《庄子》一书作注,"发明奇趣,振起玄风",但余下《秋水》、《至乐》两篇,注释未完而卒。向秀擅诗赋,但作品流传下来的只有《难嵇叔夜养生论》与这篇《思旧赋》。

向秀与嵇康、吕安是志趣相投的朋友,因不满于司马氏集团,都有意摆脱政治生活。嵇康喜欢打铁,他欣然地去作助手。又曾与吕安一同灌园。后嵇康、吕安为人陷害,被司马昭所杀。向秀对其不幸遭遇深为愤慨,但慑于司马氏的淫威,被迫赴洛阳应郡举。这篇赋便是他应郡举归来。经嵇康、吕安旧居时触景伤情所作。

这篇小赋表面是哀悼嵇康、吕安,表达朋友之间深厚的友谊,实际却从侧面流露了对当时黑暗政治的不满。正如鲁迅先生在《为了忘却的记念》一文中所说:"年青时读向子期《思旧赋》,很怪他为什么只有寥寥的几行,刚开头却又煞了尾。然而,现在我懂得了。"在当时恐怖的政治局面下,作者实在不得不这样写。这篇赋篇幅虽短小,但思想深刻,内容丰富,寄意深厚;笔法含蓄回转,融议论于记述,寓情思于写景,情辞沉挚,动人心弦,具有一唱三叹之妙。《序》亦写得极好,于简淡的叙述中,摄取眼前景物,略作点染,倍觉情韵凄绝,实为抒情小赋中极精彩之作。在晋人抒情赋中,别具一格。

原文

余与嵇康吕安,居止接近[1]。其人并有不羁之才[2]。然嵇志远而疏[3],吕心旷而放[4],其后各以事见法[5]。嵇博综技艺[6],于丝竹特妙[7]。临当就命[8],顾视日影,索琴而弹之[9]。余逝将西迈[10],经其旧庐[11]。于时日薄虞渊[12],寒冰凄然[13]。邻人有吹笛者,发声寥亮[14]。追思曩昔游宴之好[15],感音而叹,故作赋云:

将命适于远京兮[16],遂旋反而北徂[17]。济黄河以泛舟兮[18],经山阳之旧居[19]。瞻旷野之萧条兮[20],息余驾乎城隅[21]。践二子之遗迹兮[22],历穷巷之空庐[23]。叹《黍离》之愍周兮[24],悲《麦秀》于殷墟[25]。惟古昔以怀今兮[26],心徘徊以踌躇。栋宇存而弗毁兮,形神逝其焉如[27]?昔李斯之受罪兮,叹黄犬而长吟[28]。悼嵇生之永辞兮[29],顾日影而弹琴。托运遇于领会兮[30],寄余命于寸阴[31]。

听鸣笛之慷慨兮[32],妙声绝而复寻[33]。停驾言其将迈兮,遂援翰而写心[34]。

注释

〔1〕嵇(jī 鸡,旧读 xí 习)康:字叔夜,谯郡铚(zhì 志,今安徽宿县)人。与魏宗室通婚。曾为中散大夫,世称嵇中散。他博学多才,人品高尚,有“卧龙”之称。崇尚老庄学说,讲求养生服食之道,为竹林七贤之一,与阮籍齐名。因声言“非汤武而薄周孔”,抨击当代虚伪礼法和趋炎附势的小人,遭钟会构陷,为司马昭所杀。　吕安:字仲悌,东平(今山东东平县)人。　居止:住处。

〔2〕不羁:奔放,不受约束。这是以骏马的不可羁绊,比喻人的才能超逸。

〔3〕志远:志向高远。　疏:淡漠。指嵇康对世俗事务淡漠。

〔4〕心旷:心胸豁达。　放:放逸,随便。指吕安外表很随便。

〔5〕以事见法：因事被处死刑。法，刑。李善注引干宝《晋纪》及《魏氏春秋》云：吕安庶兄吕巽，为司马昭亲信。他奸淫了吕安妻子徐氏，丑迹败露，反诬吕安不孝，结果吕安被囚。嵇康为吕安辨诬，钟会因曾遭嵇康奚落，忌恨在心，乘机怂恿司马昭除掉嵇康，于是二人同时遇害。

〔6〕博综技艺：能从事多种技艺。综，集，合。

〔7〕丝竹：管弦乐器的总称，泛指音乐。　特妙：特别精妙。

〔8〕就命：终命，指死。就，终。

〔9〕索：讨取。李善注引《文士传》云："嵇康临死，颜色不变。谓兄曰：'向以琴来否？'兄曰：'已来。'康取调之，为《太平引》。曲成，叹息曰：'《太平引》绝于今日邪！'"又据《晋书》本传载：嵇康临刑时曾"顾视日影"，索琴弹奏了一曲《广陵散》，并叹息"《广陵散》于今绝矣！"

〔10〕逝：往。　迈：远行。西迈，指赴洛阳。洛阳在山阳西南面。

〔11〕旧庐：从前的屋舍。　李善注："言昔逝将西迈，今返经其旧庐。"

〔12〕薄：迫近。　虞渊：神话传说中日落之处。《淮南子·天文训》："日至于虞渊，是谓黄昏。"

〔13〕凄然：寒冷之状。

〔14〕寥亮：声音清越高远。

〔15〕曩（nǎng）昔：从前。　游宴：游乐宴饮。好：友好感情。

〔16〕将命：奉命。　适：去。　远京：指京都洛阳。

〔17〕旋：转。反：通"返"，返还。指从洛阳归来。　徂（cú）：往。

〔18〕济：渡河。　泛：漂浮。

〔19〕山阳：河内有山阳县，因在太行山南部，故名山阳。故城在今河南修武县西北。

〔20〕瞻：望。

〔21〕息：停。　驾：车马。　隅：角落，指边侧之地。

〔22〕践：踏。　二子：指嵇康、吕安。

〔23〕历：经过。穷巷：陋僻的里巷。

〔24〕《黍离》：《诗经·王风》中的篇名。《毛诗序》云："《黍离》，闵宗周也。周大夫行役至于宗周，过故宗庙宗室，尽为禾黍。闵周室之颠覆。彷徨不忍去而作是诗也。"这里作者借以表达对故友的怀恋之情。"愍"同"闵"，哀怜。

〔25〕《麦秀》：即《麦秀歌》。据《尚书·大传》记载：殷商王室微子去朝见

周天子,经过殷墟,看到那里已经沦为田亩,于是唱了两句歌:“麦秀蔪蔪兮,禾黍油油;彼狡童兮,不好我仇。”(歌辞据今本《尚书》,与李善注所引不同)以抒发心中的伤感。以上用《黍离》和微子事都是作者触景伤情,借以表示对故友的思念,伤悼从前与嵇、吕游宴的生活不可复得。

〔26〕古昔:指《黍离》和微子事,实际是指作者昔日与嵇、吕交游情景。

〔27〕形神:形体和精神。　如:往。

〔28〕李斯:秦丞相。秦二世时为赵高所忌,被腰斩于咸阳。　受罪:受刑。　叹黄犬:事见《史记·李斯列传》:“李斯临刑时,对他的儿子说:‘吾欲与若复牵黄犬,俱出上蔡东门逐狡兔,岂可得乎?’遂父子相哭,而夷三族。”　吟:叹息声。

〔29〕永辞:永远辞别人世,指死。此二句以李斯惊慌反衬嵇康之从容。

〔30〕托:寄托。　运遇:命运遭遇。　领会:是说命运如衣领的相交会,或开或合,极为偶然。领,衣领;会,交会。

〔31〕余命:残余的生命。寸阴:短暂的时光。这是指嵇康临刑前仍利用短暂的时光索琴而弹。

〔32〕鸣笛:即序中所说“邻人有吹笛者”。　慷慨:感慨激昂。

〔33〕寻:继续。

〔34〕援:执持。　翰:毛笔。　写心:写下心中的感慨。

今译

我与嵇康、吕安两人的居处相近。他们两人都具有不可羁束的才华。但嵇康志向高远,于世俗淡漠;吕安则心胸豁达,外表放逸。后来,他们都因事被杀。嵇康擅长多种技艺,尤精于丝竹音乐。当临刑之时,他望着即将隐没的日影,仍然索琴弹奏起来。以前,我西去洛阳,经过他们的旧居。当时,日已西沉,天寒如冰。听到邻人在吹笛,发出清越高远的声音。追想起当初我们游乐宴饮的友好之情,我不禁被这笛声引起无限的感叹,于是作了这篇赋:

奉命去那遥远的京城,回返时又转路而北行。泛舟渡过那滚滚黄河,来到他们山阳的故舍。远望旷野一派萧条,在那城角旁边停下了我的车。踏着他们两人生前的遗迹,走进陋巷中那空空的旧居。触景伤情,悲悯周都的荒芜,周人曾有《黍离》之叹;哀怜殷墟的变迁，微子曾歌《麦秀》之篇。想到古人的怀旧之情，我心里无限伤感，在这故人之地徘徊盘桓。屋宇虽然矗立在眼前，然而，他们的形体和精神又在哪里？想那李斯的临当就刑，为不能再同他的儿子牵上黄犬去逐狡兔而父子相泣。但嵇生在与世诀别之际，还望着那即将西沉的日影，从容地不迫地弹奏起他心爱的乐曲。他知道命运犹如衣领的开合一样，有偶然的遭遇，才格外珍惜这短暂的时光，把残余的生命寄托在琴声里。

此刻，邻人吹起那感慨激越的竹笛，美妙的笛声断断续续，不绝如缕。停着的车子就要起动，于是提起笔来写下我感怀思念的心曲。

（周奇文译注并修订　陈延嘉再修订）

叹逝赋一首

陆士衡

题解

陆机(261—303),字士衡,吴郡吴县华亭(今上海松江)人,出身于三国东吴显宦之家。祖父陆逊,东吴丞相;父亲陆抗,东吴大司马;伯祖父陆绩,汉末儒家经学大师。《晋书·陆机传》称陆家"文武奕叶,将相连华"。吴亡,陆机归晋,官至平原内史,世称陆平原。后被司马颖所杀。陆机是魏晋时期著名的文学家,有《陆平原集》传世。

《叹逝赋》是陆机晚年的作品。四十岁完成此赋,四十三岁便被杀害。陆机在他不长的一生中,经受了巨大的磨难,他由"世勋苗胄",沦为孙吴遗臣。吴宫变荒丘,祖业付东流,亲友殆尽,弟兄多丧,个人又卷入新的统治集团互相倾轧的漩涡,不仅建功立业成为泡影,个人生命也朝不保夕。这不能不引起他的深深慨叹。这篇抒情小赋,正是叹国破之恨,抒家亡之情。既饱含老庄的哲理,又写得回环往复,曲折深情。与讲究铺排罗列的汉大赋相比,显示出自己清新的特色,读来颇有情味。

原文

昔每闻长老[1],追计平生同时亲故[2],或凋落已尽,或仅有存者。余年方四十,而懿亲戚属[3],亡多存寡。昵交密友[4],亦不半在。或所曾共游一涂,同宴一室,十年之外,索然已尽。以是思哀,哀可知矣。乃作赋曰:

伊天地之运流[5]，纷升降而相袭[6]。日望空以骏驱[7]，节循虚而警立[8]。嗟人生之短期[9]，孰长年之能执[10]？时飘忽其不再，老晼晚其将及[11]。怼琼蕊之无征[12]，恨朝霞之难挹[13]。望汤谷以企予[14]，惜此景之屡戢[15]。悲夫！川阅水以成川[16]，水滔滔而日度。世阅人而为世[17]，人冉冉而行暮[18]。人何世而弗新[19]，世何人之能故。野每春其必华[20]，草无朝而遗露[21]。经终古而常然，率品物其如素[22]。譬日及之在条[23]，恒虽尽而弗寤[24]。虽不寤其可悲，心惆焉而自伤。亮造化之若兹[25]，吾安取夫久长。痛灵根之夙陨[26]，怨具尔之多丧[27]。悼堂构之隤瘁[28]，愍城阙之丘荒[29]。亲弥懿其已逝[30]，交何戚而不忘[31]。咨余今之方殆[32]，何视天之芒芒[33]。伤怀凄其多念，戚貌瘁而鲜欢[34]。幽情发而成绪[35]，滞思叩而兴端[36]。惨此世之无乐，咏在昔而为言[37]。居充堂而衍宇[38]，行连驾而比轩[39]。弥年时其讵几[40]，夫何往而不残。或冥邈而既尽[41]，或寥廓而仅半[42]。信松茂而柏悦，嗟芝焚而蕙叹[43]。苟性命之弗殊[44]，岂同波而异澜。瞻前轨之既覆，知此路之良难。启四体而深悼[45]，惧兹形之将然。毒娱情而寡方[46]，怨感目之多颜[47]。谅多颜之感目[48]，神何适而获怡[49]。寻平生于响像[50]，览前物而怀之。步寒林以凄恻[51]，玩春翘而有思[52]。触万类以生悲，叹同节而异时。年弥往而念广[53]，途薄暮而意迮[54]。亲落落而日稀[55]，友靡靡而愈索[56]。顾旧要于遗存[57]，得十一于千百。乐隤心其如忘[58]，哀缘情而来宅[59]。讬末契于后生[60]，余将老而为客[61]。

然后弭节安怀[62]，妙思天造[63]。精浮神沦[64]，忽在世

表[65]。寤大暮之同寐[66]，何矜晚以怨早[67]。指彼日之方除[68]，岂兹情之足搅[69]。感秋华于衰木[70]，瘁零露于丰草[71]。在殷忧而弗违[72]，夫何云乎识道。将颐天地之大德[73]，遗圣人之洪宝[74]。解心累于末迹[75]，聊优游以娱老[76]。

注释

〔1〕长老:老一辈人。

〔2〕平生:少年时代。

〔3〕懿亲戚属:最近的亲属。

〔4〕昵交:最亲密的朋友。

〔5〕伊(yī 衣):语首助词,无义。　运流:运行。即时间的推移。

〔6〕升降:地气上升,天气下降。指四季交替。　相袭:相因。

〔7〕骏驱:急速运转。

〔8〕循虚:随天。虚,天空。　警立:惊动而立。李善注:“警,犹惊也。”

〔9〕短期:短暂。

〔10〕能执:能持续不断。

〔11〕晼(wǎn 晚):天将黑。

〔12〕怼(duì 对):怨。　琼蕊:传说中琼树的花蕊,食之可长生不老。　征:求。

〔13〕朝霞:传说仙人服用朝霞,可长生不老。挹(yì 义):酌取。

〔14〕汤谷:传说中太阳初升的地方。企予:踮起脚跟。

〔15〕戢(jí 急):隐没。

〔16〕阅水:水流汇集。阅,汇集。

〔17〕阅人:总聚众人。阅,总聚。　世:一代人称一世。

〔18〕冉冉(rǎn 染):渐进的样子。

〔19〕弗:不。

〔20〕华:同“花”。

〔21〕遗:余。

〔22〕率(shuài 帅):通常,大凡。　如素:如故。素,故。

〔23〕日及:木槿花,朝开而夕谢。

〔24〕寤:通“悟”。

〔25〕亮:的确。造化:自然界。

〔26〕灵根:灵木之根。比喻祖父。　夙陨(sù yǔn 诉允):早亡。

〔27〕具尔:兄弟。

〔28〕堂构:旧时比喻父祖的遗业。　隤瘁(tuí cuì 颓翠):毁坏。

〔29〕愍(mǐn 敏):哀怜。胡刻本作“慜”。据何批本改。　城阙:宫室。帝王居住之所。　丘荒:变成荒丘。指东吴灭亡。

〔30〕弥懿(mí yì 迷义):极亲近。

〔31〕交:朋友。　戚:亲近。

〔32〕咨(zī 资):嗟叹。　殆:危。

〔33〕芒芒:犹蒙蒙,模糊不清。

〔34〕戚:忧。　瘁:同“悴”。鲜:少。

〔35〕幽情:隐秘的思想感情。

〔36〕滞思:郁结的思想感情。

〔37〕在昔:过去。

〔38〕衍宇:满屋。

〔39〕连驾比轩:车水马龙。

〔40〕弥年:终年。　讵(jù 巨)几:岂几许。即无多少。讵,犹“岂”。谢朓《赠王主簿二首》:“余曲讵几许。”

〔41〕冥邈:幽远。指死去。

〔42〕寥廓:空旷无人。

〔43〕柏悦、蕙叹:幸存之意。李善注引《淮南子》:“巫山之上,顺风纵火,紫芝与萧艾俱死。”柏悦蕙叹盖以自喻。

〔44〕弗殊:没有不同。

〔45〕启四体:看看手脚。曾子病危,把门徒召在身边,说:“看看我的手脚,有没有损伤的地方。从今以后(指死去),我知道自己的身体不会再损伤了。”他认为体肤受之于父母,损伤为不孝。

〔46〕毒:痛。　方:术。

〔47〕多颜:指死者既多,情忧非一。

〔48〕谅:确实。

〔49〕何适:到何处。　获怡:得到欢乐。

〔50〕响像:声音笑貌。

〔51〕凄恻(cè 策):悲伤。

〔52〕春翘:春天繁茂的景象。

〔53〕弥往:久远。

〔54〕薄暮:接近日落。此指生命不长了。　意迮(zuò 做):心中急迫。迮,迫近。

〔55〕落落:稀少的样子。

〔56〕靡靡:零落的样子。

〔57〕旧要(yāo 腰):故友。

〔58〕隤(tuí 颓)心:从心中消失。隤,坠落。

〔59〕缘情:与感情相纠葛。　宅:居。李善注:“言乐易失而哀易居也。”

〔60〕末契:对人谦称自己的情谊。

〔61〕客:指死。李善注:“我将欲老死,与汝为客也。”

〔62〕弭(mǐ 米)节:平缓激动的情绪。弭,安。

〔63〕天造:天地之始。《易·屯》:“天造草昧。”《疏》:“言物之初造,其形未著,其体未彰,故在幽冥暗昧也。”

〔64〕精浮神沦:精神不定。

〔65〕世表:人世之外。

〔66〕大暮:长夜。　寐(mèi 妹):睡。

〔67〕矜晚怨早:崇尚晚死,哀怨早夭。李善注:“原夫生死之理,虽则长短有殊,然终同归一揆。言觉斯理,则晚死者何足矜,早夭者何足伤也。”

〔68〕彼日:指那些亲友死去之日。　方除(zhù 注):刚刚过去。除,光阴过去。《诗·唐风·蟋蟀》:“日月其除。”

〔69〕搅:乱。

〔70〕秋华:秋天之花。此之凋谢。华,同“花”。

〔71〕零露:露珠零落。秋华、零露,皆比喻人的衰老死亡。

〔72〕殷忧:深切的忧虑。违:避开。

〔73〕颐(yí 夷):保养。　天地大德:指生。《易·系辞下》:“天地之大德日生。”颐天地之大德,即养生。

〔74〕圣人之洪宝:指帝王之位。圣人,封建时代时帝王的谀称。洪宝,即大宝。指帝王之位。《易·系辞下》:“圣人之大宝曰位。”

〔75〕心累:心中背德之处。指六情,即恶、欲、喜、怒、哀、乐。累,背。　末迹:比喻老年。

〔76〕优游:同“悠游”。悠闲自得。　娱老:欢度晚年。

今译

过去常听老年人追数少年时代的亲朋故友,有的已死,有的尚在。我才刚刚四十岁,而至亲死去的多,活着的少。那些亲朋密友也多半不在人世。有的曾经一道游玩,有的曾经同室共饮,十几年来已经死尽。因此哀痛、悲伤之情可想而知。于是作《叹逝赋》,写道:

天地运行,四季交替,周而复始。太阳在长空奔驰,季节随天地运行交替。慨叹人生短暂,谁能永远不死?飞去的时光不会再来,老之将至如夕阳西下。怨延年益寿的琼蕊无处寻找,恨长生不老的朝霞难以酌取。踮起脚跟遥望太阳升起的地方,遗憾太阳常常隐匿。悲伤啊!河,汇聚水流而成河,波涛滚滚日夜不息;世,父子相继而为一世,人渐渐变老到了暮年。人有何世不更新?世有何人永不死?原野逢春花必开,草无一天留露滴。从古到今无不然,大凡万物皆如此。木槿花儿枝头开,生命短暂永不知。既不知,尤可伤,累绪满怀心惆怅。自然法则就是这样,我怎能让生命久长?哀痛祖父早去世,悲伤兄弟多命亡。痛惜祖业付东流,哀叹吴宫变荒丘。至亲离人间,密友入冥幽。嗟叹命危浅,仰望天悠悠。伤怀凄凄多愁思,面容憔悴而少欢。隐秘心情成愁绪,感情郁结发万端。悲伤当今无欢乐,吟咏往昔发此言。在家亲友盈堂满室,出门车马并驾齐驱。时距如今有几许,奈何亲友多亡逝!亲戚殆死尽,朋友亡多半。松树繁茂柏树喜,紫芝被焚香草叹。如果生命都一样,为何同波起异澜!眼看前车已覆辙,再走此路太艰难。曾子弥留顾四体,我怕自身也已然。哀痛无法使心中喜欢,死者各种惨状如在眼前。种种死状确实目睹,感情往哪能喜欢?追忆他们的音容笑貌,睹物思人无限怀念。漫步寒林心悲伤，玩赏春花思绪乱。触景生情情更悲，时同物同而人非。时间愈久思愈多，日暮途穷心急切。亲戚寥落日稀少，故友无几更萧索。亲故之中寻生者，千百之中有一个。欢乐已从心中逝，悲哀久久缠我心。寄情谊，于后生，我将老死一命终。

想此之后静气平心，思索从古到今。精神浮沉，飘然世外。懂得古今如在长夜同眠，何必晚死自喜早死生怨？指明死如刚离去，此情焉能乱我心？为寒秋草木凋零而伤悲，为芳春朝露消失而心焦，陷于深切忧虑不知解脱，这怎么能说懂得生死之道？好好养生，不慕高官，人到年老清心寡欲，悠闲自得欢度晚年。

（赵福海译注并修订）

怀旧赋一首

潘安仁

题解

据李善注，此赋为怀念旧时亲友而作，所以称作“怀旧赋”。

潘岳眷恋官场，所作诗文，为统治者歌功颂德者较多，注重雕琢，内容空泛，唯有哀伤诗文比较有社会意义，《怀旧赋》即属于这一类的作品。这篇短赋，文字洗练，感情真挚。开头寥寥几笔勾勒出回乡途中的凄清环境，接着便直写目睹亡友坟墓时的凄苦心境，没有堆砌辞藻，罗列典故，而以质朴的语言表达对亡友深沉的思念。文中所流露出的孤独苦闷之感，曲折地反映了作者本人的仕途坎坷，可窥见挣扎于黑暗的封建时代的一般士人的精神面貌。

原文

余十二而获见于父友东武戴侯杨君〔1〕，始见知名〔2〕，遂申之以婚姻〔3〕，而道元公嗣，亦隆世亲之爱〔4〕。不幸短命，父子凋殒〔5〕。余既有私艰〔6〕，且寻役于外〔7〕，不历嵩丘之山者〔8〕，九年于兹矣。今而经焉〔9〕，慨然怀旧而赋之。曰：

启开阳而朝迈〔10〕，济清洛以径渡〔11〕。晨风凄以激冷〔12〕，夕雪皓以掩路〔13〕。辙含冰以灭轨〔14〕，水渐轫以凝冱〔15〕。涂艰屯其难进〔16〕，日晼晚而将暮〔17〕。仰睎归云〔18〕，俯镜泉流〔19〕。前瞻太室〔20〕，傍眺嵩丘〔21〕。东武讬焉，建茔启畴〔22〕。岩岩双表〔23〕，列列行楸〔24〕。

望彼楸矣,感于予思[25]。既兴慕于戴侯[26],亦悼元而哀嗣[27]。坟累累而接垄[28],柏森森以攒植[29]。何逝没之相寻[30],曾旧草之未异[31]。余总角而获见[32],承戴侯之清尘[33]。名余以国士[34],眷余以嘉姻[35]。自祖考而隆好[36],逮二子而世亲[37]。欢携手以偕老[38],庶报德之有邻[39]。今九载而一来,空馆阒其无人[40]。陈荄被于堂除[41],旧圃化而为薪[42]。步庭庑以徘徊[43],涕泫流而沾巾[44]。宵展转而不寐[45],骤长叹以达晨[46]。独郁结其谁语[47],聊缀思于斯文[48]。

注释

〔1〕东武戴侯杨君:指杨肇。肇字秀初,荥阳人,晋时被封东武伯,死后谥为戴侯。

〔2〕始见知名:潘岳少年时就以才气闻名乡里,号称奇童,因此杨肇与潘岳初次相见就知道他的名气。

〔3〕申之以婚姻:杨潘两家定下了婚姻,指杨肇将女儿许配给潘岳。申,申明。

〔4〕道元:杨肇长子名潭,字道元。　公嗣:杨肇次子名韶,字公嗣。隆:珍重。　世亲:几代相沿的亲戚关系。

〔5〕父子凋殒:杨氏父子均已去世。凋殒:殁世。

〔6〕私艰:遭父之丧。

〔7〕寻役于外:离开家乡到外郡上任。役,仆役,此指州县之官。

〔8〕历:经过。　嵩(sōng 松)丘:离嵩山七十里另一山,在今河南省境内。

〔9〕经:经过。

〔10〕启:打开。　开阳:洛阳的开阳门。　朝迈:清晨上路出行。

〔11〕济:渡河。清洛:清清的洛水。　径渡:泛渡河流。

〔12〕激冷:非常寒冷。

〔13〕皓(hào 浩):白。

〔14〕灭轨:掩盖了车轮的轨迹。

〔15〕渐:浸湿。　轫:刹住车轮的木头。　凝沍(hù 互):冻结。

〔16〕涂:通“途”。　屯:难。

〔17〕畹(wǎn 晚)晚:太阳快要落山时的光景。

〔18〕睎(xī 希):远望。　归云:将要屯聚天边的云彩。

〔19〕镜:同“鉴”,看。

〔20〕太室:嵩山别称。

〔21〕傍:通“旁”。

〔22〕茔(yíng 营):坟地。　启畴(chóu 筹):在家田中起造坟墓。

〔23〕岩岩:高峻的样子。　表:华表,古代竖立于桥梁、宫殿、城垣或陵墓前的大柱,用为标志和装饰。

〔24〕列列:行列分明的样子。　楸(qiū 秋):一种落叶乔木。

〔25〕予思:语出《尚书·益椽》:“予思日孜孜。”意谓我心中思索着,每日孜孜不倦地努力着。潘岳因思念亡友而对《尚书》中的这句话有所感触。

〔26〕兴慕:心中产生思念之情。

〔27〕元:指道元。　嗣:指公嗣。

〔28〕累累:重叠的样子。　接垄:坟丘相连。垄,丘垄,坟丘。

〔29〕森森:茂密的样子。　攒(cuán)植:聚集生长在一处。攒,丛聚。

〔30〕逝没之相寻:父子相继去世。相寻,相继。

〔31〕旧草之未异:坟墓上的旧草尚未改变。旧草,指宿草,即隔年生的草。《礼记·檀弓上》:“朋友之墓,有宿草而不哭焉。”父子相继死去的时间不到一年,就更令人伤心。

〔32〕总角:儿童时代。总,束发。角,儿童头发收结为两髻,左右各一个,形似牛角。

〔33〕承戴侯之清尘:侍奉戴侯。清尘,本指尊者车下尘埃,后来只用以美言尊者,不必确指尘埃。

〔34〕国士:国家杰出的人才。

〔35〕眷余以嘉姻:和我订下美满婚姻。

〔36〕自祖考而隆好:从祖父开始就有深厚的交情。祖考,已故的祖父和父亲。

〔37〕逮:及,到。二子,指道元与公嗣。

〔38〕偕(xié 谐)老:共同生活到老。

〔39〕庶:希望。　报德:报答恩德。

〔40〕阒(qù 去):寂静。

〔41〕陈荄(gāi 该):陈旧的草根。　被:覆盖。　除:堂前的台阶。

〔42〕旧圃:旧时的园田。　薪:柴草。

〔43〕庭:院子。庑(wǔ 武):堂下周围的廊屋。

〔44〕涕:眼泪。泫(xuàn 玄)流:伤心落泪。

〔45〕展转:躺在床上翻来覆去,不能入睡。寐(mèi 妹):睡觉。

〔46〕骤:多次。达晨:直到天明。

〔47〕独郁结其谁语:语出《楚辞·远游》,意为孤独郁闷,无人谈心。郁结,思虑烦闷,不得舒发。

〔48〕聊缀思于斯文:姑且把愁思写进这篇赋。缀,连结。

今译

我十二岁时得见父亲的朋友东武伯戴侯杨先生。初次见面,杨先生就知道我的名气,于是就让他的女儿和我订下婚约。杨先生的两个儿子道元和公嗣也十分珍重我们世亲之间的友情。不幸的是杨家父子都过早地去世了。遭父丧之痛,我本人又到外地为官,所以至今已有九年没来过嵩丘了。现在经过这里,心中感慨,怀念旧日的亲人,因而作赋道:

开阳门一开就上路,洛水清清乘舟泛渡。晨风凄凄寒冷刺骨,夕雪皑皑掩盖征途。冰满车辙灭轨迹,车轫浸湿水凝固。前程阻塞难行走,落日昏暗降夜幕。抬眼远望归云,低头俯视泉流。瞻仰前方嵩山,眺望侧面嵩丘。东武侯有重托,在家田中营建坟墓。高高矗立华表,历历排列楸树。

眼望坟地里的楸树,想起《尚书》中的"予思"之句。既思念前辈戴侯,又哀悼道元公嗣。坟丘累累连接,柏树森森聚集。为什么不到一年相继离世,坟头之草还未变样。我少年时得见戴侯,侍奉左右承蒙厚恩。把我称为国家奇士,让女儿和我结成美满婚姻。自祖父即有厚交,到二子更联世亲。但愿携手到白头,希望报恩永为邻。

哪知九年之后才来寻访，宅院寂寥空旷无人。隔年枯草覆堂阶，旧日园圃长柴薪。足踏庭庑徘徊，泪流满面沾巾。翻来覆去彻夜难眠，长吁短叹直到清晨。孤独郁闷向谁诉说，且将愁思倾注此文。

（吴穷译注　陈复兴修订　陈延嘉再修订）

寡妇赋一首

潘安仁

题解

潘岳(247—300),字安仁,荥阳中牟(今属河南省)人。西晋诗人,文学史上与陆机齐名。少年颖慧,乡里号为奇童。晋武帝(司马炎)躬耕籍田,岳做赋美其事,才名冠世。曾做河阳令,累迁给事黄门侍郎。性情浮躁,趋附势利,奉事权贵贾谧。在统治阶级内部的争权斗争中被杀。岳为太康诗歌代表之一。作品对偶工整,文词藻丽,雕琢刻画,建安风骨全失。但其《悼亡诗》三首,情感真挚,传诵广远,抒写哀诔为岳之所长。

《寡妇赋》是魏晋赋的名篇,写的也属悼亡之情。赋辞以第一人称抒写一位品貌卓异的少妇痛悼亡夫的幽思悲恻,哭诉欲绝,一泣一叹,肝肠寸断。令人不可卒读,不忍释手。

潘岳不愧为善于写悲的能手。他特别细腻委婉地表现出"荣华晔其始茂兮良人忽以捐背"的悲极苦极所造成的心理错乱。一出之以葬前床垂哭诉时的耳目错觉。由"耳倾"句至"犹依"句,明知亡夫已然魂魄远逝,未亡人还是实感到他的音容笑貌犹存,明明是无所见,仍是感到他是可以凭依的存在。二出之以葬后空房幽思时的梦寐幻觉。由"霜被"句至"无闻"句,未亡人幽思不眠,却看见良人入梦,房门敞开,又惊愕顿醒,则完全是梦与醒模胡间的幻觉。

赋家还以外景与内景贯通,使心境与天气印契。悲愁无形,必须赋以有形,才有可感性并导入读者的心灵。此即寓情于物,情思的物化。潘岳写悲多次以岁时运行,节令更序,雨雪风霜寓寄之。

而岁末日夕尤能使寡妇添哀增愁。由"时暧暧"句至"抚衾裯"句，就是将无形的悲愁与有形的晚景贯通契合了。此在辞赋与诗词曲中累见不鲜。"匪外物兮或改，固欢哀兮情换。"何义门批评上引一节说，"'群飞'、'敛翼'之语尤非所宜言也。"完全是从八股文的起承转合看问题的，说明他不懂得这里的美学心理。

原文

乐安任子咸，有韬世之量，与余少而欢焉[1]。虽兄弟之爱，无以加也[2]。不幸弱冠而终[3]，良友既没，何痛如之[4]！其妻又吾姨也，少丧父母，适人而所天又殒[5]。孤女藐焉始孩[6]。斯亦生民之至艰，而荼毒之极哀也[7]。昔阮瑀既殁[8]，魏文悼之，并命知旧，作寡妇之赋[9]。余遂拟之，以叙其孤寡之心焉[10]。其辞曰[11]：

嗟予生之不造兮，哀天难之匪忱[12]。少伶俜而偏孤兮，痛切怛以摧心[13]。览寒泉之遗叹兮，咏《蓼莪》之余音[14]，情长戚以永慕兮，思弥远而逾深[15]。伊女子之有行兮，爰奉嫔于高族[16]。承庆云之光覆兮，荷君子之惠渥[17]。顾葛藟之蔓延兮，讬微茎于樛木[18]。惧身轻而施重兮，若履冰而临谷[19]。遵义方之明训兮，宪女史之典戒[20]。奉蒸尝以效顺兮，供洒扫以弥载[21]。彼诗人之攸叹兮，徒愿言而心痗[22]。

何遭命之奇薄兮，遘天祸之未悔[23]。荣华晔其始茂兮，良人忽以捐背[24]。静阖门以穷居兮，块茕独而靡依[25]。易锦茵以苫席兮，代罗帱以素帷[26]。命阿保而就列兮，览巾箑以舒悲[27]。口呜咽以失声兮，泪横迸而沾衣[28]。愁烦冤其谁告兮，提孤孩于坐侧[29]。时暧暧而向昏兮，日杳杳而西匿[30]。雀群飞而赴楹兮,鸡登栖而敛翼[31]。归空馆而自怜兮,抚衾裯以叹息[32]。思缠绵以瞀乱兮,心摧伤以怆恻[33]。曜灵晔而遄迈兮,四节运而推移[34]。天凝露以降霜兮,木落叶而陨枝[35]。仰神宇之寥寥兮,瞻灵衣之披披[36]。退幽悲于堂隅兮,进独拜于床垂[37]。耳倾想于畴昔兮,目仿佛乎平素[38]。虽冥冥而罔觌兮,犹依依以凭附[39]。痛存亡之殊制兮,将迁神而安厝[40]。龙轜俨其星驾兮,飞旐翩以启路[41]。轮按轨以徐进兮,马悲鸣而跼顾[42]。潜灵邈其不反兮,殷忧结而靡诉[43]。睎形影于几筵兮,驰精爽于丘墓[44]。

自仲秋而在疚兮,逾履霜以践冰[45]。雪霏霏而骤落兮,风浏浏而夙兴[46]。溜泠泠以夜下兮,水溓溓以微凝[47]。意忽怳以迁越兮,神一夕而九升[48]。庶浸远而哀降兮,情恻恻而弥甚[49]。愿假梦以通灵兮,目炯炯而不寝[50]。夜漫漫以悠悠兮,寒凄凄以凛凛[51]。气愤薄而乘胸兮,涕交横而流枕[52]。亡魂逝而永远兮,时岁忽其遒尽[53]。容貌儡以顿顇兮,左右凄其相悯[54]。感三良之殉秦兮,甘捐生而自引[55]。鞠稚子于怀抱兮,羌低徊而不忍[56]。独指景而心誓兮,虽形存而志陨[57]。

重曰[58]:仰皇穹兮叹息,私自怜兮何极[59]。省微身兮孤弱,顾稚子兮未识[60]。如涉川兮无梁,若陵虚兮失翼[61]。上瞻兮遗象,下临兮泉壤[62]。窈冥兮潜翳。心存兮目想[63]。奉虚坐兮肃清,愬空宇兮旷朗[64]。廓孤立兮顾影,块独言兮听响[65]。顾影兮伤摧,听响兮增哀[66]。遥逝兮逾远,缅邈兮长乖[67]。四节流兮忽代序,岁云暮兮日西颓[68]。霜被庭兮风入室,夜既分兮星汉回[69]。梦良人兮来游,若阊阖兮洞开[70]。怛惊悟兮无闻,超惝恍兮恸怀[71]。恸怀兮奈何,言陟兮山阿[72]。墓门兮肃肃,修垄兮峨峨[73]。孤鸟嘤兮悲鸣,长松萋兮振柯[74]。哀郁结兮交集,泪横流兮滂沱[75]。蹈恭姜兮明誓,咏《柏舟》兮清歌[76]。终归骨兮山足,存凭讬兮余华[77]。要吾君兮同穴,之死矢兮靡他[78]。

注释

〔1〕任子咸:任护,字子咸。乐安郡人。曾做奉车都尉。与潘岳少年相交,情谊甚笃,又为联姻。 韬(tāo 涛):形容人的胸怀宽广,可以包藏一世。韬,掩藏,包藏。 量:度量,胸怀。 欢:友好,友爱。

〔2〕虽:即使。 无以加:不能超过。

〔3〕弱冠(guàn 惯):古时男子二十岁行成人礼,结发戴冠。体尚未壮,故称弱。《礼·曲礼》上:"二十曰弱冠。"后沿称年少为弱冠。 终:死,表敬说法。

〔4〕良友:好友。 没:死。 何痛如之:怎样的痛苦能与之相比呢?形容痛苦之深。

〔5〕其:指代任子咸。 姨:妻子的姐妹,与现代汉语中姨的含义不同。丧:丧亡。 适人:嫁与别人。适,出嫁。 所天:指丈夫。李善注引杜预《左传注》:"妇人在家则父天,出则夫天。" 殒(yǔn 允):死亡。

〔6〕藐(miǎo 渺):幼小。 始孩:刚刚二三岁。孩,孩提,二三岁之间。任子咸女名任泽兰,刚三岁,其父丧期未过夭折。潘岳曾为之做哀辞。

〔7〕斯:这。 生民:人民。 至艰:最大的忧愁。艰,忧。 荼毒(tú dú 涂独):痛苦。荼,苦菜,毒,螫虫,皆有害之物。此引申为残害与痛苦。

〔8〕阮瑀:人名,三国魏尉氏人,字元瑜,为建安七子之一。后为曹操司空军谋祭酒,管记室,军国书檄多出其手。

〔9〕魏文:魏文帝曹丕,三国魏沛国谯人。曹操次子,操死,袭位为魏王,代汉称帝。喜文学,与时有名文士广交游,宴饮唱和。著诗赋文多篇。 悼:悼念。 知旧:知交故旧,皆指老朋友。 作寡妇之赋:李善注引魏文帝《寡妇赋序》曰:"陈留阮元瑜,与余有旧,薄命早亡,故作斯赋,以叙其妻子悲苦之情。命王粲等并做之。"

〔10〕遂:于是。 拟之:谓摹拟魏文帝《寡妇赋》。此为谦虚的说法。 孤

寡:孤儿寡妇。

〔11〕辞:赋辞,赋的正文。

〔12〕嗟(jiē 接):感叹词。 予:我。潘岳以第一人称代任子咸妻抒写遭逢的不幸与内心的悲痛。 生:生来,生平。 不造:灾难。造,成,成就。 天难:天降的祸难。 匪忱:不诚信,不信赖。匪,非,不。忱,信,诚信,信赖。

〔13〕少(shào 绍):少小。 伶俜(líng pīng 零乒):孤单无靠。 偏孤:父丧母在谓之偏孤。 忉怛(dāo dá 刀达):悲痛。 摧心:极度伤心,使心灵破碎。摧,崩坏,破碎。

〔14〕寒泉:喻有母存在。《诗·邶风·凯风》:"爰有寒泉,在浚之下。有子七人,母氏劳苦。"后用为子女孝顺父母的典故。 遗叹:谓览读"寒泉"诗句之后的慨叹。 蓼莪(lù é 路俄):《诗·小雅》中的篇名。此诗为孝子追念父母而作。后以蓼莪喻对亡亲的悼念。该句谓父母俱亡。 余音:意同"遗叹"。

〔15〕长戚:永久的忧愁。 永慕:长久的思慕。 弥远:愈久远,指思念父母的心情。 逾深:谓悲伤的感情愈深,永不能淡忘。逾与"弥"相对,皆为愈发的意思。

〔16〕伊:语首助词。 女子:指任子咸妻。 有行:有女德。行,德行。爰(yuán 元):语首助词。 奉嫔(pín 贫):奉行妇道。嫔,古代帝王女儿出嫁谓之嫔,此句谓嫁于任家为妇。 高族:高门望族,指任子咸家。

〔17〕承:承受。 庆云:五色之云,祥瑞之气。此句用以比喻父母的荫庇,以代父母。 光覆:恩泽庇荫。覆,覆盖。谓享有父母积下的荣光。 荷:承受,与"承"对文义同。 君子:指丈夫任子咸。 惠渥(wò 握):恩情深厚。

〔18〕顾:顾念。 葛藟(lěi 累):葛和藟,皆为蔓生植物。葛即藤。 蔓(wàn 万)延:柔顺依附的样子。 讬:依托,依靠。 樛(jiū 纠)木:向下弯曲的树木。《诗·周南·樛木》:"南有樛木,葛藟累之。"这两句比喻妇女托身于夫家。

〔19〕身轻:谓妇女自以为德行浅薄。 施重:谓丈夫施与的恩情重。 履冰:形容小心谨慎,对丈夫忠心耿耿,周到随顺。 临谷:面对深谷。比喻义与"履冰"同。

〔20〕遵:遵循。 义方:做人的正道。此指父母的教诲。《左传·隐三年》:"石碏谏曰:'臣闻,爱子教之以义方,弗纳于邪。'" 明训:对父母教诲的尊称。 宪:效法,以为规范。 女史:古代女官名。《周礼》天官、春官所属皆

有女史。属天官的,掌管王后礼仪,佐内治,为内官;属春官的,掌管文书,为府吏之属。《汉书·外戚传》:"(班婕妤)退处东宫,作赋自伤悼,其辞曰:'……陈女图以镜监兮,顾女史而问诗。'"可见女史在宫中可接受文教礼仪方面的咨询。 典戒:典则戒鉴。此两句言任子咸妻谨守父母所教诲的正道,效法高贵者的道德信条。

〔21〕奉:奉行。 蒸尝:泛指祭祀祖先。又为冬祭与秋祭之特称。《礼·祭统》:"凡祭有四时:春祭曰祭,夏季曰禘,秋祭曰尝,冬祭曰烝"蒸,通"烝"。 效顺:尊敬从命。 供:供奉,奉行。 洒扫:洒水扫地。《礼·内则》:"洒扫室堂及庭。" 弥载:终年。此两句指妇女对夫家所尽之道。

〔22〕彼:那个。 诗人:指《诗·卫风·伯兮》篇的作者,该诗为此两句用典的出处。即:"愿言思伯,使我心痗。"《疏》:"思此伯也,使我心病。" 攸(yōu优)叹:慨叹。攸,语助词。 徒:空,徒然地。 愿言:谓愿言与丈夫偕老却不得实现。 心痗:内心伤痛。痗,病,痛苦。此言任子咸妻誓愿尽妇道而与子咸白头偕老,而今丈夫死去,一切落空,只换得内心悲痛。

〔23〕何:多么。 遭命:遭遇的命运。 奇(jī及)薄:谓命运不好。 遘(gòu够):遭受。 天祸:天降之祸。指丈夫之死。 未悔:上天未悔祸于我,即上天对我毫无同情之心。

〔24〕荣华:比喻妇女颜色姣好。 晔(yè业):光辉灿烂,旺盛动人。 始茂:刚刚美盛起来。 良人:丈夫。 忽:忽然。 捐背:弃我而去。捐,弃;背,离。

〔25〕静:静寂。 阖(hé合)门:关门。 穷,穷居:苦闷地生活着。居,闲居,生活。 块:孤独的样子。 茕(qióng穷)独:孤独。 靡(mǐ米)依:无依。

〔26〕易:替换。 锦茵:锦绣之褥。锦,织锦。茵,褥。 苫(shān山)席:草垫子。古人居父母之丧,以草垫为席,以土块为枕。此指妇女居夫丧。 代:与"易"义同。 罗帱(chóu愁):绫罗的床帐。 素帷:白色的质地粗糙的床帷。此指居夫丧期间的陈设布置。

〔27〕命:指使,吩咐。 阿保:保姆。古代贵族子女皆有傅父傅母。此指子咸妻随身的保姆。 就列:就位,就哭丧的位次。 览:看。 巾箑(shà霎):绢扇。此代任子咸的遗物,览看丈夫的遗物寄托哀痛。 舒悲:舒泄悲哀之情。

〔28〕呜咽(yè业):低声哭泣。 横迸(bèng蹦):纵横涌流。

〔29〕烦冤:内心的忧闷冤枉。 谁告:告谁,诉告于谁。 提:带领,扶持。 坐侧:灵坐旁。坐,通"座",灵座,人死后家人为之所设的灵位。

〔30〕时：时辰。　暧暧（ài ài 爱爱）：昏暗的样子。　向昏：到傍晚，接近天黑。　杳杳（yǎo yǎo 咬咬）：昏暗的样子。　匿（nì 逆）：隐没。

〔31〕赴楹（yíng 营）：飞向屋宇的梁柱。楹，柱子。　登栖：登上歇息之处。　敛（liǎn 脸）翼：收拢翅膀。

〔32〕空馆：空室，失去丈夫，故称空馆。　自怜：哀怜自己。　抚：抚摸。　衾裯（qīn chóu 侵仇）：被和帷帐。

〔33〕思：思绪，思念。　缠绵：情意绵长，思绪不绝。　瞀（mào 冒）乱：思绪紊乱，言想起丈夫生前的情景纷繁众多，理顺不清。　摧伤：极度悲伤。　怆恻（chuàng cè 创策）：悲伤。

〔34〕曜灵：太阳。　晔（yè 业）：光芒照耀。　遄（chuán 船）迈：疾速迈进。指太阳的运行。　四节：四时节气，指春夏秋冬。此代季节。　运：运行不止。此言丈夫即将起灵安葬，妇不忍诀别，感到时速之快。

〔35〕凝露：露水凝结而成霜。　陨（yǔn 允）枝：陨落于枝。

〔36〕仰：望。　神宇：灵室，供死者灵位之室。　寥寥：空旷。　灵衣：死者生前所穿之衣。　披披：飘动的样子。

〔37〕退：退回。　幽悲：深悲。　堂隅（yú 于）：正室的角落。　独拜：独自叩拜。　床垂：灵位下边。床，灵座。垂，边。此言不忍见灵室之寥寥和灵衣之披披，退到正屋一个角落幽悲，又独自进灵室去叩拜，一退一进，可见子咸之妻的悲苦心态。

〔38〕倾想：侧耳倾听。　畴昔：昔日，此指过去丈夫在世时的声音。　仿佛：模模糊糊地看见。　平素：平时，此指丈夫平时的仪容风貌。此两句言由于悲痛过分心理上出现的一种幻觉。

〔39〕冥冥：幽暗。　罔觌（dí 敌）：没有看见。罔，无；觌，相见。　依依：思恋的样子。　凭附：凭依，凭据。此言目冥冥而无所见，而感觉丈夫的仪容仍在身边，可以为依凭。与上文一样写感情过分悲恸，心理上产生的幻觉。

〔40〕痛：痛惜。　存亡：存指任子咸妻，亡指任子咸。　殊制：差别，异路，不同的法式。　迁神：迁走灵柩，起灵。神，灵，灵柩。　安厝（cuò 措）：安葬。

〔41〕龙輀（ér 儿）：丧车，辕上画龙，故称龙輀。（用李善注引郑玄《礼记》注和《说文》说）　俨：庄重的样子。　星驾：星夜驾车驰行。　飞旐（zhào 赵）：飘动的魂幡，出丧时为灵柩引路的旗幡。　翩：鸟翅膀振动的样子，此形容飞旐的飘扬。　启路：引路，开路。

〔42〕按轨:沿着车轨。 徐进:缓缓而行。 踢(jú 局)顾:拘束而回顾。

〔43〕潜灵:幽潜之灵魄,指深葬入地下的灵魄。 潜:幽深,指地下。 邈(miǎo 渺):辽远。 殷忧:深忧。 结:郁结。 靡(mǐ 米)诉:无处倾诉。

〔44〕睎(xī 西):望。 形影:指任子咸的形影。 几筵(yán 延):泛指祭祀神灵的灵座,此指任子咸的灵位。 精爽:指魂魄。 丘墓:坟墓。

〔45〕仲秋:指农历八月,其月份在秋季的中间。 在疚(jiù 就):因丧夫而悲痛。指居丧期间。(用李周翰说) 逾(yú 于):越过。 履霜:指秋天。 践冰:指冬天。由履霜而至践冰,即居丧由秋而冬。

〔46〕霏霏(fēi fēi 非非):雨雪盛大的样子。 骤:疾速。 浏浏(liú liú 留留):风疾速的样子。 夙(sù 素)兴:指人早起。上句的"落"、下两句的"下"与"凝"都是说自然现象的变化,此当解为风直至早晨仍刮得很盛大。

〔47〕溜(liù 六):屋檐水。 泠泠(líng líng 零零):檐水下注的清脆之声。 夜下:夜里下注。 溓溓(liǎn liǎn 脸脸):水开始结冰的样子。

〔48〕意:意识,心神。 忽怳(huǎng 谎):心神不定,模糊不清。迁越:迁移超越,亦心神变化不定的状态。 神:心神,神志。 九升:多次飞动不稳定。九,形容多。升,升腾,动荡不稳定。

〔49〕庶:表示希望。 浸(jìn 近)远:时序渐远。浸,渐渐。 哀降:哀痛的心情渐渐淡薄。 情:指悲哀之情。 恻恻(cè cè 策策):悲痛。 弥甚:一天比一天严重。

〔50〕愿:愿意,希望。 假梦:借梦,凭借做梦。 通灵:灵魂相沟通。 炯炯(jiǒng jiǒng 窘窘):形容眼光发亮,双目合不上,不能入睡。 不寝:不寐,不能入睡。

〔51〕漫漫:形容夜长,天久久不亮。 悠悠:与"漫漫"意同,两词叠用,突出人长夜难熬的忧思之情。 凄凄:形容阴冷。 凛凛(lǐn lǐn):寒冷的样子。

〔52〕气:指内心郁结的忧闷之气。 愤薄:郁结,充溢,阻塞。 乘胸:上升于胸腔。 涕:泪。 交横:纵横交流。 流枕:谓泪流到枕头上。

〔53〕亡魂:亡夫之魂。 逝:离去,消逝。 永远:形容亡魂离去的时间很久。 时岁:即岁时,一年。时,指春夏秋冬四季。岁,指年。 忽:迅速,突然。 遒(qiú 求)尽:终尽。遒,终。

〔54〕容貌:指任子咸妻的容貌。 偏:衰败。 顿颣(cuì 萃):即憔悴,瘦弱萎靡的样子。 左右:指随侍和亲近的人。 凄其:悲伤的样子。其,助词。

悯:哀怜,同情。

〔55〕三良:三个贤良之人。李善注引《左传》:“文公六年,秦穆公卒,以子车氏之三子奄息、仲行、鍼虎为殉,皆秦之良也。” 殉:以人从葬。 秦:秦穆公。此言子咸妻愿像秦之三良那样,从夫而死。 甘:情愿。 捐生:献出生命,放弃生命。 自引:自杀。

〔56〕鞠:养育,抚养。 稚子:幼子。 羌(qiāng 枪):语首助词。低徊:徘徊。 不忍:谓不忍心于抛下稚子。

〔57〕独:独自。 指景:指日。景,日光。 心誓:内心发誓。 虽:虽然。形:形体。 志陨:心神与子咸一起陨灭。志,心志,精神。陨,灭。

〔58〕重(chóng 崇):与“乱”义同,为辞赋一篇收结,概括全赋,点明主旨。

〔59〕仰:望。 皇穹(qióng 穷):皇天,上天。 何极:无极,无限。

〔60〕省(xǐng 醒):省察。 微身:自身,自己。微,表谦之词。 顾:顾念,想到。 稚子:幼子。 未识:不懂事,未明事理。

〔61〕涉川:过河。 无梁:没有桥梁。梁,桥。 陵虚:升天。陵,升腾;虚,虚空,天空。 失翼:失掉羽翼。此比喻丧偶则失去了生命的凭借,如鸟失翼,无以高飞越险。

〔62〕上瞻:上望。 遗象:指亡夫的形象。 下临:下视。 泉壤:泉下,地下。

〔63〕窈冥(yǎo míng 咬明):幽深。 潜翳:隐蔽,掩藏。 心存:心中怀念。存,存念,想念。 目想:凝思。上句谓子咸已葬入窈冥之中,下句谓其妻内心始终在想念凝思。

〔64〕奉:供奉。 虚坐:灵座,灵位,供奉死者的牌位。 肃清:肃穆清静。

愬(sù 素):同“诉”,倾诉悲痛。 空宇:空室,灵室,供奉灵座之室。 旷朗:空旷寂静。

〔65〕廓:空廓,寂寥。 孤立:谓子咸妻孤单地站于灵室。 顾:视,回视,四下里看。 影:指子咸的身影。 块:孤单。 独言:独自说话。 听响:谓静听子咸的回响。

〔66〕伤摧:极度悲伤。 增哀:增加悲哀。此言既看不到子咸的影像,也听不到其回响,内心反倒更加悲苦。

〔67〕遥逝:指子咸魂魄远逝而去。遥,久远。逝,离去,消逝。 逾远:谓其妻之思念愈益久远。 缅邈(miǎn miǎo 免渺):怀念久远。缅,缅怀,怀念。邈,

远,久远。　长乖:永远分离。此两句词句相颠倒而反复,突出其妻思念之切、肝肠寸断的感情。

〔68〕四节:指春夏秋冬。　流:流动,运行。　忽:迅疾。　代序:季节不断推移。代,代替,推移。序,时序。　岁云暮:岁暮,岁末,年末。云,语中助词。《左传·僖十五年》:"岁云秋矣。"　西颓:西坠,西落。

〔69〕被:覆盖。　夜既分:已经夜半。　星汉:天河,河汉。　回:谓天汉西流,西斜,谓已到后半夜。

〔70〕良人:妇女对自己丈夫的称呼。　阊阖(chāng hé 昌合):天门,此指屋门。　洞开:敞开。此写其妻思念至极而产生的梦幻。

〔71〕怛(dá 达):惊愕。做副词用。　惊悟:惊醒。　超:超然,怅然,失望的样子。　惝怳(chǎng huǎng 敞谎):迷惘,恍惚,神志模糊的状态。恸(tòng 痛)怀:内心极度悲哀。

〔72〕言陟(zhì 至):登。言,语助词。　山阿:山陵。阿,大的丘陵。

〔73〕墓门:墓地之门。　肃肃:静寂无声的样子。　修垄:长冢,大坟。李善注引《方言》:"无坟谓之墓,秦晋之间或谓冢为垄。"　峨峨:高耸的样子。

〔74〕孤鸟:孤单失群之鸟。　嘤(yīng 英):鸟鸣声。　长松:指墓地上的高大之松。　萋(qī 七):茂盛的样子。　振柯(kē 克):摇动枝柯。

〔75〕郁结:谓忧郁的心情盘结于心,不可排解。　交集:聚集。　横流:纵横涌流。　滂沱(pāng tuó):形容泪流之多。

〔76〕蹈:踏,跟随,学习。　恭姜:人名,春秋卫世子共伯之妻。其夫早死,拒绝父母迫其改嫁,矢志不渝。后以喻夫丧不嫁。　明誓:坚定不移的誓言。　咏:吟唱。　柏舟:《诗·鄘风》篇名,即咏恭姜自誓不改嫁之篇。　清歌:不用乐器伴奏的歌唱。

〔77〕终:最终。　山足:山脚。　存:存心,诚心。　凭托:依托,谓妻将自身的余年永远依托于子咸。　余华:余下的年华。因子咸妻尚年轻,故为余华,表永不改嫁之意。

〔78〕要:相邀。　吾君:其妻称自己的丈夫。　同穴:谓死后葬于同一墓穴,表矢志不渝。　之死:至死。之,至。　矢:誓。　靡(mǐ 米)他:无他心。靡,无。言直至死也无他心。此为古人封建守节思想的流露。

今译

乐安任子咸有韬世之雅量,与我在少年时代就友谊甚厚,即使兄弟之爱也无以超过。不幸年刚二十就病故了。好友去世,悲痛已极。他的夫人又是我的妻妹。少小之时,父母双亡。出嫁之后,丈夫又夭折。孤女尚小,刚刚三岁。这也是生民的沉重灾难,命运带来的极大悲哀。往昔阮瑀没世,魏文帝沉痛悼念,并让知交故旧都做寡妇之赋。我此赋是篇拟作,以表达我妻妹的孤寡心情。其赋辞是:

唉,我生来不幸啊,悲伤于天降祸难而不以诚信待我。少年孤苦而偏丧慈父啊,悲痛已极几乎心碎。读"寒泉"之句而感叹于慈母的劳苦啊,吟《蓼莪》之章而哭诉母继父亡的哀痛。情长悲而永思父母的音容啊,想念愈久而悲伤愈深。那女子德行高尚啊,奉行妇道于高门望族。承受父母的荣光啊,深感于丈夫的深情。想起那葛藤的柔顺啊,把微茎依托于樛木。唯恐身微德薄而愧于夫君恩情厚重啊,总像履冰临谷小心慎重。遵循父母教诲的道德明训啊,效法古代女史的典则戒律。奉祀祖先而尊敬柔顺啊,洒扫堂庑而常年不懈。正如诗篇《伯兮》的慨叹啊,空愿与君白头老而今落得心煎熬。

为何命运这样薄啊,天降祸难不知悔。容颜美好正芳年啊,良人忽然弃我去。静闭屋门而与世隔绝啊,独身一人无所依。换掉锦被而代以草席啊,摘去罗帷而挂以素帐。吩咐阿保各就哭丧之位啊,览看亡夫所用绢扇而抒泄深悲。口上呜咽哭失声啊,泪如泉涌湿衣襟。苦恼冤屈向谁诉啊,提挈孤儿站灵侧。时辰幽暗入黄昏啊,日影淡淡向西沉。鸟雀翻飞归楹巢啊,鸡群登埘敛羽翼。归空室而自怜啊,抚衾被而叹息。思绪绵绵而惑乱啊,心灵碎裂而悲切。太阳神光辉耀眼速行进啊,四时运转而推移。天降露水结为霜啊,树木叶落离枝柯。仰望灵堂空虚而寂寥啊,凝神灵衣披披而飘拂。退回正屋一隅自悲泣啊,再进灵堂拜灵边。倾耳静听亡夫昔日的语声啊，双目恍惚看见亡夫平素的容颜。虽然昏昏冥冥无所见啊，仍感恋情依依可凭信。痛心妻存夫亡各异路啊，即将迁灵送行去安葬。灵车庄严肃穆而星夜驰行啊，灵幡飘扬引导而开路。车轮按辙徐徐进啊，辕马悲鸣而反顾。灵柩深埋一去而不返啊，隐忧郁结向谁诉。凝视亡夫形影于灵位啊，其魂魄已经飞驰于陵墓。

自从仲秋悲亡夫啊，至今露结为霜水成冰。雪纷飞而骤落啊，风嗖嗖而天明。檐水泠泠夜下注啊，水流缓缓结薄冰。意识恍惚而飘越啊，心神一夕九飞升。料想丧期渐远哀情淡啊，心情反而悲愈甚。愿借梦境魂相通啊，目光炯炯不能寐。夜漫漫而悠长啊，寒凄凄而凛冽。悲愁郁结冲心胸啊，眼泪交流湿枕畔。亡魂飘逝永不归啊，一年忽而到尽头。容貌消瘦而憔悴啊，亲人悲哀亦相怜。秦人三良殉君葬啊，甘愿从夫而自尽。怀抱幼子要扶养啊，徘徊不定心不忍。暗自指日心发誓啊，形体虽存心神灭。

结尾说：仰望苍天啊叹息，暗自怜啊无极。想自身啊孤无依，看孤儿啊未明理。如涉水啊而无桥，若腾空啊而无翼。上瞻啊亡夫的遗像，下视啊形已入九泉。泉下幽暗啊形体隐伏，我心尚存啊凝思不尽。供奉灵座啊肃穆凄清，哭诉灵堂啊一片寂静。空自站立啊视亡夫的身影，独自言语啊听亡夫的回响。视无踪影啊心已碎，听无反响啊更增悲。魂魄永逝啊怀念愈深，而怀念愈深啊愈感魂魄永离。四时运行啊季节更替，忽至岁末啊日影西坠。霜满庭啊风入室，夜已半啊河汉落。梦良人啊归来，若屋门啊大开。忽惊醒啊听无声，怅然意失啊内心悲痛。心悲啊难熬，速登啊山阿。墓门啊寂静，坟茔啊高耸。孤鸟嘤嘤啊悲鸣，长松凄凄啊枝动。哀郁结啊聚集，泪横流啊滂沱。向往贞洁的恭姜啊发明誓，吟咏《柏舟》之篇啊唱清歌。最终归骨啊山脚，存心暂托啊余年。与吾夫相邀啊同穴，至死不渝啊无他心。

（陈复兴译注并修订）

恨赋一首

江文通

题解

江淹(444—505),字文通。他历经宋、齐、梁三个朝代,是南朝著名的文学家。济阳考城(今河南兰考东)人。十三岁丧父,家境贫困,曾靠砍柴养母。江淹自幼聪颖,他在《自序传》中说“六岁能诗”。出身寒微,早年曾不得志。后来做了豫章王记室,梁天监中为金紫光禄大夫。

但仕途上亦有坎坷。三十岁左右,曾受打击,从京都贬为建安吴兴令。吴兴地处闽浙边界,山高水险,地僻人稀,环境艰苦。他在离京赴任途中,写下“一伤千里极,独望淮海风。远心何所类,云边有征鸿”的诗句,反映了当时的心绪。文穷而后工。宦运的低潮,把他推向自己创作的高峰。江淹的许多代表作品都写于被贬期间。千古传诵的《恨赋》、《别赋》,就是这个时期的作品。

《恨赋》中描写的“孤臣孽子”之心,“迁客流戍”之情,正是其被贬吴兴的心境写照。《恨赋》之所以能引起某种共鸣而广为传诵,在作者善于对不同类型人物进行艺术概括。从秦始皇到嵇中散,虽然都是对生死的感慨,但通过细节描写,在共性中写出个性来。所列六人,人人有恨,恨各不同。如昭君之“恨”与冯衍之“恨”,虽然皆恨不遇知己,然一为美女,一为士人,性格迥异。《恨赋》多绮丽,而又有点古奥、遒劲,很能代表从晋宋向齐梁转变的文风。

江淹中年以后,官运亨通。宦运的高峰却造成了自己创作的低潮。故有“江郎才尽”之说。原有集,已散佚,后人辑有《江文通集》。

原文

试望平原[1]，蔓草萦骨[2]，拱木敛魂[3]。人生到此，天道宁论[4]。于是仆本恨人[5]，心惊不已。直念古者伏恨而死[6]。

至如秦帝按剑[7]，诸侯西驰[8]。削平天下[9]，同文共规[10]。华山为城[11]，紫渊为池[12]。雄图既溢[13]，武力未毕，方架鼋鼍以为梁[14]，巡海右以送日[15]，一旦魂断，宫车晚出[16]。

若乃赵王既虏，迁于房陵[17]。薄暮心动[18]，昧旦神兴[19]。别艳姬与美女[20]，丧金舆及玉乘[21]。置酒欲饮，悲来填膺[22]。千秋万岁[23]，为怨难胜[24]。

至如李君降北，名辱身冤[25]。拔剑击柱，吊影惭魂[26]。情往上郡，心留雁门[27]。裂帛系书，誓还汉恩[28]。朝露溘至[29]，握手何言[30]。

若夫明妃去时[31]，仰天太息[32]。紫台稍远[33]，关山无极[34]。摇风忽起[35]，白日西匿。陇雁少飞，代云寡色[36]。望君王兮何期，终芜绝兮异域[37]。

至乃敬通见抵，罢归田里[38]。闭关却扫[39]，塞门不仕[40]。左对孺人[41]，顾弄稚子[42]。脱略公卿[43]，跌宕文史[44]。赍志没地[45]，长怀无已[46]。

及夫中散下狱，神气激扬[47]。浊醪夕引[48]，素琴晨张。秋日萧索，浮云无光。郁青霞之奇意[49]，人修夜之不旸[50]。

或有孤臣危涕，孽子坠心[51]。迁客海上，流戍陇阴[52]。此人但闻悲风汨起[53]，血下霑衿[54]。亦复含酸茹叹[55]，销落湮沉[56]。若乃骑叠迹[57]，车屯轨，黄尘帀地[58]，歌吹四起[59],无不烟断火绝[60],闭骨泉里[61]。

已矣哉[62]！春草暮兮秋风惊[63],秋风罢兮春草生。绮罗毕兮池馆尽[64],琴瑟灭兮丘垄平[65]。自古皆有死,莫不饮恨而吞声[66]。

注释

〔1〕试:若。

〔2〕蔓草:蔓生的杂草。　萦(yíng 营):缠绕。

〔3〕拱木:可用两手合围的树。《左传·僖公二十三年》:“尔何知！中寿,尔墓之木拱矣！”因而也称墓旁之树为“拱木”。　敛魂:聚敛魂魄。

〔4〕天道:古人认为天道是支配人类命运的天神意志。　宁:难道。

〔5〕仆:淹自称。　恨人:失意抱恨的人。

〔6〕伏恨而死:含恨而死。伏,承受。

〔7〕秦帝:指秦始皇。　按剑:形容动怒。

〔8〕西驰:指朝拜秦国。秦在西,六国诸侯在东,故言“西驰”。

〔9〕削平天下:灭掉各诸侯国。

〔10〕同文共规:同文共法。指一统天下。规,法。

〔11〕城:城墙。

〔12〕紫渊:水名,在长安北。　池:护城河。

〔13〕雄图:宏伟的战略。

〔14〕鼋鼍(yuán tuó 元驼):鳖和猪婆龙(鳄鱼的一种)。　梁:桥。

〔15〕巡:巡守。即帝王离开国都巡行境内。　海右:海之西。古时西方称右。李周翰解此数句曰:“吞一宇内心犹未已,方将驾鼋鼍以为桥梁,度西海而送日入。”

〔16〕宫车晚出:比喻皇帝死亡。也作“宫车晏驾。”

〔17〕赵王既虏,迁于房陵:秦灭赵,虏赵王,将其流放到汉中的房陵县。李善引《淮南子》曰:“赵王迁流房陵,思故乡则为山木之呕,闻者莫不陨涕。”

〔18〕薄暮:傍晚。　心动:心跳,突感不安。

〔19〕昧旦:天将亮未亮之时。

〔20〕艳姬:美女。艳,美色。

〔21〕金舆、玉乘(shèng 盛):皆镶金缀玉、装饰华丽的车子。

〔22〕填膺:满胸。

〔23〕千秋万岁:婉言帝王之死。《史记·梁孝王世家》:"上与梁王燕饮,尝从容言曰:'千秋万岁后,传于王。'"

〔24〕胜(shēng 生):尽。

〔25〕李君:指汉代李陵。其与北方匈奴作战,力穷弹尽,投降匈奴。

〔26〕拔剑击柱,吊影惭魂:形容李陵想到自己失败投降匈奴的不平、痛苦的心情。惭魂:内心惭愧。

〔27〕上郡、雁门:皆为汉之边塞。

〔28〕裂帛系书:言李陵欲学苏武,报汉旧恩。《汉书·苏武传》载,武帝时,苏武出使匈奴,被留,单于胁迫他投降,苏武不从,被徙至北海,令其放羊,待公羊产子乃还。武饮冰雪,吃草籽,坚持十九年。常惠教汉使者对单于说,天子在上林苑射下一鸿雁,足系帛书,言苏武等在某泽中,单于才放回苏武。

〔29〕朝露溘(kè 客)至:形容人生短暂。溘至,忽然而至。

〔30〕握手何言:诀别之时,无话可说。潘岳《刑夫人诔》:"临命相决,交腕握手。"

〔31〕明妃:王昭君。

〔32〕太息:叹息。

〔33〕紫台:紫宫。帝王所居。

〔34〕关山无极:言离汉北去,路途遥远,艰难。

〔35〕摇风,盘旋而上的暴风。

〔36〕陇(lǒng 拢)、代:皆地名。

〔37〕芜绝:指寂寞而死。　异域:异国。

〔38〕敬通:冯衍,字敬通,汉代人。敬通才过其实,抑而不用,故归田里。见抵:被压制、排挤。

〔39〕闭关却扫:谓不与外界往来。

〔40〕塞门不仕:谓不出来做官。

〔41〕孺人:妻子。

〔42〕稚(zhì 至)子:幼子。

〔43〕脱略:轻慢。　公卿:指达官贵人。

〔44〕跌宕(dàng 荡):同"跌荡"。放纵。　文史:泛指文艺和史学。

〔45〕赍志:抱定志向,不易其节。 没地:指死去。

〔46〕长怀无已:恨情无已。李善注引冯衍《说阴就书》曰:“怀抱不报,赍恨入冥。”

〔47〕中散:指嵇康。康官拜中散大夫,世称嵇中散。被司马昭所杀。《世说新语·雅量篇》:“嵇中散临行东市,神色不变,索琴而弹之。”

〔48〕浊醪(láo 劳):浊酒。

〔49〕青霞:谓志高。

〔50〕修夜:长夜。 旸(yáng 扬):明。

〔51〕孤臣危涕,孽子坠心:李善注:“《登楼赋》曰:‘涕横坠而弗禁。’然心当云‘危’,涕当云‘坠’,江氏爱奇,故互文以见义。”孤臣,失势的远臣。孽子,非嫡妻所生之子。

〔52〕迁客:贬谪远方。 流戍:流放戍边。 海上、陇阴:皆边鄙之地。

〔53〕汩(gǔ 古)起:风疾的样子。

〔54〕血下:指泣血。

〔55〕含酸:饱含辛酸之情。 茹(rú 如)叹:饮恨。

〔56〕销落:衰落,散落。 湮(yān 淹)沉:埋没。

〔57〕骑(jì 记)叠迹,车屯轨:形容车马之多。屯,陈。轨,迹。

〔58〕帀(zā):遍。同“匝”。

〔59〕歌吹四起:边声四起。吹,号角声。

〔60〕烟断火绝:比喻人的死去。

〔61〕闭骨泉里:尸体埋在地下。

〔62〕已矣哉:发端叹辞。

〔63〕惊:震动。此为吹刮之意。

〔64〕绮(qǐ 起)罗:身穿华美衣服的人。 池馆:临水的馆舍。

〔65〕丘垄:坟墓。

〔66〕饮恨吞声:形容忍受痛苦,不敢表露。亦作“饮气吞声”。

今译

放眼旷野,蔓生杂草缠绕白骨,合手之木聚敛魂魄。人生到了这种地步,还有什么天道可说?我本是饮恨失意之人,见此景象,心惊肉跳,感慨良多。想到古人,不知有多少含恨而殁!

秦始皇按剑动怒,诸侯立刻前来臣服。吞并六国一统天下,山环水绕京都牢固。施展宏图大略,用武力开拓疆土。命鼋鼍架起桥梁,想漂洋过海把西方征服。而一旦驾崩魂断,原来万事皆无。

至于赵王做了俘虏,被秦迁入房陵,傍晚惶恐不安,拂晓胆战心惊。别了佳人,失去美女,金车玉辇化为泡影。置酒欲饮,悲愤填膺,直到死后,遗恨无穷。

及至李陵北降匈奴,落得身败名辱。含恨拔剑击柱,形影相吊,惭愧凄楚。情往上郡,心留雁门,思念汉室,耿耿此心。要学苏武鸿雁传书,发誓愿来回报汉恩。生命短暂,犹如朝露,告别人世,何言可诉?

还有昭君出塞,仰天叹息,远离汉宫,关山无极。忽然旋风骤起,尘埃遮掩白日。陇山少见飞雁,代山愁云惨淡。望君王啊,无期相见;死异国啊,终生遗憾。

更如冯衍才大受排挤,离开朝廷返故里。不与外界往来,在家闭门不仕。陪伴娇妻,抚摸幼子,轻慢权贵,放逸文史,终身守志志不移,黄泉之下恨不已。

至若嵇康下冤狱,就戮志昂扬,傍晚饮浊酒,清晨弹素琴。秋日为之昏昏沉沉,浮云为之浓浓阴阴。郁郁云霞寄高志,漫漫长夜不见光。

失宠远臣下泪,妾生庶子摧心。贬谪海上之士,流放戍陇之人,他们只要听到悲风骤起,立刻泣血沾襟,含辛饮恨,黯然销魂。至于战马多,战车挤,黄埃满地,边声四起,见此人断魂,埋骨黄泉里。

唉!春草老黄起秋风,秋风住了春草生。绮罗之人殁,台阁皆已倾,不闻琴瑟响,坟丘早已平。人生自古皆有死,莫不饮恨而吞声!

(赵福海译注并修订)

别赋一首

江文通

题解

《恨赋》与《别赋》是姊妹篇。前者写死别，后者写生离。“悲莫悲兮生别离，乐莫乐兮新相知。”（屈原《九歌·少司命》）在古人看来，生离比死别更使人痛苦。死别，明知永不相见，痛哭一场也就罢了；而生离，则牵肠挂肚，相见无期，更是难熬。《别赋》正是用细腻抒情的笔调，把这种令人黯然销魂的离情别绪描绘得淋漓尽致。

《别赋》同《恨赋》相比，二者都偏重于细腻的描写和刻画，都有栩栩如生的个性，如《别赋》描写刺客之别，慷慨激昂，描写夫妻之别，柔情缠绵。但《恨赋》主要选择一个个历史人物的故事，而《别赋》则主要选择某种类型，不专写哪一个人物，更具有概括性，表现了作家对各类人物的细致观察和深刻的体验，而这正是一个作家不可缺少的艺术眼光。

原文

黯然销魂者[1]，唯别而已矣！况秦吴兮绝国[2]，复燕宋兮千里[3]。或春苔兮始生，乍秋风兮暂起。是以行子肠断[4]，百感凄恻[5]。风萧萧而异响[6]，云漫漫而奇色[7]。舟凝滞于水滨[8]，车逶迟于山侧[9]。棹容与而讵前[10]？马寒鸣而不息。掩金觞而谁御[11]，横玉柱而霑轼[12]。居人愁卧[13]，怳若有亡。日下壁而沈彩[14]，月上轩而飞光[15]，见红兰之受露[16]，望青楸之离霜[17]，巡曾楹而空掩[18]，抚锦幕而虚凉[19]。知离梦之踯躅[20],意别魂之飞扬[21]。

故别虽一绪,事乃万族[22]。至若龙马银鞍[23],朱轩绣轴[24]。帐饮东都[25],送客金谷[26]。琴羽张兮萧鼓陈[27],燕赵歌兮伤美人[28]。珠与玉兮艳暮秋[29],罗与绮兮娇上春[30]。惊驷马之仰秣[31],耸渊鱼之赤鳞。造分手而衔涕[32],感寂漠而伤神。

乃有剑客惭恩[33],少年报士[34],韩国赵厕,吴宫燕市[35]。割慈忍爱,离邦去里[36],沥泣共诀[37],抆血相视[38],驱征马而不顾,见行尘之时起。方衔感于一剑[39],非买价于泉里[40]。金石震而色变[41],骨肉悲而心死[42]。

或乃边郡未和,负羽从军[43],辽水无极[44],雁山参云[45]。闺中风暖,陌上草薰[46]。日出天而耀景[47],露下地而腾文[48],镜朱尘之照烂[49],袭青气之烟煴[50]。攀桃李兮不忍别,送爱子兮霑罗裙。

至如一赴绝国[51],讵相见期[52]?视乔木兮故里[53],决北梁兮永辞[54]。左右兮魂动[55],亲宾兮泪滋[56]。可班荆兮赠恨[57],唯罇酒兮叙悲[58]。值秋雁兮飞日,当白露兮下时,怨复怨兮远山曲[59],去复去兮长河湄[60]。

又若君居淄右[61],妾家河阳[62],同琼珮之晨照[63],共金炉之夕香[64]。君结绶兮千里[65],惜瑶草之徒芳[66],惭幽闺之琴瑟[67],晦高台之流黄[68]。春宫闷此青苔色[69],秋帐含兹明月光[70],夏簟清兮昼不暮[71],冬釭凝兮夜何长[72]。织锦曲兮泣已尽,回文诗兮影独伤[73]。

傥有华阴上士[74],服食还山[75],术既妙而犹学,道已寂而未传[76],守丹灶而不顾,炼金鼎而方坚[77]。驾鹤上汉[78],骖鸾腾天[79],暂游万里,少别千年[80]。惟世间兮重别[81],谢主人兮依然[82]。

下有芍药之诗[83],佳人之歌[84]。桑中卫女,上宫陈娥[85]。春草碧色,春水渌波,送君南浦[86],伤如之何!至乃秋露如珠,秋月如珪[87]。明月白露,光阴往来[88],与子之别,思心徘徊。

是以别方不定[89],别理千名,有别必怨,有怨必盈[90]。使人意夺神骇[91],心折骨惊。虽渊云之墨妙[92],严乐之笔精[93],金闺之诸彦[94],兰台之群英[95],赋有凌云之称[96],辩有雕龙之声[97],谁能摹暂离之状,写永诀之情者乎[98]?

注释

〔1〕黯(àn 暗)然:心神沮丧的样子。

〔2〕秦、吴:秦国在西北(今陕西一带),吴国在东南(今江浙一带),相隔辽远。 绝国:极为辽远的邦国。

〔3〕燕、宋:燕国在宋国的东北(今河北北部),宋国在燕国的西南(黄河以南),远隔千里。

〔4〕行子:远行在外的人。

〔5〕凄恻(cè 测):哀伤。

〔6〕异响:不同于凡响。"恨为离别,觉风云改于常。"(张铣注)

〔7〕漫漫:无边无际的样子。

〔8〕凝滞:停留不动。

〔9〕逶迟:徘徊不进。

〔10〕棹(zhào 照):船桨。此指船。 容与:迟疑不前的样子。 讵(jù 巨):岂。

〔11〕金觞:金酒杯。 御:进,用。

〔12〕玉柱:瑟弦下有柱,以玉为之,故称玉柱。此指琴瑟。 霑轼:指眼泪浸湿了车轼。轼,车前横木,可供乘车者凭靠。

〔13〕居人:住在家里的人,与"行子"相对。

〔14〕沉彩:光辉隐没。

〔15〕轩(xuān 宣):有窗槛的长廊。

〔16〕红兰:兰至秋色红,故称红兰。

〔17〕离:同“罹”,遭受。

〔18〕曾楹(yíng 盈):高大的柱子,此指高大的楼房。曾,同“层”,高。楹,厅堂前部的柱子。　掩:掩面而泣。

〔19〕锦幕:锦绣的帷帐。　虚凉:枉自悲凉。

〔20〕踯躅:停足不前。

〔21〕意:猜想。　飞扬:飘扬,茫无所归。

〔22〕族:类。

〔23〕龙马:骏马。《周礼》称马八尺为龙。

〔24〕朱轩:漆有红色的华贵的车子。轩,车的通称。　绣轴:装饰花纹的车轴。

〔25〕帐饮东都:汉代疏广,为太子太傅,其侄疏受为太子少傅,叔侄皆受朝廷器重。广深恐位高致祸,叔侄执意告老还乡。临行,满朝官员在长安东都门外把酒饯行。帐饮都门即指此事。(事见《汉书·疏广传》)帐饮,搭帐宴饮。东都,长安东门,亦称东都门。

〔26〕送客金谷:西晋大豪门贵族石崇,在金谷涧中有一别墅。当时征西将军祭酒王诩要回长安,石崇聚众贤于金谷别墅盛宴饯行。

〔27〕羽:羽声。古代以宫商角徵羽为五音,羽声音节最高,激昂慷慨。张:演奏。　陈:并奏。

〔28〕燕、赵歌:燕赵的歌声。燕赵两国歌女出名,古诗有“燕赵多佳人,美者颜如玉”之句。　伤美人:美人,指歌女。其为离别而伤心。

〔29〕暮秋:晚秋。

〔30〕上春:初春。与暮秋相对。

〔31〕惊驷马之仰秣,耸渊鱼之赤鳞:《韩诗外传》说:昔伯牙鼓琴,而渊鱼出听;瓠巴鼓瑟而六马仰秣,此形容歌声之悲感。仰秣,马抬头听琴,不顾吃草。

〔32〕造:到。

〔33〕剑客:精于剑术的侠客。　惭恩:感恩。一说受人之恩而愧未报。

〔34〕报士:报答国士一般的待遇。《史记·刺客列传》:“豫让曰:‘臣事范中行氏,范中行氏皆众人遇我,我故众人报之。至于智伯,国士遇我,我故国士报之。’”

〔35〕韩国赵厕,吴宫燕市:指战国时的四件事:濮阳严仲子事韩哀侯,与韩

相侠累有仇,知聂政为侠义之士,赠百金以交之。政拔剑至韩都,刺杀侠累于相府。“韩国”,即指此事。晋人豫让事智伯,智甚尊宠之。后赵襄子灭智伯,让乃变姓名为刑人奴隶潜伏在襄子宫中厕所里,欲乘机刺杀赵襄子,替智伯报仇。事发未成。“赵厕”,即指此事。吴公子光(即阖闾)与其堂弟吴王僚争权夺势,养谋臣以求除僚而自主。一次,先置酒宴请僚。酒既酣,令专诸置匕首于烹鱼腹中,专诸上鱼席前,擘鱼操刃,刺杀王僚。“吴宫”即指此事。燕太子丹曾与嬴政同在赵国做人质,相互友善。后政立为秦王,丹又到秦做人质,政待之不善,丹逃归燕国,图谋报仇。恰好卫人荆轲至燕,与高渐离饮于燕市,旁若无人。丹结轲并厚遇之。后来,荆轲替燕太子丹向秦王献政仇敌樊於期之首和燕国地图,将匕首藏于地图之中。至秦庭,图穷匕首见,因以匕首刺秦王。未遂,被杀。“燕市”即指此事。(上四事见《史记·刺客列传》)

〔36〕邦、里:指家乡。

〔37〕诀:死别。

〔38〕抆(wěn 刎):擦拭。

〔39〕衔感:衔恩感遇。　一剑:以一剑替知遇报仇。

〔40〕买价:换取美名。　泉里:地下,黄泉之下。

〔41〕金石震而色变:指荆轲与秦武阳入秦,秦王陛戟而见,鼓钟并发,群臣皆呼万岁,武阳大恐,面如死灰。金石,泛指乐器。

〔42〕骨肉悲而心死:聂政刺死侠累,恐连累他人,自己毁面、决眼、破腹而死,使韩不知其人。韩暴政尸于市,悬赏曰:能识者与千金。无人敢来识。政姊聂荣曰:“妾其奈何畏没身之诛,灭贤弟之名!乃大哭者三,卒于邑悲哀而死政之旁。”今人瞿兑园认为,“金石”二句意思说:“这种惊天动地的事情,连金石都要受到震动而变色,骨肉之亲就更悲痛心碎了。”(《汉魏六朝赋选》)

〔43〕负羽:背箭而行。羽,指箭。

〔44〕辽水:即辽河,在辽宁境内。

〔45〕雁山:即雁门山,在山西境内。　参云:高入云天。

〔46〕薰(xūn 勋):花的香气。

〔47〕耀景:发光。

〔48〕腾文:闪耀华丽的文采。

〔49〕镜:照。　照烂:辉耀灿烂。

〔50〕袭:披上。　烟煴(yūn 晕):同“细缊”,云气和光色混合荡动的样子。

〔51〕绝国：极为辽远的邦国。

〔52〕讵(jù 巨)：何。

〔53〕乔木：高树。古人常用乔木比喻生活多年的故乡。王充《论衡》："睹乔木，知旧都。"

〔54〕决：别。　北梁：分别之地。《楚辞》："济江海兮蝉蜕，决北梁兮永辞。"

〔55〕左右：左右之人。

〔56〕亲宾：亲戚朋友。　滋：多。

〔57〕班荆：铺荆坐地。班，铺。荆，灌木枝条。伍举和声子皆为楚人，相遇于郑国郊野，班荆相饮。(事见《左传·襄公二十六年》)　赠恨：向对方倾诉离别之苦。

〔58〕罇(zūn 尊)：盛酒器。通"樽"。

〔59〕曲：山坳。

〔60〕湄(méi 眉)：岸边。

〔61〕淄右：李善注："《汉书》有淄川国。……'淄'或为'塞'。"

〔62〕河阳；河内郡有河阳县。今河南孟县有河阳故城。

〔63〕琼珮(pèi 佩)：佩带用美玉刻的饰物。珮，同"佩"。　晨照：早晨照镜子。

〔64〕金炉：金质的香炉。　夕香：晚上烧的香。

〔65〕结绶：出去做官。绶，系官印的带子。古代做官须带印绶。

〔66〕瑶草：仙草。此"妾"之自喻。

〔67〕幽闺：幽静的闺房。

〔68〕流黄：彩色艳丽的丝织品。

〔69〕闷(bì 必)：掩蔽。

〔70〕秋帐：秋天的帷帐。

〔71〕簟(diàn 店)：竹席。

〔72〕釭(gāng 刚)：灯。

〔73〕织锦二句：十六国苻秦时代，窦韬被徙沙漠。临行与其妻苏蕙发誓不再娶。至沙漠后则另与人结合。苏氏得知，织了一匹锦，锦上织出回文诗，送给窦韬，叙述自己的深厚爱情，使韬深受感动。(事见《织锦回文诗序》)回文诗，上下左右读之皆成章句。此二句是说妇女在家中的苦闷。

〔74〕傥有：或有。　华阴：华阴山。　上士：得道之人。

〔75〕服食：道家炼丹配药服之以求长生，谓"服食"。　还山：成仙。一作

“还仙”。

〔76〕道:道法。　寂:寂静无闻。

〔77〕丹灶:道家炼丹之灶。亦可称金鼎。　金鼎:炼金为丹之鼎。亦可称丹灶。　不顾、方坚:“一力为之,而无退归之志也。”(张凤翼纂注)

〔78〕上汉:升天。汉,银河。

〔79〕骖(cān 参)鸾:乘凤。

〔80〕少别:小别,短暂的离别。

〔81〕重别:把离别看得很重。

〔82〕谢:辞别。　依然:照样。指不能无情。

〔83〕芍药之诗:《诗经·郑风·溱洧》:“维士与女,伊其相谑,赠之以芍药。”此指爱情诗。

〔84〕佳人之歌:李善注引《汉书》李延年歌曰:“北方有佳人,绝世而独立。”此指男子爱慕女子的情歌。

〔85〕桑中、上宫二句:卫、陈,二国名。桑中,卫之地名。上宫,陈之地名。皆为男女约会之地。娥,美女。

〔86〕南浦:送别之处。浦,水边。《九歌·河伯》:“子交手兮东行,送美人兮南浦。”

〔87〕珪(guī 归):玉器,圆而洁白,秋月类之。

〔88〕阴:影。《玉篇》:“阴,影也。”

〔89〕方:方式,情况。

〔90〕盈:满,多。

〔91〕意夺神骇:惊心丧胆,夺,丧失。

〔92〕渊:王褒,字子渊。西汉文学家。　云:扬雄,字子云。西汉文学家。

〔93〕严:严安。汉武帝时代的文人。　乐:徐乐。汉武帝时代的文人。

〔94〕金闺:指汉朝长安的金马门,臣下待诏之所。　彦:才学之士。

〔95〕兰台:汉代藏书及讨论学术著作的地方。　英:才学之士。

〔96〕凌云:汉武帝读司马相如的《大人赋》,称赞说:“飘飘有凌云之气。”

〔97〕辩:巧言。　雕龙:比喻文辞华丽,如同雕镂龙文。阴阳家驺衍,“深观阴阳消息,作怪迂之变,终始大圣之篇,十余万言,其语闳大不经。”驺奭“颇采驺衍之术以纪文”。“故齐人须曰:谈天衍,雕龙奭。”(事见《史记·孟子荀卿列传》)

〔98〕永诀:永别,长别。

今译

令人黯然销魂,唯有死别生离。何况秦吴迢迢极遥远,燕宋相隔数千里。春草吐绿,秋风乍起,更容易牵动愁思缕缕。因此,行人断肠,百感凄恻。听萧萧秋风不同常响,望万里云天色彩奇异。船儿在水边停留,车儿在山旁迟迟。船儿打旋儿不愿前进,马儿悲鸣徘徊不已。盖上金樽谁能饮下这美酒? 放下琴瑟泪水沾满了车轼。居人愁苦卧空房,恍惚好像有所失。夕阳西下,晚霞隐退;月上长廊,洒满清辉。目睹兰草着露染秋红,眼望青楸遇寒着白霜。巡视高楼,扬袖掩涕,抚摸锦帐,枉自悲凉。推知行人梦中徘徊不忍离,料想他别绪茫茫无所往。

因此,虽然同是离别,却有种种不同情况。至如骏马银鞍,朱车彩饰,东都门外摆酒宴,金谷别墅送客时:琴奏羽声箫鼓响,燕赵歌声动人心。晚秋,佩珠戴玉人更美,早春,穿罗着绮色益新。马儿仰头听琴忘吃草,鱼儿赏乐出水耀红鳞。人到分手方下泪,鼓乐无声始伤心。

剑客感恩舍命为知己,少年欲报国士恩。聂政刺死韩侠累;豫让谋杀赵襄子;专诸酒宴杀吴王;荆轲行刺入秦庭。辞别父母,远离家乡,洒泪而别,泣血相望。驱征马,不欲归,唯见大路尘土飞。只为感恩效一死,非为黄泉买美名。此举动地惊天,金石为之色变。何况骨肉之亲,能不撕心裂肝!

或因边境有战事,扛起武器去从军。辽河水长长无极,燕山山高高入云。闺房之中春风暖,阡陌之上芳草薰。日出青天放光芒,露落大地耀彩文。光照纤尘红灿灿,地覆青气笼烟缊。抚摸桃李不忍别,送爱子啊泪沾襟。

至于去那遥远的异国,哪里还有再见的日子? 最后看一眼故乡的树木吧,北梁一别无归期。左邻右舍心感动,亲朋故友泪沾衣。

异国相遇，只能铺荆坐地诉离恨，唯有杯酒倾愁绪。正值秋雁南飞日，恰当白露下降时。怨又怨啊，怨那远山多坳曲；走又走啊，走那黄河无尽堤。

又如，丈夫远离在淄右，妻子遥隔在河阳。从前，早晨对镜共梳洗，傍晚同熏一炉香。而今，夫佩官印走千里，妻如香草徒芬芳。深闺无心弹琴瑟，高台懒怠织流黄。春日堂前长青苔，秋夜帐里明月光，夏天席凉日难落，冬季灯暗夜漫长。织锦寄情泪流尽，吟回文诗独彷徨。

或有华阴得道者，炼丹服食而成仙。虽有妙术犹苦学，境高尚未得真传。心守丹灶无杂念，一心炼丹志正坚。驾白鹤，上霄汉，骑青凤，而升天，短游天上几万里，小别人间数千年。只因人间重别离，互相分手情绵绵。

或赠《芍药》传递情，情恋爱唱“佳人”歌。卫国桑中多情女，陈国上宫美人多；相送春草泛绿色，话别碧水荡清波。送君送到南浦上，与君话别多心伤！秋天来到，白露如珠，秋月高悬，明亮如玉。明月白露两相映，月光露珠心相印。自从与君别离后，缕缕愁思牵着心。

因此，离别的方式等等不一，离别的心理多种多样。有离别必有怨恨，有怨恨必满胸膛；令人丧魂落魄，毛骨竦然。纵然有王褒扬雄那样的妙笔，严安徐乐那样的辞采；有金马那里的名士，兰台那里的文人；作赋能享有“凌云之气”的赞赏，措辞可获“雕镂龙文”的声誉，可谁能描绘出暂别之状，永诀之情呢？

（赵福海译注并修订）

文赋一首

陆士衡

题解

《文赋》是中国文学理论发展史上第一篇完整而有系统的创作论，它对体大精深的文论巨著《文心雕龙》的成书，有极大的影响。清代学者章学诚在《文史通义》中说："刘勰氏出，本陆机说而昌论文心。"陆机作《文赋》的宗旨，在于解决"意不称物，文不逮意"的矛盾，总结文学创作中正确处理物、意、文三者关系的经验。全赋从创作前的准备，艺术构思，布局谋篇，一直讲到最后完篇的创作全过程。对想象、构思、风格、才能、灵感等一系列创作的问题，都作了精彩的描绘和论述。其"缘情绮靡"、"穷形尽相"说，强调文学的感情因素和形象特征；"谢朝华"、"启夕秀"说，强调文学贵在创新；"理扶质以立干，文垂条而结繁"说，强调内容是主导，而又不可忽视形式的作用。提倡"应"、"和"、"悲"、"雅"、"艳"，强调文学要有丰赡美，和谐美，感人美，典雅美，辞采美，集中体现了陆机的美学理想。

《文赋》用赋体讲文理，虽然受到体裁的限制，不如论文那般严密，然求之以声，铿锵悦耳，求之以文，富丽华美，求之以理，精妙深微，不独启迪理智，而且陶冶性情，在审美趣味上给人以满足，堪称以美文讲美学的佳作。

原文

余每观才士之所作[1],窃有以得其用心[2]。夫放言遣辞,良多变矣,妍蚩好恶[3],可得而言;每自属文[4],尤见其情。恒患意不称物,文不逮意[5]。盖非知之难,难之难也。故作《文赋》以述先士之盛藻[6],因论作文之利害所由。它日殆可谓曲尽其妙[7];至于操斧伐柯,虽取则不远[8],若夫随手之变,良难以辞逮。盖所能言者,具于此云。

伫中区以玄览[9],颐情志于典坟[10]。遵四时以叹逝[11],瞻万物而思纷[12]。悲落叶于劲秋[13],喜柔条于芳春[14]。心懔懔以怀霜[15],志眇眇而临云[16]。咏世德之骏烈[17],诵先人之清芬[18],游文章之林府[19],嘉丽藻之彬彬[20]。慨投篇而援笔[21],聊宣之乎斯文。

其始也[22],皆收视反听[23],耽思傍讯[24]。精骛八极,心游万仞[25]。其致也[26]。情曈昽而弥鲜[27],物昭晰而互进[28]。倾群言之沥液,漱六艺之芳润[29]。浮天渊以安流[30],濯下泉而潜浸[31]。于是沈辞怫悦,若游鱼衔钩,而出重渊之深[32];浮藻联翩[33],若翰鸟缨缴[34],而坠曾云之峻[35]。收百世之阙文[36],采千载之遗韵[37]。谢朝华于已披[38],启夕秀于未振[39]。观古今于须臾,抚四海于一瞬[40]。

然后选义按部,考辞就班[41]。抱景者咸叩,怀响者毕弹[42]。或因枝以振叶[43],或沿波而讨源[44]。或本隐以之显[45],或求易而得难[46]。或虎变而兽扰[47],或龙见而鸟澜[48]。或妥帖而易施[49],或岨峿而不安[50]。罄澄心以凝思[51],眇众虑而为言[52]。笼天地于形内[53],挫万物于笔端[54]。始踯躅于燥吻[55]，终流离于濡翰[56]。理扶质以立干，文垂条而结繁[57]。信情貌之不差，故每变而在颜[58]。思涉乐其必笑，方言哀而已叹。或操觚以率尔[59]，或含毫而邈然[60]。

伊兹事之可乐[61]，固圣贤之所钦。课虚无以责有，叩寂寞而求音[62]。函绵邈于尺素[63]。吐滂沛乎寸心[64]。言恢之而弥广，思按之而逾深[65]，播芳蕤之馥馥[66]，发青条之森森[67]。粲风飞而猋竖[68]，郁云起乎翰林[69]。

体有万殊[70]，物无一量[71]，纷纭挥霍[72]，形难为状。辞程才以效伎[73]，意司契而为匠[74]。在有无而僶俛[75]，当浅深而不让[76]。虽离方而遁员[77]，期穷形而尽相[78]。故夫夸目者尚奢[79]，惬心者贵当[80]。言穷者无隘[81]，论达者唯旷[82]。诗缘情而绮靡[83]，赋体物而浏亮[84]。碑披文以相质[85]，诔缠绵而凄怆[86]。铭博约而温润[87]箴顿挫而清壮[88]。颂优游以彬蔚[89]，论精微而朗畅[90]。奏平彻以闲雅[91]，说炜晔而谲诳[92]。虽区分之在兹，亦禁邪而制放[93]。要辞达而理举[94]，故无取乎冗长[95]。

其为物也多姿[96]，其为体也屡迁[97]。其会意也尚巧[98]，其遣言也贵妍[99]。暨音声之迭代[100]若五色之相宣[101]。虽逝止之无常[102]，固崎锜而难便[103]。苟达变而识次[104]，犹开流以纳泉[105]。如失机而后会[106]，恒操末以续颠[107]。谬玄黄之秩序[108]，故淟涊而不鲜[109]。

或仰逼于先条[110]，或俯侵于后章[111]，或辞害而理比[112]，或言顺而义妨[113]。离之则双美，合之则两伤[114]。考殿最于锱铢[115]，定去留于毫芒[116]。苟铨衡之所裁，固应绳其必当[117]。

或文繁理富[118]，而意不指适[119]。极无两致[120]，尽不可益[121]。立片言而居要[122]，乃一篇之警策[123]。虽众辞之有条[124]，必待兹而效绩[125]。亮功多而累寡，故取足而不易[126]。

或藻思绮合[127]，清丽芊眠[128]，炳若缛绣[129]，凄若繁弦[130]，必所拟之不殊[131]，乃暗合乎曩篇[132]。虽杼轴于予怀[133]，怵他人之我先[134]。苟伤廉而愆义[135]，亦虽爱而必捐[136]。

或苕发颖竖[137]，离众绝致[138]。形不可逐，响难为系[139]。块孤立而特峙[140]，非常音之所纬[141]。心牢落而无偶[142]，意徘徊而不能揥[143]。石韫玉而山辉[144]，水怀珠而川媚[145]。彼榛楛之勿剪[146]，亦蒙荣于集翠[147]。缀《下里》于《白雪》[148]，吾亦济夫所伟[149]。

或托言于短韵[150]，对穷迹而孤兴[151]。俯寂寞而无友[152]，仰寥廓而莫承[153]。譬偏弦之独张[154]，含清唱而靡应[155]。

或寄辞于瘁音[156]，徒靡言而弗华[157]。混妍蚩而成体[158]，累良质而为瑕[159]。象下管之偏疾[160]，故虽应而不和[161]。

或遗理以存异[162]，徒寻虚以逐微[163]。言寡情而鲜爱[164]，辞浮漂而不归[165]。犹弦么而徽急[166]，故虽和而不悲[167]。

或奔放以谐合[168]，务嘈囋而妖冶[169]。徒悦目而偶俗，固高声而曲下[170]。寤《防露》与《桑间》[171]，又虽悲而不雅[172]。

或清虚以婉约[173]，每除烦而去滥[174]，阙大羹之遗味[175],同朱弦之情氾[176],虽一唱而三叹[177],固既雅而不艳[178]。

若夫丰约之裁[179],俯仰之形[180],因宜适变[181],曲有微情[182]。或言拙而喻巧[183];或理朴而辞轻[184];或袭故而弥新;或沿浊而更清[185];或览之而必察[186];或研之而后精[187]。譬犹舞者赴节以投袂[188],歌者应弦而遣声[189]。是盖轮扁所不得言[190],故亦非华说之所能精[191]。

普辞条与文律[192],良余膺之所服[193]。练世情之常尤[194],识前修之所淑[195]。虽浚发于巧心[196],或受欰于拙目[197]。彼琼敷与玉藻[198],若中原之有菽[199]。同槖籥之罔穷[200],与天地乎并育[201]。虽纷蔼于此世[202],嗟不盈于予掬[203]。患挈瓶之屡空[204],病昌言之难属[205]。故踸踔于短垣[206],放庸音以足曲[207]。恒遗恨以终篇,岂怀盈而自足[208]?惧蒙尘于叩缶[209],顾取笑乎鸣玉[210]。

若夫应感之会,通塞之纪[211],来不可遏,去不可止。藏若景灭[212],行犹响起。方天机之骏利[213],夫何纷而不理[214]?思风发于胸臆,言泉流于唇齿[215]。纷葳蕤以馺遝[216],唯毫素之所拟[217]。文徽徽以溢目[218],音泠泠而盈耳[219]。及其六情底滞[220]。志往神留[221],兀若枯木,豁若涸流[222]。揽营魂以探赜,顿精爽于自求[223]。理翳翳而愈伏[224]。思轧轧其若抽[225]。是以或竭情而多悔[226];或率意而寡尤[227]。虽兹物之在我,非余力之所戮[228]。故时抚空怀而自惋[229],吾未识夫开塞之所由[230]。

伊兹文之为用,固众理之所因[231]。恢万里而无阂[232],通亿载而为津[233]。俯贻则于来叶[234],仰观象乎古人[235]。济文武于将坠[236],宣风声于不泯[237]。涂无远而不弥[238],理无微而弗纶[239]。配沾润于云雨,象变化乎鬼神[240]。被金石而德广[241],流管弦而日新[242]。

注释

〔1〕才士:有才能的作家。

〔2〕用心:指为文之用心,包括意和辞两个方面。

〔3〕妍蚩好恶:美丑好坏。

〔4〕属文:作文。

〔5〕意不称物:认识不能正确反映事物。意,指对外物的感受和体验。就主观而言。物,外界事物。就客观而言。"陆机此处之'物',即我们今天所说的'社会存在',并不单指自然事物。"(张少康《文赋集释》) 文不逮意:语言不能表达对事物的认识。逮:达。

〔6〕先士之盛藻:古代才士的成功之作。盛藻,美文。

〔7〕它日:昔日。指《文赋》写成之前。"'他日'句承'先士盛藻'来,则以'昔日'之解为长。""'他日'得作昔日、往日解,唐世尚然,如杜甫《秋兴》'丛菊两开他日泪',李商隐'清樽相伴省他年',又《樱桃花下》'他日未开今日谢'。李善苟尽信书而求之当时语,则得矣。"(钱钟书《管锥编》)"它日殆可谓曲尽其妙",是说它日之作殆可谓曲尽其妙。即前人的成功之作,把为文的奥妙委婉曲折地体现了出来。前人皆把"它日"解作"异日"、"来日",指《文赋》写成之后。吕向注:"谓《赋》成之后,异日观之,乃委曲尽妙道矣。"是说《文赋》把为文的奥妙讲得曲尽其妙。观全《赋》,钱说为是。陆机反复强调,"操斧伐柯,虽取则不远,若夫随手之变,良难以辞达";"是盖轮扁所不得言,亦非华说之所能精",都是说得心应手的熟练技巧,并非用语言能讲得清楚,只能在成功之作中曲尽其妙地体现出来。

〔8〕操斧伐柯:比喻见古人之法不远。柯,斧柄。则,法则。

〔9〕中区:区中,天地之中。 玄览:远观。一说指"虚静"。

〔10〕颐情志:陶冶思想感情。颐,养。 典坟:孔安国《尚书序》:"伏羲、神农、黄帝之书,谓之三坟,言大道也。少昊、颛顼、高辛、唐、虞之书,谓之五典,言常道也。"典坟,此泛指典籍。

〔11〕四时:春、夏、秋、冬四季。 叹逝:因四季交替、时光流逝而感叹。

〔12〕思纷:思绪纷纷。

〔13〕劲秋:秋季。因秋天有肃杀万物之威,故称劲秋。

〔14〕柔条:指花草树木柔嫩的枝条。　芳春:春天。春天百花盛开,香气袭人,故称芳春。

〔15〕懔懔:同“凛凛”,寒冷。引申为肃然敬畏。　怀霜:怀抱霜雪。比喻心地纯洁。

〔16〕眇眇(miǎo 秒):高远的样子。　临云:凌云。比喻志向崇高。

〔17〕世德:世代有德者。　骏烈:巨大的功业。李善注:“言歌咏世有俊德之盛业。”烈,功业。

〔18〕先人:前贤。　清芬:清美芬芳。比喻高尚的品德。

〔19〕林府:李周翰注:“林府,谓多如林木,富如府库也。”

〔20〕丽藻:文质并茂的佳作。　彬彬:文质兼备的样子。

〔21〕投篇:放下书。　援笔:拿起笔。

〔22〕其始:构思的开始。

〔23〕收视反听:不看不听。指进入虚静状态。《庄子·在宥》:“无视无听,抱神以静。”

〔24〕耽思傍讯:深刻思索,广求博采。

〔25〕精骛八极,心游万仞:形容想象无所不至。精、心,指想象力。八极:极言其远。《淮南子》:“八弦之外,乃有八极。”万仞,极言其高。包咸《论语》注:“七尺曰仞。”

〔26〕其致:文思的到来。

〔27〕情曈昽而弥鲜:由暗转明的样子,用以形容文思到来的情态。情,指文情,文思。

〔28〕物昭晰而互进:物象清晰地涌来。物,指物象,即客观事物在作家头脑中形成的影象,用文字固定下来即是形象。

〔29〕群言:与下文的“文艺”,泛指一切书籍,既包括儒家经典,又包括诸子百家。　沥液:与下文的“芳润”,皆指书籍中的精华。

〔30〕天渊:天上的深潭。　安流:安然漂流。

〔31〕下泉:地下的泉水。　潜浸:水下洗涮。

〔32〕沈辞怫(fú 浮)悦:形容出语有力。怫悦,不痛快。　重渊:深渊。

〔33〕浮藻联翩:形容出语轻快。

〔34〕翰鸟:高空的飞鸟。 缨缴(zhuó 浊):射中。缨,古代拴在箭上的生丝绳。缴,系在箭上的生丝绳射鸟用。以上二句,"以鱼鸟喻辞藻,而以钓弋喻思虑之为用也。"(程会昌《文论要诠》)

〔35〕曾云:即层云。高空的云层。

〔36〕阙文:指古书阙疑之文。

〔37〕遗韵:遗文。阙文指散体,遗韵指韵体。

〔38〕朝华:朝花。华,同"花"。已披:已开放。披,开。

〔39〕夕秀:晚上未开的蓓蕾。

〔40〕须臾:片刻之间。 一瞬:转眼之间。

〔41〕然后:指构思之后。选义按部,考辞就班:两句为互文,即按部就班选择部署义和辞。部、班,皆指次序。

〔42〕抱景者咸叩,怀响者毕弹:此二句,紧接前两句,"说明所选之义,所考之辞,皆当使之充分发挥其效用,使意与辞所包含的一切内容均能全部体现出来。抱景、怀响都是一种形象的比喻,不能理解为是指所要描写的事物之形象与声音。"(张少康《文赋集释》)

〔43〕因枝以振叶:依枝布叶,比喻由本及末,先树要领。

〔44〕沿波而讨源:沿流溯源,比喻由末及本,最后道破主题。

〔45〕本隐以之显:"从晦到明,逐步阐说。"(郭绍虞《中国历代文论选》)

〔46〕求易而得难:从易到难,层层深入。

〔47〕虎变而兽扰:猛虎出山,百兽驯服。扰,伏。此句喻文思"大者得而小者毕举之意。"(《何义门批文选》)

〔48〕龙见而鸟澜:蛟龙出水,水鸟惊飞。澜,分散杂乱的样子。此句喻文思虽根本已立,而辞藻无序。以上二句,一正一反。

〔49〕妥帖:顺当,吻合。 易施:行文顺利。

〔50〕岨峿:互相抵触,上下不合牙。 不安:不妥帖。

〔51〕澄心:排除一切杂念。 凝思:专心思考。

〔52〕眇:细看。此指仔细思考。 众虑:各种好的想法。 为言:把想法化为语言。

〔53〕笼天地于形内:把万物概括在形象之中。

〔54〕挫万物于笔端:把概括万物的形象,落实在文字上。挫,撮,摘取的意思。

〔55〕踯躅(zhí zhú 直竹):徘徊不进的样子。形容出语不畅。 燥吻:干巴

的嘴唇。

〔56〕流漓:淋漓。形容出语畅快。　濡翰:饱蘸墨汁的笔。

〔57〕理扶质以立干,文垂条而结繁:以树为喻,说明内容是文章的主体,辞是辅助内容的形式。即要求内容与形式的和谐统一。以树干比喻内容,以枝叶比喻文辞。

〔58〕信情貌之不差,故每变而在颜:以情绪和颜色为喻,说明内容与形式互为表里。内容决定形式,形式表现内容。情,内心的情绪。貌,面部表情。以此作比,也包括强调文学的感情因素在内。

〔59〕操觚(hú 胡):写作。觚,古代用以写作的木简。　率尔:不假思索,形容文思敏捷畅达。

〔60〕含毫:吮笔而不能挥毫落墨之状,形容文思迟钝苦涩。　邈然:思而杳无所得的样子。“率尔,谓文速成;邈然,谓文迟成也。”(张铣注)

〔61〕兹事:此事,指写作。

〔62〕课虚无以责有,叩寂寞而求音:“曰叩、曰求、曰课、曰责,皆言冥搜幽讨之功也。”“思之思之,无中生有,寂寞出音。”(钱钟书《管锥编》第三卷)课、责、叩、求,皆为近义之动词,搜求之意。虚无,无象;寂寞,无声。二句言写作是从无到有的过程。

〔63〕绵邈:深远。　尺素:短小的篇幅。素,用来书写的绢帛。

〔64〕滂(páng 旁)沛:指充沛的感情。　寸心:古人称心为方寸,极言其小。函、吐二句,言文章以小含大。“夫词有尽而理无穷,物有恒而心靡定。盖作者尺幅含绵邈之思,寸心吐滂沛之情。”(方竑《文赋绎意》)

〔65〕言、思:皆侧重指意。　恢、按:皆挖掘之意。　逾:通“愈”,更加。

〔66〕芳蕤(ruí):指草木之花。　馥馥(fù 富):芳香之气。

〔67〕青条:指草木之枝叶。　森森:又长又密的样子。

〔68〕粲:鲜明美丽的样子。　猋:旋风。

〔69〕郁:云气浓厚的样子。　翰林:文采荟萃。“播芳”以下四句,谓“文美如芳蕤之馥馥,似青条之森森,粲然如风飞飙立,郁然如文起翰林。”(吕何注)

〔70〕体有万殊:体裁和风格多种多样。

〔71〕物无一量:客观事物千姿百态,千变万化。量,哲学范畴,指事物存在的规模和发展的程度,是一种可以用量来表示的规定性。

〔72〕纷纭:繁多。　挥霍:迅疾的样子。指变化。

〔73〕程才：衡量才能。　效伎：献出技艺。伎，通“技”。

〔74〕司契：掌握蓝图。　匠：匠师。程才、司契二句，乃是比喻，辞如技工，意如匠师，辞为意所遣，为意所用。

〔75〕有无：取什么，舍什么。　僶俛（mǐn miǎn 敏免）：努力斟酌。

〔76〕不让：不迁就。

〔77〕离方遁员：违反写作常规。方员，规矩，指文章法则。员，同“圆”。

〔78〕穷形尽相：随物赋形，即把事物的形象描绘得淋漓尽致。

〔79〕夸目：喜欢华丽。　尚奢：爱用浮艳之辞。

〔80〕惬心：切理餍心。　贵当：重视言辞切当。

〔81〕言穷：简约严谨。无隘：惜墨如金之意。无，同“唯”，无义。

〔82〕论达：说得畅达。　唯旷：不受拘束。“夸目”、“惬心”、“言穷”、“论达”四句，“言作者个性不同，则文的风格也不同，乃申物无一量之义”。《文心雕龙·知音》：“夫篇章杂沓，质文交加，知多偏好，人莫圆该。慷慨者逆声而击节，醖藉者见密而高蹈，浮慧者观奇而跃心，爱奇者闻诡而惊听。”陆说从创作角度讲个性与风格，刘说从鉴赏角度讲个性与风格，可相互印证。

〔83〕缘情：抒情。　绮靡：细好的丝织物，比喻精妙之言。

〔84〕体物：描绘事物形象。　浏亮：明朗清晰。

〔85〕披文：运用文辞。　相质：文质相符，没有溢美之辞。

〔86〕缠绵：感情委婉真挚。　凄怆：哀痛。

〔87〕博约：内容广博，文字简约。　温润：柔和温润，不用激烈之词。

〔88〕顿挫：委婉劝谏。即《诗大序》“主文而谲谏”之意。方廷珪《昭明文选大成》：“顿挫，谓不直致其词，详尽事理。”清壮：词清而理壮。

〔89〕优游：从容。指意。　彬蔚：华盛。指辞。

〔90〕精微：指析理精细入微。　朗畅：指语言明朗畅达。

〔91〕平彻：平和透彻。指意言。　闲雅：从容得体。指辞言。

〔92〕炜晔（wěi yè 伟叶）：明亮而有光彩。　谲诳：指语言奇诡而有诱惑力。以上论十种文体的不同特点。特点是其功用决定的。“赋以陈事，故曰体物。”（李善注）“碑本以纪功德，然必立言不苟，称乎其人，故曰披文以相质。”（陈注《文选举正》）“诔以陈哀，故缠绵凄怆。”（李善注）、铭兼褒赞，故体贵弘润。”（《文心雕龙·铭箴》）“颂以褒述功德，以辞为主，故优游彬蔚。”（李善注）“论以评议臧否，以当为宗，故精微朗畅。”（李善注）“奏事帝庭，所以陈叙情理，故

和平其词，通彻其意，雍容闲雅，此焉可观。”（李周翰注）“说者，辩词也。辩口之词，明晓前事，诡谲虚诳，务感人心。”（李周翰注）

〔93〕禁邪：“谓禁浮艳。”（刘良注） 制放：“制抑放论。”（方廷珪注）“禁人之邪，使情不可妄驰；制人之放，使言不可或荡。”（顾施祯《昭明文选六臣汇注疏解》）

〔94〕辞达理举：“辞达指辞，重在有序；理举指意，重在有物。”（郭绍虞《历代文论选》）

〔95〕冗长：芜杂累赘。“言之不足，故长言之，长言之所以畅言也。‘辞达’，‘论达’则言之已畅矣，而尚下笔匆能自休，即‘冗长’也。”（钱钟书《管锥编》第三卷）

〔96〕物：客观事物，即文学作品的描写对象。 多姿：千姿百态。“万物万形，故曰多姿。”（李善注）

〔97〕体：体裁与风格的总称。 屡迁：变化多样。“文因物而赋形，故曰屡迁。”（张凤翼《文选纂注》）

〔98〕会意：构思。指意言。

〔99〕贵妍：崇尚华美。指辞言。

〔100〕迭代：交替。五音交织才能形成音乐美。

〔101〕五色：指青、赤、黄、白、黑五种颜色。 相宣：指五色相配而构成色彩美。

〔102〕逝止无常：因物多姿，体屡迁，故去留无固定格式。逝止，去留。

〔103〕崎锜（qí qí 奇奇）：不妥帖。 难便：难以合适。

〔104〕达变：通变，即通晓文章的变化规律。 识次：懂得文章的结构次序。

〔105〕开流纳泉：比喻自然吻合。如泉水入河，融而为一。

〔106〕失机：当变不变，错过机会。 后会：错过时机硬去凑合。

〔107〕操末续颠：违反组织次序。“文字有前，有中，有后，所谓次也。前路缘起未明，遽犯中间正位，是为失机。到后复来，找补前路，是谓以首续尾。二句倒置之病。”（方廷珪《昭明文选大成》）

〔108〕玄黄：黑色和黄色。

〔109〕淟涊（tiǎn niǎn 舔撵）：混浊不清。

〔110〕仰逼于先条：下文与上文相抵触。逼，抵触。先条，指上文。

〔111〕俯侵于后章：上文与下文相矛盾。侵，犯。郭绍虞说：“谋篇方法：或因枝以振叶，或沿波而讨源，或本隐以之显，或求易而得难。否则不能谋篇，其

弊成或仰偪于先条,或俯侵于后章。”(转引自《文赋集释》)

〔112〕辞害:辞不顺。 理比:理顺。

〔113〕义妨:义不顺。辞害理比,言顺义妨,皆为辞意不能相称之病。

〔114〕离之则双美,合之则两伤:“离则理比言顺,故双美;合则辞害义妨,故两伤。”(张凤翼《文选纂注》)

〔115〕殿最:“第一为最,极下曰殿。”(李善引韦昭注) 锱铢(zī zhū 兹朱):古代很小的重量单位。比喻极轻微处。

〔116〕去留:取舍。 毫芒:稻芒和毛尖,比喻极细微处。

〔117〕铨衡:衡量。 应绳必当:合乎作文之法度。绳,木匠用来打线的绳墨,此借指法度。

〔118〕文繁:文辞繁杂。 理富:内容繁多。

〔119〕意不指适:不能以意为主。“适者,主要也。”(钱钟书《管锥编》第三卷)

〔120〕极无两致:不容有两个中心。“极,中心也。今语所谓中心思想。”(钱钟书《管锥编》第三卷)

〔121〕尽不可益:中心说清,不再赘述。

〔122〕片言:言简意赅的警策之句。 居要:树起要领。

〔123〕警策:画龙点睛之笔。此为比喻。以鞭策马而马奔驰,文赖片言而意愈明。

〔124〕有条:有次序,有条理。

〔125〕待兹:指靠警策之句。 效绩:发挥作用。

〔126〕功多累寡:下到功夫,毛病就少。取足:“理极言尽,故曰取足。”(许文雨《文论讲疏》)方廷珪《昭明文选大成》:“以片言显出一篇之意,故功多。足,指片言。不易,谓虽片言不可改易也。”

〔127〕藻思:巧妙的构思。即“会意尚巧”。 绮合:有花纹的丝织品。比喻巧妙的构思。

〔128〕清丽:清朗华美。即“遣言贵妍”。 芊(qiān 千)眠:色彩鲜艳。

〔129〕缛绣:锦绣。比喻辞和意。

〔130〕凄:动人。 繁弦:声调复杂的音乐。即“音声迭代”。

〔131〕所拟不殊:自己所作并非与众不同。

〔132〕暗合:不谋而合。 曩篇:前人之作。即“先士盛藻”。

〔133〕杼轴予怀:出自个人的巧思。杼轴,织造,此以精巧的织造比喻为文。

〔134〕我先:先于我而为。

〔135〕伤廉:有损高洁的人品。　愆义:违背道义。

〔136〕捐:割爱,舍弃。即“谢朝华于已披”。

〔137〕苕发:芦苇发芽。　颖竖:禾苗秀穗。苕发颖竖,比喻佳句。

〔138〕离众绝致:出类拔萃。致,极点。

〔139〕形不可逐,响难为系:影为形照,形动影移,形难追影;响虽有声,却难以留住。比喻佳句难配。

〔140〕特峙:卓然独立。即“离众绝致”。

〔141〕常音:指一般的辞句。　纬:编织。此指相配。

〔142〕牢落:无所寄托。　无偶:没有与之相配者。

〔143〕徘徊:犹豫不决。　揥(dì 帝):舍弃。

〔144〕韫(yùn 运)玉:含玉。

〔145〕怀珠:水生蚌,蚌生珠,故曰水怀珠。

〔146〕榛楛(hù 户):两种不出奇的灌木。比喻常音。

〔147〕蒙荣:“蒙荣者,俗语所谓‘附骥’、‘借重’、‘叨光’。”(钱钟书《管锥编》第三卷)　集翠:一说翠鸟来栖。“草木虽有丛杂滥恶,而一旦翠鸟来集,亦可增其美观。喻庸拙之文,亦添荣生色于警策之句也。翠,宜解为翠鸟。’(许文雨《文论讲疏》)如蔡邕《翠鸟诗》:“庭陬有苦榴,绿叶含丹荣。翠鸟时来集,振翼修形容。回顾生碧色,动摇扬缥青。”一说翠色凝聚。如张翰诗:“青条若总翠,”总翠,集翠。

〔148〕《下里》:俗曲。喻常调。　《白雪》:雅曲。喻佳句。

〔149〕济:相辅相成。　伟:奇美。

〔150〕托言:寄意。　短韵:短文。

〔151〕穷迹:“言文小而事寡,故曰穷迹。”(李善注)孤兴“迹穷而无偶,故曰孤兴。”(李善注)张少康《文赋集释》:“短韵、穷迹,皆喻文章贫乏、单调。”

〔152〕寂寞:冷清,单薄。　无友:没有照应的对象。

〔153〕寥廓:空荡,没有配合的对象。

〔154〕偏弦:一根弦。　独张:独奏。

〔155〕清唱:无伴奏之唱。　靡应:没有配合呼应。以音乐喻文。“同声相应谓之韵。”(《文心雕龙·声律》)“应,在音乐上是指相同的声音、曲调间的互相呼应而构成的一种音乐美。”(张少康《文赋集释》)

〔156〕瘁(cuì 翠)音:憔悴之音,指缺乏刚健之气,少风骨。即刘勰《风骨》中所说的“风骨不飞”,“负声无力”。

〔157〕靡言:辞采丰美。即刘勰《风骨》中所说的“丰藻克赡”。 弗华:没有思想的光辉。即刘勰《风骨》中所说的“振采失鲜”。

〔158〕妍蚩:妍,指“靡言”;蚩,指“瘁音”。 成体:构成一体,即成文。

〔159〕累良质而为瑕:美玉而为瑕累,比喻美文受瘁音的影响而有缺欠。

〔160〕下管:古代在礼乐活动中,如祭祀等,堂上奏乐,堂下也奏乐,互相配合,以求和谐。堂下吹奏的匏、竹之类的管乐,称为下管。 偏疾:比堂上之乐偏快,配合不上。

〔161〕不和:不和谐。“异音相从谓之和。”(《文心雕龙·声律》)“和,在音乐上是指不同的声音互相配合而构成的一种和谐美。”(张少康《文赋集释》)

〔162〕遗理:忘掉了内容。理,指文章的思想内容。 存异:保留新巧奇诡之辞。

〔163〕寻虚逐微:舍本逐末,指忽视内容,片面追求形式。

〔164〕寡情鲜爱:缺乏爱憎的感情。鲜,少。

〔165〕浮漂:语言华而不实。 不归:没有归宿,即语言没有落实到表达的内容上。

〔166〕弦么:琴弦细小。 徽急:弹得快。“鼓琴循弦谓之徽。”(许慎注《淮南子》)“邹忌一徽琴,而威王终夕悲。”

〔167〕悲:感动人。悲易感人,故引申为感动人。

〔168〕奔放:放纵。 谐合:和谐。“奔驰放纵其思,以求和合。”(吕延济注)和合,和谐。

〔169〕嘈囋(zá 杂):浮艳之声。 妖冶:艳丽而不典雅。

〔170〕偶俗:迎合世俗趣味。 高声曲下:声调很高,曲味低下。“声高,指其调言;曲下,指其品言。”(程会昌《文论要诠》)

〔171〕寤:通“悟”。 《防露》、《桑间》:“盖《防露》,逐臣之曲;《桑间》,亡国之音,皆哀而且伤,不合中道。故云悲而不雅。”(程会昌《文论要诠》)

〔172〕雅:对俗而言,指正的,合乎规范的。

〔173〕清虚:指文辞清淡,没有色彩。 婉约:简约质朴。

〔174〕除烦去滥:去掉繁复艳丽的辞藻。

〔175〕阙:同“缺”。 大羹:不调五味的肉汁,即白水煮肉的老汤。遗味:

所缺之味。

〔176〕朱：深红色的弦，此指瑟声。祭祀鼓瑟，音调简朴、单调。　清氾：清散，不繁密，指过于简朴。

〔177〕一唱三叹：一人唱，三人帮腔。典雅，但过于单调。"《清庙》之歌，一唱三叹也。"（《荀子·礼论》）

〔178〕不艳：指缺乏辞采美。

〔179〕丰约：指内容的详略，文辞的繁简。　裁：剪裁。

〔180〕俯仰：上下，指文辞的位置。　形：变化。

〔181〕因宜：因文而宜。　适变：形式适应内容的需要而变。

〔182〕曲有微情：变化的方式是曲折微妙的。

〔183〕言拙：语言朴拙。　喻巧：喻义巧妙。《文心雕龙·神思》："拙辞或孕于巧义。"

〔184〕理朴：指意真。　辞轻：言辞华美。

〔185〕袭故弥新，沿浊更清：推陈出新，化腐朽为神奇。

〔186〕览之必察：一见便知其妙。

〔187〕研之后精：仔细体味，方知其精。览之必察为"显"，研之后精为"隐"。

〔188〕赴节：踏着音乐的节拍。　投袂（mèi 妹）：舞动袖子。袂，袖子。

〔189〕应弦：顺应伴奏的节拍。　遣声：歌唱。

〔190〕轮扁：事出《庄子》。齐桓公在堂上读书，轮扁在堂下斫轮。轮扁问桓公读的是什么书，桓公说是圣人之言。轮扁问圣人还在吗？桓公说死了。轮扁说那么你读的是圣人的糟粕。桓公生气地说："你能讲出道理则罢，讲不出道理就砍你的头。"轮扁说，这道理就像我斫轮一样，那不快不慢，得心应手的技巧，用语言说不出来，有术在里边。这术我无法讲给我的儿子，我儿子也无法从我嘴里得到，因此我快到七十岁，还自己斫轮。陆机借用这个寓言，说明写作变化多方，妙不可言。

〔191〕华说：美言。　精：透辟。

〔192〕辞条文律：指文章的写作原理和规则。

〔193〕膺：胸。此指心中。　服：牢记。

〔194〕练：熟悉。　常尤：常犯的毛病。尤，过失。

〔195〕前修：前贤，指古代有成就的作家。　淑：美好的东西，指前人成功的

创作经验。

〔196〕浚发：深深发自。　巧心：巧妙之心。

〔197〕欰（chī 吃）：同“嗤”，讥笑。　拙目：目光拙劣，指缺乏艺术眼光。

〔198〕琼敷玉藻：比喻佳作。

〔199〕中原：原野之中。　菽：豆类的总称。

〔200〕橐籥（tuó yuè 驼月）：“橐籥，天地间气也。”（张铣注）　罔穷：无穷无尽。罔，无。

〔201〕并育：共存共生。

〔202〕纷葳：众多的样子。

〔203〕掬：一捧。“两手捧曰掬。”（张凤翼《文选纂注》）

〔204〕挈（qiè 妾）瓶：提着瓶子打水。比喻才智很小。“挈瓶，喻小智也。”（李善注）“虽有挈瓶之智，守不假器。”《左传》杜预注：“挈瓶，汲者，喻小智。”

〔205〕昌言：恰当的言词。昌，当。　难属：难以成文。

〔206〕踸踔（chěn chuō）：瘸腿走路的样子。　短垣：矮墙。踸踔于短垣，比喻勉强成文。“故‘踸踔于短垣’句，言为才分所限。”（黄侃注）

〔207〕庸音：平淡之辞。　足曲：奏成曲子。音、曲皆比喻文章。

〔208〕遗恨：遗憾。　怀盈：心怀满足之情。

〔209〕蒙尘：遮满尘土。　叩缶（fǒu 否）：陶制的打击乐器，发音粗劣。

〔210〕鸣玉：玉石做的打击乐器，发音清脆悦耳。

〔211〕应感：灵感。　通塞：指文思的通畅与闭塞。会与纪，同义词，规律的意思。（见日本·安东谅《围绕〈文心雕龙·神思篇〉》）

〔212〕景灭：影灭。像影子消失一样，快而不留一点痕迹。

〔213〕天机：“天机，自然之机。”（方廷珪《昭明文选大成》）“言天机者，言万物转动，各有天性，任之自然，不知所由然也。”（李善注引刘障语）“天机，天然的机神，此谓天所赋与的文思，犹言神思。”（北大《魏晋南北朝文学史参考资料》）“把‘天机’解为‘神思’，在和《文心雕龙·神思篇》比较考查中确实是有魅力的。”（日本·安东谅《围绕〈文心雕龙·神思篇〉》）　骏利：敏捷。

〔214〕何纷而不理：有何纷乱而理不清的呢？

〔215〕思风发于胸臆，言泉流于唇齿：一说，思如风发于胸臆，言如泉流于唇齿。一说，“思风”“言泉”结合成词，谓如风之思，如泉之言。二说皆可通。

〔216〕葳蕤（wēi ruí）：茂盛的样子。　馺遝（sà tà 萨踏）：相继不断。

〔217〕毫素:纸笔。

〔218〕徽徽:华美。　溢目:满目。

〔219〕泠泠:清脆的声音。

〔220〕六情:喜、怒、哀、乐、好、恶,此指文思。　底滞:阻塞,不畅。

〔221〕志往神留:文思阻塞。"志,心之所之。神,心之灵机。神留者,思不入也。"(方廷珪《昭明文选大成》)留,阻滞。

〔222〕兀(wù 务):茫然无知的样子。　豁:开阔的山谷,形容空荡荡的样子。　涸(hé 河):水干。"兀若枯木,思不动也。豁若涸流,思之竭也。"(吕延济注)

〔223〕营魂:精神。　探赜(zé 责):探求深奥之理。赜,深奥。　精爽:心神。"览营魂以探赜,顿精爽而自求",即集中精神"探奥索隐,钩深致远",搜求文思。

〔224〕翳翳(yì 义):隐晦不明。　伏:藏匿。

〔225〕轧轧:难出之状。　若抽:如同抽丝。

〔226〕竭情:竭尽全力。　多悔:毛病很多。

〔227〕率意:毫不经意。　寡尤:毛病很少。"机丱(通)则文敏而工,机塞则文滞而拙。"(袁守定《占毕丛谈》)

〔228〕兹物:指文。　戮(lù 陆):并力。

〔229〕自惋:自己慨叹。

〔230〕开塞:指文思畅通与阻滞。天机骏利,则文思开;六情底滞,则文思塞。

〔231〕众理:宇宙间万物之理。

〔232〕恢:扩大,传播。　无阂(hé 河):无阻。

〔233〕通:勾通。　津:桥梁。

〔234〕贻则:传留法则,指把古人的真理传播下来。　来叶:后世。

〔235〕观象:取法。"贻则来叶,谓垂范后世。观象古人,谓取法前修。"(程会昌《文论要诠》)

〔236〕济:拯救。文武:文,周文王;武,周武王。此指文武之道。

〔237〕宣:阐发,宣扬。风声:指儒家的诗教。　不泯:不被泯灭。"文武之道,赖文以显。"(方廷珪《昭明文选大成》)

〔238〕涂:道。任重道远之道,与"理"对举。弥:合,勾通。

〔239〕纶:包容。"文经天地,故无远不弥,无微不纶。"(张凤翼《文选纂注》)

〔240〕沾润:滋润。　鬼神:形容文章变化无方。

〔241〕被金石:刻在钟鼎碑碣之上。　德广:使德广为传播。

〔242〕流管弦:配上乐曲。　日新:日新月异,盛而不衰。“是故文章之用,狭言之,则曰载道行远;广言之,则可曰弥纶万有,细大毕具。”(方竑《文赋绎意》)

今译

我每次阅读那些有才气作家的作品,对他们写作时的用心都有体会。诚然,作家行文变化无穷,但文章的美丑好坏,还是可以分辨并加以评论的。每当自己写作时,尤其能体会到别人创作的甘苦。作者经常感到苦恼的是,认识不能正确反映事物,语言不能完全表达思想。大概这个问题,不是难以认识,而是难以解决。因此作《文赋》,借前人的优秀之作,阐述如何写有利,如何写有害的道理。或许可以说,前人的优秀作品,已把为文的奥妙委婉曲折地体现了出来,至于前人写作的诀窍,则如照着斧子做斧柄,虽然式样就在眼前,但那所以能得心应手的道理,却难以用语言表达详尽。大凡能用语言说清楚的,我都写在这篇《文赋》里了。

久立天地之间,深入观察万物。博览三坟五典,以此陶冶性情。随着四季交替感叹光阴易逝,目睹万物盛衰引起思绪纷纷。临肃秋因草木凋零而伤悲,处芳春由杨柳依依而欢欣。心意肃然如怀霜雪,情志高远似上青云。咏叹前贤的丰功伟业,赞颂古圣的嘉言懿行。漫步书林欣赏文质并茂的佳作,慨然有得提笔写成诗文。

开始创作,精心构思。排除杂念,广搜博寻。神飞八方之外,心游万仞高空。文思到来,如日初升,开始朦胧,逐渐鲜明。此时物象,清晰互涌,子史精华,奔注如倾,六艺辞采,荟萃笔锋。想象驰骋,上下翻腾,忽而漂流天池之上,忽而潜入地泉之中。有时吐辞有力,如衔钩之鱼从深渊钓出;有时出语轻快,似中箭之鸟从高空陨落。博取百代未述之意,广采千载未用之辞。前人用熟的辞意,如早晨绽开的花朵,谢而去之;前人未用的辞意,像傍晚含苞待放的蓓蕾,启而开之。整个构思过程,想象贯穿始终。片刻之间通观古今,眨眼之时天下巡行。

构思之后,布局谋篇。选辞精当,事理井然。辞意充分发挥作用,使其各尽所能。或由本逐末,先树要领;或追本溯源,最后义明。或层层阐发,由隐至显;或步步深入,从易到难。有时纲举目张,如猛虎在山百兽驯伏;有时偶出奇句,似蛟龙出水海鸟惊散。有时信手拈来辞意妥帖,有时煞费苦心辞意不合。这时要排除杂念专心思索,整理思绪诉诸语言。将天地概括为形象,把万物融合于笔端。开始好像话在干唇难以出口,最后酣畅淋漓泻于文翰。事理如树木的主体,要突出使之成为骨干;文辞像树木的枝条,干壮才能叶茂枝繁。情貌的确非常一致,情绪变化貌有表现。内心喜悦面露笑容,说到感伤不禁长叹。有时提笔一挥而就,有时握笔心里茫然。

写作充满乐趣,一向为圣贤推尊。它在无形中搜求形象,在无声中获得声音。有限篇幅容纳无限事理,博大思想出自小小寸心。言中之意愈扩愈广,所含内容越挖越深。如花朵芳香四溢,似柳条郁郁成荫。光灿灿如旋风拔地而起,沉甸甸似积云笔下生文。

文章体式千差万别,客观事物多种多样。事物繁多变化无穷,因此很难描摹形象。辞采如同争献技艺的能工,文意好比掌握蓝图的巧匠。文辞当不当用意要仔细斟酌,或深或浅分毫不让。即使违背写作常规,也要极力描绘形象。因此喜欢渲染的人,崇尚辞藻华丽;乐于达理的人,重视语言切当。言词过于简约,文章显得拘谨;论述充分畅达,文章才能气势旷放。诗在抒发感情,要语言精妙感情细腻。赋在铺陈事物,要条清缕晰语言明朗。碑用以刻记功德,务必文质相当。诔用以哀悼死者,情调应该缠绵凄怆。铭用以记载功业,要言简意赅温和顺畅。箴用以针砭过失,抑扬顿挫文清理壮。颂用以歌功颂德,从容舒缓繁彩华章。论用以评析功过是非,精辟缜密语言流畅。奏对上陈情叙事,平和透彻得体适当。说用以论辩说理,奇诡动人辞采有光。文体区分大体如此,共同要求禁邪制放。

辞意畅达说理全面，但要切记不能冗长。

客观事物千姿百态，文章风格变化多端。为文立意崇尚新巧，运用语言贵在华妍。音节抑扬错落有致，犹如五色相配方艳。虽说取舍本无定律，安排文辞难以合适；但要通晓变化规律，就像清泉入河非常自然。假如当变不变失机硬凑，就像以尾续首颠倒混乱。如果色彩配搭不当，就会混浊不清色泽不鲜。

有时下文对上文有损害，有时上文对下文有影响。有时语言不顺事理连贯，有时语言通畅事理有妨。二者分开两全其美，合在一起互相损伤。选辞命意严加考校，去留取舍仔细衡量。再用法度加以检验，丝毫不差合乎辞章。

有时辞藻繁多内容丰富，文章宗旨却不清楚。文章主题只有一个，意思说尽不再赘述。关键地方简要几句，突出中心这是警语。尽管说得条条是理，借助警句才更有力。文章果能利多弊少，就该满足不再改易。

有时安排辞意如织锦绣，严密漂亮光泽鲜艳。辞采绚丽像斑斓绸缎，情调柔婉似乐器和弦。果真自己没有独创，恐怕就要雷同前贤。虽出个人锦心绣口，也怕别人用于我先。假如确能有伤品誉，虽然心爱也定削删。

有时个别句子出类拔萃，就像芦苇开花禾苗秀穗。如声不可拴，影不可追，佳句孤零零卓然独立，绝非庸音能够相配。心里茫然很难再找到佳句，犹豫徘徊又不忍将它舍弃。文有奇句就像石中藏玉使山岭生辉，又像水中含珠令河川秀媚。未经整枝的灌木虽然不美，招来翠鸟也会为它增加秀气。即使用《下里巴人》配《阳春白雪》，也要陪衬那奇绝的章句。

有时思想贫乏内容单调，事理不多以文生情，往下看冷冷落落无以为友，往上看空空荡荡没有呼应。就像操琴单弦独奏，声虽清越却无和弦乐音。有时用苍白无力的语言去表达思想，徒有华丽辞藻却不见思想火花。把美的丑的混为一体，美玉也会累于斑瑕。好像堂下吹管为堂上歌唱伴奏，伴奏偏快不够和谐。

有时脱离内容追求新奇，专务辞藻本末倒置。语句少有真情实感，浮藻联翩不着边际。好像琴弦短小弹得又急，声音和谐却无感人之力。

有时放纵文思以求和谐。追求热闹浮艳妖冶。只图好看迎合时俗，调子虽高趣味很低。《防露》《桑间》轻浮之作，虽然动人不免俗气。

有时语言质朴缺乏文采，除掉冗繁忘了修饰。如同祭祀时煮肉的老汤，纯是够纯但缺乏美味，又像庙堂演奏琴瑟，虽然古朴而音调单一。有唱有叹固然很雅，但又缺少艺术魅力。

解决繁简，安排层次，根据需要，因文而宜，各有奥妙，等等不一。有的语言古拙善用巧喻，有的道理朴实语言俏丽，有的本自婉约变得雄奇。有的一目了然，有的蕴藉含蓄。好像跳舞踏着节拍挥袖，如同歌唱随着伴奏用气，其中奥妙大概轮扁都无法言传，更不是美言能说清晰。

写文章的全部法则，我确实都应牢牢记住。了解今天作者常犯的毛病，就能懂得前人写作的甘苦。文章虽然出于自己的匠心，有时却遭到拙劣批评家的羞辱。那华丽的辞藻，多如田野里的豆属，又如宇宙间的空气，可与天地共同吸呼。华章丽藻虽然如此丰富，我掌握的却屈指可数。担心自己如提瓶汲水，才智贫乏，恐怕写不出前人那文质并茂的著述。所以只能勉强成文，聊以庸言凑数。勉强完篇常怀遗憾，自己心里哪敢满足？作品优劣如击缶鸣玉，害怕同行笑我相形见绌。

灵感到来，文思通塞，有一定规律。来时不可阻挡，去时无法遏止。去时如影子消失，来时像声音响起。文思敏捷，头绪多乱也能梳理。文思像风一样从胸中吹出，语言像泉一样流到唇齿。文思汩汩涌来，任你随意挥笔，辞采绚丽夺目，声音泠泠悦耳。一旦文思阻滞，灵感好像彻底飞去。痴呆呆如一株枯干的老树，空荡荡像一条无水的河谷。这时要挖空心思探索奥秘，振作精神再搜文思。文理昏昏越搜越隐，文思涩涩难若抽丝。有时苦心经营反多遗憾，有时信笔写来倒少瑕疵。虽说灵感出于自己，但又非个人努力所能控制。所以我常抚胸惋惜，弄不清灵感来去的原理。

文章作用很大，许多道理借它传扬。道传万里畅通无阻，勾通亿载它是桥梁。往下可以垂范后世，往上取法古人榜样。它能挽救文武之道使之不至衰落，它能弘扬教化使其免于泯灭。人生之路，多么广远它都能指明，世间哲理，多么精微它都能囊括。它的作用可同雨露滋润万物相比，它的手法幽微简直与鬼神相似。文章刻于金石美德传遍天下，文章披于管弦更能日新月异。

（赵福海译注并修订）

洞箫赋一首

王子渊

题解

王褒(前? — 前61),字子渊,西汉蜀郡资中(今四川资阳)人。通音律,善歌诗。汉宣帝征为待诏,常随宣帝出游,作诗、赋多篇,后擢为谏议大夫。因太子有病,诏令进宫娱侍,朝夕诵读奇文及个人新作。太子病愈,方离开。太子赞赏他的《甘泉宫颂》和这一篇《洞箫赋》,令后宫贵人及左右都来诵读。后来,王褒为宣帝到益州求宝,病死途中,宣帝不胜哀悼。王褒一生创作很多,据载仅赋就有十六篇,今仅存此篇及辞、颂、文若干,亦有残缺。

王褒文学上的声名,实起自《洞箫赋》。据说汉元帝为太子,就曾令后宫贵人皆诵读之。

《洞箫赋》是音乐赋的最早篇章。它描写箫竹的生长环境气氛,箫的制作、形状和演奏者,箫声所表现出的各种形象和意境,及其给予人们的感化作用,所谓“感阴阳之和而化风俗之伦”。这种构思和表现方法成为音乐赋的基本格式。后代马融《长笛》、嵇康《琴》、潘岳《笙》诸赋,皆是沿袭这种格式再做一定改变的。《洞箫赋》是使专门描写帝王宫苑宴猎的汉赋转而抒写个人情志的开端之一,赋家惨淡经营的不是宏阔的宫观形象与驰射场景,而是常人生活中的一事一物,不是外在的活动,而是内在的意绪。

王褒描写洞箫吹奏的繁音殊调，发展了《左传》襄公二十九年季札闻乐的听声类形之法。音乐是具有抽象性的艺术，古人善于以各种视觉上的比喻传其中的不同意境，使听觉与视觉相通感，达到精神上的怡悦。王褒以潺湲的流水，娆娆的微风描绘箫声的舒缓纡徐，绵绵不绝，以树枝的乍然摧折形容箫声的戛然休止，以雷霆轰鸣和南风轻拂比喻箫声的高昂激越与静谧宽舒。而赋中的慈父育子，孝子事父，壮士与君子，则以人间伦理中的形象表现箫声的意境感情。这种方法在《长笛》、《琴》、《笙》诸赋之中得以发扬光大，生动地描摩出音乐歌舞的浩大壮观。

王褒于《洞箫赋》中还讲到古代音乐美学的一个重要原则。"故知音者乐而悲之，不知音者怪而伟之；故为悲声则莫不怆然累欷，撆涕抆泪。"钱钟书先生评论说："按奏乐以生悲为善音，听乐以能悲为知音，汉魏六朝，风尚如斯，观王赋此数语可见也。"(《管锥编》，第三册，946页)

不过，王褒总不能完全摆脱汉代文学侍臣的影响。赋的首尾都要说到"蒙圣主之渥恩"，"赖蒙圣化"，希望得到君主的垂青，则与后代超然于世傲然于物的嵇康在《琴赋》中表达的情志相去甚远了。

原文

原夫箫干之所生兮，于江南之丘墟[1]。洞条畅而罕节兮，标敷纷以扶疏[2]。徒观其旁山侧兮[3]，则岖嵚岿崎倚巇迤嶫[4]，诚可悲乎其不安也。弥望傥莽[5]，联延旷荡[6]，又足乐乎其敞闲也[7]。托身躯于后土兮[8]，经万载而不迁。吸至精之滋熙兮[9]，禀苍色之润坚[10]。感阴阳之变化兮，附性命乎皇天。翔风萧萧而径其末兮[11]，回江流川而溉其山。扬素波而挥连珠兮[12]，声磕磕而澍渊[13]。朝露清冷而陨其侧兮[14]，玉液浸润而承其根[15]。孤雌寡鹤娱优乎其下兮[16]，春禽群嬉翱翔乎其颠。秋蜩不食[17]，抱朴而长吟兮[18]；玄猿悲啸[19]，搜索乎其间。处幽隐而奥庰兮[20]，密漠泊以獭猭[21]。惟详察其素体兮，宜清静而弗喧。幸得谥为洞箫兮[22]，蒙圣主之渥恩[23]。可谓惠而不费兮[24]，因天性之自然。于是般匠施巧[25]，夔妃准法[26]。带以象牙，掍其会合[27]。锼镂离洒，绛唇错杂[28]。邻菌缭纠[29]，罗鳞捷猎[30]。膠致理比[31]，挹抐擫擸[32]。

于是乃使夫性昧之宕冥[33]，生不睹天地之体势，闇于白黑之貌形。愤伊郁而酷䉶[34]，愍眸子之丧精，寡所舒其思虑兮，专发愤乎音声。故吻吮值夫宫商兮[35]，和纷离其匹溢[36]。形旖旎以顺吹兮[37]，瞋啯䀶以纡郁[38]。气旁迕以飞射兮[39]，驰散涣以逫律[40]。趣从容其勿述兮[41]，骛合遝以诡谲[42]。或浑沌而潺湲兮[43]，猎若枚折[44]。或漫衍而骆驿兮[45]，沛焉竞溢[46]。惏栗密率[47]，掩以绝灭。嚌霵晔踕[48]跳然复出。

若乃徐听其曲度兮，廉察其赋歌。啾咇㗘而将吟兮[49]，行锽钲以和啰[50]。风鸿洞而不绝兮[51]，优娆娆以婆娑[52]。翩绵连以牢落兮[53]，漂乍弃而为他[54]。要复遮其蹊径兮，与讴谣乎相和[55]。故听其巨音，则周流泛滥，并包吐含[56]，若慈父之畜子也。其妙声，则清静厌瘱[57]，顺序卑达[58]，若孝子之事父也。科条譬类，诚应义理[59]，澎濞慷慨[60]，一何壮士。优柔温润，又似君子。故其武声则若雷霆輘輷[61]，佚豫以沸㥜[62]。其仁声则若颽风纷披[63]，容与而施惠[64]。或杂遝以聚敛兮[65]，或拔摋以奋弃[66]。悲怆怳以恻惐兮[67]，时恬淡以绥肆[68]。被淋洒其靡靡兮，时横溃以阳遂[69]。哀悁悁之可怀兮[70]，良醰醰而有味[71]。故贪饕者听之而廉隅兮[72],狼戾者闻之而不怼[73]。刚毅强暴反仁恩兮,啴唌逸豫戒其失[74]。钟期、牙、旷怅然而愕兮[75],杞梁之妻[76],不能为其气。师襄严春不敢窜其巧兮[77],浸淫叔子远其类[78]。嚚、顽、朱、均惕复慧兮[79],桀跖鬻博儡以顿顇[80]。吹参差而入道德兮[81],故永御而可贵。时奏狡弄[82],则彷徨翱翔。或留而不行,或行而不留。愺恅澜漫[83],亡偶失畴[84]。薄索合沓[85],罔象相求[86]。

故知音者乐而悲之,不知音者怪而伟之。故闻其悲声则莫不怆然累欷[87],撆涕抆泪[88]。其奏欢娱,则莫不惮漫衍凯[89]。阿那腲腇者已[90]。是以蟋蟀蚸蠖蚑行喘息[91],蝼蚁蝘蜒蝇蝇翊翊[92],迁延徙迤[93],鱼瞰鸡睨[94]。垂喙蜿转,瞪瞢忘食[95]。况感阴阳之和而化风俗之伦哉[96]?

乱曰:状若捷武[97],超腾逾曳[98],迅漂巧兮。又似流波,泡溲泛捷[99],趋巇道兮[100]。哮呷呟唤,跻蹶连绝[101],淈殄沌兮[102]。搅搜浮捎[103],逍遥勇跃,若坏颓兮。优游流离[104],踌躇稽诣[105],亦足耽兮[106]。颓唐遂往,长辞远逝,漂不还兮。赖蒙圣化,从容中道,乐不淫兮。条畅洞达,中节操兮。终诗卒曲,尚余音兮。吟气遗响,联绵漂撇[107],生微风兮。连延骆驿,变无穷兮。

注释

〔1〕箫干:指做箫的竹子。 丘墟:荒地。

〔2〕标:顶端。 敷纷、扶疏:都是枝叶长得茂盛的样子。

〔3〕旁(bàng 傍):靠。

〔4〕岖嵚(qīn 侵)、倚巇(xī 希):都是形容山势险峻的样子。迤巏(mǐ 米):斜相连接的样子。

〔5〕弥:远。 傥莽:广大无边的样子。

〔6〕旷荡:宽广的样子。

〔7〕敞闲:开阔、幽闲。

〔8〕后土:本指地神,此处指大地。

〔9〕至精:指天地的精气。 滋熙:指万物生长的滋和之气。

〔10〕润坚:润湿而坚固。

〔11〕翔风:祥瑞之风。径:经过。

〔12〕连珠:比喻水花。

〔13〕磕磕(kē 科):水石相击声。 澍(shù 树):注,灌。

〔14〕清冷:清凉。

〔15〕玉液:指泉水。

〔16〕娱优:娱乐游戏。

〔17〕蜩:蝉。

〔18〕抱朴:守道,清心寡欲。

〔19〕玄:黑。

〔20〕奥庰(bìng 病):隐蔽。

〔21〕漠泊:茂密的样子。 獑猭(chēn chuán 抻船):连续延绵。

〔22〕谥(shì 示):号。

〔23〕渥(wò 握):厚。

〔24〕惠而不费:(君子)给人民以好处而自己却无所耗费。此句出自《论语·尧曰》:"君子惠而不费。"

〔25〕般匠:般,公输般,即鲁班。匠,指匠石。两人都是古代著名的木匠。

〔26〕夔(kuí 葵)妃:指师襄和妃义。两人都是古代著名的音乐家。

〔27〕掍其会合:将象牙装饰在会合的地方。

〔28〕锼镂、离洒:雕镂了很多花纹。 绛唇:指涂有赤色的箫管的吹口。

〔29〕邻菌缭纠:形容很多箫管编连在一起。

〔30〕罗鳞:如鱼鳞罗列。 捷猎:参差的样子。猎,通"鬣",兽类颈领的毛。

〔31〕膠致理比:指箫管编连得牢固合适。

〔32〕挹抐擫𢶍(yì nè yè niè 益讷夜聂):能吹出挹抐之声。

〔33〕性昧之宕冥:指天生的盲人。性昧,天性暗昧。

〔34〕伊郁:心意郁结不通。 郍(nú 奴):忧愁的样子。

〔35〕吮:吸,指嘴吹箫的动作。 宫商:古代的乐调。古代五声乐调为:宫、

商、角、徵、羽。

〔36〕纷离、匹溢:形容声音纷繁四散。

〔37〕旖旎(yǐ nǐ 以你):柔和美丽。

〔38〕瞋:怒视。啯咇:“鼓腮作气,象嗔怒之貌。”(《辞通》)《说文》:“颐啯(嗝),颐也。”《释名》:“咇,咽下垂也。”纡郁:郁结。

〔39〕旁迕(wǔ 午):纵横交叉。 飞射:气出得很急的样子。

〔40〕散涣:分布。 逫(zhú 竹)律:缓缓出气的样子。

〔41〕趣(cù 促):催促、从速。 匆述:没有阻碍。李善注:“无所逆误之貌。”

〔42〕骛(wù 务):急,速。 合遝(tà 踏):繁多的样子。 诡谲(jué 决):奇怪的样子。

〔43〕潺湲(chán yuán 蝉元):水流的样子。这里形容声音犹如流水。

〔44〕猎:形容声音脆。 枚折:树枝折断。

〔45〕漫衍:水流淌漫溢的样子。 骆驿:同络绎。形容连延不断。

〔46〕沛:盛多的样子。

〔47〕懔栗:形容声音凄凉,带寒意。 密率:安静。

〔48〕嘻霵晔踕(xī jí yè jié 吸辑业捷):形容声音繁多而急速。

〔49〕啾:众声。 咇吡(bì zhì 必至):形容声音开始出来。

〔50〕镸钲(chěn rén 碜人):声音舒缓。 和啰:声音迭荡互相混杂。

〔51〕鸿洞:连续不断的样子。

〔52〕娆娆:柔美。 婆娑:盘旋。

〔53〕牢落:分散得很远。

〔54〕乍:忽然。

〔55〕相和:指歌声发出后,箫声中途去和奏。

〔56〕吐含:吞吐。

〔57〕厌:安。 瘱(yì 意):隐蔽。

〔58〕达(tì 剃):滑,这里有顺的意思。

〔59〕科条:法令条规。 譬类:譬喻。

〔60〕澎濞(bì 必):澎湃。

〔61〕輘輷(léng hōng 棱轰):声音很大。

〔62〕佚(yì 义)豫:声音急速。 沸慣(wèi 胃):谓不安的样子。

〔63〕飘风:南风。 纷披:草木经风吹乱的样子。

〔64〕容与:宽裕的样子。

〔65〕杂遝(tà 踏):众多的样子。

〔66〕拔摋(shā 杀):分散。 奋:当作粪土一样。奋,借为"粪"。

〔67〕怆(chuàng 创)怳:失意的样子。 恻惐(yù 玉):悲伤。

〔68〕绥肆:迟缓。

〔69〕阳遂:清通。

〔70〕悁(yuān 渊):忧愁的样子。

〔71〕醰醰(tán 谈):深厚。

〔72〕饕(tāo 滔):贪。 廉隅:廉洁有节操。

〔73〕怼(duì 对):怨恨。

〔74〕啴咺(chǎn yán 产严)逸豫:指舒缓放纵的人。

〔75〕钟期:钟子期。 牙:伯牙。 旷:师旷。三人都是古代精通音乐的人。

〔76〕杞梁之妻:古代齐国杞植(字梁),因修长城而死,其妻抱尸哭于城墙之下,十天以后,城墙倒塌。

〔77〕严春:古代精通音乐的人。

〔78〕浸淫叔子:或谓二人,即浸淫和叔子,都是古代精通音乐的人。

〔79〕嚚(yín 银):指舜母。 顽:指舜父。 朱:指尧子丹朱。 均:舜子商均。

〔80〕桀:夏桀。 跖(zhí 直):盗跖。 鬻:古通"育",夏育,古代勇士。博:申博也是勇士。 傴:瘦弱。 顿顇(cuì 悴):劳悴。

〔81〕参差:形容吹奏出来的旋律"参差不一的变化"(用孙常叙说)。

〔82〕狡弄:急调之曲。狡,勇;弄,曲。

〔83〕惏恅(cǎo lǎo 草老):心乱之意。 澜漫:分散的样子。

〔84〕畴:类。

〔85〕薄索:急迫摸索之意。薄,迫;索,求。合沓:重叠。

〔86〕罔象相求:疑是相求于形象之外的意思。一说罔象是传说中的人名,黄帝游赤水之北,遗其玄珠,罔象求之而得。

〔87〕欷(xī 希):抽泣。

〔88〕擎(piě 撇):挥去。 抆:同"撇",拭。

〔89〕惮漫衍凯:高兴的样子。

〔90〕阿那腲腇(wěi něi 伟馁):舒缓的样子。阿那,同“婀娜”。

〔91〕蚸蠖:也作“蚇蠖”“尺蠖”,一种善伸屈的虫。　蚑(qí 歧)行:虫子爬行。

〔92〕蝘蜒(yǎn yán 演延):爬行小动物。蜒,蜒蚰,似蜗牛而无壳。　蝇蝇翊翊:虫子爬行的样子。

〔93〕迁延徙迤:走来走去。

〔94〕鱼瞰鸡睨:像鱼和鸡那样地看。鱼目不瞑,鸡好斜视,所以以此为喻。

〔95〕瞪瞢(méng 萌):瞪目茫然。

〔96〕感阴阳:指人。《孔子家语》:“人也者,天地之德,阴阳之交。”

〔97〕乱:诗赋结尾。　捷武:捷巧。

〔98〕逾曳:超越。逾、曳同义。

〔99〕泡溲:水多的样子。　泛漣(jié 捷):水流急声音很大。

〔100〕巇(xī 希):险。

〔101〕哮呷呟唤:形容声音很大。　跻(jī 鸡)躏:或升或降。　连绝:时连时断。

〔102〕淈(gǔ 古):搅混。　殄沌:混杂不分。

〔103〕搅搜浮(xiào 孝)捎:形容水声。

〔104〕优游流离:来回徘徊。

〔105〕稽诣:留止。

〔106〕耽:乐。

〔107〕漂撇:余音相击。

今译

原来那做箫管所用的竹竿,生长于江宁慈母山。此竹洞管通畅,段节很少,枝节繁盛,叶片茂密。看它身旁的山岭,如此崎岖陡峭,险峻逶迤,便会感叹它处境的不安。倘若再瞭望它周围的环境,如此开阔宽敞,连绵旷远,又为它的广远安适而快乐。它将身躯深深埋入土中,显示着经历万载而不改变其贞翠。吸收天地的精气,现出青苍的表皮和坚韧的干枝。阴阳交合使它萌生,受皇天恩泽才逐渐发育。瑞风萧萧不时抚动它的枝梢,回江流川环绕在翠竹生长的山坡。扬起波涛,飞洒水珠,声音轰轰,注入深潭,朝露青冷滚落在它的身侧,玉液甘醇滋润着它的根须。孤单单的雌鹤娱游在竹林之下,成群的禽鸟嬉戏飞翔于竹林之上。秋蝉不思饮食,抛弃一切欲望,长鸣不已;黑猿哀伤悲啼,搜寻于竹林之间。青竹甘心寂寞,隐处在远离世人的山间,在丛山密林之中方能见到它的身影。仔细端详它那素洁的躯干,知道它喜欢清闲而厌弃喧嚣。它荣幸地得到"洞箫"这个谥号,正是蒙受圣明君主的恩惠。正所谓不以物质利益也可以称为赐予,这就是顺应天性随其自然。于是鲁班匠石施展技巧,师襄妃义定准音阶,把象牙装饰在洞箫的会合之处,再镂刻上精美的花纹,把朱色颜料涂在孔口,把一只只竹管编连在一起,长短排列,如鱼鳞布列,似野兽鬃鬣。编成排箫合理牢固,按捻撤点均符法式。

于是便让天生的盲人吹奏,他们生下便未能见到天地的形状,无法辨别黑夜与白昼。眸子失去真精,心中郁结悲愤。既然见不到世上物形,思虑不多,专心吹奏,借助乐声抒发心中郁懑。吹起宫商之调,气流在管中郁结而迸散。通畅的曲调表现出温柔和美的思绪,郁塞的音声流露出怨怒的心情。强烈的气流从管中突然迸发,余下的气体分布于管内慢慢排出。有时从容不迫没有任何阻塞,有时又纷繁杂乱让人感到惊奇。有时像一汪浑沌的池水缓缓流出,突然发出一种声音,如同折断干枯的树枝。有时又像一潭清澈的积水,不间断地向外漫溢,有时又沉寂得使人恐惧,声音止息近于断绝,猝然间急剧混杂的声音又从管中跳出来。

倘能静静地聆听他的演奏,细心品味其中的深意,定会忽而融成一体跟着吟诵,忽而遐想联翩,思绪翻腾。和煦的春风不停地吹拂,妙龄女子在翩翩起舞,乐声起伏连绵不绝,飘散到遥远的四方,旧调演完又换新声。演唱已经开始,伴奏的箫声相和在中程。听到宏大的声音,如同见到洪水漫延吞吐大片土地,好似见到慈父以博大的胸怀养育亲生子女。美妙的声音,深沉而含蓄,温顺而恭敬,如同孝子以诚实的心意奉侍年迈的父亲。引用譬喻正中条规,真诚心愿符合义理。激昂慷慨像倾诉热情的壮士;温柔和气,好似娓娓谈古道今的君子。奏出雄壮之音,像雷霆轰轰,急剧翻滚,动荡不定;奏出平和之声,像暖风徐徐,施人恩惠,从容安详。有时像把许多杂乱的物什堆放在一处,有时又像将珍贵的宝物当成粪土一样抛撒。悲伤起来,怆恍凄恻;平静下来,恬淡安适。那声音盛壮而流畅如同河流横决,流向四处。哀伤的曲调,令人有所怀念;甜蜜的曲调,令人回味不已。贪婪的人听到,会奉公廉洁;凶狠的人听了,会不再闹事斗气;残暴的人听见,会变得大讲仁义;放纵的人听了,会决心改正自己的过失;钟子期伯牙师旷听了,会自愧不如,赞叹不已;哭倒城墙的杞梁之妻听到,会停止抽泣不再啼哭。师旷严春之类乐师不敢询问他的技巧,浸淫叔子之辈乐理行家远远躲开。舜母舜父尧子舜子从此变得温柔仁惠,夏桀盗跖夏育申博立即变得勤劳恭顺。吹出的旋律参差变化,会让人进入道德圣殿,故可永远使用。一时吹奏急促的小曲,令人心中疑惑,徘徊彷徨。或者留而不走,或者走而不留。心烦意乱,好像失去配偶和伙伴。聚精会神,寻求弦外之音。

所以,听懂演奏的人,忽乐忽悲;不懂音乐的人,也会为之赞叹惊奇。听到凄凉的曲调,无不为之伤心叹气,拭擦泪珠。听到欢畅的曲调,无不心情愉悦,手舞足蹈。蟋蟀尺蠖停留静听,不再赶路;蝼蛄蚂蚁,停止爬行,迟疑不前;鱼儿鸡雏,瞠目相望,忘记吃食。无知之物尚且为之感动,何况是感于阴阳之合而受伦理教化的人呢?

尾声:箫声表现出各种情状,好像有人在表演各种武艺,翻腾跨越,奔跑超越,动作灵巧而轻捷;好像长河流水,湍急汹涌,奔腾澎湃,从狭窄险要的山谷冲击出来。吼叫呼唤,不停地跳跃,混杂汇合在一起。水声极大,滚滚而流,好像要冲毁一切,又像徘徊踌躇,有所沉思。最后向着远方决然逝去,永不回还。蒙受圣贤教化,行为尽合礼义规范,欢乐而不过分。音声流畅条贯,正中节奏根本。词终曲尽,还留下袅袅余音。余下的气流音响,还在管中互相撞击,产生微弱的气体。络绎不绝,变化无穷,给人留下无穷的想象。

(陈宏天　吕桂珍译注　陈复兴修订　陈延嘉再修订)

舞赋一首

傅武仲

题解

傅毅(约42—约90),字武仲,扶风茂陵(今陕西兴平东北)人。东汉文学家。章帝时为兰台令史,与班固同校内府藏书。《后汉书》有传。原有集,后散佚。有《舞赋》、《七激》等作品传世。

李善在《舞赋》注中说:“般鼓之舞,载籍无文。以诸赋观之,似舞人更递蹈之而为舞节。”般,《说文》解释为:“象舟之旋。从舟,从殳。殳,所以旋也。”可见,般即旋转之意。般,同“盘”,故般鼓舞,也称“盘鼓舞”。西汉的刘安、东汉的张衡、三国的王粲,对般鼓舞都曾有过描述,但描绘得最生动最细腻的还要算傅毅的《舞赋》。《舞赋》所记,与汉代石刻画像中的般鼓舞很相符。这种歌舞,是将鼓平放在地上,由一人或几人在鼓上边唱边跳,并有乐队伴奏。般鼓舞在汉代还很流行,而到了唐代就不多见了。傅毅的《舞赋》,对般鼓舞做了生动逼真的描绘,它不仅是一篇文学佳作,也是今天研究汉代歌舞艺术的一份宝贵资料。

《舞赋》,当然以描述丰富多彩的舞姿为主。作者善于运用贴切的比喻描写优美的舞姿和动人的情态。如“纤縠蛾飞,纷猋若绝。超趚鸟集,纵弛殟殁。委蛇蜲蜴,云转飘曶。体如游龙,袖如素蜺”。运用蛾飞、鸟集、云飘、龙游等一连串比喻,把优美多变的舞姿,纤秀婉约的体态,描绘得淋漓尽致,给人以美的享受。任何一个有才能的舞蹈家,都能凭借傅毅的描绘,跳出优美动人的般鼓舞来。

般鼓舞以足蹈鼓而为舞节,是节奏感非常强的舞蹈。“兀动赴度，指顾应声。”作者描写此舞运用的语言也富有节奏感。全篇以四字句为主，间有三字句，六字句，七字句，八字句，整齐中有变化，变化中有节奏，读起来琅琅上口，铿锵悦耳，似有金玉之声。

萧统在《文选》中，把《舞赋》归入音乐类，反映了我国古代诗、歌、舞三位一体的特点。《吕氏春秋·古乐》中说：“三人操中尾，投足以歌八阙。”诗、歌、舞三者密不可分。“诗言其志也，歌咏其言也，舞动其容也。”赋中“轶态横出，瑰姿谲起，眄般鼓则腾清眸，吐哇咬则发皓齿”，这些描写，正是诗歌舞三位一体的真实写照。

《舞赋》不仅用文字记录了二千多年前的一种民族歌舞形式，而且表现了作者有价值的音乐美学见解。傅毅重视舞乐的娱乐作用，这比单纯把舞乐作为教化的工具是一大进步。与此相关，傅毅对郑卫之乐给予充分肯定。这是对儒家诗教的突破。儒家骂郑卫之音是亡国之音，说“郑声淫，放郑声”。所谓郑声，是与雅乐相对的俗乐，是与古乐相对的新声。后者较前者更有艺术魅力。听古乐则唯恐高卧，听新声则兴高采烈。“文人不能怀其藻”，“武毅不能隐其刚”，就连板着面孔装腔作势的君王，在郑卫之乐面前，也“严颜和而怡怿”，“幽情形而外扬”。

原文

楚襄王既游云梦[1]，使宋玉赋高唐之事[2]。将置酒宴饮，谓宋玉曰：“寡人欲觞群臣[3]，何以娱之[4]？”玉曰：“臣闻歌以咏言[5]，舞以尽意[6]。是以论其诗不如听其声，听其声不如察其形。激楚、结风，阳阿之舞[7]，材人之穷观[8]，天下之至妙。噫，可以进乎？”王曰：“如其郑何[9]？”玉曰：“小大殊用[10]，郑雅异宜[11]。弛张之度[12]，圣哲所施[13]。是以乐记干戚之容[14]，雅美蹲蹲之舞[15]，礼设三爵之制[16]，颂有醉归之歌[17]。夫咸池六英[18]，所以陈清庙[19]，协神人也;郑卫之乐[20],所以娱密坐[21],接欢欣也[22]。余日怡荡[23],非以风民也[24]。其何害哉?”王曰:“试为寡人赋之。”玉曰:“唯唯[25]。”

夫何皎皎之闲夜兮[26],明月烂以施光。朱火晔其延起兮[27],耀华屋而熺洞房[28]。黼帐袪而结组兮[29],铺首炳以焜煌[30]。陈茵席而设坐兮[31],溢金罍而列玉觞[32]。腾觚爵之斟酌兮[33],漫既醉其乐康[34]。严颜[35]和而怡怿兮[36],幽情形而外扬[37]。文人不能怀其藻兮[38],武毅不能隐其刚[39]。简惰跳踃[40],般纷挐兮[41],渊塞沈荡[42],改恒常兮[43]。

于是郑女出进[44],二八徐侍[45]。姣服极丽[46],姁媮致态[47]。貌燎妙以妖蛊兮[48],红颜晔其扬华[49]。眉连娟以增绕兮[50],目流睇而横波[51]。珠翠的皪而炤耀兮[52],华袿飞髾而杂纤罗[53]。顾形影[54],自整装,顺微风,挥若芳[55],动朱唇,纡清阳[56],亢音高歌为乐方[57]。歌曰:“摅予意以弘观兮[58],绎精灵之所束[59]。弛紧急之弦张兮[60],慢末事之骫曲[61]。舒恢炱之广度兮[62],阔细体之苛缛[63]。嘉关雎之不淫兮[64],哀蟋蟀之局促[65]。启泰真之否隔兮[66],超遗物而度俗[67]。扬激徵,骋清角[68],赞舞操[69],奏均曲[70],形态和[71],神意协[72],从容得,志不劫[73]。

于是蹑节鼓陈[74],舒意自广。游心无垠[75],远思长想。其始兴也,若俯若仰,若来若往,雍容惆怅[76],不可为象[77]。其少进也,若翱若行,若竦若倾。兀动赴度[78],指顾应声[79]。罗衣从风,长袖交横,骆驿飞散[80],飒擖合并[81]。鶣飘燕居[82],拉揩鹄惊[83]。绰约闲靡[84],机迅体轻[85]。姿绝伦之妙态[86],怀悫素之洁清[87]。脩仪操以显志兮[88],

独驰思乎杳冥[89]。在山峨峨,在水汤汤[90],与志迁化[91],容不虚生。明诗表指[92],喟息激昂[93]。气若浮云[94],志若秋霜。观者增叹,诸工莫当[95]。

于是合场递进[96],按次而俟[97]。埒材角妙[98],夸容乃理[99]。轶态横出[100],瑰姿谲起[101]。眄般鼓则腾清眸[102],吐哇咬则发皓齿[103],摘齐行列[104],经营切儗[105]。仿佛神动[106],回翔竦峙[107]。击不致筴[108],蹈不顿趾[109]。翼尔悠往[110],闇复辍已[111]。

及至回身还入,迫于急节[112]。浮腾累跪[113],跗蹋摩跌[114]。纡形赴远[115],漼似摧折[116]。纤縠蛾飞[117],纷猋若绝[118]。超趫鸟集[119],纵弛殟殁[120]。蝼蛇姌嫋[121],云转飘曶[122]。体如游龙[123],袖如素蜺[124]。黎收而拜[125],曲度究毕[126]。迁延微笑[127],退复次列[128]。观者称丽,莫不怡悦[129]。

于是欢洽宴夜[130],命遣诸客。扰躟就驾[131],仆夫正策[132]。车骑并狎[133],巃嵸逼迫[134]。良骏逸足[135],跄捍凌越[136]。龙骧横举[137],扬镳飞沫[138]。马材不同,各相倾夺[139]。或有逾埃赴辙[140],霆骇电灭[141],蹠地远群[142],闇跳独绝[143]。或有宛足郁怒,般桓不发[144]。后往先至,遂为逐末[145]。或有矜容爱仪[146],洋洋习习[147]。迟速承意[148],控御缓急[149]。车音若雷,骛骤相及[150]。骆漠而归,云散城邑[151]。天王燕胥[152],乐而不泆[153]。娱神遗老[154],永年之术[155]。优哉游哉[156],聊以永日[157]。

注释

〔1〕楚襄王:楚怀王之子,又称楚顷襄王。　云梦:云梦泽,在今湖北省。

〔2〕宋玉:战国辞赋家。后于屈原,或称是屈原弟子,曾事顷襄王。高唐之事:楚襄王和宋玉游于高唐之观,见云气奇异,问宋玉。宋玉告诉他,从前先王(指楚怀王)曾游高唐,梦遇巫山神女。详见《高唐赋》。

〔3〕觞(shāng 伤):向人敬酒。此为宴请之意。

〔4〕娱:娱乐。此为助兴之意。

〔5〕歌咏言:以歌言志。《毛诗序》:"言之不足,故嗟叹之,嗟叹之不足,故咏歌之,咏歌之不足,不知手之舞之,足之蹈之也。"

〔6〕舞尽意:借舞达意。

〔7〕激楚、结风:皆曲名。　阳阿:古代能歌善舞的名妓。一说歌曲名。

〔8〕材人:才人。宫中女官名,多为嫔妃的称号。　穷观:犹观止。此指最美的舞。

〔9〕如其郑何:像郑舞一样怎么办?郑舞盖同郑音。《礼·乐记》:"郑卫之音,乱世之音也。"

〔10〕小大殊用:作用大小不同。

〔11〕郑雅异宜:郑音雅乐各有各的作用。郑,指郑声,古代郑地的俗乐。与雅乐相对。郑声感人。《礼·乐记》:"魏文侯问于子夏曰:'吾端冕而听古乐(即雅乐),则唯恐卧;听郑卫之音,则不知倦。'"雅,指雅乐,古代用于郊庙朝会的正乐,与俗乐相对。雅乐庄重,但是古板。

〔12〕弛张:《礼·杂记》:"一张一弛,文武之道。"　度:法度。

〔13〕圣哲:德才超凡的人。

〔14〕《乐》:即《乐记》。《礼记》中的篇名,是我国古代音乐理论之代表作。　干戚:指武舞。古代武舞,手执兵器。干,盾。戚,斧。《乐记》:"干戚羽旄谓之乐。"

〔15〕雅:《诗》中的一种体裁。　蹲蹲:舞态。《小雅·伐木》:"坎坎鼓我,蹲蹲舞我。"

〔16〕礼:指《礼记》。　三爵之制:指君臣饮酒的礼节。《礼记》孔疏:"臣侍君宴,过三爵非礼也。"

〔17〕醉归之歌:《诗·鲁颂·有駜》:"鼓咽咽,醉言归。"

〔18〕咸池:古乐名。相传为尧乐。　六英:相传为帝喾乐。帝喾,相传为黄帝的曾孙,尧的父亲。

〔19〕清庙:宗庙的通称。

〔20〕郑卫之乐:指郑、卫地方的俗乐。

〔21〕密坐:环坐。指非庄重的场合,座次不按礼仪的严格规定。

〔22〕欢欣:欢乐。

〔23〕余日:指听览政事之余。　怡(yí 移)荡:尽情欢乐。

〔24〕风(fěng 讽)民:教化百姓。风,同“讽’。

〔25〕唯唯(wěi 委):恭敬而顺从的答应词。犹“是,是”。

〔26〕皎皎(jiǎo 绞):光明的样子。　闲夜:安闲的夜晚。嵇康《赠秀才入军诗》之五:“闲夜肃清,朗月照轩。”

〔27〕朱火:指火红的灯光。　晔(yè 夜):光辉灿烂。

〔28〕耀(yào 要):照耀。　熺(xī 西):同“熹”。光明。　洞房:深邃的内室。洞,深。宋玉《招魂》:“姱容修态,絚洞房些。”

〔29〕黼(fǔ 斧)帐:绣有斧形花纹的帐子。　祛(qū 区):张起。结组:丝带相连。组,丝带。

〔30〕铺首:衔门环的底座。　炳(bǐng 丙):明亮。　焜煌(hūn huáng 昏皇):闪闪发光。

〔31〕茵席:铺有褥子、毯子之类的座位。

〔32〕罍(léi 雷):古代器皿名。用以盛酒或水。　觞:古代的酒器。

〔33〕腾:同“媵”,致送。　觚、爵(gū jué 姑决):皆酒器名。

〔34〕漫:普遍。　乐康:欢乐。康,乐。

〔35〕严颜:指君王严肃庄重的面孔。

〔36〕怡怿(yì 义):喜悦。

〔37〕幽情:藏在心灵深处的感情。　形:外现。　外扬:外露。

〔38〕怀藻:言谈不露文采。藻,辞采。

〔39〕隐刚:不露刚勇。刚,勇。李善注此二句:“言皆欲聘其材能,效其技也。”

〔40〕简惰:懒洋洋的样子。　跳踃(xiāo 消):跳动,指舞步。踃,跳。

〔41〕般:乱。　纷挐(rú 如):互相拉着手。

〔42〕渊塞:笃实深远。　沈荡:沈醉放荡。

〔43〕恒常:常态。

〔44〕郑女:歌伎舞女。郑国多能歌善舞的女子,故称。一说郑褒。宋玉《招魂》:“二八齐容,起郑舞些。”高诱注:郑褒,楚王之幸姬,善歌舞,名曰郑舞。

〔45〕二八:女乐以八人为一队。二八即两队。“八”是行列。以八人为行。徐侍:以雍容优美的舞相伴。

〔46〕姣服:美丽的服装。

〔47〕姁媮(xū yú 虚于):和悦的样子。 致态:意态。致,意态。

〔48〕嫽(liáo 辽)妙:俊美。 妖蛊:(gǔ 古):妖冶迷人。

〔49〕扬华:焕发光彩。

〔50〕连娟:纤细的样子。 绕:弯曲。

〔51〕流睇(dì 弟):转目斜视。睇,斜视。 横波:形容目光斜视如水之横流。

〔52〕的皪(lì 历):珠光明亮。 炤(zhào 照)耀:光色。

〔53〕袿(guī 归):妇女的上衣。 髾(shāo 梢):古代妇女上衣上的装饰,形如燕尾。 纤罗:细罗。

〔54〕顾形影:顾影自怜。

〔55〕若芳:杜若的香气。美人佩带杜若,散发芳香的气味。

〔56〕纡:屈曲。 清阳:眉宇之间。

〔57〕亢音高歌:引吭高歌。

〔58〕摅(shū 书)意:放松精神。 弘观:放开眼界。

〔59〕绎(yì 义):放开。 精灵:指人的精神。

〔60〕弛(shǐ 史)紧急之弦张:放松上紧的琴弦。

〔61〕慢末事之骫(wěi 伟)曲:李善注:“言郑卫之末事,而委曲顺君之好,无益,故废而慢之。”末事,小事。指歌舞与男欢女爱之事,与朝政大事相比,故称“末事”。骫曲,曲意逢迎。

〔62〕恢炱(tái 台):广大的样子。炱同“台”。 广度:宽广的度量。

〔63〕细体:纤细之形体。指舞女舞蹈的身段。 苛缛(rù 入):繁杂。李善注:“言舒广大之度,则细体之事不利于德者,踈而阔之。”

〔64〕关雎(jū 居):《诗·国风·周南》中的一篇。《毛诗序》:“关雎乐得淑女,以配君子,忧在进贤,不淫其色。”

〔65〕蟋蟀:《诗·唐风》中的一篇。 局促:见识小。

〔66〕泰真:古称构成宇宙的元气为“太真”。 否(pǐ)隔:不通。李善注引《吕氏春秋》曰:尧时阴气滞伏,阳气闭塞,使人舞蹈以达气。

〔67〕遗物:指躯体。　度俗:超俗。

〔68〕激徵(zhǐ 止)、清角:皆雅曲名。

〔69〕舞操:曲名。

〔70〕均曲:雅曲名。

〔71〕形态:形貌与神态。

〔72〕神意:精神和意态。　协:协调。

〔73〕志不劫:雍容闲雅的样子。劫,迫。

〔74〕蹑(niè 聂)节:踏着拍节。

〔75〕无垠(yín 银):无边。

〔76〕雍容:形容舞姿大方、舒缓。　惆怅:神态困乏如失志的样子。

〔77〕象:形象。

〔78〕兀(wù 务)动:举止。兀,静止的样子。　赴度:随着拍节。

〔79〕指顾:手指目看。指各种舞姿。　应声:与乐曲节拍相合。

〔80〕骆驿(yì 义):往来不绝。

〔81〕飒擖(jiá 夹):曲折。　合并:指舞蹈动作与伴奏的乐曲相合拍。

〔82〕鶣鹮(piān piāo 偏飘):轻盈的样子。　燕居:闲居。燕同“宴”。

〔83〕拉揩(là tà 腊踏):举翅。

〔84〕绰约:姿态柔美。　闲靡:舒缓的样子。

〔85〕机迅:灵巧迅捷。

〔86〕绝伦:无与伦比。

〔87〕悫(què 确)素:忠贞纯洁。

〔88〕仪操:仪容和节操。　显志:表明志向。

〔89〕驰思:驰骋想象。　杳(yǎo 咬)冥:指极深远之处。

〔90〕“在山”、“在水’句:《列子·汤问》记载,俞伯牙善鼓琴,钟子期善听音。伯牙鼓琴心想高山,钟子期听了说:“善哉!峨峨兮若泰山!”伯牙心想流水,钟子期听了说:“善哉!汤汤乎若江河!”“在山”、“在水”,即志在高山,志在流水。

〔91〕迁化:变化。

〔92〕容不虚生:指舞姿必显其志。即“舞以尽意”。明诗表指:以舞姿表明《诗》的意旨。指,通“旨”。

〔93〕喟(kuì 愧)息:叹息。喟同“喟”。

〔94〕气若浮云,志若秋霜:比喻心志高洁。

〔95〕工:乐师。

〔96〕合场:全场。　递进:一个接一个。

〔97〕俟:等待。

〔98〕埒(liè 列)材角妙:比技艺,斗巧妙。埒、角,互相争比。

〔99〕夸容:容貌美丽。　理:修饰。

〔100〕轶(yì 义)态:逸态。

〔101〕瑰姿:美妙的舞姿。　谲(jué 决)起:变化多姿。

〔102〕眄(miǎn 缅):斜视。　清眸(móu 谋):清澈的眼睛。

〔103〕哇(wā 洼)咬:民间歌曲。指郑卫之声。　皓齿:洁白整齐的牙齿。

〔104〕摘其行列:指摘排次,齐其行列。

〔105〕经营:往来的样子。　切儗(nǐ 你):指舞蹈动作皆有所比拟。

〔106〕彷佛:依稀不清。　神动:神仙舞动。

〔107〕回翔:旋转若飞。　竦峙:时而耸身跳跃,时而静静而立。

〔108〕击不致筴:黄侃《文选平点》:"击不致筴句,别本筴作'爽',是也。"爽,差。此句指动作准确。

〔109〕蹈不顿趾:蹈而不闻顿足之声。形容身体轻捷。

〔110〕翼尔:轻盈的样子。　悠往:远去。

〔111〕闇(àn 暗):同"奄"。骤然。　辍(chuò 绰)已:停止。

〔112〕急节:乐曲节奏急迫。

〔113〕浮腾:跳跃。　累跪:双膝着地前进。

〔114〕跗(fū 夫)蹋:脚背蹈地。　摩跌:双足后举。

〔115〕纡形:屈体。

〔116〕漼(cuǐ):折曲的样子。　摧折:屈体而舞。

〔117〕纤縠(hú 胡):细纱。

〔118〕纷猋(biāo 标):飞扬的样子。

〔119〕超趍(yú 鱼)鸟集:形容众舞女齐向前跳,如鸟疾速飞集。输,通"逾",向前跃进。

〔120〕纵弛:松缓。　殟殁(wēn mò 温末):舒缓的样子。

〔121〕蜲(wěi 委)蛇:回旋曲折的样子。　姌嫋(rǎn niǎo 染鸟):纤细柔弱的样子。

〔122〕飘智(hū 忽):飘忽。智,同"忽"。

〔123〕游龙:游动的龙。比喻姿态婀娜。

〔124〕素蜺(ní 泥):白色的蝉翼。

〔125〕黎收:徐徐敛容。黎,徐徐。

〔126〕曲度:乐曲的节奏。　究毕:结束。

〔127〕迁延:后退。

〔128〕次列:按次序排好队列。

〔129〕怡(yí 移)悦:欢喜。

〔130〕欢洽:欢乐融洽。　宴夜:宴饮到深夜。

〔131〕扰躟(rǎng 嚷):争先恐后。躟,快走的样子。　就驾:登车。

〔132〕正策:执辔。驾驭车马。

〔133〕并狎(xiá 狭):互相拥挤。

〔134〕宠㚇(lóng zōng 龙宗):聚集。　逼迫:靠得很近。

〔135〕骏:马。　逸足:奔跑。

〔136〕跄捍:马疾走的样子。　凌越:互相赶超。

〔137〕骧(xiāng 乡):马头高抬。

〔138〕扬镳(biāo 标):指驱马前进。镳,马嚼子。

〔139〕马材:马的资质。　倾夺:竞相奔驰。

〔140〕逾埃赴辙:形容马跑得极快。李善注:"言马逾越于尘埃之前,以赴车辙。"

〔141〕霆骇电灭:形容车马极快,如惊雷闪电。

〔142〕蹠(zhè 这)地远群:一马当先。蹠,踏。远群,远在众马之前。

〔143〕闒跳独绝:其快无比。闒跳,跑得很快的样子。独绝,无与伦比,独一无二。

〔144〕宛足:缓步。　郁(yù 玉)怒:盛怒。　般桓:同"盘桓"。按足不发。

〔145〕后往先至,遂为逐末:李善注:"虽后往而能先至,遂为驰逐者之末也。"

〔146〕矜容爱仪:举止端庄。

〔147〕洋洋:庄重的样子。　习习:协调的样子。

〔148〕承意:任意。

〔149〕控御:控制。

〔150〕骛(wù 务)骤:迅疾。　相及:相连。

〔151〕骆漠:奔驰的样子。　城邑:城市。李善注上二句:“中夜车皆归,城邑之中寂然而空,有同云散也。”

〔152〕燕胥:宴饮。燕,宴饮。胥,助词,无义。

〔153〕泆(yì 义):荒淫。

〔154〕娱神:使心情欢乐。　遗老:忘记老之将至。

〔155〕永年:长寿,延寿。　术:方法。

〔156〕优哉游哉:从容不迫、闲适自得的样子。

〔157〕永日:消磨时间。

今译

从前楚襄王游览云梦泽,让宋玉描述怀王梦遇巫山神女之事。酒席摆好,将要开宴,襄王对宋玉说:“寡人要宴请群臣,用什么来助兴呢?”宋玉说:“臣听说歌是用来唱诗的,舞是用来达意的,因此论诗不如听歌,听歌不如观舞。激楚、结风之曲,名妓阳阿之舞,是嫔妃眼福之极致,天下之绝妙,这可以献上吗?”襄王问:“阳阿之舞要像郑卫之音怎么办呢?”宋玉说:“大有大的用处,小有小的用处,雅俗相得益彰。文武之道,一张一弛,这是古圣贤早就实行过的。因此,既有《礼记》上手执兵器之舞,又有《小雅》中呼朋唤友之歌;既有《礼记》上不得超过三杯之制,又有《鲁颂》中歌唱一醉方休之诗。黄帝之乐,帝喾之音,在宗庙演奏,用以协调人神;郑卫俗乐,宴请宾客,供人赏心悦目,并非用它教化臣民,而是供闲暇时间娱乐,有什么害处呢?”襄王说:“试为寡人赋之。”宋玉连声答应:“是,是。”

多么安谧的夜啊,洒满了皎洁的月光。辉辉煌煌的灯火啊,把华丽的屋室与深闺照亮。锦绣幔帐垂彩穗,映月门环闪光辉。铺下褥席设好座位,酒满金樽摆下玉杯。传杯递盏痛饮,狂欢使人心醉。庄重龙颜有喜色,隐情外现笑微微。文臣尽兴逞辞采,武将皆醉露刚勇。手舞足蹈狂欢跳,沉醉放荡不拘礼。

这时二八舞女分两行,缓缓移步侍君旁。衣着华丽,姿态和悦。容貌妖冶迷人,脸上焕发青春。两眉弯又细,双目含情长。珍珠翡翠闪光,燕尾妆饰罗裳。顾影自怜,轻理艳装,随着微风,杜若飘香,朱唇轻启,眉宇舒张,引吭高歌,欢乐有方,歌中唱道:“舒展自己的胸怀,使被束缚的精神得到解放。既不要像琴弦绷得那样紧,又不要沉湎于轻歌曼舞。要有广阔的胸怀,摆脱细体的繁复。赞美关雎欢乐而不荒淫,哀叹蟋蟀拘泥眼界狭小。舞蹈可通阴阳之气,使人忘我脱俗高超。”奏《激徵》,扬《清角》,演《均曲》,响《舞操》,雍容闲雅,神意协调,从容不迫,坦然自若。

这时放好盘鼓,鼓上踏节而舞,舞者心旷神舒。想象驰骋天下,远近无拘无束。开始起舞,忽而前俯,忽而后仰,忽而若来,忽而若往,忽而雍容,忽而惆怅,千姿百态,难以为状。舞了一会儿,若飞若行,若竦若倾,动静中节,手眼应声,罗衣随风,长袖纵横,上下翻飞,络绎不停,往复回环,与曲相应,翼然似停燕,翩然若惊鸿。优美闲雅,敏捷轻盈,姿态绝妙,襟怀洁清。修饰仪容显心志,想象高远入杳冥。心想高山,巍巍若有高山之势;心想流水,洋洋似有流水之情。舞态随着内心变化,一举一动都有象征。舞姿表明《诗经》旨,喟然叹息有激情。气节崇高如浮云,心志纯洁似秋霜。观者看了倍赞叹,乐师无人能比上。

单人舞毕,群舞开始。脚踏盘鼓起舞,按着先后顺序。斗技比艺,竞容夸饰。逸态横生,娇姿迭起。望盘鼓转动媚眼,唱艳曲微露皓齿。排齐行列,步伐一致,往来起舞,皆有比拟。盘旋竦立,仿佛一群翩翩起舞的仙子。策板击节敲不停,脚趾蹈鼓轻且疾。悠然轻盈远去,骤然舞步停止。

等到返身再入舞台,伴奏换上急促乐曲。舞者在盘鼓上表演各种舞姿:忽而腾跳盘旋,忽而双膝跪地向前,忽而脚背蹈鼓,忽而两脚高悬,忽而屈体远去,腰肢柔软弯弯。罗衣轻飘似飞蛾,纷纷扬扬上下翻。舞姿超迈如众鸟攒聚,舞态舒缓似百鸟离散,回旋曲折,云飞风疾,体如游龙,袖似蝉翼。敛容谢幕,终了一曲。却步微笑,退归队里。观者称善,莫不欢喜。

此时宴饮欢洽，已到深夜，襄王下令，送众宾客。宾客登车上马，驭手扬鞭振策。鞍毂相摩，你超我越。马头高举，并驾齐驱。马爵轻提，满口飞沫。各种骏马，争相凌越；有的马快超飞尘，疾如惊雷与电掣，蹄刚踏地便领先，其快无比称独绝。有的马开始缓步盛怒，按足不发，一旦驰逐，后发先至。有的举止端庄，协调一致，随意快慢，控制缓急。车声如雷，隆隆相连，奔驰而归，满城寂然。夜深人归，如同云散。君王饮宴，乐不越礼，心情欢快，忘记老至，长生之道，从容闲适，优哉游哉，消磨时日。

（赵福海译注并修订）

长笛赋一首

马季长

题解

马融(79—166),字季长,东汉右扶风茂陵(今陕西兴平东北)人。为人身材魁伟,善作文章,时称俊逸人才。青年时代从师挚恂,精研儒家思想,博通经籍,喜作文章。

汉安帝永初二年,大将军邓骘曾召季长为舍人,托故辞谢。后来西羌入侵,边境扰乱,粮价暴涨,他因生活困苦,对友人说:"古人有言:'左手拿着天下蓝图,右手刎自己喉,愚蠢之人也不会这样做。'"认识到不能以名害身,于是往应邓骘召聘。

永初四年,拜为校书郎中,到东观典校秘书。这时期朝廷重视文治,废弛武备,因而搜狩制度废弛,战阵习练停止。盗贼滋生,社会荒乱。马融认为文武之道不能偏废,作《广成颂》上书讽谏。不料,此事忤逆邓太后,他竟滞留东观,十年不曾升迁。后来,又以"羞薄诏除"罪名,免官六年后邓太后卒,召还郎署,不久,出为河间王厩长史。时皇帝东巡岱宗,融作《东巡颂》,皇帝以其文辞奇美,召拜郎中。及汉顺帝即位,因病离去,为州郡功曹。

顺帝阳嘉二年,马融公车对策,拜为议郎,后升任从事中郎,转任武都太守。桓帝时,又调任南郡太守。但因得罪大将军梁冀,被指控有贪浊行为,免去官职,流放到朔方郡。后来遇赦还,复拜议郎,重坐东观著述。不久,病乞还乡,延嘉九年卒,年八十八岁。

马融是东汉大儒,才高博洽,门生弟子很多。当时著名学者卢植、郑玄,都出自马融门下。马融著述丰赡,有《三传异同说》、《孝经注》、《论语注》、《三礼注》、《尚书注》等十余种，赋、颂、碑、诔、书、记、表、奏、七言、琴歌、对策、遗令，都有佳篇流传。

马融为人性情放任，不拘儒家礼节。善鼓琴，喜吹笛，常坐高堂，后列女乐，以为娱乐。

《长笛赋》是一篇关于古乐的赋文，《昭明文选》分在音乐类。这篇赋文描述了笛子的制造过程和笛音的美妙，铺陈扬厉，淋漓尽致，表现出大赋的体制特点。全文可分为五段：一、美竹生长的环境；二、伐竹取材的艰险；三、笛子制作的精细；四、笛声的美妙动情；五、笛音的感化作用。重点在第四段。

第四段是写笛子的声音，作者对笛声的描写，真是出神入化。他很少用形容词加以形容，而是大量地多方面地采用比喻，借物象形，用自然界以及社会生活中的某些景象和事物，来比喻声音的形象，因而把笛子的声音写得有色有形，辉煌灿烂。"繁会丛杂"，这是借草木的形象来比喻笛声；"纷葩烂漫"，这是借花果的绚丽来比喻笛声；"波散广衍"，这是以流水形势比喻笛声；"掌距劫遻"，这是用刀剑凌犯情态比喻笛声。铺采摛文，把无形的声音写得形象生动。

其次，对笛声的描摹十分细腻，写到笛声的缭绕激切，他用"啾咋嘈啐"的鸟鸣来作比方；写到笛声的宏烈震荡，他用"郁怫凭怒"的天雷来作比方。想象丰富，观察细致，体验深刻，比喻贴切。

马融不以音乐家闻名，也深通儒家乐理。《长笛赋》以人事比笛声，新颖别致，生动体现了他"论记其义，协比其象"的乐与理的互动。大量使用排比比喻，"徬徨纵肆，旷瀁敞罔，老庄之概也"云云，既夸张了音乐移风易俗的作用，又极大提高了笛声的审美效果。

原文

融既博览典雅[1]，精核数术[2]，又性好音，能鼓琴吹笛。而为督邮无留事[3]，独卧郿平阳邬中[4]，有雒客舍逆旅[5]，吹笛为《气出》《精列》《相和》[6]。融去京师逾年，暂闻甚悲而乐之。追慕王子渊、枚乘、刘伯康、傅武仲等箫琴笙颂[7]，唯笛独无，故聊复备数[8]，作《长笛赋》。其辞曰：

惟籦笼之奇生兮[9]，于终南之阴崖[10]。托九成之孤岑兮[11]，临万仞之石磎[12]。特箭槁而茎立兮[13]，独聆风于极危[14]。秋潦漱其下趾兮[15]，冬雪揣封乎其枝[16]。巅根跱之槷刖兮[17]，感回飙而将颓[18]。夫其面旁则重巘增石[19]，简积頵砡[20]。兀嵝狋嶭[21]，倾昃倚伏[22]。庨窌巧老[23]，港洞坑谷[24]。嶰壑浍峣[25]，峆窞岩覆[26]。运裛穿洝[27]，冈连岭属[28]。林箫蔓荆[29]，森槮柞朴[30]。于是山水猥至[31]，渟涔障溃[32]，颐淡滂流[33]，碓投瀺穴[34]。争湍蘋萦[35]，汩活澎濞[36]。波澜鳞沦[37]，窊隆诡戾[38]。瀉瀑喷沫[39]，奔遁砀突[40]。摇演其山[41]、动杌其根者[42]，岁五六而至焉[43]。是以间介无蹊[44]，人迹罕到。猨蜼昼吟[45]，鼯鼠夜叫[46]。寒熊振颔[47]，特麚昏彭[48]，山鸡晨群，野雉晁雊[49]。求偶鸣子[50]，悲号长啸。由衍识道[51]，嗺嗺讙譟[52]。经涉其左右、哤聒其前后者[53]，无昼夜而息焉。

夫固危殆险巇之所迫也[54]，众哀集悲之所积也[55]！故其应清风也[56]，纤末奋蕱[57]，铮镄譶嗃[58]。若絙瑟促柱[59]，号钟高调[60]。于是放臣、逐子、弃妻、离友，彭胥、伯奇、哀姜、孝己[61]，攒乎下风[62]，收精注耳[63]。雷叹颓息[64]，掐膺擗摽[65]。泣血泫流[66]，交横而下[67]。通旦忘寐，不能自御。于是乃使鲁般、宋翟[68]，构云梯[69]，抗浮柱[70]，蹉纤根[71]，跋篾缕[72]，膺陗阤[73]，腹陉阻[74]。逮乎其上[75]，匍匐伐取[76]。挑截本末[77]，规摹彟矩[78]。夔襄比律[79]，子野协吕[80]。十二毕具[81]，黄钟为主[82]。挢揉斤械[83]，剸掞度拟[84]。锪硐隤坠[85]，程表朱里[86]。定名曰笛，以观贤士。

陈于东阶[87]，八音俱起[88]。食举雍彻[89]，劝侑君子[90]。然后退理乎黄门之高廊[91]，重丘宋灌[92]，名师郭张[93]，工人巧士[94]，肄业脩声[95]。于是游闲公子，暇豫王孙[96]，心乐五声之和[97]，耳比八音之调[98]。乃相与集乎其庭，详观夫曲胤之繁会丛杂[99]，何其富也！纷葩烂漫[100]，诚可喜也！波散广衍[101]，实可异也！掌距劫遻[102]又足怪也！啾咋嘈啐似华羽兮[103]，绞灼激以转切[104]。震郁怫以凭怒兮[105]，耾砀骇以奋肆[106]。气喷勃以布覆兮[107]，乍跱蹠以狼戾[108]。雷叩锻之岌峇兮[109]，正浏溧以风洌[110]。薄凑会而凌节兮[111]，驰趣期而赴踬[112]。尔乃听声类型[113]，状似流水，又像飞鸿[114]。泛滥溥漠[115]，浩浩洋洋。长噌远引[116]，旋复回皇[117]。充屈郁律[118]，瞋菌碨抰[119]。酆琅磊落[120]，骈田磅唐[121]。取予时适[122]，去就有方[123]。洪杀衰序[124]，希数必当[125]。微风纤妙[126]，若存若亡。荩滞抗绝[127]，中息更装[128]。奄忽灭没[129]，晔然复扬[130]。或乃聊虑固护[131]，专美擅工[132]。漂凌丝簧[133]，覆冒鼓钟[134]。或乃植持缬缨[135]，佁儗宽容[136]。箫管备举，金石并隆[137]。无相夺伦[138]，以宣八风[139]。律吕既和[140]，哀声五降[141]。曲终阕尽[142]，余弦更兴[143]。繁手累发[144]，密栉叠重[145]。踾踧攒仄[146]，蜂聚蚁同。众音猥积[147]，以送厥终。然后少息暂怠，杂弄间奏[148]，易听骇耳[149]，有所摇演[150]。安翔骀荡[151]，从容阐缓[152]。惆怅怨怼[153]，窳圔窴赦[154]。聿皇求索[155]，乍近乍远。临危自放[156]，若颓复反[157]。蚡缊缛纡[158]，缠冤蜿蟺[159]。笢笏抑隐[160]，行入诸变。绞概汩湟[161]，五音代转。挼拿捘臧[162]，递相乘遭[163]。反商下徵[164]，每各异善[165]。

故聆曲引者[166]，观法于节奏，察变于句投[167]，以知礼制之不可逾越焉。听簉弄者[168]，遥思于古昔，虞志于怛惕[169]，以知长戚之不能闲居焉。故论记其义，协比其象[170]，彷徨纵肆[171]，旷瀁敞罔[172]，老庄之概也。温直扰毅[173]，孔孟之方也[174]。激朗清厉[175]，随光之介也[176]。牢刺拂戾[177]，诸贲之气也[178]。节解句断[179]，管商之制也[180]。条决缤纷[181]，申韩之察也[182]。繁缛骆驿[183]，范蔡之说也[184]。劄栎铫愷[185]，晰龙之惠也[186]。上拟法于《韶箾》《南籥》[187]，中取度于《白雪》《渌水》[188]，下采制于《延露》《巴人》[189]。是以尊卑都鄙[190]，贤愚勇惧[191]，鱼鳖禽兽，闻之者莫不张耳鹿骇[192]。熊经鸟申[193]，鸱视狼顾[194]，拊噪踊跃[195]。各得其齐[196]，人盈所欲，皆反中和，以美风俗。屈平适乐国[197]，介推还受禄[198]，澹台载尸归[199]，皋鱼节其哭[200]。长万辍逆谋[201]，渠弥不复恶[202]，蒯聩能退敌[203]，不占成节鄂[204]。王公保其位，隐处安林薄[205]。宦夫乐其业[206]，士子世其宅[207]。鳣鱼喁于水裔[208]，仰驷马而舞玄鹤[209]。于时也绵驹吞声[210]，伯牙毁弦[211]，瓠巴聑柱[212]，磬襄弛悬[213]。留视瞭眙[214]，累称屡赞[215]。失容坠席[216]，搏拊雷抃[217]。僬眇睢维[218]，涕洟流漫[219]。是故可以通灵感物，写神喻意[220]，致诚效志[221]，率作兴事[222]，溉盥污涉[223]，澡雪垢滓矣[224]。

昔庖羲作琴[225]，神农造瑟[226]，女娲制簧[227]，暴辛为埙[228]，倕之和钟[229]，叔之离磬[230]。或铄金砻石[231]，华睆切错[232]，丸挺雕琢[233]，刻镂钻笮[234]。穷妙极巧，旷以日月，然后成器，其音如彼。唯笛因其天姿[235]，不变其材，伐而吹之，其声如此。盖亦简易之义[236]，贤人之业也。若然[237]，六器者[238]，犹以二皇圣哲馯益[239]，况笛生乎大汉[240]，而学者不识其可以裨助盛美[241]，忽而不赞[242]，悲夫！有庶士丘仲[243]，言其所由出，而不知其弘妙。其辞曰：近世双笛从羌起[244]，羌人伐竹未及已。龙鸣水中不见己，截竹吹之声相似。剡其上孔通洞之[245]，裁以当簻便易持[246]。易京君明识音律[247]，故本四孔加以一[248]。君明所加孔后出，是谓商声五音毕[249]。

注释

〔1〕典雅：三坟五典与大雅小雅，这里泛指古代典籍。

〔2〕精核数术：精考阴阳度数律历之术。核，考证。

〔3〕督邮：汉官名，为郡守佐吏，掌督察纠举所领县违法之事。无留事：无积案，官事闲暇。

〔4〕郿平阳邬：地名，汉属右扶风郡，在今陕西省凤翔县一带。

〔5〕雒（luò 洛）：洛阳。　逆旅：客舍。

〔6〕气出、精列、相和：三种古曲名。

〔7〕王子渊：名褒，字子渊，汉代辞赋作家，作有《洞箫赋》。枚乘：汉代辞赋作家，《文选》李善注："未详所作，以序言之，当为《笙赋》。"刘伯康：名玄，字伯康，汉代辞赋作家，作有《簧赋》。傅武仲：名毅，字武仲，汉代辞赋作家，作有《琴赋》。

〔8〕备数：凑数。自谦之词。

〔9〕籦（zhōng 钟）笼：竹名，可作笛。

〔10〕终南：终南山，秦岭山峰之一，在陕西省西安市南。

〔11〕托：附着。　九成：九重，九层，形容极高。　孤岑：孤特的山峰。

〔12〕仞：量词，古代八尺为一仞。　磎（xī 西）：山谷。

〔13〕箭、槁：二种竹名。

〔14〕聆风：听风声，聆，听。　极危：极高险的山巅。

〔15〕秋潦：秋天的雨水。　漱：洗涤，冲刷。　下趾：下边的根。

〔16〕揣封:拥附。揣,同“搏”,积聚的样子。

〔17〕巅根:指扎根在山巅上的竹子。 跱(zhì 志):同“峙”,耸立。 槷刖(niè yuè 聂月):孤危的样子。

〔18〕回飙:回旋的大风。 颓:坠落。

〔19〕面旁:前后左右。 重巘(yǎn 演):重叠的山峰。巘,山峰。

〔20〕简:多。 頵砡(jūn yù 君玉):石峰齐列的样子。

〔21〕兀嵝(wù lǒu 物搂):高耸特出的样子。 狋觺(chí níng 迟凝):险峻的样子。

〔22〕倾昃倚伏:倾侧倚伏。

〔23〕庨窌(xiāo jiào 消叫):深空的样子。 巧老:也作“窐寥”,空阔沉寂。

〔24〕港洞坑谷:坑谷相通。港洞,相通,相连。

〔25〕嶰(xiè 谢)壑:涧谷沟壑。 浍峣(kuài duì 快对):沟壑深平的样子。

〔26〕嵌窞(kǎn dàn 坎旦):山势重叠的样子。 岩穾(fù 父):悬岩覆下,窟穴深暗。

〔27〕运裛(yì 邑):回绕缠连。裛,缠绕。 窊洝(wū àn 乌按):弯弯曲曲高低不平的样子。

〔28〕冈连:岗岭相接不断。 属(zhǔ 主):连接。

〔29〕箫:同“筱(xiǎo 小)”,小竹。 蔓荆:木名,生于水滨,苗茎蔓延。

〔30〕森椮(sēn 森):树木茂盛的样子。 柞:柞树。 朴:丛生的树木。

〔31〕猥至:山水汇集而来。 猥:众。

〔32〕渟涔(tíng cén 亭岑):池水。 障:堤。

〔33〕颔(hàn 汗)淡:水波动荡的样子。 滂流:涌流。

〔34〕碓:古时舂米的石臼。 投:撞击。碓投,形容水流冲击岩穴,如碓舂一般。 瀺(chán 馋)穴:水注冲入岩穴。

〔35〕争湍:急浪。 蘋萦:水流回旋的样子。

〔36〕汩(gǔ 骨)活:水疾流的样子。 澎濞(pì 譬):水流奔腾的声响。

〔37〕波澜鳞沦:波澜泛起,形成鱼鳞般的波纹。沦,指水波纹。

〔38〕窊(wā 窪)隆:低陷与隆起。 诡戾:乖违的样子。

〔39〕潏(xuè 谑)瀑:瀑水沸涌的样子。 喷沫:喷溅飞沫。

〔40〕奔遁:水流奔走。 砀突:冲撞。

〔41〕摇演:摇荡。演,引,也是摇动之意。

〔42〕动杌（wù 误）：动摇。杌，摇。

〔43〕岁五六而至：一年之中有五六次。

〔44〕间介：空间隔绝。间介无蹊，是形容山峻水深竹林幽茂没有径路可通，故人迹罕至。

〔45〕蜼（wèi 卫）：一种长尾猿，黄黑色，尾长数尺。

〔46〕鼯（wú 吾）鼠：森林中一种鼠类，又名大飞鼠，前后肢之间有宽而多毛的飞膜，借以滑翔，尾很长。

〔47〕振頟（hàn 憾）：咬动着大嘴。頟，下巴。

〔48〕特麚（jiā 嘉）：大公鹿。 眂（shì 视）：同“眡”，视。 髟（biāo 标）：鬌鬣毛下垂的样子。

〔49〕雉：野鸡。 鼂：同“朝”。 雊（gòu 够）：鸣叫。

〔50〕求偶鸣子：雌雄求偶，呼叫雏子。

〔51〕由衍：行走的样子。 识道：熟悉的途径。

〔52〕噍噍（jiū jiū 啾啾）：鸟鸣细碎声。 讙譟：喧叫。譟，同“噪”。

〔53〕哤聒（máng guō 忙郭）：声音杂作。

〔54〕险巇（xī 希）：艰险崎岖。

〔55〕集悲：悲鸣之声聚合。

〔56〕应清风：与清风应和。

〔57〕纤末：指竹林梢头细尖的样子。 奋：迅速。 蔱：同“梢”。

〔58〕铮鐄（zhēng huáng 争黄）：乐器声。 訇嗃（hōng xiāo 烘肖）：大声，这里是说清风吹动竹林，发出一片宏大和谐的声响。

〔59〕絙（gēng 耕）瑟促柱：瑟弦绷得很紧，声调急促，这里是形容清风吹竹发出的声音。瑟多为二十五弦，弦下有支柱，以调节弦长，确定音高。

〔60〕号钟：古琴名。 高调：激越的声调。

〔61〕放臣：被放逐之臣。 逐子：被驱逐出走的亲生之子。 弃妻：被遗弃的妻子。 离友：离别的朋友。 彭胥：彭咸与伍子胥。彭咸是殷贤臣，纣王无道，彭咸谏而不听，后出走。伍子胥是吴国贤臣，吴王无道，伍子胥谏而不听，后子胥被杀死。 伯奇：是周大夫伊吉甫之子，吉甫听后妻之言将他逐出家门，后投河而死。 哀姜：春秋时代鲁哀公夫人，据说她将出嫁到鲁时，哭而过市，市人皆哭，鲁人称为哀姜。 孝己：殷中宗之子，至孝，事亲一夜五起，后中宗听后妻之言，被逐出走。

〔62〕攒(cuán 传)乎下风:聚集于清风之下。攒,聚集。

〔63〕收精注耳:收其精思,倾注其耳。此指精神专注。

〔64〕雷叹:大声叹息。　颓息:指众冤魂叹息竹林之下的情态。

〔65〕掐膺(yīng 英):叩击胸膛。　擗摽(pǐ biào 匹鳔):捶胸抚心的动作。

〔66〕泫流:血流滴滴的样子。

〔67〕交横:血泪纵横落下。

〔68〕鲁般:鲁国公输班,春秋时鲁国著名匠人。　宋翟:墨翟,春秋时宋国人。据《墨子·非攻》篇记载:鲁般曾为楚国制造云梯,将攻打宋国。墨翟闻之,行十日十夜至楚,令其停止,劝鲁般不为不义战争制造攻城器械。鲁般、宋翟二人,皆春秋时代巧智人物。

〔69〕云梯:古代攻城时爬墙用的高梯。

〔70〕抗浮柱:立浮空之柱。抗,立。这两句是说人们将登云梯、立浮柱以伐取山头之竹,将用它来作笛。

〔71〕蹉纤根:脚蹬纤细的草木之根。蹉,蹉踏。

〔72〕跋篾缕:手拔着缕缕细枝茎。跋,同"拔"。篾,细。这两句是说登山伐竹之艰难情状。

〔73〕膺:胸。　陗阤(qiào zhì 俏至):峻峭的山坡。

〔74〕陉阻:山石险峻断裂的地方。

〔75〕逮:及、至。

〔76〕匍匐伐取:匍匐着去伐取山竹。

〔77〕挑截本末:截去根部和梢头。本,根。末,梢。

〔78〕规摹:规制,格局。　矱(huò 获)矩:法度,尺度。,这句是说按着标准取成一定规格尺度。

〔79〕夔、师襄:古代著名乐师。　比律:协比音律。

〔80〕子野:春秋晋国乐师,名旷,字子野。　协吕:比合律吕。这两句中的"律"、"吕",指古代的乐律。古氏乐律有阳律、阴律各六,合为十二律。阳六曰"律",为黄钟、太簇、姑洗、蕤宾、夷则、无射;阴六曰"吕",为大吕、夹钟、仲吕、林钟、南吕、应钟。

〔81〕十二毕具:十二律都具备。

〔82〕黄钟:阳律之一,它是十二律中的主体。

〔83〕挢:通"矫",正。　揉:使……弯曲。　斤械:斧头之类用具。

〔84〕刌掞(tuán yàn 团艳):截断削齐。　度拟:度量比拟。

〔85〕锪硐(zǒng tóng 总同):凿通磨光。　陨坠:颓落。

〔86〕程表:按一定距离刻孔。　朱里:用红漆涂孔口。

〔87〕东阶:东阁之阶。

〔88〕八音:指金、石、丝、竹、匏、土、革、木等八种乐器的声音。

〔89〕食举:天子进食时所奏之乐。举,奏。　雍彻:唱着《雍》诗来撤除宴席。《雍》是《诗经》中《周颂》的一篇。

〔90〕劝侑君子:以美妙的音乐助君子饮酒。　侑:助劝人吃喝。

〔91〕理:理乐,练习演奏。　黄门:原本汉代的音乐官署,此指习乐坊所。高廊:廊庑。

〔92〕重丘:县名。　宋灌:重丘县中的宋姓、灌姓两个乐师。

〔93〕名师郭张:姓郭姓张的两位有名乐师。

〔94〕巧士:智巧之士。

〔95〕肄业脩声:修治学业习练音声。此指练习演奏。

〔96〕暇豫:悠闲快乐。

〔97〕五声:宫、商、角、徵、羽五个音阶。

〔98〕比:便,欣悦。

〔99〕胤(yìn 印):同"引",乐曲。　繁会丛杂:用树木丛生之貌形容各种声音会合。

〔100〕纷葩:盛多的样子。　烂漫:色彩鲜丽,此句用花卉盛开之状形容各种声响会合。

〔101〕波散:像水波一样扩散。　广衍:扩延散布。衍,溢。此句以水流漫衍之态形容各种声响会合传播。

〔102〕掌(chēng 撑)距:互相凌犯。　劫遻(è 饿):互相胁迫。这里借物体凌犯撞击情态,比喻各种声音交合,互相凌犯。

〔103〕啾咋:声音杂多而又宏大。　嘈啐:声音杂乱。这里是用众鸟鸣叫形容笛声。

〔104〕绞灼激:声音缭绕猛烈。　切:急切,声响缭绕宏大而转向急切。

〔105〕震:雷。　郁怫:繁盛。这里形容声音沉宏。　凭:大。

〔106〕眩:大。　砀:突然。　骇:惊人。　奋肆:震荡奔放。这句是说声响突然强烈迸出,在空中回荡。

〔107〕喷勃：气盛的样子。　布覆：分布四覆。

〔108〕跱踬（zhì zhí 至直）：停步踏足，比喻声音跱立，如有所踬踏。　狼戾：壮勇，强烈。这里是形容声音拔地而起，非常强烈。

〔109〕叩锻：打铁。　岌峇（jí kè 及客）：打铁声。声音像天雷击铁一样，清脆激越。

〔110〕浏漂：风声。象声词。　冽：清。声音清亮，随风而出。

〔111〕凑会：会集。　凌：凌越。　节：高峻的样子。繁声汇合翻越高山。

〔112〕趣：向。　期：会集。　赴踬：奔赴颠仆。繁声汇合，随着山势高低流散。以上几句都是用物形来形容声音。

〔113〕听声类形：听声音就好像看见了某种物体形象。

〔114〕状似流水，又像飞鸿：形状似流水，又像是翩翩鸿雁。

〔115〕泛滥：水势漫溢的样子。　溥（pǔ 普）漠：水势广远溢漫的样子。泛滥溥漠，水势漫溢无边。

〔116〕㬅（mǎn 满）：视。　远引：伸向远方。长㬅远引，大水奔流，目送着流向远方。

〔117〕旋：立刻。　回：回转。　皇：大。旋复回皇，旋即流转回来，发出宏大音响。

〔118〕充屈（jué 决）：声郁积竟出的样子。　郁律：声郁结而不宏畅。

〔119〕瞋：繁盛的样子。　菌：郁结的样子。　碨抰（wěi yāng 委央）：众声汹汹的样子。瞋菌碨抰，众声汇合繁盛。

〔120〕酆琅（fēng láng 风郎）：众声宏大四布的样子。　磊落：声音错落分明。

〔121〕骈田：布集连属。　磅唐：广大磅礴。

〔122〕取予适时：声调取舍适度。

〔123〕去就有方：声音节度都有规律。去就，取舍。方，法则。

〔124〕洪杀衰（cuī）序：声响增减差次。洪，增。杀，减。衰差。序，次。声响强、弱、增、衰都很有层次。

〔125〕希：同“稀”，疏。　数（cù 醋）：密。希数必当，声响的稀疏、繁密都很允当。

〔126〕微风纤妙：声音像微风一般纤细轻弱。纤妙，声音细微轻妙。

〔127〕荩（jìn 尽）：余。　滞：沉滞。　抗绝：极微细近于断绝。荩滞抗绝，余声沉滞极微近于消失。

〔128〕中息更装：声音中间稍歇，又复吹奏起来。装，壮，壮盛。

〔129〕奄忽：急遽，突然。

〔130〕晔(yè 叶)然：声音高扬。 扬：举。

〔131〕聊虑：精心深思。 固护：精心专一的样子。

〔132〕专美擅工：专美此器，擅此一工。意思是说，潜研精思地研究笛子，而达到精工善美的程度。

〔133〕漂凌：漂荡凌驾，超过。 丝簧：指琴瑟笙簧之类乐器。

〔134〕覆冒鼓钟：掩蔽了鼓钟的声音。覆冒，掩蔽。

〔135〕植持：不动的样子。 缠缧(xuàn mò 绚莫)：犹缠缠，缠绕约束的意思。缧，六臣本作“缠”(从胡绍煐说)。

〔136〕佁儗(chì yì 叱义)：舒缓的样子。

〔137〕隆：高起，隆盛。

〔138〕无相夺伦：各种声响和谐齐出，并无互相扰乱。夺伦，失其伦次。

〔139〕八风：八方之风。

〔140〕律吕既和：乐律和谐。

〔141〕哀声：悲哀的乐声。 五降：《文选旁证》引“林先生曰：五降谓宫商角徵羽五音各种全律半律，唯变宫变徵不可为调，无半律，故音至五降而止。”

〔142〕阕(què 确)：乐曲终止。

〔143〕兴：起。

〔144〕繁手累发：手指按动频繁，连连发出音响。

〔145〕密栉叠重：像梳齿一样重叠排比。栉，梳齿。

〔146〕蹈蹴(fú cù 伏促)：声音迫促。 攒(cuán)仄：声音密集。

〔147〕猥积：众音杂多。 猥：杂多。

〔148〕杂弄间奏：交错演奏，声音复杂。弄，曲。

〔149〕易听骇耳：变换了新声，使人听起来感到清新悦耳。

〔150〕摇演：引动，指声音使人心神为之引动。

〔151〕安翔：声音清扬舒缓。 骀(dài 代)荡：舒缓荡漾的样子。

〔152〕阐缓：闲缓的样子。

〔153〕怨怼(duì 队)：怨恨。

〔154〕窳圔(yǔ yà 雨亚)：低回。 窴赧(tián nǎn)：悠缓。

〔155〕聿皇：疾骤。 求索：乐器相合奏。

〔156〕临危自放:居高放任。　危:高。

〔157〕若颓复反:像是颓下而复返上。指声音先低沉而后上扬的情形。

〔158〕蚡缊:相纠纷的样子。　繙纡:相纷乱的样子。

〔159〕缍冤:动摇的样子。　蜿蟺:盘屈之状。

〔160〕僶笏(mǐn wěn 敏吻)抑隐:手指按笛孔抑声隐韵。僶笏,手指循按笛孔的样子。

〔161〕绞概:声音相切磨。　汩湟(gǔ huáng 骨皇):溪水流动的样子。

〔162〕挼(ruó)拿:手指沿笛孔切摩移动。　捘(zùn)臧:手指推按掩抑。这句是写吹笛时手指按动笛孔的情形。

〔163〕递相乘邅:手指动作一个接连一个地变换。递,顺次。一个接一个地。邅,回转。

〔164〕反商下徵(zhǐ 纸):变翻商调生出徵调。商、徵,五声音阶中的两个音级。

〔165〕每各异善:各种声调无不奇妙。

〔166〕曲引:乐曲。引,曲。

〔167〕句投:句逗,章句。投,古与"逗"通用,逗,止。

〔168〕篴弄:小曲、杂曲。

〔169〕虞志于怛(dá 答)惕:心情沉浸在忧伤之中。　怛惕:忧劳、忧伤。

〔170〕协比:合同一起。　象:物象。想象与各种声音相合的物象。

〔171〕彷徨:放任的样子。　纵肆:放任恣肆。

〔172〕旷瀁:幽闲。胡刻本作"瀁",依六臣本改。　敞罔:宽大的样子。

〔173〕温直扰毅:温柔正直,优游弘毅。

〔174〕方:比。

〔175〕激朗清厉:激切明朗清廉耿介。

〔176〕随光之介:卞随、务光的节操。卞随、务光是帝尧时代两个隐士,相传汤伐桀时,曾先和卞随、务光商量,二人皆表示不参与。汤胜桀后,又想把江山让给随、光,随、光又不肯接受,表示自己坚守志节,不参与浊世纷争。典出《庄子·让王》篇。

〔177〕牢刺拂戾:心情愤郁乖戾不和顺。牢刺,愤郁。拂戾,不和顺,好斗。

〔178〕诸贲之气:专诸、孟贲的气质。专诸、孟贲是春秋时代两个勇士。专诸曾为吴王阖闾刺杀吴王僚,事见《史记·刺客列传》。孟贲,水行不避蛟龙,

陆行不避虎狼，事见《史记·袁盎列传》索隐引《尸子》。

〔179〕节解：形容笛声节奏分明。　句断：形容笛声断续分明。

〔180〕管商之制：管仲、商鞅的法制。管仲、商鞅是春秋战国时代两个政治家。管仲是齐桓公的宰相，佐桓公治理天下，九合诸侯，很有法度。商鞅是秦孝公的左庶长，变更秦法，使秦富强。事见《史记》中《管仲列传》、《商鞅列传》。

〔181〕条决缤纷：有条理而疏朗，乱而能理。条决，有条理而疏朗。缤，理。

〔182〕申韩之察：申不害、韩非的明察。申不害、韩非是战国时代两个以法治国的政治家。申不害作韩昭侯宰相时，内修政教，外应诸侯，十五年国治民强。韩非曾著《孤愤》、《五蠹》、《内外储》、《说难》等篇，十余万言，主张以法治国，其说甚明察。事见《史记》中《老子列传》、《韩非列传》。

〔183〕繁缛骆驿：音节繁多，相连不绝。缛，彩饰。骆驿，连续不绝的样子。

〔184〕范蔡之说：声音像范雎、蔡泽的说辞。范雎、蔡泽是战国时代两个说客。范雎说秦昭王远交近攻、加强王权之策，说辞中比喻、排比甚多，语句流畅。蔡泽原是燕人，曾游说列国。入秦说范雎，因得见昭王，用为客卿。蔡泽说范雎，说辞亦皇皇大论，滔滔不绝。范雎、蔡泽《史记》中均有传。

〔185〕劙栎铫㦬(lí lì tiáo huò 梨栗条或)：很有分别节制。　劙栎：分别节制的样子。铫㦬，节制。

〔186〕晰龙之惠：邓晰、公孙龙的智慧。惠通"慧"。邓晰、公孙龙是春秋战国时两个哲学家。邓晰是郑国人，作《竹刑》篇，操两可之说，设无穷之辞。公孙龙是赵国人，著《白马论》等篇，辩论名实。都是名家。

〔187〕韶箾：即箫韶，舜乐曲名。　南籥：古乐舞名。

〔188〕白雪：也叫阳春白雪，古乐曲名。渌水，古乐曲名。

〔189〕延露巴人：延露、巴人都是古代民间乐曲名。

〔190〕尊卑都鄙：尊者、卑者、美者、陋者。都，美。鄙，陋。

〔191〕贤愚勇惧：贤者、愚者、勇者、怯者。惧，懦，怯。以上两句是说各种类型的人物。

〔192〕张耳鹿骇：像麇鹿吃惊一样张耳细听。骇，惊恐。

〔193〕熊经鸟申：像熊一样凭木而立，像鸟一样引颈屏声地听着。经，凭木而立。申，同"伸"，伸颈。

〔194〕鸱视狼顾：像鸱鸮一样惊视，像狼一样反顾。

〔195〕拊噪：鸣噪。　踊跃：飞舞的样子。

〔196〕各得其齐(jì 剂):各得其所需。齐,分量,指需要。以下举例说明。

〔197〕屈平适乐国,屈原回到楚王朝廷来享受快乐。屈原是战国时代楚国大夫,因他主张革新政治,受到朝中小人排挤,被楚王逐出朝廷,流浪山泽,后自沉汨罗江死去。这里是夸张笛声的作用,意思是说屈原听见笛声,也将改变志节,不投汨罗而返回朝廷了。

〔198〕介推还受禄:介之推回到朝廷,接受晋文公的俸禄。这句意同上句,夸张笛声感人作用,意思是说介之推也将改变志节。介之推是春秋时晋文公大夫。晋文公流亡时,他曾跟从,颇有功劳。文公还国,赏赐流亡从属,他没得提名,便隐绵上山里,久召不出。事见《左传·僖公二十四年》。

〔199〕澹(tán 谈)台载尸归:澹台灭明把他儿子尸体从江中收回来。《博物志》:"澹台灭明之子溺死于江,弟子欲收而葬之。灭明止之曰:'蝼蚁何亲?鱼鳖何仇?'弟子曰:'何夫子之不慈乎?'对曰:'生为吾子,死非吾鬼。'遂不收葬。"这里是说澹台灭明如果听见了笛声,也将改变观点,把他儿子的尸体从江中收回来。

〔200〕皋鱼节其哭:《韩诗外传》:"孔子出行,闻有哭声,甚悲。至,则皋鱼也,被褐拥剑哭于路左。孔子下车而问其故。对曰:'吾少好学,周流天下。吾亲死,一失也;高尚其志,不事庸君,而晚仕无成,二失也;少择交游,寡亲友而老无所托,三失也。夫树欲静而风不止,子欲养而亲不待,往而不可返者,年也。逝而不可追者,亲也。吾于是辞矣。'立哭而死。孔子谓弟子曰:'识矣!'于是门人辞归养亲者一十三人。"这里是说皋鱼听见笛声,也将改变心情而节制哀哭了。

〔201〕长万辍逆谋:南宫长万中止弑君的阴谋。南宫长万是春秋时宋大夫,当宋鲁战争时,曾被鲁国俘虏,后被宋国赎回。一次宋湣公出猎,南宫随。猎间,二人下棋游戏,为争行,湣公怒说:"你,是鲁国俘虏!"南宫感到羞辱,于是以棋盘打死了湣公。在封建时代,南宫行为是叛逆不道。事见《史记·宋微子世家》。这里是说,南宫长万听见笛声,也将辍止杀君之心。

〔202〕渠弥不复恶:高渠弥不复有恶心。高渠弥是郑国大夫,郑昭公为太子时,父亲庄公欲以高渠弥为卿。昭公很反对,多次向庄公进谏,庄公不听。及昭公即位,高渠弥怕昭公杀自己,于是在一次出猎中,就把昭公射死。事见《史记·郑世家》。这里是说高渠弥听见笛声,也将不生杀昭公的罪恶之心。

〔203〕蒯聩能退敌:蒯聩听见笛声,因感动而撤退了围城之兵。蒯聩是卫灵公太子,灵公在位时,因与夫人南子有怨,被灵公逐出朝廷。后灵公死,卫人立

蒯聩之子辄为君,是为出公。蒯聩闻之,帅兵来围,出公奔鲁,蒯聩取其位,是为庄公。事见《史记·卫康叔世家》。这里是说蒯聩因闻笛声而自动退了围城之兵。

〔204〕不占成节鄂:陈不占成就节操而增了勇气。《韩诗外传》:“陈不占,齐人也。崔杼弑庄公,不占闻君有难,将往赴之。食则失哺,上车失轼。其仆曰:‘敌在数百里外而惧怖如是,虽往,其益乎?’不占曰:‘死君之难,义也。无勇,私也。’乃驱车而奔之,至公门之外,闻钟鼓之声,遂骇而死。君子谓不占无勇而能行义也,可谓志士矣。”这里是说像陈不占这样怯懦的人,听了笛声,不仅成就了大义,而且也将增加了勇气。

〔205〕林薄:草木杂生的地方。

〔206〕宦夫:指一般仆隶。

〔207〕士子:指一般平民,士子本义为青壮年,此指一般百姓。

〔208〕鳣鱼喁(yóng 颙)于水裔:鳣鱼在水边嘴向上露出水面。喁,鱼嘴向上露出水面。水裔,水边。

〔209〕仰驷马而舞玄鹤:笛声奏起,使驷马仰首侧听,玄鹤欣然起舞。

〔210〕绵驹吞声:绵驹咽住歌喉。绵驹,春秋时代齐国歌唱家。《孟子·告子下》有“绵驹处于高唐,而齐右善歌”的记载。

〔211〕伯牙毁弦:伯牙摔毁古琴。伯牙,春秋时代著名琴师。《荀子·劝学》篇有“伯牙鼓琴而六马仰秣”的记载。

〔212〕瓠巴聑柱:瓠巴拔下了弦柱。聑“帖”的借字。帖柱,使瑟弦松弛,帖于柱下。瓠巴,春秋时楚人,善鼓瑟。《荀子·劝学》篇有“昔者瓠巴鼓瑟,而流鱼出听”的记载。

〔213〕磬襄弛悬:磬襄放下来悬磬。弛,释下,放下来。磬襄,春秋时乐师,善鼓磬。

〔214〕留视瞠眙(chēng chì 称翅):笛声使人瞠目惊呆。瞠眙,眼睛直视的样子。

〔215〕累称屡赞:一遍一遍地称赞。累、屡,表示次数之多。

〔216〕失容坠席:失去容仪,坐不安席。

〔217〕搏拊雷抃(biàn 弁):拍掌欢跃,声音如雷。搏、抃,拍击的动作。抃,鼓掌。

〔218〕憔眇睢维:笛声使人两目开合频眨。憔眇,眼睛眯得很小的样子。睢

维,眼睛睁得很大的样子。

〔219〕涕洟(ì 涕)流漫:涕泪交流,漫漫而下。洟,鼻涕。

〔220〕写神喻意:舒写精神,晓喻志意。

〔221〕致诚效志:极致精诚,效立志向。

〔222〕率作兴事:率劝下人,移风易俗。

〔223〕溉盥(guàn 贯)污秽:冲刷去污垢杂秽。溉盥,冲刷、洗涤。污秽,指污杂之思想。

〔224〕澡雪垢滓:洗涤去污垢杂滓。澡雪,洗涤。垢滓,指思想上的灰尘。

〔225〕庖羲:伏羲氏,古代传说中的圣人,即太昊,相传琴是他创造的。

〔226〕神农:古代传说中的圣人,在伏羲氏之后,相传瑟是他创造的。

〔227〕女娲:神话中的女神,她曾有补天育人之功,相传她还创制了笙簧。

〔228〕暴辛:周平王时诸侯,传说埙是他制造的。 埙(xūn 勋):古代吹奏乐器。

〔229〕倕:乐工名,其人不详。 和钟:调和钟声。

〔230〕叔:乐工名,其人未详。离:理,治理,制作。

〔231〕铄金砻(lóng 龙)石:溶销金属,斫磨玉石。铄,销。砻,磨。

〔232〕华睆(huàn 换)切错:画刮切磨。此指制造乐器时的一些工序。华,画。睆,刮。切错,切削琢磨。

〔233〕丸挻(shān 山)雕琢:弯折挺击,细心雕琢。丸,弯折。挻,击。

〔234〕刻镂钻笮:刻削雕镂,钻穿深凿。钻,穿。笮,凿。以上几句,都是描绘制作乐器的动作、工序。

〔235〕天姿:天然之姿,自然之质。

〔236〕简易:简要不繁,易于体行。此语出自《易经》。《周易》曰:乾以易知,坤以简能。易则易知,简则易从。易知则有亲,易从则有功。有亲则可久,有功则可大。可久则贤人之德,可大则贤人之业。

〔237〕若然:如此。

〔238〕六器:指上文所说的六种乐器,即:琴、瑟、笙、埙、钟、磬。

〔239〕二皇圣哲黈(tǒu)益:有二皇和圣哲诸人为之创制增益。二皇,指伏羲、神农。圣哲,指倕、叔等名乐工。黈益,增益。

〔240〕大汉:伟大的汉朝。

〔241〕裨(bì 币)助盛美:裨补大汉王朝强盛昌隆的德业。

〔242〕忽而不赞:轻忽了事而不赞颂。忽,轻忽。赞,赞颂。

〔243〕丘仲:人名,汉武帝时善吹笛的乐工。

〔244〕羌(qiāng 枪):我国古代西部一少数民族,善吹笛子。

〔245〕剡(yǎn 眼):削。

〔246〕裁以当遚(zhuā 抓)便易持:裁截之以当马鞭,很便于携持。遚,马鞭。

〔247〕易京君明:京房,字君明,汉武帝时代的著名学者,对《易经》很有研究,且懂音律。

〔248〕本四孔加以一:笛原四孔,京房为合五声,又增一孔。

〔249〕商声:五声之一。《周礼·春官·太师》:"皆文之以五声,宫、商、角、徵、羽。"

今译

马融博览群书,熟悉风雅典籍,精通阴阳度数律历之学,又性好音律,善于鼓琴吹笛。作督邮官,官事闲暇,独居郿县平阳邬。遇洛阳游客,居客舍吹笛,奏《气出》、《精列》、《阳和》诸曲。融离京师已过一年,闻此笛声,初觉悲凉,旋而欣喜。于是追慕王子渊、枚乘、刘伯康、傅武仲之作箫、琴、笙颂,只叹没有笛颂,聊为凑数,作《长笛颂》。其文辞曰:

籦笼美竹的奇材,生在终南山的北崖。附在九重孤峙的山峰之上,下临万仞山谷。箭竹槁竹,茎杆挺直,独立山巅,倾听风声。秋水冲刷根须,冬雪拥封枝茎。竹生山巅多么孤危,狂风吹来像要颓坠。前后左右都是重重山峰,怪石堆积重重叠叠。山石高耸特出,形势险峻,冲霄林立,倾侧倚伏。溪谷幽邃深空,坑谷相连,涧壑深平,岩穴幽暗。山形蜿蜒回绕绵连,岗岭高低相接不断。小竹与蔓荆杂生,篁丛与柞朴茂密成长。山水有时汇集而来,冲溃堤障,动荡漫流,冲出如碓的石块,急湍争流,惊涛回旋。奔腾喧嚣,波澜泛起,形成鱼鳞般波纹。洪峰涌来,水面忽高忽低,沸涌喷沫,奔腾冲撞,摇撼山岩,冲荡竹根。此种情形,一年之中有五六次!因此,这里是径路榛芜,人迹罕至。猿猴白天长吟,鼯鼠夜里号叫。寒熊张着大嘴,老鹿回头抖动鬣毛。山鸡成群晨飞,野雉拂晓惊叫。求偶叫雏,悲号长啸。它们行走在熟识山道,发出一片喧闹。飞游竹林左右,杂鸣竹林前后,这种情形,昼夜没有停息的时候。

佳竹生长在孤危险峻的山巅,听惯飞禽走兽的悲号。清风吹来,竹梢摆动,铮铮作响,像紧瑟急弦,如名琴奏曲调。于是放臣逐子,弃妻离友,彭胥伯奇,哀姜孝己,都聚集在清风萧竹之下,聚精会神,洗耳倾听,叹息伤神,叩胸抚心,泣血淋漓,纵横泪下。通宵忘寐,而不能控制自己。于是鲁般、墨翟,架云梯,立浮柱,蹬纤根,攀细茎,胸贴峭崖,腹磨断壁,翻越其上,匍匐伐取。截掉竹茎根梢,按照一定规模尺度,像夔襄一样按律定音,像子野一样协吕。十二种音律都具备,以黄钟为主。用文火矫正弯曲,用斧械取直,照规矩尺度裁截削齐。凿通节结,清除屑末,刻出口孔,涂以红漆。起名叫笛,用它考察贤士。

长笛列陈在阶东,八类乐器一齐合奏。乐声奏起开宴,唱着《雍》诗撤下宴席。这种美妙乐声,足以劝助君子进食。然后退居宫内高廊之下习演,请来重丘有名乐师宋氏灌氏郭氏张氏。召集来乐工歌伎,让他们演奏练习。于是游乐公子,悠闲王孙,心娱五声的和谐,耳悦八音的协调,都相与聚集于庭,来欣赏乐曲的美妙。美妙的乐曲有如树木的繁茂丛杂,多丰富呀!有如花草的缤纷烂漫,非常喜人!有如清流四奔远引,实在新颖!有如兵器格斗凌犯,真是奇异!啾咋嘈啐似华羽鸣叫,声音缭绕而激切;雷声沉闷撼山岳,轰鸣宏烈而震荡,云气喷薄,四布传播,停顿下来,发出怪响;天雷击磬,声音激越,正随清风飘扬。众音汇集,似冲破节奏,达到顶点而后转入舒缓。听着笛声,犹如看见物体形象。形如流水,状似飞鸿,大水漫溢无边,浩浩荡荡,奔流远引。但忽又旋回,竞相汇集。声音宏亮、细涩、郁结,繁声竞出很多律则。洪音传播,节拍分明,布集连属,广大磅礴。声调取舍适度,节度去就有方。强弱变化很有层次,声响稀疏繁密允当。像微风一般纤细轻弱,一会儿消失,一会儿又响。余声沉滞近于断绝,稍加停歇复又升扬。乐曲中止消逝,忽然又韵调高昂。真是精心研究,达到尽善尽美!笛声之美,凌驾丝簧,覆盖鼓钟。像树木植立,像绳索盘旋上升,飘摇舒缓而又宽厚。这时又箫管齐奏,钟磬并响。声音和谐而不扰乱,妙曲宣通八方之风。乐律款款和谐,哀声止于五降。一阕之曲终止,余弦又重新奏起。手指频繁按动,像梳齿一样紧密。迫促密集,如同蚁聚蜂拥,各种声响齐鸣,笛曲近于终止。然后稍加歇息,杂曲又乘间演奏。换上别调以新耳目,使人心神为之摇动。清扬舒缓,从容荡漾。惆怅怨恨,低回悠缓。节拍疾骤,乐器合奏,声音款款,忽近忽远。像是居高放任,又如落地复升。纠结纷乱,盘曲摇动。手按笛孔抑声掩韵,乐曲又变了声调。众声急促,五音替变。手指揉搓掩抑,动作连续变换。声调不同,各逞其妙。

听乐之人,在节奏之中观法度,在章句之中观变化,始知礼仪法制不可逾越。听到乐曲,就遥想古昔,心情沉浸忧伤之中,始知常忧虑而不能闲居独处!因此,论记笛声的义理,附合它表现的事物形象。其放任恣肆、宽大幽闲,如老子、庄周的气概。其温柔正直优游弘毅,如孔子、孟轲的德行。其激切明朗清廉耿介,如卞随务光的节操。其愤郁好斗,如专诸孟贲的武勇。其节奏分明,如管仲商鞅的决断。其条贯疏通、乱而能理,如申不害、韩非的明察。其花彩缤纷、络绎不绝,如范雎、蔡泽的说辞。其节制分别,如邓晰、公孙龙的智慧。上取法于《箫韶》、《南籥》,中取度于《白雪》、《渌水》,下采制于《延露》、《巴人》,因此,尊者、卑者、美者、陋者、贤者、愚者、勇者、懦者,鱼鳖禽兽,闻此笛声者,像麋鹿吃惊地伸着耳朵,像熊凭木而直立,像鸟一样伸颈侧听,像鸱鸮惊视,像老狼反顾。鸣噪跃舞,各得所需。人之情欲皆得满足,从而返于中和之道,敦美风俗。屈原会回到楚王朝廷享受快乐,介之推会归入京城接受晋文公的俸禄,澹台灭明会把儿子尸体从江中收回,皋鱼会转变心绪节制自己的哀哭，南宫长万会中止杀君的阴谋，高渠弥不复有杀害昭公的恶心，蒯聩会因感动而撤回围城之兵，陈不占会既成大节又有了勇气。王公将安保其位，隐士将乐处山林，仆隶将各尽其职，平民将安守其宅。会使鳣鱼喁口，驷马仰首，玄鹤飞舞。在这时候，绵驹咽住歌喉，伯牙摔毁古琴，瓠巴拔下弦柱，磬襄放下悬磬。他们都将瞠目惊呆，赞叹不已，失去容止，偃仰席间，掌声雷动。两眼开合频眨，涕泪交流而落下。所以，长笛能通于神灵，感致万物，舒泻精神，晓喻志意，极致精诚，效立志向，劝率下人，移风易俗，冲刷污杂之思，洗涤垢秽之想。

当初伏羲作琴，神农造瑟，女娲制簧，暴辛为埙，般倕铸钟，匠叔治磬。销金磨石，画刮切磨。弯折雕琢，刻镂钻凿。极尽巧妙，旷以日月，然后成器，其声音才能各尽美妙。只有笛子，因其天然姿质，不变其材，伐而吹之，其声音竟如此美妙，这也是简易之义、贤人之业呵！如上述六种乐器，竟有二皇和圣哲为之创制增益；笛子产生在大汉王朝，而学士不识其可以裨补王业，轻忽而不赞颂，很可悲呵！有庶士丘仲，只说了笛子的出处，而不知笛子的绝妙。其词是：

近代双笛羌人创制起，羌人伐竹尚未已，龙鸣水中不见身，截竹吹之声相似。削其上孔通竹节，裁截当鞭易携持。易京君明识音律，四孔之上又增一，君明所加孔后出，是谓商声五音具。

（于非译注　陈复兴修订　陈延嘉再修订）

琴赋一首

嵇叔夜

题解

嵇康(224—263),字叔夜,谯郡铚(今安徽宿州西南)人,三国时期魏国著名的哲学家、文学家、音乐家和书法家。"竹林七贤"之一。嵇康有奇才,博览群书,能琴好酒。官拜中散大夫,世称嵇中散。有《嵇康集》传世。

叔夜为人"径遂直陈,有言必尽","傲世不羁",又是魏宗室之婿,在杀伐动乱之世,难免遭到厄运。钟会劝司马昭尽早除掉嵇康,说:"嵇叔夜,卧龙也。公无忧天下,但以嵇康为虑耳。"(姜宸英《书嵇叔夜传》)"中散下狱,神气激扬"(江淹《恨赋》),临刑,面不改色,索琴而弹。他的《琴赋》和《声无哀乐论》,皆堪称颇有价值的音乐美学论文。

嵇康深受老庄的影响。他托琴言志,远祸避世、清心寡欲的思想在《琴赋》中时有流露。

为琴作赋者,不乏其人。蔡邕、马融、傅毅等都有《琴赋》,萧统独选嵇康之作,可见影响之大。康之《琴赋》,极力铺陈,很能体现"赋体物而浏亮"的特点。它从琴的材质、制作、演奏、琴德诸方面加以铺叙,渲染,从鼓琴听音两方面阐发音乐美学思想,既洋洋洒洒,又处处切琴,为古代的音乐理论和文学中的音乐描写,提供很多借鉴。清代何焯称赞说:"叔夜千古人,此赋亦千古文。""读此赋,如闻鸾凤之音于云霄缥缈之际。"(何批《昭明文选·琴赋》)

原文

余少好音声，长而玩之[1]。以为物有盛衰，而此无变；滋味有猒[2]，而此不倦。可以导养神气，宣和情志[3]，处穷独而不闷者[4]，莫近于音声也[5]。是故复之而不足[6]，则吟咏以肆志[7]；吟咏之不足，则寄言以广意[8]。然八音之器[9]，歌舞之象，历世才士[10]，并为之赋颂。其体制风流[11]，莫不相袭。称其材干[12]，则以危苦为上[13]；赋其声音，则以悲哀为主；美其感化，则以垂涕为贵。丽则丽矣[14]，然未尽其理也。推其所由，似元不解音声；览其旨趣[15]，亦未达礼乐之情也[16]。众器之中，琴德最优[17]。故缀叙所怀[18]，以为之赋。其辞曰：

惟椅梧之所生兮[19]，托峻岳之崇冈[20]。披重壤以诞载兮[21]，参辰极而高骧[22]。含天地之醇和兮[23]，吸日月之休光[24]。郁纷纭以独茂兮[25]，飞英蕤于昊苍[26]。夕纳景于虞渊兮[27]，旦晞干于九阳[28]。经千载以待价兮，寂神跱而永康[29]。

且其山川形势：则盘纡隐深[30]，確嵬岑嵓[31]，互岭巉岩[32]。岝崿岖崯[33]。丹崖崄巇[34]，青壁万寻。若乃重巘增起[35]，偃蹇云复[36]。邈隆崇以极壮[37]，崛巍巍而特秀[38]。蒸灵液以播云[39]，据神渊而吐溜[40]。尔乃颠波奔突[41]，狂赴争流。触岩觝隈[42]，郁怒彪休[43]。涌溶腾薄[44]。奋沫扬涛[45]。沛汩澎湃[46]，蜷蟺相纠[47]。放肆大川[48]，济乎中州[49]。安回徐迈[50]，寂尔长浮[51]。澹乎洋洋[52]，萦抱山丘[53]。详观其区土之所产毓[54]，奥宇之所宝殖[55]，珍怪琅玕[56]，瑶瑾翕赩[57]，丛集累积，奂衍于其侧[58]。若乃春兰被其东,沙棠殖其西,涓子宅其阳[59],玉醴涌其前[60],玄云荫其上[61],翔鸾集其颠,清露润其肤,惠风流其间[62]。竦肃肃以静谧[63],密微微其清闲[64]。夫所以经营其左右者[65],固以自然神丽[66],而足思愿爱乐矣[67]。

于是遁世之士[68],荣期绮季之畴[69],乃相与登飞梁[70],越幽壑[71],援琼枝[72],陟峻崿[73],以游乎其下。周旋永望[74],邈若凌飞[75]。邪睨昆仑[76],俯阚海湄[77]。指苍梧之迢递[78],临回江之威夷[79]。悟时俗之多累[80],仰箕山之余辉[81]。羡斯岳之弘敞[82],心慷慨以忘归[83]。情舒放而远览,接轩辕之遗音[84]。慕老童于騩隅[85],钦泰容之高吟[86]。顾兹梧而兴虑[87],思假物以托心[88]。乃斫孙枝[89],准量所任[90]。至人摅思[91],制为雅琴[92]。乃使离子督墨[93],匠石奋斤[94]。夔襄荐法[95],般倕骋神[96]。锼会裛厕[97],朗密调均[98]。华绘彫琢[99],布藻垂文[100]。错以犀象[101],籍以翠绿[102]。絃以园客之丝[103],徽以钟山之玉[104],爰有龙凤之象[105],古人之形:伯牙挥手[106],钟期听声[107],华容灼烁,发采扬明[108],何其丽也。伶伦比律[109],田连操张[110],进御君子[111],新声憀亮[112],何其伟也。

及其初调,则角羽俱起[113],宫徵相证[114]。参发并趣,上下累应[115],踸踔磥硌[116],美声将兴,固以和昶而足耽矣[117]。尔乃理正声[118],奏妙曲[119],扬白雪[120],发清角[121]。纷淋浪以流离[122],奂淫衍而优渥[123]。灿奕奕而高逝[124],驰岌岌以相属[125]。沛腾遌而竞趣[126],翕韡晔而繁缛[127]。状若崇山[128],又象流波[129],浩兮汤汤[130],郁兮峨峨[131],怫愲烦冤[132]、纡余婆娑[133]。陵纵播逸[134],霍濩纷葩[135],检容授节[136],应变合度[137]。兢名擅业[138],安轨徐步[139]。洋洋习习[140],声烈遐布[141]。含显媚以送终[142],飘余响乎泰素[143]。

若余高轩飞观[144],广夏闲房[145];冬夜肃清[146],朗月垂光。新衣翠粲[147],缨徽流芳[148]。于是器冷弦调[149],心闲手敏[150]。触搋如志[151],唯意所拟[152]。初涉《渌水》,中奏《清徵》[153],雅昶《唐尧》,终咏《微子》[154]。宽明弘润[155]优游躇跱[156]。拊弦安歌[157],新声代起[158]。歌曰:"凌扶摇兮憩瀛州[159],要列子兮为好仇[160]。餐沆瀣兮带朝霞[161],眇翩翩兮薄天游[162]。齐万物兮超自得[163],委性命兮任去留[164]。激清响以赴会[165],何弦歌之绸缪[166]。"

于是曲引向阑[167],众音将歇。改韵易调,奇弄乃发[168]。扬和颜[169],攘皓腕[170],飞纤指以驰骛[171],纷儷譶以流漫[172]。或徘徊顾慕,拥郁抑按[173],盘桓毓养,从容秘玩[174]。闼尔奋逸[175],风骇云乱。牢落凌厉[176],布濩半散[177]。丰融披离[178],斐韡奂烂[179]。英声发越[180],采采粲粲[181]。或间声错糅[182],状若诡赴[183],双美并进[184],骈驰翼驱[185]。初若将乖[186],后卒同趣[187]。或曲而不屈[188],直而不倨[189]。或相凌而不乱,或相离而不殊[190]。时劫掎以慷慨[191],或怨沮而踌躇[192]。忽飘飖以轻迈[193],乍留联而扶踈[194]。或参谭繁促[195],复叠攒仄[196]。从横骆驿[197],奔遁相逼[198]。拊嗟累赞[199],间不容息[200],瑰艳奇伟[201],殚不可识[202]。

若乃闲舒都雅[203],洪纤有宜[204]。清和条昶[205],案衍陆离[206]。穆温柔以怡怿[207],婉顺叙而委蛇[208]。或乘险投会[209],邀隙趋危[210]。嚶若离鹍鸣清池[211],翼若游鸿翔曾崖[212]。纷文斐尾[213],慊缪离缅[214]。微风余音[215],靡靡猗猗[216],或搂批擽捋[217],缥缭潎冽[218]。轻行浮弹[219],明婳瞭惠[220]。疾而不速[221],留而不滞[222]。翩绵飘邈[223],微音迅逝。远而听之,若鸾凤和鸣戏云中[224];迫而察之[225],若众葩敷荣曜春风[226]。既丰赡以多姿[227],又善始而令终[228]。嗟姣妙以弘丽[229],何变态之无穷[230]。

若夫三春之初,丽服以时[231]。乃携友生[232],以遨以嬉[233]。涉兰圃[234],登重基[235],背长林[236],翳华芝[237],临清流[238],赋新诗。嘉鱼龙之逸豫[239],乐百卉之荣滋[240]。理重华之遗操[241],慨远慕而长思[242]。若乃华堂曲宴[243],密友近宾,兰肴兼御[244],旨酒清醇[245],进南荆,发西秦,绍陵阳,度巴人[246],变用杂而并起[247],竦众听而骇神[248]。料殊功而比操[249],岂笙籥之能伦[250]!

若次其曲引所宜[251],则广陵止息,东武太山,飞龙鹿鸣,鹍鸡游弦[252],更唱迭奏[253],声若自然,流楚窈窕[254],惩躁雪烦[255]。下代谣俗[256],蔡氏五曲[257]。王昭楚妃[258],千里别鹤[259]。犹有一切[260],承间簉乏[261],亦有可观者焉。然非夫旷远者不能与之嬉游[262];非夫渊静者不能与之闲止[263];非夫放达者不能与之无厺[264],非夫至精者不能与之析理也[265]。若论其体势[266],详其风声[267]:器和故响逸[268],张急故声清[269],间辽故音庳[270],弦长故徽鸣[271]。性洁静以端理[272],含至德之和平[273]。诚可以感荡心志[274],而发泄幽情矣[275]。是故怀戚者闻之[276],莫不憯懔惨凄[277],愀怆伤心[278],含哀懊伊[279],不能自禁;其康乐者闻之[280],则欨愉欢释[281],抃舞踊溢[282],留连澜漫[283],嗢噱终日[284];若和平者听之,则怡养悦悆[285],淑穆玄真[286],恬虚乐古[287],弃事遗身[288]。是以伯夷以之廉[289],颜回以之仁[290],比干以之忠[291],尾生以之信[292],惠施以之辩给[293],万石以之讷慎[294]。其余触类而长,所致非一。同归殊途,或文或质。缌中和以统物[295],咸日用而不失。其感人动物,盖亦弘矣。于时也,金石寝声,匏竹屏气[296]。王豹辍讴[297],狄牙丧味[298]。天吴踊跃于重渊[299],王乔披云而下坠[300],舞鸑鷟于庭阶[301],游女飘焉而来萃[302],感天地以致和[303],况蚑行之众类[304]?嘉斯器之懿茂[305],咏兹文以自慰[306]。永服御而不厌[307],信古今之所贵!

乱曰[308]:愔愔琴德[309],不可测兮。体清心远[310],邈难极兮。良质美手[311],遇今世兮。纷纶翕响[312],冠众艺兮[313]。识音者希[314],孰能珍兮?能尽雅琴[315],唯至人兮!

注释

〔1〕玩:习。

〔2〕猒(yàn 艳):同"餍"。饱,足。

〔3〕导养神气:疏导气血,静养精神,是养生以求长寿之法。 宣和:舒展,调和。

〔4〕穷独:指逆境。《孟子·公孙丑》:"柳下惠……遗佚而不怨,阨穷而不悯。"又《孟子·尽心》:"穷则独善其身,达则兼善天下。"

〔5〕近:切近。

〔6〕复:反复。指反复玩赏。"复之,谓取其音声而反复之。"(戴明扬《嵇康集校注》引黄侃语)

〔7〕吟咏:把诗谱上曲子。"吟咏,谓以诗歌谱之音声。"(《嵇康集校注》引黄侃语) 肆志:抒发心志。肆,申。

〔8〕寄言:托言。 广意:阐述思想。

〔9〕八音:古代乐器的统称。指金、石、丝、竹、匏、土、革、木。

〔10〕才士:有才气的文士。

〔11〕体制:指诗赋的体裁。　风流:流风余韵,此指传统的形式。

〔12〕材干:制作乐器的主要材料。

〔13〕危苦:吕延济注:“危苦,谓生于高峻也。”

〔14〕丽:好。

〔15〕旨趣:宗旨。

〔16〕礼乐:《礼记·文王世子》:“凡三王教世子必以礼乐。乐,所以内修也;礼,所以外修也。礼乐交错于中。”又《礼记·乐工记》:“故礼以道其志,乐以和其声,政以一其行,刑以防其奸,礼乐刑政,其极一世。”

〔17〕琴德:指琴在教化中的作用。

〔18〕缀叙:写作。

〔19〕椅梧(yī wú 壹吴):梧桐之类的树木,适合作琴。一般是以桐木作面板,以梓木作底板,合为音箱。

〔20〕峻岳:高山。

〔21〕重壤:厚土。　诞载:生长

〔22〕参辰极:与北斗星齐高。参,齐。辰极,北斗星。　高骧(xiāng 香):高高向上。骧,高举。

〔23〕醇和:天地间的精气。

〔24〕休光:美丽的光辉。

〔25〕郁纷纭:枝叶繁茂的样子,

〔26〕英蕤(ruí):花絮。　昊(hāo 蒿)苍:天。

〔27〕景:影。　虞渊:日落之处。

〔28〕晞(xī 西):晒。　九阳:九天之崖。

〔29〕待价:待人采伐。　寂:悠闲。　跱:同“峙”,耸立。

〔30〕盘纡(yū 迂):曲折。

〔31〕磪嵬(cuī wéi 崔围):高峻的样子。　岑嵓:危险之状。嵓同“岩”。

〔32〕巉岩:险峻的山石。

〔33〕岝崿(zuó è 昨饿):山高的样子。　崟崯(yín 银):山石险峻的样子。

〔34〕崄巇(xiǎn xī 险西):艰险崎岖。

〔35〕重巘(chóng yǎn 虫眼):重重叠叠的山峰。

〔36〕偃蹇(jiǎn 俭):高高的样子。

〔37〕邈:远。　隆崇:高大的样子。

〔38〕崛巍巍:陡峭之状。　特秀:独拔。

〔39〕灵液:指水蒸气。

〔40〕神渊:山泉。渊,五臣本作“泉”。　吐溜:形成水流。溜,流。

〔41〕颠波奔突:水势急湍的样子。

〔42〕触:至。　觝(dǐ 底):碰撞。　隈(wēi 威):弯曲的地方。

〔43〕郁怒:盛怒。　彪休:愤怒的样子。

〔44〕腾薄:波浪相激。

〔45〕奋沫:激起细碎的浪花。

〔46〕沛汩(jié gǔ 洁古):急流激荡的样子。

〔47〕蜿蟺(wǎn shàn 婉善):盘旋。　相纠:缭绕不断。

〔48〕放肆:放纵奔流。

〔49〕中州:中原地区。一说帝都。

〔50〕安回:安然回旋。　徐迈:缓缓流淌。

〔51〕寂尔长浮:无声地流向远方。

〔52〕澹乎洋洋:水势弥漫。

〔53〕萦抱:环绕。

〔54〕区土:区域。　产毓:生长。毓,通“育”。

〔55〕奥宇:即奥区,深藏珍宝之地。　宝殖:繁殖贵重之物产。

〔56〕珍怪:珍奇。　琅玕(láng gān 郎干):美玉。

〔57〕瑶瑾:美玉。　翕赩(xì xì 细细):光色。

〔58〕奂衍:分散。

〔59〕涓子:齐人,作《琴心》三篇。

〔60〕玉醴:醴泉。扬雄《泰玄赋》:“饮玉醴以解渴。”宋玉《笛赋》:“醴泉流其右。”

〔61〕玄云:黑云,浓云。《淮南子》:“桐木成云。”注:“取十石瓮,满以水,置桐其中,三四日间,气似云作。”

〔62〕惠风:南风。

〔63〕竦:高耸。　肃肃:树木上竦的样子。　静谧:安静。

〔64〕微微:幽静。

〔65〕经营:优游。

〔66〕神丽:神妙妍丽。

〔67〕思愿爱乐:思慕爱恋。

〔68〕遁世之士:隐士。

〔69〕荣期:即荣启期。古代传说中的隐士。《列子》:“孔子游泰山,见荣启期,行乎郕之野,鹿裘带索,鼓琴而歌。” 绮季:四皓之一。传说中的隐士。班固《汉书·张良传》:“汉兴,有东园公、绮里季、夏黄公、角里先生,当秦之时,避世而入商洛深山,以待天下之定,即四皓也。”

〔70〕飞梁:指飞架于高山间的栈道。

〔71〕幽壑:深谷。

〔72〕援:攀。 琼枝:树名。李善注:“庄子曰:‘南方生树,名琼枝。’”

〔73〕陟(zhì 志):登。 峻崿(è 饿):高陡的山崖。

〔74〕周旋永望:环视,远望。

〔75〕邈若凌飞:似鸟凌空而飞。

〔76〕邪睨:平视。 昆仑:山名。

〔77〕俯阚(kàn 看):下看。 海湄:海滨。

〔78〕指:以手指之。 苍梧:指苍梧郡,郡内有九嶷山,相传舜葬于此。迢递:很远。

〔79〕临:下临。 回江:弯弯曲曲的江水。 威夷:即逶迤,弯曲的样子。

〔80〕悟:觉。

〔81〕仰箕山之余辉:《高士传》记载,尧让位给许由,许由不受,隐遁中岳,在颍水之南,箕山之下。死后葬于山上,尧封其墓,号曰箕公。嵇康仰慕许由不近名利,隐居山林。

〔82〕斯岳:指许由隐居的中岳衡山。弘敞:高大宽广。

〔83〕慷慨:欢乐。

〔84〕轩辕:黄帝。 遗音:指黄帝所作的琴曲。

〔85〕老童:李善注:《山海经》曰:“‘騩山’,神耆童居之,其音常如钟磬也。’郭璞曰:‘耆童,老童也,颛顼之子。’” 騩(guī 龟):騩山。 隅:山角。

〔86〕泰容:相传为黄帝的乐师。 高吟:高声吟诵,以抒发清高之志。

〔87〕梧:梧桐。 兴虑:有所感慨。

〔88〕假物:借物。 托心:寄托内心的感慨。李周翰注:“康见此梧桐而起虑也,托心于桐,以自喻有良材大器不为时用。”

〔89〕斫(zhuó 酌):砍削。 孙枝:侧生之枝。

〔90〕准量所任:量材而用。

〔91〕至人:古代指思想道德等某一方面达到最高境界的人。 摅(shū 舒)思:抒怀。

〔92〕雅琴:琴。《汉书·艺文志》引《七略》曰:“雅琴,琴之言禁也,雅之言正也,君子守正以自禁也。”

〔93〕离子:离朱,传说黄帝时人,眼力极好,百里之外能察秋毫。 督墨:掌握标准。墨,木匠做活用以划线的绳墨。

〔94〕匠石:字子伯,有名的工匠。 运斤:使用斧子。《庄子·徐无鬼》记载,郢人鼻子粘上苍蝇翅膀大小的一块白灰点,让匠石用斧子砍掉。匠石挥斧砍掉白灰点,而郢人鼻子完好无损。

〔95〕夔(kuí 逵):人名,相传为尧舜时的乐官。 襄:古代琴师。相传孔子学琴于师襄: 荐法:传授制琴的法则。

〔96〕般:鲁班,古代的能工巧匠。 倕(chuí 垂):相传古代的能工巧匠。骋神:施展神通。

〔97〕锼(sōu 搜):将木雕空。 会:合缝。 褎(yì 义)厕:连接密致。

〔98〕朗密:指间距大小。

〔99〕华绘:彩绘。 雕琢:雕刻花纹。

〔100〕布藻垂文:点缀上文采。

〔101〕错以犀象:杂嵌犀角象牙为妆饰。

〔102〕籍以翠绿:着上翠绿的颜色。

〔103〕弦以园客之丝:用园客缫的丝作琴弦。《列仙传》记载,园客系济阴人。他曾种植五色香草,数十年,香草上生五色神蛾。园客收养神蛾,神蛾变成桑蚕。有一美女夜至,自称为客妻。客与女得百十个蚕茧,放在瓮里,缫六十日,丝乃尽。

〔104〕徽以钟山之玉:用钟山之玉做琴音位的标志。(在琴面上镶嵌有十三个圆形标志,用金、玉或贝壳等制成,叫做徽。琴徽是琴曲演奏艺术高度发展的产物)

〔105〕爰有龙凤之象,古人之形:琴音箱上雕绘着龙凤和古人的形象。《西京杂记》载,赵后有个宝琴叫凤凰。音箱上镶金缀玉,雕绘龙凤和古贤列女的图像。

〔106〕伯牙挥手:俞伯牙弹琴。挥手,鼓琴。

〔107〕钟期听音:钟子期听琴。《吕氏春秋》:“伯牙鼓琴,钟子期听之,志在泰山,钟子期曰:‘善哉,巍巍乎若太山。’须臾,志在流水,子期曰:‘汤汤乎若流水。’子期死,伯牙破琴绝弦,终身不复鼓琴,以为世无赏音。”

〔108〕华容:指妆饰华美的琴。 灼烁(shuò 朔):艳色。烁,胡刻本作“爚”,据六臣注本改。 发采:焕发光采。

〔109〕伶伦:传说黄帝时候的人,曾在山谷中取一根竹子,断为两截,吹之,作黄钟之音;又制为十二排箫,吹之,音如凤鸣。据说伶伦所吹之音,为音律之本。 比律:制定音律。

〔110〕田连:古代善鼓琴者。 操张:弹琴。

〔111〕御:用。

〔112〕新声:清新之声。 憀(liáo 辽)亮:声音清彻响亮。

〔113〕角、羽:皆为五音之一。中国古代把声分为宫、商、角、徵、羽五个音阶。

〔114〕相证:相验。证,验。

〔115〕上下:戴明扬《嵇康集校注》:“上下,谓徽位上下,初调弦时,取五声相应也。” 累应:同声相和。

〔116〕踸踔(chěn chuō):声音由小到大。《嵇康集校注》:“踸踔,初声布散貌。” 磥硌(lěi luò 磊落):大声。

〔117〕和昶(chǎng 场):和畅。 耽:乐。

〔118〕正声:雅乐。古代以雅乐即“雅颂之声”作为纯正的音乐,称为正声。与“新声”相对。

〔119〕妙曲:佳妙的乐曲。

〔120〕白雪:《阳春白雪》,雅曲。一说“白雪”五十弦琴。

〔121〕清角:弦急,其声清。角,五声之一。

〔122〕淋浪:聊浪,放荡。 流离:旷放。

〔123〕奂:多。 淫衍:声音悠长。 优渥(wò 握):浑厚。

〔124〕灿:明朗。 奕奕:很盛的样子, 高逝:在空中回荡。

〔125〕驰岌岌以相属:声高急而相连。岌岌,很高的样子。

〔126〕沛:很多的样子。 腾遌(è 饿):腾跃相触。

〔127〕翕(xì 细):合。 韡晔(wěi yè 伟业):美盛的样子。 繁缛:声细。

〔128〕崇山:高山。

〔129〕流波:流水。

〔130〕汤汤(shāng shāng 商商):大水急流的样子。

〔131〕峨峨:山势高峻。

〔132〕怫愲(fú wèi 伏魏)烦冤:声多而不散。(用吕向说)

〔133〕纡余婆娑:声音回旋分散。

〔134〕陵纵:放任,充分。　播逸:向四处布散。张铣注:"声高而分布也。"

〔135〕霍濩(huò 获):波浪声。　纷葩(pā 啪):繁乱之音。一说张开的样子。陵纵播逸,"音声陵纵播布而起,霍濩然似水声。"(李善注)

〔136〕检容:敛容。检通"敛"。　授节:用手指按拍节演奏。

〔137〕合度:合于法度。李周翰注:"授,付也。谓曲节将至,则当缓而分布,故须端检其容,以定其声,乃付手以成其节,则应合于度。"

〔138〕兢名:争名。　擅业:指专长琴法。

〔139〕安轨徐步:按照法度从容鼓琴。轨,指琴法。徐,缓。

〔140〕洋洋习习:琴声浑厚清雅。

〔141〕烈:美。　遐布:琴声飘扬。布,散。

〔142〕显媚:明朗优美的琴声。李善注:"含显媚之声,以送曲终也。"送终:终曲。

〔143〕泰素:自然。

〔144〕高轩:高楼长廊。　飞观(guàn 贯):高楼楼台。

〔145〕广夏:大房子。夏,大殿。　闲房:空旷的房屋。

〔146〕肃清:清冷静谧。

〔147〕翠粲:色彩鲜艳。

〔148〕缨徽:一种彩色的带子。古代女子许嫁时所系,也用以系香囊等物。流芳:飘香。

〔149〕器冷:调琴弦发出冷冷之音。器,指琴。冷,声音清越。

〔150〕心闲手敏:得心应手。

〔151〕触捤(pī 批):手指正反弹拨。捤,同"批"。反手击。

〔152〕唯意所拟:心到手随。

〔153〕《渌水》、《清徵》:曲名。　涉:选奏之意。吕向注:"涉,谓志在选曲,若涉于水中也。"

〔154〕昶:同"畅"。唐尧、微子:吕向注:"唐尧、微子,操名也。"操,琴曲的一种。如《龟山操》、《猗兰操》。李善注:"《七略》:'雅畅第十七曰:琴道曰:尧

畅逸。又曰:达则兼善天下,无不通畅,故谓之畅。昶与“畅”同。’又曰:‘微子操,微子伤殷之将亡,终不可奈何,见鸿鹄高飞,援琴作操。’”

〔155〕宽明:宽大贤明,指唐尧、微子之德。 弘润:心地宽大,性情仁慈,指唐尧、微子之德。

〔156〕优游躇跱(zhì 志):从容舒缓。戴明扬《嵇康集校注》:“‘躇跱’犹‘跱躇’……与‘踟躇’、‘踟蹰’、‘踌躇’,皆相通。”

〔157〕拊(fǔ 府)弦:弹琴。拊同“抚”。安歌:慢慢歌唱,与琴声相和。

〔158〕新声:与雅乐相对。《汉书》:“李延年善歌,为新变之声。” 代:更代。

〔159〕扶摇:风。 憩(qì 气):休息。胡刻本作“憇”,据六臣本改。瀛洲:传说中海上的仙山。

〔160〕要(yāo 腰):同“邀”。 列子:传说中的风仙。《汉书》:“列子名御寇,先庄子,庄子称之。” 《庄子》:“列子御风、泠然风仙也。” 仇(qiú 求):同“逑”,配偶。

〔161〕沆瀣(hàng xiè):露水。 带朝霞:以朝霞为带。

〔162〕眇(miǎo 秒):远。 翩翩:飞舞之状。 薄:迫近。

〔163〕齐万物:与万物等同。庄子有《齐物篇》,表现无生死,无是非的虚无主义思想。 超自得:超然自得。即超脱,不为外界左右。

〔164〕委性命兮任去留:安于天命,任其自然。委,安。

〔165〕激:指声调的高亢激烈。 清响:清歌,即不用乐器伴奏的独唱。赴会:歌声与琴声相和。

〔166〕弦歌:古诗皆可以配琴瑟等乐器歌咏诵读,称弦歌。 绸缪(móu 谋):缠绵。

〔167〕引:乐曲体裁之一,有序奏之意。如《思归引》、《箜篌引》。 阑:将尽未尽。李善注:“半在半罢谓之阑。”

〔168〕奇弄:奇妙的琴曲。琴曲有“畅”,有操,有引,有弄。《琴论》:“弄者,情性和畅,宽泰之名。”

〔169〕和颜:温和的面容。

〔170〕攘(rǎng 嚷):捋。 皓腕:女子白嫩细腻的手腕。吕向注:“攘,褰袖而出腕。”褰,揭起。

〔171〕纤指:纤细的手指。 驰骛:形容弹琴时手指敏捷的动作。

〔172〕儸譶(sè tà 涩沓):声繁。 流漫:色采相参。此指众音相和。

〔173〕徘徊："声旋绕。" 顾慕、拥郁、抑按："声驻而下不散也"。

〔174〕盘桓："谓以指转历于弦上也。" 毓养、从容："谓按息其声也。" 秘玩："谓闲缓而弄也。"(上引吕向注)

〔175〕闼(tà 沓)尔：迅疾的样子。 奋逸：腾起。

〔176〕牢落、凌厉：稀疏的样子。

〔177〕布濩(hù 护)：分散的样子。 半散：分散。《嵇康集校注》："半与绊通，毛诗传：'绊，散也。'"

〔178〕丰融披离：声音清晰流畅。(用张铣说)

〔179〕斐韡(fěi wěi 匪伟)奂烂：声音繁盛的样子。

〔180〕英声：美声。英，美。 发越：郭璞注《上林赋》："众香发越"，"香气射散也。"

〔181〕采采粲粲：形容音声很美。

〔182〕间声：俗曲。"间声即奸声，与上文正声对言也。"(戴明扬《嵇康集校注》) 错糅(róu 柔)：杂糅在一起。

〔183〕诡赴：王念孙《读书杂志》："诡者，异也；赴，趋也。言间声杂出，若与正声异趋也。"

〔184〕双美：指正声与间声。

〔185〕骈驰翼驱：形容"英声""间声"错杂，如马奔鸟逐。

〔186〕乖(guāi)：背离。

〔187〕趣：趋，疾走。

〔188〕曲而不屈：声虽曲而志不屈。

〔189〕直而不倨：声虽直而志不傲。倨，傲。

〔190〕相凌而不乱，相离而不殊：张铣注："其声虽相凌而志不乱，其声虽相离而志不殊。"凌，交错，殊，绝。

〔191〕劫掎(jǐ 挤)慷慨：昂扬向上之声。

〔192〕怨沮而踌躇：哀怨低回之声。"沮"胡刻本作"媿"(jù 巨)，据五臣本改。

〔193〕飘飖(yáo 遥)：飘荡。 轻迈：风轻轻地吹。

〔194〕留联：声音相续不断。 扶踈：声音四处飘散。"踈"胡刻本作"疏"，据五臣本改。

〔195〕参谭：相随的样子。 繁促：繁杂而急促。

〔196〕复叠：重叠。 攒仄(cuán zè)：声音聚拢。

〔197〕从横:纵横。从,通“纵”。 骆驿:通“络绎”,相连不断的样子。

〔198〕奔遁:奔逃。 相逼:紧相跟随。参谭繁促,复叠攒仄,从横骆驿,奔遁相逼,“皆声繁急重叠,从横相连貌。”(刘良注)

〔199〕拊嗟(fǔ jiē):拍手叹美。拊,拍手。 累赞:连声赞叹。

〔200〕间不容息:没有喘气的间隙。李善注:“间不容息,高诱曰:不容气息,促之甚也。”

〔201〕瑰艳:奇异光艳。 奇伟:奇美。伟,美。

〔202〕殚(dān 单):尽。瑰艳奇伟,殚不可识,“言琴声之美,不可尽识。”(李周翰注)

〔203〕闲舒:舒缓。 都雅:闲雅。都,闲。

〔204〕洪纤:大小。

〔205〕清和:清朗平和。 条昶:通畅。昶,通“畅”。

〔206〕案衍:不平的样子。 陆离:参差。

〔207〕穆:和。 怡怿(yí yì 移义):欢快。

〔208〕婉:和顺。 顺叙:和谐。 委蛇:绵延曲折的样子。

〔209〕乘险:凌空。乘,升。险,空。

〔210〕邀隙:入穴。 趋危:赴危。刘良注:乘险投会,邀隙趋危,“险,空也。邀,入也。隙,穴。趋,向也。言声或乘空以相投会,或入穴而向危也。”

〔211〕譻(yīng 英):鸟鸣声。李善注:“譻,古嘤字。” 离鹍(kūn 昆):失去伴侣的鹍鸡。鹍鸡,似鹤,黄白色。《楚辞·九辩》:“鹍鸡啁析而悲鸣。”

〔212〕游鸿:离群之雁。 曾崖:高高的山崖。曾,通“层”。

〔213〕纷文斐(fěi 匪)尾:多有文采。

〔214〕慊缭(qiàn xiāo 欠消)离缅(lí 离):像初生的羽毛。离缅,羽毛始生的样子。

〔215〕微风余音:余音如微风,和缓轻飘。

〔216〕靡靡:形容柔弱的乐声。 猗猗(yī 壹):形容余音袅袅。

〔217〕搂挒擽捋(lōu pī lì luō 楼匹厉啰):四种弹琴的指法。搂,以指勾弦。挒,反手击弦。栎捋,以指拂弦。李善注:“搂挒栎捋,皆手抚弦之貌。”

〔218〕缥缭潎冽(piāo liáo piē liè 飘辽撇烈):皆为状声之词。形容琴声激荡缭绕。

〔219〕轻行浮弹:信手轻弹。

〔220〕明婳(huà 画):光明美好。 瞭(qì 气)惠:观赏赞美。惠,胡刻本作“慧”,据茶陵本改。

〔221〕疾而不速:急而不快。

〔222〕留而不滞:缓而不停。

〔223〕翩绵飘邈:声音飞向远方。

〔224〕鸾凤:鸾鸟和凤凰。 和鸣:相互鸣叫。

〔225〕迫:近。

〔226〕葩(pā 趴):花。 敷荣:开花结果。 曜(yào 耀):放光彩。

〔227〕丰赡(shàn 善):声繁富。

〔228〕善始令终:善始善终。令,善。谓琴声始终皆美。

〔229〕姣(jiāo 交)妙:美妙。 弘(hóng 洪)丽:声音大而美。

〔230〕变态无穷:变化无穷。傅毅《琴赋》:“尽声变之奥妙。”

〔231〕丽服以时:穿着合乎季节的漂亮服装。

〔232〕友生:朋友。

〔233〕以遨以嬉(xī 西):即遨嬉,游乐。嬉,乐。

〔234〕兰圃:长满香草的花圃。

〔235〕重基:高山。

〔236〕长林:高大的树林。

〔237〕翳(yì 义):遮蔽。 华芝:华盖。华盖,树名。“树直上百丈,无枝,上结丛条如车盖,叶一青一赤,望之斑驳如锦绣,长安谓之‘丹青树’,亦云‘华盖树’。”

〔238〕清流:清澈的流水。

〔239〕逸豫:安乐自得。

〔240〕卉:草的总称。 荣滋:植物生长繁茂。

〔241〕重(chóng 虫)华:舜。 遗操:李善注引:《琴道》:“舜操者,昔虞舜圣玄远,遂升天子,喟然念亲,巍巍上帝之位不足保,援琴作操。”遗操即指舜操。操,琴曲的一种。

〔242〕远慕长思:指思慕舜之圣德。

〔243〕华堂:华丽的厅堂。 曲宴:小规模的宴会。

〔244〕兼御:并用。

〔245〕旨酒:美酒。 清醇:酒味清香,酒味浓厚。

〔246〕南荆、西秦、陵阳、巴人：皆曲名。（用吕向说）

〔247〕变用：指雅曲和俗曲。《论语·学而》："礼之用，和为贵。"正声为雅乐，雅乐乃教化之用。

〔248〕竦众听而骇神：众人竦耳惊听。

〔249〕殊功比操：功用不同的乐曲轮翻弹奏。

〔250〕笙籥（shēng yuè 生跃）：皆为乐器。籥，古管乐器。　伦：比。

〔251〕次：排等次。　宜：相称。

〔252〕广陵、止息、东武、太山、飞龙、鹿鸣、鹍鸡、游弦：皆为曲名。

〔253〕更唱迭奏：交替演奏，互相配合。

〔254〕流楚：流利清晰的声音。　窈窕（yǎo tiǎo 咬挑）：美好的声音。李善注："言流行清楚窈窕之声，足以惩止躁竞，雪荡烦懑也。"

〔255〕惩躁雪烦：荡涤心中的烦闷焦躁情绪。

〔256〕代：更换。　谣俗：李周翰注："谣俗，歌风俗之声也。"《史记·货殖列传》："人民谣俗。"

〔257〕蔡氏五曲：俗传蔡邕作《游春》、《渌水》、《坐愁》、《秋思》、《幽居》五曲。《琴书》："邕，嘉平初，入青溪访鬼谷先生，所居山有五曲，一曲制一弄。山之东曲，常有仙人游，故作《游春》；南曲有涧，冬夏常渌，故作《渌水》；中曲即鬼谷先生旧所居也，深邃岑寂，故作《幽居》；北曲高岩，猿鸟所集，感物愁坐，故作《坐愁》；西曲灌木吟秋，故作《秋思》。三年曲成，出示马融，甚异之。"

〔258〕王昭、楚妃：曲名。李善注引《琴操》："王襄女（昭君），汉元帝时献入后宫，以妻单于，昭君心念乡土，乃作怨旷之歌。"又引《歌录》："石崇楚妃叹歌辞曰：'楚妃叹，莫知其所由。楚之贤妃，能立德著勋，垂名于后，唯樊姬焉，故令叹咏，声永世不绝，疑必尔也。"

〔259〕千里别鹤：别鹤，曲名。因鹤一举千里，故曰千里别鹤。李善注蔡邕《琴操》："商陵牧子，娶妻五年，无子，无母欲为改娶。牧子援琴鼓之，叹别鹤以舒其愤懑，故曰《别鹤操》。鹤一举千里，故名千里别鹤也。"《琴曲谱》录有《昭君怨》，明妃制；《楚妃叹》，息妫制；《别鹤操》，商陵穆（牧）子制，《千里吟》，不注制者。"李周翰注："王昭、楚妃、千里别鹤，三者，曲名也。"一说，千里亦曲名。

〔260〕一切：一时权宜。

〔261〕承间簉（zào 造）乏：在雅曲之中杂进俗曲。簉，杂。李周翰注："言此诸曲权时以承古雅之间，以杂于顿乏之际，以有可观也。"《琴史》："蔡氏五曲，

今人以为奇声异弄,难工之操,而叔夜时特谓之淫俗之曲,且曰‘承间箧乏,亦有可观’,盖言其非古也。”

〔262〕旷远:心胸开阔,举止无拘束。　嬉游:游乐。

〔263〕渊静:深沉而安详。　闲止:悠闲相处。止,居。

〔264〕放达:放纵旷达,不拘礼俗。　无恡(lìn 吝):不贪。恡,同“吝”。

〔265〕至精者:道德修养最纯粹的人。《周易·系辞》:“非天下之至精,其孰能与于此?”《疏》:“非天下万事之内至极精妙,谁能参与于此?”　析理:剖析事理。

〔266〕体势:体制。指琴的结构。

〔267〕详:审。　风声:指琴的音色。

〔268〕器和:指琴弦松缓。　响逸:指琴声浑厚深远。

〔269〕张急:指琴弦上得紧。　声清:指琴声清越昂扬。蔡邕《月令章句》:“凡弦之缓急为清浊,琴紧其弦则清,缓则浊。”

〔270〕间辽:距离琴首较远的徽位。王观国《学林》:“间辽,徽(琴弦音位标志)之远处,若十三徽外近焦尾处声,以手取之,自然庳下。”庳,低下。

〔271〕弦长徽鸣:《志林》:“徽鸣者,今之所谓泛声(以左手轻触徽位,发出轻盈虚飘的乐音)也,弦虚而不按乃可泛,故曰弦长则徽鸣也。”

〔272〕洁静:纯洁。静,通“净”。　端理:正直。

〔273〕含:怀。　至德:最高尚的道德。　和平:心平气和。

〔274〕诚:的确。　感荡:感动。　心志:意志。

〔275〕幽情:心灵深处的感情。

〔276〕怀戚:心中忧闷。戚,忧。

〔277〕憯懔(cǎn lǐn 惨凛):哀伤畏惧。　惨悽:心中悲伤。

〔278〕愀怆(qiǎo chuàng 巧创):忧伤。

〔279〕懊咿(ào yī 奥壹):内悲。

〔280〕康乐:安乐。

〔281〕㰲(xū 虚)愉:和悦的样子。　欢释:纵情欢乐。释,纵。欢,胡刻本作懽,据五臣本改。

〔282〕抃(biàn 变)舞:鼓掌舞蹈。　踊溢:跳跃。

〔283〕留连:同“流连”。乐而忘返。　澜漫:兴会淋漓的样子。

〔284〕嗢噱(wà jué):大笑不止。

〔285〕怡(yí 移)养:安适快乐。　悦悆(yù 玉):喜乐。悆,通“豫”,喜。

〔286〕淑穆:恬淡闲适。　玄真:归于纯朴之境。

〔287〕恬(tián 田)虚:恬淡,不热中于名利。　乐古:喜欢古道。李善注:“庄子曰:‘虚静恬淡者,道德之至也。’”古道,指老庄之道。

〔288〕弃事遗身:摆脱事累,免于劳身。

〔289〕伯夷:伯夷和叔齐是商朝孤竹君的两个儿子。相传其父有遗嘱,要叔齐继其位。孤竹君死后,叔齐让位给伯夷,伯夷不受,叔齐也不肯继位,二人先后逃到周国。周武王伐纣,二人叩马谏阻。武王灭商后,耻食周粟,逃到首阳山,采薇而食,饿死在山里。封建社会里把他们当作高尚守节的典型。　廉:廉洁,不贪。

〔290〕颜回:孔子弟子,春秋鲁人,字子渊。好学,安贫乐道,一箪食,一瓢饮,不改其乐。《论语·颜渊》:“颜回问仁,子曰:‘克己复礼为仁。’”仁:原为殷周奴隶主阶级道德规范,用以维护统治阶级内部团结,欺骗劳动人民。经孔子系统发挥,成为儒家思想的核心。把“孝悌”、“忠恕”等作为仁的重要内容,用以维护奴隶制的宗法关系,防止“犯上作乱”。

〔291〕比干:殷末,纣王叔伯父(一说,纣庶兄)。传说纣淫乱,比干犯颜强谏,纣怒,剖其心而死。　忠:忠诚。《荀子·大略》:“比干、子胥,忠而君不用。”

〔292〕尾生:古代传说中战国时鲁国坚守信约的人。尾生与女子约会于桥下,女子未来,河水上涨,仍不离去,抱桥柱淹死。　信:坚守信约。

〔293〕惠施:战国时宋人。名家代表人物之一。他认为一切事物的差别、对立,都是相对的。由于过分夸大事物的同一性,结果往往流于诡辩。

〔294〕万石:指西汉万石君石奋。李善注引《汉书》:“万石君奋,恭谨,举朝无比。奋长子建,次甲,次乙,庆,皆以驯行孝谨,官至二千石。景帝曰:‘石君及四子皆二千石,人臣尊宠,乃举集其门,凡号奋为万石君。’建,郎中令奏下,建读之,惊恐曰:‘书马者,与尾而五,今乃四,不足一,谴死矣。’其为谨,虽他皆如是。”　讷(nà 那)慎:慎言,说话慎重。此指过于谨慎,以至达到迂腐的程度。

〔295〕緫(zǒng 总):同“总”。胡刻本作“揔”,据五臣本改。　中和:儒家中庸之道,认为能“致中和”。《礼·中庸》:“喜怒哀乐之未发谓之中,发而皆中节谓之和。”　统:综理。刘良注:“中和谓大道也。统,理也。言琴合于大道,以理万物,皆可以终日用之。感人动物盖亦大矣。”

〔296〕金、石、匏(páo 袍)、竹:皆为古代制造乐器的材料。金,指钟、铃等金属制的乐器;石,指磬等石制乐器;匏,指笙、竽等葫芦类制乐器;竹,指管籥等竹制乐器。　寝声、屏(bǐng 丙)气:指不发声。

〔297〕王豹:古代善于歌唱的人。　辍(chuò 绰)讴:停止唱歌。

〔298〕狄牙:即易牙。春秋齐桓公宠臣,会逢迎,善辨味。《淮南子》:“淄渑之水合,狄牙尝而知之。”　丧味:失去味觉。

〔299〕天吴:传说中的水神。李善注:“《山海经》曰:‘朝阳之谷,有神名曰天吴,是为水伯。其形首足尾并,人面而青色。’”　重渊:深渊。《庄子·列御寇篇》:“千金之珠,必在九重之渊。”

〔300〕王乔:即王子乔,传说中的古仙人,能腾云驾雾。《楚辞》:“譬若王乔之乘云兮,载赤霄而凌太清。”

〔301〕鸑鷟(yuè zhuó 月浊):凤凰的别名。

〔302〕游女:传说中汉水之神。　萃:聚。

〔303〕致和:四时交替,阴阳中和,使万物生长。《礼·中庸》:“致中和,天地位焉,万物育焉。”《礼记》:“圣人作乐以应天,制礼以应地,此乐者天之和也。”“乐者,天地之命,中和之纪。”

〔304〕况:何况。　蚑(qí 奇)行:虫类爬行。

〔305〕斯器:指琴。　懿(yì 义)茂:美盛。

〔306〕兹文:指《琴赋》。

〔307〕服御:使用。

〔308〕乱:辞赋篇末总括全篇要旨的一段。

〔309〕愔愔(yīn 音):安静和悦的样子。

〔310〕体清:指琴的本体纯。　心远:指鼓琴者之心远离世俗。

〔311〕良质:指琴质好。　美手:指鼓琴者之妙手。

〔312〕纷纶翕响:形容琴声丰富美妙。

〔313〕冠众艺:居众乐之首。

〔314〕识音:知音。

〔315〕雅琴:琴。

今译

我从小就喜欢音乐，长大之后还经常学习它。我认为，物有盛有衰，而音乐则不然。美味有时吃腻，音乐百听不厌。它可以养生长寿，陶冶性情。使人处于逆境而不忧愁者，莫切近音乐。因此，反复奏曲感到不足，就吟唱诗歌来抒发情志；吟唱还感到不足，就撰写辞赋来表达自己的心情。这样各种乐器，各种舞蹈，历代作家都曾为之作赋，但其体裁风格，无不互相因袭。称赞制作乐器的材料，则以产自高山峻岭为上；描写乐器的声音，则以悲哀为主；赞美乐器的感人作用，则以令人下泪为贵。这些说法，美是很美，但却没有把道理讲透。究其根源，大概是不懂音乐所致。这些说法的宗旨，并没有表达出礼乐之情。在众多乐器之中，琴的性质最优，故把自己的体会讲述出来，为琴作赋。其辞如下：

梧桐生长的地方，在那险峻的山冈。它从厚厚的土壤中长出，顶天立地，形象高昂。它饱含天地的精气，吸收日月的辉光。郁郁葱葱，繁茂挺拔；花瓣纷飞，长空飘扬。黄昏，树影随太阳一起隐没；清晨，树干在云崖上沐浴阳光。生长千载待人采用，静静耸立，永远无恙。

生长梧桐的山川：崎岖幽深，怪石惊险。悬崖绝壁，蜿蜒连绵。重峦叠嶂，如罩浮云。远处山峦矗立，雄伟无比；近处奇峰陡峭，拔地而起。山气蒸腾，播云撒雾；山泉流淌，奔泻不止。水势急湍汹涌澎湃，触岩击石，怒涛奋起。狂流激荡，浪花飞溅，波涛相激，盘旋不已。放纵奔流，泻入平原，水势变缓，东流无语，一片汪洋，环绕山丘。详细考察山中的物产，各种珍奇都在里边。宝石美玉放射异彩，围绕梧桐四面布散。树东生兰草，树西长沙棠；树南涓子宅，清泉流树前。云雾笼罩梧桐，凤凰栖息树巅。晶莹的露珠滋润树皮，和熙的南风吹拂树间。因环境美丽自然，足以使人尽欢。

于是那些隐士，如荣期、绮季之辈，相与登栈道，跨深谷，攀琼

枝，上山巅，四处眺望，凌空一般。仰观昆仑，俯视海岸，手指九嶷，迢迢千里，下临江河，曲曲弯弯。感叹世俗多烦恼，景仰许由大圣贤。羡慕衡山广阔无边，无限喜悦乐而忘返。舒展胸怀陷入遐想，思绪纷纷与黄帝琴曲相连。景慕騩山的老童，钦佩泰容的歌吟。看见梧桐触景生情，想借此物倾吐心声，便砍下侧枝旁杈，量材而用。君子借以抒怀，用它制作雅琴。让离子掌握标准，匠石使用工具，夔襄提供工艺，般倕大显神通。雕空木心，然后合缝，衔接密致，大小适中，雕刻彩绘，布满花纹。镶上犀角象牙，嵌上绿色宝石，以园客之丝作弦，用钟山之玉作徽。刻上龙凰之图，画上古人之形：伯牙鼓琴，钟期听音，装饰华美，焕然一新，何等漂亮。伶伦制定音律，田连挥手弹琴，君子赏乐，嘹亮清新，何等美妙。

开始调弦，角羽发声，宫徵相验，上下呼应，高低大小，优美动听，将奏妙曲，和畅欢欣。弹雅曲，奏妙音，《阳春白雪》多清新。曲调流荡奔放，音色浑厚自然。朗丽丰富，空中回旋，余音袅袅，四处飘散。开始琴声迭宕而起，慢慢琴声由宏亮而变细微。有时象征高山，有时模拟流水。浩浩汤汤，峨峨巍巍。琴声凝聚，飘而不散，余音袅袅，婆娑回旋。悦耳的琴声在长空飘扬，就像高山流水哗哗响。收敛面容指按弦，得心应手合法度。琴技精湛争第一，弹弦从容如漫步。琴音明丽终一曲，余音回荡自然里。

若在高楼广厦之中鼓琴，则另有一种情韵。秋夜凉爽晴朗，地上洒满月光，美女华服香囊，随风飘散芳香。调弦琴声泠泠，演奏手法多样，五指正反弹拨，曲调随心所想。开始奏《渌水》，接着弹《清徵》，继而鼓《雅昶》，最后操《微子》。宽厚仁慈，颂德之音，缓缓徐徐。手弄琴弦口唱歌，一曲新声随弦起。歌中唱道：乘长风啊息瀛洲，邀请列子结伴游。饮清露啊披朝霞，翩翩起舞云中走。摆脱世俗心自得，安于天命乐悠悠。高歌一曲琴伴奏，琴歌和谐意绸缪。

于是序曲将终，琴音欲止。改弦易调，另奏新曲。抬头扬起温和的笑脸，捋袖露出白嫩的手腕，纤细的手指疾速弹拨，各种声音美妙和谐。有时琴声袅袅飘而不散，以指揉弦，从容舒缓。忽然快速挥弦，好像风云翻卷。声音渐渐稀疏，余韵慢慢飘散。琴声清晰流畅，妙曲优美翩翩。雅俗杂糅，曲调不同，双美并奏，二者齐鸣。开始好像乖离，最后和谐统一。琴音虽曲志不屈，琴音虽直志不倨。雅俗杂糅志不乱，雅俗相离意不断。时而昂扬向上，时而哀怨低回。忽而琴声荡漾，犹如缓风徐吹，飘飘悠悠，四处纷飞。有时繁音促节紧相承，重重叠叠音聚拢。纵横相连声不断，音起音落似争先。鼓掌不迭，声声赞叹，想要喘息，都无空闲。琴声之美，无法说完。

演奏舒缓闲雅，琴声大小相宜，曲调清和流畅，声音高低参差，温润欢快，委婉迂曲。音飞高空声回荡，乐入岩穴音低回。好像失伴鹍鸡嘤嘤鸣清池，犹如离群孤鸿翩翩悬崖飞。文采繁盛，美如鸟羽。声如微风徐徐吹，余音袅袅渐消失。搂批抿捋指法多，琴声激荡如漩涡。信手拨弦轻弹，美音令人赞叹。急而不快，慢而不停，琴声飞向远方，余音旋即无声。远处听琴声，好像凤凰云中相和鸣；近处听琴声，宛如百花耀春风。既丰富多彩，又善始善终。赞叹琴声美妙宏丽，嘉许旋律变化无穷。

若在阳春三月初，随着季节穿华服，会同几位好友，去到郊外远足。过兰圃，登高山，穿过茂密的森林，华盖树枝叶如伞，在清清的小河之旁，吟诵优美动人的诗篇。羡慕鱼龙悠然自得，喜欢花草欣欣向荣。演奏大舜留下的琴曲，仰慕他的圣德思绪无穷。在华丽的客厅摆上家宴，邀请众位密友亲朋。赏兰花，进佳肴，饮美酒，味清醇，奏《南曲》，弹《西秦》，奏《陵阳》，弹《巴人》，雅曲俗调齐鸣，四座耸耳倾听，比较乐器作用，笙籥难比雅琴。

若排曲谱等次，犹如《广陵》、《止息》、《东武》、《泰山》，又如《飞龙》、《鹿鸣》、《鹍鸡》、《游弦》，交替演奏，声音自然，流利清新，优美动听，消除烦闷。接着演奏地方民歌，弹奏蔡邕五曲：《昭君》、《楚妃》、《别鹤》、《千里》，雅乐插进俗调，聊为一时权宜，也很可观。非豪放者不能与琴同乐，非深沉者不能与琴优游，非放达者不能与琴同公,非精微者不能与琴明理。考察琴的结构,辨析琴的声音,弦弛音浑厚,弦急声激昂,琴徽远处音低沉,琴徽不按发泛音。琴性纯洁正直,象征品德高尚和平。它的确可以激动人心,抒发幽情。苦闷者听琴,莫不悲哀恐惧,怆然伤心,悽悽惨惨,不能自禁;安乐者听琴,莫不喜形于色,鼓舞欢欣,拍手跳跃,乐而忘返,终日大笑;心气平和者听琴,恬淡好静,欣赏老庄,清心寡欲,不慕名利,摆脱世俗,不劳身心。因此,琴使伯夷保持高风亮节,琴使颜回"仁者爱人",琴使比干忠心耿耿,琴使尾生"言而有信",琴使惠施能言善辩,琴使万石言行谨慎。诸般情况,以此类推,道路不同,殊途同归。或者婉转浓艳,或者质朴清淡,中和天地之气,以使万物生长。琴的功用很多,感人动物无穷。雅琴出现,丝竹无声,王豹不敢歌唱,狄牙味觉失灵。天吴跃出深渊听琴曲,王乔驾云下凡赏妙音。凤凰翩翩阶下起舞,汉神飘飘来此聚会。琴能感动天地生长万物,何况那些爬虫之类?赞雅琴之美盛,咏此赋而自慰。琴声美妙百听不厌,难怪古今如此珍惜。

总而言之,深沉琴德,高远莫测。它本性纯洁,远离世俗,志趣远大,难以企及。佳琴妙手,今世相遇,美音丰赡,它属第一,知音者少,有谁珍惜,全解琴音,唯有君子。

(赵福海译注并修订)

笙赋一首

潘安仁

题解

笙,在古代是重要的吹奏乐器。它不仅造形优美,而且能奏和声,在古今中外的吹奏乐器中是独特的,“望凤仪以擢形”,“双凤嘈以和鸣”正写出了这个特点。

《笙赋》从制作笙的材料和方法,吹奏的原理和方法,到各种笙曲,都做了全面的介绍和描写。而详略得当,重点突出。作者主要抓住了“众满堂而饮酒,独向隅以拭泪”和“临川送离”两种特定情况,把叙事、写景、抒情融为一体,或直叙,或象声,或比喻,把千变万化、稍纵即逝的复杂旋律维妙维肖、淋漓尽致地表现出来。辞语绮丽,句式工整,充分展示了笙的丰富表现力,也充分显示了作者的写作才能。《笙赋》是一篇笙的优美的颂歌,体现了太康文学讲求形式美的特点。

潘安仁的一生都是热衷功名的。但并不一帆风顺,最后死于官场的角逐中。在不得意时,他难免有心灰意懒、好景不长、盛时难再的凄惶之感。“人生不能行乐,死何以虚谥为?”就是这种心情的反映。

儒家认为音乐有移风易俗的巨大作用,《笙赋》也强调这一点,所以提倡雅乐,排斥俗乐。但人们的审美观是要向前发展的。赋中提到的“郑卫之音”已与春秋、战国时代的郑卫之音有所不同。作者一面斥责“郑卫之音”,一面又赞美“新声变曲,奇韵横逸”,就是证明。至于说笙能使“卫无所措其邪,郑无所容其淫,非天下之和乐,不易之德音,其孰能与于此乎?"不过是文学家的夸张之词,不必过分认真看待的。

原文

河汾之宝[2],有曲沃之悬匏焉[3]。邹鲁之珍[4],有汶阳之孤筱焉[5]。若乃绵蔓纷敷之丽[6],浸润灵液之滋[7],隅隈夷险之势[8],禽鸟翔集之嬉[9],固众作者之所详[10],余可得而略之也[11]。

徒观其制器也[12],则审洪纤[13],面短长[14],剈生簳[15],裁熟簧[16],设宫分羽[17],经徵列商[18],泄之反谧[19],厌焉乃扬[20]。管攒罗而表列[21],音要妙而含清[22]。各守一以司应[23],统大魁以为笙[24]。基黄钟以举韵[25],望凤仪以擢形[26]。写皇翼以插羽[27],摹鸾音以厉声[28]。如鸟斯企[29],翾翾岐岐[30],明珠在咮[31],若衔若垂[32]。修梪内辟[33],余箫外逶[34],骈田獦攦[35],鉀鍒参差[36]。

于是乃有始泰终约[37],前荣后悴[38],激愤于今贱[39],永怀乎故贵[40]。众满堂而饮酒,独向隅以掩泪[41]。援鸣笙而将吹,先嗢哕以理气[42]。初雍容以安暇[43],中佛郁以怫惘[44],终嵬峨以蹇愕[45],又飒遝而繁沸[46]。罔浪孟以惆怅[47],若欲绝而复肆[48]。悯僛朵以奔邀[49],似将放而中匮[50]。愀怆恻淢[51],虺韡煜熠[52],泛滛泛艳[53],霅晔岌岌[54]。或案衍夷靡[55],或竦踊剽急[56],或既往不反,或已出复入。徘徊布濩[57],涣衍葺袭[58]。舞既蹈而中辍[59],节将抚而弗及[60]。乐声发而尽室欢[61],悲音奏而列坐泣。擫纤翮以震幽簧[62],越上筒而通下管[63]。应吹噏以往来[64],随抑扬以虚满[65]。勃慷慨以憀亮[66],顾踌躇以舒缓[67]。

辍张女之哀弹[68]，流广陵之名散[69]，咏园桃之夭夭[70]，歌枣下之纂纂[71]。歌曰：枣下纂纂，朱实离离[72]，宛其落矣[73]，化为枯枝。人生不能行乐，死何以虚谥为[74]？

尔乃引飞龙[75]，鸣鹍鸡[76]，双鸿翔，白鹤飞[77]。子乔轻举[78]，明君怀归[79]，荆王喟其长吟[80]，楚妃叹而增悲[81]。夫其凄戾辛酸[82]，嘤嘤关关[83]，若离鸿之鸣子也[84]。含嘲啴谐[85]，雍雍喈喈[86]，若群雏之从母也[87]。郁捋劫悟[88]，泓宏融裔[89]，哇咬嘲喈[90]，一何察惠[91]！诀厉悄切[92]，又何磬折[93]！

若夫时阳初暖[94]，临川送离[95]，酒酣徒扰[96]，乐阕日移[97]，疏客始阑[98]，主人微疲。弛弦韬籥[99]，彻埙屏篪[100]。尔乃促中筵[101]，携友生[102]，解严颜[103]，擢幽情[104]。披黄包以授甘[105]，倾缥瓷以酌醽[106]。光歧俨其偕列[107]，双凤嘈以和鸣[108]。晋野悚而投琴[109]，况齐瑟与秦筝[110]。新声变曲[111]，奇韵横逸[112]，萦缠歌鼓[113]，网罗钟律[114]，烂熠爚以放艳[115]，郁蓬勃以气出[116]。秋风咏于燕路[117]，天光重乎朝日[118]。大不逾宫[119]，细不过羽[120]。唱发章夏[121]，导扬韶武[122]，协和陈宋[123]，混一齐楚[124]。迩不逼而远无携[125]，声成文而节有叙[126]。彼政有失得，而化以醇薄[127]，乐所以移风于善，亦所以易俗于恶[128]。故丝竹之器未改，而桑濮之流已作[129]。惟簧也能研群声之清[130]，惟笙也能总众清之林[131]。卫无所措其邪[132]，郑无所容其淫[133]，非天下之和乐[134]，不易之德音[135]，其孰能与于此乎[136]？

注释

〔1〕笙:管乐器名。《世本》:“随作笙。”《礼记·明堂位》:“女娲氏之笙簧。”这都是古代传说。甲骨文中有“和”字,即是小笙,说明笙起源十分久远。目前所知年代最早的实物是曾侯乙墓出土的笙,竹管十四根,竹制簧片。笙管分开排插在匏(葫芦)制的笙斗上。它在春秋、战国和秦汉之际,是一种重要的吹奏乐器。南北朝至隋、唐时期,有十九簧、十七簧、十三簧数种。唐代笙斗改用木制。明、清时期,广泛应用于民间器乐合奏和戏曲、说唱伴奏中。有方、圆、大、小各种不同类型。普遍流行的是十三簧和十四簧。现代常用的笙,笙管(又称笙苗)竹制,排成马蹄形,有长、中、短之分,装于铜制笙斗中,呈并列的凤尾状,上端略向里弯曲,中、下部平直,像两手捧在一起。左面密排,右面留缺口,可容右手食指插入。簧片铜制。演奏时多吹奏三个或四个音组成的和音。

〔2〕河汾:黄河和汾水。此处指黄河与汾水之间的地方。

〔3〕曲沃:古城名,在今山西省闻喜县东北,在黄河与汾水之间。　悬匏(páo):匏,俗叫瓢葫芦,葫芦的一种,结的果实很大,外壳可以作笙斗和笙嘴,笙管插在葫芦里。曲沃出产的匏是作笙的上等材料。现在多切开作水瓢用。匏是蔓生,附着于他物,所结之匏必悬挂下垂,因此叫悬匏。笙属于八音里面的匏类。

〔4〕邹鲁:邹,古国名,在今山东省费县、邹县、滕县、济宁、金乡一带,国都在邹(今山东省邹县东南)。鲁,古国名,在今山东省的西南部。这里指邹鲁一带地方。

〔5〕汶阳:古地名,在今山东省,在汶水之北,古代属于邹鲁之地。孤筱(xiǎo 小):最好的细竹子。汶阳出产的竹子是作笙管的上等材料。孤,独特,独美。筱,细竹子。

〔6〕绵蔓:延续不断的蔓茎。绵,延续不断。　纷敷:分张,形容枝叶茂盛的样子。　丽:结,缠绕。

〔7〕浸(jìn 近)润:物受水渗透。这里指匏在生长中受到雨露的滋润。　灵液:雨露的美称。　滋:滋润。

〔8〕隅(yú 鱼):山角。　隈(wēi 威):山的转弯处。　夷险:平坦和险阻之处。夷,平坦。

〔9〕翔集:飞翔和停落。集,停落。　嬉:嬉戏。

〔10〕众作者之所详:指晋王廙《笙赋》、夏侯淳《笙赋》等以前的作品里,对以上四句所叙说的情况都作过详细的描述。详,细说。

〔11〕略之:上述的情况可以略而不说了。

〔12〕徒:只。

〔13〕审:仔细审查。 洪纤:粗细大小,指匏和筱的粗细大小。

〔14〕面:义同“审”。 短长:指匏和筱的短长。

〔15〕剡(liè 列):割裂。 生簳(gǎn 赶):新鲜的细竹。生,新鲜的。簳,小竹子。

〔16〕裁:裁制。 熟簧:经过加工的簧片。簧,乐器中有弹性的薄片,用以振动发音。古笙之簧是竹制,制簧之竹要经过熏蒸,所以叫“熟簧”;后来改用铜制。

〔17〕设、分:设置、分辨。 宫、羽:古代五声中的二声。

〔18〕经、列:划分、排列。 徵(zhǐ 止)、商:古代五声中的二声。这两句是说明笙管按五声的要求而制作和排列,因赋用字的限制而省略了“角”(jué 决)。

〔19〕泄:泄出,这里指手指不按笙管的按孔。 谧(mì 密):安静,不出声。

〔20〕厌:通“擪”(yè 夜),用手指捏住(管的按孔)。 扬:昂扬,这里指笙发出响声。

〔21〕管:竹管。 攒(cuán)罗:聚集排列。 表列:排列。表,外。因为排列的竹管可见,所以说“外”。

〔22〕要(yào 药)妙:微妙曲折。 含清:指声音清亮。含,里面。因声音发自笙管内部的簧片,所以说“含”,与上句的“表”相对。

〔23〕各守一以司应:每个笙管各有一个固定的音高并与其他笙管发出的声音相应和。司应,主管声音应和。

〔24〕统大魁以为笙:把笙管都安放在葫芦里就做成了笙。统:全都聚合在一起。大魁,大葫芦头,是排列、安放笙管的地方。魁,首,头,这里指葫芦头,即笙斗。

〔25〕基黄钟:以黄钟为基音。基,基音,这里用做动词。黄钟,古代十二律中的第一律。 举韵:吹奏乐曲。

〔26〕凤仪:凤凰的仪态,即凤凰的形象。《说文》:“笙,十三簧,象凤之身。”所以笙又叫凤管。 擢(zhuó 浊):起,引申为制成。

〔27〕写:摹仿。 皇翼:凤凰的翅膀。皇同“凰”。插羽:插在笙斗中的笙

管。羽,指像凤翼一样的笙管。

〔28〕鸾音:鸾鸟的叫声。鸾,传说是凤凰一类的神鸟。赤色为凤,青色为鸾。　厉:激发,鼓动。这里是吹奏发声之音。

〔29〕企:望,张望。

〔30〕翾(xuān 宣)翾、歧歧:都是鸟儿初飞的样子。

〔31〕咮(zhòu 昼):通"噣"(zhòu 昼),鸟嘴,这里指笙嘴。

〔32〕衔:嘴里含着。

〔33〕修枞(zhuā 抓):指笙两侧最长的两根竹管。修,长。枞,笙两侧的竹管。　内辟:在里面开孔。辟,开。

〔34〕余箫(xiǎo,小):其余的笙管。箫,通"筱",细竹管。　外逶(wēi 威):向外弯曲。逶,逶迤(yí 夷),渐渐弯曲的样子。

〔35〕骈田:聚集。　獦㸹(gé lì 革力):不齐的样子。

〔36〕鲄鯩(qià tà 恰踏):鳞次众多重叠的样子。　参差(cēn cī):不齐的样子。

〔37〕泰:奢侈。　约:俭约,节俭,这里指穷困。

〔38〕荣:兴盛,指做高官。　悴:衰败,指罢官贬职,走投无路。

〔39〕激愤:愤懑悲伤。

〔40〕永怀:咏怀。永同"咏"。　故:原先。

〔41〕隅:墙角。

〔42〕嗢哕(wà yuě):调理一下嗓子。

〔43〕雍容:态度大方,从容不迫。这里是形容笙的音调从容舒缓的样子。

〔44〕佛郁:怫郁,心情不舒畅的样子。　怫愲(fèi wèi 费胃):郁积不畅的样子。这里是用来形容音调压抑。

〔45〕嵬峨(wéi é 维俄):高大雄壮的样子。这里是形容声音高直的样子。謇(jiǎn 减)愕:正直敢言的样子。这里是形容声音高直的样子。

〔46〕飒遝(sà tà 萨沓):声音涌起的样子。　繁沸:与"飒遝"义同。

〔47〕罔、浪孟:李善认为都是不得志的样子。

〔48〕肆:放,指声音变强。

〔49〕㤠(liú 刘):停留。　憿籴(jì dí 记迪):疾速的样子。李善注本作"檄籴",据六臣本改。　奔邀:义同"憿籴。"

〔50〕匮(kuì 溃):尽。

〔51〕愀怆(qiǎo chuàng 巧创):悲伤的样子。　恻淢(cè yù 测遇):悲伤的

样子。减通“慽”,悲伤。

〔52〕虺韡(huī wěi 辉伟):繁盛的样子。 煜熠(yù yì 玉义):光耀炽盛的样子。

〔53〕泛(féng 冯)淫:游移不定的样子。 泛(fàn 饭)艳:放纵的样子。

〔54〕霅晔(sà yè 萨夜):迅速的样子。 岌(jí 及)岌:急速的样子。

〔55〕案衍:曲折的样子。 夷靡:形容音调由平而渐低。

〔56〕竦踊:竦立踊起。 剽急:猛而急。

〔57〕徘徊、布濩(hù 护):声音回旋不散的样子。

〔58〕涣衍:声音缓慢。 葺(qì 气)袭:声音重复。

〔59〕辍:停止。

〔60〕节:乐器名,编竹形如箕,以圆竹二,上合下开,划之发声,起控制演奏的作用。 抚:敲,拍。

〔61〕乐(lè 勒):欢乐。

〔62〕搦(niē 捏):用手指按,捏。 纤翮(hé 和):细的羽茎,这里喻指笙管。幽簧:即簧,因在笙管内,所以叫幽簧。

〔63〕越上筒而通下管:笙管除了开有按音孔外,在上部或中部还开有出音孔,又称响眼。吹奏时,气流通过笙管的下部,振动簧片,声音从上部的响眼发出来。这句话的顺序应是:通下管而越上筒,因押韵的需要而颠倒了。筒、管,都指笙管。越,越过,这里指发出声音。

〔64〕吹噏(xī 吸):吹气和吸气。噏,同“吸”。笙簧与口琴的簧片原理相同,吹气和吸气均可发出声音。

〔65〕随抑扬以虚满:随着声音的低弱或高强而使气流或虚或满。

〔66〕勃、慷慨:都是形容声音强烈。 憀(liáo 辽)亮:声音清彻响亮。

〔67〕顾:却,表示转折。 踌躇(chóu chú 愁除):徘徊不前,犹豫。这里是比喻声音低缓。

〔68〕张女:古曲名,曲调悲哀。梁章钜《文选旁证》引姜皋曰:“古乐府引张永《元嘉技录》云:四弦曲,蜀国四弦是也。古有四曲,其张女四弦,李延年四弦,严卯四弦三曲阙。元嘉,宋文帝年号。张女曲其时已佚,注(指李善注)故云‘未详所起’也。”

〔69〕流:这里是演奏的意思。 广陵之名散:著名的琴曲《广陵散》。明宋濂说:“其声忿怒躁急。”(《太古遗音》)嵇康临刑前曾弹此曲以抒愤。

〔70〕园桃：古曲名。　夭夭：桃花盛开的样子。

〔71〕枣下：古曲名。　纂(zuǎn)纂：枣花盛开的样子。

〔72〕朱实：红色果实。　离离：茂盛繁多的样子。《诗经·小雅·湛露》："其桐(梧桐树)其椅(椅树)，其实离离。"

〔73〕宛：树木得病而干枯。《诗经·唐风·山有枢》："宛其死矣，他人是愉。"意思是劝人及时行乐。

〔74〕谥(shì 是)：人死后根据生前的言行所追赠的名号。

〔75〕引：这里是演奏的意思。　飞龙：古琴曲名。李善注："《汉书》曰：《房中乐》有《飞龙章》。"

〔76〕鸣：这里是演奏的意思。　鹍(kūn 昆)鸡：古琴曲名。古相和歌有《鹍鸡曲》。

〔77〕双鸿、白鹤：古曲名。古乐府有《飞来双白鹤》篇。　翔、飞：形容笙曲像大雁、白鹤在飞翔。

〔78〕子乔：人名，又是曲名，吟叹曲之一。内容表现传说中的古仙人王子乔成仙飞升的故事。　轻举：轻轻飘飞。

〔79〕明君：人名，又是曲名，吟叹曲之一。明君指王昭君，晋人为了避司马昭之讳，而改"昭"为"明"。怀归：怀念故乡，希望回到家乡。王昭君是汉元帝的宫人，为和亲而嫁匈奴单于。《昭君曲》就是表现她怀念故乡的思想感情的。

〔80〕荆王吟：吟叹曲之一。内容是表现楚汉相争，楚王项羽在四面楚歌失败已成定局的情况下悲吟的情景。荆：楚。　喟(kuì 溃)：叹息。

〔81〕楚妃叹：吟叹曲之一。内容是表现春秋时楚庄王夫人楚姬谏庄王狩猎及进贤等事。楚妃，指楚姬。

〔82〕凄戾(lì 立)：悲凉。凄，悲伤。戾，通"悷"，悲伤。

〔83〕嘤(yīng 应)嘤、关关：鸟鸣声。

〔84〕鸿：大雁。此处泛指鸟儿。

〔85〕含嘲(hú 胡)：声音不清。　啴(chǎn 产)谐：形容和谐之声。

〔86〕雍雍：和谐之声。　喈(jiē 皆)喈：鸟鸣声，形容和谐之声。

〔87〕雏：小鸟。

〔88〕郁捋(luō 啰)：吹笙时以口就笙嘴。　劫悟：气流相互冲激的样子。

〔89〕泓(hóng 宏)宏：声音大。　融裔：声音长。

〔90〕哇咬、嘲哳(zhā 渣)：声音繁杂细小。嘲哳，同"啁哳(cháo zhā 嘲

渣)”,杂乱而细碎的声音。

〔91〕一何:多么。　察惠:明亮美好。

〔92〕诀厉:声音激越清彻。　悄切:凄切,凄凉悲哀。

〔93〕磬折:声音像磬一样曲折。磬,古代石制打击乐器,上部是弧形或倨句(gōu 勾)形,下部近似直线或微弧形。

〔94〕时阳:春天的别称。

〔95〕川:水。　送离:送别。

〔96〕扰:扰攘,纷乱。

〔97〕阕:终。

〔98〕疏:关系不亲密的。　阑:稀少,指送行者半走半在。

〔99〕弛:放下。　弦:指琴瑟之类乐器。　韬:藏,收拾起来。　籥(yuè 月):古乐器名,像编管之形,可能是排箫的前身。

〔100〕彻:通“撤”,撤除。　埙(xūn 勋;又读 xuān 宣):古代吹奏乐器,用陶土烧制,椭圆形,大的像鹅蛋,小的像鸡蛋,有音孔一至三五个不等。　屏(bǐng 丙):与“彻”义同。　篪(chí 池):古管乐器名,用竹制成,单管横吹。

〔101〕尔乃:然后。　促中筵:在席子当中促膝而坐。促,迫近,指靠得近,促膝而坐。筵,席子。

〔102〕携友生:拉着朋友(的手)。携,携手。友生,朋友。生,助词,无义。

〔103〕解:去掉。　严颜:严肃的脸色。

〔104〕擢:起,生。　幽情:郁结隐秘的感情。

〔105〕披:剥,剖开。　黄包:指桔子的黄色包皮。　甘:指甘桔。

〔106〕倾:倒。　缥瓷:指绿色的瓷制酒瓶。　酌醽(líng 灵):饮酒。醽,酒名。朱骏声《说文通训定声·鼎部》引《湘州记》:“湘州临水县有醽湖,取水为酒,美,名曰醽酒。”又叫醽(líng 灵)醁(lù 录),是当时的名酒。

〔107〕光:有光彩,熠熠生辉。　歧:指笙管长短不齐。　俨:整齐,指笙管排列整齐有序。　偕(xié 协)列:排列在一起。偕,共同,一起。

〔108〕嘈(cáo 曹):象声词,鸟鸣声。

〔109〕晋野:指晋国的著名乐师师旷。师旷,名旷,字子野,晋国人。悚(sǒng 耸):恐惧,惊恐。

〔110〕齐瑟:相传齐国人多善于弹瑟。　秦筝:相传秦国人多善于弹筝。

〔111〕新声:新创作的乐曲,指春秋战国时期被看做郑声一类的新兴的音

乐,也叫新乐,被正统派看做是“淫声”。《国语·晋语》,“平公说(悦)新声。”变曲:与“新声”同义。

〔112〕奇韵:韵律奇妙。 横逸:热情奔放。

〔113〕歌鼓:歌声和各种乐器的声音。鼓,在这里指鼓乐之声。

〔114〕钟律:与“歌鼓”同义。

〔115〕烂:光明。 熠爚(yì shuò 义烁):明亮。 艳:光辉灿烂。

〔116〕郁:繁盛,在这里形容吹奏时的气流饱满。

〔117〕秋风咏于燕路:指曹丕的《燕歌行》,其中有“秋风萧瑟天气凉”的句子。燕路,指北方。燕(yān 烟),古燕国,在今河北省。

〔118〕天光重乎朝日:奏完了《天光》再奏《朝日》。天光、朝日都是古曲名。重,再。

〔119〕大不逾(yú 余)宫:声大不能超过宫声。逾,超过。宫,是五音(宫、商、角、徵、羽)之首,所以说“大不逾宫”。

〔120〕细不过羽:羽是五音之尾,所以说声细小不能超过羽。

〔121〕唱发:倡导发扬。唱,同“倡’。 章:即《大章》,周代六乐之一,内容是歌颂尧的功德。 夏:即《大夏》,周代六乐之一,内容是表彰禹的功绩。

〔122〕导扬:宣扬,与“唱发”义同。 韶:即《韶箾(xiāo 削)》,周代六乐之一。相传产生于虞舜时代,因此又称“韶虞”。内容是颂尧、舜时代揖让而治的所谓理想社会,音调平和。 武:即《大武》,周代六乐之一,内容是对武王伐纣的描绘和对武王功德的赞颂,音调严肃庄重。以上章、夏、韶、武,是雅乐,即宫廷音乐的典范。

〔123〕协和:使亲睦协调。 陈宋:指陈国和宋国音乐的不同风格和两国不同的风俗。

〔124〕混一:使一致。 齐楚:指齐、楚两国音乐的不同风格和不同的风俗。

〔125〕迩不逼而远无携:与国君亲近而不侵犯国君,远离国君而不怀有贰心。迩,近,指与国君亲近,能经常在国君的身边。逼,逼迫,侵犯。携,“携贰”之省,怀有贰心,离心离德。

〔126〕声成文而节有叙:声音组成曲调,节拍有一定的次序。文,这里指曲调。叙,次序。以上两句话,出于《左传·襄公二十九年》。吴国的公子季札到鲁国聘问,鲁国为他演奏乐舞,在歌唱了《颂》之后,季札评论说:“至矣哉(这音乐好到极点了)!直而不倨(正直而不倨傲),曲而不屈(曲折而不卑下),迩而

不逼（亲近而不侵犯），远而不携（疏远而不离心离德）……节有度（节拍有一定的法度），守有序（乐器都按次序演奏），盛德之所同也（这都是有高尚道德的人所共有的）。”

〔127〕醇：指风俗纯朴。　薄：指风俗浮薄。

〔128〕以上几句话是讲笙所能起到的移风易俗的社会作用。《孝经》说：“移风易俗莫善于乐。”

〔129〕桑濮之流已作：桑间、濮上之类的亡国音乐已经兴起。《礼记·乐记》：“桑间濮上之音，亡国之音也。”注：“濮水之上，地有桑间者，亡国之音，于此水出也。”桑，即指桑间。春秋时卫国地名，在濮水之滨。濮，濮水，又叫濮渠水，流经春秋时的卫国。《韩非子·十过》记载，卫灵公到晋国去，路经濮水之时，夜分时听到了一种“新声’而特别喜欢，这就是以表现悲哀情感而著名的“清商”曲。晋国乐师旷认为这是“亡国之声”。他说：“此师延之所作，与纣为靡靡之乐也。及武王伐纣，师延东走，至于濮水而自投，故闻此声者，必于濮水之上。先闻此声者，其国必削。”

〔130〕簧：即笙。《尔雅》：“大笙谓之簧。”研：击，这里是压倒之意。群声之清：泛指各种声音。清，高音，与“浊”相对。按十二律，以黄钟律为基准音，从低音往高音的排列顺序是：黄钟、大吕、太簇、夹钟、姑洗，仲吕、蕤宾、林钟、夷则、南吕、无射（yì 义）、应钟。从黄钟到仲吕属于比较低的音，低音浊，所以叫“浊”，从蕤宾到应钟，属于比较高的音，高音清，所以叫“清”。在这里，“清”是指清雅之乐曲。

〔131〕总：总括，包括。林：多，比喻各种各样的声音。

〔132〕卫：指卫国的俗乐。

〔133〕郑：指郑国的俗乐。郑卫之音被认为是淫邪的。所谓“淫”，是过分之意，即在形式上超出了雅乐的传统。所谓“邪”，是邪恶之意，即在内容上与雅乐的是非、善恶相对立。

〔134〕和乐（yuè 月）：中和的音乐，即雅乐。和，中和，即对立面的和谐统一，持中而不过度。在乐曲上，要求声音和谐，音调庄重，节奏舒缓，表现一种适可而止的所谓健康情感，如“哀而不愁”、“乐而不荒”、“迩而不逼”、“远而不携”等等。

〔135〕德音：合于“礼”的音乐，即雅乐。

〔136〕孰：什么，这里指乐器。　与：匹敌，相当。

今译

河汾间的宝物，有曲沃的葫芦；邹鲁间的奇珍，有汶阳的细竹。至于它们蔓延扶疏，生受天降甘露，长随山势平阻，是禽鸟嬉戏的佳处，许多文人墨客已详加描绘，我就略而不述了。

只看那笙的制作吧，就要考查葫芦大小，计量竹管短长；割新鲜之竹节，裁熏蒸之竹簧；分设宫羽，排列徵商。按孔开反而无声，按孔闭才能抑扬。竹管聚集排列，声音微妙清亮。各有固定音高，并与他管相应，把众竹管插入葫芦就制成了笙。以黄钟为基准而定音，以凤凰的仪态而成形。仿凤翼以插管，摹鸾鸣而发声。如鸟张望，展翅欲飞。像明珠在笙嘴，若含若垂。长管响眼开于内，管端弯曲排在外。聚集排列，参差不齐。

如果有人开始奢侈后来贫穷，做高官荣耀于前，被贬斥困窘于后，忧伤愤懑今日的贫贱，恋恋不忘昨日的富贵，就会在宾客满堂、开怀畅饮之时，独自向着墙角而拭泪。此时，拿过笙来将吹，必先调嗓而运气。起初，声调从容安闲；中间，郁积停滞；最后，高直如绝壁，又如狂涛涌起。声变小而惆怅，音欲断而复强。暂停后忽而节奏加快，像要尽情演奏却又中途收场。悲愤忧伤，像烈火一样。忽而游移飘忽，忽而迅疾刚强。有时婉转低徊，有时又猛又急。有时像去而不返，有时如已出而复入。低沉回旋，缓慢重叠。使舞蹈者不得不中途停顿，使击节者击节而不及。欢快的旋律勃发而满室笑语，忧伤的曲调奏起而列坐悲泣。按住按孔，气流震动簧片，美妙的乐曲就会飘出响眼。吸气吹气尽皆有声，随声音强弱而使气流或虚或满。心情慷慨则笙音清亮，思绪犹豫则笙音低缓。停弹《张女》之哀曲，演奏名曲《广陵散》。《园桃》吟咏鲜花怒放，《枣下》歌唱红果满园。歌词唱道：枣儿结满枝头，果实多么红艳，等到枣树病死，鲜枝化为枯干。人活着不能及时行乐，死后要那堂皇的谥号岂不虚幻？

奏《飞龙》,弹《鹍鸡》,“双雁”翱翔,“白鹤”翻飞,《王子乔》飘飘升仙,《王昭君》戚戚怀归,《楚王吟》而哀歌,《楚妃叹》而增悲。曲调悲凉辛酸,嘤嘤关关,像离群的雌鸟把幼子呼唤,含胡和谐,雍雍喈喈,像群雏依偎在母亲身边。口对笙嘴,气流激荡,声音是多么宏大悠扬,就是节奏杂乱细碎,声音也是那样圆润明亮。至于曲调激越凄凉,更是曲折宛转,使人断肠。

至于春暖花开,水边送别,酒酣兴起,杯盘狼藉,乐曲停歇,太阳西移,客人半在半散,主人微感劳疲,放琴瑟,藏籥管,撤陶埙,收篪笛,这才携着朋友的手,在席子上对坐促膝,去掉严肃的脸色,谈出郁结已久的感情的秘密。剥开黄包皮,送上甘桔,倾倒绿瓷瓶,再饮酃醁。笙管熠熠闪光,有短有长,排列有序,奏曲时像双凤和鸣。师旷悚惧,扔掉琴而不弹,更何况齐瑟与秦筝。

新流行的笙曲韵律奇特,热情奔放,包括歌鼓、钟律各种音响。音色明亮,声调高亢。《燕歌行》奏出萧瑟秋风,奏完《天光》再奏《朝日》之章。声大超不过宫音,小超不过羽音。倡导《大章》、《大夏》之德,宣扬《大韶》、《大武》之义,使全国亲睦协调,使各地风俗如一。亲近国君而不侵逼,远离天子而不叛离。曲调有文采,节奏有次序。政治措施得当则民情纯厚,不得当则人心浇薄。音乐能使人心向善,也能使风俗变恶。所以丝竹等乐器并未改变,但桑间濮上之音已经出现。惟有笙能压倒各种乐器而奏出清雅之曲,惟有笙能囊括林林总总的清雅之音。使卫国俗乐无所施展其邪恶,使郑国新声无所容其荒淫。如果说笙不是天下最高尚的中和之乐器,不可改变之德音,那么,还有什么乐器能同它匹敌?

(陈延嘉译注并修订)

啸赋一首

成公子安

题解

成公子安(231—273),复姓成公,名绥,字子安,晋朝东郡白马(今河南省滑县东)人。幼而聪敏,博涉经传,擅长词赋。性情恬淡,不求闻达。被人推荐,召为博士,后升为中书郎。原有著作十卷,已失传。明朝张溥辑有《成公子安集》。啸,分蹙口啸和指啸两类,被桓玄称为"契神之音"(《全晋文》卷一百十九《与袁宜都书论啸》)。啸在我国有悠久的历史,《诗经·召南·江有汜》就有"其啸也歌"的记载,到晋代更是蔚成风气,因为打口啸是最能体现倜傥不羁、旷达潇洒的魏晋士人风度的形式之一,与仙人道术也联系密切。"从模仿自然到感慨咏怀、任诞简傲、贵无畅情,啸具有丰富的自然性、实用性、音乐性、超逸性和反叛性的综合特征。"(樊荣《啸、〈啸赋〉与魏晋名士风度》)《啸赋》是啸作的极品,啸文化的集大成者。成公绥精通音律,爱好啸歌,他"尝当暑承风而啸,泠然成曲。"他既有这种音乐实践,难怪他这篇《啸赋》写得很有特色。在赋中,成公绥通过比喻、夸张、用典等手法,反复铺陈,淋漓尽致地描绘了蹙口啸、指啸和相互和啸的奇妙,不仅曲调变化万千,而且"玄妙足以通神悟灵,精微足以穷幽测深",达到了他宣扬的"乃知长啸之奇妙,盖亦声音之至极"的目的。

成公绥不满于社会的黑暗,感到人生的路途十分的狭窄,因而常常"慷慨而长啸",表现了他不与世俗同流合污的情怀。他甚至认为啸歌超过了《大韶》、《大夏》等典范乐曲,把啸歌的地位抬高到前所未有的高度，这不能不说是一种大胆的评价，也曲折地表现了他对人生的态度。

原文

逸群公子[1]，体奇好异[2]，傲世忘荣，绝弃人事。睎高慕古[3]，长想远思。将登箕山以抗节[4]，浮沧海以游志[5]。于是，延友生[6]，集同好。精性命之至机[7]，研道德之玄奥[8]。愍流俗之未悟[9]，独超然而先觉[10]。狭世路之阨僻[11]，仰天衢而高蹈[12]。邈姱俗而遗身[13]，乃慷慨而长啸[14]。

于时曜灵俄景[15]，流光濛汜[16]。逍遥携手，踟跦步趾[17]。发妙声于丹唇[18]，激哀音于皓齿[19]。响抑扬而潜转[20]，气冲郁而熛起[21]。协黄宫于清角[22]，杂商羽于流徵[23]，飘游云于泰清[24]，集长风乎万里。曲既终而响绝[25]，遗余玩而未已[26]。良自然之至音[27]，非丝竹之所拟[28]。

是故声不假器[29]，用不借物[30]，近取诸身，役心御气[31]。动唇有曲，发口成音，触类感物[32]，因歌随吟[33]。大而不洿[34]，细而不沉。清激切于竽笙[35]，优润和于瑟琴[36]，玄妙足以通神悟灵[37]，精微足以穷幽测深[38]。收激楚之哀荒[39]，节北里之奢淫[40]。济洪灾于炎旱[41]，反亢阳于重阴[42]。唱引万变[43]，曲用无方[44]。和乐怡怿[45]，悲伤摧藏[46]。时幽散而将绝[47]，中矫厉而慨慷[48]。徐婉约而优游[49]，纷繁骛而激扬[50]。情既思而能反[51]，心虽哀而不伤。总八音之至和[52]，固极乐而无荒。

若乃登高台以临远，披文轩而骋望[53]。喟仰抃而抗首[54],嘈长引而憀亮[55]。或舒肆而自反[56],或徘徊而复放[57]。或冉弱而柔挠[58],或澎濞而奔壮[59]。横郁鸣而滔涸[60],洌飘眇而清昶[61]。逸气奋涌[62],缤纷交错[63]。列列飙扬[64],啾啾响作[65]。奏胡马之长思[66],向寒风乎北朔[67]。又似鸿雁之将雏[68],群鸣号乎沙漠。故能因形创声,随事造曲。应物无穷,机发响速[69]。怫郁冲流[70],参谭云属[71]。若离若合,将绝复续。飞廉鼓于幽隧[72],猛虎应于中谷[73]。南箕动于穹苍[74],清飙振乎乔木[75]。散滞积而播扬[76],荡埃蔼之溷浊[77]。变阴阳之至和[78],移淫风之秽俗[79]。

若乃游崇岗[80],陵景山[81],临岩侧[82],望流川[83],坐磐石,漱清泉,藉皋兰之猗靡[84],荫修竹之蝉蜎[85],乃吟咏而发散,声骆驿而响连[86]。舒蓄思之悱愤[87],奋久结之缠绵[88]。心涤荡而无累[89],志离俗而飘然[90]。

若夫假象金革[91],拟则陶匏[92],众声繁奏,若笳若箫[93]。磞硠震隐[94],訇磕唰嘈[95],发徵则隆冬熙蒸[96],骋羽则严霜夏凋[97],动商则秋霖春降[98],奏角则谷风鸣条[99]。音均不恒[100],曲无定制。行而不流[101],止而不滞[102]。随口吻而发扬[103],假芳气而远逝[104]。音要妙而流响[105],声激嚁而清厉[106]。信自然之极丽[107],羌殊尤而绝世[108]。越韶、夏与咸池[109],何徒取异乎郑、卫[110]。于时绵驹结舌而丧精[111],王豹杜口而失色[112];虞公辍声而止歌[113],宁子检手而叹息[114];钟期弃琴而改听[115],孔父忘味而不食[116];百兽率舞而抃足[117],凤皇来仪而拊翼[118]。乃知长啸之奇妙,盖亦音声之至极。

注释

〔1〕逸群:超群。逸,通“轶”,超绝。“逸群公子”是作者杜撰之人,而有作者的影子在内。《晋书·成公绥列传》说:成公子安“少有俊才,词赋甚丽,闲默自守,不求闻达。”

〔2〕奇:奇异。

〔3〕晞(xī 希):仰慕。

〔4〕箕山:山名,又称崿岭,在河南省登封县东南。相传古时尧要让位给许由,许由不接受,而逃到此山中隐居,所以又叫许由山。抗节:使节操高尚。抗,高尚。

〔5〕浮沧海:飘浮在海上,指到海外去。《论语·公冶长》:“子曰:‘道不行,乘桴浮于海。’” 游志:使志向游于物外,即不关心世事。

〔6〕延:引进,接待。 友生:朋友。

〔7〕精:精通。 至机:机微,最细微的素质或秉赋。

〔8〕玄奥:深奥微妙。

〔9〕愍(mǐn 敏):忧伤,哀怜。

〔10〕先觉(jué 决):预先认识察觉。

〔11〕狭:认为狭窄。 阨(è 饿)僻:仄陋,狭小。

〔12〕天衢(qú 渠):天路,天途。衢,四通八达的道路。 高蹈:高举足而蹈地,犹言远行。

〔13〕邈(miǎo 秒):远。 姱(kuā 夸)俗:奢侈的时俗。 遗身:遗忘自身,忘我。

〔14〕慷慨:意气风发,情绪激昂。

〔15〕曜(yào 要)灵:太阳。 俄:歪邪。 景:同“影”。

〔16〕濛汜(sì 四):古称太阳没入之处。

〔17〕踟跦(chí chú 迟除):同“踟蹰”,来回走动。六臣本作“踟蹰”。

〔18〕丹:红。

〔19〕哀音:动听的旋律。 皓:白。

〔20〕潜转:暗中转换(曲调)。

〔21〕冲:指气流冲口而出。 郁:指气流强。 熛(biāo 标)起:迅速兴起。熛,迅速。

〔22〕协:合。黄宫:“黄钟宫”之省。一般意义上的黄钟宫,指黄钟均的“宫”调式。燕乐二十八调中的“黄钟宫”则为专用调名,它的涵义已无定论。清角(jué 决):七声新音阶第四阶的阶名,比角音高半音,相当于现代音乐简谱上的“4”(fɑ)。

〔23〕杂:与“协”义同。　商:七声新音阶第二阶的阶名,相当于现代音乐简谱上的2(lɑi)。　羽:七声新音阶第六阶的阶名,相当于现代音乐简谱上的6(lā)。　流徵(zhǐ 止):流利的徵音。徵,七声新音阶第五阶的阶名,相当于现代音乐简谱上的“5”(suō)。这两句的意思是啸歌能把七声音阶加以巧妙的组织,而成为动听的旋律。

〔24〕泰清:天的别称。

〔25〕响:回声。

〔26〕玩:玩味,玩赏。　已:停止。

〔27〕良:确实。

〔28〕丝竹:丝为弦乐器,竹为管乐器,泛指乐器。　拟:比拟。

〔29〕假:借。

〔30〕用:作用。

〔31〕役心:役使头脑,用心。　御气:驾御气流。

〔32〕触类:对某类事物有所感触。与“感物”义同。

〔33〕因:随,顺。

〔34〕洿(wū 污):指声音散漫。

〔35〕清激:形容声音清澈激越。　切:贴近,切合。　竽:古代吹奏乐器,竹制,形制与笙相似而较大,三十六管,后减至二十三管。　笙:一种竹制的管乐器。

〔36〕优润:优美圆润。　和:谐和。　瑟(sè 色):古代弹拨乐器,多为二十五弦。　琴:一种弦乐器。

〔37〕玄妙:道家谓“道”深奥难识,为万物所自出。《老子》:“玄而又玄,众妙之门。”此处指啸歌的奥妙作用。　通神悟灵:神、灵指鬼神,即已死的祖先。祭祀时要奏乐,因为古人认为音乐可以沟通人与鬼神之间的思想感情。《礼记·乐记》:礼乐“行乎阴阳而通乎鬼神。”孔颖达疏:“礼乐用之以祭祀鬼神”,“作乐一变以至六变,百神俱至,是通乎鬼神也”。

〔38〕精微:精细隐微。　穷幽测深:指啸声能够表现人的一切最隐蔽最深奥的思想感情。穷,尽。测,知。

〔39〕收:除去。 激楚:声音高亢凄清。 哀荒:悲伤过分。荒,迷乱,过分。

〔40〕节:节制。 北里:古舞曲名,古人认为是靡靡之音。《史记·殷本纪》记载,纣王“使师涓作新淫声,北里之舞,靡靡之音。”

〔41〕济洪灾于炎旱,意思是,在密雨浓云之时,啸歌能使天空阳光普照。济,救助。洪灾,洪水之灾。炎旱,大旱。

〔42〕反亢阳于重(chóng 虫)阴:意思是,在大旱之时,啸歌能使天空下大雨。反,同“返”。亢阳,天旱,干枯。重阴,密雨浓云。

〔43〕引:乐曲体裁之一,这里是“乐曲”的意思。

〔44〕用:度。 方:常。

〔45〕怡怿(yí yì 移义):快乐。

〔46〕摧藏(zàng 脏):联绵词。本义指奏乐时抑按的动作,引申指心情压抑。李善注:“自抑挫之貌。言悲伤能挫于人。

〔47〕绝:断绝。

〔48〕矫:高举。 厉:高。

〔49〕徐:徐缓。 婉约:宛转优美。 优游:形容声音悠长。

〔50〕纷:纷乱。 骛(wù 务):急,速。 激扬:指声音激越高亢。

〔51〕反:同“返”,指对事物有所感有所思,而后才长啸,但曲终就不再想它了,即返于不思。

〔52〕总:合,包括。 八音:古代称金、石、丝、竹、匏、土、革、木八类乐器为八音。金为钟,石为磬,琴瑟为丝,箫管为竹,笙竽为匏、埙为土,鼓为革,柷敔(zhù yǔ 祝雨)为木。 至和:最谐和。

〔53〕披:走出门外, 文轩:用彩画雕饰栏杆门窗的走廊,即画廊。 骋望:纵目远望。

〔54〕喟(kuì 溃):叹气的样子。 抃(biàn 变):拍手。 抗首:昂头。抗,举。

〔55〕嘈:象声词,这里形容啸声响亮。 长引:长长的啸声。

〔56〕舒肆:舒缓。肆,缓。 反:同“返”,指曲调由舒缓而回到急促。

〔57〕放:放纵,指曲调热情奔放。

〔58〕冉弱:荏弱,这里指啸声弱而柔和。 柔挠:又作“柔扰”,软弱的样子,这里用来形容柔弱的啸声。

〔59〕澎濞(bì 必):水流声。

〔60〕横郁:指直而强的啸声。 滔涸(hé 和):形容啸歌出气时的声音像流

水滔滔,吸气时的声音像水要干涸。涸,水干。

〔61〕冽:寒冷,这里形容声音强。 飘眇(miǎo 秒):形容声音清幽。 清昶(chǎng 厂):形容声音清亮悠长。昶,长。

〔62〕逸气:啸歌时吹出的强烈气流。奋涌:喷薄而出。

〔63〕缤纷:形容多彩多姿的各种啸声。

〔64〕列列:风吹动的样子。飙(biāo 标):暴风。

〔65〕啾(jiū 究)啾:象声词,细小的叫声。

〔66〕胡:指北方的匈奴。 长思:深深地思念。古诗有"胡马思北风"的句子,意思是离开了北方的胡马思念故土,以"北风"指代北方故土。

〔67〕北朔:北方。朔,北。

〔68〕鸿雁:大雁。 将:携带。 雏:幼鸟。这句是形容啸声像大雁携带幼鸟的鸣叫声。

〔69〕机发:像弩机发射一样迅速。机,指弩机,弓上发箭的装置。响速:像回声应和一样迅速。响,回声。

〔70〕怫(fú 伏)郁:愤懑,心情不舒畅,这里形容啸声受压抑而不流畅的样子。 冲流:形容强而连续不断的啸声。

〔71〕参谭、云属(zhǔ 主):都形容声音连续不断。

〔72〕飞廉:风神。 鼓:鼓动,吹动。 幽隧:深邃的山路。隧,道路。

〔73〕应:应和。 中谷:山谷中。这两句说,人啸而生风,使风伯来助威,使猛虎来应和。

〔74〕南箕:天空南方的箕星。 穹苍:苍穹,天空。

〔75〕清飙:指大风。 乔木:高树。乔,高。这两句说,南方的箕星好风,感啸而生风,因而星动于天上,风发于高树。

〔76〕散滞积:啸歌能使滞积之气散发开来。 播扬:散发。

〔77〕荡:涤荡,荡除。 埃蔼(ǎi 矮):灰尘多的样子。溷:混。

〔78〕变阴阳之至和:改变阴阳而使其和谐。

〔79〕淫风:放荡的风气。 秽俗:邪恶的习俗。

〔80〕崇岗:高岗。

〔81〕陵景山:登上大山。陵,升,登上。景,大。

〔82〕岩侧:高山旁。岩,高峻的山崖。

〔83〕流川:飞流直下的瀑布。

〔84〕藉:坐卧其上。 皋(gāo 高)兰:水泽中所生的兰草。皋,湖沼,水泽。猗靡(yī mǐ 衣米):随风飘动的样子。

〔85〕修:长。 蝉娟:美好的样子。

〔86〕骆驿:犹"络绎",连续不断的样子。

〔87〕舒:抒发。 蓄思:蓄积已久的想法。 悱愤:忧思郁结。

〔88〕奋:振作,这里指抒发,与前句的"舒"义同。 缠绵:纠缠住不能解脱的思想感情。

〔89〕涤荡:清除干净。 累(lěi 垒):烦累。

〔90〕离俗:远离世俗。 飘然:形容高远的样子。

〔91〕假:借。 象:比。 金:八音之一,指钟镈之类的乐器。 革:八音之一,指鼓类乐器。

〔92〕拟:模拟,仿效。 陶:指埙(xūn 勋)类乐器。 匏(páo 刨):指笙竽之类乐器。

〔93〕笳(jiā 加):古代管乐器名。 箫:管乐器名。

〔94〕硼硠、震隐:形容大声。

〔95〕訇磕(hōng kē 轰科)、磟(láo 劳)嘈:形容大声。

〔96〕徵(zhǐ 止):五声之一,这里指徵调式。 隆冬:深冬,寒冬。 熙蒸:像热气一样向上升。按阴阳五行家的观点,徵调属火,属夏季,所以在隆冬之时奏徵调乐曲,就会感到像夏天那样有热气在蒸腾。

〔97〕骋(chěng 逞):放任,这里是尽情吹奏的意思。 羽:五声之一,这里指羽调式。 凋:草木枯败。按阴阳五行家的观点,羽调属水,属冬季,所以在夏天吹奏羽调乐曲,就会感到霜雪降,草木凋。

〔98〕商:五声之一,这里指商调式。 霖:久雨。按阴阳五行家的观点,商调属金,属秋季,所以在春天吹奏商调乐曲,就会感到在降连绵的秋雨。

〔99〕角(jué 决):五声之一,这里指角调式。 谷风:东风,春风。《尔雅·释天》:"东风谓之谷风。"疏:"孙炎曰:'谷之言榖,榖,生也,谷风者生长之风也。'" 鸣条:使条鸣,即树木枝条被风吹动而发出声音。按阴阳五行家的观点,角调属木,属春季,所以在秋天吹奏角调乐曲,就会感到春风拂面,杨柳青青。

〔100〕恒:常,固定的。均,通"韵"。

〔101〕行而不流:行进而不失去控制。

〔102〕止而不滞:静止而不停滞。这两句出自《左传·襄公二十九年》吴公

子札观乐《颂》。在这里,是形容啸声迟速有度。

〔103〕吻:嘴唇。　发扬:发声扬气。

〔104〕假:借。　芳气:人呼吸之气的美称。

〔105〕要(yào 药)妙:声音微细曲折。

〔106〕激嚁(dí 笛):形容声音急速。　清厉:形容声音激切高朗。

〔107〕信:确实。

〔108〕羌(qiāng 枪):语首助词,无意义。　殊尤:特异。　绝世:冠绝当代,并世无双。

〔109〕越:超过。　韶夏:韶箾,大夏,虞舜与夏之乐。　咸池:古乐之一,相传为黄帝所作,尧曾加以修改。

〔110〕徒:只。　取异:取其不同之处。　郑卫:郑卫之音,指民间的俗乐,与韶夏雅乐相对。

〔111〕绵驹:春秋时齐国的歌唱家。《孟子·告子下》:"绵驹处于高唐,而齐右善歌。"结舌:指不敢唱歌了。　丧精:丧魂失魄。

〔112〕王豹:春秋时齐国的歌唱家。《孟子·告子下》:"昔者王豹处于淇,而河西善讴。"　杜口:闭口。　失色:脸变色。

〔113〕虞公:春秋时齐国的歌唱家。　辍(chuò 绰):停止。

〔114〕宁子:指宁戚,春秋时齐国大夫。他原是卫国人。善歌,怀才不遇,想去拜见齐桓公求官,因地位低贱无法见到,于是到齐国去经商。齐桓公迎客于郊外。宁戚在车旁喂牛,看到桓公而心情悲哀,就敲击牛角而歌。桓公听见了,说:"这不是一位普通的人。"于是接见了他,任命他为大田(农官),主管农业生产。　检手:敛手,收起了手,指宁戚不用手敲击牛角唱歌了。检,通"敛"。

〔115〕钟期:钟子期,春秋时楚国人,精通音律,著名的音乐鉴赏家。《列子·汤问》:"伯牙善鼓琴,钟子期善听。伯牙鼓琴,志在登高山。钟子期曰:'善哉!峨峨兮若泰山!'志在流水。钟子期曰:'善哉!洋洋兮若江河!'伯牙所念,钟子期必得之。伯牙游于泰山之阴,卒逢暴雨,止于岩下。心悲,乃援琴而鼓之。初为霖雨之操,更造崩山之音。曲每奏,钟子期辄穷其趣。"改听:指不听伯牙鼓琴,而改听啸歌。

〔116〕孔父:指孔子。　忘味:据《论语·述而》记载,孔子在齐国听到韶乐,三月不知肉味。

〔117〕抃(biàn 变)足:。跳舞。抃,原意是拍手,这里是顿足。

〔118〕凤皇来仪：凤凰来舞而有容仪，古代相传以为瑞应。《尚书·益稷》："《箫韶》九成，凤皇来仪。"皇，同"凰"。抚翼：搧动翅膀。拊，通"抚"，拍。这里是舞弄、搧动之意。

今译

有位超群脱俗的公子，好奇求异，傲视世俗，忘记荣辱，弃绝人事之途。仰慕已逝盛世，追思幽远太古。将登箕山以使节操高尚，游沧海而不关心世俗。于是延请友朋，招集同好，精研性命之玄机，深究道德之广奥。哀怜沉醉之世人，惟公子清醒而深知超然物外之妙。人生之路是这样狭窄啊，仰望无垠的天途而任凭飞跃。远离侈靡的流俗而忘我啊，于是慷慨激昂而放声长啸。

这时太阳正在西斜，濛汜处在闪光。公子与朋友携手同游，徜徉复徜徉。丹唇发出妙声，皓齿激扬动听的音响。声抑扬而曲调暗转，气流强而啸歌骤起。合黄钟宫之音于清角，在流利的徵音中有商羽。游云飘于青天，呼长风于晴空万里。曲终而回声绝，余音留而玩赏不已。确实是天然的最佳音，非丝竹之响所可比拟。

由此看来，啸歌不借助器物，取之于身，随心所欲。动唇有曲，撮口成音，随事物而感怀，凭衷情而歌吟，声大时不散漫，柔细时不沉滞。比竽笙高亢激越，比琴瑟柔和圆润。玄妙足以沟通人与神灵，精微足以表现最复杂隐蔽的感情。能除去悲伤过分的凄清之调，能节制《北里》的靡靡之声。能使洪灾之日普照阳光，能使大旱之时普降喜雨。曲调千变万化，作用不一。既可使人和乐怡悦，又能使人悲伤压抑。有时如游丝似将绝响，有时又高昂而慨慷。有时宛转优美，徐缓悠长，有时急促繁乱，激越高亢。抒激情而能返于恬淡，虽悲哀却于身无伤。啸歌包括所有乐器的音响，能使人极端快乐而不荒唐。

至于登高台以临远方，出画廊而极目眺望，喟然长叹，昂首抚掌，就会发出长啸，声清新而嘹亮。有时舒缓转为急促，有时低徊复又高扬。有时冉弱优柔，有时海涛般雄壮。声直而强，出气如流水滔滔,吸气如干涸之塘。音调悠长,时而清幽,时而清亮。气流奔涌,五声交错。如烈烈疾风,如啾啾作响。奏胡马之长嘶,向朔风而思故土,奏鸿雁之携幼雏,群鸟在沙漠里号呼。所以,啸歌能依物象而创声,随情事而作曲。若有所感,无不可长啸抒情。反应迅速,如弩机发射,如山谷回声。连续不断,像奔腾的流水,像汹涌的云雾。若离若合,将绝复续。人啸而风生,使风神来助威,呼啸于深邃的山路;使猛虎来应和,咆哮于空旷的山谷。使南箕星在天空游动,使大风震撼乔木。散发积滞之气,荡除混浊的尘土。改变阴阳使其合谐,铲除淫风秽俗。

至于游峻岭,登高山,面对悬崖峭壁,远望飞瀑流川,坐于磐石之上,口嗽清泉,以柔软的皋兰为席,在幽篁下小憩,就会啸歌以抒情,曲不断而回声连,使郁结的忧思得以发散。五脏六腑像洗过一样轻松,豁然而飘飘欲仙。

啸声可比钟鼓,可拟笙匏,八音皆可鸣奏,如笳似箫。如天崩地裂,如山呼海啸。在隆冬吹奏徵调之曲,就会感到热气蒸腾;在盛夏吹奏羽调之曲,就会感到霜降木凋;在初春吹奏商调之曲,就会感到淫雨连绵;在季秋吹奏角调之曲,就会感到春风鸣条。音韵灵活多变,曲无固定模式。进行而不流荡,静止而不停滞。随口唇而发声,借气流而远扬。声微细而曲折,忽急促而高亢。真天然之极妙,实卓异而无双。超越《韶》、《夏》和《咸池》,哪里仅仅是由于它不同于郑、卫之响!清啸奏鸣之时,绵驹张口结舌,丧魂落魄;王豹羞愧闭口,惊慌失色;虞公停而不歌;宁戚敛手叹息;钟子期不再欣赏琴曲而改听啸歌;孔子如闻韶乐而三月不知肉味;百兽顿足而舞;凤凰来仪而展翼。这才知道长啸之奇妙,原来在音乐中也无与伦比!

(陈延嘉译注并修订)

高唐赋一首

宋 玉

题解

黄侃先生在《文选平点》中说："《高唐》、《神女》实为一篇，犹《子虚》、《上林》也。"此说极是。二赋不仅文脉相通，故实相承，而且开篇概写高唐和神女的句式也基本相同。《高唐》曰："高矣，显矣，临望远矣；广矣，普矣，万物祖矣。"《神女》曰："茂矣，美矣，诸好备矣；盛矣，丽矣，难测究矣。"《高唐》和《神女》犹如一篇的两大段落。第一段赋山水，第二段赋神女。赋山水大书其险，赋神女极写其美。险骇的山水与神奇的美女相协调。

《高唐赋》说："游于云梦之台，望高唐之观"，似乎高唐观在云梦之中。一些辞书也据此解"高唐观在云梦"。其实不然。从赋中描写的内容看，高唐应在巫山旁，而不在云梦中。宋范成大《吴船录》卷下云："戊午，乘水退下巫峡。……三十五里至神女庙，庙前滩尤汹怒。十二峰俱在北岸。……庙乃在诸峰对岸小冈之上，所谓阳云台，高唐观。……庙额曰'凝真观'。"宋陆游《入蜀记》卷六云："二十三日过巫山凝真观，谒妙用真人祠。真人，即世所谓巫山神女也。……是日，天宇晴霁，四顾无纤翳，惟神女峰上有白云数片，如鸾鹤翔舞徘徊，久之不散，亦可异也。"可见，《高唐赋》中写的山，就是巫山，写的水，就是巫峡水。因此《高唐赋》也可以说是巫峡赋。作者以传神的笔触描绘出了巫峡的山陡水险,使人惊心动魄。诵读此赋,犹如跟随作者游览巫峡:登绝壁,观百川,赏芳草,望奇树,闻鸟鸣,看猎物。既"使人心动",又令人神往,具有极大的艺术魅力。

文学史家皆称谢灵运开山水诗之一派。其实,宋玉才是山水诗派的鼻祖。他是第一个真正描写山水的大师,而《高唐赋》则是第一首真正的山水诗。它对其后的山水诗的影响是极其深远的。试把李白的《蜀道难》同《高唐赋》加以比较,就可以看出其影响之所在。

《高唐赋》:

"巫山赫其无畴兮,道互折而尽累。登巉岩而下望兮,临大阺之稸水。""水澹澹而盘纡兮,洪波淫淫之溶滴。奔扬踊而相击兮,云兴声之霈霈。""倾岸洋洋,立而熊经。久而不去,足尽汗出。""愁思无已,叹息垂泪。登高远望,使人心瘁。""众鸟嗷嗷,雌雄相失,哀鸣相号。"

《蜀道难》:

"上有六龙回日之高标,下有冲波逆折之回川。""飞湍瀑流争喧豗,砯崖转石万壑雷。""青泥何盘盘,百步九折萦岩峦。扪参历井仰胁息,以手抚膺坐长叹。""蜀道之难难于上青天,使人听此凋朱颜。""但见悲鸟号枯木,雄飞雌从绕林间。"

两相比较,二者在内容和写法上,有许多相似之点。山高,水险,人恐,鸟惊,皆入于文。丰富的想象,磅礴的气势,传神的笔法,如出一辙。不同的是,前者为赋,后者为诗。"赋者,铺也。"铺张扬厉是其特点。故《高唐赋》写巫峡,铺铺展展,洋洋洒洒。诗则要用最精粹的语言,表达最凝重的情感。故《蜀道难》写蜀道,虽多有夸张之笔,然较之《高唐赋》写得更精炼,更集中。

李白受《文选》的影响是很深的。特别《高唐》、《神女》,几乎熟烂于胸。他在《古风》中说:"神女去已久,襄王安在哉!"在《感兴六首》中,专有一首写到宋玉的《神女赋》。即:"瑶姬天帝女,精彩化朝云。宛转入宵梦,无心向楚君。锦衾抱秋月,绮席空兰芬。茫映竟谁测，虚传宋玉文。”由此观之，说《蜀道难》吸收了《高唐赋》中的艺术营养，或许不为妄言。

原文

昔者，楚襄王与宋玉游于云梦之台[1]，望高唐之观[2]。其上独有云气，崒兮直上[3]，忽兮改容，须臾之间，变化无穷。王问玉曰：“此何气也？”玉对曰：“所谓朝云者也。”王曰：“何谓朝云？”玉曰：“昔者，先王尝游高唐，怠而昼寝[4]，梦见一妇人曰：‘妾，巫山之女也。为高唐之客，闻君游高唐，愿荐枕席[5]。’王因幸之[6]。去而辞曰[7]：‘妾在巫山之阳[8]，高丘之阻[9]，旦为朝云[10]，暮为行雨，朝朝暮暮，阳台之下。’旦朝视之，如言，故为立庙，号曰朝云。”王曰：“朝云始出，状若何也？”玉对曰：“其始出也，(日+对)兮若松榯[11]；其少进也，晰兮若姣姬[12]，扬袂障日[13]，而望所思[14]。忽兮改容，偈兮若驾驷马[15]，建羽旗[16]。湫兮如风[17]，凄兮如雨，风止雨霁[18]，云无处所。”王曰：“寡人方今可以游乎？”玉曰：“可。”王曰：“其何如矣？”玉曰：“高矣，显矣[19]，临望远矣；广矣，普矣[20]，万物祖矣。上属于天[21]，下见于渊，珍怪奇伟[22]，不可称论。”王曰：“试为寡人赋之。”玉曰：“唯唯[23]”。

惟高唐之大体兮[24]，殊无物类之可仪比[25]。巫山赫其无畴兮[26]，道互折而层累[27]。登巉岩而下望兮[28]，临大阺之稸水[29]；遇天雨之新霁兮，观百谷之俱集[30]。濞汹汹其无声兮[31]，溃淡淡而并入[32]，滂洋洋而四施兮[33]，蓊湛湛而弗止[34]。长风至而波起兮，若丽山之孤亩[35]。势薄岸而相击兮，隘交引而却会[36]。崒中怒而特高兮[37]，若浮海而望碣石[38]。砾磥磥而相摩兮[39]，巆震天之礚礚[40]。巨石溺溺之瀺灂兮[41]，沫潼潼而高厉[42]；水澹澹而盘纡兮[43]，洪波淫淫之溶潏[44]。奔扬踊而相击兮[45]，云兴声之霈霈[46]。猛兽惊而跳骇兮，妄奔走而驰迈[47]。虎豹豺兕[48]，失气恐喙[49]，雕鹗鹰鹞[50]，飞扬伏窜[51]，股战胁息[52]，安敢妄挚[53]？于是水虫尽暴[54]乘渚之阳[55]，鼋鼍鳣鲔[56]，交积纵横[57]。振鳞奋翼[58]，蜲蜲蜿蜿[59]。

中阪遥望[60]，玄木冬荣[61]。煌煌荧荧[62]，夺人目精[63]，烂兮若列星，曾不可殚形[64]。榛林郁盛[65]，葩华覆盖[66]，双椅垂房[67]，纠枝还会[68]。徙靡澹淡[69]，随波闇蔼[70]，东西施翼[71]，猗狔丰沛[72]。绿叶紫裹[73]，丹茎白蒂[74]，纤条悲鸣[75]，声似竽籁[76]。清浊相和[77]，五变四会[78]。感心动耳，回肠伤气[79]。孤子寡妇[80]，寒心酸鼻。长吏隳官[81]，贤士失志[82]。愁思无已，叹息垂泪。

登高远望，使人心瘁[83]。盘岸巑岏[84]，振陈硙硙[85]。磐石险峻，倾崎崖隤[86]。岩岖参差[87]，从横相追[88]。陬互横牾，背穴偃跖[89]，交加累积，重叠增益，状若砥柱[90]，在巫山之下。仰视山颠，肃何千千[91]。炫耀虹霓，俯视峥嵘[92]，窐寥窈冥[93]，不见其底，虚闻松声。倾岸洋洋，立而熊经[94]。久而不去，足尽汗出，悠悠忽忽[95]，怊怅自失[96]，使人心动，无故自恐，贲育之断[97]，不能为勇。卒愕异物[98]，不知所出，縰縰莘莘[99]，若生于鬼[100]，若出于神。状似走兽，或象飞禽，谲诡奇伟[101]，不可究陈[102]。

上至观侧，地盖底平，箕踵漫衍[103]，芳草罗生[104]，秋兰茝蕙[105]，江离载菁[106]，青荃射干[107]，揭车苞并[108]。薄草靡靡[109]，联延夭夭[110]，越香掩掩[111]，众雀嗷嗷。雌雄相失,哀鸣相号。王雎鹂黄[112],正冥楚鸠[113]。姊归思妇[114],垂鸡高巢[115],其鸣喈喈[116],当年遨游[117],更唱迭和,赴曲随流[118]。

有方之士[119],羡门高谿[120],上成郁林[121],公乐聚谷[122]。进纯牺[123],祷琁室[124],醮诸神[125],礼太一[126]。传祝已具[127],言辞已毕,王乃乘玉舆[128],驷仓螭[129],垂旒旌[130],旆合谐[131]。紬大絃而雅声流[132],洌风过而增悲哀[133]。于是调讴[134],令人惏悷憯凄[135],胁息增欷[136]。

于是乃纵猎者[137],基趾如星[138],传言羽猎[139],衔枚无声[140]。弓弩不发,罘罕不倾[141],涉漭漭[142],驰苹苹[143]。飞鸟未及起,走兽未及发,何节奄忽[144],蹄足洒血。举功先得[145],获车已实[146]。

王将欲往见,必先斋戒[147],差时择日[148]。简舆玄服[149],建云旆[150],蜺为旌,[151]翠为盖[152]。风起雨止,千里而逝,盖发蒙[153],往自会[154]。思万方,忧国害,开贤圣,辅不逮[155]。九窍通郁[156],精神察滞[157],延年益寿千万岁。

注释

〔1〕云梦:云梦泽,在今湖北省。　台:台馆。

〔2〕高唐:战国时楚国台馆名。　观(guàn 贯):楼台之类。

〔3〕崒(cuì 翠):通“萃”。聚集。

〔4〕昼寝:白天睡觉。

〔5〕荐枕席:求亲昵。荐,进。

〔6〕幸之:此指与妇人亲昵。幸,封建时代称帝王亲临为幸。

〔7〕辞:歌词。此用如动词,作歌之意。

〔8〕阳:山南为阳。

〔9〕阻:险峻之处

〔10〕朝云:朝霞。

〔11〕晻(duì 对):茂盛的样子。 榯(shí 时):挺拔直立的样子。

〔12〕姣姬:美女。

〔13〕扬袂(mèi 妹):举袖。袂,袖。 鄣(zhàng 丈)日:遮日。鄣,通"障"。塞。

〔14〕所思:想念的人。

〔15〕偈(jié 洁):急驰的样子。驷(sì 四)马,四匹马拉的车子。

〔16〕建:竖立。 羽旗:用五色羽毛做的旗子。

〔17〕湫(qiū 秋):冷飕飕的样子。

〔18〕雨霁(jì 季):雨止。霁,雨止。

〔19〕显:突出,显眼。

〔20〕广、普:广大,普遍。

〔21〕属:连接。

〔22〕伟:美。

〔23〕唯唯(wěi 委):恭敬而顺从的答应词。犹"是,是"。

〔24〕大体:大观。

〔25〕仪比:匹敌。仪,匹配。

〔26〕赫:盛状。 无畴:无法估量,畴,通"筹"。计算。

〔27〕层累:重叠。形容道路横斜而上。

〔28〕巉(chán 缠)岩:高峻的山石。

〔29〕阺(dǐ 底):山坡。 稸(xù 旭):积蓄。

〔30〕百谷:无数水流。谷,两山间的流水道。

〔31〕濞(bì 闭):大水暴发的声音。 汹汹:水波翻腾的样子。

〔32〕溃:水相交流过。 淡淡(yǎn 眼):水势安流平满的样子。

〔33〕滂(páng 旁):大水涌流的样子。洋洋:形容水势很大。 四施:四处流淌。

〔34〕蓊(wěng):聚集。 湛湛:水深的样子。

〔35〕若丽山之孤亩:李善注:"言风吹水势,浪文如孤垄之附山。"丽,附着。亩,田垄。

〔36〕薄岸相击,隘交却会:水口很窄,水冲击岸上,卷回来又汇合成流。隘,狭窄。却,退。

〔37〕崒中怒而特高:李善注:"谓两浪相合聚而中高也。"特,突出。

〔38〕若浮海而望碣石:刘良注:"言此水波涛崒然而起尔,如望碣石以浮海也。"碣石,海边半在水中之山。

〔39〕砾(lì 力):碎石。 磥磥(lěi 垒):石头众多的样子。

〔40〕礚(hóng 洪):水石相击的声音。 礚礚(kē 科):象声词。轰击之声。

〔41〕溺溺(nì 逆):没入水中。 瀺灂(chán zhuó 禅浊):石在水中出没的样子。

〔42〕沫:水冲击激起的浪花。 潼潼(tóng 童):高高的样子。 高厉:高起。厉,起。

〔43〕澹澹(dàn 淡):水波动荡的样子。 盘纡:水流迂回。

〔44〕淫淫:水流向远方的样子。 溶滴(yì 义):荡动。

〔45〕扬踊:波涛涌起。

〔46〕云兴:云起。 霈霈(Pèi 沛):象声词。

〔47〕妄:不辨方向乱跑。 驰迈:狂奔。

〔48〕兕(sì 四):古代犀牛一类的野兽。

〔49〕恐喙(huì 会):吓得不敢叫。喙,兽嘴。

〔50〕鹗(è 饿):鱼鹰。

〔51〕飞扬:飞走。 伏窜:逃避隐匿。

〔52〕股战:腿发抖。 胁息,屏气。

〔53〕妄挚:随便攫取。

〔54〕水虫:指鱼鳖之类。暴:露。指出水登陆。

〔55〕渚(zhǔ 主):水中小块陆地。 阳:水北曰阳。

〔56〕鼋、鼍(yuán tuó 元驼):皆水中动物。 鳣、鲔(zhān wěi 毡尾):皆鱼名。

〔57〕交积纵横:形容很多。

〔58〕翼:鱼腮边的小鬐。

〔59〕蜲蜲(wěi 尾)蜿蜿(wǎn 晚):盘旋曲折的样子。李善注:"龙蛇之貌。"

〔60〕阪(bǎn 板):山坡。

〔61〕玄木:长在悬崖绝壁上的树木。玄,通"悬"。 荣:开花。

〔62〕煌煌荧荧:草木之花焕发的光彩。

〔63〕夺人目精:耀眼。目精,眼珠子。

〔64〕殚(dān 单):尽。

〔65〕榛林:栗树林。　郁盛:茂密。

〔66〕葩(pā 趴)、华:花。华,同“花”。　覆盖:指花与花自相覆盖。

〔67〕椅(yī 衣):梧桐之类的树木。　垂房:果实下垂。房,果实,因果皮里分隔开,如房间,故称。

〔68〕纠枝:枝曲而下垂。　还会:相交。

〔69〕徙靡:风吹枝条来回摇摆的样子。　澹淡:水波小文。

〔70〕阇(àn 暗)蔼:昏暗。李善注:“言木荫水波,阇蔼然也。”

〔71〕东西施翼:形容树枝向四面分布,如鸟展翅。

〔72〕猗狔(yī nǐ 衣泥):犹“阿那”,柔弱下垂的样子。　丰沛:形容很多。

〔73〕紫裹:紫房。紫色果实。

〔74〕蒂(dì 帝):同“蒂”。花及瓜果与枝茎相连的部分。

〔75〕纤:细。

〔76〕竽、籁(yú lài 于赖):皆古代乐器,竽,簧管乐器,似笙而略大。籁,管乐,三孔。

〔77〕清浊:形容声音清脆和低沉。李善注:“(风)吹小枝则声清,吹大枝则声浊。”

〔78〕五变:五音(宫商角徵羽)的变化。　四会:张铣注:“四会,谓四方之声与之相会合也。”

〔79〕回肠伤气:回肠荡气。形容悲伤已极。

〔80〕孤子:孤儿。

〔81〕长吏:旧称地位较高的官员。　隳(huī 灰)官:废官。

〔82〕贤士:旧称有才有德之人。　失志:丧失意志。李善注:“失其本志,不知所为。”

〔83〕心瘁(cuì 翠):心忧而病。

〔84〕巑岏(cuán yuán 攒元):山高尖峻大的样子。

〔85〕裖(zhèn 振)陈:挺拔整齐地排列。裖,整。如裖衣使之笔挺。硊硊(wéi 围):形容山石高峻的样子。

〔86〕倾崎:倾倒的样子。崎,倾侧。崖隤(tuí 颓):悬崖倒塌。

〔87〕岩岖:山岩崎岖。　参差:高低不齐。

〔88〕从横相追:山势纵横,仿佛互相追逐。从,同“纵”。

〔89〕陬(zōu 邹)互横啎(wǔ 五),背穴偃跖(zhí 直):张凤翼注:“言山角横

逆，背深塞人径也。”陬，山角。牾，逆。偃跖，“言山石之形，背穴偃蹇，如有所蹈也。”（李善注）

〔90〕砥（dǐ 底）柱：山名。山在水中，如柱，故名。

〔91〕千千：青青的山色。千，通“芊”（qiān 千），青。

〔92〕崝嵘（zhēng róng 争荣）：又陡又深的样子。崝，同“峥”。

〔93〕窐寥（wā liáo 蛙辽）：空深的样子。窐，同“洼”。 窈（yǎo 咬）冥：幽暗的样子。

〔94〕熊经：形容极端恐惧的样子。岩岸欲倾，水流又急，水势很大，人站其上，“如熊攀树而立，其身偻佝。”（张铣注）

〔95〕悠悠忽忽：迷迷茫茫，不知所措。

〔96〕怊怅（chāo chàng 超唱）：惆怅。失意的样子。

〔97〕贲、育：孟贲、夏育，皆战国时勇武决断之士。相传孟贲能生拔牛角，夏育力举千斤。

〔98〕卒愕（è 恶）：促然惊愕。

〔99〕縰縰（xǐ 喜）莘莘（xīn 新）：形容来来往往很多。

〔100〕生于鬼，出于神：神出鬼没。

〔101〕谲诡（jué guǐ 决鬼）：怪异多变。

〔102〕究陈：尽述。

〔103〕箕踵漫衍：张凤翼注：“山形如簸箕之掌，而又宽大。”

〔104〕罗生：一排排生长。

〔105〕兰、茝（zhǐ 止）、蕙：皆香草名。

〔106〕江离：香草名。 载：则。语助词。菁（jīng 精）：华采。

〔107〕青荃（quán 全）、射（yè 叶）干：香草名。

〔108〕揭车：香草名。 苞并：丛生。

〔109〕薄草：指丛生的香草。薄，草丛。 靡靡：互相依偎的样子。

〔110〕连延：接连不断。 夭夭：美好的样子。（用刘良说）

〔111〕越香掩掩：同时散发香气。掩掩，同时散发。

〔112〕王鴡（jū 居）：鸟名。雎鸠。 鹂黄：黄莺。

〔113〕楚鸠：鸟名。

〔114〕姊归、思妇：鸟名。

〔115〕垂鸡：鸟名。李善注“未详’。（用李周翰说） 高巢：巢高。

〔116〕喈喈(jiē 阶):象声词。禽鸟叫声。

〔117〕遨游:戏游。

〔118〕更唱迭和,赴曲随流:刘向注:“言鸟之唱和与流水合度。”

〔119〕有方之士:方术之士。指古代求仙炼丹,自言能长生不死的人。

〔120〕羡门高:古代传说中的方士羡门子高。《史记·封禅书》:“宋毋忌、正伯侨、允尚、羡门子高皆燕人,为方仙道,形解销化,依于鬼神之事。” 谿(xī 西):李善注:“谿,疑是誓字。”

〔121〕上成郁林:张凤翼注:“上山成仙者,郁然如林。”

〔122〕公乐聚谷:张凤翼注:“共乐于此,聚而饮食。”谷,食。

〔123〕进:献上。指祭祀。 纯牺:吕延济:“谓纯色牺牲也。”牺牲,供祭祀用的家畜的通称。

〔124〕祷(dǎo 倒):祷告。 琁(xuán 悬)室:用玉石装饰的房间。琁,玉石。

〔125〕醮(jiào 叫):祭。

〔126〕礼:祭神以致福。 太一:天神。

〔127〕祝:告祭之辞。

〔128〕玉舆:用玉装饰的车。

〔129〕驷仓螭(chī 吃):张凤翼注:“谓以螭龙为驷。”驷,四套马的车。螭,蛟龙之类,此指骏马。

〔130〕旒旌(liú jīng 流京):下边垂有装饰物的旗子。指君王仪仗队的旗。

〔131〕旆(pèi 配):古代旗末状如燕尾垂旒,称之为旆。

〔132〕紬(chōu 抽):抽引,弹拨。 大弦:古琴、瑟、琵琶等拨弦乐器。 雅声:古指所谓合乎道德规范的音乐。雅,正。

〔133〕冽风:寒风。

〔134〕调讴:歌唱。

〔135〕惏悷(lín lì 林力):悲伤。 憯(cǎn 惨)凄:凄惨。

〔136〕胁(xié 鞋)息:敛缩气息,表示悲痛。 欷(xī 西):抽咽声。

〔137〕猎者:指随君王狩猎的士卒。

〔138〕基趾:山脚。 如星:星罗棋布,极言其多。

〔139〕羽猎:用箭射猎。羽,箭。

〔140〕衔枚:枚,形状似筷子,两端有带,可系于颈上。古代进军袭击敌人时,令士卒衔在口中,以防止喧哗。

〔141〕罘罕(fú hǎn 扶喊):捕鸟兽的网。罕,同“罕”。捕鸟用的长柄小网。

〔142〕漭漭(mǎng 莽):宽阔的水面。

〔143〕芊芊:草丛生的样子

〔144〕何:疑问之辞。 节:符节。 奄忽:迅疾。

〔145〕举功先得:旗开得胜。

〔146〕获车:载猎物之车。

〔147〕斋戒:古人于祭祀时,沐浴更衣,戒其嗜欲,以示诚敬。

〔148〕差时:择时。

〔149〕简舆:简朴之车。 玄服:黑色衣服。李善注:“冬王水,水黑色,故衣黑服。”

〔150〕云旆:云旗。

〔151〕蜺(ní 泥):雌虹(hóng 红)。相传虹有雌雄之别,色鲜盛者为雄,色暗淡者为雌。雄曰虹,雌曰旆。

〔152〕翠:翡翠鸟。 盖:车盖。状如伞。

〔153〕发蒙:启发蒙昧。一说轻而易举。

〔154〕会:指与神女相会。

〔155〕开圣贤,辅不逮:李周翰注:“开圣贤之路,以补思虑之不及。”

〔156〕九窍:头部七窍,加前后阴,称九窍。此泛指人体各器官。郁:郁滞不通。

〔157〕瘵滞:荡涤精神上的郁塞之气。瘵,清洁,荡涤。屈原《渔父》:“安能以身之察察,受物之汶汶者乎?”五臣本无“滞”字。

今译

从前,楚襄王和宋玉到云梦泽台馆游览。遥望高唐台观,上方有一股云气,忽而聚集直上,忽而散开变形,顷刻之间,变化无穷。襄王问宋玉道:“这是什么气呀?”宋玉答道:“这就是所说的朝云。”襄王又问:“什么叫朝云?”宋玉答道:“从前,先王曾到高唐游览,因为疲劳,白天睡着了,梦见一位妇人对他说:‘妾是巫山之女,暂时客居高唐,听说君王到此游览,愿和君王亲昵。’先王于是和她同床共枕。妇人离开时作歌道:‘妾在巫山南坡,住在高山的险峻之处,早晨变成朝霞,晚上化为暮雨,朝朝暮暮,都在高唐台馆之下。’第二天早晨,先王观看,果然如妇人所说。因此先王为妇人修了座庙,叫做'朝云'。"襄王又问:"朝云刚一出来什么样子?"宋玉答道:"郁郁葱葱,如挺拔的青松。再过一会,朗然照人,似姣姣的美女。扬袖遮日,好像思念她意中之人;忽而动容,变化迅疾,好似驾马车,舞彩旗,凉飕飕如风吹,冷凄凄像下雨。顷刻之间,风停雨止,不见云霓。"襄王又问:"寡人现在可以游览高唐吗?"宋玉答道:"可以。"襄王又问:"高唐如何呢?"宋玉回答:"高大豁亮,广阔无边,上接青天,下临深渊,奇美怪异,不可胜言。"襄王说:"请为寡人赋之。"宋玉连声答应:"是!是!"

高唐的大观,一般的东西无法和它相比。巫山巍峨显赫,道路交错崎岖。登上绝顶下望,俯视蓄水巨池。赶上大雨初停,可见百川汇集。山洪暴发,波涛翻滚,无他声息;水流纵横,沟满壕平,注入深池。汪洋恣肆,大水横溢,洪峰交汇,水深无极。长风吹来,洪波涌起,浪起浪落,如田垄附着在山脊。惊涛迫岸,水浪相击,卷回的浪花又溶汇在一起。忽而怒涛相聚,洪峰涌起,宛如海上浮动的碣石。水冲乱石,礧礧相撞,嶝嶝磕磕,震天作响。巨石翻滚,时隐时现,泡沫潼潼,掀起巨浪。波纹起伏,左旋右转,洪波荡漾,流向远方。奔腾流泻,波浪相击,如风起云涌,霈霈作响。猛兽闻声,惊恐万状,狂奔乱逃,不辨方向。虎豹豺兕,不敢出气,雕鹗鹰鹞,飞走藏匿,腿抖气屏,那敢栖止?水中鱼鳖虾蟹,十分惊慌,个个钻出水面,爬到小洲向阳的地方。鼋鼍鳣鲔,纵横相压,鳞张鬐竖,龙蛇一般。

爬到山腰,向上观看。悬崖树木,冬天开花,辉煌灿烂,大放光彩。耀眼夺目,灿若群星,层出不穷,无法形容。栗林长得郁郁葱葱,栗花遮在绿叶之中。一对对山桐子果实垂吊,弯弯曲曲的枝条紧紧相交。柔枝嫩叶轻轻摆,浓浓绿荫把微波覆盖。枝条向四面生长,就像鸟儿展翅飞翔,婀娜多姿,难以形容。绿叶紫实,红茎白蒂,风吹细条声悲鸣,好像轻轻吹籁竽。清浊相和,五音交织,感心动耳,回肠荡气。孤儿寡母,寒心酸鼻;高官废职,贤士丧志,愁思缕偻,流泪叹气。

登高远望,胆战心寒。盘曲的江岸,耸立一排陡峭的山岩。磐石险峻,仿佛悬崖下坍;怪石参差,状如互相追赶。山角旁伸侧出,横石当在面前。岩石交加,增其高险。状如中流砥柱,就在巫山下边。抬头仰望山巅,青青一线,耀眼夺目,宛如虹霓高悬。俯身下看,又深又陡,不见谷底,幽暗昏然。隐隐听到松涛,声如波滚浪翻。岸倾流急,站在上面吓得像狗熊佝偻一团。久久不敢挪步,脚下直出冷汗。忽忽悠悠不知所措,怅然若失心里直颤。使人胆战心惊,无故慌恐万般。即使有孟贲、夏育那样的决断,临此险境也不能表现出无畏勇敢。猛然跳出怪物,不知从哪出现,来往众多,神出鬼没一般。既像走兽,又像飞禽,怪异奇绝,无法详说。

登上观侧,地面宽平,状如簸箕,芳草丛生。秋兰芷蕙,江离花开,青荃射干,揭车丛生。芳草萋萋,互相偎依,连绵不断,美丽无比。众香齐飘,百鸟鸣叫,雄雌失伴,互相哀号。王雎黄莺,正冥楚鸠,姊归思妇,垂鸡巢高。叫声喈喈,戏游逍遥。此唱彼和,声如流水。

方术之徒,羡门发誓,上山成仙,众仙济济,共乐于此,聚而饮食。祭祀牲畜,毛色纯一,祈祷之处,玉镶宫室。祭诸神,奠太一,备祝辞,诵读毕。于是先王乘玉辇,驾四龙,垂彩穗,飘和风,琴瑟琵琶弹宫弦,曲调流荡发正声。凛冽寒风吹过,增加悲哀感情。伴随此调歌唱,使人凄惨忧伤。敛缩气息,抽泣不已。

随先王打猎的士卒,山脚之下棋布星罗。传令狩猎,衔枚语歇,不拉弓箭,不张网罗,涉过漭漭的大泽,驰过青青的草坡,飞禽未及起飞,走兽不及逃脱,眨眼之时,蹄足流血,旗开得胜,猎物满车。

君王要见巫山神女,必须首先斋戒,择良时,乘简车,着黑衣,云霓做旌旗,车盖用翠羽。待风起雨住,千里驰逐,蒙昧得到启发,自然能与神女相晤。思天下,怀国忧,广开圣贤之路,弥补君王考虑不周。九窍通达,心畅神舒,延年益寿,万岁千年!

(赵福海译注并修订)

神女赋一首

宋 玉

题解

《神女赋》的特点是它构思的奇巧,语言的新颖。在宋玉创作《神女赋》之前,就有关于巫山神女的种种传说。但这些传说是零散的,不完美的。宋玉在这些传说的基础上,通过"精骛八极,心游万仞"的艺术构思,塑造了巫山神女这一完整的形象。

在宋玉的笔下,这位神女既飘忽,又"酡实","既姽婳于幽静,又婆娑乎人间"。她的感情是那样丰富,那样细腻。"望余帷而延视兮,若流波之将澜。奋长袖以正衽兮,立踯躅而不安"。"时容与以微动兮,志未可乎得原。意似近而既远兮,若将来而复旋"。寥寥几句,把神女那种热烈而又娇羞的复杂感情写得淋漓尽致。她是那样美丽,而又那样神圣。"含然诺其不分","志未可乎得原",使人无法猜透她的心意,欲近不敢,欲远不能,"徊肠伤气,颠倒失据"。宋玉真是一位善于心理描写的艺术大师。

这是第一篇"美女赋"。作者创造了许多描写美女的词汇。如"襛不短,纤不长","婉若游龙乘云翔","眉联娟以蛾扬兮,朱唇的其若丹"等,成为后来文人描写美女常用的词语。曹子建的《洛神赋》就活用了《神女赋》中许多富有表现力的词汇,他描写洛神的美貌写道:"翩若惊鸿,婉若游龙。""襛纤得衷,脩短合度。""云髻峨峨,修眉联娟。""丹唇外朗,皓齿内鲜。"这些语言,都是在《神女赋》的启发下的再创造。

文学史上的许多作家,如王粲、杨修、陈琳、张敏、江淹等都写过

《神女赋》,而流传最广、影响最大的还是宋玉的《神女赋》。

原文

楚襄王与宋玉游于云梦之浦[1],使玉赋高唐之事[2]。其夜,王寝[3],果梦与神女遇,其状甚丽。王异之,明日以白玉。玉曰:"其梦若何?"王曰:"晡夕之后[4],精神怳忽,若有所喜,纷纷扰扰[5],未知何意。目色仿佛[6],乍若有记。见一妇人,状甚奇异。寐而梦之,寤不自识。罔兮不乐[7],怅然失志。于是抚心定气[8],复见所梦。"玉曰:"状何如也?"王曰:"茂矣,美矣,诸好备矣;盛矣,丽矣,难测究矣。上古既无,世所未见。瑰姿玮态[9],不可胜赞。其始来也,耀乎若白日初出照屋梁;其少进也,皎若明月舒其光。须臾之间,美貌横生[10],晔兮如华[11],温乎如莹[12]。五色并驰[13],不可殚形[14],详而视之。夺人目精[15]。其盛饰也,则罗纨绮缋盛文章[16],极服妙采照万方[17]。振绣衣,被袿裳[18],秾不短,纤不长[19],步裔裔兮曜殿堂[20]。忽兮改容,婉若游龙乘云翔[21]。嫷被服[22],侻薄装[23],沐兰泽[24],含若芳[25]。性和适[26],宜侍旁[27],顺序卑[28],调心肠[29]。"王曰:"若此盛矣,试为寡人赋之。"玉曰:"唯唯[30]。"

夫何神女之姣丽兮[31],含阴阳之渥饰[32]。被华藻之可好兮[33],若翡翠之奋翼[34]。其象无双[35],其美无极。毛嫱鄣袂[36],不足程式;西施掩面[37],比之无色。近之既妖,远之有望。骨法多奇[38],应君之相[39]。视之盈目,孰者克尚[40]?私心独悦[41],乐之无量[42],交希恩踈[43],不可尽畅[44]。他人莫睹,王览其状。其状峩峩[45],何可极言?貌丰盈以庄姝兮[46],苞温润之玉颜[47]。眸子炯其精朗兮[48],

瞭多美而可观[49]。眉联娟以蛾扬兮[50],朱唇的其若丹[51]。素质干之醲实兮[52],志解泰而体闲[53]。既姽婳于幽静兮[54],又婆娑乎人间[55]。宜高殿以广意兮[56],翼放纵而绰宽[57]。动雾縠以徐步兮[58],拂墀声之珊珊[59]。望余帷而延视兮[60],若流波之将澜[61]。奋长袖以正衽兮[62],立踯躅而不安[63]。澹清静其愔嫕兮[64],性沈详而不烦[65]。时容与以微动兮[66],志未可乎得原[67]。意似近而既远兮,若将来而复旋[68]。褰余帱而请御兮[69],愿尽心之惓惓[70]。怀贞亮之洁清兮[71],卒与我兮相难[72]。陈嘉辞而云对兮[73],吐芬芳其若兰。精交接以来往兮[74],心凯康以乐欢[75]。神独亨而未结兮[76],魂茕茕以无端[77],含然诺其不分兮[78]。喟扬音而哀叹。頩薄怒以自持兮[79],曾不可乎犯干[80]。

于是摇珮饰,鸣玉鸾,整衣服,敛容颜,顾女师[81],命太傅[82]。欢情未接,将辞而去,迁延引身[83],不可亲附,似逝未行,中若相首[84]。目略微眄[85],精彩相授[86],志态横出,不可胜记。意离未绝,神心怖覆[87],礼不遑讫,辞不及究[88]。愿假须臾,神女称遽[89]。徊肠伤气[90],颠倒失据[91]。闇然而暝[92],忽不知处。情独私怀[93],谁者可语。惆怅垂涕,求之至曙。

注释

〔1〕云梦:泽名。先秦两汉称云梦泽。 浦:水边。

〔2〕高唐之事:指楚襄王和宋玉游云梦望高唐,见云气奇异,问宋玉怎么回事。宋玉说,昔先王(指楚怀王)梦游高唐,与神女遇。详见《高唐赋》。高唐,楚国台观名。

〔3〕王寝:“王寝”以下数语,即宋玉为襄王讲述的高唐之事。“王寝”前省去“玉曰”。

〔4〕晡(bū 不)夕:黄昏。

〔5〕纷纷扰扰:形容心中喜悦。李善注:“纷扰,喜也。”

〔6〕目色:视力。　仿佛:见得不真切。

〔7〕罔:通“惘”失意。

〔8〕抚心定气:平心静气。

〔9〕瑰姿:艳丽的姿容。　玮(wěi 伟)态:美好的姿态。

〔10〕横生:洋溢而出,充分表露出来。

〔11〕晔(yè 叶):光辉灿烂。

〔12〕温:温润。　莹:玉。

〔13〕五色并驰:五颜六色,闪闪发光。

〔14〕殚(dān 单)形:详尽形容。

〔15〕目精:眼珠子。

〔16〕罗纨绮缋(qǐ huì 起会):皆丝织品。　文章:文采。

〔17〕万方:犹言四方。

〔18〕袿(guī 归):妇女的上衣。

〔19〕襛(nóng 农):衣厚。　纤(xiān 先):细。“襛不短,纤不长”,指衣服长短肥瘦合体。

〔20〕裔裔(yì 义):步履轻盈的样子。　曜(yào 耀):照耀。

〔21〕游龙:游动的龙。比喻婀娜的姿态。

〔22〕嫷(tuǒ 妥):美好。

〔23〕侻(tuì 退):合适。李善注:“侻,可也,言薄装正相堪可。”

〔24〕沐:涂抹。　兰泽:芳香的头油。

〔25〕若芳:杜若的芳香。若,香草名,即杜若。

〔26〕和适:温顺柔和。

〔27〕侍旁:指服侍君王。

〔28〕序卑:温柔恭顺。

〔29〕心肠:心地。

〔30〕唯唯(wěi 委):犹“是,是”。

〔31〕姣丽:美丽。

〔32〕阴阳:天地。地为阴,天为阳。　渥(wò 握)饰:得天独厚的美质。渥,丰厚。

〔33〕华藻:指华丽的服饰。 可好:恰到好处,正合适。

〔34〕翡(fěi 匪)翠:翡翠鸟。羽毛鲜艳,犹如翡翠。 奋翼:展翅而飞。

〔35〕象:形象。

〔36〕毛嫱(qiáng 强):古代的美女。《慎子·威德》:“毛嫱、西施,天下之至姣也。 鄣袂(mèi 妹):掩袖。袂,袖。 程式:比姿态美。

〔37〕西施:春秋末年越国的美女。由越王勾践献给吴王夫差,成为夫差最宠爱的妃子。传说吴亡后,与范蠡泛舟五湖。

〔38〕骨法:骨相。旧时看相的人,称人的骨骼相貌为“骨法”,认为人的贵贱可从骨法看出来。

〔39〕应君之相:嫔妃之相。

〔40〕克:能。 尚:超过。

〔41〕私心:个人的心念。

〔42〕无量:无法计算,形容极多。

〔43〕交希:交情浅。 踈:通“疏”。

〔44〕畅:申。李善注:“未可申畅己志也。”

〔45〕峩峩(é 俄):美好的样子。峩,通:“娥”。

〔46〕丰盈:丰满。 庄姝:庄重而美丽。姝,美好。

〔47〕苞:饱满。 温润:温和柔润。本指玉色,此形容人的容色和性情。玉颜:美好如玉的容颜。

〔48〕眸(móu 谋)子:瞳子。 精朗:明亮。

〔49〕瞭(liǎo 了):眼珠明亮。

〔50〕联娟:微微弯曲的样子。 蛾扬:眉扬。形容美女笑得好看的样子。

〔51〕的:鲜明。

〔52〕质干:身段。 醲(nóng 农)实:丰满。醲,通“浓”,厚。

〔53〕解泰:心闲适平和。 体闲:姿态闲雅。

〔54〕姽婳(guǐ huà 鬼画):闲静美好的样子。 幽静:幽隐之处,指神仙居住的地方。

〔55〕婆娑(suō 梭):盘旋。

〔56〕宜高殿:“宜置高殿之上,翼然使放纵自宽也。”(李周翰注)

〔57〕翼放纵:形容自由放任。“翼,放纵貌。如鸟之翼,随意放纵。”(李善注) 绰宽:宽绰。

〔58〕雾縠(hú 胡):其薄如雾的轻纱。縠,轻纱。　徐步:缓缓而行。

〔59〕墀(chí 迟):台阶。　珊珊:形容衣裳磨擦之声。

〔60〕延视:引颈而望。

〔61〕流波:比喻美女晶莹灵活的目光。　澜:泛起波澜。

〔62〕正衽(rèn 任):整理衣襟使之端正。《论语·尧曰》:"君子正其衣冠。"

〔63〕踯躅(zhí zhú 直竹):徘徊不前。

〔64〕澹(dàn 淡):安静的样子。　愔嫕(yīn yì 音义):和善。

〔65〕沈详:沉着。　不烦:不躁。

〔66〕容与:悠闲自得的样子。

〔67〕志未可乎得原:心意猜不透。原,本。

〔68〕旋:回。

〔69〕褰(qiān 牵):揭起。帱(chóu 仇):床帷。请御:请求陪侍。

〔70〕惓惓(quán 全):同"拳拳"。诚恳亲切之意。

〔71〕贞亮:贞操亮节。

〔72〕相难:感到为难而不相亲近。

〔73〕嘉辞:善言。

〔74〕精交:神交。

〔75〕凯康:同"恺慷",和乐。

〔76〕亨:通。　结:结爱。

〔77〕茕茕(qióng 穷):孤独无依的样子。

〔78〕然诺:许诺。　不分:"意未分明"。(张凤翼注)

〔79〕頩(pīng 乒):怒色。　薄:微。　自持:矜持。

〔80〕犯干:干犯。指违礼而求。

〔81〕女师:古时教女子妇德的女教师。

〔82〕太傅:本为辅导太子之官,此与女师相类,盖辅导神女之师。

〔83〕迁延:退却。

〔84〕相首:相向。

〔85〕微眄(miǎn 免):轻轻一瞭眼。

〔86〕精彩:神采。

〔87〕怖覆:因惶恐而反覆。

〔88〕讫、究:尽。张铣注:"讫、究,皆尽也。"

〔89〕遽:急。称遽,言要急于离去。

〔90〕徊肠伤气:回肠荡气,形容内心痛苦不安,像肠子在旋转。

〔91〕颠倒失据:神魂颠倒。

〔92〕闇然:昏暗的样子。

〔93〕情独私怀:个人内心的思念之情。

今译

襄王和宋玉在云梦泽畔游览,让宋玉给他讲述先王在高唐梦遇巫山神女的故事。那天夜里,襄王入睡,果然梦见了巫山神女。神女非常美丽,襄王感到惊异,第二天就把梦遇巫山神女的事告诉了宋玉。宋玉问:"梦中情景如何?"襄王说:"黄昏之后,我神情恍惚,好像有好事来临,心里喜滋滋的,不知为何。当时眼睛看得不很清楚,但是开始还能记起。梦中见到一位女子,长得十分出奇,醒来一想,又记不起。心中怏怏不乐,惘然若失。于是平心静气,眼前又出现了梦中那位美女。"宋玉问:"女子长得怎样?"襄王说:"丰满,漂亮,一切美都集中在她的身上。多美丽呀,多漂亮呀,简直无法用语言形容。古代没有,当代不见,瑰姿美态,不可胜赞。神女刚一出现,光彩夺目,宛如旭日东升照屋梁,稍进一步,洁白明净,恰似皓月生辉光。片刻之间,姿态横生,光彩如花,温润如玉,五色缤纷,形容不尽,仔细瞧看,耀眼夺目。再看她的服饰,更是艳丽无比,遍身绫罗,灿烂辉煌,照得四方,亮亮堂堂。着绣襦,穿短裳,不肥也不瘦,不短也不长。步态轻盈,光彩照庭堂;婀娜多姿,好像游龙乘云翔,身着薄装正合体,头抹香脂多芬芳。性和适,伴君旁,温顺柔弱,使人心欢畅。"襄王继续对宋玉说:"神女如此美丽,请为寡人写首《神女赋》。"宋玉连声答应:"是,是。"

多么妖冶的神女啊,她集中了天地间美丽的素质。身穿漂亮合体的衣裳,就像翡翠鸟张开美丽的双翅。其貌无双,其美无比。毛嫱掩袖不敢同她比美,西施遮面自愧不如。近看美丽,远看漂亮,骨法非凡,嫔妃之相,使人悦目,谁能比上?我内心独悦,喜气洋洋,但交浅恩薄,不能向她倾诉衷肠。凡人看不见,君王览其状。其状多么美,语言难形容。丰满端庄,文雅美丽,皮肤滑润,容颜如玉。眸子明亮,美目可观。眉毛弯弯似柳叶,嘴唇红红如朱丹。身段苗条而丰满,体态轻盈而安闲。美姿飘然于仙境,娇态翩然于人间。应该让她在高大的宫殿中舒展胸怀,就像鸟儿展翅地阔天宽。神女飘动着薄雾般的轻纱,缓缓走下台阶,身上的佩玉响声珊珊。她朝我的帐幕引颈相望,两眼好像秋水起微澜。她挥动长袖整理衣襟,往来徘徊心神不安。她贤淑文静,性格沉稳,不躁不烦。时而转身对我有所表示,可又无法猜透她的心田。意似亲近,身又远离,像要前来,却又离去。她掀起我的床帷请求陪侍,献出一片赤诚的心意。然而恪守贞操亮节,始终难能和我相聚。用嘉言美词回答我的请求,满口芳香,气味就像兰草那样浓郁。往来靠神交,爱悦在心里。心有灵犀一点通,发乎情而止乎礼。我感到孤独,心中烦乱无绪。她心里许诺,口不明言,使人怅惘,喟然长叹。她若嗔若怒,矜持庄严;我拘于礼法,不敢相犯。

于是神女摇动佩饰,车响銮铃,整理衣襟,收敛颜容。叫女师,命太傅,欢情未接,将要离去。她引身后退,无法靠近,将去未去,对面相视,秋波轻睐,神情相传,姿态横生,妙不可言。不忍别离,心神恍惚。顾不上讲求礼法,来不及推敲言辞,愿她暂留片刻,神女说要马上离去。我回肠伤气,心烦意乱,眼前漆黑,不知如何办。个人单相思,有话对谁谈。惆怅独下泪,思念到亮天。

(赵福海译注并修订　陈延嘉再修订)

登徒子好色赋一首　宋玉

题解

这篇短赋,有情有节,妙趣横生,很像用赋体写成的小说。写的是登徒子在楚王面前说宋玉好色,宋玉利用反证法,辩解自己并无此事,而登徒子才是好色之徒。

李善注说:"此赋假以为辞,讽于淫也。"这就是这首小赋的主旨:既要发乎情而又要止乎礼。全文抓住情与礼的矛盾,生出许多细节来。宋玉"东家之子","登墙窥臣三年,至今未许",正是写情与礼的矛盾。宋玉把女子说得那么美,说明他"目欲其颜";"至今未许",说明他"心顾其义"。不过宋玉没有把真心话全讲出来,字里行间不少道学气。章华大夫则比宋玉坦率。他见了美女,动了心,赠了诗;美女见了他,也动了心,赠了诗。但二人"徒以微辞相感动,精神相依凭"。何以如此?目欲其颜,心顾其义。"扬诗守礼,终不过差"。作者意在说明:情,人皆有之;礼,人当守之。发乎情而止乎礼,则不失为君子。

原文

大夫登徒子侍于楚王,短宋玉曰[1]:"玉为人体貌娴丽,口多微辞[2],又性好色,愿王勿与出入后宫。"王以登徒子之言问宋玉。玉曰:"体貌娴丽,所受于天也;口多微辞,所学于师也。至于好色,臣无有也。"王曰:"子不好色,亦有说乎[3]?有说则止,无说则退。"玉曰:"天下之佳人,莫若楚国;楚国之丽者,莫若臣里;臣里之美者,莫若臣东家之子。东家之子,增之一分则太长,减之一分则太短;著粉则太白,施朱则太赤。眉如翠羽[4],肌如白雪。腰如束素[5],齿如含贝[6]。嫣然一笑,惑阳城,迷下蔡[7]。然此女登墙窥臣三年,至今未许也。登徒子则不然。其妻蓬头挛耳[8],齞唇历齿[9],旁行踽偻[10],又疥且痔。登徒子悦之,使有五子。王熟察之,谁为好色者矣。"

是时,秦章华大夫在侧[11],因进而称曰:"今夫宋玉盛称邻之女,以为美色。愚乱之邪臣,自以为守德。谓不如彼矣。且夫南楚穷巷之妾,焉足为大王言乎?若臣之陋目所曾睹者,未敢云也。"王曰:"试为寡人说之。"大夫曰:"唯唯[12]。"

臣少曾远游,周览九土[13],足历五都[14]。出咸阳[15],熙邯郸[16],从容郑、卫、溱、洧之间[17]。是时,向春之末,迎夏之阳,鸧鹒喈喈,群女出桑。此郊之姝[18],华色含光[19],体美容冶,不待饰装。臣观其丽者,因称诗曰:"遵大路兮揽子祛[20],赠以芳华辞甚妙。"于是处子恍若有望而不来,忽若有来而不见。意密体疏,俯仰异观,含喜微笑,窃视流眄[21]。复称诗曰:"寤春风兮发鲜荣[22],洁斋俟兮惠音声[23],赠我如此兮,不如无生[24]。"因迁延而辞避,盖徒以微辞相感动,精神相依凭。目欲其颜,心顾其义[25],扬诗守礼,终不过差[26]。故足称也。

于是楚王称善,宋玉遂不退。

注释

〔1〕短:说人坏话。

〔2〕微辞:婉转而巧妙的话。

〔3〕说:理由。

〔4〕翠羽:翡翠鸟的青黑色羽毛。

〔5〕素:生绢。

〔6〕贝:白色的海螺。

〔7〕阳城、下蔡:二县名,春秋时楚地,为楚国贵族封邑。

〔8〕挛(luán 峦)耳:蜷耳朵。

〔9〕齞(yàn 彦)唇:齿露唇外。

〔10〕踽偻(jǔ lóu 举楼):驼背。

〔11〕章华大夫:章华为楚国地名,大夫原为楚人,到秦做官,此时又出使于楚。

〔12〕唯(wěi 委)唯:谦卑的答应,类似现代汉语中的"是,是。"

〔13〕九土:九方之土。相传我国古代分九州,这里指全国。

〔14〕五都:五方的都会,这里指全国各地繁华的地方。五,包括东、西、南、北、中。

〔15〕咸阳:战国时秦国国都,在今陕西省。

〔16〕熙(xī 西):同"嬉"。游戏,玩耍。　邯郸:战国时赵国国都,在今河北省。

〔17〕从容:举止行为。　郑、卫:春秋时的两个国家,在今河南省和河北省的南部。　溱(zhēn 真)、洧(wěi 委):郑国境内的两条河。

〔18〕姝:美女。

〔19〕华色:美色。

〔20〕遵大路:《诗经·郑风》中的一首情歌。　祛(qū 区):衣袖。"遵大路兮揽子祛","谓道路逢子之美,愿揽子之祛与俱归也。"(《文选》李善注)

〔21〕流眄(miǎn 免):形容眼光流动,以目传情。

〔22〕寤:见。　鲜荣:花。

〔23〕斋:庄重。李善注:"斋,庄也。"　惠音:佳音。

〔24〕不如无生:李善注引毛诗曰:"知我如此,不如无生。"郑玄解释说:"则

己之生，不如不生。无生，恨之辞也。”张凤翼纂注说：“无生，言不受也。”

〔25〕义：指道德观念。

〔26〕过差：过分，越轨。

今译

大夫登徒子伴随在楚王的身边，说宋玉的坏话道：“宋玉这个人，长得漂亮，举止闲雅，嘴会讲话，本性好色，请大王不要带他出入后宫。”楚王拿这话问宋玉，宋玉回答说：“长得漂亮，举止闲雅，这是天生的。嘴会讲话，这是从老师那里学来的；至于好色，臣无此事”。楚王说：“你不好色，自己能解释清楚吗？能解释清楚就留在这里，解释不清楚就要走开。”宋玉说：“天下的美女，莫过于楚国；楚国的美女，莫过于我家乡；我家乡的美女，莫过于臣东邻女子。她增加一分就显得太高，减少一分又显得太矮；擦粉则显得太白，涂脂又显得太红。眼眉犹如翠鸟的羽毛，肌肤好像严冬的冰雪。腰肢像一束秀气的细绢，皓齿如一排洁白的海螺。她嫣然一笑，能使阳城、下蔡那样的贵族公子神魂颠倒。然而，这样的美女爬墙头张望我三年，臣至今没答应与她通好。登徒子则不然。他的妻子蓬头垢面，唇不盖齿，门牙稀疏，走路歪斜，弯腰驼背，还有疥疮和痔疮，登徒子喜欢她，跟她生了五个孩子。请大王仔细考察一下，究竟谁是好色之徒？”

当时，秦国章华大夫在旁，便上前称扬说：“刚才宋玉盛赞他东邻女子是绝代佳人。臣以为自己是坚守德操的人，但可以说，我在守德方面不如宋玉。楚国南部穷乡僻壤的女子怎配向大王称道呢？像臣这样缺少见识的人，看过的美女就更不敢对大王说了。”楚王说：“请给寡人讲讲。”章华大夫连声答应：“是，是。”

我年轻的时候，曾经出外远游。遍观九州大地，经历五方都城。出入咸阳，游览邯郸，逗留在郑卫溱洧之间。当时正是春末夏初，黄莺歌声宛转，妇女结伴采桑。我看中那里一位美丽的姑娘，便赠她一首诗:“沿着大路向前走,我轻轻牵动你的衣袖。”采一束鲜花献上,美妙的言辞出于我的锦心绣口。于是那姑娘神魂荡漾,欲近还羞。一俯一仰,姿态横生;一举一动,情意绸缪。心中欢喜,面带微笑,偷眼看我,目光轻丢。又吟诗答道:“春风吹得花草欣欣,我庄重地等你求婚的佳音,而你赠我轻佻的大路之诗,我感到人生多有遗恨。”姑娘说完缓缓离去。彼此只用诗句倾诉恋情,爱恋之心靠精神沟通。我多么爱看她那俊俏的容颜,而我的心里却时刻不忘道德观念。吟诗传情恪守礼法,始终没有越轨的地方。所以他值得称赞。

于是得到楚王的称赞,宋玉便没有离去。

(赵福海译注并修订)

洛神赋一首

曹子建

题解

曹植(192—232),字子建,曹操第三子,谯(今安徽亳州)人。封陈王,谥"思",世称陈思王。其父曹操,其兄曹丕,皆有文名,文学史上并称"三曹"。而曹植文学成就最高,诗、文、赋兼善,是三国时期著名的文学家。

子建自幼聪明过人。《魏志·陈王传》说他"十岁余,诵读诗论及辞赋数十万言",并能背诵"俳优小说数千言"。他童年生活在戎马之中,是一位"生乎乱,长乎军"(曹植《陈审举表》)的才子,又有建功立业的强烈愿望,倍受曹操喜爱,要立他为太子。但在争夺王位的角逐中,这位"任性自行,不自雕励"的文士,在"御之以术,矫情自饰"(《陈王传》)的兄长曹丕面前败北。曹丕、曹叡父子称帝。对曹植的迫害有增无减,致使他仅活四十一岁,便抑郁而死。

《洛神赋》是曹植的名篇,在文学史上影响颇大,可视为由汉铺排大赋向六朝抒情小赋转化的桥梁。

对此赋的思想内容,说法不一。有的说作者假借与洛神恋爱的故事,寄寓无由尽忠报国的痛苦心情;有的说为思念甄氏女而作。后说起自唐代。李善注说:"魏陈阿王(植),汉末求甄逸女,既不遂,太祖(操)回与五官中郎将(丕),植殊不平,昼思夜想,废寝与食。黄初中入朝,帝示植甄后玉镂金带枕,植见之,不觉泣。时已为郭后谗死。帝意亦寻悟,因令太子留宴饮,乃以枕赉植。植还,度轘辕,少许时,将息洛水上,思甄后,忽见女来,自云'我本托心君王,其心不遂。此枕是我在家时从嫁前与五官中郎将，今与君王。’遂用荐枕席，欢情交集，岂常辞能具。”此说虽与史实不尽相符，被讥为小说家附会之言。但这是文学作品，形象大于思想。作者亦可能有政治上的寄寓，而形象给人的感受，确为爱情故事，与《离骚》借香草寄寓屈原的思想显然不同。可以说，《洛神赋》就是“美女赋”，“爱情赋”。写得抒情细腻，优美动人，语言流畅，富有浓厚的浪漫主义色彩。人读此赋，绝少想到政治寄寓，而却被真挚感人的爱情故事所打动，无怪乎后来的戏剧家把它作为戏剧的好题材。

原文

黄初三年〔1〕，余朝京师〔2〕，还济洛川〔3〕。古人有言，斯水之神〔4〕，名曰宓妃〔5〕。感宋玉对楚王神女之事〔6〕，遂作斯赋，其辞曰：

余从京域〔7〕，言归东藩〔8〕。背伊阙〔9〕，越轘辕〔10〕，经通谷〔11〕，陵景山〔12〕。日既西倾，车殆马烦〔13〕。尔乃税驾乎蘅皋〔14〕，秣驷乎芝田〔15〕，容与乎阳林〔16〕，流眄乎洛川〔17〕。于是精移神骇，忽焉思散〔18〕。俯则未察，仰以殊观，睹一丽人〔19〕，于岩之畔。乃援御者而告之曰：“尔有觌于彼者乎〔20〕？彼何人斯〔21〕？若此之艳也！”御者对曰：“臣闻河洛之神，名曰宓妃。然则君王所见，无乃是乎？其状若何？臣愿闻之。”

余告之曰：“其形也，翩若惊鸿〔22〕，婉若遊龙〔23〕。荣曜秋菊，华茂春松〔24〕。仿佛兮若轻云之蔽月〔25〕，飘飖兮若流风之迴雪。远而望之，皎若太阳升朝霞；迫而察之〔26〕，灼若芙蕖出渌波〔27〕。秾纤得衷〔28〕，修短合度〔29〕。肩若削成，腰如约素〔30〕。延颈秀项，皓质呈露〔31〕。芳泽无加，铅华弗御[32]。云髻峨峩[33]，修眉联娟[34]。丹唇外朗，皓齿内鲜，明眸善睐[35]，靥辅承权[36]。瑰姿艳逸[37]，仪静体闲[38]。柔情绰态，媚于语言[39]。奇服旷世[40]，骨像应图[41]。披罗衣之璀粲兮[42]，珥瑶碧之华琚[43]。戴金翠之首饰，缀明珠以耀躯[44]。践远游之文履，曳雾绡之轻裾[45]。微幽兰之芳蔼兮[46]，步踟蹰于山隅[47]。

于是忽焉纵体，以遨以嬉[48]。左倚采旄[49]，右荫桂旗[50]。攘皓腕于神浒兮[51]，采湍濑之玄芝[52]。余情悦其淑美兮[53]，心振荡而不怡[54]。无良媒以接欢兮，托微波而通辞[55]。愿诚素之先达兮[56]，解玉佩以要之[57]。嗟佳人之信修[58]，羌习礼而明诗[59]。抗琼珶以和予兮[60]，指潜渊而为期[61]。执眷眷之款实兮[62]，惧斯灵之我欺[63]。感交甫之弃言兮，怅犹豫而狐疑[64]。收和颜而静志兮[65]，申礼防以自持[66]。

于是洛灵感焉，徙倚彷徨[67]，神光离合，乍阴乍阳[68]。竦轻躯以鹤立，若将飞而未翔[69]。践椒涂之郁烈，步蘅薄而流芳[70]。超长吟以永慕兮，声哀厉而弥长[71]。尔乃众灵杂遝[72]，命俦啸侣[73]，或戏清流，或翔神渚[74]，或采明珠，或拾翠羽[75]。从南湘之二妃，携汉滨之游女[76]。叹匏瓜之无匹兮，咏牵牛之独处[77]。扬轻袿之猗靡兮[78]，翳修袖以延伫[79]。体迅飞凫[80]，飘忽若神，陵波微步[81]，罗袜生尘。动无常则，若危若安[82]。进止难期，若往若还[83]。转眄流精[84]，光润玉颜。含辞未吐，气若幽兰[85]华容婀娜，令我忘餐[86]。

于是屏翳收风，川后静波[87]。冯夷鸣鼓，女娲清歌[88]。腾文鱼以警乘，鸣玉鸾以偕逝[89]。六龙俨其齐首[90]，载云车之容裔[91];鲸鲵踊而夹毂,水禽翔而为卫[92]。于是,越北沚,过南冈,纡素领,回清阳[93],动朱唇以徐言,陈交接之大纲[94]。恨人神之道殊兮,怨盛年之莫当[95]。抗罗袂以掩涕兮,泪流襟之浪浪[96]。悼良会之永绝兮[97],哀一逝而异乡[98]。无微情以效爱兮[99],献江南之明珰[100]。虽潜处于太阴,长寄心于君王[101]。忽不悟其所舍[102],怅神宵而蔽光[103]。

于是背下陵高[104],足往神留[105],遗情想像[106],顾望怀愁。冀灵体之复形[107],御轻舟而上溯[108]。浮长川而忘返[109],思绵绵而增慕[110]。夜耿耿而不寐[111],沾繁霜而至曙。命仆夫而就驾[112],吾将归乎东路[113]。揽骈辔以抗策[114],怅盘桓而不能去[115]。

注释

〔1〕黄初:魏文帝曹丕的年号。

〔2〕京师:京城。指洛阳。

〔3〕洛川:洛水。源出陕西,流经河南洛阳,注入黄河。

〔4〕斯:代词,指洛水。

〔5〕宓妃(fú fēi 伏非):洛水之神。相传伏羲氏的女儿宓妃,溺死洛水,化为洛神。伏羲氏之“伏”,亦作“宓”。

〔6〕宋玉:战国时楚人,继屈原之后的《楚辞》作家。作有《高唐赋》、《神女赋》,记楚襄王梦遇巫山神女的故事。

〔7〕京域:京都地区。

〔8〕言:语首助词,无义。　藩(fān 帆):古代皇帝分封的屏卫皇室的诸侯。曹植当时封在鄄城,在今山东省,位于洛阳之东,故曰“东藩”。

〔9〕背:背离。　伊阙:山名,在洛阳南。

〔10〕轘辕(huán yuán 环园):山名。在河南省偃师县东南,古代著名的险关要塞。

〔11〕通谷:山谷名,在洛阳东南,是古代的险关要塞。

〔12〕陵:登。　景山:在河南偃师县南。

〔13〕殆(dài 代):通“怠”。疲倦。　烦:疲劳。

〔14〕尔乃:于是。　税(tuō 脱)驾:解马停车。税,通“脱”。　蘅皋(héng gāo 衡高):长满香草的水边高地。蘅,杜蘅。香草名。

〔15〕芝田:长满灵芝的地方。

〔16〕容与:悠闲的样子。　阳林:地名。

〔17〕流眄(miǎn 免):四处眺望。

〔18〕惊移神骇;惊慌失态。移,变。　思散:心神不定。

〔19〕殊观:奇异的景象。　丽人:美女。

〔20〕援:手拉。　御者:车夫。　觌(dí 敌):见。

〔21〕斯:语助词,无义。

〔22〕翩:犹翩翩,鸟轻快疾飞的样子。此形容丽人的动作神态。惊鸿:惊飞的鸿雁。形容体态轻盈。

〔23〕婉:体态柔美的样子。　遊龙:游动的龙。比喻婀娜多姿。遊同“游”。

〔24〕荣:花。　曜:照耀。　华:花。

〔25〕仿佛:看不清楚。

〔26〕飘飖:飞舞的样子。　流风:清风。　迫:近。

〔27〕灼:鲜明。　芙蕖(fú qú 扶渠):荷花。　渌(lù 路):清澈。

〔28〕秾纤(nóng xiān 农先):胖瘦、粗细。　得衷:适中。衷,同“中”。

〔29〕修短:高矮。　合度:适当。

〔30〕约素:捆着的白绢。形容腰条丰满而又苗条。

〔31〕颈、项:脖子前部为颈,后部为项。　延、秀:长。皓(hào 号)质:洁白的皮肤。　呈露:露在外面。

〔32〕芳泽:香脂。　铅华:粉。　无加、弗御:皆不用之意。

〔33〕)云髻(jì 季):挽起的发髻蓬松如云。　峩峩(é 鹅):高耸。

〔34〕联娟:细长弯曲。

〔35〕明眸(móu 谋):明亮的眼珠。　善睐(lài 赖):顾盼含情。

〔36〕靥(yè 叶)辅:颊边微涡,俗称酒涡。　权:通“颧”。两颊。

〔37〕瑰姿:美丽的姿态。　艳逸:美丽飘洒。

〔38〕仪静体闲:仪表文静闲雅。

〔39〕绰态:优美大方的姿态。绰,宽。　媚于语言:说话含情动人。

〔40〕旷世:世间没有。旷,空。

〔41〕骨像:体貌。　应图:像画儿一样。

〔42〕璀粲(cuǐ càn):明亮发光。

〔43〕珥(ěr 耳):耳环。此作动词用。佩带。　瑶碧:美玉。　华琚(jū 居):雕刻着花纹的玉佩。

〔44〕金翠:金光闪闪的翠羽。翠,翡翠鸟。

〔45〕远游:鞋名。　文履:绣花鞋。　雾绡(xiāo 消):薄纱。轻细如雾。裾(jū 居):衣裙。

〔46〕幽兰:兰花。俗称兰草。　芳蔼(ǎi 矮):香气。

〔47〕踟蹰(chí chú 迟除):来回走动。　山隅(yú 鱼):山旁。隅,边侧之地。

〔48〕焉:同"然"。　纵体:体态轻举的样子。　遨嬉(áo xī 熬西):游戏。

〔49〕采旄(máo 毛):彩旗。采,通"彩"。

〔50〕桂旗:以桂枝为竿的旗。

〔51〕攘(rǎng 壤):捋起。　神浒:神水之边。即洛水边。

〔52〕采,同"採"。　湍濑(tuān lài):水流很急的浅滩。　玄芝:黑色的灵芝。

〔53〕情悦:真心喜欢。　淑美:美好。

〔54〕振荡:激动。　怡:乐。

〔55〕接欢:勾通欢好之情。　通辞:传话。

〔56〕诚素:真诚的情意。素,通"愫",真情。

〔57〕玉佩:玉石制的佩饰。　要(yāo 腰):通"邀",约会。

〔58〕信修:确实美好。

〔59〕羌(qiāng 枪):发语词,无义。习礼明诗:指有高度的文化素养。

〔60〕抗:举。　琼珶(dì 弟):美玉。　和:答赠。

〔61〕潜渊:深渊。　期:期约。

〔62〕眷眷:依恋向往的情态。　款实:真诚。

〔63〕斯灵:这个神灵。指洛神。

〔64〕交甫:郑交甫,神话中的人物。李善注:"切仙一出游于江滨,逢郑交

甫,交甫不知何人也,目而挑之,女遂解佩与之。交甫行数步,空怀无佩,女亦不见。” 弃言:不能实践诺言。 犹豫、狐疑:半信半疑。

〔65〕和颜:笑容。 静志:使心情平静下来。

〔66〕申:申明。 礼防:礼义的约束。礼能防乱,故称“礼防”。 自持:自己约束自己。

〔67〕徙倚:留连徘徊。 傍徨:同“彷徨”。徘徊。

〔68〕神光:洛神身上放射的光彩。此指身影。 离合:若隐若现。乍阴乍阳:忽去忽来。

〔69〕竦:引颈举足。 鹤立:如鹤延颈企足而立。

〔70〕椒涂:长满香椒的路。涂,通“途”。 郁烈:香气浓烈。 蘅薄:香草丛生。薄,草木聚生。 流芳:飘散着香气。

〔71〕长吟:放声吟咏。 永慕:深深的爱慕。永,长。 哀厉:饱含强烈的感情。 弥:更加。

〔72〕众灵:众神。 杂遝(tà 踏):众多纷杂的样子。

〔73〕命俦啸侣:呼朋唤侣。命、啸,呼唤之意。俦、侣,朋友和伙伴。

〔74〕翔:起舞。 渚:水中的小洲。

〔75〕翠羽:翡翠鸟的羽毛。

〔76〕南湘二妃:湘水二女神。相传舜帝南巡,死于苍梧,他的二妃,一曰娥皇,一曰女英,投湘水而死,化为湘水之神。 游女:古代传说汉水之滨多美女。《诗·广汉》:“汉有游女,不可求思。”

〔77〕匏(páo 袍)瓜:天上星名。它不与其他星相接,故曰“无匹”。匹,配偶。 牵牛:牵牛星。传说它与织女星隔河相望,每年七月七日才得相会一次,故曰“独处”。

〔78〕袿(guī 归):妇女的上衣。 猗(yī 衣)靡:随风飘动的样子。

〔79〕翳(yì 义):遮盖。 延伫(zhù 住):久立等待。

〔80〕体迅:身体轻捷。 凫(fú 伏):野鸭。

〔81〕陵波:水上走。水上行而无迹,故曰“陵”。陵,通“凌”。

〔82〕若危若安:有时惊险,有时安全。形容洛神在水上行走的样子。

〔83〕进止难期:若进若退,难以预料。

〔84〕转眄(miǎn 勉):转动目光。 流精:满目含情。

〔85〕含辞未吐:欲言未言。

〔86〕华容:美貌。 婀娜:柔美的样子。 餐:据六臣本改。胡刻本作“飡”。

〔87〕屏翳:风神。 川后:水神。 静波:使波平浪静。

〔88〕冯(píng平)夷:水神名。 女娲(wā蛙):神话中的女神,相传笙簧是她创制。

〔89〕文鱼:相传是一种会飞的鱼。 警乘:警卫车驾。 玉鸾:玉饰的车铃。鸾,通“銮”。 偕逝:一同离去。

〔90〕六龙:神话传说,神仙出游,用六条龙驾车。 俨:庄严的样子。齐首:齐头并进。

〔91〕云车:神话传说,神以云为车。载云车,即登空驾云。 容裔:同“容与”,从容行进的样子。

〔92〕鲸鲵(jīng ní京泥):鲸鱼。 夹毂(gǔ古):护卫在车的两旁。

〔93〕沚(zhǐ止):水中的小块陆地。纡,回。 素领:雪白的脖颈。 清阳:清秀的眉目。阳当作“扬”,眉目之间。

〔94〕大纲:指规矩和礼法。

〔95〕盛年:少壮之年。 莫当:没有相逢。

〔96〕掩涕:掩面而涕。 浪浪(láng狼):泪珠滚动的样子。

〔97〕悼:感伤。 良会:指男女欢会。

〔98〕异乡:各在一方。乡,方。

〔99〕效爱:表达爱情。

〔100〕明珰(dāng当):明珠制成的耳环。

〔101〕潜处:幽居。 太阴:神仙住处。 君王:指作者曹植。

〔102〕不悟:不见。 所舍:所在。

〔103〕神宵:指茫茫的天空。 蔽光:指隐没了神女的光彩。

〔104〕背下:离开低处。 陵高:登上高处。

〔105〕足往神留:人走心还在。形容对女神向往之至。

〔106〕遗情:情思恋恋。 想像:想念洛神的形象。

〔107〕冀:希望。 灵体:指洛神。 复形:再现。

〔108〕御:驾驶。 上溯:逆流而上。

〔109〕长川:指洛水。

〔110〕绵绵:不断的样子。

〔111〕耿耿:睡不安的样子。

〔112〕就驾:备好车。

〔113〕东路:归东藩之路。

〔114〕骓(fēi 非):车辕两旁的马。 抗策:举起鞭子。

〔115〕盘桓:徘徊不前。

今译

黄初三年,我到京都朝见皇上,回来渡过洛水。古人说,洛水之神叫宓妃。我被宋玉讲的楚王遇巫山神女的故事所感动,于是写了这篇《洛神赋》。其辞如下:

我从京都地区,返回东方的封地。离天伊阙,越过轘辕,跨过通谷,翻过景山。太阳西斜,人困马乏,于是到蘅皋停车休息,在芝田卸车喂马。游览阳林,纵观洛水,忽然惊慌失态,心神不定。低头一无所见,抬头发现奇观:见一美人,在河岸边。我便拉一下车夫问道:"你看见没有,那是何人,如此妖艳?"车夫答道:"我听说洛水之神,名叫宓妃,君王所见,大概就是洛神。她长得如何?我想听您说说。"

我告诉他说:"她的形象,体态轻盈宛如惊鸿,身段柔美好像游龙,光彩照人胜似秋菊,亭亭玉立赛过春松,若隐若现如同薄云虚掩的明月,飘飘悠悠恰似清风吹起的白雪。远处观看,白白净净如太阳从朝霞中升起;近处端详,鲜鲜艳艳似出水的芙蓉。不胖不瘦,高矮适中。肩膀标致,如同刻削一般;腰条匀称,好像一束白绢。洁白的脖颈露出领外,不掸香水,不涂脂胭。高高的发髻蓬松如云,长长的眉毛又细又弯。丹唇亮丽,皓齿微含。一双明眸含情顾盼,两个酒涡嵌在腮边。姿态优美,仪表安闲。温柔多情雍容尔雅,动听媚人是那语言。修饰打扮举世无双,长得漂亮画儿一般。身穿绚丽的罗衣,耳戴宝石的玉环。头上金翠首饰,缀满明珠周身璀粲。足下绣鞋布满花纹,裙子飘动薄雾一般。兰草飘散着清幽的芳香,美人徘徊在不远的山旁。

忽然见她娇体轻捷，往来嬉戏，左边彩旗妆饰毛牛尾，右边旗竿皆是桂枝。在水边捋袖露出白玉般的手腕，采摘那急流浅滩上的灵芝。我从心眼儿里爱慕她的俊美，感情激动难以控制。没有良媒沟通欢情，姑托微波送上心曲："我愿首先向您表达真诚的情意，解下玉佩作为定情之礼。"赞叹佳人实在太美，素养很高知书达礼。她举起美玉与我呼应，指水发誓约会佳期。我深怀依恋向往之情，就怕洛神不守信义。有感交甫受骗上当，心里不免犹豫狐疑。收敛笑容冷静一想，应该用礼义约束自己。

于是洛神感动，留连徘徊。神采飞扬，忽去忽来。引颈踮足犹如鹤立，好像要飞并未扇动翅膀。步椒路香味浓郁，踏蘅丛随风飘香。放声长吟深深把我爱慕，饱含深情声音久长。呼朋唤友，众神齐至，有的在清流中戏水，有的在小洲上起舞，有的下水采明珠，有的登岸拾翠羽。娥皇女英同游，汉水神女相伴。感叹匏瓜没有配偶，惋惜牛郎不得团圆。只见她罗衣随风飘动，长袖举在额前在那久立等待。身体轻捷宛如飞凫，飘飘悠悠好个仙女下凡。碧波之上作细步，脚上罗袜带纤尘。有时如临险境，有时处之泰然。或行或止难以预料，若留若去往来回旋。目光转动含情脉脉，神采奕奕光照朱颜。欲言未言轻轻启齿，气息芬芳好似幽兰。体态婀娜多姿，看了令人忘餐。

这时风神收住江风，水神平息波澜。河神奏起鼓乐，女娲吹管抚弦。文鱼腾飞开路，鸾鸟鸣叫同行。六龙驾车齐头并进，腾云驾雾缓缓而行。鲸鱼两旁护卫，水鸟四面飞翔。越过北面的小洲，翻过南面的山冈。转过洁白颈项，含情回首张望。启动朱唇轻轻开口，慢慢诉说交往的伦理纲常："怅恨人神不能同路，哀怨青春年少未得交往。扬起长袖掩面泣涕，泪珠滚滚沾满衣裳。悲伤佳期永不再来，从此分别天各一方。没有什么向您表达爱情，就把江南的耳珠献上。虽然身在幽远的仙境，而我的心永远属于君王。"忽然不见了洛神的倩影，光彩隐没令人惆怅。

于是，我离开低处，登上高冈。人走心还在，时刻向往洛神停留的地方。情思恋恋思念她的美貌，回首相望陷入遐想。希望她仙体再现，与洛神相会逆流而上。在长河上漂流忘记归去，情思绵绵缕缕愁肠。心神不宁一夜未睡，身沾寒霜直到天亮。叫仆人马上备好车驾，赶回封地奔向东方。提起缰绳扬鞭策马，车马徘徊不忍离开洛水之旁。

（赵福海译注并修订）

补亡诗六首四言

束广微

南陔

题解

束皙(约264—约303),字广微,西晋阳平元城(今河北大名)人。才学博通,早年不得志。元康中,任司空张华属官,贾谧又请为著作郎,后任博士尚书郎。赵王伦辅政,召为记室,不久即托病辞归,死时四十岁。曾著《三魏人士传》、《七代通记》、《五经通论》,诠释汲冢竹书,有文数十篇,已佚。今存《补亡诗》六首及赋数篇。

《补亡诗》序曰:"皙与司业畴人,肄脩乡饮之礼,然所咏之诗,或有义无辞,音乐取节,阙而不备。于是遥想既往,存思在昔,补著其文,以缀旧制。"所谓"亡诗"即《诗经·小雅》中有目无辞的六篇诗。《毛诗小序》谓之"有其义而亡其辞",并就存目逐一注明"其义"。束皙的这六首诗就是依《毛诗小序》所指明的"其义"而补作的"其辞"。

其实,这六首诗,尽管在语言形式上模仿《诗经》,但无论是内容,还是艺术风格,都与《诗经》中的作品不类,不是《诗经》的时代所能具有的。这六首诗有着明显的作者自己的思想倾向。束皙生活的西晋时期,司马氏集团的统治十分黑暗腐朽,但又大倡名教以掩饰他们的贪婪、残酷、荒淫、奢侈。

《补亡诗》六首，其顺序同毛传，见《十三经注疏》。《南陔》为第一首。朱熹《诗集传》云："此笙诗也，有声无词，旧在《鱼丽》之后。以仪礼考之，其篇次当在此，今正之。"这是一首告诫如何敬养父母的诗。诗中强调，敬养父母，主要在敬而不在养。乌鸦也反哺，但那是本能而不是孝敬；如果人"养隆敬薄"则"惟禽之似"。

晋初大封同姓子弟为王，诸王握有军政实权，皇族内部争权夺势，互相残杀，长达十六年之久，这就是历史上有名的"八王之乱"。此时统治集团内没有什么孝敬可言；但他们却大倡名教，该是何等的虚伪。诗人强调要真心实意地孝敬父母，无疑对晋代统治集团借倡名教而欺世盗名是个讽刺。

原文

南陔〔1〕，孝子相戒以养也。

循彼南陔〔2〕，言采其兰〔3〕。眷恋庭闱〔4〕，心不遑安〔5〕。彼居之子〔6〕，罔或游盘〔7〕。馨尔夕膳〔8〕，絜尔晨餐〔9〕。循彼南陔，厥草油油〔10〕。彼居之子，色思其柔〔11〕。眷恋庭闱，心不遑留。馨尔夕膳，絜尔晨羞〔12〕。有獭有獭〔13〕，在河之涘〔14〕。凌波赴汨〔15〕，噬鲂捕鲤〔16〕。嗷嗷林乌〔17〕，受哺于子〔18〕。养隆敬薄〔19〕，惟禽之似。勖增尔虔〔20〕，以介丕祉〔21〕。

注释

〔1〕南陔(gāi 该)：《诗经·小雅》中有目无辞的篇目之一。《毛诗小序》曰："孝子相戒以养也。"陔，有台阶、田埂二义，束广微此诗取田埂义。

〔2〕循：顺着。

〔3〕言：句首助词，无实义。 兰：一种香草名。李善注："采兰，以自芬香也。循陔以采香草者，将以供养其父母，喻人求珍异以归。"

〔4〕庭闱:指父母所居之处。

〔5〕遑:闲暇。

〔6〕居:指未出仕,在家。

〔7〕罔或:等于说不曾有。罔,不。　游盘:游乐,留连忘返。

〔8〕馨:芬香。　膳:饮食,指所食之物。

〔9〕絜:同“洁”。

〔10〕厥:其。　油油:光润的样子。

〔11〕色:指脸色。　柔:柔顺。李善注:“言承望父母颜色,须其柔顺也。”

〔12〕羞:美味的食物。

〔13〕獭;水獭。传说水獭捕鱼,将鱼陈列水边,犹如祭祀,称为“獭祭鱼”。《礼记·月令·春月》:“鱼上冰,獭祭鱼,鸿雁来。”李善注:“此喻孝子循陔,如求珍异,归养其亲也。”

〔14〕涘(sì 四):水边。

〔15〕凌:逾越。　汩(yù 玉):深水。

〔16〕噬(shì 是):咬。　鲂(fáng 房):一种味美的鱼。

〔17〕嗷嗷:众口嘈杂之声。　林乌:指树林中的乌鸦。

〔18〕受哺:指母乌受到子乌的喂饲。传说乌鸦幼雏长成后,衔食喂养母乌,称“反哺”,喻子女报答父母之恩。哺,鸟饲幼鸟,喂食。

〔19〕养隆:供养丰厚。隆,盛多,丰厚。　敬薄:礼节尊敬很不够。

〔20〕勖(xù 旭):勉励。　虔:恭敬。

〔21〕介:助。　丕:大。　祉(zhǐ 止):福。

今译

《南陔》,写孝子之辞,告诫为人之子应当敬养父母。

顺着南边的田埂向前,芬芳的兰草采在身边。我思念父母所居之处,内心里无暇感到安闲。那不仕而居家的孝子,不曾去他方游乐忘返。他把香甜洁净的饮食,早晚奉献在双亲面前。顺着南边的田埂向前,田野的绿草光润新鲜。那不仕而居家的孝子,柔顺地承望父母容颜。他思念父母所居之处,内心里无暇在外留连。他把香甜洁净的饮食,早晚奉献在双亲面前。水獭能捕鱼祭祀神灵,把鱼一条条陈列水边。它穿越波浪潜入深水,鲂鱼鲤鱼都衔到水边。林中鸣声嘈杂的乌鸦,也能受其子反哺之安。对父母重养而不重敬,只不过同此禽鸟一般。要勉励自己增加虔敬,可以帮助你大福齐天。

白 华

题解

《白华》为《补亡诗》之第二首。主旨与第一首相类。李善注云:"言孝子养父母常自絜,如白华之无点污也。"全诗除小序外,共三节。"白华朱萼"为第一节,言孝子应"终晨三省",时刻不忘修养自己的品德。"白华绛趺"为第二节,言孝子应"竭诚尽敬",孝敬父母永远不辞劳苦。"白华玄足"为第三节,言孝子应"无营无欲",人到无求品最高,达到"无营无欲"之境界,才能不玷辱先人,如晨露洗涤的白华,洁白无污。其实,这也是当时士人不满黑暗统治而通常采用的一种对付现实的态度;肯定这种态度,对那些仕途之上到处钻营、寡廉鲜耻之徒,也是间接的挞伐。

原文

白华[1],孝子之絜白也。

白华朱萼[2],被于幽薄[3]。粲粲门子[4],如磨如错[5]。终晨三省[6],匪惰其恪[7]。白华绛趺[8],在陵之陬[9]。蒨蒨士子[10],涅而不渝[11]。竭诚尽敬[12],亹亹忘劬[13]。白华玄足[14],在丘之曲[15]。堂堂处子[16],无营无欲[17]。鲜侔晨葩[18],莫之点辱[19]。

注释

〔1〕白华:《诗经·小雅》中有目无辞的篇目之一。《毛诗小序》曰:“孝子之絜白也。”华,同“花”。

〔2〕萼(è 饿):环列于花朵外部的叶状薄片。

〔3〕被:覆盖。　幽薄:幽暗丛生的杂草。薄,草丛生。李善注:“此喻兄弟比于华萼在林薄之中,若孝子之在众杂,方于华萼,自然鲜絜。”

〔4〕粲粲:鲜明的样子。　门子:嫡子,即正妻所生之子。《周礼·春官》:“其正室皆谓之门子,掌其政令。”郑玄注曰:“正室,适子也,将代父当门者也。”

〔5〕如磨如错:指磨砺品格修养。磨,加工石器。错,加工金属。《诗经·卫风·淇奥》:“如切如磋,如琢如磨。”

〔6〕终晨:尽日,一天到头。三省(xǐng 醒):每天早、午、晚三度向父母请安,问候父母是否平安,表示时时关心之意。

〔7〕匪惰:不怠惰。匪,通“非”。　恪(kè 客):恭谨。曹植《魏德论》:“位冠万国,不惰其恪。”

〔8〕绛:深红色。　跗(fū 夫):足背,此指花足,即花萼。

〔9〕陵:土山。　陬(zōu 邹):山脚。

〔10〕蒨(qiàn 欠)蒨:鲜明的样子。　士子:读书人,此指孝子。

〔11〕涅(niè 聂):黑色染物。《论语·阳货》:“子曰:‘不曰白乎?涅而不缁。’”　渝:变。

〔12〕竭:尽所有。

〔13〕亹(wěi 伟)亹:勤勉不倦的样子。　劬(qú 渠):劳苦。

〔14〕玄:黑红色。　足:此指花足,即花萼。

〔15〕丘:小土山。　曲:弯曲深隐之处。

〔16〕堂堂:出众的样子。　处子:处士,即不做官的读书人。

〔17〕营:追求,从事。

〔18〕鲜:鲜洁。　侔(móu 谋):等同。　葩(pā 趴):草木的花。

〔19〕点:通“玷”,污。

今译

《白华》,写孝子的品格洁白纯正。

纯白的花朵其萼深红,长在杂草中更见鲜明。风采光洁的正室嫡子,不断磨砺自己的品行。早午晚向父母问平安,不敢怠惰其恭谨之情。纯白的花朵其萼深红,长在山脚下玉立亭亭。文雅光华的恭谨孝子,黑污难染其纯洁本性。勤勉不倦而忘却辛苦,竭尽自己的忠诚虔敬。纯白的花朵其萼深红,长在山弯里鲜洁明净。居家不仕的出众孝子,屏弃世俗的欲望钻营。其鲜洁等同清晨白花,没有什么能玷辱名声。

华　黍

题解

《华黍》为《补亡诗》六首之三。朱熹《诗集传》注:"亦笙诗也。乡饮酒礼,鼓瑟而歌《鹿鸣》、《四牡》、《皇皇者华》,然后笙入堂下,磬南北面立,乐《南陔》、《白华》、《华黍》。燕礼亦鼓瑟,歌《鹿鸣》、《四牡》、《皇华》,然后笙入立于县中,奏《南陔》、《白华》、《华黍》。今无以考其名篇之义,然曰笙,曰乐,曰奏,而不言歌,则有声而无词明矣。"笙诗有声无词,类似今天单纯的曲谱。

《华黍》以下四首,诗人把道家顺乎自然的观念与儒家王道仁政的思想结合起来,表现在乱世中对清明安定的政治局面的向往。《华黍》,写君主美德,可感动天地,风调雨顺,年丰岁收。"黮黮"句至"斯丰"句,写播种要因地制宜:"黍华陵颠,麦秀丘中。"郑玄注微子《麦秀之歌》曰:"高田宜黍稷,下田宜稻麦。"只有因地制宜地广种,才可能博收:"九穀斯丰。""奕奕"句至"斯茂"句,写风调雨顺,黍麦繁茂。"无高"句至结束,写一片丰收景象:"芒芒其稼,参参其穑”。稼穑在此指成熟的庄稼。国以农为本,民以食为天,农业丰收,国家仓廪实,百姓生活富。最后落实到君德王道上。

原文

华黍[1],时和岁丰,宜黍稷也[2]。

黮黮重云[3],辑辑和风[4]。黍华陵巅[5],麦秀丘中[6]。靡田不播[7],九谷斯丰[8]。弈弈玄霄[9],濛濛甘溜[10]。黍发稠华,亦挺其秀[11]。靡田不殖[12],九谷斯茂。无高不播,无下不殖。芒芒其稼[13],参参其穑[14]。稸我王委[15],充我民食。玉烛阳明[16],显猷翼翼[17]。

注释

〔1〕华黍:《诗经·小雅》中有目无辞的篇目之一。《毛诗小序》曰:“时和岁丰,宜黍稷也。”华,开花,指茂盛。黍,一种谷物名,有粘性,后世称黄米。

〔2〕宜:适宜。 稷:一种谷物名,与黍相似,但不粘,古人以为是最早的粮食。

〔3〕黮(dǎn 胆)黮:黑黑的。

〔4〕辑辑:舒和的风声。

〔5〕陵:土山。 巅:山顶。

〔6〕秀:开花抽穗。

〔7〕靡:无。

〔8〕九谷:九种谷物。《周礼·天官》郑玄注引郑众云:“九谷,黍、稷、秫、稻、麻、大小豆、大小麦也。” 斯:乃。 丰:茂盛。

〔9〕弈(yì 义)弈:即“奕奕”,大而壮观的样子。 玄霄:黑云。霄,云。

〔10〕濛濛:阴雨迷茫的样子。 甘溜(liù 六):指及时的雨水。甘,甜美。溜,水下流。

〔11〕稠华:多而密的花。华,同“花”。 挺:突出。

〔12〕殖:生长。

〔13〕芒芒:同“茫茫”。广阔无边。 稼:耕种。

〔14〕参参(shēn 申):长的样子。 穑(sè 色):收获。

〔15〕稸(xù 絮):积蓄。 王委:国家的积累。委,累积。

〔16〕玉烛:四季气候调和,即风调雨顺。李善引《尔雅》注:"四气和谓之玉烛。" 阳明:阳光,光明。

〔17〕显:明盛。 猷(yóu 油):道,法则。 翼翼:光明的样子。

今译

《华黍》,写时令调和,年景丰收,适于谷物生长。

天空的黑云层层密集,地上的和风习习吹起。山顶的谷子放花繁茂,土丘的麦子秀穗结实。所有的土地无不播种,各样的谷物乃得丰郁。大块的黑云其势壮观,迷茫的雨水甘美及时。谷子放花稠密而繁盛,也开始抽出谷穗枝枝。所有的土地无不种植,各样的谷物乃得茂密。没有岗地得不到耕种,没有洼地得不到垦殖。播种的土地广阔无边,收获的作物长大无比。国家的储备积蓄丰富,百姓的口粮充足宽裕。君主美德使四季调和,明盛的王道光照大地。

由　庚

题解

《由庚》为《补亡诗》六首之四。其主旨如序所云:"万物得由其道也。"说明宇宙中的万物,皆顺其道而发生发展。万物由于道,黎群安于化,而化民之术在顺道而求安。诗人拟周人颂周的口吻,言文王顺其道而昌,成王绍文王之统而安,表现了儒家"致中和"的社会理想。

原文

由庚〔1〕,万物得由其道也。

荡荡夷庚〔2〕,物则由之。蠢蠢庶类〔3〕,王亦柔之〔4〕。道之既由〔5〕,化之既柔〔6〕。木以秋零〔7〕,草以春抽〔8〕。兽在于草,鱼跃顺流。四时递谢[9],八风代扇[10]。纤阿案晷[11],星变其躔[12]。五是不逆[13],六气无易[14]。愔愔我王[15],绍文之迹[16]。

注释

〔1〕由庚:《诗经·小雅》中有目无辞的篇目之一。《毛诗小序》曰:“万物得由其道也。”由,从,自。庚,道,法则。李善注:“言物并得从阴阳道理而生也。”

〔2〕荡荡:广大的样子。《尚书·洪范》:“无偏无党,王道荡荡。” 夷:平,常。

〔3〕蠢蠢:动的样子。 庶类:众多的物类。《国语·郑》:“夏禹能平水土,以品处庶类者也。”此指众民百姓。

〔4〕柔:安。

〔5〕既:已经。

〔6〕化:化育,教化。

〔7〕零:落。

〔8〕抽:发芽。李善注:“言万物既由于道,群黎又安于化,故草木遂性,而零茂随四时也。”

〔9〕递谢:按次序更替转换。递,接续更替。谢,衰谢,此指新旧交替。

〔10〕八风:八方之风。据《吕氏春秋·有治》所载,八方之风的名称为:东北,炎风;东,滔风;东南,熏风;南,巨风;西南,凄风;西,飂风;西北,厉风;北,寒风。《淮南子》、《说文》又有不同的名称。 代:更替。 扇:同“搧”,摇动生风。

〔11〕纤阿:古神话中驾驭月亮运行的女神。司马相如《子虚赋》:“阳子骖乘,纤阿为御。”《史记·司马相如传·索隐》:“服虔云:‘纤阿为月御。或曰美女姣好貌。’又乐产曰:‘纤阿,山名,有女子处其岸,月历岩度,跃入月中,因名月御也。’” 案:同“按”。 晷(guǐ 鬼):影,此指日月星辰运行的轨道。晷,通“轨”。《汉书·叙传》:“应天顺民,五星同轨。”

〔12〕变:此指运行。 躔(chán 缠):日月运行经过金、木、水、火、土五星的度数方位,指运行的轨迹。

〔13〕五是:指雨、晴、热、寒、风。《尚书·洪范》:“曰雨、曰阳、曰燠、曰寒、曰风,曰时,五是来备,各依其序,庶草蕃庑。” 不逆:不反常。

〔14〕六气:指阴、阳、风、雨、晦、明。《左传·昭公元年》载:医和云:“天有六气:阴,阳、风、雨、晦、明。” 不易:指不改常道。易,改变。

〔15〕愔(yīn 音)愔:和悦安闲的样子。 我王:指周成王。李善注:“我王,成王也;此诗成王时也。”

〔16〕绍:继。 文:指周文王。李善注:“文,周文王也。”

今译

《由庚》,写万物都能够从其道而生。

道有常规而广大无穷,万物则从道化育生成。生生不息的众民百姓,王顺其道而使之安定。物类既已从其道生长,众民又安于教化之中。树木随秋季到来凋落,野草于春天发芽出生。群兽在草中适性生活,鱼类顺水流畅游跃动。春夏秋冬依次序交替,八方之风就季节变更。月亮按轨道自然转移,太阳按方位正常运行。阴晴寒暑无反常现象,风雨晦明无变异发生。大周成王继文王道统,和悦安闲而垂手太平。

崇　丘

题解

《崇丘》为《补亡诗》的第五首。李善注:“言万物生长于高丘,皆遂其性,得极其高大也。”崇丘,乃至高、至大之象征。万物在至高至大的环境中,才能尽其本性而高大。天地至高至大;周风王道至高至大。得此“二大,”便能“物极其性,人永其寿”。表现了天人合一的思想。

原文

崇丘〔1〕,万物得极其高大也〔2〕。

瞻彼崇丘,其林蔼蔼[3]。植物斯高[4],动类斯大[5]。周风既洽[6],王猷允泰[7]。漫漫方舆[8],回回洪覆[9]。何类不繁,何生不茂。物极其性,人永其寿[10]。恢恢大圆[11],芒芒九壤[12]。资生仰化[13],于何不养。人无道夭[14],物极则长[15]。

注释

〔1〕崇丘:《诗经·小雅》中有目无辞的篇目之一。《毛诗小序》曰:"万物得极其高大也。"崇丘,高丘。

〔2〕极:尽。李善注:"言万物生长于高丘,皆遂其性,得极其高大也。"

〔3〕蔼(ǎi 矮)蔼:草木茂盛的样子。

〔4〕植物:指生长的各类草木。 斯:则,乃。张衡《西京赋》:"缭垣绵联,四百余里,植物斯生,动物斯止。"

〔5〕动类:指所有动物。

〔6〕周:周王朝。李善注:"周,周室也。" 风:教化,感化。 洽:协调,协和。

〔7〕王猷:王道。 允:平,得当。 泰:通畅。

〔8〕漫漫:广大的样子。 方舆:指地域。舆,车。《周易·说卦》以坤为地,又为大舆。古以为天圆地方,因地能载万物,故称方舆。

〔9〕回回:广大的样子。 洪覆:指天。洪,大。覆,盖。

〔10〕永:长。

〔11〕恢恢:宽阔的样子。《老子》:"天网恢恢,疏而不漏。" 大圆:指天。

〔12〕九壤:九州土地,指大地。壤,土。

〔13〕资生:取生,指取于地而生。《周易·坤》:"彖曰:至哉坤元,万物资生,乃顺承天。坤厚载物,德合无疆。含弘光大,品物咸亨。"孔颖达疏:"万物资生者,言万物资地而生。"资,取。 仰化:仰赖其德而得到化育。李善注:"言取生者皆仰德而化也。"仰,仰赖。

〔14〕道夭:中道夭折。《老子》:"终天年而不中道夭者,是智之盛也。"夭,年未三十而死。

〔15〕物极:指物尽其性。

今译

《崇丘》,写万物生长能够尽其高大之性。

看那巍峨的山峰,苍翠的森林一片茂盛。这里的草木生长极高,飞禽走兽也极大其形。周室的教化既已协和,君王之道又平允畅通。下有能载万物的大地,上有覆盖一切的苍穹。所有的物类无不繁茂,所有的生灵无不壮盛。万物都能尽其性而长,人人都能长其寿而生。宽阔无边的苍穹之下,广大无边的大地之中。物取地而生仰德而育,有什么不靠天地养成?人的寿命无中道夭折,物类高大都各尽其性。

由仪

题解

《由仪》为《补亡诗》之第六首。由仪就是由其所宜。言万物之生,各由其道,得其所宜。主要讲的是"后辟"、"为政"的一条原则,那就是"由仪"。所谓"仁以为政",就是由仪,就是崇尚天性,推广博爱。

原文

由仪[1],万物之生,各得其仪也。

肃肃君子[2],由仪率性[3]。明明后辟[4],仁以为政。鱼游清沼[5],鸟萃平林[6]。濯鳞鼓翼[7],振振其音[8]。宾写尔诚[9],主竭其心。时之和矣,何思何脩[10]。文化内辑[11],武功外悠[12]。

注释

〔1〕由仪:《诗经·小雅》中有目无辞的篇目之一。《毛诗小序》曰:“万物之生,各得其宜也。”仪,宜,适合。李善注:“言万物之生,各由其道,得其所仪也。”

〔2〕肃肃:恭谨严正的样子。

〔3〕率性:遵循本性而行。《礼记·中庸》:“天命之谓性,率性之谓道。”

〔4〕明明:明察的样子。 后辟:君主。

〔5〕沼:水池。

〔6〕萃:栖止,聚集。 平林:平原上的树林。

〔7〕濯(zhuó 浊)鳞:指鱼游于水中。濯,洗涤。鳞,指鱼。 鼓翼:张翼飞翔。

〔8〕振振:形容宏大。

〔9〕宾:客,指群臣。李善注:“宾,谓群臣也。” 写:宣泄,指抒发情意。《诗经·邶风·泉水》:“驾言出游,以写我忧。”郑玄笺:“我心写者,舒其情意,无留恨也。” 尔:此,这。

〔10〕思:思虑。 脩:治。李善注:“时既和平矣,何所思虑,何所脩治。”

〔11〕文化:文治和教化。 内辑:内部安和。辑,和。

〔12〕外悠:外部安静平稳。悠,安闲的样子。

今译

《由仪》,写万物生长各得其所宜。

恭谨严正的君子仁人,顺其所宜按本性为人。明察善断的贤德君主,施行仁政于天下众民。鱼儿游于清澈的池沼,鸟儿聚集平野的树林。鱼儿戏水鸟儿在飞翔,不断发出洪亮的声音。群臣抒发他们的忠诚,君主为国家竭力尽心。这是一个和美的时代,无须刻意勤政治民。文治教化使内部安和,武德功业使外夷平稳。

(李晖译注 陈复兴修订 陈延嘉再修订)

述祖德诗二首五言

谢灵运

题解

谢灵运(385—433),南朝宋的大诗人。小字客儿,生于陈郡阳夏(今河南太康)。祖父谢玄,抵御北方异族侵略,保卫东晋王朝有大功,封为康乐公。后灵运承袭爵位,时称谢康乐。

灵运少时早慧,博览群书。文章之美,冠于江左。武帝时曾为太尉参军。少帝继位贬为永嘉太守。文帝时为秘书监,迁侍中。谢氏为东晋大族之一,灵运个性倨傲不驯。其祖先于东晋末为司马王朝所排挤,他本人亦为刘宋王朝所忌恨。他屡被贬官,心怀郁愤,时被征召,又称病不朝,一直不把刘宋王朝放在眼里。为临川内史时,受不了朝廷的诬陷迫害,兴兵反抗,败而被杀。

灵运一生喜好遨游,浪迹山水。他的诗向以描写山水之美著称,其中也间杂人世不平和谈玄说理的内容。

《述祖德诗》二首,赞颂诗人祖父谢玄对东晋的功德。太元八年,当时统治北方的前秦首领苻坚大举南侵,谢安为征讨大都督,举其侄谢玄为建武将军。玄以奇袭战略大破苻坚军,即有名的淝水之战,从而稳定了东晋在江南的半壁江山。后安、玄叔侄皆受打击,归田退隐。这两首诗皆以此为本事。

第一首先赞古代贤者的高尚情操,列举段干木、柳下惠、弦高与鲁仲连惠物辞赏励志绝人的业迹,以为先祖谢玄作衬。后颂谢玄发扬古贤遗风济世救民的品格。

原文

达人贵自我[1],高情属天云[2]。兼抱济物性[3],而不缨垢氛[4]。段生蕃魏国[5],展季救鲁人[6]。弦高犒晋师[7],仲连却秦军[8]。临组乍不緤[9],对珪宁肯分[10]。惠物辞所赏[11],励志故绝人[12]。苕苕历千载[13],遥遥播清尘[14]。清尘竟谁嗣[15],明哲时经纶[16]。委讲缀道论[17],改服康世屯[18]。屯难既云康,尊主隆斯民[19]。

注释

〔1〕达人:贤德明达的人。

〔2〕高情:高洁的情操。　天云:比喻隐士品格飘逸清高。

〔3〕济物:拯救万物。

〔4〕缨:缠绕,沾染。　垢氛:俗世的污浊之气。

〔5〕段生:指段干木。战国时名望极高的贤人,隐居于魏,受到魏文侯的崇敬。文侯过其门则伏轼致敬,因之秦不敢攻魏。　蕃:篱笆。此作动词用,即保卫的意思。蕃,通“藩”。

〔6〕展季:即春秋时鲁大夫展获,字禽,亦即柳下惠。春秋鲁僖公二十六年,齐孝公出兵侵占鲁国北部边境。齐军尚未入鲁境之时,僖公派展喜去慰劳齐军。展喜按僖公的指示事先敦请展季,运用他的策略,以齐鲁两国祖先的亲密友好关系,说服齐国自动退兵。

〔7〕弦高:春秋时郑国商人。秦穆公派孟明视等率军偷袭郑国。弦高往周做生意,在附庸于晋国的滑国与秦军相遇,就一面假称奉郑伯之命送去十二头牛慰劳秦军,一面差人报告郑国做好防御的准备。秦军以为郑国已经获得了他们进攻的情报,就放弃了原来的计划,随路灭掉滑国回师了。　犒(kào 靠):慰劳。　晋师:指侵入晋之附庸滑国的秦军。滑,被秦灭以前既为晋之附庸,也可称为晋地。此曲称秦军为“晋师”,与下句之“秦军”避复。(据黄节《谢康乐诗注》)

〔8〕仲连:鲁仲连。战国齐人。高蹈不仕,好为人排难解纷。游赵时,会秦兵围邯郸,魏王派救兵,却不敢与秦军对阵。反派将军辛垣衍劝赵王尊秦为帝,向秦投降。鲁仲连驳斥了辛垣衍的错误主张。此时魏公子信陵君率魏救兵赶到,解了邯郸之围。　却:退。使动用法。

〔9〕组:丝带,用以佩玉挂印。　乍:止,暂且。　绁(xiè 谢):系,结。

〔10〕珪(guī 规):一种玉器,古时帝王诸侯所执的长形玉板,上圆或尖,下方。天子分封侯爵,皆赐珪,以为符信。这两句说鲁仲连虽为赵排难解纷,却不要赵国的封爵。

〔11〕惠物:恩惠及于万物。物,万物。　辞:谢绝。

〔12〕故:原来,本来。　绝人:超绝于俗人。

〔13〕苕苕(tiáo 条):久远。苕,通"迢"。

〔14〕播:散播,发扬。　清尘:清高的遗风。

〔15〕嗣;继承。

〔16〕明哲:深明事理的人。此指诗人之祖父谢玄。　经纶:理出丝绪叫经,编丝为绳叫纶。引申为治理国家的才能。

〔17〕委讲:委弃清谈。缀(chuò 绰):停止。通"辍"。　道论:关于道学的讨论。谢玄曾与其叔父谢安在东山(今上虞)讲道学。

〔18〕改服:改换服装,指谢玄脱下隐士服,着上戎装。　康:平定。　世屯:世难。指北方苻坚的南侵。

〔19〕尊主:使国君得到尊重。指谢玄辅佐司马氏的东晋王朝。　隆:振兴,隆盛。此为使动用法。

今译

贤达之人以自我为珍贵,高洁的情操上接青天云。并怀抱普救众生的品格,而不会接受尘世的污染。段干木以贤明捍卫魏国,柳下惠用智谋拯救鲁人。弦高为国忠贞假慰强敌,鲁连正义凛然退却秦军。他们不佩封官爵的绶带,他们婉谢了珪璧的符信。有功于人却辞任何封赏,志行高逸原本不同常人。美闻世世流传历经千载,德风代代发扬连绵不断。德风高尚终竟谁来继承,我祖卫国破秦堪称时贤。放弃清谈中止研讨道论,改着戎装击破苻坚进犯。灾难平复国家暂得安定,晋主位尊百姓免遭蹂躏。

题解

第二首描写东晋王朝面临的危局,正是祖父谢玄力挽狂澜,击破苻坚,使国家转危为安。但是,最后却壮志不酬,只得去过退隐生活。一个叱咤疆场的武将,落得个悠然丘壑的隐士,该有几多悲愤与不平。诗人述先祖的功德,也在抒自己的郁闷之气。

原文

中原昔丧乱[1],丧乱岂解已[2]。崩腾永嘉末[3],逼迫太元始[4]。河外无反正[5],江介有蹙圮[6]。万邦咸震慑[7],横流赖君子[8]。拯溺由道情[9],龛暴资神理[10]。秦赵欣来苏[11],燕魏迟文轨[12]。贤相谢世运[13],远图因事止[14]。高揖七州外[15],拂衣五湖里[16]。随山疏浚潭[17],傍岩蓺枌梓[18]。遗情舍尘物[19],贞观丘壑美[20]。

注释

〔1〕中原:指洛阳一带被异族侵占的地区。

〔2〕解已:止息。

〔3〕崩腾:山岳崩颓的样子。比喻国家的动乱破坏。　永嘉:晋怀帝司马炽的年号。

〔4〕逼迫:受威胁。　太元:晋孝武帝司马曜的年号。上句指异族石勒、刘聪叛乱侵占北方事。下句指苻坚南侵之事。

〔5〕河外:淮河以外地区,洛阳、长安等地。指西晋。　反正:拨乱反正。

〔6〕江介:江间。指偏安于江南的东晋王朝。　蹙圮(cù pǐ 促匹):缩小毁坏。此指在异族侵吞之下东晋王朝国土日削,国势崩坏的局面。

〔7〕万邦:万国,整个天下。　震慑:震动慑服。此指受前秦的威胁。

〔8〕横流:洪水泛滥。此指东晋社会所遭遇的灾难,遍地蔓延。　赖:依赖。　君子:指谢玄。

〔9〕拯溺:拯救苦难者。溺,淹没于水中。指处于苦难中的人民。道情:仁道的感情。李善注引《孟子》:“天下溺,则援之以道。”又《庄子》:“夫道有情有信。”此用其义。

〔10〕龛(kān 堪)暴:平定暴乱。龛,通“戡”,平定,战胜。指谢玄战胜苻坚收复失地而言。 神理:明智如神的见识。此指谢玄战胜苻坚的神机妙算。

〔11〕秦赵:指氐族苻坚所统治的地区,今陕西、河南一带。 欣:欢欣鼓舞。 来苏:“后来其苏”一语的简缩用法。李善注引《尚书》:“徯予后,后来其苏。”苏,苏息。此指东晋军队北来,使被苻坚压迫的人民得到苏息。

〔12〕燕魏:指鲜卑族慕容氏所统治的地区,今河北、山东一带。 迟:等待,盼望。 文轨:喻国家统一。李善注引《礼记》:“书同文,车同轨。”此指沦陷区人民期待祖国统一的愿望。

〔13〕贤相:指东晋太傅谢安。 谢:辞别,死亡。 世运:指国家时势的盛衰治乱。

〔14〕远图:远大的谋划。指北进中原恢复祖国统一的大计。 因事:指谢安亡故。琅邪王司马道子与谢安有矛盾,安出镇广陵回避道子,不久亡故。

〔15〕高揖:拱手让位。 七州:指徐、兖、青、司、冀、幽、并七州之地域。谢玄都督此七州军事。此句说谢玄由于不得志,辞却了七州军事都督之职。

〔16〕拂衣:振衣,古人动身时的一种姿态。 五湖:太湖的别名。周围五百余里。指谢玄拂衣而归隐之所。

〔17〕疏:开凿。 浚(jùn 俊)潭:深潭。

〔18〕蓺(yì 义):种。 枌梓(fén zǐ 坟子):二木名。枌,白榆;梓,一种落叶树。

〔19〕遗情:遗弃俗世。 尘物:世俗的事物。指名利之类。

〔20〕贞观:正视。 丘壑:山水。

今译

昔日中原发生严重动乱,动乱连绵何日能够中断。石勒刘聪背叛永嘉之末,秦苻坚进犯在太元初年。河外的失地尚没有收复,江南的国土又降临灾患。全国上下一片震动惊恐,解除国难仰赖我祖英贤。拯救人民出于人道真情,平定强暴凭靠如神卓见。秦赵人获

苏生扬眉吐气,燕魏地盼统一望眼欲穿。贤相壮志未酬含恨长逝,收复中原宏图不能实现。我祖辞却七州军事都督,拂衣而去隐居太湖之滨。适应山势开凿清新水潭,依傍岩岸边植树枌与梓。遗弃俗情排除尘世物欲,静观山水尽享那美自然。

（陈复兴译注并修订）

劝励

讽谏诗一首四言并序

韦　孟

题解

韦孟(约前228—前156),西汉初诗人,彭城(今江苏徐州)人。秦时政治苛暴,韦孟躬耕不仕。秦亡后六年,汉高祖刘邦废楚王韩信为淮阴侯,封同父弟刘交为楚元王,韦孟曾被任为元王傅(师傅,负辅佐教导责任的人)。其后,又傅元王子夷王刘郢客及夷王子刘戊。刘戊荒淫无道,韦孟曾作诗讽谏。刘戊不听谏劝,遂辞去傅职,徙家于邹(今山东省邹县)。徙邹后,不忘先王旧恩,又曾作诗述怀,以感悟刘戊。刘戊不醒,终因谋反被诛。

韦孟传世作品只有两篇诗,一作于楚,一作于邹。前者用以谏王,后者用以述志,诗体皆为四言。《讽谏诗》一首,即是他讽谏刘戊之作。这首政治讽谏诗,从诗人家世述起,自商历周至汉,韦氏代有功德,昭昭勋业。接着指出王戊荒淫无道,劝他"兴国救颠,孰违悔过"。诗写得中正和平,有雅乐遗音,深得儒家温柔敦厚之旨。

原文

孟为元王傅[1],傅子夷王及孙王戊[2]。戊荒淫不遵道[3],作诗讽谏曰:

肃肃我祖[4],国自豕韦[5]。黼衣朱黻[6],四牡龙旂[7]。

彤弓斯征[8],抚宁遐荒[9]。总齐群邦[10],以翼大商[11]。迭彼大彭[12],勋绩惟光[13]。至于有周,历世会同[14]。王赧听谮[15],寔绝我邦[16]。我邦既绝[17],厥政斯逸[18]。赏罚之行,非繇王室[19]。庶尹群后[20],靡扶靡卫[21]。五服崩离[22],宗周以坠[23]。我祖斯微[24],迁于彭城[25]。在予小子[26],勤唉厥生[27]。阨此嫚秦[28],耒耜斯耕[29]。悠悠嫚秦[30],上天不宁[31]。乃眷南顾[32],授汉于京[33]。

於赫有汉[34],四方是征。靡适不怀[35],万国攸平[36]。乃命厥弟[37],建侯于楚[38]。俾我小臣[39],惟傅是辅[40]。矜矜元王[41],恭俭静一[42]。惠此黎民[43],纳彼辅弼[44]。享国渐世[45],垂烈于后[46]。乃及夷王[47],克奉厥绪[48]。咨命不永[49],惟王统祀[50]。左右陪臣[51],斯惟皇士[52]。如何我王,不思守保。不惟履冰[53],以继祖考[54]。邦事是废[55],逸游是娱[56]。犬马悠悠[57],是放是驱[58]。务此鸟兽[59],忽此稼苗[60]。蒸民以匮[61],我王以愉[62]。所弘匪德[63],所亲匪俊[64]。唯囿是恢[65],唯谀是信[66]。睮睮谄夫[67],谔谔黄发[68]。如何我王,曾不是察?既藐下臣[69],追欲纵逸[70]。嫚彼显祖[71],轻此削黜[72]。

嗟嗟我王[73],汉之睦亲[74]。曾不夙夜[75],以休令闻[76]。穆穆天子[77],临照下土[78]。明明群司[79],执宪靡顾[80]。正遐由近[81],殆其兹怙[82]。嗟嗟我王,曷不斯思。匪思匪监[83],嗣其罔则[84]。弥弥其逸[85],岌岌其国[86]。致冰匪霜[87],致坠匪嫚[88]。瞻惟我王[89],时靡不练[90]。兴国救颠[91],孰违悔过。追思黄发,秦缪以霸[92]。岁月其徂[93],年其逮耇[94]。於赫君子,庶显于后[95]。我王如何,曾不斯览[96]。黄发不近[97],胡不时鉴[98]。

注释

〔1〕元王:指楚元王刘交。据《汉书》载,汉朝建国六年,刘邦废楚王韩信,分其地为二国,立其父兄刘贾为荆王,同父弟刘交为楚王。楚王有薛郡、东海、彭城三十六县,韦孟曾被任命为傅。

〔2〕傅:辅佐。　夷王:刘交之子刘郢客,夷王是郢客谥号。　王戊:刘交之孙刘戊,袭封王位,故称王戊。他后来谋反被诛,无谥号。

〔3〕荒淫:荒唐淫乐。　道:道义。不尊道,盖指"为薄太后服私奸"、"与吴通谋"等事。(见《汉书·楚元王传》)

〔4〕肃肃:庄严诚敬的样子。　祖:指韦孟的先祖。

〔5〕豕韦:上古部落名,彭姓,被商征服,是殷商时代一强大诸侯。

〔6〕黼(fǔ 府)衣:绣有白黑色斧形花纹的礼服。　朱黻(fú 弗):绣有黑青相间花纹的红色礼服,是上公的服装。

〔7〕四牡:指四匹公马驾车。牡,公马。　龙旂:旗上画着龙。旂,上画龙形竿头系铃的旗。

〔8〕彤弓:朱红色的弓,古代帝王赐给有功的诸侯的。有彤弓的诸侯,就有了代帝王征伐其他诸侯国的权利。

〔9〕抚宁:安定。　遐荒:边远广大的地方。遐,远。荒,荒服,离王畿最远的地方。

〔10〕总齐:统领。总,统领、统管。齐,齐一。　群邦:各邦国。邦,指诸侯国。

〔11〕翼:辅助。　商:指殷商王朝。

〔12〕迭(dié 叠):更替,轮流。　大彭:与豕韦氏同时强大的另一部落,也是殷商时代一诸侯。

〔13〕勋绩:功勋。　光:大。

〔14〕会同:古代诸侯以事朝见帝王曰会,众见曰同,此泛指朝会。

〔15〕王赧(nǎn):指周赧王。　谮(zèn):谮言,进谗言,说别人坏话。

〔16〕寔:此。

〔17〕我邦既绝:指豕韦氏诸侯与周赧王断绝了关系。据《史记》载,王赧时东西周分治,王赧徙都西周,居王城(今河南境内),故与豕韦氏断绝了关系。

〔18〕厥政:王室的政事。厥,其。　逸:失。

〔19〕繇(yóu 尤):通“由”。

〔20〕庶尹:百官之长。　群后:众诸侯。后,此指诸侯。

〔21〕靡(mǐ 米):无。

〔22〕五服:古代王畿外圈,每五百里为一区划,按距离的远近分为五等地带,叫五服。其名称为侯服、甸服、绥服、要服、荒服。服,服事天子。

〔23〕宗周:周王朝的宗庙社稷。

〔24〕微:衰落。

〔25〕彭城:地名,在今江苏省铜山县。

〔26〕予小子:指韦孟自己。小子,自称的谦词。

〔27〕勤唉;忧愁唉叹。勤,忧。唉,叹声。

〔28〕阨(è 饿):困穷。　嫚(màn 慢):嫚毒轻侮。嫚秦,指受秦朝政法的嫚毒轻侮。

〔29〕耒耜(lěi sì 垒饲):上古时代的翻土工具,此指农具。《易·系辞下》:“斫木为耜,揉木为耒。”

〔30〕悠悠:忧思。

〔31〕上天:上帝。　宁:安。这句意思说上帝对于秦朝的轻侮嫚毒不安。

〔32〕眷(juàn 倦):顾爱。　南顾:把惠爱倾向南方。汉高祖起义在丰沛,在秦京咸阳之南,故曰南顾。

〔33〕授:授予。　京:京邑。这句意思说把秦的京邑授予汉。

〔34〕於赫(wū hè 乌贺):赞叹词。

〔35〕靡:没有。　适:所到之处。　怀:亲附。这句意思说所到之处没有不来亲附的。

〔36〕万国:四方各地。国,地域,地区。　攸平:平定,安定。攸,所。

〔37〕厥弟:指汉高祖刘邦的同父兄弟刘交。

〔38〕建侯:立为侯伯。建,立。

〔39〕俾(bǐ 比):使。小臣,韦孟自指,谦称。

〔40〕辅:辅佐。

〔41〕矜矜:小心翼翼的样子。

〔42〕静一:沉静守一,此说元王的德行。

〔43〕惠:给人以好处。　黎民:众民。

〔44〕纳:接纳,任用。　辅弼:佐助,指皇帝的宰相大臣。

〔45〕享国:帝王在位年数。 渐(jiān尖)世:没世。

〔46〕烈:功绩,功业。

〔47〕夷王:指元王之子刘郢客。

〔48〕克:能。 绪:前人未竟的功业。

〔49〕咨(zī兹):嗟叹声。 永:长。

〔50〕王:指王戊。 统祀:纂统宗祀。

〔51〕陪臣:陪从之臣,古代诸侯的大夫,对天子自称陪臣。

〔52〕皇士:美士,贤能之士。

(53)履冰:在冰上行走。《诗·小雅·小旻》:“战战兢兢,如临深渊,如履薄冰。”比喻戒慎恐惧之至。

〔54〕祖考:祖父、父亲,此指祖先。

〔55〕邦事:国家的政事。邦,国。

〔56〕逸游:逸乐游闲。

〔57〕犬马:猎犬和肥马。 悠悠:悠闲自在的样子。此指王戊不恤国事,终日过着悠闲游乐的射猎生活。

〔58〕放:放犬。 驱:驱马。

〔59〕务:事业。这句意思说以鸟兽娱乐为事业。

〔60〕忽:不注意,不重视。 稼苗:庄稼苗,此指农业生产。

〔61〕蒸民:众民。蒸,通“烝”,众。 匮:贫困。

〔62〕愉:快乐。

〔63〕弘:扩充,光大。 德:德行,有德行的人。这句意思说王戊所重用的不是有德行的人。

〔64〕亲:亲近,信任。 俊:俊美,才智过人的人。这句意思说王戊所亲近的不是俊美之士。

〔65〕囿(yòu又):古代帝王畜养禽兽的园林。 恢:扩大。

〔66〕谀(yú于):奉承,谄媚,奉承谄媚的话。

〔67〕睮睮(yú于):谄媚的样子。谄(chǎn产)夫:谄媚的人。

〔68〕谔谔(è饿):直言争辩的样子。 黄发:老人。《诗·鲁颂·閟宫》:“黄发台背,寿胥与试。”《笺》:“黄发、台背,皆寿征也。”

〔69〕藐(miǎo秒):疏远、轻视。 下臣:臣对君的谦称。

〔70〕追欲:追求情欲。 纵逸:放纵逸乐。

〔71〕嫚:轻侮,不以礼相待。　显祖:对祖先的美称。

〔72〕削黜:削夺贬黜。

〔73〕嗟(jiē 接):感叹声。

〔74〕睦亲:宗族中的近亲。

〔75〕夙夜:早晚,朝夕。

〔76〕休:美。　令闻:美好的声誉。

〔77〕穆穆:仪表美好,容止端庄恭敬。

〔78〕下土:地,对天而言。此指国家人民。

〔79〕明明:犹黾黾,勉力。　群司:百官。

〔80〕宪:法令。　靡顾:无所顾望。

〔81〕遐:远。

〔82〕殆:危殆。　兹:此。　怙(hù 户):怙恃。这句意思说王戊怙恃汉戚,不自勖慎,以致危殆。

〔83〕监:通"鉴",镜。这句意思说王戊不思先王之德,不以前人之覆为借鉴。

〔84〕嗣:子孙,后继者。　罔则:没有法则,无从效法。

〔85〕弥弥(mí 迷):渐渐,稍稍。

〔86〕岌岌(jí 及):很危险的样子。

〔87〕致冰匪霜:致冰无不先由微霜。

〔88〕致坠匪嫚:致坠无不先由骄慢。以上二句是说,祸福非突然到来,都是渐渐生成的。履霜坚冰至,非一日之寒。

〔89〕瞻:视,望。

〔90〕时:是,这些。　练:阅历,看到过。这句意思是说这些往昔之事,皆在王心,无所不阅。

〔91〕兴国:振兴国家。　救颠:挽救颠覆,挽救危亡。

〔92〕黄发:指老人。此指蹇叔,秦穆公的老臣。　秦缪:指秦穆公。事出《左传》。鲁僖公三十三年,秦缪公伐郑,兵过殽山为晋狙击,大败而归。秦缪公归作《秦誓》,悔恨自己未听老臣蹇叔劝阻。其中说:"虽则云然,尚猷询兹黄发,则罔所愆。"

〔93〕徂(cú):往。

〔94〕逮(dài 代):及,到。　耇(gǒu 苟):老,寿。

〔95〕显:光显。　后:后世。

〔96〕览:视,看。

〔97〕不近:没有亲近。

〔98〕时:是。　鉴:借鉴。

今译

韦孟是楚元王的傅,还曾辅佐过元王之子夷王及元王之孙王戊。王戊荒唐淫逸,不遵循道义,韦孟作诗讽谏。曰:

庄严诚敬韦氏先祖,豕韦氏时自建宗祀。祖公身穿花纹礼服,四马驾车插着龙旗。手持彤弓得专征伐,抚恤安定边远王畿。统领当时各个邦国,共同辅弼强大商帝。豕韦大彭互为盟伯,建立巨大历史功绩。至于到了周的时代,参与每代天子盟会。可惜赧王听信谗言,从此断绝豕韦关系。王室自绝豕韦之后,国家政事放逸衰微。诸侯擅自赏功罚罪,权力不再出自王室。百官之长众多诸侯,没人扶持没人保卫。五服之地分崩离析,宗庙社稷于是崩溃。我的祖先势力也衰,辗转迁徙彭城定居。到了我这不才一代,生平令人唉叹忧郁。暴秦嫚毒生活困苦,垄亩耕耘亲执耒耜。秦王残苛轻侮慢法,上天对他不能安恤。上帝顾爱移向南方,他把秦京授予汉室。

多么显赫大汉天子,征服四方诸侯土地。戎车所到无不怀归,全国统一太平盛世。同父兄弟元王刘交,分封于楚建宗立祠。我得幸为一个小臣,命为太傅辅助王事。小心谨慎的楚元王,温恭克俭沉静守一。惠爱百姓恩泽下民,任用辅弼大臣以礼。一直享国到他逝世,垂留许多丰功伟绩。夷王接续元王之业,尚能奉承先帝统绪。可叹他的寿命不长,终临我王纂统宗祀。王的身边陪从之臣,都是光明贤能之士。可是他们所事君王,不思保守宗庙社稷。他不怀思履冰之艰,继承祖先未竟事业。国家政事开始荒废,荒淫逸乐追求欢娱。猎犬猎马自在悠闲,任意追逐任意驰驱。鸟兽声色酷求酷嗜,忽视稼穑荒废农事。人民百姓贫困嗷嗷,我的国王却自欢愉。

我王重用非有德之人，而所信赖也并非贤士。皇家苑囿愈益扩大，阿谀之言倍加听信。谄媚小人得意忘形，忠正老臣直言争辩。奈何我王一意孤行，政昏国败竟不察知。亲近老臣逐渐疏远，我王放纵追求情欲。轻侮祖先冒犯神灵，忽视神灵削夺贬黜！

很可叹啊我的国王，你是汉的近亲宗室。竟然不能夙兴夜寐，保持祖先美好声誉。容止威严汉朝天子，他的光泽普照大地。勤勉公正朝廷百官，执行法令无所顾忌。匡正远方必由近始，王恃宗亲将致危殆。很可叹呵我的国王，你为什么竟不深思？不去深思不去鉴镜，给后继者什么法则？荒唐逸乐稍稍放纵，就将危害社稷国家。结冰无不先由微霜，衰败无不先由骄慢。瞻前顾后我的国王，历史故事无不阅历。振兴国家挽救颠危，谁不反省忏悔罪过？追怀思念忠直老臣，秦缪公才成就霸业。日月更迭时光过去，人的年岁即将老迈。哦哦圣贤仁人君子，实行善道光显于后。奈何奈何我的国王，竟然没有看到这些？忠直之臣不得亲近，为何还不及时鉴戒！

（于非译注　陈复兴修订）

励志诗一首四言

张茂先

题解

张华，字茂先，西晋著名诗人。他的生平事迹，见《鹪鹩赋》题解。

张华的这首《励志诗》，主要是勉励世人积善成德修身进业的。诗人从大自然的变化，时光易逝说起，讲述了人生短暂，应珍惜时光；仁德并不难求，只要潜心进取，静心恬志积累，终能获取道德声誉；不拒绝从小事做起，终能达到进德修业的目的。这些道理对于人生处世颇有指导意义。

原文

大仪斡运[1]，天回地游[2]。四气鳞次[3]，寒暑环周[4]。星火既夕[5]，忽焉素秋[6]。凉风振落[7]，熠耀宵流[8]。

吉士思秋[9]，寔感物化[10]。日与月与[11]，荏苒代谢[12]。逝者如斯[13]，曾无日夜[14]。嗟尔庶士[15]，胡宁自舍[16]？

仁道不遐[17]，德輶如羽[18]。求焉斯至[19]，众鲜克举[20]。大猷玄漠[21]，将抽厥绪[22]。先民有作[23]，贻我高矩[24]。

虽有淑姿[25]，放心纵逸[26]。田般于游[27]，居多暇日[28]。如彼梓材[29]，弗勤丹漆[30]。虽劳朴斫[31]，终负素质[32]。

养由矫矢[33]，兽号于林[34]。蒱卢萦缴[35]，神感飞禽[36]。末伎之妙[37]，动物应心[38]。研精耽道[39]，安有幽深[40]？

安心恬荡[41]，栖志浮云[42]。体之以质[43]，彪之以文[44]。如彼南亩[45]，力耒既勤[46]。藨蓘至功[47]，必有丰殷[48]。

水积成渊[49]，载澜载清[50]。土积成山[51]，歊蒸郁冥[52]。山不让尘[53]，川不辞盈[54]。勉尔含弘[55]，以隆德声[56]。

高以下基[57]，洪由纤起[58]。川广自源[59]，成人在始[60]。累微以著[61]，乃物之理[62]。纆牵之长[63]，实累千里[64]。

复礼终朝[65]，天下归仁[66]。若金受砺[67]，若泥在钧[68]。进德脩业[69]，晖光日新[70]。隰朋仰慕[71]，予亦何人[72]？

注释

〔1〕大仪：太极，大自然。　斡运：运转，运动变化。

〔2〕天回地游：天地回旋，不停地运转。

〔3〕四气：春夏秋冬四时节气。　鳞次：像鱼鳞般相次循环往复。

〔4〕环周：寒来暑往，周而复始，没有终止。

〔5〕星火：火星。　既夕：流向西方。火星于七月黄昏时向西沉下，表明暑去寒来。

〔6〕忽焉：转瞬之间。　素秋：肃杀的秋天。素，白色。

〔7〕振落：振动落叶。

〔8〕熠耀（yì yào 义药）：光芒闪闪的样子。　宵流：此指磷火或萤火，在夜

间流动。

〔9〕吉士:古代贵族男子的美称。

〔10〕寔感物化:被万物的变化而感动。

〔11〕日与月与:日月相循环往复。与,同“欤”。

〔12〕荏苒(rěn rǎn 忍染):时光渐渐过去。 代谢:更迭,交替。

〔13〕逝者如斯:一去不复回便如此吧!语出《论语·子罕》:“子在川上,曰:‘逝者如斯夫!不舍昼夜。’”

〔14〕曾:竟然。

〔15〕嗟:感叹词。 庶士,众人。庶,众。

〔16〕胡宁:怎么宁可,虚词。

〔17〕仁道:仁德之道。 遐:远。

〔18〕德輶:获取仁德之道,轻而易举。輶,轻。 羽:鸟的羽毛。

〔19〕求:追求。

〔20〕鲜:少。 克:能。

〔21〕大猷:大道,最高道德准则。 玄漠:玄远幽深,形容道德幽渺难求。

〔22〕抽:抽取。 厥绪:道德的头绪。厥,其,指大道。

〔23〕先民:指古代圣贤。 有作:有法度留给后人。

〔24〕贻:遗留,留下。 高矩:最高准则。矩,规矩,准则。

〔25〕淑姿:美好的姿容。

〔26〕纵逸:追求逸乐。

〔27〕田般于游:外出畋猎,盘桓游荡。田,袁本、茶陵本作“出”。般,盘桓。田,畋猎。

〔28〕暇日:闲暇之日。这句意思是说悠闲度日,虚掷时光。

〔29〕梓材:质实的木材。梓,一种落叶乔木,木材轻软耐朽,皆愿用以制家具。

〔30〕弗:不。 丹漆:用丹漆涂饰。此喻进德勤学。

〔31〕朴:未加工的木材。朴斫,对未加工的木材修理砍削。

〔32〕负:辜负。 素质:本质。

〔33〕养由:养由基。楚国大将,善射。 矫矢:举起弓矢。

〔34〕号:哀号。以上两句本事见《淮南子》:“楚恭王游于林中,有白猿缘木而矫。王使左右射之,腾跃避矢,不能中。于是使养由基抚弓而眄,猿乃抱木而

长号。”

〔35〕蒱卢:蒱且子,古之善射者。 缴(zhuó 酌):系在箭上的生丝绳。

〔36〕神:神威。以上两句语出《汲冢书》:“蒱且子见双凫过之,其不被弋者亦下。”

〔37〕末伎:小技艺。末,微末。

〔38〕心:心神。

〔39〕研精:探究精义。 耽道:耽思道德。

〔40〕幽深:幽昧深奥。

〔41〕恬荡:恬淡寂寞。荡,淡。

〔42〕栖志:寄托志向。 浮云:比喻志气清高,不随同流俗。

〔43〕质:素质。

〔44〕彪:文采,美化。 文:文德,仁义。

〔45〕南亩:此指农夫。

〔46〕耒:耒耜,这里是以耒耕田之意。

〔47〕穮蓘(biāo gǔn 标滚):除草培土。 至:致。

〔48〕丰殷:殷实的丰收。殷,众,大。

〔49〕渊:深渊。

〔50〕载澜载清:或波涛汹涌,或澄明如镜。

〔51〕成山:成为山丘。

〔52〕歊蒸:云雾蒸腾。 郁冥:幽深昏暗。

〔53〕让尘:拒绝微小尘土。

〔54〕辞盈:拒绝水满。李善注引《管子》:“海不辞水故能成其大,山不辞土故能成其高,士不厌学故能成其圣。”

〔55〕含弘:光大。

〔56〕隆:高崇。 德声:道德声誉。

〔57〕下基:以下为基础。

〔58〕洪:大。 纤:细小。

〔59〕川广:广阔的河流。

〔60〕成人:人的成德。

〔61〕累微:积累微小之物。

〔62〕理:通理。

〔63〕缰(mò 墨)牵:牵马的绳索。

〔64〕千里:千里马。

〔65〕复礼:复于礼教。

〔66〕仁:有仁德者。

〔67〕金:指斧剑之类。　砺:磨刀石。

〔68〕钧:制陶器用的转轮。

〔69〕进德:增进德行。　脩业:修行学业。

〔70〕晖光:日光。

〔71〕隰朋:春秋时齐国贤相。　仰慕:敬仰羡慕有德之人。

〔72〕予:我。

今译

大自然是变化无穷,天回地转运动不停。四时节气鳞次循环,暑往寒来周而复始。火星西流暑去寒来,转瞬之间肃秋将至。飕飕凉风振落木叶,鬼火流萤夜间闪烁。

多情之人开始悲秋,万物变化触动心绪。月落日出循环往复,时光荏苒岁月过去。一去不回便是如此,川流不息不舍昼夜。深叹世上众人君子,怎么宁可自暴自弃?

仁德之道离人不远,修养道德轻如毛羽。只要追求就能得到,可惜世人少有获取。最高道德玄远幽深,还能寻求它的端绪。古代圣贤遗有法则,留与后人最高准则。

有人虽有美好姿容,放纵心思追求逸乐。外出畋猎盘桓游荡,悠闲生活虚掷时日。质实木材可以制器,还须辛勤丹漆涂饰。即使砍削不加雕漆,终于辜负好的本质。

楚养由基举起弓矢,野兽就在林中哀号。蒲且子用缴箭射鸟,神威能使飞禽恐惧。微末小技有此绝妙,触动外物感应其心。深究精义研思道德,岂有幽深不通之理?

安静身心恬淡寂寞,栖志浮云清高自憩。自然素质作为本体,又以贤德将其文饰。有如南亩农夫稼穑,勤于除草勤于培植。深耕

细锄培土护苗,必获般般丰收果实。

潺潺溪水积成深渊,或现波涌或现澄明。微细尘土积成高山,云气蒸腾浓雾漫漫。巍巍高山不辞微尘,洋洋大河不拒细水。勉励志气发扬光大,一定高崇道德声誉。

最高建筑始于基础,最大事物从小开始。广阔河流始自源头,人的成德在于始初。微小积累可至显著,这是事物普遍道理。牵马绳索如果过长,将会成为马的累赘。

如能坚持克己复礼,天下众人归附仁德。好像刀具放之磨石,好像陶泥置范成器。增进德行专修学业,人品学识日新月异。贤如隰朋尚慕圣明,我辈何人可不向善?

(于非译注　陈复兴修订　陈延嘉再修订)

上责躬应诏诗表

曹子建

题解

曹植(192—232),字子建。曹操第三子。少年颖慧,富于文采,"言出为论,下笔成章",很得曹操的宠爱。操曾欲立为嗣。建安十九年,由平原侯徙封为临淄侯。前半生(二十九岁以前)过的是贵公子的生活。诗酒游宴,任性而行,常喝得大醉。操几次想试用他,也因之不成。再加以曹丕的"御之以术",他做太子的可能终于失掉了。曹丕篡汉称帝,对他横加监视,压抑,乃至诬陷。先以酒醉劫胁监国使者灌均,被贬为安乡侯,改封为鄄城侯。继之以东郡太守王机等诬告,被调回软禁。虽由其母太后的保护,免于治罪,但整个后半生处境毫无改变。因之他始有"身轻于鸿毛,谤重于泰山"的慨叹。其侄曹叡即位,对他的防范则愈益严厉,屡迁其封地。他四十一岁便"汲汲无欢"地死去了。

曹植是继屈原之后,中国诗史上的杰出诗人。作品流传至今而完整可信的,有七十余首;都叠印着汉魏社会生活与诗人个人经历的投影。他的那些重交尚义感慨人生的篇章,那些憧憬功业渴求为国献身的歌唱,那些描绘社会动乱人民苦难的画面,始终引起历代读者的共鸣。经过历史筛选,他的作品与同时代人相比,保存下来的数量最多。他的诗将《诗经》、骚赋和乐府民歌加以融汇,而形成一种经过提高的民歌化的风格。他的诗是民歌体,同时也融入骚之情,赋之韵,通俗流畅而不失典雅华贵。这种诗风直接影响到后世以及唐代诗歌的全面繁荣。

《上责躬应诏诗表》是其后期作品。李善注据《魏志》说:"黄初四年,植朝京都,上疏,并献诗二首。"是较为可信的。黄节先生以《责躬诗》有"王爵是加",断为徙封雍丘王之前所作。但诗中尚有"威灵改加,足以没齿"之句,可证其作于徙封之后,正与《魏志》本传所言相符。

责躬,即自责,自我检讨。表,一种应用文体,用于臣下向君上陈述衷情或提出意见。

诗前之《表》所陈,是酒醉劫胁监国使者获罪和鄄城被王机所诬被免以后的内心矛盾与悔恨,表达对文帝宽宥改封的感激之情。对献诗来说,《表》又是说明写作动机和内容的提纲挈要。

原文

臣植言[1]:臣自抱衅归藩[2],刻肌刻骨,追思罪戾[3],昼分而食,夜分而寝[4],诚以天网不可重罹,圣恩难可再恃[5]。窃感《相鼠》之篇,无礼遄死之义[6],形影相吊,五情愧赧[7]。以罪弃生,则违古贤夕改之劝[8];忍垢苟全,则犯诗人胡颜之讥[9]。

伏惟陛下,德象天地,恩隆父母[10],施畅春风,泽如时雨[11]。是以不别荆棘者,庆云之惠也[12];七子均养者,鸤鸠之仁也[13];舍罪责功者,明君之举也[14];矜愚爱能者,慈父之恩也[15]。是以愚臣徘徊于恩泽,而不敢自弃者也[16]。

前奉诏书,臣等绝朝,心离志绝[17],自分黄耇永无执圭之望[18]。不图圣诏,猥垂齿召[19]。至止之日,驰心辇毂[20],僻处西馆,未奉阙庭[21],踊跃之怀,瞻望反侧[22],不胜犬马恋主之情[23],谨拜表并献诗二篇[24]。词旨浅末,不足采览[25],贵露下情,冒颜以闻[26]。臣植诚惶诚恐,顿首顿首,死罪死罪。[27]

注释

〔1〕臣言:表开头所用的套语。

〔2〕抱衅(xìn 信):抱罪。衅,同"舋",闲隙,争端,罪嫌。 藩:藩国。封建诸侯的封地。此指曹植封地鄄城。李善注引《曹集》:"植抱罪,徙居京师,后归本国。"黄节以为,当指"改封鄄城侯后,为王机仓辑所诬,废居于邺,旋诏还鄄城也"。验之《黄初六年令》,此说较切。

〔3〕刻肌:形容深深悔恨。 追思:反省。 罪戾(lì 立):罪过。

〔4〕分:半。

〔5〕天网:法网,法律。 罹(lí 离):遭遇,触犯。 恃:依赖。

〔6〕窃感:暗自感悟。相鼠:《诗·鄘风》篇名。 无礼:违背礼法。遄(chuán 船)死:快死。遄,速,快。李善注引《毛诗》:"相鼠有体,人而无礼。人而无礼,胡不遄死。"

〔7〕形影:形体与身影。 相吊:互相怜恤。形影相吊,形容孤寂自怜。五情:五种情绪,指喜怒哀乐怨。 愧赧(nǎn 腩):羞愧脸红。

〔8〕弃生:轻生,放弃生命。 古贤:古时的贤人。此指曾子。李善注:"曾子曰:'君子朝有过,夕改则与之。夕有过,朝改则与之。'"

〔9〕忍垢:忍于羞耻。 苟全:苟且地保全生命。 诗人:指《诗经·鄘风·相鼠》的作者。 胡颜:何颜,以何颜而不速死。李善注:"即上'胡不遄死'之义也。" 讥:讥讽。

〔10〕伏惟:伏想。臣下对皇帝表述自己想法所用的敬词。 陛下:对皇帝的敬称。李善注:"应劭曰:'陛,升堂之阶,王者必有执兵陈于阶陛之侧。臣与至尊言不敢指斥,故呼在陛者而告之,因卑以达尊之意也。若称殿下、阁下、侍者、执事,皆此类也。'" 象:相似,好像。 天地:形容广大无边。 隆:高,超过。 父母:形容恩情深厚,超过父母。钱钟书评论说:"此《表》又推兄'隆'父母。敬畏生君过于亡父;遂变弟悌而为臣忠,浑忘子孝。"(《管锥编》,第三册,七六页)

〔11〕施:恩惠。 畅:通达,无所不至。 泽:恩泽,恩惠。 时雨:及时雨。

吕延济注:“春风养物也,时雨润物也,言天子施惠润泽,通深如此。”

〔12〕不别:不加分别。 荆棘:一种有刺的灌木。此喻无用而有害之物。庆云:瑞云,祥云。

〔13〕七子:此指七个鸟雏。 均养:平均哺育,不加分别。 鸤(shī 尸)鸠:鸟名,即布谷。李善注引《毛诗》:“鸤鸠在桑,其子七兮。”毛苌曰:“鸤鸠之养其子,旦从上下,暮从下上,其均平如一。”

〔14〕舍罪:宽恕罪过。 责功:要求负罪者立功赎罪。

〔15〕矜愚:同情愚笨的。 爱能:喜爱有才能的。

〔16〕自弃:自暴自弃。

〔17〕臣等:指任城王曹彰、吴王曹彪等。 绝朝:离开朝廷。 心离:心情忧愁。

〔18〕自分:自己考虑。 黄耇(gǒu 苟):黄发老年。 执圭:指持圭朝见天子。圭,也作“珪”,古时帝王、诸侯举行朝会、祭祀时手持的一种玉器。魏文帝即位之初,就下令禁止诸侯朝见。魏明帝即位又延续这种制度。《魏志·武文世王公传》载:“明帝赐干玺书:高祖(曹丕)践阼,祗慎万机,申着诸侯不朝之令。朕……亦缘诏文曰:若有诏得诣京都。”曹植这里所谓“前奉诏书”,即指此言。

〔19〕不图:没想到。 猥(wěi 伪):委曲,表谦的语气词。 垂:下达。齿召:正式召见。齿,录。此有庄重正式的意思。

〔20〕至止:到来,到达。止,语气词,无义。《诗经·小雅·庭燎》:“君子至止,鸾声将将。” 驰心:心驰神往。 辇毂(niǎn gǔ 碾谷):天子的车舆。喻京师。

〔21〕僻处:寂寞独处。僻,幽僻,寂寞。 西馆:即西墉。疑指洛阳金墉城。《太平御览》一百七十六引《洛阳地记》:“洛阳城内西北角有金墉城,东北角有楼高百尺,魏文帝造也。”《西京赋》薛注:“西方称之曰金。”则西馆或可为西墉。(用赵幼文《曹集校注》说) 阙庭:宫廷。

〔22〕踊跃:欢欣奋起的样子。此形容焦急不安的样子。 瞻望:仰望,盼望。 反侧:心情忐忑难安的样子。

〔23〕犬马:臣子对君主的自谦之称。 恋主:心怀君主。

〔24〕谨拜:恭敬地献上。 献诗:指《责躬》《应诏》二诗。

〔25〕词旨:文辞和思想。 浅末:浅薄。 采览:观览。

〔26〕贵:珍贵,值得珍重。 露:坦露,表白。 下情:臣下的衷情。 冒颜:冒犯君颜。李善注引《汉书音义》:“张晏曰:‘人臣上书,当昧犯死罪而言也。’” 闻:奏闻。

〔27〕诚惶、顿首、死罪:皆臣下向皇上进表所用的套语。

今译

臣植言:我自从带着负罪的心情回到藩国,就在内心深处反省自己的罪过。经常是日中而食,夜半而寝,确实感到国家大法不容再次触犯,圣君恩情不能再次仰赖。暗自想起《诗经·相鼠》之篇,其中所谓“人而无礼,胡不遄死”的深义,深感孤独苦闷,心胸充满羞愧之情。以所犯罪过而轻生,那是违背古贤所谓朝过夕改的劝诫;不顾羞耻地苟活下去,又抵触诗人所谓厚颜不死的讥讽。

我崇敬地想到陛下,仁德好似天地一样广大无边,恩情比亲生父母还要深厚,仁德像春风为人间吹送温暖,恩泽像及时好雨滋润万物。因此,不分荆棘与兰桂,同样给予覆盖的,那是瑞云的德惠;七只雏鸟,平均给予哺育的,那是布谷的仁爱;宽恕有罪责其立功自赎的,那是明君的举措;同情愚陋喜爱智能的,那是慈父的恩情。因此,愚陋如我由于陛下恩泽的感召才徘徊未定,终于不敢自暴自弃。

以前尊奉诏书,我与任城王彰、吴王彪等告别朝廷,各就封国。当时心灰意冷,自虑直至垂老之年永无回京朝见的希望了。而圣诏却出乎意料之外,正式下达,召我入朝。到京之日,就一心想要朝见陛下,但是却孤寂地留住西馆,未能奉命进宫,内心焦急,翘首瞻望,忐忑不安,臣子恋念主上之情,表达不尽,恭敬地呈上此表并献诗二篇。文辞意旨都很浅陋,不值观览;所贵的是表露出臣下的衷情,冒死奏上。臣植诚惶诚恐,顿首顿首,死罪死罪。

(陈复兴译注并修订)

责躬诗一首四言

曹子建

题解

《责躬诗》先赞武帝平定四方、开拓疆土的功勋，以及文帝受禅称帝、遵循旧章的德政。实际是说文帝无勋劳而居成功，敬服的言辞之下是满腹不服。次自责触犯皇使之罪，颂文帝为君为兄之恩，实际是说他故作仁厚，假仁假义。后则照应开头，感戴武帝的昊天之德，请求立功自赎，实现自己的宿愿。虽屡被贬抑而志气不衰。

全诗通篇充满忠诚自悔之词，言外则满含倔强义愤之情。

原文

於穆显考[1]，时惟武皇[2]。受命于天，宁济四方[3]。朱旗所拂[4]，九土披攘[5]。玄化滂流[6]，荒服来王[7]。超商越周[8]，与唐比踪[9]。笃生我皇[10]，奕世载聪[11]。武则肃烈[12]，文则时雍[13]。受禅于汉[14]，君临万邦[15]。万邦既化[16]，率由旧则[17]。广命懿亲[18]，以藩王国[19]。帝曰尔侯[20]，君兹青土[21]。奄有海滨[22]，方周于鲁[23]。车服有辉[24]，旗章有叙[25]。济济俊乂[26]，我弼我辅[27]。

伊余小子[28]，恃宠骄盈[29]。举挂时网[30]，动乱国经[31]。作藩作屏[32]，先轨是隳[33]。傲我皇使[34]，犯我朝仪[35]。国有典刑[36]，我削我黜[37]。将寘于理[38]，元凶是率[39]。明明天子[40]，时惟笃类[41]。不忍我刑[42]，暴之朝肆[43]。违彼执宪[44]，哀予小臣[45]。改封兖邑[46]，于河之滨[47]。股肱弗置[48]，有君无臣[49]。荒淫之阙[50]，谁弼余身[51]。茕茕仆夫[52]，于彼冀方[53]。嗟余小子[54]，乃罹斯殃[55]。赫赫天子[56]，恩不遗物[57]。冠我玄冕[58]，要我朱绂[59]。光光大使[60]，我荣我华[61]。剖符受土[62]，王爵是加[63]。仰齿金玺[64]，俯执圣策[65]。皇恩过隆[66]，祇承怵惕[67]。

咨我小子[68]，顽凶是婴[69]。逝惭陵墓[70]，存愧阙庭[71]。匪敢傲德[72]，寔恩是恃[73]。威灵改加[74]，足以没齿[75]。昊天罔极[76]，生命不图[77]。常惧颠沛[78]，抱罪黄垆[79]。愿蒙矢石[80]，建旗东岳[81]。庶立毫厘[82]，微功自赎[83]。危躯授命[84]，知足免戾[85]。甘赴江湘[86]，奋戈吴越[87]。天启其衷[88]，得会京畿[89]。迟奉圣颜[90]，如渴如饥[91]。心之云慕[92]，怆矣其悲[93]。天高听卑[94]，皇肯照微[95]。

注释

〔1〕於(wū 乌):赞叹之词。　穆:壮美。　显考:对亡父的美称。显,光辉,光明。考,指亡父。

〔2〕时:是,这。　惟:语中助词,无义。　武皇:指曹操。

〔3〕宁济:安定。

〔4〕朱旗:汉旗。汉火德,其色赤,故旗为朱色。时汉献帝在位,操为汉臣,故建朱旗。　所拂:指朱旗飘扬的地域。

〔5〕九土:九州之土。指九州。　披攘:披靡,倒伏,屈服。

〔6〕玄化:道德教化。李善注引《广雅》:“云,道也。”　滂流:谓传播广远。

〔7〕荒服:指最荒远的地区。古以王畿为中心分为五服,即每五百里为一区划,依距京城的远近分为五等地带,为侯服、甸服、绥服、要服、荒服。服,即服事天子之意。此指古时少数民族居住区域。《国语·周语》:“戎狄荒服。”　来

王:来归。皆来归化。李善注引《尚书》:“四夷来王。”

〔8〕商:指商汤王。夏的诸侯。夏桀王无道,汤以武力伐之,遂有天下。国号商。　周:指周武王。殷纣无道,周武以武力伐之,即天子位。国号周。这句承上“朱旗”“九土”二句,颂扬魏武的武功,远超商周。

〔9〕唐:指唐尧。初封于陶,又封于唐,号陶唐氏,后禅位于舜。以德治世。比踪:齐步,并驾。这句承上“玄化”“荒服”二句,颂扬魏武的仁德可比唐尧。

〔10〕笃生:谓承受纯厚之德而生。笃,厚,指所承袭的德性。　我皇:指魏文帝曹丕。

〔11〕奕(yì 义)世:累世,一代接一代。奕,次第。　载聪:愈益聪慧。载,通“再”。吕延济注:“言武皇既聪而文帝又聪,故云载聪。”

〔12〕武:武事。指平定祸乱。　肃烈:威严猛烈。

〔13〕文:文德教化,与“武”相对。　时雍:和善。雍,和。

〔14〕受禅:接受禅让。指曹操死,曹丕受汉禅,即皇帝位,改元黄初。

〔15〕君临:以人君统治。　万邦:万国,天下。

〔16〕化:归化,服从。

〔17〕率:遵循。　由:用。　旧则:旧章。

〔18〕命:命令。　懿亲:指兄弟。懿,美,美德。

〔19〕藩:捍卫。

〔20〕帝:指文帝曹丕。　尔:你。侯:指曹植。建安十九年封为临淄侯。本诗开头述武帝,接着述文帝,章法上不可能于此重述武帝。此句承上“广命懿亲”句。此句言文帝即位命诸王各就封国,而且下令诸侯不得朝见。植虽早被封侯,但曹操在世时一直没有离开洛阳和邺城,所以乃父始有“汝年亦二十三矣,可不勉欤”的庭训。

〔21〕君:君临,履行王侯的职务。　兹:这。　青土:青州之土。指临淄。临淄属齐郡,旧青州之境。

〔22〕奄:大。李善注引《毛诗》:“奄有龟蒙。”毛苌曰:“奄,大也。”

〔23〕方:比方。　周:指周公。　鲁:鲁国。指伯禽,周公之子,封于鲁。植敬畏其兄,于《表》中即言“恩隆父母”。

〔24〕车服:车和礼服。古以车服的文彩标志等级。

〔25〕旗章:旌旗和名号。古以不同样式的旌旗和服饰,作为区别等级的标志。　叙:次序,等级。

〔26〕济济：众多的样子。　俊乂（yì 义）：德才兼备的人材。此指植的家丞邢颙，文学掾司马孚等。

〔27〕弼（bì 必）：辅正，矫正。　辅：辅佐。

〔28〕伊：语首助词。　小子：自我的谦称。

〔29〕恃宠：仰仗宠爱。　骄盈：骄傲自满。

〔30〕举挂：举动触犯。挂，阻碍，抵触。　时网：国家的法令制度。

〔31〕国经：与"时网"义同。　以上四句有追悔往昔违犯国家法度之意。例如《魏志》本传载："植尝乘车行驰道中，开司马门出。太祖大怒，公车令坐死，由是重诸侯科禁，而植宠日衰。"

〔32〕藩：藩篱，喻藩国。　屏：屏蔽，喻藩国。

〔33〕先轨：先帝制定的法规。　是：语助词，用以表动宾倒置。　隳（huī 灰）：破坏，废止。

〔34〕皇使：皇帝的使者。此指监国使者灌均。李善注引《魏志》："黄初二年，植就国。使者灌均，希旨奏植醉酒勃逆，劫胁使者。有司请治罪，帝以太后故，贬爵安乡侯。"

〔35〕朝仪：朝廷的礼仪。

〔36〕典刑：常刑，常法。

〔37〕削：削减。　黜（chù 处）：贬降。李善注引《植集》："博士等议，可削爵土，免为庶人。"赵幼文《曹集校注》卷二："削，削减食邑户数。曹植建安二十二年食邑万户，黄初三年立为鄄城王，食邑二千五百户。黜贬，谓由县侯降为乡侯。"

〔38〕将：欲。　寘：处置，处理。　理：治狱之官。

〔39〕元凶：主犯，罪魁祸首。　是：语中助词。　率：类。

〔40〕明明：明察英断。多用于歌颂神灵皇帝。　天子：指曹丕。

〔41〕时：是。　惟：思，想。　笃类：情笃的族类，手足兄弟。李善注引《魏志》："诏云：'植，朕之同母弟，骨肉之亲，舛而不殊，其改封植。'"

〔42〕刑：惩罚。

〔43〕暴：暴露，杀人陈尸。　朝肆：朝廷与市肆。赵幼文《曹集校注》："《礼记·檀弓篇》：'君之臣不免于罪，则将肆诸市朝。'郑注：'肆，陈尸也。大夫以上于朝，士以下于市。'案上已言暴，则肆复释为杀人陈其尸，则于暴字义复，疑肆与市义同。《后汉书·刘盆子传》章怀注：'肆，市列也。'可证。"

〔44〕违:违背。　执宪:执法之官。宪,法。

〔45〕小臣:同“小子”,自我谦称。

〔46〕兖(yǎn眼)邑:兖州之邑。此指鄄城。李善注引《魏志》:“帝以太后故,贬爵安乡侯。”又:“黄初二年,改封鄄城,属东郡,旧兖州之境。”

〔47〕河:指济河。张铣注:“鄄城,旧兖州之境,近济河。”

〔48〕股肱(gōng公):大腿和胳膊。喻辅佐君主的大臣。

〔49〕君:此指藩国的王侯,植自称。

〔50〕荒淫:耽于佚乐,荒废事务。　阙:过失。

〔51〕弼:辅正,矫正。

〔52〕茕茕(qióng穷);孤独的样子。　仆夫:御者。

〔53〕冀方:冀州。此指邺城,时魏都于邺,属冀州境。一说,时魏以洛为京师,此尧之冀方。李善注引《植集》:“《求出猎表》曰:‘臣自招罪衅,徙居京师,待罪南宫。’”疑此为改封鄄城侯以后事,因而下文始言“王爵是加”。

〔54〕嗟:感叹之词。

〔55〕罹:遭遇。　殃:祸殃。盖指为王机等所诬,徙京师待罪事。

〔56〕赫赫:显赫盛大的样子,赞美之辞。　天子:指文帝曹丕。

〔57〕遗:遗弃。　物:万物。李善注此句:“谓至京师,蒙恩得还也。植《求习业表》曰:‘虽免大诛,得归本国。’”盖指为王机等所诬,未被治罪。

〔58〕冠:动词,戴的意思。　玄冕:天子诸侯所着的冕服。《周礼·春官·司服》:“祭群山祀则玄冕。”《注》:“玄者,衣无文,裳刺黻而已,是以谓之玄焉。”

〔59〕要:系的意思。　朱绂(fú伏):系官印的红色丝带。

〔60〕光光:光明显赫。赞美之辞。　大使:前文“明明”、“赫赫”,皆以赞天子,此“光光”却以言大使,与前章法不顺,与后“我荣”、“剖符”意思不一。应作“大魏”。赵幼文《曹集校注》卷二:“按此句疑当作‘光光大魏’。《太平御览》卷二百六十二引《桓阶别传》:‘岂况光光大魏。’此盖当时熟语。”

〔61〕我荣我华:赵幼文《曹集校注》卷二:“我荣我,《诠评》:‘《魏志》作使我荣。’疑当从《魏志》正。此二句如作光光大魏,使我荣华,则辞达理顺矣。”

〔62〕剖符:古时帝王授与诸侯和功臣的凭证。符,竹制,可剖分为二,帝王与诸侯各执一半,以为凭信。　受土:别本作“授玉”。玉,指玉珪,帝王诸侯所执的玉版,表示符信。赵幼文《曹集校注》卷二:“按李善注引《喻巴蜀檄》曰:‘剖符而封,析圭而爵。’于受土则未注,疑李氏所见本故作玉也,遂以析圭

释之。”

〔63〕王爵:王的爵位。此指黄初三年改封鄄城王,四年徙封雍丘王。是:语中助词。

〔64〕仰齿:尊敬地承受。齿,当,受。 金玺:金印。李善注引《汉书》:“诸侯王皆金玺。”

〔65〕俯执:尊敬地握持。俯,俯身,谦卑的样子,对君上以表尊敬。 圣策:皇帝封授的策书。

〔66〕过隆:非常深厚。

〔67〕祗(zhī 支):恭敬。 怵(chù 处)惕:戒惧。

〔68〕咨:语气词。

〔69〕顽凶:愚妄的凶犯。 婴:缠绕,此有惩罚的意思。

〔70〕逝:死去。 陵墓:帝王的坟墓。喻已故的曹操。

〔71〕存:活着。 阙庭:皇帝所居之处。喻曹丕。

〔72〕匪敢:不敢。 傲德:傲于德。傲,弟不敬爱兄长。赵幼文《曹集校注》卷二引《贾子》:“弟敬爱兄谓之悌,反悌为傲。”德,仁德。指曹丕。

〔73〕寔:是,这。 是:语中助词。 恃:仰赖,依赖。

〔74〕威灵:尊严的神灵。指曹丕。 改加:指上文所言改封加爵事。

〔75〕没齿:尽其天年。齿,年齿。

〔76〕昊(hào 号)天:苍天。此喻欲报之德如天之广大无边。 罔极:无极,无边。

〔77〕不图:不可预测。李善注:“言生之夭寿,不可预谋也。”

〔78〕颠沛:死亡。

〔79〕黄垆(lú 卢):黄泉下的垆土。垆,黑色而坚硬的土。《汉书·地理志》下:“下土坟垆。”注:“垆,谓土之刚黑者也。”比喻死亡。

〔80〕蒙:冒。 矢石:箭与石。古代作战,发矢抛石以击敌。

〔81〕东岳:指泰山。李善注:“东岳,镇吴之境。子建诗曰:‘我心常怫郁,思欲赴太山。’与此义同。”

〔82〕庶:副词,表希望。 毫厘:比喻微小。此指微功。

〔83〕自赎:赎自己之罪。

〔84〕危躯:临危赴难之身躯。 授命:献出生命。授,授予,付出。李善注引《论语》:“见危授命,亦可以为成人矣。”

〔85〕免戾:免罪,赎罪。

〔86〕江湘:长江湘水。

〔87〕奋戈:拿起武器。奋,震动。此有拿起的意思。戈,古时的一种兵器。吴越:吴国和越国。今江浙一带。此指孙吴。

〔88〕天:天子。指曹丕。启:打开。衷:中,心。这句言天子心中眷念于我。

〔89〕京畿(jī 基):京师。

〔90〕迟:等待。圣颜:圣人之容颜。指皇帝。

〔91〕如渴如饥:形容迫切的愿望。

〔92〕慕:怀念,想慕。

〔93〕怆(chuàng 创):悲伤的样子。其:语助词。

〔94〕卑:低下之处。

〔95〕皇:皇帝。照微:光照卑微。此言皇帝恩德施于卑微之人,如阳光普照低微之处。

今译

啊,我雄伟英明的先父,乃是开创大魏的武皇。你接受圣命于上天,去平定解救四面八方。汉家朱旗所飘扬之处,九州大地纷纷来归降。道德教化传播广且远,边塞异族来大汉朝贡。战功超过商汤与周武,仁德与唐尧比肩接踵。我皇秉承仁德而降生,因袭前代而愈益聪明。征伐无道而威严迅猛,广施仁德而和谐融融。承受汉帝禅让的王位,君临天下号令统万邦。万邦归服四海成一统,实施朝政遵循有旧章。广泛命令同胞亲兄弟,各就封藩捍卫我中央。皇帝降旨你本临淄王,返归封国治理青州土。封地广阔直达东海滨,好似周公命伯禽治鲁。车驾冠服文彩放光辉,旌旗徽号等级有制度。人才济济智能皆超众,帮我助我遵礼走正路。

我这幼稚无知的小子,仰仗父兄而骄傲自满。举止狂放而触犯法网,行为失礼把制度扰乱。身为王侯充藩国之主,却来毁坏先代的规范。威胁我皇的监国使者,冒犯了我朝廷的礼仪。国有国家的恒常大法，削我爵位剥夺我封地。想要把我送法官审判，把我裁判为罪大恶极。英明天子宽和而仁爱，思虑我属于骨肉兄弟。内心不忍送我按法办，朝廷之内陈列我尸体。更改了执法官的原判，可怜我这无知的小臣。改封我去兖州的鄄城，充任乡侯住于济水滨。亲信之人不许随我去，有君无臣真是孤独人。若耽溺佚乐再有失误，谁来劝诫我弃旧图新。车夫孤单送我上大路，接受审查在那冀州境。唉，我这幼稚无知的小子，被人诬陷再次遭祸殃。显赫天子慧眼识真伪，恩情博大广施于万物。赠我王侯玄冕头上戴，赐我腰系朱红丝印绶。感谢光芒万丈大魏朝，使我享尽富贵与荣华。剖符封爵并授我封地，由侯为王爵位更重加。仰天承受闪光的金印，俯首捧持圣明的策书。皇帝恩情似天高地厚，恭敬领受恐惧多感触。

唉，我这幼稚无知的小子，屡犯过失几乎成元凶。死后羞见先父的神灵，苟活愧对大魏的朝廷。岂敢傲视仁德的兄长，确实仰仗皇帝的恩情。神灵为我改封又晋爵，安乐足以享受终一生。皇恩浩荡似苍天无限，生命长短事先测度难。经常忧虑卧病终不起，国恩未报遗恨入黄泉。我愿身冒利剑与弹石，旌旗插上东岳泰山头。望立新功不嫌毫厘小，积累微功前罪今自赎。临危赴难奉献血和肉，心满意足终得免罪尤。甘愿奔赴长江湘江畔，跃马挥戈直捣孙吴地。天子敞开仁德的心扉，令我得以朝会于京畿。等待瞻仰圣帝的龙颜，心里焦急得如渴如饥。衷心想慕呵日日夜夜，悲伤无尽呵肝胆欲碎。苍天虽高尚听大地卑，我皇灵光照耀我身微。

（陈复兴译注并修订）

应诏诗一首四言

曹子建

题解

《应诏诗》抒写徙封雍丘王应诏入朝的经历与心态。自己封内风物晴和，人民安居乐业。一路车马疾驰，情调欢快。缘山涉涧，轻云流风，烽燧旗旌，轮转銮鸣，显示驰心京都的激奋和这东藩之王的气派。但是，风尘仆仆地赶到京师之后，却不被召见，困顿西馆，忧心忡忡。

全诗首尾对比，由乐而忧。"肃承明诏"而来，"嘉诏未赐"而止，显现出诗人心态的陡然变化，精神上所受的残酷折磨。总是不忘骨肉亲情的诗人，不可能不感到处境的严峻。

原文

肃承明诏[1]，应会皇都[2]。星陈夙驾[3]，秣马脂车[4]。命彼掌徒[5]，肃我征旅[6]。朝发鸾台[7]，夕宿兰渚[8]。芒芒原隰[9]，祁祁士女[10]。经彼公田[11]，乐我稷黍[12]。爰有樛木[13]，重阴匪息[14]。虽有糇粮[15]，饥不遑食[16]。望城不过[17]，面邑不游[18]。仆夫警策[19]，平路是由[20]。

玄驷蔼蔼[21]，扬镳漂沫[22]。流风翼衡[23]，轻云承盖[24]。涉涧之滨[25]，缘山之隈[26]。遵彼河浒[27]，黄坂是阶[28]。西济关谷[29]，或降或升[30]。騑骖倦路[31]，再寝再兴[32]。将朝圣皇[33]，匪敢晏宁[34]。弭节长骛[35]，指日遄征[36]。前驱举燧[37],后乘抗旌[38]。轮不辍运[39],銮无废声[40]。

爰暨帝室[41],税此西墉[42]。嘉诏未赐[43],朝觐莫从[44]。仰瞻城阈[45],俯惟阙庭[46]。长怀永慕[47],忧心如酲[48]。

注释

〔1〕肃承:恭敬地承受。　明诏:圣明的诏书。

〔2〕应会:应诏朝会。　皇都:京都。

〔3〕星陈:星列。指繁星在天之时。　夙驾:早起驾车出行。夙,早。

〔4〕秣马:喂马。　脂车:给车轴上油,使之易于驰行。

〔5〕掌徒:主管从行者的官吏。

〔6〕肃:戒,告诫。　征旅:远行的徒众。

〔7〕鸾台:此指出发地的美称。

〔8〕兰渚:此指行程中停宿地的美称。李善注:"鸾台兰渚,以美言之。"

〔9〕芒芒:广阔无际的样子。　原隰(xí 习):原,广大平坦之地,隰,低而潮湿之地。

〔10〕祁祁:众多的样子。　士女:青年男女。

〔11〕公田:公家的田地。或指曹魏时代的屯田(赵幼文说)。

〔12〕稷黍:两种谷物名。

〔13〕爰:语首助词。　樛(jiū 究)木:向下弯曲的树木。

〔14〕重阴:浓荫。"曹植于五月赴洛阳,气候炎热,因急于朝见,故遇浓荫,犹急于趱行也。"(赵幼文《曹集校注》卷二)　匪:非。

〔15〕糇(hóu 侯)粮:干粮。

〔16〕不遑(huáng 黄):无暇。

〔17〕过:经过。此有探胜览奇之意。

〔18〕面:向。

〔19〕仆夫:驾车的仆役。　警策:以马鞭催促马匹驰行。警,戒;策,马鞭子。

〔20〕是:语助词。　由:行。

〔21〕玄驷:黑色的马匹。玄,黑;驷,诸侯乘车所驾的四马。 蔼蔼:整齐的样子。

〔22〕扬镳:形容马举头而行的样子。镳,马嚼子。 漂沫:马口沫飞溅。《舞赋》:"龙骧横举,扬镳飞沫。"李善注:"镳,马勒旁铁也,马举首而横走,动镳则飞马口之沫也。"

〔23〕翼:扶助。 衡:车辕前端的横木,套在马颈项之上,拖车前行。

〔24〕承盖:支撑车盖。承,举,撑;盖,车盖,车上用以遮阳御雨之具。

〔25〕涧:两山间的流水。

〔26〕缘:沿,绕过。 隈(wēi 威):山水的弯曲之处。

〔27〕遵:沿着。 浒:水畔。

〔28〕黄坂:黄土山坡。赵幼文《曹集校注》卷二:"即《赠白马王彪》之修坂。此去彼回,皆过之。" 阶:因,沿。此有经过意。

〔29〕关谷:关,指洛阳的西关;谷,大谷。

〔30〕或:有时。

〔31〕骓骖(fēi cān 非参):四马所驾之车辕外两马,左为骖,右力骓。

〔32〕再:也作"载",语助词。 兴:起。

〔33〕朝:朝见。 圣王:指曹丕。

〔34〕晏宁:安宁。

〔35〕弭(mǐ 米)节:驻车。弭,止,节,马鞭。长骛:长驰。此句与"再寝再兴"照应。

〔36〕指日:按规定时间。 遄(chuán 船)征:疾速驰行。遄,疾速。

〔37〕前驱:先头的车马。 举燧(suì 岁):举起火把。吕延济注:"谓执火夜行也。"正与开头"星陈夙驾"相应。

〔38〕后乘:殿后的车驾。 抗旌:高举旌旗。

〔39〕辍运:停止运转。

〔40〕銮:挂在辕端横木上的铃。 废:中止。

〔41〕爰:语首助词。 暨:至。 帝室:京城。

〔42〕税:舍,住。 西墉:即《责躬表》所谓"西馆"。赵幼文《曹集校注》卷二:"疑指洛阳金墉城。"

〔43〕嘉诏:指皇帝的诏书。此指命进宫朝见的诏命,与开头"明诏"不是一回事。刘良注:"谓未召时也,不得预朝礼也。"

〔44〕朝觐(jìn 近):朝见。　莫从:无所依从。

〔45〕城阈(yù 玉):城门的门槛。此指宫门。

〔46〕惟:思念。　阙庭:宫廷。皇帝的住所。

〔47〕慕:思慕。

〔48〕酲(chéng 呈):酒后神志不清,有如患病的感觉。

今译

恭敬地奉受圣明诏书,遵从帝命朝会赴京都。繁星满天驾车及早行,喂饱马匹轮轴加足油。传命主管仆役的属官,告诫随我远行的队伍。清晨从雅静鸾台出发,夜晚在芬芳兰渚住宿。平旷的原野茫茫无际,勤劳的男女双双对对。经过封国肥沃的公田,禾苗茂盛风光格外美。树木成行枝桠向下垂,浓荫片片赶路不能息。虽有干粮味道皆适口,直奔前程不顾腹中饥。望见城市不能去览胜,面前小镇不能去游历。御者扬鞭车马疾如飞,平坦大路一日行千里。

四匹黑马肥壮毛色美,口衔铜嚼举头口沫飞。微风吹送好像扶辕衡,轻云飘动恰似撑车盖。涉过深谷奔泻的激流,绕过高山曲折的石壁。沿着大河蜿蜒的堤岸,穿越修坂黄色的土地。通过险峻西关与大谷,忽而下坡忽而又上岭。路途艰难人疲马也倦,暂息一夜天明即登程。难得受诏朝会我圣皇,怎敢怠慢路上图安宁。驻车暂息更要长疾驰,计算时日加速做远征。前头队伍燃火把夜行,后头车马举旌旗跟上。路上车轮不停地飞转,车上銮铃前后响叮当。

既达日夜向往的皇都,却住进京西的金墉城。皇帝诏命一直未下达,何日朝见令人无所从。翘首瞻仰那宫门雄伟,低头思慕那殿阁辉煌。长久恋念衷情愈殷殷,内心忧伤似酒醉不醒。

(陈复兴译注并修订)

关中诗一首四言

潘安仁

题解

本诗为奉诏命而作。晋惠帝元康六年(296),居在关中地区的氐、羌等部族作乱,朝廷派兵前去镇压。诗中叙写的就是这次战乱发生的情况及整个的平息过程。

全诗共十六章,每章八句。前六章写的是战事的起因、朝廷遣兵前往平乱及失利的情形;中间六章叙述朝廷对严峻形势的忧虑,并再次派遣名将和精锐的士兵,与氐、羌等部族作战,取得了胜利。后四章交代了战后的处理,描写了战乱给人民带来的灾难,颂扬了皇帝的恩德。总观全诗,尽管诗人是站在晋王朝封建统治者的立场上,为其歌功颂德,予以美化;但诗中一定程度地揭露了无耻的武将谎报战功和统治者之间的相互倾轧,特别是反映了战乱中人民无辜死亡、土地荒芜、疫疠流行的惨景,则是颇为真实的。诗中流露的爱国主义精神和对苦难人民的同情心,尤其值得珍视。

潘诗向以华美藻饰著称,这一点与陆机相似,后人誉为潘江陆海,亦多就此而言。但本诗大抵简古质朴,格调既直露又明丽,似与描写的题材有直接关系。在用韵上多次转换,变化灵活。就体制而言,由于汉、魏以来五、七言的兴起,四言体渐趋冷落,建安诗人不仅开创五、七言诗的新局面,而且又复活了四言体。这首诗在继承与发展四言体诗方面,可谓做出了新的贡献。

原文

於皇时晋[1],受命既固[2]。三祖在天[3],圣皇绍祚[4]。德博化光[5],刑简枉错[6]。微火不戒[7],延我宝库[8]。

蠢尔戎狄[9],狡焉思肆[10]。虞我国眚[11],窥我利器[12]。岳牧虑殊[13],威怀理二[14]。将无专策[15],兵不素肄[16]。

翘翘赵王[17],请徒三万[18]。朝议惟疑[19],未逞斯愿[20]。桓桓梁征[21],高牙乃建[22]。旗盖相望[23],偏师作援[24]。

虎视眈眈[25],威彼好畤[26]。素甲日曜[27],玄幕云起[28]。谁其继之?夏侯卿士[29]。惟系惟处[30],列营棋跱[31]。

夫岂无谋?戎士承平[32]。守有完郛[33],战无全兵[34]。锋交卒奔[35],孰免孟明[36]。飞檄秦郊[37],告败上京[38]。

周殉师令,身膏氏斧[39]。人之云亡,贞节克举[40]。卢播违命[41],投畀朔土[42]。为法受恶,谁谓荼苦[43]?

哀此黎元[44],无罪无辜[45]。肝脑涂地,白骨交衢[46]。夫行妻寡,父出子孤[47]。俾我晋民[48],化为狄俘[49]。

乱离斯瘼[50],日月其稔[51]。天子是矜[52],旰食晏寝[53]。主忧臣劳,孰不祗懔[54]。愧无献纳[55],尸素以甚[56]。

皇赫斯怒[57],爰整精锐[58]。命彼上谷[59],指日遄逝[60]。亲奉成规[61],稜威遐厉[62]。首陷中亭[63],扬声万计。

兵固诡道[64],先声后实。闻之有司[65],以万为一。纣之不善[66],我未之必[67]。虚皛湳德[68],谬张甲吉[69]。

雍门不启[70],陈汧危逼[71]。观遂虎奋[72],感恩输力。重围克解[73],危城载色[74]。岂曰无过[75]?功亦不测。

情固万端,于何不有?纷纭齐万,亦孔之丑[76]。曰纳其降,曰枭其首[77]。畴真可掩[78]?孰伪可久?

既征尔辞[79],既蔽尔讼[80]。当乃明实[81],否则证空[82]。好爵既靡[83],显戮亦从[84]。不见窦林[85],伏尸汉邦。

周人之诗,寔曰"采薇"[86]。北难猃狁[87],西患昆夷[88]。以古况今[89],何足曜威[90]?徒愍斯民[91],我心伤悲。

斯民如何?荼毒于秦[92]。师旅既加,饥馑是因[93]。疫疠淫行[94],荆棘成榛[95]。绛阳之粟[96],浮于渭滨[97]。

明明天子,视民如伤[98]。申命群司[99],保尔封疆[100]。靡暴于众[101],无陵于强[102]。惴惴寡弱[103],如熙春阳[104]。

注释

〔1〕於(wū 乌)皇:於,鸣,感叹词;皇,壮美。 时:是。

〔2〕受命:接受天命。

〔3〕三祖:指晋宣帝、文帝、武帝。

〔4〕圣皇:指晋惠帝司马衷。 绍:继承。 祚:皇位。

〔5〕化光:转移风俗人心,发扬德性。

〔6〕刑简:简化刑法,去掉严刑峻法。 枉错:对不正直的人予以舍弃。枉,曲,不正;错,投弃。

〔7〕戒:警惕,防范。

〔8〕延:延伸,蔓延。 宝库:国家的仓库。据《晋书》载:惠帝元康五年(295)十月,武库发生大火灾,尽毁累世之宝。

〔9〕蠢:愚蠢。 戎狄:指氐、羌等少数部族。

〔10〕狡:狡猾。　肆:恣虐,侵凌。

〔11〕虞:臆变,料想。　眚(shěng 省):过失。

〔12〕利器:锋利的兵器。

〔13〕岳牧:为尧舜时四岳十二牧的合称,后用以指州府大吏。

〔14〕威怀:镇压与怀柔两种办法。

〔15〕专策:指应付危急的特别政策。

〔16〕素肆:平时有所训练。

〔17〕翘翘:高出的样子。　赵王:指晋司马伦,咸熙年间封为赵王,位至相国。

〔18〕请:请求。　徒:部队。

〔19〕疑:难以确定。

〔20〕逞:施展。

〔21〕桓桓:威武的样子。　梁:指晋司马肜,武帝即位,封梁王,元康初都督关中。

〔22〕牙:牙旗,将军之旗。

〔23〕盖:车盖,此处指军车。

〔24〕偏师:系全军的一部分,以别于主力。

〔25〕眈眈:注视的样子。

〔26〕畤(zhì 至):古时祭天地、五帝的固定处所。　好畤:地名。汉置,故城在陕西乾县东。

〔27〕素甲:白色的铠甲。

〔28〕玄幕:黑色的军帐。

〔29〕夏侯:指晋夏侯骏,当时任安西将军。

〔30〕系:指晋解系,字少边,济南人,时为雍州刺史。　处:指晋周处,字子隐,吴兴人,拜建威将军。

〔31〕棋跱(zhì 至):亦作“棋峙”,意谓相持不下,犹下棋时相互对峙。

〔32〕戎士:士兵。　承平:国家太平。

〔33〕郛:城郭。

〔34〕全兵:保全军队。

〔35〕锋交:交锋,作战。

〔36〕孟明:指秦将孟明视,据《左传》载:秦、晋殽之战时,孟明视等为晋所

俘。这里喻参战的晋军将领。

〔37〕飞檄:插羽毛的军队文书。飞,以示紧急。

〔38〕上京:指晋国的都城。

〔39〕周:指周处,在战争中殉国。

〔40〕贞节;坚贞的节操。　克举:完好地保持。

〔41〕卢播:晋人,曾带兵伐羌人齐万年,因伪报战功,黜为庶人。

〔42〕投畀(bì 必):送往。　朔土:北方。卢播后徙于北平。

〔43〕荼(tú 图):苦菜,引申为遭难。《诗经·邶风·谷风》:"谁谓荼苦,其甘如荠。"

〔43〕黎元:百姓。

〔45〕辜:罪过。

〔46〕交衢:横七竖八地布满大路。

〔47〕孤:自幼失去父亲的孩子。

〔48〕俾(bǐ 比):使。

〔49〕狄俘:成了狄人的俘虏。

〔50〕瘼(mò 莫):疾苦。

〔51〕稔(rěn 忍):年。

〔52〕矜:怜悯、同情。

〔53〕旰(gàn 干)食:吃得晚。旰,晚。　晏寝:晚睡。

〔54〕祗懔(zhī lǐn 知凛):畏惧的样子。

〔55〕献纳:这里指呈献挽救局势的谋略、办法。

〔56〕尸素:尸位素餐,优厚的待遇、俸禄。

〔57〕皇:皇帝。　斯:语助词。

〔58〕爰(yuán 园):于是。　精锐:在装备、战斗力方面均为上乘的部队。

〔59〕上谷:指孟观。观,字叔时,稍迁至积弩将军,被封为上谷郡公。

〔60〕指日:限定日期。　遄(chuán 船):快速。　逝:往。

〔61〕成规:前人制定的规章制度。

〔62〕威稜:声威,威势。稜,通"棱"。《汉书·李广传》:"威棱憺乎邻国。"厉:烈。

〔63〕陷:陷落,攻下。　中亭:地名。孟观首战氐羌于此。

〔64〕诡道:用兵多诈,故兵法上称用兵之道为诡道。

〔65〕有司:主管官吏。当时有司疑孟观战绩有伪诈。故以万为一。

〔66〕纣:殷纣王,此处喻孟观。

〔67〕必:必然。未之必,不一定是那样,否定句式。诗人怀疑有司抑孟观太甚。

〔68〕皛(jiǎo 皎):皎洁,明亮。　湳(nǎn 腩)德:羌人名号。《水经注》:"湳水出西河郡美稷县。"羌人居之,因以为号。

〔69〕甲吉:亦羌人名号。

〔70〕雍门;指雍县城门。雍,雍县。

〔71〕陈:陈仓县。秦置。故址在今陕西宝鸡县东。汧(qiān 千):汉县名,在今陕西陇县南。

〔72〕虎奋:英勇无畏,奋勇当先。

〔73〕重围:这里指雍城被围困。

〔74〕载色:面有喜色。

〔75〕过:指前"虚皛湳德"事。

〔76〕纷纭:杂乱的样子。　齐万:指氐、羌头目齐万年。　亦孔之丑:也是国家不光彩的事情。《诗经·小雅·十月之交》:"日有食之,亦孔之丑。"

〔77〕枭(xiāo 消):悬头示众。

〔78〕畴:通"谁"。

〔79〕征:征询,咨问。

〔80〕蔽:审断。

〔81〕明:明示。

〔82〕否(pǐ 匹):穷,不通。　证:告。

〔83〕爵:爵位。　靡(mí 迷):共有,共享。《易·中孚》:"我有好爵,吾与尔靡之。"

〔84〕显戮:明正典刑,当众处决。《书·泰誓下》:"功多有厚赏,不迪有显戮。"

〔85〕窦林:汉孝明时为护羌校尉,因谎报降羌滇岸、滇吾弟兄事,下狱致死。

〔86〕采薇:《诗经·小雅》里的一首咏征戍诗。

〔87〕难:患。　猃狁(xiǎn yǔn 险允):古代民族名,即匈奴。

〔88〕昆夷:我国古代民族名,又称西戎。

〔89〕况:比。

〔90〕曜:炫耀。

〔91〕愍:同“悯”,哀怜,同情。

〔92〕荼毒:苦难。这里指关中地区人民遭这次战乱之难。　秦:指关中地区。

〔93〕因:沿袭,接续。

〔94〕疫疠:传染病。　淫:浸淫,逐渐扩展。

〔95〕榛:树丛。此喻荒芜。

〔96〕绛阳:地名。　粟:泛指粮食。

〔97〕渭:渭水。为赈关中大饥,当时从渭水运来绛阳的粮食。

〔98〕视民如伤:形容统治者对人民的怜悯。《左传·哀公元年》:“臣闻国之兴也,视民如伤,是其福也。”

〔99〕申命:明确地指示。　群司:各管理部门。

〔100〕封疆:边疆。

〔101〕暴:残暴,酷虐。

〔102〕陵:通“凌”,欺凌,欺压。

〔103〕惴惴:害怕的样子。

〔104〕熙:光明。

今译

当今我们的大晋皇朝,奉天命建立已经稳固。有三代皇祖天灵保佑,圣上继承大业展新图。广施恩泽教化移世风,废除严刑峻法弃邪恶。对微火一时缺乏防范,火势蔓延焚烧了国库。

那些愚蠢的戎狄头目,狡猾地妄想进行侵戮。揣度我们的一时疏忽,伺机窃兵器滥行黩武。封疆大吏们忧虑忡忡,镇压兼怀柔疲于应付。武将没有应危急良策,士兵缺少训练和约束。

杰出的赵王自告奋勇,请求率兵三万踏征途。朝廷内大臣议论不决,他的意愿没能落实处。威武的梁王受命西征,那战旗猎猎随风飘舞。旗帜和军车遥遥相望,另有侧翼部队作援助。

威风凛凛地雄视前线,都督大军在好畤扎驻。雪亮的铠甲日照光华,黑军帐如云星罗棋布。是谁接续了他的队伍?原来夏侯骏担此任务。还有解系周处为部属,摆开对峙阵势将敌阻。

难道由于没有好谋略?实因士兵承平练无素。城郭坚固完好消极守,战争中势必损将折卒。打起仗来士卒就逃跑,统率将领竟然陷敌手。告急的文书飞到国中,失败的消息传至京都。

英勇的周处以身殉国,亡于敌人的锋刀利斧。人们都说他死得其所,保持了节操不屈不侮。卢播谎报军功违命令,贬为庶人发配到北土。受国法处罚遭此恶果,罪有应得谁能说茶苦?

最让人可怜这些百姓,他们本来是无罪无辜。战乱中他们枉送性命,旷野大道横卧着白骨。丈夫出征了妻子守寡,父亲战死儿子多孤独。我们大晋国的老百姓,变成了戎狄的俘获物。

战乱造成的离散苦难,累月经年也不易消除。圣上对人民深为怜悯,常常吃不好也睡不足。君主忧虑大臣们操劳,哪个不担心国事荒疏。所愧自己无良计进献,白白享受优厚的俸禄。

圣皇动威严无比震怒,整肃调动精锐的队伍。命令孟观统领着大军,限定日期行军要神速。亲自奉行前人的规章,声威强大震慑了敌酋。首先攻下了重镇中亭,张扬消灭一万多狄虏。

用兵之道本来贵多诈,先造声势后验合实数。主管部门闻知这件事,说是歼敌数与实不符。往昔殷纣罪恶多夸大,今我不信孟观全错误。错在虚报战胜滷德功,误传已将敌首甲吉诛。

雍县的城门紧闭不开,陈汧形势危急需救助。猛将孟观奋起施虎威,报答圣恩生死不回顾。终于解除雍县数重围,危城得救人们笑容露。怎能说其人从无过失?他的功劳却不应低估。

情况发生原因有很多,孟观处境又有何特殊。战败齐万年众说不一,这样事构成国家羞辱。孟观自报接受他投降,夏侯称已经示众斩首。哪个确属真情可掩盖?谁说假的能长期遮住?

对他们的话予以验证,将各自讼词进行审度。符合事实的就是正确,不合情理的等同荒谬。该赏赐的就享以爵禄,该惩罚的也依法不恕。汉时窦林因诬调获罪,后被收监狱中命呜呼。

周代有一首著名诗篇，题名《采薇》反映了征戍。当时北方有猃狁威胁，西边昆夷扰民受苦楚。拿古代教训比况今天，有何威风值得大兜售。令人同情无辜老百姓，我的内心多么悲与忧。

那些百姓有什么罪过，在关中地区遭此荼毒。先是经受战乱遭磨难，继而忍饥挨饿如汤煮。各种传染病接连蔓延，荆棘处处生遍地荒芜。绛阳出产的各类粮食，渭水运来救人饥肠肚。

我们清明圣哲的皇帝，怜悯百姓饥寒如亲受。明确地诏示各个部门，保卫我们的边疆州府，不要对大众施加暴力，不要以强凌弱欺老幼。让惴惴不安寡妇弱小，像沐浴春阳共享幸福。

（孙连琦译注　陈复兴修订）

公宴诗一首五言

曹子建

题解

公宴诗，是臣下在公家宴会上侍宴之作。

这首诗是曹植早期的创作。当写在其兄曹丕为太子时，于邺宫招邀邺下文人集团的宴饮游乐场上。

可能是为曹丕《芙蓉池诗》唱和而作。同时与之唱和的还有王粲、刘桢等，其诗作《文选》皆加以选录。这些诗所描绘的情景基本相通，可见当时曹氏父子治下的邺城，其文化生活的繁荣和人际关系的亲切宽松。

不过，曹植这首诗作与他人所作则别具特点，不只情调朗畅明快，而且章法整齐严谨，五言十二句，中间“秋兰”四句，词性相对，音韵和谐，是律诗的雏型。

原文

公子敬爱客〔1〕，终宴不知疲〔2〕。清夜游西园〔3〕，飞盖相追随〔4〕。明月澄清景〔5〕，列宿正参差〔6〕。秋兰被长坂〔7〕，朱华冒绿池〔8〕。潜鱼跃清波〔9〕，好鸟鸣高枝。神飙接丹毂〔10〕，轻辇随风移〔11〕。飘颻放志意〔12〕，千秋长若斯〔13〕。

注释

〔1〕公子：诸侯之子。此指曹丕。时丕为五官中郎将。曹操尚在。应玚《侍五官中郎将建章台集诗》也有“公子敬爱客”之句。

〔2〕终宴：宴会告终。此指白天整日饮宴，兴犹未尽，于是下文始言清夜游园。刘桢《公宴诗》“永日行游戏，欢乐犹未央”可证。

〔3〕清夜：清静之夜。　西园：指邺城铜雀园。

〔4〕飞盖：疾驰如飞的车子。盖，车盖。此指车，文学侍从之车。

〔5〕澄：澄湛，清朗。　清景：清光。

〔6〕列宿（xiù 秀）：群星。　参差：不齐整的样子。此形容夜空中星辰疏疏落落的样子。

〔7〕秋兰：香草名。生水边。秋天繁茂。　被：布满，覆盖。　长坂：漫长的山坡。

〔8〕朱华：红色的花。此指芙蓉，即荷花。　冒：覆盖。

〔9〕潜鱼：隐藏水下的鱼。

〔10〕神飙（biāo 标）：疾风。飙，从下向上刮的狂风。神，形容其速度。接：交。丹毂：指诸侯与太子所乘的车。毂，车轮中心的圆木，以丹涂饰为丹毂。

〔11〕轻辇（niǎn 碾）：轻便的车子。辇，人拉的车，君侯所乘用。

〔12〕飘飖：闲放不拘，怡适自得的意思。（赵幼文说）　放：舒放，不为外物所拘。志意：思想感情。

〔13〕斯：这样。指宴游佚乐。

今译

公子敬爱文学众宾客，整日饮宴意浓不知疲。清静夜晚畅游铜雀园，侍从车马紧紧相追随。明月当空遍地洒银辉，繁星在天正疏落不齐。秋兰长满漫长的山岭，荷花覆盖墨绿的水池。深藏的鱼儿跃上清波，美丽的鸟儿鸣在高枝。丹饰的车似狂飙神速，轻便的辇随夜风飞驰。逍遥闲适任情性奔放，但愿生活千年长如此。

（陈复兴译注并修订）

公宴诗一首五言

王仲宣

题解

这首诗,从"见眷良不翅"、"愿我贤主人,与天享巍巍"等句来看,显然是诗人归曹后受到优厚的礼遇和热情的招待,而发出的一片颂扬之声。故李善谓"此诗侍曹操宴",当是正确的。

诗的首四句描写周围的景物和节气;中间十二句集中笔墨渲染了宴会的盛况:华屋生辉,达官满座,美酒佳肴,乐声悠扬,人们相互劝饮,尽醉方休,好不气魄。后八句表达了对主人的感激之情与衷心的祝愿。诗人既归曹氏,自当奋力效命,"克符周公业",把统一大业寄托于曹操身上。这虽属颂扬之词,但确也反映他当时的政见和主张。这大概是他归曹的一个重要原因吧!

作为公宴诗,本诗尽管不乏歌功颂德、粉饰升平之句,然而构思之缜密,笔调之俊逸秀美,语言简炼,华而不浮,皆显示出诗人不平凡的艺术表现力。

原文

昊天降丰泽〔1〕,百卉挺葳蕤〔2〕。凉风撤蒸暑〔3〕,清云却炎晖〔4〕。高会君子堂〔5〕,并坐荫华榱〔6〕。嘉肴充圆方〔7〕,旨酒盈金罍〔8〕。管弦发徽音〔9〕,曲度清且悲〔10〕。合坐同所乐〔11〕,但愬杯行迟〔12〕。常闻诗人语,不醉且无归。今日不极欢〔13〕,含情欲待谁?见眷良不翅〔14〕,守分岂能违〔15〕?古人有遗言,君子福所绥〔16〕。愿我贤主人〔17〕,与天享巍巍[18]。克符周公业[19],奕世不可追[20]。

注释

〔1〕昊(hào)天:夏天。《尔雅·释天》:"夏为昊天。"亦泛指天。《诗经·小雅·巧言》:"悠悠昊天。" 丰泽:充沛的雨露。

〔2〕百卉:百草。 葳蕤(wēi ruí):草木茂盛的样子。

〔3〕撤:去。 蒸:热气。

〔4〕却:退。 炎晖:日光强烈地照射。又指夏日。李善注:"夏日为炎晖。"

〔5〕高会:盛会。 君子堂:指曹操设宴的地方。

〔6〕榱(cuī 崔):屋椽、屋桷的总称。

〔7〕嘉肴:美菜、美味。 圆方:这里指古代盛食品的器皿。张衡《南都赋》:"珍羞琅玕,充溢圆方。"

〔8〕旨酒:美酒。 金罍(léi 雷):酒器。

〔9〕徽音:美妙的声音。

〔10〕曲度:乐曲的节奏。

〔11〕合坐:满座的人们。

〔12〕愬:说。愬,同"诉"。

〔13〕极欢:尽情的欢乐。

〔14〕见眷:被爱重。 不翅:过多的意思。

〔15〕守分:恪守本分,意谓尽职尽责。

〔16〕绥:安抚。《诗·小雅·鸳鸯》:"福禄绥之。"

〔17〕贤主人:指曹操。

〔18〕巍巍:高耸的样子,这里喻为福禄齐天。

〔19〕克符:等同。

〔20〕奕世:累世,一代接一代。

今译

上天降下充沛的雨露,草茂花鲜葱茏又芬芳。凉风驱散暑天的热气,浮云遮住炎炎的骄阳。大家盛会欢聚于一堂,坐在檐阴下喜气洋洋。盘碗里尽是美味佳肴,甜酒斟满杯溢出浓香。乐器奏出美妙的声音,曲调的节奏清新悲伤。座中的人们共同欢乐,只说喝得太慢不够量。曾经听过诗人的话语,不醉不能回家进门廊。今天我们不尽情狂欢,还怀着余兴与谁去享?主公的怜爱这般深重,竭诚效命怎能负厚望。古人留下宝贵的言语,仁人君子们福禄绵长。衷心地祝愿贤明主公,健康长寿与日月齐光。完成如周公统一大业,代代相传谁都比不上。

(孙连琦译注　陈复兴修订)

公宴诗一首五言

刘公幹

题解

刘桢(？—217),字公幹,东平(今山东东平县)人。曾被曹操任用为丞相掾属,是建安七子之一。过去对他的文学成就一向评价较高,往往与曹植并称。曹丕说:"其五言诗之善者,妙绝时人。"(《与吴质书》)刘勰亦谓:"刘桢情高以会采。"(《文心雕龙·才略篇》)故钟嵘将其作列为上品。不过就现存的十五首诗来看,他的成就是不如子建的。

本诗反映了封建社会上层的贵族公子的宴游生活。通过对明月、奇木、清泉、荷花、灵鸟仁兽的描写,绘成了一幅色彩鲜明的夜游图,把人的活动、情绪,非常自然地融合其中,充满着欢快和谐的气氛,良多趣味,令人意往神驰。文笔挺秀超逸,气势飞动,体现出建安诗风之特色。

原文

永日行游戏[1],欢乐犹未央[2]。遗思在玄夜[3],相与复翱翔[4]。辇车飞素盖[5],从者盈路傍[6]。月出照园中,珍木郁苍苍[7]。清川过石渠,流波为鱼防[8]。芙蓉散其华[9],菡萏溢金塘[10]。灵鸟宿水裔[11],仁兽游飞梁[12]。华馆寄流波[13],豁达来风凉[14]。生平未始闻,歌之安能详[15]?投翰长叹息[16],绮丽不可忘。

注释

〔1〕永日:整日的。

〔2〕未央:未尽。《楚辞·离骚》:“时亦犹其未央。”

〔3〕遗思:余下的思绪。　玄夜:黑夜。

〔4〕翱翔:来回飞翔。这里意为自由自在戏游的样子。

〔5〕素:白色。　盖:车棚。

〔6〕盈:满。

〔7〕珍木:名贵的树。　苍苍:茂盛的样子。

〔8〕流波:流水。

〔9〕芙蓉:荷花的别称。

〔10〕菡萏(hàn dàn 旱旦):即荷花。

〔11〕水裔:水边。裔,边。《淮南子·原道训》:“游于江浔海裔。”

〔12〕仁兽:受驯过而通达灵性的野兽。　飞梁:架在高空的桥梁。

〔13〕华馆:美丽的房舍。

〔14〕豁达:通敞豁亮。

〔15〕详:周全,尽。

〔16〕翰:毛笔。

今译

整日里尽情娱乐游玩,欢快的兴致继续高涨。白天情景在夜里重现,与公子嬉戏似鸟翱翔。来往的车辆奔跑如飞,随从的人们站满路旁。明月东升照亮了花园,珍奇的树木郁郁苍苍。溪水清澈顺石渠流淌,水渠的边沿设有堤防。荷花的香气阵阵飘来,红花绿叶遮盖着池塘。聪明的鸟儿宿在水边,驯良的野兽漫游桥上。华丽的房前流水荡漾,凉风吹拂着备感舒畅。这情景生来很少听说,即使用诗赞颂也难详。放下笔令人叹赏不止,美好的夜游终生难忘。

(孙连琦译注　陈复兴修订　陈延嘉再修订)

侍五官中郎将建章台集诗一首五言

应德琏

题解

应玚(？—217),字德琏,汝南(今河南汝南)人,建安七子之一,曾为曹操丞相掾属,后转五官将文学。曹丕说:“德琏常斐然有述作之意,其才学足以著书,美志不遂,良可痛惜。”(《与吴质书》)今存诗六首,钟嵘将其列为下品。不过就本诗而言,诗人善用比兴,托意寄情,含蕴颇深,确也显露出他的诗歌创作才华,应该说萧统入选于《文选》,是很有见地的。

这首公宴诗,为侍曹丕而作。在思想内容上虽不免歌功颂德、阿谀奉承之意,但确也比较真实地抒写出当时一般知识分子的遭遇和真情实感。诗中以雁自喻,反映了个人经历的艰难和仕途的坎坷,充满着对功业、名利禄位的向往和追求,渴望得到主人的提拔重用,洋溢着复杂的感情。其中有辛酸,有痛苦,有欢快,有希望,相互交织,相互渗透。诗的设喻妥切,易使读者联想,引起共鸣。语言质朴无华,风格清新,是艺术表现上的成功之处。

原文

朝雁鸣云中,音响一何哀[1]。问子游何乡?戢翼正徘徊[2]。言我寒门来[3],将就衡阳栖[4]。往春翔北土,今冬客南淮。远行蒙霜雪[5],毛羽日摧颓[6]。常恐伤肌骨,身陨沉黄泥[7]。简珠堕沙石[8],何能中自谐[9]。欲因云雨会[10],

濯翼陵高梯[11]。良遇不可值[12],伸眉路何阶[13]。公子敬爱客[14],乐饮不知疲。和颜既以畅[15],乃肯顾细微[16]。赠诗见存慰[17],小子非所宜[18]。为且极欢情,不醉其无归[19]。凡百敬尔位,以副饥渴怀[20]。

注释

〔1〕一何:多么。　哀:伤感。雁声凄厉,故谓。

〔2〕戢(jí 急):收敛。

〔3〕寒门:山名。《淮南子》:"北极之山曰寒门。"这里喻以北方很冷的地方。

〔4〕衡阳:今湖南衡阳,有雁回峰,传说大雁到此,不再南飞。

〔5〕蒙:蒙受。

〔6〕摧颓:毁废,引申为老迈颓唐之意。

〔7〕陨:落、掉。

〔8〕简:大。　珠:珍珠。

〔9〕谐:和谐。

〔10〕云雨:这里比喻恩泽。《后汉书·邓骘传》:"托日月之末光,被云雨之渥泽。"

〔11〕陵:登,上升。　高梯:喻尊位。

〔12〕值:逢、遇着。

〔13〕伸眉:犹扬眉,得意的样子。司马迁《报任少卿书》曰:"乃欲扬首伸眉,论列是非。"

〔14〕公子:指曹丕。

〔15〕畅:畅达,豁达。

〔16〕细微:身份低微的人。诗人自谓。

〔17〕存慰:存问,慰藉。

〔18〕小子:诗人自谓。

〔19〕其:虚词,表示揣度。

〔20〕副:符合、相衬,引申为适合、响应之意。　饥渴怀:喻期待贤士的急切心情。

今译

早晨大雁在云天鸣叫,凄厉的声音多么可哀。试问它想要飞向何处?收敛起翅膀正在徘徊。自说从寒冷北方回归,将要到达衡阳住下来。往年春天都翔至北方,今年冬留住南淮一带。长途飞行经受了霜雪,身上羽毛一天天损坏。经常担心伤害了骨肉,自己的躯体沉落黄埃。好像大珍珠掉进沙石,心里怎么会和谐愉快?想要与大家同享恩泽,登尊位得到主人青睐。美好的机会不易相遇,扬眉吐气路怎么去迈?公子最尊重爱护人材,和我们饮酒不知倦怠。待人谦和心地最豁达,我虽低微也多蒙关怀。赠我一首诗表示慰问,非我小子所敢接爱。为了极尽欢乐的情绪,不喝醉不能回到家宅。我们敬仰您地位高贵,响应您如饥渴求贤才。

(孙连琦译注 陈复兴修订 陈延嘉再修订)

皇太子宴玄圃宣猷堂有令赋诗一首

陆士衡

题解

这是一首公宴诗。陆机三十一岁为太子洗马时所作。太子洗马,是太子属官,掌管图书文籍之类。

晋武帝崩,惠帝继位,立广陵王遹为皇太子,入东宫。东宫之北有玄圃园,太子在园中宣猷堂(议事之所)设宴,命陆机作诗,机赋此诗。主要内容是,晋承魏祚,以金德王天下,建都洛阳;惠帝继承武帝王业,发扬光大,笃生太子遹,天姿玉裕,德才兼备,使自己这远方小臣得侍东宫,奉承嘉命,典丽遹皇。虽素称"公宴诗之上者",然终为应命之作,只在歌功颂德而已。

原文

三正迭绍[1],洪圣启运[2]。自昔哲王[3],先天而顺[4]。群辟崇替[5],降及近古。黄晖既渝[6],素灵承祜[7]。乃眷斯顾,祚之宅土[8]。三后始基[9],世武丕承[10]。协风傍骇[11],天晷仰澄[12]。淳曜六合[13],皇庆攸兴[14]。自彼河汾[15],奄齐七政[16]。时文惟晋[17],世笃其圣[18]。钦翼昊天[19],对扬成命[20]。九区克咸[21],宴歌以咏[22]。皇上纂隆[23],经教弘道[24]。于化既丰[25],在工载考[26]。俯厘庶绩[27],仰荒大造[28]。仪刑祖宗[29],妥绥天保[30]。笃生我后[31],克明克秀[32]。体辉重光[33],承规景数[34]。茂德渊冲[35],天姿玉裕[36]。蕞尔小臣[37],邈彼荒遐[38]。弛厥负檐[39],振缨承华[40]。匪愿伊始[41],惟命之嘉[42]。

注释

〔1〕三正:指夏、殷、周。夏代建寅,以农历正月一日为一年之始;殷代建丑,以农历十二月为正月;周代建子,以农历十一月为正月。一年的第一天为正朔。正为年始,朔为月初。古时改朝换代,新王朝表示应天承运,须重定正朔,以示王者得政从我始,改故用新。迭绍:更替相续。

〔2〕洪圣:大圣。刘良注:“大圣,天也。” 启运:授命。

〔3〕哲王:贤明的君主。《诗经·大雅·下武》:“下武维周,世有哲王。”

〔4〕先天而顺:先顺天意,人事亦顺利。李周翰注:“自昔哲王,谓尧禹递相禅代。言皆先天而行事,天不违而顺从。”

〔5〕辟(bì 毕):国君。《尔雅·释诂》:“辟,君也。”群辟,指历代之君。 崇替:有兴有废。

〔6〕黄晖:指魏。魏为土德,故曰黄。 渝:变,指魏亡。

〔7〕素灵:指晋。李善注:“晋世祖武皇帝,姓司马名炎,字安世。受魏陈留王禅,以金德王,都洛阳。金于西方为白,故曰素灵。” 祜(hù 户):福。承祜,指建立王朝。

〔8〕乃眷斯顾:上天眷顾我晋朝。《诗经·大雅·皇矣》:“乃眷西顾,此维与宅。”眷顾,有关照之意。祚(zuò 作):赐福。 宅土:使之居处于此土。吕延济注“乃眷”、“宅土”两句:“天顾我晋,降之以福所,使居此土也。”

〔9〕三后:指司马懿,尊号宣皇帝,司马师,尊号景皇帝,司马昭,尊号文皇帝。后,指君主。 始基:奠定了晋王朝的基业。

〔10〕世武:指西晋世祖司马炎,尊号武皇帝。 丕承:继承。丕,助词,无义。《书·君奭》:“丕承无疆之恤。”

〔11〕协风:和风。 傍骇:布散。李周翰注:“傍,散也。”

〔12〕天晷(guǐ 鬼):天光。晷,日光。 仰澄:天空晴朗,指无日月食,天下太平。李周翰注:“仰澄谓无薄蚀也。”

〔13〕淳:大。 曜:照。《国语·郑语》:“夫黎为高辛氏火正,以淳耀敦大天明地德。”韦昭注:“淳,大也。耀,明也。” 六合:指上下四方。

〔14〕皇庆:宏大的善德。皇,大;庆,善。《书·吕刑》:“一人有庆,兆民赖之,其宁惟永。”《正义》:“天子有善,则兆民赖之,乃安宁长久之道。” 攸兴:所兴。

〔15〕河汾:黄河与汾水,指晋之封境。

〔16〕七政:指日月和金木水火土五星。此指国事政务。《书·舜典》:“在(察也)璿玑玉衡,以齐七政。”齐,运行正常。指国运正常。

〔17〕时文:当代的文明。此指礼乐制度。

〔18〕笃:厚。吕延济注“时文”、“世笃”二句:“言晋盛文化,代厚其圣。”

〔19〕钦翼:钦敬辅翼。 昊(hào 号)天:上天。昊,元气博大的样子。

〔20〕对扬:报答颂扬。《诗经·江汉》:“对扬王休。” 成命:已定的天命。《诗经·昊天有成命》:“昊天有成命,二后(文王、武王)受之。”

〔21〕九区:九州。 克:能。 咸:和。

〔22〕宴歌:讴歌。刘良注“九区”、“宴歌”二句:“言九州能和,讴歌以咏我王之德。”

〔23〕皇上:指晋孝惠皇帝司马衷。李善注:“皇上,惠帝也。” 纂:继承。隆:盛。

〔24〕经教:经理教化。经,指儒家之道。 弘道:弘扬大道。李周翰注“皇上”、“经教”二句:“继武皇盛德,以经教天(下)之大道也。”

〔25〕化:教化。 丰:丰赡,完美。

〔26〕在工:官。工,官。 载:则。 考:成。“于化”、“在工”二句,言教化丰赡而政务有成就。

〔27〕厘(lí 离):理。 庶绩:各种政务。庶,众多。

〔28〕荒:扩大。《诗经·天作》:“天作高山,大王荒之。” 大造:大功,大成就。

〔29〕仪刑:效法。

〔30〕妥绥:安定。 天保:天赐福祐。此指皇统,皇位。

〔31〕笃:厚,指天降厚恩。 我后:指愍怀太子。后,君主。

〔32〕克:能。 明:指明辨是非。 秀:才能超群。

〔33〕体辉:发扬。 重光:指日光重明,比喻后王继前王之功德。《书·顾命》:“昔君文王武王,宣重光。”

〔34〕规:法。 景数:大数,历数,亦谓天道。《书·大禹谟》:“天之历数在汝躬。”《疏》:“历数谓天历运之数,帝王易姓而兴,故言历数谓天道。”

〔35〕茂德：盛德。　冲：深。

〔36〕天姿：容貌。　裕：容。张铣注："茂德"、"天姿"二句："言茂盛之德如渊之深；天然之姿容如玉矣。"

〔37〕蕞（zuì 最）尔：小。　小臣：陆机自谓。

〔38〕邈：远。　荒遐：荒远之地。此指机所自来之吴国。

〔39〕弛：废。　厥：己。陆机自谓。《伪书·君陈》："惟民生厚，因物有迁，违上所命，从厥攸好。"徐仁甫《广释词》："谓从己所好也。"　负檐（dān 担）：指为生活奔波之劳。檐，通"担"。

〔40〕振缨：出仕为官。沈炯《祭梁吴郡袁府君文》："日者明德世彦，振缨王室。"承华：承华门。刘良注："承华，太子门也。"李善注引《洛阳记》："太子宫在大宫东，中有承华门。"振缨承华，指陆机任太子洗马。

〔41〕匪愿伊始：非初始敢求。指振缨承华，匪，非。伊始，初始。

〔42〕命：君命。　嘉：善。李周翰注"匪愿"二句："言今日荣宠，非初始所敢愿，惟君命之善得至于此。"

今译

夏殷周代相更替，王朝更替唯天意。自古众多圣贤王，行事自然顺天意。历代国君有兴废，从古到今皆如此。曹魏天下气数尽，大晋王朝承天意。上天垂恩相关照，赐福建都此宝地。宣景文皇奠基业，武皇继承拓疆域。和风徐徐吹四方，日月无食晴万里。光辉淳美照宇宙，宏伟善德由此起。河汾两岸定帝业，国事政务合天意。文明教化属大晋，世世代代皆英明。钦敬苍天护大晋，报答弘扬天帝命。九州大地皆和谐，讴歌我王美德政。孝惠皇帝承祖业，教化治国扬大道。教化弘扬结硕果，文武百官各有成。下理朝廷众政务，上应天意建奇功。效法祖宗遵皇统，天赐王位得安宁。天降厚恩生太子，洞察是非如明镜。发扬先王功德美，秉承法统天道行。盛德宏大如深渊，天姿俊美似玉容。我本区区一小臣，来自荒远东吴境。不为谋生再奔波，承华门里振红缨。初始不敢存此念，皇恩浩荡得恩宠。

（魏淑琴译注并修订　陈延嘉再修定）

大将军宴会被命作诗一首四言

陆士龙

题解

陆云(262—303),字士龙,西晋吴郡吴县华亭(今上海松江)人。三国吴将陆逊之孙。少善属文,有才理。与兄机齐名,时称“二陆”。吴平入洛,晋关内侯,时人比之子产的张华,特为接遇礼重。以公府掾为太子舍人,出为浚仪令,官至清河内史。后与兄机遭诬陷,同时被害。时年四十二。

《晋书·本传》评他说:“虽文章不及机,而持论过之。”传所著文章三百四十余篇,又撰新书十篇,并行于世。

本诗是在晋大将军司马颖的一次宴会上应命而作。颖,字章度,武帝第十六子。《晋书·本传》说他:“形美而神昏,不知书,然器性敦厚,委事于志,故得成其美焉。”陆氏兄弟曾多得他的器重拔擢,虽也是在他手下遭诬被害的。

西晋惠帝时,国中多故,危机潜伏。永宁元年正月,赵王伦入宫篡位,迁惠帝于金墉城,号太上皇。三月,成都王颖与齐王冏、河间王颙共同起兵讨伦。四月,伦败,赐死,惠帝回宫。六月,成都王颖以功进位大将军。此后宫中事无巨细,皆以谘之。

永宁二年(太安元年)春,陆云以尚书郎侍御史为成都王颖表为清河内史。以诗的内容推测,本诗当作于此时。

全诗主题在于颂扬成都王颖讨灭赵王伦,辅佐晋惠帝,重振纲纪的功勋。第一节颂扬西晋先祖正家定国的功德。第二节颂扬惠帝的风教福禄。以上皆为下文作衬。第三节是重点,颂扬大将军司马颖削平叛逆安定天下的伟勋。第四节写宴礼的盛况,以应题目。最后一节先是自述自谦之词,后是对主人恭维祝愿之语。

言辞虽属谀谄,但也反映出西晋惠帝朝的某些历史真实。

原文

皇皇帝祜[1],诞隆骏命[2]。四祖正家[3],天禄保定[4]。睿哲惟晋[5],世有明圣[6]。如彼日月[7],万景攸正[8]。

巍巍明圣[9],道隆自天[10]。则明分爽[11],观象洞玄[12]。陵风协纪[13],绝辉照渊[14]。肃雍往播[15],福禄来臻[16]。

在昔奸臣[17],称乱紫微[18]。神风潜骇[19],有赫兹威[20]。灵旗树旆[21],如电斯挥[22]。致天之届[23],于河之沂[24]。有命再集[25],皇舆凯归[26]。颓纲既振[27],品物咸秩[28]。神道见素[29],遗华反质[30]。辰晷重光[31],协风应律[32]。函夏无尘[33],海外有谧[34]。

芒芒宇宙[35],天地交泰[36]。王在华堂[37],式宴嘉会[38]。玄晖峻朗[39],翠云崇霭[40]。冕弁振缨[41],服藻垂带[42]。

祁祁臣僚[43],有来雍雍[44]。薄言载考[45],承颜下风[46]。俯觌嘉客[47],仰瞻玉容[48]。施己唯约[49],于礼斯丰[50]。天锡难老[51],如岳之崇[52]。

注释

〔1〕皇皇:赞美之辞,美善光华的样子。 帝祜(hù 户):皇帝的福祉。祜,福。

〔2〕诞隆:隆盛,盛大。诞,语首助词。 骏命:天命。骏,通“峻”。《诗·

大雅·文王》:"宜鉴于殷,骏命不易。"《笺》:"天之大命,不可改易。"

〔3〕四祖:指晋宣帝(司马懿)、景帝(司马师)、文帝(司马昭)、武帝(司马炎)。　正家:使家道端正,合乎礼法。《周易大传·家人》:"家人有严君焉,父母之谓也。父父,子子,兄兄,弟弟,夫夫,妇妇,而家道正。正家,而天下定矣。"

〔4〕天禄:上天赐予的福禄。

〔5〕睿(ruì瑞)哲:英明智慧。　惟:乃,是。

〔6〕世:世世代代。　明圣:此指贤明的君主。

〔7〕日月:喻晋帝的圣德,如日月之明。

〔8〕万景:万象,万物。　攸(yōu优)正:表正,端正。攸,所。李善注:"傅玄歌诗:'日中万影正,夕中万景倾。'义与此同。"　以上两句意思说晋帝之圣德好比日月,在其光辉照耀下万物皆变得端正不倾。

〔9〕巍巍:崇高的样子。　明圣:此指晋惠帝。

〔10〕道:道德,仁德。

〔11〕则明:效法上天的光明。则,法则,效法。明,指天帝的圣明。　分爽:秉承上天之明。爽,明,明亮。此指圣明。

〔12〕观象:观测天象。　洞:贯通。　玄:指天。李善注引《周易》:"天玄而地黄。"后因称天为玄。以上两句意思说惠帝效法上天之明而秉承其圣明之德,观测天象又通达天道的奥妙。

〔13〕陵风:风教高扬。陵,升,扬。风,风教,风俗教化。　协:合,相合。纪:当作"极"。李善引《孝经钩命决》:"皇德协极。注曰:极,北辰也。"

〔14〕绝辉:闪耀遥远的光辉。绝,远,遥远。以上两句赞颂惠帝的仁德教化,上可与北极星相协合,下可以照耀深渊,光辉无际,遍及宇宙。

〔15〕肃雍:肃穆和谐。此形容惠帝的仁德之风。　往播:传播,远扬。

〔16〕来臻(zhēn真):到来,来临。臻,至,到。

〔17〕奸臣:奸邪的臣子。此指作乱篡逆的赵王伦。

〔18〕紫微:星座名。三垣之一。天帝的居室。后喻帝王宫殿。

〔19〕神风:神速如风,喻迅猛的军队。此指成都王颖讨伐赵王伦的军队。潜骇:从潜伏中突然兴起。骇,起。

〔20〕有赫:声威盛大的样子。　兹威:此威。此指成都王颖的武威。

〔21〕树:立。旆(pèi配):旗边上下垂的饰物。指旌旗。

〔22〕挥:散,飘扬。

〔23〕致:给以。 天:上天,天帝。 届:极,通“殛”,惩罚。

〔24〕河:洛河。 沂(yín银):通“垠”,崖际。此指河岸。以上两句化用《诗经·鲁颂·閟宫》“致天之届,于牧之野”句,意思是说成都王颖是代表天意,给赵王伦以惩罚,他的义军直达洛河之畔,收复了京师。

〔25〕有命:秉有天命者。此指惠帝。 再集:谓惠帝重返京师。李善注:“赵王伦废帝于金墉城,既败伦于温,帝复还,故曰‘再集’。”

〔26〕皇舆:皇帝的车驾。喻指皇帝。此指惠帝。 凯归:奏凯乐胜利归来。凯,指凯乐,庆祝作战胜利的军乐。

〔27〕颓纲:废止的纲纪。纲,纲纪,纲常,古代的礼法制度。 振:整顿,振兴。

〔28〕品物:万物。品,众。 秩:次序。

〔29〕神道:上天的神明之道。《周易大传·观》:“观天之神道,而四时不忒,圣人以神道设教,而天下服矣。”原意是说观察天象,体察上天的神明之道,就能顺应四时的变化而不犯错误,圣人以上天的神道教化百姓,天下人莫不服从。此句用其意。见素:显现朴素自然的美德。素,朴素,自然,无欲。

〔30〕遗华:鄙弃浮华。华,与“素”相对,浮华。此指贪图章彩豪奢。 反质:归返朴素。质,素,朴素无欲。

〔31〕辰晷(guǐ鬼):指北极星光。此喻天子。辰,北极星。晷,日影,此指光。

〔32〕协风:和煦的暖风。协,和,和谐。 应律:应和音乐律吕。律,律吕,指音乐中的阳律与阴律。

〔33〕函夏:华夏。函,包容;夏,华夏。 无尘:无战尘。尘,风尘,战尘。

〔34〕海外:指边远之地。 有谧(mì密):安宁。

〔35〕芒芒:茫然无边的样子。芒,通“茫”。

〔36〕交泰:指天地元气相通,万物得以繁衍生育。《周易大传·泰》:“天地交泰。”泰,通。此句用其意,以喻君臣上下,融容和洽。

〔37〕王:指成都王颖。 华堂:华美的正堂。

〔38〕式宴:用宴。《诗·小雅·南有嘉鱼》:“君子有酒,嘉宾式宴以乐。”《笺》:“式,用也。”原意是君子家有酒,嘉宾既至则用此酒与之欢乐。此句用其意。嘉会:以宴礼会合嘉宾。嘉,嘉宾。此指群臣。

〔39〕玄晖:天日。 峻朗:峻高明朗。

〔40〕翠云:轻云。翠,指轻淡青葱之色。 崇霭:凝聚的云雾。

〔41〕冕弁(biàn 便):帝王将相所戴的礼帽。弁,指皮革所制的帽子。振:举。此有飘曳意。 缨:礼帽上的带子。

〔42〕服藻:饰有文采的礼服。藻,文采。

〔43〕祁祁:众多的样子。 臣僚:群官。

〔44〕雍雍:和悦融洽的样子。

〔45〕薄言:薄德之言。云自谦之词。 载:则。 考:成,成就。

〔46〕承颜:承奉颜色。颜,颜色。此有指教意。 下风:下位。自谦之词。

〔47〕俯觌(dí 敌):俯视,向下看。 嘉客:指群官。

〔48〕仰瞻:仰望。 玉容:如玉之容颜,喻地位尊贵者。此指成都王。以上两句先说成都王对群官的关怀,后说群官对王者的尊崇,显示上下融洽之气。

〔49〕施己:施予自己,对待自己。 惟:乃,是。 约:简约,淡薄。

〔50〕礼:待人之礼。以上两句颂扬成都王颖严于律己宽以待人的德风。

〔51〕天锡:上天的赐予。 难老:长寿而不老。

〔52〕岳:山岳。 崇:高。以上两句意思是祝愿成都王颖健康长寿,寿比南山。

今译

光明美善晋帝多福,兴旺隆盛超越天命。四位先祖端正家道,天赐福禄永远保定。英明圣哲乃是大晋,世世代代皆有明圣。仁德贤明好比日月,天下万物皆得端正。

伟大崇高当今皇上,道德发扬来自上天。效法天帝秉承英明,观测天象通达妙玄。风教高升协合北辰,光辉闪耀照彻深渊。和谐德风传播广远,宏福厚禄降临人间。

回忆昔日曾有奸臣,叛逆作乱入宫篡位。神兵如风奋然兴起,辉煌浩荡施展武威。灵旗树立迎风招展,如雷如电所向披靡。代行天意惩罚叛逆,义师渡河顽敌败北。秉有天命重返宫城,皇帝御驾凯旋而回。废止纲纪既已重振,万物有序皆步正轨。神道显示自然朴素,遗弃华奢质朴复归。北极星辰光芒万丈,和风送暖律吕伴随。华夏之内一无尘埃,四海之外享有安谧。

茫茫无际广阔宇宙,天地元气畅通融汇。大王端坐华堂正中,用此宴礼嘉宾荟萃。晴空红日明洁高朗,轻云笼罩雾霭凝集。冠冕庄严缨饰飘曳,礼服文采玉带下垂。

人才众多皆为臣僚,来此会聚和悦融融。德薄言拙则已写成,承王颜色人卑位轻。大王俯视四座嘉宾,我等仰望王者尊容。对待自身简约严谨,于此礼仪丰厚宽宏。上天赐王长生不老,寿比南山耸立苍松。

(陈复兴译注并修订)

晋武帝华林园集诗一首四言 应吉甫

题解

应贞(？—269)，字吉甫，汝南南顿(今河南项城)人，曹魏文学家应璩之子、应场之侄。年轻时即以才学知名，善议论。晋武帝司马炎为抚军大将军时以其为参军，司马炎即帝位后先后任给事中、太子中庶子、散骑常侍，并曾与太尉荀顗撰定新礼，但未施行。华林园在洛阳城内东北隅，魏明帝时取名芳林园，齐王曹芳时改为华林园。晋泰始四年(268)晋武帝与群臣宴集于华林园，宴上"赋诗观志"，应贞作此诗。《晋阳秋》、《晋书》均载其事，并谓"贞诗最美"。

此诗不脱一般公宴诗歌功颂德的窠臼。言其"美"，当指格调雍容典雅，显得庄重严肃，与歌颂帝王的内容是一致的；而如果为"美刺"之"美"，指美化，则更符合此诗实际。当时司马炎篡位自立，建立晋朝不久，他在华林园宴集群臣，不仅是享乐，也是为巩固政权制造舆论和声威。所谓"赋诗观志"也可能就是让群臣作另一种形式的表态。此诗即歌颂司马炎的登基和晋王朝的建立是顺天应民之举。最后似有一点劝诫意味，但仍是以歌颂的形式出现的。事实上，不仅司马炎篡位自立不是什么"天命"，所谓"登庸以德"、"九有斯靖"云云，也都是虚美之词；恰恰相反，晋武帝的统治是很残酷、很黑暗的，阶级矛盾、统治阶级内部矛盾都不断加剧。

全诗采用赋的铺排笔法。按李善注，分为九节：第一节从上古写起，以尧禅让于舜说明王朝更替乃在天命。第二节写晋武帝秉天命即位，亦人心所向。第三节写晋武帝即位天降吉祥，臣民安乐。

第四节写晋武帝为仁德圣明之君。第五节写晋武帝以恭勤易简治国。第六节写晋武帝的恩泽教化及于天下。第七节写晋武帝内和外悦，使天下大治。第八节写晋武帝赐恩群臣，于华林园宴集习射。第九节申明宴集习射为发扬文武之道，“示武惧荒”，不可过分，群臣不得耽溺于此，必须尽职不懈。多方面的铺排，使诗的主旨表达得更为充分、突出。但铺排之笔，又适可而止，无“淫丽”之嫌。

原文

悠悠太上[1]，民之厥初[2]。皇极肇建[3]，彝伦攸敷[4]。五德更运[5]，膺箓受符[6]。陶唐既谢[7]，天历在虞[8]。

于时上帝[9]，乃顾惟眷[10]。光我晋祚[11]，应期纳禅[12]。位以龙飞[13]，文以虎变[14]。玄泽滂流[15]，仁风潜扇[16]。区内宅心[17]，方隅回面[18]。

天垂其象[19]，地曜其文[20]。凤鸣朝阳[21]，龙翔景云[22]。嘉禾重颖[23]，蓂荚载芬[24]。率土咸序[25]，人胥悦欣[26]。

恢恢皇度[27]，穆穆圣容[28]。言思其顺，貌思其恭。在视斯明，在听斯聪。登庸以德[29]，明试以功[30]。

其恭惟何[31]，昧旦丕显[32]。无理不经，无义不践。行舍其华，言去其辩。游心至虚[33]，同规易简[34]。六府孔脩[35]，九有斯靖[36]。

泽靡不被[37]，化罔不加[38]。声教南暨[39]，西渐流沙[40]。幽人肆险[41]，远国忘遐[42]。越裳重译[43]，充我皇家[44]。

峨峨列辟[45]，赫赫虎臣[46]。内和五品[47]，外威四宾[48]。脩时贡职[49]，入觐天人[50]。备言锡命[51]，羽盖朱轮[52]。

贻宴好会[53]，不常厥数[54]。神心所受，不言而喻。于时肄射[55]，弓矢斯御[56]。发彼五的[57]，有酒斯饫[58]。

文武之道[59]，厥猷未坠[60]。在昔先王，射御兹器[61]。示武惧荒[62]，过亦为失。凡厥群后[63]，无懈于位[64]。

注释

〔1〕悠悠：远的样子，此形容时间久远。　太上：太古。

〔2〕厥：其。

〔3〕皇极：大中之道，最正确的准则。皇，大。极，中。　肇：始。

〔4〕彝(yí 夷)伦：常理。彝，常。伦，理。　攸：所。　敷：布列。

〔5〕五德：五行。古代方士以金、木、水、火、土五行附会于各王朝，如汉为火德，自称炎汉，并以其间相生相克之说来说明各王朝更替的命运。　更运：更替变化。

〔6〕膺箓：指受天命为帝王。膺，受。箓，天赐的符命之书。

〔7〕陶唐：帝尧。尧初居陶地，后封于唐地为唐侯，故称。　谢：推辞，逊让。

〔8〕天历：天之历数。　虞：帝舜。舜原为有虞氏部落首领，故称。以上八句李善注为"其一"。

〔9〕于时：即于是。时，通"是"。　上帝：天帝，上天。

〔10〕顾：眷念。

〔11〕光：照，指赐予。　祚：皇位。

〔12〕应期：顺应期运，顺应天命。　纳禅：接受禅让，指晋受魏的禅让。

〔13〕龙飞：比喻皇帝即位。《周易·乾》："飞龙在天，利见大人。"孔颖达疏："若圣人有龙德，飞腾而居天位。"

〔14〕虎变：指虎身花纹斑驳多彩，比喻典章制度之盛美，焕然可观。《周易·革》："大人虎变，其文炳也。"孔颖达疏："损益前王，创制立法，有文章之美，焕然可观，有似虎变，其文彪炳。"

〔15〕玄泽：圣恩。玄，天，上天，此指君主。泽，恩泽。　滂流：汹涌而流。滂，大水涌流。曹植《责躬诗》："玄化滂流，荒服来王。"

〔16〕仁风：仁爱之风。　潜扇：默默而动。潜，暗中，不为人知。扇，动。

〔17〕区内:区宇之内。　宅心:居心,存心。《尚书·康诰》:"宅心知训。"孔安国注:"常以居心,则知训民。"

〔18〕方隅:边境四隅,指边远地区的少数民族。　回面:指归顺。扬雄《剧秦美新》:"海外遐方,信延颈企踵,回面内向,喁喁如也。"李善注:"回面内向,谓顺服于君。"以上十句李善注为"其二"。

〔19〕垂其象:显示其征兆。《周易·系辞》:"天垂象,见吉凶,圣人象之。"

〔20〕曜其文:炫耀其文采。曜,炫耀。

〔21〕凤鸣朝阳:朝阳,指梧桐。凤凰鸣于梧桐,指稀世的祥瑞景象。《诗经·大雅·卷阿》:"凤凰鸣矣,于彼高冈。梧桐生矣,于彼朝阳。"郑玄注:"梧桐,柔木也,出东曰朝阳。"

〔22〕龙翔景云:龙飞翔于祥云之上,亦指稀世的祥瑞景象。景云,祥云。《礼记·礼运》孔颖达疏引《孝经·援神契》:"德至山陵则景云出,德至深泉则黄龙见。"

〔23〕嘉禾:特别茁壮的禾稻,为吉瑞的象征。　重颖:多穗。颖,禾穗。《汉书·公孙弘传》:"甘露降,风雨时,嘉禾兴。"

〔24〕蓂(míng 明)荚(jiá 夹):一种祥瑞之草。《汉书·王莽传》:"甘露降,神芝生,蓂荚、朱草、嘉禾、休征同时并至。"　载:则。　芬:茂盛。

〔25〕率土:境域以内。《诗经·小雅·北山》:"率土之滨,莫非王臣。"　咸序:皆按等级次序为臣民。咸,皆,全。

〔26〕胥:相。以上八句李善注为"其三"。

〔27〕恢恢:宏大的样子。　皇度:天子的气度。

〔28〕穆穆:端庄盛美的样子。　圣容:天子的容颜。

〔29〕登庸:进用。登,进。庸,用。此指皇帝即位。扬雄《剧秦美新》:"臣伏惟陛下以至圣之德,龙兴登庸,钦明尚古,作民父母,为天下主。"

〔30〕明试:英明考验。试,考较,考验。吕向注:"明试,谓先帝明试其功。"《后汉书·章帝纪》:"明试以功,则政有异迹。"以上八句李善注为"其四"。

〔31〕惟:是。

〔32〕昧旦:天未全亮,此指清早。　丕显:大明,此指追求大明于世之事。丕,大。

〔33〕游心:注意,留心。　至虚:吕延济注:"至虚,太素也。"太素指构成宇宙的原始物质,此指最朴素之境。

〔34〕规:遵循,做为准则。 易简:平易简单。《周易·系辞》:“易则易知,简则易从。……易简而天下之理得矣。”

〔35〕六府:指水、火、金、木、土、谷。府,藏财之处,因该六者为货财所聚,故称。 孔:甚。 脩:治。

〔36〕九有:即九州,也泛指全国。《诗经·商颂·玄鸟》:“方命厥后,奄有九有。” 斯:乃。 靖:安定。以上十句李善注为“其五”。

〔37〕靡:无。 被:及。

〔38〕化:化育。 罔:无。

〔39〕声教:声威和教化。 暨:至。《尚书·禹贡》:“东渐于海,西被于流沙。朔南暨声教,讫于四海。”

〔40〕渐:入。 流沙:沙漠。《尚书·禹贡》:“导弱水至于合黎,余波入于流沙。”又李周翰注:“流沙,远国名。”

〔41〕幽人:深隐之人,隐士。幽,深。 肆:弃,放。扬雄《长杨赋》:“故平不肆险,安不忘危。”服虔注:“肆,弃也。”

〔42〕遐:远。

〔43〕越裳:古南海国名。 重译:辗转翻译。

〔44〕充:满。以上八句李善注为“其六”。

〔45〕峨峨:容仪端庄盛美的样子。 列辟:诸侯。

〔46〕赫赫:显赫盛大的样子。 虎臣:勇猛之臣。

〔47〕五品:指五等诸侯。

〔48〕四宾:指四方各国。

〔49〕脩时:按固定的时间。 贡职:进贡尽职。

〔50〕觐(jìn 进):诸侯朝见天子。 天人:有道之人。《庄子·天下》:“不离于宗,谓之天人。”此指皇帝。

〔51〕备言:周备之言。李周翰注:“诸侯来朝,天子皆周备与言而赐其命。”锡命:天子赐予诸侯车服。锡,通“赐”。命,帝王按等级赐给臣下的仪物。

〔52〕羽盖朱轮:指天子赐给诸侯的车服。羽盖,以翠鸟羽毛为饰的车盖。朱轮,红色的车轮。以上八句李善注为“其七”。

〔53〕贻宴:犹赐宴,谓以酒宴招待来朝的诸侯。 好会:和好之会。《史记·孔子世家》:“乃使使告鲁,为好会,会于夹谷。”

〔54〕常:恒久,固定的。 数:指礼数。李善注:“数,犹礼也。”

〔55〕肄:练习。

〔56〕矢:箭头。　御:进。

〔57〕五的:五射靶心。《周礼·夏官》:“王射三,侯五正。”的,箭靶的中心。

〔58〕饫(yù 玉):饱。以上八句李善注为“其八”。

〔59〕文武:指周文王、周武王。　道:原则。

〔60〕猷(yóu 油):法则。　坠:失落。

〔61〕兹器:这种工具,指弓矢。器,工具。《周易·系辞下》:“弓矢者,器也。用之过,亦为失也。”

〔62〕示武:以武示于众人。　惧荒:戒惧荒废。荒,废。张铣注:“言其先王崇射以示武,崇礼以惧废,过耽之者亦失矣,戒惧群后无为此懈怠于位。”

〔63〕群后:诸侯。

〔64〕位:指身分职务。以上八句李善注为“其九”。

今译

在久远的太古之世,人类历史最初时期。大中之道开始生成,永恒之理广布无遗。五德更替相生相克,受天命者为王为帝。唐尧逊让帝位之后,天之历数虞舜接替。

上天之意一如古往,于是眷念大晋兴邦。天恩赐予我晋皇位,顺应期运受魏禅让。我皇即位似龙在天,创制立法焕然文章。王道之恩浩浩涌流,仁爱之风默默张扬。区宇之内人心所向,边壤之外归顺服降。

上天显示吉祥征兆,大地尽将文采炫耀。凤凰鸣于高冈梧桐,龙飞在天祥云飘飖。禾稻茁壮一枝多穗,原野盛长祥瑞之草。四境之中莫非臣民,人相欣悦其乐陶陶。

天子气度阔大恢宏,天子容颜端庄美盛。每出一言必思和顺,每一情貌必思谦恭。善察万象入眼乃明,善听万音入耳乃清。以德登进皇帝之位,功绩昭昭考验英明。

恭谨勤勉思理大事,日日早起不待天明。言行之理无有不正,仁德之义无不实行。治事舍去华而不实,言辞舍去巧丽不诚。留心朴素极致之境，遵循易简摒弃繁冗。六府聚财普遍修治，九州域中尽得安宁。

天子恩泽无所不及，天下万物均得化育。声威教化至于南国，西入沙漠边远之地。隐士放弃险山幽谷，远国来朝不辞万里。越裳之人辗转通语，进贡之物满我皇室。

个个诸侯端庄英发，位位勇臣显赫高大。对内和谐五等诸侯，对外威扬四方国家。内外按时尽职进贡，入朝拜见天子阙下。天子出言周详完备，赐予车服高贵光华。

赐宴饮酒和好之会，不拘常礼和乐融融。皇朝恩赐心感神受，无须言语而能自明。于是举行讲武习射，乃进利矢操起劲弓。诸侯五射皆中靶心，美酒佳肴乃足饱用。

文王武王其道辉煌，礼法未失今得继承。古代先王以射为礼，用此弓箭武德弘扬。崇武示众戒惧荒废，用之过分亦为失当。所有诸侯勿耽于此，恪尽其职不懈自强。

（李晖译注　陈复兴修订）

九日从宋公戏马台集送孔令一首五言

谢宣远

题解

谢瞻(387—421),字宣远,南朝宋陈郡阳夏人。官中书黄门侍郎、豫章太守。鄙薄权势,严于自律。六岁即能属文,做《紫石英赞》、《果然诗》。当时才士,莫不叹异。文章词采,可与族叔混、族弟灵运媲美。

本诗作于晋安帝义熙十三年九月九日重阳节。古俗,每九九登高饮菊酒,以为祛灾祈祥。此前一年,刘裕封宋公,受九锡之礼。孔令,指孔靖,字季恭,会稽山阴人。官会稽内史、吴兴太守。参与刘裕北伐,为太尉军谘祭酒。宋台初建,任为尚书令,辞让东归。刘裕于重阳节日在戏马台(在今江苏徐州市,传为项羽所建)为之饯行。百僚赋诗,以述其美。

本诗即此日公宴所作。

前两句点节令。次六句写秋景。次六句写戏马台饮宴。末四句述送孔之义与惜别之情。

原文

风至授寒服[1],霜降休百工[2]。繁林收阳彩[3],密苑解华丛[4]。巢幕无留燕[5],遵渚有来鸿[6]。轻霞冠秋日[7],迅商薄清穹[8]。圣心眷嘉节[9],扬銮戾行宫[10]。四筵沾芳醴[11],中堂起丝桐[12]。扶光迫西汜[13],欢余宴有穷[14]。

逝矣将归客[15],养素克有终[16]。临流怨莫从[17],欢心叹飞蓬[18]。

注释

〔1〕授:授衣,把衣服给予他人穿。此指制备冬服。

〔2〕百工:指各种工匠。

〔3〕阳彩:阳光。

〔4〕密苑:树木茂密的苑囿。苑,古时帝王的游猎场。　华丛:花丛。

〔5〕巢幕:帷幕上的燕巢。

〔6〕遵渚:依循沙洲。　来鸿:归雁。来,五臣作"归",据改。

〔7〕冠:居其上。

〔8〕迅商:迅疾的秋风。商,五音之一,其音凄厉,与秋天肃杀之气相应,故称秋为商。　薄:迫近。　清穹:清朗的苍天。

〔9〕圣心:圣王之心。圣,指宋武帝刘裕。　眷:眷爱,爱好。　嘉节:美好的节令。指农历九月九日。

〔10〕扬銮(luán 峦):指乘坐銮驾。銮,一种铃,饰于帝王之车,特指帝王车驾。　戾(lì 立):到。　行宫:帝王出行在外暂住的宫殿。此指戏马台。

〔11〕四筵:四座。　沾:饮。　芳醴(lǐ 里):美酒。

〔12〕中堂:正堂之中。　丝桐:指琴瑟。琴瑟以丝与桐木材料制作而成。

〔13〕扶光:扶桑之光,即日光。　迫:近。　西汜:即濛汜,太阳没入之处。

〔14〕穷:止。

〔15〕逝:往。　客:指孔令。

〔16〕养素:涵养素朴之性。素,指天性真情,即道家所追求的出脱尘俗不为物化的理想品格。　克:能。　有终:一生的终结。

〔17〕莫从:不得与之相从。

〔18〕飞蓬:随风飘转无定的蓬草,喻飘流四方无所归依的生活。

今译

秋风乍起备制御寒衣,严霜既降百工皆休整。繁茂树林阳光已收敛,茂密苑囿花丛凋落净。帐上泥巢春燕去无留,依傍沙洲归雁排成行。轻淡云霞把秋日掩盖,迅疾西风在清空吹送。圣贤眷爱吉日重阳节,乘坐銮驾到京外行宫。四座臣僚举杯饮美酒,堂中琴瑟演奏意兴浓。夕阳落下西山天已晚,欢乐余兴也与宴饮穷。往远方啊归返自然者,涵养真性悠然度终生。面对流水自恨未随从,欢心转悲叹飘飘飞蓬。

(陈复兴译注并修订)

乐游应诏一首五言

范蔚宗

题解

范晔(398—445),字蔚宗,小字砖,顺阳(今河南淅川)人。他是史学家,并晓音律。曾为宣城太守,迁左卫将军、太子詹事。与孔熙先等谋立彭城王刘义康,事败被诛。著有《后汉书》,原有集,已散佚。今存诗两首,钟嵘《诗品》谓:"蔚宗诗,乃不称其才。"故列为下品。《宋书》有传。

本诗为侍宋文帝游乐游苑奉诏命而写。开头四句重于议论,说明由于人的思想、性情和喜好不同,往往各有所归:沉湎于功名利禄的多归朝阙,而淡泊自适的则遁隐山林。"孔性"、"尧心",颂文帝游赏苑囿雅兴。中间十二句,叙写游苑的情形,重点描写了乐游苑夏日的景致:草繁木茂,台立水深,有清夏之气,含秋阴之凉,登高远眺,远近风光,一览无余,真是个美丽的所在。末四句抒写了个人的感慨,自觉年力衰颓,深有去官归隐之意。

全诗将议论、描写、抒情融合于一,简洁明丽。既有景物的形象描绘,又有真情实感的表达。颂扬之意含而不露,不像某些应诏诗那样多逢迎阿谀之词。这点是很可贵的,亦足见诗人的艺术个性。

原文

崇盛归朝阙〔1〕,虚寂在川岑〔2〕。山梁协孔性〔3〕,黄屋非尧心〔4〕。轩驾时未肃〔5〕,文囿降照临〔6〕。流云起行盖〔7〕,晨风引銮音〔8〕。原薄信平蔚〔9〕,台涧备曾深〔10〕。兰池清夏气[11],脩帐含秋阴[12]。遵渚攀蒙密[13],随山上岖嵚[14]。睇目有极览[15],游情无近寻。闻道虽已积[16],年力互颓侵[17]。探己谢丹黻[18],感事怀长林[19]。

注释

〔1〕崇盛:仰慕盛名。　朝阙:朝廷。

〔2〕虚寂:喜好寂静。　岑:小而高的山,这里泛指山野。

〔3〕协:和谐,协调。　孔性:孔子的灵性。《论语》:“子曰:‘山梁雌雉,时哉! 时哉!’”意谓山顶的雌雉是很得时的。

〔4〕黄屋:古代帝王所乘车,上以黄缯为里的车盖,因亦指帝王之车。　尧心:尧帝之心,指不恋君位的思想。传说古时尧曾以位让许由、务光。

〔5〕轩驾:车马,引申为高位。此喻指宋文帝。

〔6〕囿(yòu 又):古代帝王畜养禽兽的园林。　文囿:文王之囿。此指乐游苑。

〔7〕行盖:行人的车盖。

〔8〕銮音:车铃声。銮,古时皇帝的车驾所用的铃。

〔9〕薄:草木茂密处。　蔚:草木繁茂的样子。

〔10〕涧:两山间的流水。　曾:通“增”。

〔11〕兰池:指兰池观。

〔12〕脩帐:长帐帏。

〔13〕遵:沿着。　渚:水中的小洲。

〔14〕岖嵚(qīn 钦):山高峻的样子。

〔15〕睇:看,斜视。

〔16〕积:久,年深。

〔17〕颓:衰颓。

〔18〕丹黻(fú 服):古时佩玉和印章的丝带,侍臣所用。

〔19〕长林:高大的树林。指归隐之所。

今译

仰慕盛名的向慕朝廷,喜好寂静的归隐山林。山野静适应孔子灵性，帝王尊位非唐尧所钦。君王车驾经常不戒备，降临赏爱清雅乐游苑。云彩飘动下车辆行进，晨风传来了銮驾声音。平原草木蓊郁繁茂，亭台旁涧水显得更深。兰池观散发清夏气息，长长帷帐遮掩似秋阴。沿着沙洲走进那密林，循着小路登上那山巅。放眼望去风光无限美，游览情趣近而延伸远。闻听圣贤道虽已多年，年龄心力衰颓而寡淡。探寻我心久欲辞官去，感慨世事产生归隐心。

（孙连琦译注　陈复兴修订）

九日从宋公戏马台送孔令一首五言

谢灵运

题解

宋公,指刘裕。戏马台,即项羽掠马台,在彭城(今江苏省徐州)南。孔令,谓孔靖,字季恭,山阴(今浙江省绍兴)人。

东晋安帝义熙十四年六月,刘裕准备称帝,以老朋友孔靖为尚书令。靖辞让不受,欲东归。九月九日重阳节,刘裕在戏马台张宴,为之饯行,与群臣赋诗赞美其事。灵运也参加了这次宴会,这首诗是他的临席即兴之作。

诗赞美孔靖不恋高位,洁白自守的品格。开头写的晚秋景色是这次宴会的环境,也是孔靖高洁严峻品格的衬托。中间写宋公刘裕对时贤的诚信,为政的宽和,君臣的和乐,百姓的欢悦。字面上当然是对宋公的歌颂。但是政通人和,隐者出山济世是常理,现在那样贤达的孔靖却是婉辞尚书令,挂冠而去,丘园隐居。这里就包含着诗人对刘宋政权的暗暗的否定。此时诗人自己尚居朝位,内心就不能不有惭愧之感,与孔靖对比更是自觉薄劣了。

原文

季秋边朔苦[1],旅雁违霜雪[2]。凄凄阳卉腓[3],皎皎寒潭絜[4]。良辰感圣心[5],云旗兴暮节[6]。鸣葭戾朱宫[7],兰卮献时哲[8]。饯宴光有孚[9],和乐隆所缺[10]。在宥天下理[11],吹万群方悦[12]。归客遂海嵎[13],脱冠谢朝列[14]。

弭棹薄枉渚[15],指景待乐阕[16]。河流有急澜[17],浮骖无缓辙[18]。岂伊川途念[19],宿心愧将别[20]。彼美丘园道[21],喟焉伤薄劣[22]。

注释

〔1〕季秋:晚秋,农历九月。　边朔:北方边界。指彭城。因为淮河以北为异族侵占,彭城位于边界线,故称之为边朔。

〔2〕违:避。

〔3〕凄凄:凄凉的样子。　阳卉:秋阳下的花草。　腓(féi 肥):病,枯草。

〔4〕皎皎:洁白的样子。

〔5〕良辰:美好的时辰。指九月九日。　圣心:圣人的心。圣,指刘裕,古亦称天子为圣人。时刘裕虽尚未称帝代晋,而其群臣已将其视为天子。

〔6〕云旗:其上绘有龙虎云气的旗帜。　兴:起,举起。　暮节:暮秋时节,与"季秋"同义。

〔7〕葭(jiā 加):与"笳"通,一种管乐器。　戾(lì 力):到。　朱宫:指戏马台的楼观。

〔8〕兰卮(zhī 知):盛有美酒的酒杯。兰,兰花,形容酒芬香如兰。卮,酒杯。　献:进酒。　时哲:聪明贤哲的人。指孔靖。

〔9〕饯宴:送行的宴会。　光:光大,显耀。　有孚:诚信,诚实。李善注引《周易》:"有孚饮酒,无咎。"这句指逸乐不废政事。

〔10〕隆:振兴。　所缺:缺失。此指《诗·鹿鸣》所描写的宴群臣嘉宾的典礼废止不行。李善注引《诗序》:"《鹿鸣》废,则和乐缺矣。"

〔11〕在宥(yòu 又):指实行宽松的政策,让人民自由自在。李善注引《庄子》:"闻在宥天下,不闻在治天下也。"意思是无为而治,任事物自然发展。宥,宽。　理:道理,法则。

〔12〕吹万:和风所至,万物苏生。此指宽厚仁爱的处事态度。李善注引《庄子》:"南郭子綦曰:'夫吹万不同而使其自已也。'"意思是和风吹煦,生养万物,虽其形气不同,也各得其自然之性。　群方:万方,四面八方。　悦:欣悦。

〔13〕归客:返乡之客。指孔靖。　遂:往。　海隅:海边的一角。指会稽山阴。

〔14〕脱冠:犹挂冠。指辞职告归。古时出仕,依官职高低而穿着标志级别的礼服与礼帽,辞职或免官皆须脱掉。 谢:告别,离开。 朝列:朝臣的行列,指同僚。

〔15〕弭棹(mǐ zhào 米照):停止船桨。弭,止。棹,似桨的划船工具。 薄:到。 枉渚:弯曲的水岸。

〔16〕指景:指日影而待。景,日光。 乐阕:音乐终止。这两句说行船停在水边,等欢送的乐曲奏完就登船出发。

〔17〕急澜:急驰的波浪。

〔18〕浮骖(cān 参):行走的马。指马驾车而行。浮,行,行走。 缓辙:缓行的车辙。这两句说乘船的归客,乘车的主人,相离而去,相别迅速。

〔19〕伊:与"维"通。语首助词。 川途:指水路与陆路。这句说孔靖遵水路而去,诗人自己则经陆路而归,兼喻两人道路相悖。李善注:"孔以养素为荣,而己以恋位为辱。"

〔20〕宿心:往昔的志向。

〔21〕彼:指孔靖。 美:以为美,意动用法。 丘园:丘壑田园,隐居之处所。 道:道路。

〔22〕喟(kuì 愧):感叹的样子。 薄劣:才质低下。

今译

晚秋来临边塞日寒苦,大雁南飞躲避严霜雪。秋阳下草木凄凄枯萎,深潭水寒明净而清冽。重阳佳节触动圣人心,云旗招展于暮秋时节。笛笳鸣奏到达朱宫殿,芳香美酒献给世贤杰。饯行酒宴发扬真诚信,君臣和乐振兴古宴礼。施政宽和为治国正道,万物苏生四方人欢悦。归隐宾客将往东海边,脱下冠服辞别朝臣列。舟船住桨停泊江水湾,别时已近等待乐声歇。归舟驶过激流向远航,送别车马沿大路驰回。想起水陆相反路各异,违背宿志深感内心愧。宾客隐居丘园超逸美,感叹身在朝位行薄劣。

(陈复兴译注并修订)

应诏宴曲水作诗一首四言　颜延年

题解

颜延之，字延年，作为南朝宋的大诗人，与谢灵运齐名。汤惠休说："谢诗如芙蓉出水，颜如错彩镂金。"这篇可为一例。

南朝宋元嘉十一年三月三日，文帝（刘义隆）在乐游苑举行祓禊之事，并为江夏王（刘义恭）、衡阳王（刘义季）祖饯送行，诏与会者赋诗。本篇是当日曲水流觞之会的应诏之作。

全诗共八章。第一章颂扬宋武帝代晋立国之勋。第二、三章颂扬宋文帝建法制施教化之功。第四章赞美太子仁德器度之美。第五章赞美诸王辅佐之贤。第六、七章描述祓禊与祖饯的情景。第八章为诗人的自述自谦之词。

原文

道隐未形〔1〕，治彰既乱〔2〕。帝迹悬衡〔3〕，皇流共贯〔4〕。惟王创物〔5〕，永锡洪筭〔6〕。仁固开周〔7〕，义高登汉〔8〕。

祚融世哲〔9〕，业光列圣〔10〕。太上正位〔11〕，天临海镜〔12〕。制以化裁〔13〕，树之形性〔14〕。惠浸萌生〔15〕，信及翔泳〔16〕。

崇虚非征〔17〕，积实莫尚〔18〕。岂伊人和〔19〕，寔灵所贶〔20〕。日完其朔〔21〕，月不掩望〔22〕。航琛越水〔23〕，辇赆逾障〔24〕。

帝体丽明〔25〕，仪辰作贰〔26〕。君彼东朝〔27〕，金昭玉粹[28]。德有润身[29],礼不愆器[30]。柔中渊映[31],芳猷兰秘[32]。

昔在文昭[33],今惟武穆[34]。於赫王宰[35],方旦居叔[36]。有睟睿蕃[37],爰履奠牧[38]。宁极和钧[39],屏京维服[40]。

朏魄双交[41],月气参变[42]。开荣洒泽[43],舒虹烁电[44]。化际无间[45],皇情爰眷[46]。伊思镐饮[47],每惟洛宴[48]。

郊饯有坛[49],君举有礼[50]。幕帷兰甸[51],画流高陛[52]。分庭荐乐[53],析波浮醴[54]。豫同夏谚[55],事兼出济[56]。

仰阅丰施[57],降惟微物[58]。三妨储隶[59],五尘朝黻[60]。途泰命屯[61],恩充报屈[62]。有悔可悛[63],滞瑕难拂[64]。

注释

〔1〕道:大道。老子所提出的基本哲学范畴。指超自然的理念或通贯于万物的规律。　隐:潜隐而不可见。　形:可见的形象。李善注引《老子》:“道隐无名。”河上公注:“道潜隐,使人无能名也。”

〔2〕治:指清明太平的政治局面。　彰:彰明,昭著。　乱:指黑暗混乱的政治局面。李善注引《太玄经》:“乱不极则治不形。”　以上两句的意思说自然之道虽潜隐而不可见,其作用则普遍存在,乱世之极就必然转化为治世,武帝(刘裕)所创立的宋国清明太平,代替东晋的黑暗混乱,正是自然之道的体现。

〔3〕帝迹:五帝的业迹。帝,指五帝,黄帝、颛顼、帝喾、尧、舜。　悬衡:悬起权衡。权,秤锤;衡,秤杆。此代统一的法度。李善注引《申子》:“君必有明法正义,若悬权衡以称轻重,所以一群臣也。”

〔4〕皇流:三皇的遗风。皇,指三皇,伏羲、神农、黄帝。流,流风,遗风。　共贯:彼此贯通。

〔5〕王:指宋武帝刘裕。　物:万物。

〔6〕永锡:永远赐与。　洪筭:长寿。筭,年岁,寿命。

〔7〕开:开辟,贯通。　周:指周武王,灭殷纣而建立周王朝。

〔8〕登:升,超越。　汉:指汉高祖,灭秦而建立汉王朝。

〔9〕祚(zuò 作):福祉,福禄。　融:久长。　世哲:历代的贤哲之君。哲,聪明,贤明。

〔10〕业:指仁德的王业。　列圣:历代的圣明之君。此与“世哲”对文。

〔11〕太上:天子,此指宋文帝刘义隆。　正位:当位,即帝位。

〔12〕临:照临。　镜:明镜。以上两句意思说宋文帝即天子位,清除奸邪,安抚百姓,好比青天照临东海,明洁如镜。

〔13〕制:法令制度。　化:风化,风俗。　裁:裁决,决定。

〔14〕树:建树,树立。此有推行、实施之意。　形性:形体与心性。李善注引《庄子》:“流动而生物,物成生理谓之形;形体保神,各有仪则谓之性。”此指人的行为与心理。以上两句的意思说宋文帝按社会的风俗习惯裁定法令制度,再依人们行为心理的具体情况,加以贯彻推行之。

〔15〕惠:仁惠,仁爱。　浸:浸育,滋润。　萌生:草木滋生。此指万物。

〔16〕信:诚信,忠信。　翔泳:指鱼鸟。

〔17〕虚:虚假。　征:征验,效果。

〔18〕实:诚实。　尚:上。

〔19〕伊:语中助词。　人和:人心所向。

〔20〕灵:神灵。　贶(kuàng 矿):赐予。

〔21〕完:完整无缺。　朔:指阴历每月初一。

〔22〕掩:掩蔽。　望:指阴历每月十五,月光盈满之时。李善注引《汉书》:“天下太平,日不蚀朔,月不掩望。”古人把日蚀和月蚀等天象的变化,看做上帝降祸患于人间的征兆。以上两句的意思说日月皆完满而无缺,没有日月之蚀,正是神灵赐福的表现。

〔23〕航:船。　琛(chēn 瞋):珍宝。

〔24〕輂:车　。赆(jìn 尽):进贡的礼品。　障:通“嶂”,山岭。以上两句意思说远方少数民族向朝廷进献宝物礼品,车载船装,翻山涉水而来,正是诸方人心所向的表现。

〔25〕帝体:帝之体胤,指太子。宋文帝立皇子刘劭为太子。后弑父自立,

被杀。　丽:附丽,依附。　明:明德。

〔26〕仪:匹配。　辰:北辰,北极星。此喻文帝。　贰:副手。以上两句的意思说太子劭依附文帝显出贤明之德,好像众星烘托北辰一样,成为皇帝的副手。

〔27〕君:君临。　东朝:东宫,太子的居所。此代指太子。

〔28〕昭:光明。　粹:纯,美。以上两句意思说东宫太子明德仁惠,恰如金玉光辉而美好。

〔29〕润身:滋润品格,使之光彩。

〔30〕礼:礼乐文章。　不愆(qiān 千):不失,不差。　器:器度,才能风度。以上两句意思说仁德使品格得以滋润而显示光泽,礼乐使器度得以陶冶而完美无缺。

〔31〕柔中:中柔,内心柔和。　渊:深水。

〔32〕芳猷(yóu 由):高雅的道术。芳,美称。　兰:兰草。　秘:幽密。此指兰草的幽香。以上两句是赞颂太子的道德文章修养,其心灵柔和,好似深渊之水,波光荡漾,其高雅的道术,有如兰草,幽香洋溢。

〔33〕文昭:文王之昭。文,指周文王,此喻高祖宋武帝刘裕。昭,与下句穆,表古代宗法制度下宗庙或墓地的辈分排列次序。始祖居中,二、四、六世位于始祖左方,称昭;三、五、七世位于始祖右方,称为穆;用以表示家族内部的世袭传承关系。昭在此指继承王位的文王之子,以喻宋武帝之子。

〔34〕武穆:武王之穆。武,指周武王,此喻宋文帝;穆,指武王之子,此喻太子刘劭。以上两句意思说往昔武帝之子继承王位,与周文王之子为昭相同,今帝(宋文帝)之子继承王位,也与周武王之子为穆相同,皆以明刘劭为太子是天经地义之理。

〔35〕於(wū 乌)赫:赞叹之辞。赫,光明,壮美。　王宰:帝王之宰辅。宰,辅佐之臣。此指彭城王刘义康。元嘉间,与王弘共同辅政,内外众务,皆所裁断,权倾天下。

〔36〕方:比。比拟。　旦:周公姬旦,周武王弟,成王之叔。成王年幼,周公辅政。此喻刘义康。

〔37〕睟(suì 碎):温和润泽的样子。指仁德而言。　睿(ruì 瑞)蕃:通达明智的蕃国之王。此指江夏王刘义恭,衡阳王刘义季。此会特为二王祖饯,因而一并颂扬之。

〔38〕爰:于。　履:所履之地。此指二王的封地。　奠牧:安定其封国。奠,祭奠。诸侯得以祭奠封内名山大川。此指安抚镇定。牧,郊牧,对京都而言。此指诸侯之封地的山川,代封地。以上两句的意思说二王温润明德,镇抚郊牧。

〔39〕宁极:安宁治理。张铣注:"宁,安;极,理也。"　和钧:和谐均衡。李善注:"和钧,谓王宰也。"又引《周礼》:"……礼典以和邦国,……政典以均万民。"

〔40〕屏:屏障,捍卫。　京:京都。此代帝王。　维:维系,联结。　服:五服,指王畿以外由近及远的五等地带。服,服事天子。以上两句的意思说帝王的宰辅使邦国安宁,百姓和睦,捍卫天子,维系诸王。

〔41〕朏(fěi 匪)魄:新月的微光。指农历每月初三。朏,新月;魄,微光的样子。　双交:指朏与魄两次相交合,即正月、二月朏魄之交。宴曲水之日未至夜晚,故只能说"双交"。李善注:"凡朏魄之交,皆在月三日之夕。今月未夕,故以前之交(原作"文",据何焯说改)唯止有二,故曰双也。"

〔42〕月气:月份与节气。　参变:三次变化。指三月。李善注引《周书》:"凡四时成岁,各有孟仲季,以名十有二月,月有中气,以著时应。"月份适应节令的第三次变化,当为季春之月,即三月。以上两句是说宴曲水的时令。

〔43〕荣:花。　泽:雨。

〔44〕舒:展现。　烁:闪光。以上两句说季春之月的物候,兼喻天子之德化。

〔45〕化际:德化所至。际,至,达到。　无间:指极微细之处。

〔46〕皇情:天子之情。皇,此指宋文帝刘义隆。　爰:语助词。　眷:眷恋。李善注:"言既太平,故眷斯嘉节。"

〔47〕伊:语助词。　镐(hào 浩)饮:镐京的宴饮。《诗·小雅·鱼藻》:"鱼在在藻,有颁其首。王在在镐,岂乐饮酒。"赞颂周王在镐京的宴饮之乐。镐,西周京城。此指南朝宋都。

〔48〕每:常常。　惟:想。　洛宴:洛邑的宴饮。李善注引东阳无疑《齐谐记》:"束皙对武帝曰:昔周公卜洛邑,因流水以泛酒。故《逸诗》曰:'羽觞随流波。'"此以周公营造洛邑时做的祓禊活动比喻宋文帝的曲水流觞。

〔49〕郊饯;祖道。祭路神宴饮,为人送行。　坛:祭坛。土筑的高台,用以祭祀。

〔50〕君举:天子的举措。 礼:礼仪。

〔51〕幕帷:帐幕。 兰甸:长满兰草的郊野。

〔52〕画流:画地通水。画,分,引。 高陛:高阶。

〔53〕分庭:指东西厢。 荐乐:进献乐舞。

〔54〕析波:分引水流。 浮醴:在曲水上飘起酒杯。指祓禊活动。醴,甜酒。此指盛满酒的酒杯。

〔55〕豫:欢娱,快乐。 夏谚:夏时的谚语。《孟子·梁惠王》:“春省耕而补不足,秋省敛而助不给。夏谚曰:‘吾王不游,吾何以休?吾王不豫(义同“游”),吾何以助?一游一豫为诸侯度。’”此句喻指与民同乐。

〔56〕事:指欢娱之事。 兼:同。 出济:留住于济水之畔。李善注引《毛诗》:“出宿于济。”济,水名。此以古人出游济水喻宋文帝饮宴曲水之乐。(据吕延济注)

〔57〕仰阅:尊敬地计算。阅,数,计算。 丰施:丰厚的施予。施,施予,恩施。

〔58〕降惟:谦恭地想起。 微物:自谦之词。

〔59〕三妨:三次任太子东宫之官。延之于南朝宋曾先后做过太子舍人、太子中舍人、太子中庶子。妨,妨碍贤人进用之路。此谦词。 储隶:太子宫的仆隶。

〔60〕五尘:五次出任朝臣。尘,尘埃,喻卑微。谦词。延之曾做过尚书仪曹郎、正员外郎、员外常侍、始安太守、中书侍郎。 朝黻(fú 服):朝官。黻,通“绂”,印绶,指代官爵。

〔61〕途:前途。 泰:通达,顺畅。 命:命运。 屯:艰难。

〔62〕充:满,足。 报:报答。 屈:委屈,不足,不够。

〔63〕有悔:有悔恨之事。 悛(quān 圈):悔改。

〔64〕滞瑕:积久的缺点。瑕,玉上的斑点,喻过失、缺点。 拂:亦作“弗”,除去。

今译

大道潜隐形象不可见,盛世光明皆自乱世转。高祖功勋同五帝齐平,三皇遗风与当今通贯。先帝受天命创造万物,上天赐予福寿永绵延。恩德超过周武伐殷纣,仁义远胜汉高灭暴秦。

福禄比历世明君长久,功业比前代圣主领先。今王英贤继承皇帝位,青天照临东海如镜悬。法令制度按风俗裁定,依民情民心付诸实现。恩惠滋润草木多春色,忠信遍及游鱼并飞禽。

崇尚虚假绝非好征兆,积累诚实德行为最善。岂只人心所向众拥戴,实在上帝赐予显灵验。红日完美光焰永无损,明月盈亏银辉从无掩。南方船装珍宝涉水来,北方车载贡品越远山。

太子依附君父有明德,好比众星闪烁配北辰。太子君临东宫修德业,金光灿烂玉色更清纯。仁德滋润品格愈优雅,礼乐陶冶器度超俗凡。内心柔和似渊水荡漾,道术高超如兰草芳芬。

昔日周王世代相承袭,而今子继父位理当然。才德兼善帝王好宰辅,身处叔辈贤似周公旦。温润平和诸王皆聪慧,于其封地祭奠名山川。邦国安宁百姓皆和睦,捍卫京城侯国也相亲。

新月微明农历初三日,节气三变月令属季春。春花开放春雨落纷纷,彩虹舒展雷电光闪闪。教化遍及至微至细处,天子依恋此景情意深。联想周王镐京君臣饮,又思周公洛邑大会宴。

郊野设坛祖饯送诸王,君王举措事事礼仪遵。张设帷幕于兰草郊甸,分引流水绕高阶之畔。庭中两厢进献雅乐舞,曲水掀波浮动酒杯盏。君臣宴游与万民同乐,事同古人欢娱济水滨。

恭敬历数天子恩情厚,愧然想到荣禄及我身。三次出任太子属下官,五次荣升天子朝中臣。前途通达我命却多艰,皇恩充满报答实有限。往日过错心中尚知改,积久缺点彻底清除难。

(陈复兴译注并修订)

皇太子释奠会作诗一首四言 颜延年

题解

这首诗记述南朝宋皇太子刘劭，于国子学举行的释奠之会。按《礼记正义》，古时礼乐诗书之官，于四季分别设置酒馔，祭奠先辈经师，例如汉时治《礼》的高堂生、治《乐》的制氏、治《诗》的毛公、治《书》的伏生，以尊师重傅，崇尚文教。是所谓释奠。刘劭释奠之会，当在文帝元嘉二十二年（一说二十年）春。时刘劭于国子学讲习《孝经》，颜延之为国子祭酒，参与释奠之礼。

诗分九章，八句一章，详述此次释奠之礼的全过程。一述释奠宗旨，在尊师重道，以育后辈之德。二述太子德风，士众钦仰。三述太学儒教，仁智云集。四述释奠之礼，沿袭周制。五述释奠人员，各有职司。六述太子躬行祀典，盥祭最盛。七述宴乐之礼，庄重肃穆。八述礼成人归，观者如潮。九述诗人感戴恩宠，自愧微贱，不足智效。

全为应制之篇，尽作颂扬之辞，可以古昔礼俗实录观之。

原文

国尚师位[1]，家崇儒门[2]。禀道育德[3]，讲艺立言[4]。浚明爽曙[5]，达义兹昏[6]。永瞻先觉[7]，顾惟后昆[8]。

大人长物[9]，继天接圣[10]。时屯必亨[11]，运蒙则正[12]。偃闭武术[13]，阐扬文令[14]。庶士倾风[15]，万流仰镜[16]。

虞庠饰馆[17]，睿图炳晬[18]。怀仁慓集[19]，抱智麇至[20]。踵门陈书[21]，蹑跻献器[22]。澡身玄渊[23]，宅心道秘[24]。

伊昔周储[25]，聿光往记[26]。思皇世哲[27]，体元作嗣[28]。资此夙知[29]，降从经志[30]。逖彼前文[31]，规周矩值[32]。

正殿虚筵[33]，司分简日[34]。尚席函杖[35]，丞疑奉帙[36]。侍言称辞[37]，惇史秉笔[38]。妙识几音[39]，王载有述[40]。

肆议芳讯[41]，大教克明[42]。敬躬祀典[43]，告奠圣灵[44]。礼属观盥[45]，乐荐歌笙[46]。昭事是肃[47]，俎实非馨[48]。

献终袭吉[49]，即宫广宴[50]。堂设象筵[51]，庭宿金悬[52]。台保兼徽[53]，皇戚比彦[54]。肴干酒澄[55]，端服整弁[56]。

六官眡命[57]，九宾相仪[58]。缨笏匝序[59]，巾卷充街[60]。都庄云动[61]，野馗风驰[62]。伦周伍汉[63]，超哉邈猗[64]。

清晖在天[65]，容光必照[66]。物性其情[67]，理宣其奥[68]。妄先国胄[69]，侧闻邦教[70]。徒愧微冥[71]，终谢智效[72]。

注释

〔1〕师位：师傅之尊位。师，指传授儒家经典的老师。

〔2〕儒门：指儒家。汉代儒师教授经学，各有专门，故谓儒门。

〔3〕禀道：授予儒道。禀，授。

〔4〕讲艺:讲习六艺。艺,六艺,此指儒家的六经(《诗》《书》《礼》《乐》《易》《春秋》)。

〔5〕浚明:大明。指日,喻儒道。　爽曙:天未明之时。爽,差,缺;曙,天亮。

〔6〕达义:通达道义。　兹昏:蒙昧无知。兹,当作"滋",弥,甚;昏,昏昧,蒙昧。以上两句意思说好像朝日初升于天未明之时,通达儒道是从蒙昧无知中开始。

〔7〕先觉:先师。

〔8〕顾:只。　惟:思。　后昆:后代。此指太子刘劭。以上两句意思说弘扬儒道,讲经立言,既要永远追念先师的教化,又要把希望寄托于后代的努力。

〔9〕大人:指太子刘劭。　长物:抚育万物,令其生长。

〔10〕天:指天命。　圣:指前代的圣君。

〔11〕时:时运,命运。　屯:《周易》卦名,谓万物初生之艰难。此指艰难。亨:元亨,屯卦的彖辞,大通。此指通畅顺利。

〔12〕蒙:《周易》卦名,谓童稚时的蒙昧无知。此指蒙昧。　正:教正。王弼注:"蒙之所利,乃利正也。"发蒙之所利,是老师的教正。以上两句借《周易》屯蒙二卦说时运艰难可以通畅顺遂,蒙昧无知可以得到教正。

〔13〕偃闭:平息锁闭。　武术:武事,战争。

〔14〕文令:文教政令。

〔15〕庶士:众士。　风:风范,风格。

〔16〕万流:万人。　镜:金镜,明镜。喻贤德。

〔17〕虞庠(xiánɡ 祥):周时的学校名。指太学。

〔18〕睿(ruì 瑞)图:圣人的图像。指孔子的画像。　炳睟(suì 碎):光华温润的样子。

〔19〕怀仁:心怀仁义者。　憬(jǐnɡ 井)集:从远方集合而来。

〔20〕抱智:怀抱贤智者。　麇至:群至。

〔21〕踵门:至门。　陈书:陈列经传之书而进献之。

〔22〕蹑跻(juē 噘):徒步跋涉而来。蹑,踩;跻,屐,草鞋。　器:指礼乐之器。

〔23〕澡身:洗涤自身,修养品德。　玄渊:指玄道的精深义理。

〔24〕宅心:存心,寓寄心思。　道秘:儒道的深奥之处。

〔25〕伊:语助词。　周储:周代的国储。储,太子。此指周文王为太子时,

恭谨孝敬,每日三次向君父问安。李善注引《礼记》:“文王之为世子,朝于王季(文王父,名季历),日三。鸡初鸣而衣服,至寝门外,问内竖之御者曰:‘今日安否?何如?’内竖曰:‘安。’文王乃喜。及日中又至,亦如之。及暮又至,亦如之。”

〔26〕聿光:发扬光大。聿,语助词。 往记:往昔的历史。

〔27〕皇:美善的样子。 世哲:一代贤哲。此指太子刘劭。

〔28〕体元:身体居长子之位。元,大,引申为长。 嗣:继嗣,指继王位者。

〔29〕资:凭借。 此:指儒道。 夙知:早知。指早知儒学之人,即先师。

〔30〕降:屈就,下就。 从:跟从。 经志:离经辨志。离析经书,断绝章句,辨别其学习的志趣。(据《礼记·学记》郑氏注)以上两句的意思说太子凭借早通儒学的经师,恭敬地跟从他们辨析经理,以讲习儒学为志趣。

〔31〕逖(tì 惕):远。 前文:古文。指儒学经典。

〔32〕规:校正圆形的仪器。 周:合,符合。 矩:校正方形的仪器。规矩,喻礼仪。此指儒道礼仪。 值:当,相当。以上两句意思说儒道经典虽时隔古远,以为礼仪规范加以实行,也与当世相符。

〔33〕正殿:前殿。 虚筵:空出席位,以待贤者。

〔34〕司分:古时掌历法之官。分,指春分,秋分。 简:选择。

〔35〕尚席:尊称学者之席。此指儒师之席位。 函杖:容杖。指讲经者与问学者相对,席间隔有容杖之地。函,容;杖,手杖。古人讲说,用杖指画,故使容杖。

〔36〕丞疑:疑丞,官名。古时天子左右供谘询之官。 奉:献。 帙:书套。指书。

〔37〕侍言:传述太子言语之官。 称:说。

〔38〕惇(dūn 敦)史:记录尊长美善德行之官。 秉:持,握。

〔39〕妙识:善于辨识。 几音:细微的话语。

〔40〕王载:王事。

〔41〕肆议:陈述议论。 芳讯:芳美的询问。此指芳美的儒道。

〔42〕大教:大道。指儒道。 克:能。

〔43〕敬躬:恭敬亲行。 祀典:祭祀典礼。此指释奠之礼。

〔44〕告奠:祷告祭奠。 圣灵:先圣的神灵。

〔45〕观盥(guàn 贯):观视盥礼。盥,祭祀之名。《易·观》:“盥而不荐。”

马融注:“盥者,进爵(盛酒之器)灌地,以降神也。”盥礼,为全部祭典之盛,最为可观者。故曰:“礼属观盥。”

〔46〕荐:进献。 歌笙:指经堂上下歌诗吹笙。李善注引《仪礼》:“歌南有嘉鱼,笙崇丘也。”即堂上歌唱《诗·小雅·南有嘉鱼》,堂下笙吹《崇丘》之曲。皆为歌颂君子贤德的雅乐。

〔47〕昭事:显耀奉祀。指奉祀神灵。 是:乃,为。 肃:恭敬。指敬肃之德。

〔48〕俎(zǔ 组)实:礼器中的祭物。俎,礼器,以盛敬神的祭物。 馨(xī 辛):香气。李善注引《尚书》:“成王曰:‘黍稷非馨,明德惟馨。’” 以上两句的意思说虔诚奉事神灵,乃是以肃敬之德;礼器中的祭品并不芳香,真正芳香而感动神灵的是明德。

〔49〕献终:指祭礼完毕。 袭吉:双重的吉祥。

〔50〕即:就。 广宴:广开宴乐。

〔51〕象筵:以象牙为饰的竹席。

〔52〕宿:夜。 金悬:指金鼓之乐。

〔53〕台保:指三公与太保,朝中最高官职。台,三台,星名,喻三公。 兼:同。 徽:美善。

〔54〕皇戚:皇亲国戚。 比:并列。 彦:才俊。

〔55〕肴:菜肴(鱼肉等)。 澄:清。李善注引《礼记》:“酒清,人渴而不敢饮;肉干,人饥而不敢食。”此言宴享之礼,只以酒肴献酬,而不得恣意醉饱。

〔56〕端服:端正礼服。服,指礼服。 整弁(biàn 便):整理冠冕。弁,皮革制的帽子。此指礼帽。以上两句意思说太子释奠而宴享之时,君臣酒肴献酬,穿戴礼服礼帽,庄严肃穆。

〔57〕六官:六卿,六种官职。 命:指王命。

〔58〕九宾:九卿,九种地位不同的礼宾之官。 相:辅助。仪:礼仪。

〔59〕缨笏(hù 户):冠缨笏版。指代朝中官员。 匝(zā 扎):周,满。 序:庠序,学校。

〔60〕巾卷:葛巾经卷。此谓太学生头戴葛巾,手执经卷。(据何焯说)此代指太学生。

〔61〕都庄:都城大道。庄,四通八达的道路。

〔62〕野馗(kuí 魁):郊野大道。以上两句意思说京城郊野观礼的人充塞道

路，有如风起云涌。

〔63〕伦：比。　伍：同。

〔64〕邈猗（yī 衣）：远而美。

〔65〕清晖：清明的阳光。喻宋文帝。

〔66〕容光：容纳微光。指幽暗细微之空隙。

〔67〕物：万物。　性：任其自然之性。

〔68〕理：道理。　奥：深奥之义。李善注："言人君在上，以道被物，各存其性，伪情矫志，不入于心。"

〔69〕妄先：非分地居其先。自谦之词。　国胄：指帝王之子。元嘉中，颜延之曾为国子祭酒、司徒左长史。皇太子于国子讲习《孝经》，延之为执经。

〔70〕侧闻：从旁侧听闻。自谦之词。　邦教：国家的教化。

〔71〕微冥：微贱愚昧。

〔72〕终谢：终究抱歉。谢，遗憾，抱歉。　智效：有智而效劳。以上两句意思说惭愧自身的微贱愚陋；对比多智而效劳，终究感到抱歉。皆诗人自谦之词。

今译

国内皆尊重教师之位，家中都崇尚儒门学问。传授大道培养德行善，讲习经传创立学说新。儒道阳光升起于昏暗，通达大义自蒙昧实现。永远仰慕先圣与先师，时时顾念后代出英贤。

大人育万物茁壮生长，继承天命接续圣明君。时世艰难必能得通畅，运命蒙昧教正道术真。平息武事干戈不常用，发扬文教仁爱为根本。众多士人倾慕德风高，万千平民景仰如明镜。

国立太学修饰馆舍美，孔圣画像光彩有神情。仁义之士从远方聚集，才智之人群至而跃踊。到馆门奉上经书宝典，徒步来献出礼乐钟鼎。修养身心于玄妙哲理，寓寄灵魂于儒道真经。

古昔周文曾为国储时，孝敬事亲前史得发扬。念及今日美善皇太子，身为长男帝位将继承。凭借先辈早知儒道师，遵从学习经传立志向。前世经文时代虽久远，作为规范于今也相当。

正殿虚位以待贤者来，主历官选择良辰吉日。儒师座席间隔可容杖，谘询官进献书典卷帙。传达官口述太子言辞，书记官笔录善德及时。妙于识辨精微的话音，善于记载王侯的行事。

陈述议论芳美的道术，宏大教化阐发愈分明。恭敬亲行敬先师盛典，虔诚祭奠圣贤的神灵。礼仪盥祭隆重最可观，正堂献乐歌诗又吹笙。奉祀神灵以肃敬之德，礼器祭品非放散芳香。

祭奠完毕获得双吉祥，重返宫中广开庆祝宴。堂中设置珍贵象牙席，庭上金钟鼓乐夜中悬。三公太保个个称美善，皇亲国戚人人是才俊。肉干酒清献酬不醉饱，礼服礼帽穿戴皆庄严。

六官遵王命各尽其职，九卿依法度助行仪典。高官显宦排满国子学，青年学子充塞街巷间。京都大道人群如云动，郊野长路观众似风旋。可比周文也可比汉武，盛况空前远大而庄严。

如朝阳在天闪耀清辉，幽暗空隙也必照不遗。万物任随其自然之性，义理阐扬其精深奥秘。非分学道居帝子之先，从旁听闻过国家教义。只惭愧自身卑微愚昧，终究抱憾尽智而效力。

（陈复兴译注并修订）

侍宴乐游苑送张徐州应诏诗一首五言

丘希范

题解

丘迟(464—508),字希范,吴兴乌程(今浙江吴兴)人。历仕齐、梁二朝。梁时为中书郎,迁司徒从事郎中。原有集,已散佚。后人辑有《丘司空集》。《梁书》、《南史》有传。《诗品》中将其作列为中品。

诗题中的张徐州,名谡,字公乔,齐明帝(萧鸾)时,为徐州刺史,将赴任时皇帝于乐游苑设宴为之饯行。诗人受诏命而作此篇。

诗的前八句,是写赴宴途中及周围的景物:清晨宫门大开,皇帝和侍臣径往乐游苑而来,雨后的天气,格外清爽,轻荑细草,微风吹拂,空中鸟飞,水中鱼戏,宛然一派早春景象。后六句说明张谡作为封疆大吏,其位置之重要,当此作别之际,更应感念皇恩,竭忠尽职。自己尤应这样。总览全诗,题目虽曰"侍宴",实际上没有一句是写宴会场面与盛况的。主要是通过景物描绘和气氛渲染,表现人们的欢快情绪。格调俊逸,词采秀丽,故钟嵘谓"丘诗点缀映媚,似落花依草"(《诗品中》)。

原文

诘旦阊阖开[1],驰道闻风吹[2]。轻荑承玉辇[3],细草藉龙骑[4]。风迟山尚响,雨息云犹积[5]。巢空初鸟飞,荇乱新鱼戏[6]。寔惟北门重[7],匪亲孰为寄[8]?参差别念举[9],

肃穆恩波被[10]。小臣信多幸[11],投生岂酬义[12]?

注释

〔1〕诘旦:早晨。　阊阖:传说中的天门。《离骚》:"吾令帝阍开关兮,倚阊阖而望予。"此处指皇宫的大门。

〔2〕凤吹:指笙箫等细乐。

〔3〕荑(tí 提):刚萌发的茅草。　玉辇:古代皇帝乘的车。

〔4〕藉:以物衬垫。

〔5〕息:停息。　积:聚拢起来。

〔6〕荇(xìng 幸):荇菜,一种多年生草本植物。《诗经·周南·关雎》:"参差荇菜,左右流之。"

〔7〕北门:指重镇。《左传·僖公三十二年》:"郑人使我掌其北门之管。"后以北门为重镇的别称。此指徐州。

〔8〕匪:通"非"。　寄:依托,寄予。

〔9〕参差(cēn cī):亦作"篸篕",古乐器名。段安节《乐府杂录·笙》:"亦名参差。"此处指乐声。　别念:离情别绪。　举:兴起,激起。

〔10〕肃穆:端严肃静,这里形容宴会的气氛。

〔11〕小臣:诗人自谓。　信:实在,确实。

〔12〕投生:抛弃生命。潘岳《西征赋》:"岂生命之易投,诚惠爱之洽著。"

今译

一清早宫廷大门开放,宽阔大道传来箫管声。君车轧过轻柔的嫩荑,护驾马队踏在细草上。微风渐息山峦留余响,雨已停歇云堆似峰样。巢穴尽空鸟雀初翻飞,荇菜散乱鱼儿来回翔。实是重镇国家系安危,不是亲信谁把大任当?乐声引起惜别心情重,庄严盛会皇恩多浩荡。我参加公宴实在荣幸,献出生命也难报恩情。

(陈连琦译注　陈复兴修订)

应诏乐游苑饯吕僧珍诗一首五言

沈休文

题解

沈约(441—513),字休文,南朝宋武康人。少孤贫,笃志好学,博通群籍,善属文。历官宋齐梁三世。初为宋郢州刺史蔡兴宗称赏,引为安西外兵参军兼记室。继事齐文惠太子,为步兵校尉管书记,校四部图书,特被宠信。与萧衍(梁武帝)、萧琛、王融、谢朓、范云、任昉、陆倕等交游,号“竟陵八友”。促梁武帝代齐自立,以佐命之功为尚书仆射,封建昌县侯,赏赐礼遇,日益优厚。卒谥“隐”。

沈约于齐梁之际,在朝廷为荣禄有加的显宦,在文界为左右风会的泰斗。谢朓善诗,任昉工文,约兼而有之。其“为文皆用宫商,以平上去入为四声,以此制韵,不可增减,世呼为永明体”(《南齐书·陆厥传》)。他的声律论为诗歌创作提出艺术规范,为唐代律诗的成熟奠定了基础。

本诗写于天监四年冬。

其时,梁武帝大举北伐,抗御北魏南侵。吕僧珍,东平范阳人,入梁为冠军将军、前军司马,转左卫将军加散骑常侍,时受命出师。乐游苑,游乐之地,南朝宋所建,在今江苏江宁县境。梁武帝于此为吕僧珍饯行。此诗即应诏而作。

开头以古尧帝作比,写梁武帝忘己保民之德。继而叙义师征行庄严勇武之概。接着写想象中伐罪吊民出师告捷之景。结尾是诗人自述,饱含盼望全胜的殷切之情。

诗中将现实之景（“推毂”等句）与想象之景（“命师”等句）相衔接，重点描写出征与破敌的场景，突破了应诏饯别诗的局限，抒发出积极的爱国感情。

原文

丹浦非乐战[1]，负重切君临[2]。我皇秉至德[3]，忘己用尧心[4]。愍兹区宇内[5]，鱼鸟失飞沉[6]。推毂二崤岨[7]，扬旆九河阴[8]。超乘尽三属[9]，选士皆百金[10]。戎车出细柳[11]，饯席樽上林[12]。命师诛后服[13]，授律缓前禽[14]。函辕方解带[15]，峣武稍披襟[16]。伐罪芒山曲[17]，吊民伊水浔[18]。将陪告成礼[19]，待此未抽簪[20]。

注释

〔1〕丹浦：丹水之浦。丹水，俗称丹河，发源于陕西商县西北冢岭山，东入河南，至湖北均县入于汉水。李善注引《六韬》：“尧与有苗战于丹水之浦。”浦，水涯。

〔2〕负重：责任，使命。　切：急切，迫切。　君临：统治。此指君主。以上两句意思说古尧帝与有苗氏战于丹水之涯，并非本心乐于战争，而是对天下百姓的使命感迫使他进行的。此喻指梁武帝天监四年对北魏的讨伐。

〔3〕我皇：指梁武帝。　秉：持，怀。

〔4〕尧心：古帝唐尧的仁爱之心。

〔5〕愍：怜悯，同情。　区宇：疆域，天下。

〔6〕失：失常。　飞沉：指鸟飞于云鱼沉于水。以上两句意思说梁武帝怜悯天下百姓惨遭北魏的侵掠之苦，连鱼鸟万物都被骚扰得失去常态。

〔7〕推毂（gǔ 古）：推动车轮。毂，车轮中心的圆孔可以插轴的部分，此指车轮。古时天子遣将出征，亲自为之推动车轮，以示欢送。　二崤（xiáo 淆）：即崤山，在陕西潼关至河南新安一带，形势险要。《左传·僖公三十三年》：“殽有二陵焉，其南陵，夏后皋之墓也。其北陵，文王之所辟风雨也。”故崤山又称二崤。岨，同“阻”。

〔8〕旆(pèi 配):旗帜的通称。　九河:水名。古代黄河自孟津而北,分为九道,故名。《尚书·禹贡》:“九河既道。”注引《尔雅》:“徒骇一,太史二,马颊三,覆釜四,胡苏五,简六,洁七,钩盘八,鬲津九。”此与上句“二崤”皆指山峻水险之所。　阴:指水之南。

〔9〕超乘:跳跃上车。此指行动敏捷的士卒。　三属:指士卒所服之上身:髀裈、胫缴。此指铠甲。属,连接。

〔10〕百金:形容身价之高。吕延济注:“言立百金以招士也。”

〔11〕戎车:兵车。　细柳:细柳营。汉文帝拜周亚夫为将军,屯兵细柳(今陕西咸阳西南),以备匈奴。此喻指军队营地。

〔12〕饯席:以酒食送行的宴席。　樽(zūn 尊):盛酒器。此作动词用。　上林:上林苑。秦汉时的苑囿。此指乐游苑。

〔13〕诛:讨伐。　后服:诛后而降服者。

〔14〕律:法律。　缓:宽缓,宽大。　前禽:指主动来降者。《周易·比》:“王用三驱,失前禽。”古时王者田猎而用三驱之礼,三面驱禽,迎面而来者舍之,背向而去者则射之,爱来憎去,以示爱生之德。前禽,即迎面而来之禽,此喻主动来降者。

〔15〕函轘(huán 环):函谷关和轘辕关,前者在河南灵宝县,后者在河南偃师县。皆古险要之地。　解带:喻开关出降。古以襟带喻山川环绕,地势险要。故李善注:“解带披襟,言将降附也。”

〔16〕崤(yáo 肴)武:崤关和武关,前者在陕西蓝田县,后者在陕西商南县。皆古险要之地。　披襟:意思与“解带”同。以上两句的意思说敌人在我礼义的感召下皆弃险来归,纷纷投降。

〔17〕芒山:即北邙山,在河南洛阳东北。　曲:山曲。

〔18〕伊水:水名。流经河南洛阳。北魏都洛阳,此以芒山、伊水代之。　浔(xún 寻):水涯。

〔19〕陪:奉陪。　告成:以成功告于上天与祖先。

〔20〕抽簪:抽下冠簪,指辞官退休。簪,固定发与冠的长针。以上两句意思说我将奉陪皇上向天帝告诉成功的大礼,为等待这一天我不会解簪退休。

今译

尧征丹水并非为好战，肩负重任催促保民安。我皇胸怀至高至尚德，为国忘己全用仁爱心。怜悯天下百姓遭涂炭，鱼难潜水鸟儿难飞天。为将帅推车穿越崤山，军旗飘扬横渡九河边。士卒武勇全副披铠甲，选拔精良身价皆不凡。兵车隆隆驰出细柳营，饯行宴席设在上林苑。令雄师全歼不服之敌，依礼义宽大投诚之军。弃置函谷轘辕而来降，脱离峣关武关而归顺。讨伐罪魁在北芒山曲，慰问人民于伊水两岸。愿陪侍我皇告天祭礼，待此时而不解簪归田。

（陈复兴译注并修订）

送应氏诗二首五言

曹子建

题解

应氏,指应玚、应璩兄弟,汝南人。玚,字德琏;璩,字休琏。皆为诗人。玚曾被曹操拜为丞相掾属,转为平原侯庶子,后为五官将文学。

这首诗是曹植的早期之作。大概写于建安十六年前后。植被封为平原侯,随曹操西征马超,由邺城道经洛阳,于此送应氏客游北方。

第一首描写汉末董卓之乱,给洛阳造成的人事凋零城乡破败的情景。应氏原籍汝南,曾家居于洛阳。董卓于后汉初平元年挟汉献帝徙都长安,纵兵焚烧洛阳宫殿,至此时经二十余年,洛城的寂寞萧条如故。应氏有家不得归,今又为朔方之游。植代应氏设词,以抒家国之痛。

原文

步登北芒坂〔1〕,遥望洛阳山〔2〕。洛阳何寂寞〔3〕,宫室尽烧焚〔4〕。垣墙皆顿擗〔5〕,荆棘上参天〔6〕。不见旧耆老〔7〕,但睹新少年〔8〕。侧足无行径〔9〕,荒畴不复田〔10〕。游子久不归〔11〕,不识陌与阡〔12〕。中野何萧条〔13〕,千里无人烟。念我平常居[14],气结不能言[15]。

注释

〔1〕北芒:山名,在洛阳北。汉王朝陵墓集中之地,后世文人于此常发人生无常的感慨。　坂(bǎn 板):山坡。

〔2〕洛阳山:指洛阳南面的山。赵幼文《曹集校注》卷一引《水经·洛水注》:"谓之大石山,在洛阳东南四十里。"谓"自北芒望之,故曰遥望"。

〔3〕寂寞:幽静无声。

〔4〕烧焚:焚烧,此颠倒以协韵。

〔5〕顿擗(pǐ 匹):坍塌崩坏。

〔6〕参天:高接于天。

〔7〕耆老:六七十岁的老者。

〔8〕但:只。

〔9〕侧足:插足,迈步。

〔10〕荒畴:荒芜的耕地。畴,古时一块井田为畴。　田:动词,耕种。

〔11〕游子:远游在外的人。此指应氏兄弟。黄节《曹子建诗注》卷一谓:"应氏汝南人,为汉泰山太守应劭从子,当是家于洛阳者。子建深叹当时洛阳荒芜,至今应氏有家不得归,今复为朔方之游。"

〔12〕陌、阡(mò qiān 默千):田间小路。东西为陌,南北为阡。

〔13〕中野:郊野之中。　萧条:凋零衰败的样子。

〔14〕我:代应氏。黄节《曹子建诗注》卷一:"首章'念我'之我字,从'游子'二字来,代应氏设词,非子建自谓也。"　居:居住之所。

〔15〕气结:悲痛而感到气闷于胸。

今译

一步步登上北芒山巅,远远眺望那洛南群山。洛阳城多么寂寥凄凉,豪华宫室已烧作灰烬。高大墙垣皆崩裂倒塌,荆棘丛生上指接云天。不见往日可敬的父老,只看到些陌生的少年。迈步走去无可行路径,田地荒芜再无人耕耘。流浪人在异乡久不归,归来难辨道路是北南。郊野中一片凋零衰败,走过千里不见升炊烟。忆我平生故居无残迹，悲痛阻塞心头不能言。

题解

第二首抒发送别之情。前四句，似有挽留应氏之意，望其珍惜清时嘉会，如武帝《清时令》所谓“但当尽忠于国，效力王事”，勿为远游。“愿得”四句是祝愿之词。“中馈”四句，应氏似有所求，而已无能为力，深感惭愧于心。后四句则写惜别之情。

原文

清时难屡得[1]，嘉会不可常[2]。天地无终极[3]，人命若朝霜[4]。愿得展嬿婉[5]，我友之朔方[6]。亲昵并集送[7]，置酒此河阳[8]。中馈岂独薄[9]，宾饮不尽觞[10]。爱至望苦深[11]，岂不愧中肠[12]。山川阻且远[13]，别促会日长[14]。愿为比翼鸟[15]，施翮起高翔[16]。

注释

〔1〕清时：政治清明的时代。　屡：数次。

〔2〕嘉会：美好的宴集。

〔3〕终极：穷尽。

〔4〕朝霜：即朝露，以其易干，喻生命短促。露作霜，以协韵。

〔5〕展：伸展，适意。　嬿（yàn 燕）婉：安顺，顺遂。

〔6〕之：动词，往。　朔方：北方。指朔方郡。

〔7〕亲昵：亲近。指亲密的朋友。

〔8〕河阳：河之北岸。此指孟津渡。今河南省孟县南。

〔9〕中馈（kuì 愧）：古时指妇女在家中主持饮食之事。此指饯行的酒席。

〔10〕尽觞（shāng 伤）：把杯子喝干。痛快地饮酒。觞，盛有酒的杯。

〔11〕爱至：友爱至极。　望：期望。　苦：甚。李善注：“言恩爱至情之极，所望悲苦愈深也。”

〔12〕中肠：内心。余冠英说：“从这两句看来，似乎应氏有所求于曹植，而

曹植无能为力。”(《汉魏六朝诗选》)

〔13〕阻:险阻。

〔14〕别促:离别匆促。 会日长:再会之日遥远而难料。

〔15〕比翼鸟:鸟名。黄节《曹子建诗注》引《尔雅》:“南方有比翼鸟,不比不飞,其名谓之鹣鹣。”

〔16〕施翮(hé 禾):展翅。翮,羽颈,指鸟翼。

今译

清明时代人生难再得,美好宴饮一世难经常。天长地久运行无终极,人生易逝好比清晨霜。祝愿一路适意皆安顺,欢送我友客游去北方。亲密朋友会集共饯行,安排酒宴在此河之阳。岂是我家酒食独简单,宾客饮酒为何不酣畅。友爱至诚期望愈益深,难能酬报实在愧心肠。山川险阻路途且遥远,别离匆匆再会日久长。但愿彼此同为比翼鸟,展翅起飞直上高空翔。

(陈复兴译注并修订)

征西官属送于陟阳候作诗一首五言

孙子荆

题解

孙楚(218？—293),字子荆,太原中都(今山西平遥西北)人。《晋书》上说他“才藻卓绝,豪迈不群”,看来是位颇具文采之士。惠帝时为冯翊太守。原有集,已散佚。后人集有《孙冯翊集》,今存诗八首。

这首诗题交代作诗背景。诗人随晋扶风王司马骏西征,其部属送于陟阳亭(候,亭也)。诗于祖饯中所作。钟嵘称:“子荆‘零雨’之外”,“虽有累札,良亦无闻”(《诗品》)。这“零雨”即指本诗,并列之为中品,可视为孙楚的代表作。诗的开头四句,描写送别的情景,时间是一个秋天的早晨,人们倾城而出。中间十二句抒写个人的心情,以为这次随司马骏西征,当置生死于度外,表现出浓厚的达观自处的老庄思想。末四句表达了对道家万物齐同之理的自我体悟,以及对之信守不渝的信念。全诗思想深邃,充满理趣,诱人深思,语言含蓄而质朴,尤其是平仄相宜,韵律谐美、自然。故《宋书·谢灵运传论》说,“子荆零雨之章”,“正以音律调韵,取高前式”。

原文

晨风飘歧路[1],零雨被秋草[2]。倾城远追送[3],饯我千里道[4]。三命皆有极[5],咄嗟安可保[6]？莫大于殇子[7],彭聃犹为夭[8]。吉凶如纠缠[9],忧喜相纷绕[10]。天地为我炉[11],万物一何小。达人垂大观[12],诫此苦不早[13]。乖离即长衢[14],惆怅盈怀抱[15]。孰能察其心?鉴之以苍昊[16]。齐契在今朝[17],守之与偕老[18]。

注释

〔1〕歧路:岔路,指送别之处。

〔2〕零雨:小雨。《诗经·豳风·东山》:"零雨其濛。"

〔3〕倾城:全城。

〔4〕饯:以酒食送行。

〔5〕三命:三等寿命。李善注引《养生经》:"黄帝曰:'上寿百二十,中寿百年,下寿八十。'"

〔6〕咄嗟(duō jiē 多接):感叹词。

〔7〕殇:未成年而死。

〔8〕彭:彭祖,殷时贤大夫,相传历夏至商末,活七百岁。聃:老子,字聃。相传活一百六十岁,或说活二百岁。以上两句出自庄子的相对主义万物齐同观念。李善注引《庄子》:"南郭子綦曰:'天下莫大于秋毫之末,而太山为小;莫寿于殇子,而彭祖为夭。'"

〔9〕纠纆(mò 墨):缠绕纠结,难以分开。纆,绳索。

〔10〕纷绕:混杂一起。

〔11〕炉:火炉。贾谊《鹏鸟赋》:"且夫天地为炉兮,造化为工。"

〔12〕达人:通达乐观的人。　大观:目光远大。

〔13〕诫:警诫。　此:此理。指道家所谓殇子彭聃、吉凶忧喜齐同之理。

〔14〕乖离:违背。　衢:四通八达的道路。

〔15〕惆怅:因失望或失意而感伤。

〔16〕苍昊:青天。

〔17〕齐契:自我与万物齐同之理相契合。齐,指万物齐一之理。契,契合,体悟。

〔18〕守:信守。　之:代道家的一死生齐彭殇之理。以上两句意思说今朝随扶风王西征,正是以自身的行动与万物齐同的玄理相契合;而对此玄理信守不渝,直至垂老,即使在危难关头,也能达观自适,无所忧惧。

今译

清晨凉风吹着岔路口，濛濛细雨洒落秋草上。全城人远远追着送行，为我们饯别千里道旁。三等寿命长短皆有限，怎能自我保全获永生？殇子命也最长无可比，彭祖老聃只能算夭亡。吉祥和凶险相互纠缠，忧愁喜悦混杂更平常。天地好像一个大火炉，陶冶得万物多么微茫。达观的人们眼光远大，早以此诫不苦不悲伤。离开这里踏上了大路，心中充满无限惜别情。有谁了解自己的衷肠？上天会体察我的思想。齐同之理体悟在今朝，终生信守至老不迷惘。

（孙连琦译注　陈复兴修订）

金谷集作诗一首五言

潘安仁

题解

这是一首赠别诗。金谷涧在河南，那里有石崇的别墅。晋元康六年(296)，征西大将军祭酒王诩自洛阳西返长安，石崇为之送行，在此饯别。诗人潘岳为作此诗。

诗的前四句，概述王、石二人皆为国家重臣，彼此作别，人们的心情是很沉重的。中间二十句，抒写同游与饯别的情景，突出地描绘了别墅周围的环境、景物：有弯弯的溪水，有回环的山路，有随风荡漾的青柳，有波光粼粼的滥泉，庭前种有沙棠，后园栽植乌椑，繁花似锦，芳梨飘香，真是一幅自然美的画图。如此美好的所在，怎能不令人流连忘返，依依难舍呢！他们在这幽雅美好的环境里举觞劝饮，互倾衷肠，又怎能不增加离情别绪呢？这样以景衬情，以物托意，不乏含蕴，笔调是冲淡、清丽而疏朗的。结末四句，诗人抒发出一种笃厚至诚终生为友的誓愿，“投分寄石友，白首同所归”，把离别的情怀，引向更为悠长更为深沉的境界，表现出他们友谊的崇高和坚贞，耐人寻味。

原文

王生和鼎实〔1〕，石子镇海沂〔2〕。亲友各言迈〔3〕，中心怅有违〔4〕。何以叙离思，携手游郊畿〔5〕。朝发晋京阳〔6〕，夕次金谷湄〔7〕。回谿萦曲阻〔8〕，峻坂路威夷〔9〕。绿池泛淡淡〔10〕，青柳何依依〔11〕。滥泉龙鳞澜〔12〕，激波连珠挥〔13〕。前庭树沙棠〔14〕，后园植乌椑〔15〕。灵囿繁若榴〔16〕，茂林列芳梨[17]。饮至临华沼[18],迁坐登隆坻[19]。玄醴染朱颜[20],但愬杯行迟[21]。扬桴抚灵鼓[22],箫管清且悲[23]。春荣谁不慕[24]?岁寒良独希[25]。投分寄石友[26],白首同所归。

注释

〔1〕王生:指王诩,任征西大将军祭酒。 和:和羹。喻执政。 鼎实:鼎所盛之物,即鼎食。喻国家重臣之位。

〔2〕石子:指石崇。 海沂:东海与沂水间之地。指青、徐二州。石崇时为青,徐二州监军。

〔3〕迈:远行。《诗经·王风·黍离》:“行迈靡靡。”

〔4〕怅:愁闷,若有所失。 有违:离别。

〔5〕郊畿:京都附近的地面。

〔6〕晋京:洛阳。

〔7〕夕次:晚上停留。

〔8〕萦曲:弯曲回环。

〔9〕坂(bǎn 板):山坡。《诗·秦风·车邻》:“阪有桑。” 威夷:道路险阻不平。

〔10〕淡淡:水流动的样子。

〔11〕依依:轻柔的样子。《诗经·小雅·采薇》:“昔我往矣,杨柳依依。”

〔12〕滥泉:奔涌的泉水,亦作“槛泉。”

〔13〕连珠:连串之珠。

〔14〕沙棠:树名。《山海经·西山经》谓:“其状如棠,华黄赤实,其味如李而无核,名曰沙棠。”

〔15〕乌椑(bēi 卑):树名。

〔16〕灵囿:这里指石崇故居的花园。

〔17〕芳梨:芬芳的梨花。

〔18〕沼(zhǎo 找):水池。

〔19〕隆:隆起。 坻(dǐ 底):这里指山坡。

〔20〕醴(lǐ 礼);甜酒。

〔21〕愬:说。愬,同“诉”。王粲《公宴诗》:“合坐同所乐,但愬杯行迟。”

〔22〕桴(fú 浮):鼓槌。
〔23〕箫管:两种管乐器。
〔24〕春荣:春天万物生长繁茂,喻年轻。
〔25〕岁寒:此喻年老。
〔26〕投分:寄托个人的志向。分,志向。

今译

王将军是国家的重臣,石崇君镇守青徐两州。亲朋们送别各自回返,内心充满无限的忧愁。怎能倾诉惜别的思绪?回想漫游京郊的时候。我们早晨从洛阳出发,晚上住在美丽金谷口。弯弯溪水一道道横阻,座座山峦路险难行走。池中的绿水潺潺流动,随风飘拂柔软的青柳。泉水波纹闪闪像龙鳞,激起浪花滚滚如珍珠。前院栽的沙棠青葱葱,后园种植乌椑绿油油。花园繁茂最艳红石榴,丛密果林芬香是梨树。大家先在池旁把酒饮,后移山坡续饮意更稠。甜蜜的美酒染红面颊,只说畅饮兴致还不够。扬起鼓槌击鼓声咚咚,箫管声音清丽又悲忧。青春年华有谁不羡慕?岁暮人老孤独知音少。终生意愿寄托在石友,直到白头同走归隐路。

(孙连琦译注　陈复兴修订)

王抚军庾西阳集别作诗一首五言

谢宣远

题解

王抚军，即王弘，南朝宋琅玡临沂人。晋义熙十四年迁监江州、豫州之西阳、新蔡二郡诸军事，抚军将军。入宋，以佐命功封华容县公，进号卫将军。武、文帝朝皆居高位，以清恬知名于时。庾西阳，即庾登之，颍川鄢陵人。以顽强干练自立，曾参与高祖讨桓玄，封曲江县五等男。义熙十二年高祖北伐，以母老求郡。后补镇蛮护军、西阳太守。又应召入京，为太子庶子。与王弘、谢晦、江夷等友善。谢瞻，字宣远，时为豫章太守。

本诗约作于义熙十四年。王于湓口（今江西九江县西）与庾、谢宴集，送庾应召入京，谢返所守豫章郡。

前四句解题，写己与王、庾集别。次六句写饮饯之景。次四句写友朋分手之景。末四句写眷恋之情。

原文

祗召旋北京[1]，守官反南服[2]。方舟新旧知[3]，对筵旷明牧[4]。举觞矜饮饯[5]，指途念出宿[6]。来晨无定端[7]，别晷有成速[8]。颓阳照通津[9]，夕阴暧平陆[10]。榜人理行舻[11]，辒轩命归仆[12]。分手东城闉[13]，发棹西江隩[14]。离会虽相亲[15]，逝川岂往复[16]。谁谓情可书[17]，尽言非尺牍[18]。

注释

〔1〕祇(zhī 知):恭敬。　旋:回归。　北京:指南朝宋京城建康。

〔2〕守官:郡守之官。此谢瞻自称。　南服:南方。服,指郡国。周以土地距国都之远近分为五服。李善注以上两句:“言庾被召而旋帝京,已守官而莅南服也。”

〔3〕方舟:并舟。两船相并。　新:袁本、茶陵本作“析”,当改。析,分别。旧知:旧时的知友。指庾登之。

〔4〕对筵:对席。筵,古时席地而坐所用的垫席。　旷:远,远离。　明牧:贤明的州牧。指王弘。

〔5〕觞:古时喝酒用的器具。　矜:尊敬。　饮饯:饮酒送行。

〔6〕指途:向途,上路。　念:思念,留恋。　出宿:出于郊而留止。指在郊外饯行。以上两句意思说举杯为友人敬酒送行,面对征途,深切恋念留止郊外相互饯别的情景。

〔7〕来晨:来日。未来。　定端:确定的缘由。此指再会的约期。

〔8〕别晷(guǐ 鬼):别离的时光。晷,日影,指时光。　成速:急速。以上两句意思说未来没有再会的约期,离别的时光却过得极快。

〔9〕颓阳:落日。　通津:畅通的渡口。

〔10〕夕阴:傍晚的阴云。　暧:昏暗。　平陆:平坦的原野。陆,陆地,原野。

〔11〕榜人:船夫。　行舻(lú 卢):舟船。舻,船头,指船。

〔12〕輶(yóu 由)轩:古时一种轻便的车。　归仆:驾御归车的仆役。

〔13〕闉(yīn 因):城门外的曲城。

〔14〕棹(zhào 照):　船桨。指船。　隩(yù 郁):曲岸。

〔15〕离会:离别复会面。

〔16〕逝川:逝去的流水。　往复:往而复返。以上两句意思说虽然离别复可会面,内心互怀深挚的亲情;但是重逢之难,恰如这流逝的江水,毕竟一去不复返了。

〔17〕书:书写,表达。

〔18〕尺牍:指书信。牍,古时写字用的木板。

今译

友人应召往北归京城，郡守赴任向南返豫章。舟船并列既别旧知己，坐席相对又离州官长。举杯敬酒表达送别意，面向征途依恋今宵情。来日不知何时再相聚，别离时光疾速更匆匆。落日余晖照耀江渡口，傍晚阴云昏暗原野平。船夫整理行舟将开航，仆役驾御轻车上归程。朋友分手城东曲门外，舟船开行江西涯岸旁。离而复会心灵虽亲近，别去不返似江流激荡。谁说情感可以文字表，书信简短难述热情肠。

（陈复兴译注并修订）

邻里相送方山一首五言

谢灵运

题解

方山，山形四面等方，故名方山，在今南京秦淮河东。晋宋时，南京有四个码头。方山在东，石头在西，是行旅聚集之地。

少帝即位，让灵运于公元422年7月16日出京去做永嘉太守，邻里故旧相送于方山。这首诗即为此而作。

全诗抒发的是与故旧的离情别绪。“衰林”，“秋月”，一“就”一“明”，以动态写静态，以景之动写船之行和人之情。诗人说是要永远栖居永嘉，相别不是几年的事，不过是牢骚话。说愿做永嘉太守，以为休憩之所，是以旷达排遣愤激。渊明返自然之乐，出于个性真朴；灵运永嘉幽栖之想，出于无可奈何，因为并非自甘静退。

原文

祇役出皇邑〔1〕，相期憩瓯越〔2〕。解缆及流潮〔3〕，怀旧不能发〔4〕。析析就衰林〔5〕，皎皎明秋月〔6〕。含情易为盈〔7〕，遇物难可歇〔8〕。积痾谢生虑〔9〕，寡欲罕所阙〔10〕。资此永幽栖〔11〕，岂伊年岁别〔12〕。各勉日新志〔13〕，音尘慰寂蔑〔14〕。

注释

〔1〕祇役：奉命服役。指赴永嘉太守任。　皇邑：指刘宋首都建康。今南京市。

〔2〕相期：相期许。　憩（qì气）：休息。　瓯（ōu欧）越：指永嘉郡，今浙江

永嘉县。为汉时的东瓯,越族东海王摇都此,故称瓯越。

〔3〕解缆:解开船的缆绳。指开船。　流潮:疾流的江潮。

〔4〕怀旧:怀恋旧日的朋友。

〔5〕析析:风吹树木的声音。　就:趋近。　衰林:指树叶凋落。既为7月,树叶不可能"衰",而是趋向"衰",乃灵运心情流露(用吴小如说)。

〔6〕皎皎:光明洁净的样子。

〔7〕含情:含别离之情。　盈:满,充溢。

〔8〕遇物:接遇物类。指眼见面前的衰林秋月。　歇:止。

〔9〕积痾(ē阿):积久的疾病。　谢:告别,摆脱。　生虑:指人生仕途的思虑。

〔10〕寡欲:少欲。　罕:少。　所阙:缺失,过失。

〔11〕资此:借此。　幽栖:幽居,隐居。

〔12〕伊:惟。语助词。

〔13〕日新:日新月异,不断进取。

〔14〕音尘:音信,信息。　寂蔑:寂寞。

今译

远离首都赴任永嘉郡,依照期许休养去东瓯。解缆开船将赴大江潮,留恋故友孤船也似愁。两岸树叶凋落扑面来,皎洁秋月当空随人走。别离之情充溢我心中,眼前之景感人更难受。长年病患忘却名利场,欲望寡淡免于遭祸忧。隐居永嘉将做永久计,与君别离岂只几年头。各自劝勉志向日日新,互通音讯寂寞得慰劳。

(陈复兴译注并修订　陈延嘉再修订)

新亭渚别范零陵一首五言

谢玄晖

题解

这首诗是为送别范云任零陵郡内史而作。南齐零陵郡,在今湖南省零陵县北。新亭,在建康(今南京市)南。

诗中表达了对友人深挚的依恋之情,以及自己的孤寂忧郁之感。云去水流,是离思的寄托;停骖辍棹,是恋情的载体。并把友人的声闻大振与自己的即将孤索落寞相对照,预感到重聚之难,别离之苦则益深。

原文

洞庭张乐地〔1〕,潇湘帝子游〔2〕。云去苍梧野〔3〕,水还江汉流〔4〕。停骖我怅望〔5〕,辍棹子夷犹〔6〕。广平听方籍〔7〕,茂陵将见求〔8〕。心事俱已矣〔9〕,江上徒离忧〔10〕。

注释

〔1〕洞庭:山名,又称君山,在洞庭湖中。　张乐:设乐,作乐。传说黄帝曾于洞庭之野奏咸池之乐。

〔2〕潇湘:二水名。潇水,源出湖南九嶷山,至零陵与湘水汇合。湘水,源于广西省海阳山,为湖南省最大河流。　帝子:指舜之二妃娥皇、女英,随舜南行不返,死于湘水。因其为尧女,故称帝子。以上两句说零陵郡内,山水灵异不凡。

〔3〕苍梧:即九嶷山,在今湖南宁远县境。传说舜葬于苍梧之野。

〔4〕水还:指水归入于海。　江汉:长江汉水。

〔5〕停骖:停车。骖,指驾车辕马两侧的马。此代车。　怅望:惆怅瞩望。

〔6〕辍棹(zhào 照):停船。　夷犹:犹豫,徘徊不前。

〔7〕广平:汉郡名。晋人郑袤,曾做广平太守,注重道德教化,颇为百姓拥戴,临去,郡中人皆流泪。　听:指声望。　方:将。　籍:甚,盛。

〔8〕茂陵:汉县名。司马相如以病辞官,家居茂陵。武帝遣人求其书。及至,相如已卒。李善注以上二句:"言范同广平,而声听方向籍;己当居茂陵之下,将于彼而见求。"以上两句说范云将如郑袤那样,做太守而得人心,声名大振;自己将如司马相如,谢病家居,以遗文见求于世。

〔9〕心事:心中的思虑。此指前二句所言。

〔10〕徒:空。　离忧:内心忧愁。

今译

洞庭山麓黄帝奏过乐,潇湘水畔帝子曾漫游。白云自苍梧飘飘飞去,碧水经江汉朝海回流。车马不动我怅然凝望,舟船难行你欲去还留。你如郑袤善行声名振,我学相如文辞待人求。心中思绪至此皆茫然,孤立江上寂寞更忧愁。

(陈复兴译注并修订)

别范安成一首 五言

沈休文

题解

本篇是赠给范岫的送别诗。

范岫曾为齐安成内史，故称范安成。他是沈约的同僚与好友。与沈约同为宋安西将军蔡兴宗礼遇。入齐也曾做太子家令。“文惠太子之在东宫，沈约之徒以文才见引，岫亦予焉。岫文虽不逮约，而名行为时辈所与”(《梁书·范岫传》)。又与沈约同事梁，官晋陵太守、祠部尚书。

故这首写老友暮年之别，情感至为真挚深厚。前四句将少年别离易于再会，暮年别离难于相期对比，表现垂老离别悲伤之切。后四句说今后难有共饮之时，梦中相寻也难得一见，更突出此次离别悲苦之深。

语言清新，风格婉转，正是声律说渐兴之后，由古诗向律诗演变的代表作。

原文

生平少年日〔1〕，分手易前期〔2〕。及尔同衰暮〔3〕，非复别离时〔4〕。勿言一樽酒〔5〕，明日难重持〔6〕。梦中不识路〔7〕，何以慰相思〔8〕。

注释

〔1〕生平：平生。

〔2〕易:轻易,视为容易。　前期:预约再会之时。

〔3〕及尔:与你。　衰暮:衰老迟暮之年。

〔4〕非复:不再像。

〔5〕樽(zūn 尊):盛酒的器具。

〔6〕持:执。

〔7〕梦中:指别后梦中也难得再见。李善注引《韩非子》:"六国时,张敏与高惠二人为友。每相思,不能得见,敏便于梦中往寻,但行至半道,即迷不知路,遂回。如此者三。"

〔8〕慰:安慰。

今译

人生最好是少年时日,即使分别再会也容易。你我今已衰老如日暮,不像早年别离总有期。莫说一杯清酒滋味淡,明日难得共饮同欢喜。梦中寻你不识前面路,以何安慰我这相思意。

(陈复兴译注并修订)

咏史一首五言

王仲宣

题解

东汉献帝建安十六年(211)七月,曹操带兵西征马超,王粲为随军文士。这年年底,曹操大军返回长安(今陕西西安市西北),途经为秦穆公殉葬的“三良”坟墓。王粲对于这一史事有所思索,浮想联翩,首创以《咏史》为题,抒发思古幽情。这首诗吟咏“三良”被迫为秦穆公殉葬史事,表达人们对“三良”无穷无尽的同情、哀思,愤怒谴责秦穆公等统治者用活人殉葬的残暴罪行。开头四句写三位贤臣被迫随秦穆公殉葬,白白惨死。这是不应该发生的悲剧。中间八句写秦穆公指令殉葬,“三良”不得不死,面对活埋墓穴,哀呼苍天,父母兄弟妻子儿女痛哭得泪如雨下。最后八句赞叹“三良”生前为众人中的俊杰,死时为勇士典范。传说时人写《黄鸟》诗表示哀悼和不满,后人广为吟诵,至今不绝。

原文

自古无殉死[1],达人共所知[2]。秦穆杀三良[3],惜哉空尔为[4]。结发事明君[5],受恩良不訾[6]。临殁要之死[7],焉得不相随[8]?妻子当门泣[9],兄弟哭路垂[10]。临穴呼苍天[11],涕下如绠縻[12]。人生各有志[13],终不为此移[14]。

同知埋身剧[15],心亦有所施[16]。生为百夫雄[17],死为壮士规[18]。《黄鸟》作悲诗[19],至今声不亏[20]。

注释

〔1〕自古无殉死:意谓自远古以来原没有用活人殉葬的事。古,当指未有殉葬制的远古。殉(xùn迅),殉葬。

〔2〕达人:达观的人,通达知命的人。李善注引《礼记》:"陈乾昔寝疾,属其子曰:'如我死,使吾二婢子夹我。'乾昔死,其子曰:'殉葬,非礼也。'"

〔3〕秦穆杀三良:意谓秦穆公指令"三良"随自己殉葬。史实见《左传·文公六年》:"秦伯任好卒,以子车氏之三子奄息、仲行、鍼虎为殉,皆秦之良也。国人哀之,为之赋《黄鸟》。" 任好:秦穆公名。 三良:三位贤臣奄息、仲行、鍼虎。

〔4〕惜:哀伤,痛惜。 空:徒然,白白地。 尔:语助词。犹"然"。 为:谓作人殉,送命。

〔5〕结发:犹束发。谓年轻的时候。语本《史记·平津侯主父列传》:"臣结发游学,四十余年。" 事:事奉。 明君:贤明的君主。

〔6〕良:实在。 不訾(zī资):亦作"不赀"。不可估量。语本《后汉书·陈蕃传》:"不可赀计。"

〔7〕殁:死亡。

〔8〕随:随从,此指随从秦穆公殉葬。

〔9〕妻子:妻子儿女。 当门:面对门。

〔10〕垂:边。

〔11〕临穴呼苍天:意谓面对殉葬墓穴哀呼苍天。语出《诗·秦风·黄鸟》:"临其穴,惴惴其栗。彼苍者天,歼我良人。"穴,墓穴。苍天,青天。

〔12〕涕:眼泪。绠(gěng梗):汲水桶上的绳索。 縻(mí迷):牛缰绳。

〔13〕人生各有志:意谓人的志向各不相同。《三国志·魏书·邴原传》裴松之注引《原别传》:"人各有志,所规不同。"

〔14〕此:指妻子、兄弟悲痛难舍。 移:改变。

〔15〕剧:甚,剧烈。

〔16〕施:行,施行。 心:心思,犹思潮。

〔17〕百夫：百人。此泛指众多的人。语出《诗·秦风·黄鸟》："维此奄息，百夫之特。" 雄：杰出，俊杰。

〔18〕壮士：犹勇士。 规：典范，犹言风仪。

〔19〕《黄鸟》作悲诗：意谓国都的人作《黄鸟》诗悲悼为秦穆公殉葬的三位贤臣。典出《诗·秦风·黄鸟序》："《黄鸟》，哀三良也。国人刺穆公以人从死，而作是诗也。" 悲：谓悲悼。

〔20〕亏：缺。谓停止。

今译

远古原无人殉葬，通达世人所共知。秦伯殉葬三贤臣，徒然送命当惋惜。年轻事奉贤君主，承受恩泽不可计。临死指令其殉葬，哪能执拗相推辞？妻子儿女当门哭，父母兄弟路边泣。面对墓穴呼唤天，泪流如绳不断滴。人生在世各有志，终究不能因此移。都知活埋最惨痛，思潮起伏有所施。生被众人称俊杰，死为勇士树风仪。《黄鸟》诗歌作悲悼，哀声至今未停息。

（张厚惠译注 陈复兴修订）

三良诗一首五言

曹子建

题解

本诗可能是黄初以后所作。曹植切痛身世之虞，读秦史，咏《诗·黄鸟》而有所感发。

三良，指春秋时为秦穆公殉葬的三个忠良之臣。王仲宣《咏史诗》李善注引《左传》："秦伯任好卒，以子车氏三子奄息、仲行、鍼虎为殉，皆秦之良也。"

诗人谴责秦穆以人殉葬的非礼寡情，哀怜三良的无谓牺牲。忠义在于"捐躯赴国难"（《白马篇》），不在随君从葬。"谁言"两句与开头"功名"两句意思情思相反，揭示三良杀身时的心理矛盾，说明并非"所安"，实出无奈。其登君墓时的仰天叹，确然伤人肺肝。

诗人自身立功无路，尽忠不得，且有杀身之患，能不哀哉？诗意比王粲同一内容的《咏史》深厚得多。

原文

功名不可为〔1〕，忠义我所安〔2〕。秦穆先下世〔3〕，三臣皆自残〔4〕。生时等荣乐〔5〕，既没同忧患。谁言捐躯易〔6〕，杀身诚独难。揽泪登君墓〔7〕，临穴仰天叹〔8〕。长夜何冥冥〔9〕，一往不复还。黄鸟为悲鸣〔10〕，哀哉伤肺肝〔11〕。

注释

〔1〕功名：功勋声誉。李善注此句："言功立不由于己，故不可为也。"又引

《吕氏春秋》:“功名之立,天也。”这句意思是说,立功垂名非人意所能为,决定于上天的意志。

〔2〕忠义:指为国家解除祸患而牺牲的行为。李善注引《孝经注》:“死君之难为尽忠。”又引《谥法》:“能制命曰义。” 我:代指三良。 安:乐。

〔3〕秦穆:秦穆公,名任好,春秋时代五霸之一。 下世:去世。

〔4〕三臣:即三良。 自残:自杀以殉葬。

〔5〕等:同。 荣乐:指宴饮安乐的生活。李善注引应劭《汉书注》:“秦穆与群臣饮酒,酒酣。公曰:‘生共此乐,死共此哀。’奄息等许诺,及公薨,皆从死。”

〔6〕捐躯:献身。

〔7〕揽泪:拭泪。 君墓:指秦君之墓。

〔8〕穴:圹穴。此指坟墓。 以上两句是说三良殉葬时悲哀欲绝之情。

〔9〕长夜:此喻坟墓之中。 冥冥:黑暗的样子。

〔10〕黄鸟:指《诗经》中哀三良诗的篇名。其小序说:“《黄鸟》,哀三良也。国人刺穆公以人从死,而作是诗也。”

〔11〕伤:损伤。李善注引《礼记》:“亲始死,恻怛之心,伤肾、干肝、焦肺。”

今译

立功扬名人意不可为,忠义报国是我素所愿。秦穆先死即将下葬时,子车三臣同时自杀身。君主生时与其共宴饮,既死还要臣子以命殉。谁说为此献身轻而易,自杀从葬确实难上难。揩拭热泪登上秦君墓,面对圹穴仰天深长叹。墓中长夜漫漫暗无边,一旦葬入永远不回还。黄鸟枝头啾啾做悲鸣,哀痛钻心损伤肺与肝。

(陈复兴译注并修订)

咏史八首

左太冲

题解

左思《咏史》诗,在中国诗歌发展史上,如同谢灵运的"山水诗"和陶渊明的"田园诗"一样,具有里程碑的意义。首创咏史之体,不是左思而是班固,但班诗"联缀史传","质木无文",影响不大。左思将"咏史"与"咏怀"紧密结合起来,为"咏史"诗开拓了新的艺术领域。

自左思之后,咏史诗形成二体,即"正体"与"变体"。清代著名文选学家何义门在《义门读书记》中说:"咏史者,不过咏其事而美之。概括本传,不加藻饰,此正体也。太冲多摅胸臆,此又其变体。"班固咏史为正体,左思咏史为变体。变体基本特征:不是联缀史传,而是"吟咏情性",抒情言志。"名为咏史,实为咏怀"。(张玉穀《古诗赏析》)左思将班固咏史之正体,发展为咏史之变体,"咏古人而己之性情俱见",是咏史诗艺术的升华,是诗歌史上的一大创新。其思想与艺术的成就,影响数代诗人。鲍照、李白、杜甫等无不受到左思咏史诗的滋养。杜甫《咏怀古迹五首》就是明显的例证。杨伦《杜诗镜铨》说:"此五章乃借古迹以咏怀也。"并进一步指出:"五诗咏史即咏怀,一面当作两面看。其源出太冲《咏史》。"

《咏史》八首是组诗,有紧密内在联系。当作于晋灭吴(280)以前。主要借吟咏历史人物,抒发诗人怀才不遇和对社会恶势力的郁结愤激的情感。"造语奇伟,创格新特,错综震荡,逸气干云"。(胡应麟《诗薮》)

《弱冠弄柔翰》是组诗的第一首，为统领全篇的序诗。头八句极写文才武略。用“弄”形容“写”，表现文笔之娴熟；用“卓荦”修饰“读”，说明见解之非凡。文才惊人，武略出众，司马穰苴的兵书在胸，又逢“边城苦鸣镝”之际，正好施展自己的抱负。故接下去六句，写自己的雄心壮志。当时东吴未灭，天下尚未统一，诗人积想成梦，矢志“澄江湘”，“定羌胡”，一展报国之良图。最后两句，笔锋一转，陡然荡开：“功成不受爵，长揖归田庐”，表现诗人宽广胸怀和高尚情操，使全诗思想升华一步，文势亦如激流入海，更加深广，宽阔。

刘熙载说左思《咏史》“似论体”，但论不空发。它多层次，多侧面地描述人物才干，抒写其远大怀抱，塑造一个既多文才又富武略，既急于建功立业又不汲汲于一己名利的诗人自我形象。

原文

弱冠弄柔翰[1]，卓荦观群书[2]。著论准过秦[3]，作赋拟子虚[4]。边城苦鸣镝[5]，羽檄飞京都[6]。虽非甲胄士[7]，畴昔览穰苴[8]。长啸激清风[9]，志若无东吴[10]。铅刀贵一割[11]，梦想骋良图[12]。左眄澄江湘[13]，右盼定羌胡[14]。功成不受爵[15]，长揖归田庐[16]。

注释

〔1〕弱冠：古代男子二十岁成人而行冠礼。因身体未壮，故称弱冠。《礼记·曲礼》：“人生二十曰弱冠。” 弄：执，拿。 柔翰：毛笔。

〔2〕卓荦（luò 落）：特出，超群。

〔3〕著论：撰述。 准：以……为准。意动用法。 《过秦》：指贾谊的《过秦论》。

〔4〕拟：摹拟。 《子虚》：指司马相如的《子虚赋》。

〔5〕边城：边疆。 苦：急。《庄子·天道》：“斫轮徐则甘而不固，疾则苦而不入。” 鸣镝（dí 敌）：带响的箭头，古时发射它做战斗的信号。镝，箭头。

〔6〕羽檄(xí 习):插有鸟羽的文书,表示紧急,要迅速传送。檄,檄文,文书。

〔7〕甲胄(zhòu 咒)士:战士。甲胄,铠甲和头盔。

〔8〕畴(chóu 仇)昔:从前,过去。 览:读,阅览。 穰苴(ráng jū 瓤居):《司马穰苴兵法》,此泛指一般兵书。穰苴,春秋时齐国人,姓田氏。因有战功尊为司马,称司马穰苴。后来齐威王让大夫论古代司马兵法,穰苴谈兵亦列其中,故称《司马穰苴兵法》。

〔9〕长啸:放声而啸。啸,撮口发出长而清越的声音。 激:激荡。

〔10〕东吴:指孙氏政权。

〔11〕铅刀一割:请求施展抱负。 李善注引《东观汉记》:"超曰:'臣乘圣汉威神,出万死之志,冀立铅刀一割之用。'"铅刀,易钝,一用而不能再割。此以自谦才能低下。

〔12〕梦想:渴望。 骋:施展。 良图:宏图大志。

〔13〕眄(miǎn 勉):看。 澄:清澈。 江湘:指长江和湘水,当时是东吴之地。地处东南,故曰"左眄"。

〔14〕盼:看。 羌(qiāng 枪)胡:即古代五胡中的羌族,分布在甘肃、青海一带,地处西北,故曰"右盼"。

〔15〕爵:爵位,指官。

〔16〕长揖:旧时拱手高举,自上而下,为相见礼。此指拱手辞别之意。田庐:田园。

今译

二十文笔便纯熟,才华出众观群书。著论取法《过秦论》,作赋遵照《子虚赋》。自己虽然非武士,从前却常看兵书。鸣镝作响边关紧,羽毛军书飞京都。撮口长啸风激荡,壮志眼里没东吴。铅刀虽钝贵一割,渴望建功展宏图。左顾横扫灭孙吴,右盼北方定羌胡。功成不受封官爵,拱手辞行归田庐。

题解

《郁郁涧底松》为第二首。

左思生活的魏晋时代,施行“九品中正”制,等级森严,门阀根深蒂固,所谓“上品无寒门,下品无世族”。像他这样出身寒微的人,纵有文韬武略,才华横溢,壮志凌云,也不能不埋没在下层;而那些酒囊饭袋、大脑平滑之徒,都可依靠父祖的势力,身居要职,高高在上。诗人怀着无法抑制的愤激,对这种不合理的制度给以猛烈的抨击。这就是这首诗的鲜明的主题,也是诗人对现实丰富感受的理性凝聚。

比兴是形象思维的重要手段,比较是认识事物的重要方法。诗人运用比兴和比较的方法,将两种对立的事物拉到一起加以比较:“涧底松”与“山上苗”;“径寸茎”与“百尺条”;“世胄”与“英俊”;“蹑高位”与“沉下僚”;“冯公”与“金张”;“不见招”与“珥汉貂”。由自然到社会,由泛谈到举例,即使不加评论,是非邪正亦昭然若揭,何况诗人又在中间插入“地势使之然,由来非一朝”二句,更完成了从现象到本质的认识的飞跃。“地势”,就自然而论,它是地理上的悬差,就社会而论,它是阶级或阶层的对立,左思高出同辈一筹的认识,使这首诗成为当时抨击门阀制度的最强音。

原文

郁郁涧底松〔1〕,离离山上苗〔2〕。以彼径寸茎〔3〕,荫此百尺条〔4〕。世胄蹑高位〔5〕,英俊沉下僚〔6〕。地势使之然〔7〕,由来非一朝。金张籍旧业〔8〕,七叶珥汉貂〔9〕。冯公岂不伟〔10〕,白首不见招〔11〕。

注释

〔1〕郁郁:茂密的样子。

〔2〕离离:轻细的样子。(用张铣说)　苗:指初生的小树。

〔3〕径寸:直径一寸。　茎:指小树之干。

〔4〕荫:遮盖。　条:树枝。此指涧底之松。

〔5〕世胄:世家后代。胄,后裔。　蹑(niè 聂):登。

〔6〕英俊:出类拔萃的人才。　下僚:职位低下的小官。

〔7〕地势:自然之地势,喻指地位与身分。

〔8〕金:指金日磾家族。班固《汉书·金日磾传赞》曰:“七世内侍,何其盛也。”从汉武帝至汉平帝,金家七代为内侍。　张:指张汤家。张家自汉宣帝至汉元帝,子孙相继在朝中做官,侍中、中常侍等十余人。　籍:蹈。引申为凭借。旧业:指祖先的功业。

〔9〕七叶:七代。此言时间之长,并非实指。　珥(ěr 耳):插。　貂:此指貂尾,用做武官帽子的装饰。

〔10〕冯公:指冯唐,汉文帝时人,官为中郎署长,年老而官位低微。　伟:奇,出众。

〔11〕见招:指被皇帝召见,即重用。见,被。

今译

谷底青松郁葱葱,山顶小树稀零零。小树用它寸径身,遮住谷底百尺松。权贵子弟居高位,真正英才压底层。地位悬殊才如此,并非一朝一夕成。金张两家凭祖业,七代显赫受恩宠。冯唐难道非奇才,白首也不被重用。

题解

《吾希段干木》为第三首。

通过对历史上具有高风亮节的段干木、鲁仲连的歌颂,表达诗人自己的高尚情操。确乎是“名为咏史,实为咏怀”。《咏怀》之一中所提出“功成不受爵,长揖归田庐”的理想,与本诗所赞美的高风亮节之士思想境界是先后贯通的。以高士为楷模,功成既不受爵,又不受赏。连玺不动心,富贵如浮云。

原文

吾希段干木,偃息藩魏君〔1〕。吾慕鲁仲连,谈笑却秦军〔2〕。当时贵不羁〔3〕,遭难能解纷〔4〕。功成不受赏,高节卓不群[5]。临组不肯绁[6],对珪宁肯分[7]?连玺耀前庭[8],比之犹浮云[9]。

注释

〔1〕希:景慕,向往。　段干木:战国时魏人,隐居穷巷,不愿做官。魏文侯尊他为师。当时秦国要攻打魏,司马唐谏秦王说:“段干木贤者也,而魏礼之,天下莫不闻。无乃不可加兵乎?”秦王于是罢兵。偃息:仰卧。　藩:篱笆。此用如动词,护卫之意。　魏君:指魏文侯。

〔2〕鲁仲连:战国时齐国人。据《史记·鲁仲连列传》载,赵孝成王时,秦国大将白起围赵,魏王派辛垣衍劝说赵国尊秦昭王为帝。这时鲁仲连正在赵国,劝赵放弃这个屈辱打算,秦知道后,退兵五十里。　却:退。

〔3〕贵:以……为贵。意动用法。　不羁:不受笼络。

〔4〕遭难:此指遇人有难。　解纷:解除纷乱。纷,乱。遭难解纷,指能替人排忧解难。

〔5〕高节:高风亮节。　卓:高超。《史记·鲁仲连列传》:“鲁仲连却秦军后,于是平原君欲封鲁连,鲁连辞让。使者三,终不肯受。平原君乃置酒,酒酣,起前,以千金为鲁连寿。鲁连笑曰:‘所谓贵于天下之士者,为人排忧释难解纷乱而无取也。即有取者,是商贾之事也,而连不忍为也。’遂辞平原君而去。”

〔6〕组:绶带,系官印的带子。　绁(xiè 谢):系。

〔7〕珪(guī 归):同“圭”,上圆下方的玉。古代封诸侯,不同爵位给不同的圭。“绁组”、“分珪”,指接受官爵。　宁肯:岂肯。

〔8〕连玺(xǐ 喜):成串的官印。指一身兼多种官职。玺,印。

〔9〕浮云:比喻虚无缥缈,转瞬即逝。《论语·述而》:“子曰:‘不义而富且贵,于我如浮云。’”

今译

我心景仰段干木,名高安卧救魏君。我心向往鲁仲连,不动一兵退强秦。当世富贵不能络,他人有难解忧纷。有功偏偏不受赏,高风亮节超众人。官印绶带不肯系,美玉官徽哪肯亲?串串官印耀门庭,富贵于我如浮云。

题解

《济济京城内》为第四首。

全诗可分为两层，描绘了两种形象。前八句是“朝集金张馆，暮宿许史庐”的趋势附炎之徒的形象；后八句是“言论准宣尼，辞赋拟相如”的清高之士的形象。热闹一时，只是过眼烟云；“门无卿相舆”，“寥寥空宇中”，冷落一时，不过是刹那的寂寞。经过历史长河的淘汰，名垂百世而不朽者，只能是后一种人。作者在两种形象的对比描述中，饱含对权贵的鄙视，对高士的景慕。

原文

济济京城内〔1〕，赫赫王侯居〔2〕。冠盖荫四术〔3〕，朱轮竟长衢〔4〕。朝集金张馆〔5〕，暮宿许史庐〔6〕。南邻击钟磬〔7〕，北里吹笙竽〔8〕。寂寂扬子宅〔9〕，门无卿相舆〔10〕。寥寥空宇中〔11〕，所讲在玄虚〔12〕。言论准宣尼〔13〕，辞赋拟相如〔14〕。悠悠百世后〔15〕，英名擅八区〔16〕。

注释

〔1〕济济(jǐ 挤)：美盛的样子。　京城：首都。此指长安。

〔2〕赫赫：显耀之状。　居：住宅。

〔3〕冠盖：冠，礼帽；盖，车盖。此指王公贵族的车马。　荫：遮盖。　术：道路。

〔4〕朱轮：涂着红色车轮的车子。汉朝列侯二千石以上的官所乘。　竟：遍。　长衢(qú 渠)：大道。

〔5〕金张：指金日磾和张汤家族。

〔6〕许史：指许，史两家外戚。许家，宣帝许皇后的娘家。史家，宣帝祖母史良娣的娘家。许史两家多有封侯。庐：古代迎宾客的馆舍。

〔7〕钟磬(qìng 庆)：皆打击乐器。钟，金属为之；磬，石为之。

〔8〕笙、竽：皆管乐器。

〔9〕寂寂:冷清,落寞。　扬子:指扬雄。《汉书·扬雄传》:“(雄)家贫,素嗜酒,人希至其门。”

〔10〕卿相:指士大夫。　舆:车。

〔11〕寥寥:空虚的样子。　宇:屋子。

〔12〕玄虚:指《太玄经》。扬雄仿《周易》作《太玄经》十卷,讲玄妙虚无之理。

〔13〕宣尼:孔子。汉平帝时追谥孔子为褒城宣尼公。扬雄仿《论语》作《法言》十三卷。

〔14〕相如:汉代辞赋家司马相如。扬雄仿司马相如《子虚赋》、《上林赋》,作《甘泉赋》、《羽猎赋》、《长杨赋》、《河东赋》。

〔15〕悠悠:长久。

〔16〕英名:美名。　擅:专,独占。　八区:八方。

今译

京城庄严又繁华,显赫无比王侯家。冠盖簇簇塞通衢,朱轮滚滚压长街。达官朝集金张宅,显宦暮宿许史家。南街乐奏钟磬响,北巷笙竽乐音发。冷冷落落扬雄宅,卿相车马不到达。家徒四壁无所有,大讲《太玄》在京华。著论学习孔仲尼,作赋处处拟司马。历史悠悠过百世,唯雄美名扬天下。

题解

《浩天舒白日》为第五首。

在八首咏史诗之中,这是写得最神采飞扬的一首。开头两句,皓天白日,一片亮色照耀神州大地,为下文迷途知返衬上明朗的背景。接下去的四句,写皇都之内,住满王侯权贵,何等显赫。然而这一切,只能令趋势附炎、攀高结贵之徒垂涎,而诗人则望而生厌,甚至产生悔于跻身仕途的情绪。“自非攀龙客,何为欻来游?”于是迷途知返,决心远离官场,与权贵及攀龙附凤之徒彻底决裂;“被褐出阊阖,高步追许由。”要以听人说到“做官”二字都要洗耳的许由为楷模,高蹈清白不染尘。最后两句,乃全诗之警策:“振衣千仞冈,濯足万里流。”前句形容其高,后句形容其洁。属对工巧而不失自然,隽永含蓄而形象鲜明,成为千古佳句。

原文

皓天舒白日[1],灵景耀神州[2]。列宅紫宫里[3],飞宇若云浮[4]。峨峨高门内[5],蔼蔼皆王侯[6]。自非攀龙客[7],何为欻来游[8]?被褐出阊阖[9],高步追许由[10]。振衣千仞冈[11],濯足万里流[12]。

注释

〔1〕皓天:明朗的天。皓,明。　舒:伸展,此谓放射。　白日:日光。

〔2〕灵景:日光。　神州:“赤县神州”之简称,指中国。

〔3〕列宅:指一排排的建筑。　紫宫:本星宿名,即紫微宫。此喻皇都。

〔4〕飞宇:翘起的屋檐,如鸟展翅欲飞。　云浮:形容飞宇高而密,如云之飘浮。

〔5〕峨峨:高高的样子。　高门:高大的门第。

〔6〕蔼蔼:盛多的样子。

〔7〕攀龙客:攀龙附凤的人。指那些追随帝王将相以求功名利禄者。

〔8〕何为:为何。　欻(xū 虚):忽。

〔9〕被(pī 批)褐:穿粗布衣服。　阊阖(chāng hé 昌合):晋代洛阳城有阊阖门。此指都门。

〔10〕高步:高蹈,即远离世俗隐居。　许由:传说尧时的隐士,尧让位给他,他不受,逃到箕山下隐居躬耕。

〔11〕振衣:指抖掉衣上的灰尘。　仞:八尺为仞。

〔12〕濯(zhuó 浊)足:洗脚。振衣濯足,指摆脱世俗。

今译

青天白日放光芒,光芒照耀神州上。京都宅第何庄严,飞檐入

云似鸟翔。高高大门深宅里，处处深宅皆侯王。本非攀龙附凤者，何必宦游这地方。身着布衣出都门，追随许由弃官场。抖动衣尘千仞冈，洗足清流万里浪。

题解

《荆轲饮燕市》为第六首。

荆轲是诗文作者常常歌咏的对象。而歌颂者又总是借咏荆轲以抒发自己的怀抱。左思之后的陶渊明写过《咏荆轲》，与其说是除暴的颂辞，不如说是"君子死知己"的赞歌。左思咏荆轲，则以荆轲为榜样，"高眄邈四海，豪右何足陈"。一反俗见，把贵贱的看法颠倒过来。视贵者如粪土，视贱者重千钧。较之前一首的思想锋芒更尖锐。那首只是学许由与权贵决裂，与官场绝缘，而这首咏荆轲，则表现了性格中反抗的一面。五、六首虽然都借咏史而咏怀，但各有侧重，且步步加深。

原文

荆轲饮燕市〔1〕，酒酣气益振〔2〕。哀歌和渐离〔3〕，谓若傍无人〔4〕。虽无壮士节〔5〕，与世亦殊伦〔6〕。高眄邈四海〔7〕，豪右何足陈〔8〕！贵者虽自贵〔9〕，视之若埃尘〔10〕。贱者虽自贱〔11〕，重之若千钧〔12〕。

注释

〔1〕荆轲(kē 科)：战国时侠义之士。《史记·刺客列传》："荆轲至燕，爱燕之狗屠及善击筑者高渐离。荆轲嗜酒，日与狗屠及高渐离饮于燕市。酒酣以往，高渐离击筑，荆轲和而歌于市中，相乐也。已而相泣，旁若无人者。"后为燕太子丹刺秦王，失败被杀。

〔2〕气：气势。　振：威壮。

〔3〕哀歌：悲伤的歌。　渐离：高渐离。战国时隐于燕市的侠义之士。

〔4〕谓若：以为。 傍无人：旁若无人。

〔5〕节：志操。

〔6〕殊伦：超绝同辈。伦，辈。

〔7〕高眄：傲视。 邈：同“渺”。小看。 四海：指天下。

〔8〕豪右：豪门贵族。古以右为上，故称。 陈：述说。

〔9〕贵者：指豪门贵族。 自贵：自以为尊贵。

〔10〕埃尘：尘埃，尘土。以喻轻贱。

〔11〕贱者：指荆轲、高渐离。 自贱：自以为低贱。

〔12〕钧：三十斤为一钧。以喻贵重。

今译

荆轲饮酒燕市上，酒酣气势更威壮。渐离击筑荆悲歌，仿佛无人在身旁。刺杀秦王虽未成，亦与凡夫不一样。傲视四海小天下，达官贵人何足讲。权贵虽然自尊贵，我却视如埃尘轻。贱者虽然自轻贱，我却视之千钧重。

题解

《主父宦不达》为第七首。

全诗主旨在于借古贤以自况。前十二句为第一层，列举主父偃、朱买臣、陈平、司马相如四贤生遭屯邅为例；后四句则从这个别事例中，引出带普遍性的结论：“何世无奇才，遗之在草泽。”其表现手法，为“先述史实，而以己意断之”。（张玉谷《古诗赏析》）

原文

主父宦不达，骨肉还相薄[1]。买臣困采樵，伉俪不安宅[2]。陈平无产业，归来翳负郭[3]。长卿还成都，壁立何寥廓[4]。四贤岂不伟[5]，遗烈光篇籍[6]。当其未遇时[7]，忧在填沟壑[8]。英雄有屯邅，由来自古昔[9]。何世无奇才，遗

之在草泽[10]。

注释

〔1〕主父:主父偃,汉武帝时人。《史记·主父偃传》载:“主父曰:‘臣结发游学四十余年不得遂。亲不以为子,昆弟不收,宾客弃我,我厄日久矣。’”宦:仕途。 骨肉:比喻至亲。此指父母兄弟。 薄:轻视,看不起。

〔2〕买臣:朱买臣,汉武帝时人。《汉书·朱买臣传》载:朱买臣家贫,好读书,不治产业,靠砍柴为生。买臣妻嫌其贫,离家而去。 采樵:砍柴。 伉俪(kàng lì 抗力):配偶。

〔3〕陈平:汉初功臣,官至丞相。 翳:掩蔽。 负郭:房屋以城墙为后墙。《史记·陈丞相世家》载:“(平)少时家贫,好读书。……家乃负郭穷巷,以弊席为门,然门外多有长者车辙。”

〔4〕长卿:司马相如,字长卿,成都人。《史记·司马相如列传》载:相如去临邛,在卓王孙家饮酒,相如以琴挑其女卓文君,文君新寡,遂与相如夜奔。回到成都,相如家徒四壁,一无所有。 寥廓:空荡荡的样子。

〔5〕四贤:指主父偃、朱买臣、陈平、司马相如。 伟:伟大。

〔6〕遗烈:遗业。 光:光耀。 篇籍:史册。

〔7〕未遇:没有受到赏识,没有受到重用。

〔8〕汤壑(hè 贺):溪谷,此泛指山野。

〔9〕屯邅(zhūn zhān 谆沾):处境困难。 古昔:古来。

〔10〕草泽:犹草野。

今译

主父仕途行不通,至使骨肉相轻蔑。砍柴为生朱买臣,妻子出走离寒舍。陈平家贫无产业,房屋后墙借城郭。司马相如居成都,家徒四壁空寥廓。四贤难道非奇才,留下业绩入史册。当其未被知遇时,忧虑饥饿弃荒野。英雄古来多坎坷,不被重用遗草泽。

题解

《习习笼中鸟》为第八首。

全诗二十句,分为两部分。前十二句为第一部分。头两句既是比,又是兴。用笼中之鸟比喻穷巷之士,先隐后显。写贫士如笼中之鸟,天地狭小,毫无出路:有策无人纳,做官无人用,生活无斗储,亲朋无往来,贫贱至极。后八句为第二部分,由苏秦、李斯之"俯仰生荣华","咄嗟复凋枯",引出安贫乐贱,远祸全身的处世哲学。比起前几首的激昂格调,显然低了下来,而这正是封建社会知识分子受到打击后常流露的消极情绪。

原文

习习龙中鸟〔1〕,举翮触四隅〔2〕。落落穷巷士〔3〕,抱影守空庐〔4〕。出门无通路,枳棘塞中涂〔5〕。计策弃不收,块若枯池鱼〔6〕。外望无寸禄〔7〕,内顾无斗储〔8〕。亲戚还相蔑〔9〕,朋友日夜疏〔10〕。苏秦北游说〔11〕,李斯西上书〔12〕。俯仰生荣华〔13〕,咄嗟复凋枯〔14〕。饮河期满腹〔15〕,贵足不愿余。巢林栖一枝,可为达士模〔16〕。

注释

〔1〕习习:鸟飞的样子。

〔2〕举翮(hé 合):举翼,起飞。翮,鸟的翅膀。　四隅:四角。

〔3〕落落:孤独,难与人合。　穷巷士:住在偏僻之处的贫士。

〔4〕抱影:形影相抱,形容孤独。　空庐:空室。

〔5〕枳(zhǐ 止)棘:多刺的树。　中涂:途中。涂,同"途"。

〔6〕块:孤独的样子。

〔7〕寸禄:微薄的俸禄。

〔8〕斗储:斗米的储备。无寸禄、无斗储,极言贫穷。

〔9〕蔑:看不起。

〔10〕日夜:一天一天地。　疏:疏远。

〔11〕苏秦:战国时洛阳人。据《史记·苏秦列传》载:苏秦先游说秦国未被任用,又去北方游说燕赵等六国合纵抗秦,得到重用,佩六国相印。

〔12〕李斯:战国时楚上蔡人。《史记·李斯列传》载:李斯西至秦国游说秦王,得为客卿。秦统一后做了丞相,秦二世时被杀,诛三族。

〔13〕俯仰:低头抬头之间,形容时间极短。　荣华:本为草木开花,引申为昌盛显达。

〔14〕咄嗟(duō jiē 多接):一呼一诺之间,即霎时,顷刻。　凋枯:草木凋谢。此引申指人死亡。

〔15〕饮河期满腹:喻知足退守的人生态度。《庄子·逍遥游》:"鹪鹩巢深林,不过一枝;偃鼠饮河,不过满腹。"

〔16〕达士:明智达理之士。　模:榜样。

今译

频频展翅笼中鸟,鸟翅一展触笼壁。陋巷孤独寂寞者,形影相抱守空室。想出家门道不通,路途之上尽荆棘。贡献良策无人用,孤立犹如干池鱼。外望官场无寸禄,内顾家中无斗米。亲戚个个相轻蔑,朋友天天远疏离。苏秦北游说燕赵,李斯西去上秦书。俯仰之间得荣华,嗟叹复又变枯骨。偃鼠饮水期满腹,贵在知足不贪多。鹪鹩巢树占一枝,可为达人作楷模。

(赵福海译注并修订)

咏史一首五言

张景阳

题解

张协(？—307),西晋文学家。字景阳,安平(今河北安平县)人。生年不详。曾任秘书郎、中书侍郎、河间内史等官职。忧虑时局纷乱,害怕官场险恶,辞官隐居,以吟咏自娱。后征召为黄门侍郎,托病没有赴任。与兄载、弟亢都以文章闻名,当时称为“三张”。擅长五言诗,《杂诗》十首为其代表作,也能写词赋,《七命》较著名,连同此诗,一并选入《文选》中。

这首诗主调在歌颂疏广、疏受叔侄:首先赞颂其明智,功遂身退,适时而归;其次颂扬教子有方,不给子孙留下大笔财富,让他们自食其力,好自为之。历史名臣疏广留给后人的这一精神财富,至今仍然广为传颂,富有教育意义。开头十二句写疏广、疏受审时度势,功遂身退,及时归田,博得朝野上下交口称赞,“二疏”离京时,文武百官乃至行人、百姓都前来送行,盛况空前。中间四句写疏广教子有方,给子孙留下的不是大量田宅家产,而是廉洁、开明的精神财富。提出“多财为愚累”的发人深省的名言。结尾四句写张协的预言和劝诫,“二疏”将“清风激万代,名与天地俱”,为官者当从中吸取教益。全诗用词清新、自然、生动,有一定艺术感染力。

原文

昔在西京时〔1〕,朝野多欢娱〔2〕。蔼蔼东都门〔3〕,群公祖二疏〔4〕。朱轩曜金城〔5〕,供帐临长衢〔6〕。达人知止足〔7〕,

遗荣忽如无〔8〕。抽簪解朝衣〔9〕,散发归海隅〔10〕。行人为陨涕〔11〕,贤哉此丈夫〔12〕!挥金乐当年〔13〕,岁暮不留储〔14〕。顾谓四坐宾〔15〕,多财为累愚〔16〕。清风激万代〔17〕,名与天壤俱〔18〕。咄此蝉冕客〔19〕,君绅宜见书〔20〕。

注释

〔1〕西京:古都名。长安(今陕西西安市西北),亦引申指西汉。

〔2〕朝野:朝廷内外,朝廷和民间。 娱:乐。

〔3〕蔼蔼:犹言济济。人众多而有威仪的样子。语出《诗·大雅·卷阿》:"蔼蔼王多吉人。" 东都门:京都长安的东城门。史事见《汉书·疏广传》:"供张东都门外。"颜师古注引苏林曰:"长安东郭门也。"

〔4〕群公祖二疏:意谓文武百官旧友同乡诸君都前来为二疏送行。史事见《汉书·疏广传》:"公卿大夫故人邑子设祖道。" 群公:犹诸公。 祖:古人出行时祭祀路神叫"祖",因称送行叫"祖送"、"祖道"、"祖饯"等。 二疏:疏广、疏受的简称。

〔5〕朱轩:古代公侯贵族及朝廷使者所乘的红漆车。史事见《汉书·疏广传》:"送者车数百两(辆)。" 曜(yào 耀):照耀。 金城:坚固的城墙。

〔6〕供帐:亦作"供张"。陈设帷帐等用品以供饯别之用。 衢(qú 渠):四通八达的大道。

〔7〕达人知止足:意谓通达知命的人才能做到"知足不辱,知止不殆"。史事见《汉书·疏广传》:"广谓受曰:吾闻'知足不辱,知止不殆','功遂身退'。"语出《老子》四十四章"知足不辱,知止不殆"。意谓知道满足就不会受到屈辱,知道适可而止就不会带来危险。达人,通达知命的人。

〔8〕遗:遗弃。 荣:谓荣华富贵。

〔9〕抽簪:谓弃官隐退。簪(zān),古人用来插定发结或连冠于发的一种长针。古时做官的人必须束发整冠,当用簪。 解:脱去。 朝衣:犹朝服。古时君臣朝会时所穿的礼服。语出《孟子·公孙丑上》:"如以朝衣朝冠坐于涂炭。"

〔10〕散发(sǎ fà):抛弃冠簪,谓隐退不做官。语本《后汉书·袁闳传》:"闳遂散发绝世。" 海隅:沿海地区。此指二疏故乡所在地区,因其为东海兰陵(今山东枣庄市东南)人。

〔11〕行人为陨涕:意谓走路的人也为二疏功遂身退感动而落泪。史事见《汉书·疏广传》:"及道路观者……或叹息为之下泣。"行人,出行的人,走路的人。 陨(yǔn 允):落,坠落。 涕:泪。

〔12〕贤哉此丈夫:意谓贤达啊,这二疏大丈夫!史事见《汉书·疏广传》:"及道路观者皆曰:'贤哉二大夫。'"贤,贤德,贤达。丈夫,为"大丈夫"的略语。即本传中的"大夫"。意谓有大志、有作为、有气节的男子。

〔13〕挥金乐当年:意谓挥金消费欢乐毕生。史事见《汉书·疏广传》:"此金者,圣主所以惠养老臣也,故乐与乡党宗族共飨其赐,以尽吾余日。"挥,散发。金,谓钱,金钱。当年,毕生,一生。

〔14〕岁暮:比喻老年。语本《汉书·楚元王传附刘向》:"今(周)堪年衰岁暮。" 储:积蓄,储蓄。

〔15〕顾:环视。四坐:谓四周在座的人。

〔16〕多财为累愚:意谓大量财富留给糊涂子孙,只能使其受害。史事见《汉书·疏广传》:"贤而多财,则损其志;愚而多财,则益其过。"累,牵累,使受害。愚,与"贤"相对,谓糊涂。

〔17〕清风:谓二疏清廉、明智的风尚。 激:激励。 万代:极言其久远,意谓经历久远的年代。

〔18〕名:美名,名声。 天壤:犹天地。 俱:在一起。

〔19〕蝉冕:犹蝉冠。汉代皇帝的侍从官员的冠用貂尾蝉文装饰。后以蝉冠作达官显宦的代称。此指二疏,因疏广、疏受叔侄曾先后分别荣升皇太子太傅、少傅,见《汉书·疏广传》。这是旧时人们最羡慕的皇帝的近臣、贵臣。

〔20〕君绅宜见书:意谓诸君大带子上应该写上名臣疏广的名言遗训,当永远牢记。典出《论语·卫灵公》:"子张书诸绅。"原意谓子张把孔子的话记在自己身束的大带子上,要永志不忘。绅,古代士大夫系在衣外的大带子。书,写,记。

今译

昔日西京盛世时,朝廷内外多欢娱。长安东门人济济,文武百官送二疏。红车耀眼照金城,帷帐设置临通衢。通达明智人知足,抛弃荣华于不顾。朝冠朝衣尽脱去,辞官散发回故土。行人叹息热泪落，盛赞贤达大丈夫。挥金消费乐毕生，晚年不必留储蓄。环视四坐对客说，多财给愚添包袱。清风激励万代人，天地长久留美誉。如此显贵堪叹赏，诸君大带当记取。

（张厚惠译注　陈复兴修订）

览古一首五言

卢子谅

题解

卢谌(284—350),东晋文学家。字子谅,范阳涿(今属河北)人。崇尚老庄思想学说。初任太尉掾。洛阳沦陷于匈奴,就投奔北方刘琨。后来,曾经被刘粲抓去,刘粲失败,又回到刘琨处,任司空主簿。刘琨被段匹磾杀害后,逃到辽西,在此流寓近二十年。辽西被攻破,投靠石季龙,任国子祭酒、侍中、中书监。冉闵杀死石季龙,要卢跟随冉闵军,被冉闵杀死在襄国。

这首诗主要歌颂贤相蔺相如智勇双全、宽严得当、以国事为重、从团结出发的高贵品德,也称赞了老将廉颇勇于改过的精神和负荆请罪的诚恳态度。开头八句写秦王企图采用威胁加欺骗的手段把天下宝玉和氏璧从赵王手中夺过来,赵王急于物色有勇有谋的使臣前去秦国谈判。次十句写相如被选中,出使秦国,果然身手不凡,斗智斗勇,皆获全胜,终于完璧归赵。又次八句写渑池会上,相如临机应变,针锋相对,巧妙地挫败了秦王的霸主威势。结尾十句主要写以国事为重的斗争策略高明正确。对敌狠,夺得外交节节胜利;对己和,感动老将负荆请罪,志愿团结对敌,品德之美传颂至今。

原文

赵氏有和璧[1],天下无不传[2]。秦人来求市[3],厥价徒空言[4]。与之将见卖[5],不与恐致患[6]。简才备行李[7],图令国命全[8]。蔺生在下位[9],缪子称其贤[10]。奉辞驰出境[11],伏轼径入关[12]。秦王御殿坐[13],赵使拥节前[14]。挥袂睨金柱[15],身玉要俱捐[16]。连城既伪往[17],荆玉亦真还[18]。爰在渑池会[19],二主克交欢[20]。昭襄欲负力[21],相如折其端[22]。眦血下沾衿[23],怒发上冲冠[24]。西缶终双击[25],东瑟不只弹[26]。舍生岂不易[27]?处死诚独难[28]。棱威章台颠[29],强御亦不干[30]。屈节邯郸中[31],俯首忍回轩[32]。廉公何为者[33]?负荆谢厥諐[34]。智勇盖当代[35],弛张使我叹[36]。

注释

〔1〕赵氏有和璧:史事见《史记》本传:"赵惠文王时,得楚和氏璧。""和璧"为"和氏璧"的略语。春秋时,楚人卞和在山中寻找所得,故名。

〔2〕天下无不传:意谓天下没有不把和氏璧看成最珍贵的宝玉相传。

〔3〕秦人来求市:史事见《史记》本传:"〔秦昭王〕使人遗赵王书,愿以十五城请易璧。"市,易。交易,交换。

〔4〕厥价徒空言:意谓用十五座城的代价换取和氏璧只是一句空话而已。价,价值,代价。又"价"或作"偿"。(依李善注)两字形近,且作"偿"正与本传合。

〔5〕与之将见卖:史事见《史记》本传:"欲予秦,秦城恐不可得,徒见欺。"与,犹"予",给予。见卖,见欺,被出卖,被欺骗。

〔6〕不与恐致患:史事见《史记》本传:"欲勿与,即患秦兵之来。"致患,招来祸患。

〔7〕简:选择,挑选。　备:充任。　行李:使者。

〔8〕图:图谋,谋取。　国命:国家的命脉　。全:保全。

〔9〕蔺生在下位:史事见《史记》本传:"臣舍人蔺相如。"意谓蔺相如原为宦者令缪贤手下的属官。生,古时儒者之称,亦"先生"的略语。

〔10〕缪子称其贤:史事见《史记》本传:"宦者令缪贤曰:'臣舍人蔺相如可使……臣窃以为其人勇士,有智谋,宜可使。'"子,古代男子的美称或尊称。此尊称缪贤。

〔11〕奉辞驰出境：史事见《史记》本传："赵王于是遂遣相如奉璧西入秦。"奉，敬受。辞，辞命，古代使节往来，互相应对的言词。

〔12〕伏轼：凭轼，谓乘车。 径：径直。 关：函谷关。在今河南灵宝县东北。战国时秦置，号称天险。

〔13〕秦王御殿坐：史事见《史记》本传："秦王坐章台见相如。"御殿，指章台。

〔14〕拥：抱，抱持。 节：符节。古代使者所持以作凭证。

〔15〕挥袂睨金柱：史事见《史记》本传："相如因持璧却立，倚柱，怒发上冲冠。"挥袂，犹奋袂，举袖，形容奋发的样子。睨（nì 腻），斜视。

〔16〕身玉要俱捐：史事见《史记》本传："臣头今与璧俱碎于柱矣。"捐，捐弃，舍弃。

〔17〕连城：秦昭王谎称用十五座城交换赵和氏璧，故称"连城"。 伪：虚假。

〔18〕荆玉：谓和氏璧。 还：归还。

〔19〕渑池会：史事见《史记》本传："〔秦昭王〕欲与〔赵惠文〕王为好会于西河外渑池。"渑池，古城名，在今河南渑池县西。

〔20〕二主：指秦昭王、赵惠文王。 克：能。 交欢：结好。

〔21〕昭襄：即秦昭王，全称秦昭襄王。 负：恃，倚仗。

〔22〕折：挫折。 端：顶端，锋芒。此指气焰。

〔23〕眦（zì 自）：眼眶。此谓睁大眼眶。 衿（jīn 今）：古代衣服的交领。

〔24〕怒发上冲冠：史事见《史记》本传："怒发上冲冠。"形容盛怒的情态。

〔25〕西缶终双击：史事见《史记》本传："秦王为赵王击缶。"缶，盛酒或水的瓦器，古代也用作打击乐器。击，敲打，

〔26〕东瑟不只弹：史事见《史记》本传："秦王与赵王会饮，令赵王鼓瑟。"瑟，古代弦乐器。弹，弹奏。

〔27〕舍生：为"舍生取义"的略语。意谓当生命和义不能同时保全时，就牺牲生命而取义。典出《孟子·告子上》："生，亦我所欲也；义，亦我所欲也。二者不可得兼，舍生而取义者也。"

〔28〕处死诚独难：史事见《史记》本传："处死者难。"处，对待。诚，实。

〔29〕棱威：即威棱，威势，声势。 章台：战国时秦在渭南离宫的台名。颠：倾倒。

〔30〕强御：强暴有势力。　干（gān 甘）：犯，冲犯。

〔31〕屈节：犹折节。对人谦恭退让。节，节操，操行。　邯郸（hán dān 含单）：战国时赵国都城，在今河北邯郸市。

〔32〕俯首忍回轩：史事见《史记》本传："望见廉颇，相如引车避匿。"忍，忍让。回轩，掉转车头。此表示向廉颇退让。

〔33〕廉公何为者：犹廉公为何乎？设问句。公，敬称。

〔34〕负荆谢厥愆（qiān 千）：史事见《史记》本传："廉颇闻之，肉袒负荆，因宾客至蔺相如门谢罪。"负荆，背着荆条，此表示向蔺相如请罪受罚的意思。荆，指古代用荆条做的刑杖。愆，罪过。

〔35〕智勇盖当代：史事见《史记》本传："其（蔺相如）处智勇，可谓兼之矣。"盖，压倒，胜过。

〔36〕弛张：亦作"张弛"。可看作"一张一弛"的略语。此用以比喻蔺相如治理天下、待人处事宽严相济。《韩非子·解老》："万事必有弛张，国家必有文武。"

今译

赵国得到和氏璧，宝玉美名天下传。秦使传书连城换，代价甚高只空言。给秦将要受欺骗，不给恐怕遭祸患。挑选贤才任使者，谋取国命得保全。蔺生属官处下位，缪子盛赞其人贤。受命驱车出国境，乘车直奔函谷关。秦王坐定章台上，赵使持节走向前。挥袖斜视殿金柱，身玉并撞全毁捐。连城许诺已虚假，荆玉暗中而真还。约定会盟在渑池，秦王赵王两交欢。秦王企图显威势，相如力挫其气焰。张目流血沾衣衿，盛怒发竖上冲冠。秦王不乐终击缶，赵王奏瑟不单弹。舍生取义岂不易？对待死法实独难。威势章台终扫地，强暴势力不能犯。折节邯郸国事重，低头忍让车掉转。廉颇为何自惭愧？负荆请罪亦心甘。智勇胜过当代人，宽严相济我赞叹。

（张厚惠译注　陈复兴修订）

张子房诗一首五言

谢宣远

题解

本诗作于晋义熙十三年。题目写张子房，意旨在颂刘裕。张良，字子房，汉时韩人。家五世相韩。韩为秦灭，良伏击秦皇于博浪沙。秦末追随汉高祖刘邦起义，为军师。楚汉争中多出奇计，夷楚兴汉。高祖灭楚之后，盛赞张良运筹帷幄决胜千里之大功，封留侯。

宋高祖刘裕于义熙十二年三月，率师北伐后秦主姚泓。翌年正月军驻留城（今江苏沛县东南，汉张良封地），经张良庙，见殿宇荒废，遗像残旧，乃令："改构榱桷，修饰丹青，蘋蘩行潦，以时致荐。"并命属下赋诗，歌咏其事。

谢瞻时在豫章太守任，未与盛观。但是，欣闻灵庙祭典，以及大军相继克洛阳复长安的捷报，自然心潮激荡，写此诗遥为唱和。

前八句追述周之失德而致衰，秦之暴政而必亡，从广远的历史背景上写出汉兴是符合人意天命。次十二句写张良扶汉兴国，则是达人意代天命，因而楚汉争中，奇计迭出，时时而中，功成身退，勋垂千古。次十二句写宋高祖体达天人之正道，广被八方之仁德，因而北伐中原，克服两京，顺势而成。其修饰灵庙，祭奠先贤，即在表征无忘善德。末六句则为诗人自述之词，以未与此次北伐祭庙盛典而自愧自谦。

这是一首颂诗。以周秦之灭为衬，颂张良代天佐汉之功，又以张良之功为衬，颂刘裕北伐中原之德，饱含反对民族分裂渴望国家统一的思想感情。张良夷楚兴汉，刘裕北伐中原，时代不同，愿望则一。诗人以诗赞颂,符合历史发展趋势,与一般应制谀词则迥然有异。

这又是一篇诗史。诗人之笔,由周秦直扫汉晋。一世所以兴废,一人所以成败,皆取决于天心人意("感代工","睦三正")之顺逆,颇得历史真实。述张之功,侧重于楚汉争中的业绩,颂刘之德着眼于北讨后秦的勋劳,也能高屋建瓴,不入琐细。概括一个时代的人物与事件,显示了诗人艺术上的腕力。

原文

王风哀以思[1],周道荡无章[2]。卜洛易隆替[3],兴乱罔不亡[4]。力政吞九鼎[5],苛慝暴三殇[6]。息肩缠民思[7],灵鉴集朱光[8]。

伊人感代工[9],聿来扶兴王[10]。婉婉幕中画[11],辉辉天业昌[12]。鸿门消薄蚀[13],垓下殒搀抢[14]。爵仇建萧宰[15],定都护储皇[16]。肇允契幽叟[17],翻飞指帝乡[18]。惠心奋千祀[19],清埃播无疆[20]。

神武睦三正[21],裁成被八荒[22]。明两烛河阴[23],庆霄薄汾阳[24]。銮旌历颓寝[25],饰像荐嘉尝[26]。圣心岂徒甄[27],惟德在无忘[28]。逝者如可作[29],揆子慕周行[30]。济济属车士[31],粲粲翰墨场[32]。

瞽夫违盛观[33],竦踊企一方[34]。四达虽平直[35],蹇步愧无良[36]。餐和忘微远[37],延首咏太康[38]。

注释

〔1〕王风:采自王城的风诗。王,王城,指周东都洛邑(故址在今河南洛阳市西)。周平王避犬戎之祸,自镐京迁此,周王朝始衰。风,指可观政教兴废社风变化的民歌。 思:谓愁思。

〔2〕周道:周王朝的治国之道。　荡:破坏无遗的样子。　章:文章,指政教礼乐。以上两句意思说周王朝衰亡之时,其风诗的音调哀伤而愁思,政教礼乐制度也荡然无存了。

〔3〕卜洛:相传周公卜占洛邑得吉兆,从而建为东都。卜,以龟甲卜占吉凶。先画墨于龟甲,再置火上灼之,墨被吸食,则为吉兆。　隆替:兴废,盛衰。

〔4〕兴乱:复兴于乱道。兴,指周;乱,指殷。　罔:无。　以上两句意思说周公卜占而得吉的洛邑,国君有德就兴盛,国君无德就变为衰败,周王朝从殷纣的乱世中振兴起来,最后也由于子孙的无德而不能不灭亡。

〔5〕力政:以暴力施其政。指攻伐兼并六国的秦王朝。　九鼎:古代象征国家最高权威的传国之宝。传说禹收天下之金而铸九鼎,象征天下九州。秦昭襄王取周九鼎迁于西周。

〔6〕苛慝(tè 特):暴虐邪恶。此指秦的暴政。　三殇(shāng 商):三代人皆死于猛虎,以喻暴政。《礼记・檀弓下》:“孔子过泰山侧,有妇人哭于墓者而哀。夫子式而听之,使子路问之曰:‘子之哭也,一似重有忧者。’而曰:‘然。昔者吾舅死于虎,吾夫又死焉,今吾子又死焉。’夫子曰:‘何为不去也?’曰:‘无苛政。’夫子曰:‘小子识之,苛政猛于虎也。’”舅、夫、子皆死于虎,故谓三殇。殇,横死。　以上两句意思说秦王朝凭借攻伐之力夺取九鼎而吞并天下,其苛政比食人的猛虎还要残暴。

〔7〕息肩:卸去重负,使双肩得以休息。此喻摆脱暴政的愿望。　缠:萦绕。　民思:人民的情思。

〔8〕灵鉴:天帝的鉴察。　朱光:赤光。汉高祖以火德王,火色赤,故谓朱光。　以上两句,上指人意下指天命,意思说人民不能忍受秦的暴政,把摆脱压迫的愿望寄托于汉,天帝鉴察高祖有德,使之受命为王。

〔9〕伊人:其人。指张良。　代工:人代行上天的功能。工,天工,上天的功能。

〔10〕聿(yù 玉):遂,就。　兴王:兴国之王。指汉高祖。　以上两句说张良感应到汉承天命,并代行上天的功能,来辅佐兴国之王成就帝业。古时以为君主是承受天命的,所以辅佐君主也就是人代天工。

〔11〕婉婉:和顺恭谨的样子。　幕:帷幕。指军中的帐幕。　画:谋划,出谋献策。

〔12〕辉辉:光辉灿烂的样子。　天业:承天命之帝业。

〔13〕鸿门:地名,在今陕西临潼县东。又称鸿门坂。秦末项羽驻军并与刘邦会宴之处,故又称项王营。　薄蚀:日月相掩食。薄,迫,近。喻错乱困厄之事。此喻鸿门会宴中项羽范增使刘邦所处的凶险之境。这句说秦末张良出计帮助刘邦摆脱鸿门危机之事。项羽坑秦卒二十余万于新安城,秦地行将平定。又闻刘邦已先破咸阳,欲王关中,项羽大怒,欲击刘邦。此时汉军十万,驻灞上;楚军四十万,驻新丰鸿门。张良建议刘邦主动至鸿门,面见项羽谢罪,说:"臣与将军戮力而攻秦,将军战河北,臣战河南。然不自意能先入关破秦,得复见将军于此。今者有小人之言,令将军与臣有隙。"于是项王留之与饮。宴上,刘邦又在张良帮助下脱险,返至军中,从而争取了时间,保存了实力,为后来战胜项羽创造了条件。

〔14〕垓下:地名。在今安徽省灵璧县东南。楚汉战争中刘邦灭项羽于此。殒:灭亡。　搀抢:又作"欃枪",彗星名。此喻项羽。这句说张良出计帮助刘邦,会合诸侯围歼项羽于垓下事。楚汉战争末期,经汜水之战、鸿沟划界,刘邦已占有天下大半。在与项羽最后决战之前,淮阴侯韩信、建成侯彭越则负约不会。刘邦说:"诸侯不从约,为之奈何?"张良出计说:"楚兵且破,信、越未有分地。其不至固宜。君王能与共分天下,今可立致也。即不能,事未可知也。"刘邦如其言,分别与信、越以封地。诸侯军遂几路并进,围歼项羽于垓下。

〔15〕爵仇:给仇人封爵。此指汉高祖封雍齿事。刘邦称帝以后封大功臣亲信二十余人。其余诸将争功不决,不得受封,往往议论,有谋反意。张良建议刘邦,首先封与之有故怨而多功的雍齿为什方侯。于是君臣皆喜,说:"雍齿尚为侯,我属无患矣。"　萧宰:相国萧何,沛人。从刘邦入关,诸将皆取金帛,何独收秦相府律令图书藏之,汉以是知天下险要。楚汉战争中,何转给馈饷,军中无乏。高祖说:"镇国家抚百姓,给馈馕不绝粮道,吾不如萧何。"张良建议立萧何为相国。

〔16〕定都:奠定国都。此指张良劝刘邦决定建都长安事。刘敬劝高祖都关中,左右大臣多山东人,主张都洛阳。刘邦犹豫未决,张良分析洛阳与关中的地理形势和其于国家长治久安之关系,建议从刘敬说。于是高祖即日驾西都关中。　储皇:指太子。此指张良出计太子不废事。高祖都长安以后,欲废太子而立戚夫人子赵王如意。吕后很忧虑,遂使吕泽去请教张良。张良说:"顾上有不能致者天下有四人(即商山四皓东园公、绮里季、夏黄公、角里先生)。四人者年老矣,皆以为上慢侮人,故逃匿山中,义不为汉臣,然上高此四人。今公诚

能无爱金玉璧帛,令太子为书,卑辞安车,因使辩士固请宜来。来以为客,时时从入朝,令上见之,则必异而问之。问之上知此四人贤,则一助也。"其后,太子侍宴,四人从,高祖大惊。以此知太子有四人辅佐,羽翼已就。太子终得不废。

〔17〕肇:始。　允:信,确实。　契:契合,符合。　幽叟:神叟,指黄石公。这句说张良少时得黄石公授书而后为王者师事。张良少时,从容闲步下邳圯上,遇一老父,履落圯下,命良拾取并为他穿在足上。良如其言。老父说:"孺子可教矣,后五日平明与我会此。"前两次皆迟于老父而至。后良未夜半即往,老父至而喜,出一编书,说:"读此则为王者师矣。"其书为《太公兵法》。其后,张良随高祖,多出奇计,助汉立天下。

〔18〕翻飞:翻然而飞举,喻离弃人间。　指:向,趋。　帝乡:上帝所居之乡。指与尘世隔绝的清静之所。这句说张良助高祖平定天下后,不以封万户位列侯为贵,而愿离弃人间事,欲与神仙赤松子交游,学道轻举而去。

〔19〕惠心:仁爱之心。　奋:发扬。　千祀:千年。

〔20〕清埃:指高洁的精神境界。　播:传播,流传。　无疆:无限,无穷。

〔21〕神武:神明威武。此指宋高祖刘裕。　睦:和,和谐。　三正:指天、地、人之正道。(据《尚书·甘誓》孔颖达《传》)

〔22〕裁成:裁制成就之。　被:覆盖,广施。　八荒:八方荒远的地方。以上两句意思说宋高祖以其神明威武,与天地人之正道相和谐,善于将天地人之正道裁制而成治国之理,用以帮助人民,其恩德广施于四面八方。

〔23〕明两:指帝王,颂扬其明照四方。《周易·离》:"明两作离,大人以继明照于四方。"《疏》:"明两作离者,离为日,日为明。今有上下二体,故云明两作离也。"本指离卦下上二体,为两明前后相续之象。此喻宋高祖,神明无所不至。　烛:照。　河阴:黄河之南。

〔24〕庆霄:庆云,瑞云。此喻宋高祖如祥云笼罩,德被天下。　薄:覆盖,笼罩。　汾阳:汾水之北。此与河阴皆高祖北伐所经之地。吴伯其说:"明两句谓北伐驾临河阴。子房之庙天下在在有之,而河阴近古成皋,乃楚汉相持之地,故其庙特盛。"(《六朝选诗定论》,卷十四)

〔25〕銮旌(jīng 精):车驾旌旗。旌,旌旗。　颓寝:坍坏的庙寝。指张良庙。寝,宗庙的后殿,代庙。

〔26〕饰像:修饰过的塑像。像,指张良的塑像。　荐:进献。　嘉尝:美好的祭品。尝,秋祭。此指祭品。

〔27〕圣心:圣明之心。　甄:表彰。

〔28〕惟德:怀念其才德。惟,思。以上两句意思说宋高祖之用心岂只在重修子房之庙寝,修饰其形象,且在怀念其助汉定天下之功德,不忘其高洁之遗风。

〔29〕逝者:死者。指张子房。　作:兴起。

〔30〕揆(kuí 奎):估量,揣度。　子:先生。指张子房。　周行:周之列位,指朝廷之臣。行,列。(据《诗·卷耳》毛《传》)此指宋的朝臣。以上两句意思说假如死者能够再生,想来他也会羡慕做我宋国的朝臣。

〔31〕济济:众多的样子。　属(zhǔ 煮)车:后车,侍从之臣所乘之车。

〔32〕粲粲:华美的样子。　翰墨:笔墨。指文采,文章。以上两句说随宋高祖祭张良庙的侍从之臣,皆富于文采,故能受命赋诗,极写祭礼之盛大隆重。

〔33〕瞽(gǔ 古)夫:盲人。此指见识浅陋之人,谢瞻自谦之词。　违:离,未参与。　盛观:隆重的场面。指祭张良庙的典礼。

〔34〕竦踊:举足踊跃,欢欣鼓舞的样子。　企:仰望。时谢瞻为豫章太守,未参与其事,故以上两句说我见识浅陋,远离张良庙的隆重祭典,只好在豫章郡这边翘首仰望。

〔35〕四达:四通八达的大路。喻昌明通达之世。

〔36〕蹇(jiǎn 简)步:跛足,行路艰难。　良:良善,指才能。此句亦谢瞻自谦之词。

〔37〕餐和:饮食雍和之气。和,雍和,和谐。指道家的乐于与人沟通和谐相处的人生态度。　微远:名位卑微,身处远郡。

〔38〕延首:伸颈远望。　太康:指安定康乐的社会局面。

今译

王城风诗哀伤而悲愁,周朝正道荡然已虚荒。吉地洛都以无德衰败,兴国于乱世终也灭亡。以力为政秦王并天下,残暴邪恶甚于猛虎狼。人民渴望解脱重压苦,上帝显示符应闪红光。

子房感悟天命行天工,遂来扶助振兴大汉王。谦和恭谨谋划帐幕中,辉煌灿烂功业日隆昌。鸿门宴上排除生死险,垓下重围战胜楚王项。封爵旧仇立萧何为相,定都长安保太子吉祥。初遇神叟后为王者师，功成名遂飞举清静乡。仁爱之心发扬千百年，高洁声名传颂永无疆。

宋王神明谐和天地人，成就治世恩德施八方。日月光明照耀黄河南，瑞云飘浮笼罩汾水旁。车旗降临颓坏灵庙前，修饰塑像祭祀用猪羊。圣明之心岂只在表彰，怀念前贤功德永不忘。假如死者起而能再生，定当向慕宋国文武将。众多侍臣随乘后车上，才华超群皆善诗文章。

唯我浅陋未观此盛典，欢欣雀跃在远郡翘望。大路畅通虽笔直平坦，惭愧脚步迟缓两腿僵。处世平和忘掉身微贱，引颈歌颂太平新气象。

（陈复兴译注并修订）

秋胡诗一首五言

颜延年

题解

这首诗是根据流传较广的一个传说故事写成的。李善注引《列女传》:"鲁洁妇者,秋胡子之妻。秋胡子既纳之,五日去而宦于陈,五年乃归。未至其家,见路旁有美妇人方采桑。秋胡子悦之,下车谓曰:'今吾有金,愿以与夫人。'妇人曰:'嘻!夫采桑奉二亲,吾不愿人之金。'秋胡子遂去。归至家,奉金遗其母。其母使人呼其妇。妇至,乃向采桑者也。秋胡子见之而惭。妇曰:'束发修身,辞亲往仕,五年乃得还,当见亲戚。今也乃悦路旁妇人,而下子之装,以金与之。是忘母,不孝也。妾不忍见不孝之人。'遂去而走,自投河而死。"同一故事又见于《西京杂记》。后世作者多取为素材进行创作。在诗歌之中,晋傅玄即先写过两篇《秋胡行》。颜延之则在傅诗基础上加以铺陈衍化,而写成九十句四百五十字的长篇叙事诗,描绘出女主人公的美艳、忠贞、刚烈、人格不可污的个性。

首章叙夫妻两心相应,洁妇初嫁和品貌特征。二章叙秋胡远仕,洁妇送别的恋念之情。三章叙秋胡行役之苦,以衬对新婚生活的留恋。四章叙洁妇独居与相思之苦。五、六章叙秋胡归返,路悦美妇,以金相挑。七、八章叙秋胡至家,知以金挑者原为己妻,惭叹无以自容,洁妇倾吐多年愁思之切。末章叙洁妇严责其夫,诀别自沉。

本诗为古诗长篇之一,可与《孔雀东南飞》相比,皆表现中古妇女人格意识的觉醒,皆为叙事体,注重环境、人物及其声貌心态的刻画。仲卿妻为反抗封建家长制争取婚姻自由而殉命,秋胡妻则为反抗夫权至上维护女性尊严而殉命。仲卿妻柔顺温厚,怨而不怒;秋胡妻则峻若秋霜,刚如金石。《孔》诗原为民间口头创作后经文人加工;本诗为文人创作,而源自民间传说。《孔》诗质实自然,明白如话;本诗也清畅顺口,并非错彩镂金。《孔》诗具理想主义之美,本诗则更富戏剧性。

原文

椅梧倾高凤[1],寒谷待鸣律[2]。影响岂不怀[3],自远每相匹[4]。婉彼幽闲女[5],作嫔君子室[6]。峻节贯秋霜[7],明艳侔朝日[8]。嘉运既我从[9],欣愿自此毕[10]。

燕居未及好[11],良人顾有违[12]。脱巾千里外[13],结绶登王畿[14]。戒徒在昧旦[15],左右来相依[16]。驱车出郊郭[17],行路正威迟[18]。存为久别离[19],没为长不归[20]。

嗟余怨行役[21],三陟穷晨暮[22]。严驾越风寒[23],解鞍犯霜露[24]。原隰多悲凉[25],回飙卷高树[26]。离兽起荒蹊[27],惊鸟纵横去[28]。悲哉游宦子[29],劳此山川路[30]。

超遥行人远[31],宛转年运徂[32]。良时为此别[33],日月方向除[34]。孰知寒暑积[35],僶俛见荣枯[36]。岁暮临空房,凉风起座隅[37]。寝兴日已寒[38],白露生庭芜[39]。

勤役从归愿[40],反路遵山河[41]。昔醉秋未素[42],今也岁载华[43]。蚕月观时暇[44],桑野多经过[45]。佳人从此务[46],窈窕援高柯[47]。倾城谁不顾[48],弭节停中阿[49]。

年往诚思劳[50],事远阔音形[51]。虽为五载别,相与昧平生[52]。舍车遵往路[53],凫藻驰目成[54]。南金岂不重[55],聊自意所轻[56]。义心多苦调[57],密比金玉声[58]。

高节难久淹[59],朅来空复辞[60]。迟迟前途尽[61],依依造门基[62]。上堂拜嘉庆[63],入室问何之[64]。日暮行采归,物色桑榆时[65]。美人望昏至[66],惭叹前相持[67]。

有怀谁能已[68],聊用申苦难[69]。离居殊年载[70],一别阻河关[71]。春来无时豫[72],秋至恒早寒[73]。明发动愁心[74],闺中起长叹[75]。惨凄岁方晏[76],日落游子颜[77]。

高张生绝弦[78],声急由调起[79]。自昔枉光尘[80],结言固终始[81]。如何久为别,百行諐诸己[82]。君子失明义[83],谁与偕没齿[84]。愧彼行露诗[85],甘之长川汜[86]。

注释

〔1〕椅梧:皆木名。椅,亦称山桐子;梧,梧桐。皆凤凰常栖之树。 高凤:凤凰。

〔2〕鸣律:指律管,古代音乐中用以确定音高标准的竹管。律管共有十二个,长度各有一定比例,可以吹出十二个高度不等的标准音,如黄钟、大吕等。古人又把十二律与一年十二个月相配。所以说“律管可以分气”。李善注引刘向《别录》:“邹衍在燕,有谷,寒不生五縠,邹子吹律而温至,生黍也。”以上两句意思说梧桐树倾斜其枝干,迎接凤鸟来栖,寒谷则等待吹律者送来春天的温暖。此喻夫妇的殷切相思之情。

〔3〕影响:影必随形,响必应声。比喻两相感应。

〔4〕匹:匹配,应合。以上两句意思说夫妇情爱,彼此感应,虽在远处也相互呼应配合。

〔5〕婉:婉然,美好的样子。 幽闲:柔顺的样子。

〔6〕嫔:妇女。此指妻子。 君子:指秋胡。

〔7〕峻节:高峻的志节。 贯:同。

〔8〕明艳:明惠美艳。 侔:相等。

〔9〕嘉运:好运。

〔10〕欣愿:欣喜的愿望。 毕:完毕,实现。

〔11〕燕居:安居。 好:欢好,欢爱。

〔12〕良人:妇女对丈夫的称呼。　顾:却。　违:别离。

〔13〕巾:葛巾。处士所戴的头巾。

〔14〕绶:系在印上或佩玉上的丝带,官宦所用。　王畿:王城的近畿。此指陈地,秋胡居官之所。李善注引《诗纬》:“陈,王者所起也。”

〔15〕戒徒:警戒徒众。指出发。　昧旦:天未明之时。

〔16〕左右:指近旁的侍卫。

〔17〕郊郭:郊外。郭,在城的外围加筑的高墙。

〔18〕威迟:路程遥远的样子。

〔19〕存:生。

〔20〕没:死。以上两句写洁妇送别时的心理活动,意思是丈夫走后,自己活着要忍耐长别之苦,死时亦怀相思之恨,心中坚贞之情,生死不渝。

〔21〕嗟:感叹词。　怨:埋怨。　行役:指艰苦的行旅之事。

〔22〕三陟(zhì 至):不断地登山历险。陟,登。　穷:尽。尽力。

〔23〕严驾:整理车马。

〔24〕解鞍:指停息车马。　犯:冒。

〔25〕原隰(xí 习):原野。隰,低湿之地。

〔26〕回飙(biāo 标):旋风。

〔27〕离兽:失群之兽。　荒蹊:荒野的小路。

〔28〕惊鸟:惊飞之鸟。

〔29〕游宦子:在异乡做官的人。此指秋胡。

〔30〕劳:苦。

〔31〕超遥:遥远的样子。　行人:行役之人。此指秋胡。

〔32〕宛转:辗转变化。　年运:年岁。　徂:往,逝。

〔33〕良时:指新婚期。

〔34〕方:始。　向:将近。　除:除旧迎新。指时间流逝。

〔35〕孰:谁。　积:久。

〔36〕僶俛(mǐn miǎn 敏免):时间短促,一瞬间。　荣枯:指草木春荣秋枯,喻妇女容貌的变化。

〔37〕座隅:座席一角,座侧。

〔38〕寝兴:卧起。

〔39〕白露:秋天的露水。　庭芜:庭前的荒草。

〔40〕勤役:勤苦行役,指在异地做官。　归愿:回家的心愿。

〔41〕反路:归返之路。反,通“返”。　遵:从,沿。

〔42〕醉:当作“辞”,传写之误。　未素:指树叶尚未凋落。

〔43〕载华:指春时草木荣华。

〔44〕蚕月:忙于蚕事之月。指农历三月。　时暇:暇时,空暇。

〔45〕桑野:长满桑林的田野。　经过:指往来。以上两句意思说阳春三月可见忙于蚕事的光景,桑林之野采桑者你来我往,颇为热闹。

〔46〕佳人:美人。此指秋胡妻。　此务:指蚕事。

〔47〕窈窕(yǎo tiǎo 咬挑):美好的样子。　援:攀。　高柯:高枝。

〔48〕倾城:形容妇女貌美,使全城为之倾动。　顾:视。

〔49〕弭(mǐ 米)节:停止旌节。指停车不进。弭,止;节,旌节,旌旗。　中阿:阿中,路中。阿,路之曲折处。

〔50〕劳:苦。

〔54〕阔:距离阔远,此指别离时久。　音形:声音形貌。

〔52〕相与:相处。　昧:暗昧不明。　平生:平素,往日。此指年少时。

〔53〕舍车:下车。　遵:循,从。　往路:已过之路。

〔54〕凫藻:凫鸟戏水草,喻秋胡望见其妻欢跃而前的样子。　目成:以眼波传情的样子。李善注引《楚辞》:“满堂兮美人,忽独与予兮目成。”王逸注:“独与我睨而相亲。成,为亲也。”

〔55〕南金:南方出产之金。《诗·鲁颂·泮水》:“元龟象齿,大赂南金。”《传》:“南谓荆、扬也。”《笺》:“荆、扬之州,贡金三品。”古时金多指铜。

〔56〕聊:暂且。此有“当即”意。

〔57〕义心:信守节义之心。　苦调:苦言,苦辞,严辞。

〔58〕密:严密,无懈可击。　金石声:义与“苦调”互见,喻言词之响亮坚定。

〔59〕高节:高尚的气节。正与“义心”、“苦调”相应。　久淹:久留。

〔60〕朅(qiè 怯)来:去来,偏在来意。　空:徒然,白白。

〔61〕迟迟:徐行的样子。　前途:前路。

〔62〕依依:徐缓的样子。　造:至。　门基:门前。

〔63〕拜:叩拜。　嘉庆:指喜庆吉祥之事。

〔64〕)室:内室。指妻子所居。

〔65〕物色:光景。　桑榆:喻日暮。太阳将落,光照桑榆之上。

〔66〕美人:指秋胡妻。　望昏:至昏,至于黄昏。

〔67〕相持:指秋胡相扶持其妻。

〔68〕怀:怀念。　已:止。

〔69〕聊:暂且。　申:陈述。

〔70〕离居:孤独生活。　殊:过。

〔71〕阻:阻隔。　河关:河川与关山。

〔72〕豫;快乐。

〔73〕恒:经常。

〔74〕明发:黎明。

〔75〕闺中:深闺之中。闺,女子所居的内室。

〔76〕惨凄:凄惨,忧伤。　方晏:将晚。

〔77〕游子:远游他乡的人。此指秋胡。以上两句说心情最凄惨悲苦是一年将终之时,日落昏黑中似乎眼前闪现出游宦异乡之人的容颜。

〔78〕高张:急张琴弦,使调高。高调。　绝弦:断绝琴弦。

〔79〕调:音调。李周翰注以上两句说:"以琴瑟为喻也。高张必致绝弦,立节有以尽命;声急自于调起,词苦由乎恨深。"

〔80〕枉:冤枉,委屈。　光尘:光彩风貌。此指节操品格。

〔81〕结言:结好的誓言。　固:原来。以上两句意思说往日你愿委屈自己的光彩风貌,与我结为盟好,曾想共同生活到老。

〔82〕百行:多种品行。　諐:同"愆",罪过。　诸:之于。

〔83〕君子:丈夫。指秋胡。　明义:明德节义。此指对爱情的忠贞。

〔84〕偕:同。　没齿:终老,一生。

〔85〕行露:《诗·召南》篇名。诗写一位坚强的女子与暴虐的丈夫做斗争的精神。

〔86〕甘:甘愿。　之:往,赴。　汜(sì 四):水涯。

今译

梧桐倾斜枝叶招凤鸟,寒谷期待吹律送春风。似影随形夫妻心怀念,各自远方相应情意浓。一位美丽温柔的少女,出嫁作了君子

的新娘。志节高峻如秋霜严冷，相貌娇艳似初升朝阳。嘉好命运既已降临我，喜人心愿从此全得偿。

新婚生活未及享欢爱，夫君却应招聘离家门。脱下葛巾远行千里外，结系绶带登程将赴陈。命令徒众黎明即赶路，仆从左右相随成行阵。车马奔驰转瞬出郊野，路途遥远前程更苦辛。生而多悲久尝别离苦，死也心怀相思长哀怨。

唉行路艰难心中恨怨，历经险阻清晨到日暮。整好车驾穿越风雨寒，解下鞍辔歇息冒霜露。原野荒芜眼望多悲凉，旋风乍起席卷高树头。失群之兽从荒径跃起，惊飞之鸟纵横飞四处。真可悲啊异乡求官者，跋山涉水路上苦难诉。

行路之人离乡日益远，辗转周折年岁去如梭。新婚之期彼此相离别，日日月月交替流逝过。谁知寒暑易变经多久，转瞬之间花开即叶落。年末独守空房最难熬，凉风吹起席侧冷心窝。夜卧晨起秋尽天已寒，白露降下庭前荒草多。

辛勤行役实现归家愿，返途重循熟悉旧山河。往日辞别秋叶未枯黄，当今时节绿枝托花萼。三月蚕事有暇可观赏，旷野桑林来往儿女乐。美人神情专注忙采摘，身影优美手攀高枝折。倾城美貌谁人不贪看，旌节按住道中即停车。

年去年来确曾苦思念，事隔多年多变音与容。虽然夫妻别离仅五载，少时相处眉目渐朦胧。下车直循来路入桑林，似凫戏藻眼波送深情。手赠南金岂是不贵重，意气高洁财物自为轻。节义之心发为言辞厉，回绝之语坚如金石声。

志节高峻女前难久留，往来懊悔空费词殷勤。缓缓而行归家路途尽，慢慢而至久别故居门。登堂拜母相见庆吉祥，入室不见妻子忙询问。母答日暮行将采桑归，光景应是日照桑榆间。美人直至黄昏入庭院，进前扶持羞愧又感叹。

内心怀念谁能长抑止，暂且申诉孤身遭苦难。孤独生活经过数年载，一别阻隔长河与关山。春来情动无时有欢愉，秋至凄凉心中更早寒。黎明拨动愁心熬煎苦,深闺难卧坐起舒长叹。凄凄惨惨转眼至年末,日落昏蒙似见你容颜。

高扬音响生于琴断弦,激越声韵起自乐调昂。昔日委屈你光彩风貌,缔结盟誓与我共始终。而今为何长久别离后,品行有过自我不珍重。君子既失贤德无大义,谁能与之相伴过此生。愧对《行露》诗中贞洁女,愿投长河不愿见恶行。

(陈复兴译注并修订)

五君咏五首五言

颜延年

阮步兵

题解

《五君咏》做于元嘉十一年(435)。

延之饮酒疏诞,不满当世,见殷景仁(尚书仆射)、刘湛(领军)长居高位,意多不平。常说:“天下之务,当与天下共之,岂一人之智所能独了?”又曾讥讽刘湛说:“吾名器不升,当由作卿家吏。”遭致忌恨,被出为永嘉太守,作《五君咏》,以抒怨愤。

诗赞竹林七贤中阮籍、嵇康、刘伶、阮咸、向秀的独行特立、清高超世、志拔才秀、自甘淡泊的理想人格,实以自述个人的怀抱志趣。

七贤之王戎、山涛以居要贵显,摈弃诗外,亦可见延之于人之臧否取舍。

《阮步兵》赞美阮籍的精神品格。籍处魏晋之交的乱世,以醉酒避祸,以诗寄托情志。蔑视礼法,忧患愤世。

原文

阮公虽沦迹〔1〕,识密鉴亦洞〔2〕。沉醉似埋照〔3〕,寓辞类托讽〔4〕。长啸若怀人〔5〕,越礼自惊众〔6〕。物故不可论〔7〕,途穷能无恸〔8〕。

注释

〔1〕阮公:阮籍,字嗣宗,竹林七贤之一。三国魏尉氏人。曾做步兵校尉,世称阮步兵。魏晋易代之际,不满现实,纵酒谈玄,以求自全。　沦迹:隐没

踪迹。

〔2〕识:见识。 鉴:鉴别,判断是非的能力。 洞:深邃。

〔3〕沉醉:指阮籍醉酒,连月不醒。 埋照:收敛光芒。照,光芒。

〔4〕寓辞:寄托情志之辞。此指阮籍作《咏怀诗》。颜延之曾为之作注,谓:“阮籍在晋文代常虑祸患,故发此咏耳。” 托讽:寄托刺讥现实之意。

〔5〕长啸:蹙口作声。指打口哨。古时一种口技。李善注引《魏氏春秋》:“籍少时常游苏门山,有隐者,莫知姓名。籍从与谈太古无为之道,及论五帝三王之义,苏门生萧然曾不经听。籍乃对之长啸,清韵响亮。苏门生逌尔而笑。籍既降,苏门生亦啸,若鸾凤之音焉。”

〔6〕越礼:超越礼教。李善注引《晋阳秋》:“阮籍嫂尝归家,籍相见与别。或以礼讥之,籍曰:‘礼岂为我设邪?’” 众:庸众,世俗。

〔7〕物故:世故,世事。这句意思说阮籍不论评世事,因为世事昏乱险恶,凶祸四伏。

〔8〕恸:恸哭。李善注引《魏氏春秋》:“籍时率意独驾,不由径路,车迹所穷,辄恸哭而返。”这句意思是说阮籍在险恶的世态下,感到思想与政治上无出路而产生忧时之愤。

今译

阮公虽然隐没匿行迹,见识精密是非辨别清。终日醉酒似收敛光芒,诗文寓意也寄托讥讽。长啸响亮若怀念友人,超越礼法使庸众惊慌。世事昏乱不可做评论,路尽途穷谁能不悲恸。

嵇中散

题解

《嵇中散》赞美嵇康的精神品格。康与俗世对立,著论以抒情志,虽遭戕害,而龙性不驯,人格傲然不可侮。

原文

中散不偶世[1],本自餐霞人[2]。形解验默仙[3],吐论知凝神[4]。立俗迕流议[5],寻山洽隐沦[6]。鸾翮有时铩[7],龙性谁能驯[8]。

注释

〔1〕中散:嵇康,字叔夜,竹林七贤之一。魏谯郡人。为魏宗室婿,仕魏为中散大夫,故称嵇中散。司马氏掌朝权,康不满时世,遭诬陷而死。 偶世:与俗世和谐。

〔2〕餐霞人:即仙人。神仙家以为霞为日之精,食之可以长生不老。

〔3〕形解:即尸解。脱解形体而成仙。李善注引《桓子新论》:"圣人皆形解仙去,言死,示民有终。" 验:证明。 默仙:默然成仙。

〔4〕吐论:吐词著论。 凝神:神思凝静专一。嵇康是杰出的评论家,著论见解超凡,论证深邃。李善注引孙绰《嵇中散传》:"嵇康做《养生论》,入洛,京师谓之神人。"

〔5〕此句当作"立议迕流俗"。 迕(wǔ 五):抵触,触犯。 流俗:思想苟合世俗之辈。此指司马氏的拥护者们。魏晋之交,司马氏专权,特别崇尚儒家。嵇康则鄙薄儒家以为偶像的商汤、文武、周公、孔子,为司马昭所忌恨,终于被杀。

〔6〕洽:融洽。 隐沦:隐士。嵇康注重养生,经常入山采药,并与隐士王烈、孙登等同游。

〔7〕鸾翮:鸾鸟的翅膀。鸾,传说中的神鸟,身有五彩之纹。 铩(shā 杀):摧残。

〔8〕龙性:神龙的属性。喻嵇康高洁超凡。李善注引《嵇康别传》:"康美音气,好容色,龙章凤姿,天质自然。" 驯:驯服。此使动用法。

今译

中散大夫尘世不相容,生来餐霞饮露仙中人。解脱形体默默成仙去，吐词著论静思并凝神。身立俗世触犯庸人议，寻游深山结交隐士心。鸾凤翼羽有时遭摧残，龙性超凡谁能使之驯。

刘　参　军

题解

《刘参军》赞美刘灵的精神品格。灵剔除物欲，钟鼓荣色，念绝不动。其《酒德颂》，实为人格颂。

原文

刘灵善闭关〔1〕，怀情灭闻见〔2〕。鼓钟不足欢〔3〕，荣色岂能眩〔4〕。韬精日沉饮〔5〕，谁知非荒宴〔6〕。颂酒虽短章〔7〕，深衷自此见〔8〕。

注释

〔1〕刘灵：灵，也作"伶"，字伯伦，晋沛国人，与阮籍、嵇康友善，竹林七贤之一。仕晋为建威参军，故谓刘参军。个性放达，纵酒弃世，蔑视礼法。　闭关：闭塞关门。喻精神高洁，不为物欲所诱。

〔2〕怀情：情欲幽闭于怀，指绝弃情欲。　闻见：指感官享受，钟鼓荣色之类。李善注以上两句说："言道德内充，情欲俱闭，既无外累，故闻见皆灭。"

〔3〕鼓钟：两种乐器名，指代音乐。

〔4〕荣色：美色。　眩：迷惑。

〔5〕韬精：韬光，隐藏精明，才智不显露。　沉饮：沉溺于酒。刘灵乘鹿车，携一壶酒，使人荷锸随其后，说："死便埋我。"

〔6〕荒宴：荒废事务耽于佚乐之宴。张铣注此句说："言人不知伶非为此宴，宴亦有以也。"

〔7〕酒颂：刘灵曾做《酒德颂》。

〔8〕衷：心中，内心。

今译

刘灵善闭功名利禄关,深藏情欲诱惑无闻见。鼓钟齐鸣在耳无欢悦,美色艳丽过目岂晕眩。隐藏精明长日尽醉酒,谁知并非荒淫迷盛宴。酒德之颂虽说篇章短,内心情志从此得表现。

阮 始 平

题解

《阮始平》赞美阮咸的精神品格。咸志高才秀,尤精音律。受人景慕,却不为世用,也可见其绝不苟合于俗流的个性。

原文

仲容青云器〔1〕,实禀生民秀〔2〕。达音何用深〔3〕,识微在金奏〔4〕。郭弈已心醉〔5〕,山公非虚觏〔6〕。屡荐不入官〔7〕,一麾乃出守〔8〕。

注释

〔1〕仲容:阮咸,字仲容,阮籍之侄。竹林七贤之一。曾为始平太守,故谓阮始平。咸放达不拘,精于音律,善弹琵琶。 青云:喻情志高远。 器:气量,度量。

〔2〕禀:承受。 生民:出生。 秀:美。

〔3〕达音:通晓音律。

〔4〕识:才识,见解。 微:精微。 金奏:击钟奏乐。金,指钟。李善注引傅畅《晋诸公赞》:"中护军长史阮咸唱议,荀勖(晋中书监,光禄大夫,掌乐事)所造乐,声高则悲,亡国之音哀以思,今声不合雅,惧非德政中和之善,必古今长短之所致。后掘地得古铜尺,岁久欲腐坏,以此尺度于勖今尺,短四分。时人明咸为解。"吴伯其说:"知音易知乐难,八音迭奏,而金奏尤微而难知。"(《六朝选

诗定论》,卷十二)以上两句意思说阮咸不必用自己高深的音律修养,就轻易指出了荀勖造乐问题之所在,他的见解之精微尤表现在最难知的钟律方面。

〔5〕郭奔:晋阳曲人,少有重名。累迁雍州刺史,太康中征为尚书。　心醉:内心倾服。李善注引《名士传》:"阮咸哀乐至,过绝于人。太原郭奕,见之心醉。不觉叹服。"

〔6〕山公:山涛,晋河内怀县人,字臣源。好老庄,竹林七贤之一。曾做魏尚书吏部郎,入晋为吏部尚书。选拔人才,善做品评。　虚觏(gòu 构):没有根据地推荐。觏,遇见,此指发现,引荐。李善注引山涛《启事》:"咸若在官之职,必妙绝于时。"

〔7〕屡荐:屡次推荐。山涛屡荐阮咸为吏部郎,三上奏章,晋武帝皆不任用。

〔8〕麾:指挥,指使。　出守:外调为太守。李善注引傅畅《晋诸公赞》:"勖性自矜,因事左迁咸为始平太守。"

今译

仲容气度高洁若青云,其实禀受天生才智美。通晓音律无须更艰深,鉴别钟律见解尤精微。名士郭奕一见心倾服,山公发现品题不虚拟。多次举荐不得为朝官,权势指挥太守赴异地。

向常侍

题解

《向常侍》赞美向秀的精神品格。秀淡泊清静,探究玄道,结交高士,忠于友谊,满怀忧愤。

原文

向秀甘淡薄[1],深心托豪素[2]。探道好渊玄[3],观书鄙章句[4]。交吕既鸿轩[5],攀嵇亦凤举[6]。流连河里游[7],恻怆山阳赋[8]。

注释

〔1〕向秀:字子期,河内怀县人。竹林七贤之一。曾为散骑常侍,故称向常侍。　甘:喜好。　淡薄:清静。

〔2〕托:寄托。　豪素:笔和纸。豪,通“毫”;素,白色的丝绢,古以代纸。此指著述。

〔3〕渊玄:渊深的玄理。指注《庄子》。李善注引《世说新语》:“初注《庄子》者数十家,莫能究其指要。向秀于旧注外为解义,妙析奇致,大畅玄风。”

〔4〕鄙:鄙薄,轻视。

〔5〕吕:指吕安,魏东平人,有济世志,与嵇康等友善。后被其兄所诬,以不孝为司马昭所杀,康辨其诬,也株连遇害。　鸿:大雁。　轩:鸟翻飞的样子。

〔6〕嵇:嵇康。　举:高飞。李善注引《向秀别传》:“秀常与嵇康偶锻于洛邑,与吕子灌园于山阳,收其余利以供酒食之费。”

〔7〕流连:泪流的样子。　河里:河内。嵇康与吕安皆曾寓居河内的山阳县(今河南修武),向秀与之相交,游于竹林。

〔8〕恻怆:悲伤。　山阳赋:指向秀于嵇、吕死后经山阳旧居有感而做《思旧赋》。

今译

向秀甘愿清静并无为,深沉心志寄托在文笔。探求道术喜好深而玄,读书会意鄙视章句迷。交吕既与鸿雁齐翱翔,攀嵇也同鸾凤比翼飞。重游河内满眼泪涟涟,再过山阳做赋抒悲哀。

(陈复兴译注并修订)

咏史一首五言

鲍明远

题解

鲍照志大才高，而身微位卑，内心深藏愤懑不平之气。

本诗以汉时贤者严君平自况，讥刺现实，宣泄个人情思。将上流社会豪奢威势追逐钻营的庸俗风尚，与下层寒士甘对寂寞清高不苟的志趣相对照。

前七联皆为宾，后一联方为主，分明说出了倔强不肯甘心之意。

原文

五都矜财雄〔1〕，三川养声利〔2〕。百金不市死〔3〕，明经有高位〔4〕。京城十二衢〔5〕，飞甍各鳞次〔6〕。仕子飘华缨〔7〕，游客竦轻辔〔8〕。明星晨未稀，轩盖已云至〔9〕。宾御纷飒沓〔10〕，鞍马光照地。寒暑在一时〔11〕，繁华及春媚〔12〕。君平独寂漠〔13〕，身世两相弃〔14〕。

注释

〔1〕五都：五个都市，历代所指各有不同。汉时指洛阳、邯郸、临淄、宛、成都。　矜：夸耀。

〔2〕三川：古郡名，在今河南洛阳西南一带，因有伊、洛、河三水，故名。与五都皆指都邑豪华之地。

〔3〕百金：犹言千金。此形容身分高贵的人。　市：市朝，指争名争利的处所。

〔4〕明经:通晓经典。经,指儒家经典。汉以能通晓儒家经典者为博士官。

〔5〕衢:四通八达的大路。

〔6〕飞甍(méng 萌):高高耸起的屋檐。甍,屋檐。飞,形容屋檐翘然高起,如鸟儿展翅欲飞的样子。 鳞次:形容屋檐密集相间,排列整齐,有如鱼鳞之状。

〔7〕仕子:做官的人。 华缨:华贵的帽带。缨,古时帽子上的饰带,系在脖子下面,以细软的丝绳作成。

〔8〕竦:竦起,竦动。有纵马飞驰的意思。 轻辔:轻便的马缰绳。

〔9〕轩盖:古时一种高贵的车子,曲辕周围有遮栏,上有伞盖,卿大夫所乘。云至:形容众多如云,纷纷而来。

〔10〕宾御:宾客与侍从。 飒(sà 萨)沓:众盛的样子。

〔11〕寒暑:以自然界的寒暑季节比喻世态的冷暖。 一时:形容变化之速。

〔12〕繁华:百花繁茂。 春媚:春光明媚之时。钱仲联说:“此二句为比。炎凉世态,见于一时,故百花争趁浓春时节而争媚,犹仕者及时追逐功名也。”(《鲍参军集注》)

〔13〕君平:严遵,字君平。汉时蜀人,在成都卖卦,每日得百钱就闭门读《老子》,著有《老子指归》。 寂漠:孤独清冷,形容不与尘俗相接的情景。

〔14〕身世:身,指严君平;世,指俗世。 两相弃:谓君平弃世而不仕,世弃君平而不任,所以为“两相弃”。

今译

五都之地夸耀财富以争雄,三川之人好名好利以自养。百金之子不为金钱死市上,但通经术立取高位美名扬。京城宏伟街衢纵横通天下,檐宇高耸鳞次栉比多辉煌。官宦乘轻车帽饰迎风飘动,游客跨骏马揽辔路中驰行。晨星空中闪烁天尚未破晓,高车华盖已如云雾入都城。宾客侍从前呼后拥威风凛,金鞍宝马映得大地放彩虹。世态炎凉恰似寒暑一时变,追名逐利正如繁花趁春光。唯有君平甘对寂寞淡仕途,人弃尘世尘世亦将贤人忘。

(陈复兴译注并修订)

咏霍将军北伐一首 五言

虞子阳

题解

虞羲(? —约510),字子阳,一说字士光,南朝梁会稽余姚(今浙江余姚县)人。齐时为始安王侍郎,后兼建安征虏府主簿功曹,又兼记室参军事。入梁,任晋安王侍郎,死于梁武帝天监(502—519)中。七岁能文,富有才华。工诗,钟嵘《诗品》卷下称赞说:"子阳诗句清拔,谢朓常嗟颂之。"

霍将军,指汉名将霍去病(前140—前117),河东平阳(今山西临汾西南)人,官至骠骑将军,封冠军侯。

这首诗为传统写法的咏史诗,属于专咏一人一事类。主要歌咏西汉名将霍去病带兵北伐、六次大败匈奴、屡建战功的事迹,特别颂扬他以国事为重的崇高思想。开头十八句写霍将军受命带兵北出长城,攻击威胁汉朝的匈奴,身先士卒,历尽艰辛,一再给匈奴以沉重打击,终于迫使匈奴头目一个个相继慑服听命。中间四句赞扬霍将军"匈奴未灭,无以家为"的精神。结尾六句歌颂霍将军战功卓著,获得高官厚禄,当受到画像于麒麟阁的殊荣,英名流传千载。通篇情调高昂,慷慨悲壮,洋溢着建功立业的进取精神。语言质朴刚健,一洗南朝绮靡华艳的诗风,"大有建安风骨"(胡应麟语)。

原文

拥旄为汉将[1],汗马出长城[2]。长城地势崄[3],万里与云平[4]。凉秋八九月[5],虏骑入幽并[6],飞狐白日晚[7],瀚

海愁阴生[8]。羽书时断绝[9]，刁斗昼夜惊[10]。乘墉挥宝剑[11]，蔽日引高旌[12]。云屯七萃士[13]，鱼丽六郡兵[14]。胡笳关下思[15]，羌笛陇头鸣[16]。骨都先自詟[17]，日逐次亡精[18]。玉门罢斥候[19]，甲第始修营[20]。位登万庾积[21]，功立百行成[22]。天长地自久[23]，人道有亏盈[24]。未穷激楚乐[25]，已见高台倾[26]。当令麟阁上[27]，千载有雄名[28]。

注释

〔1〕拥：抱，把持。　旄（máo 毛）：古时旗杆头上用旄牛尾做的装饰，因即指有这种装饰的旗。　拥旄：为“拥旄节”的略语，古时封为军政长官就拥有旄节。

〔2〕汗马：战马疾驰而出汗，以喻征战的劳苦，因称战功为汗马之劳。语出《韩非子·五蠹》：“弃私家之事，而必汗马之劳。”　长城：亦称“万里长城”。语出《史记·蒙恬列传》：“秦已并天下，乃使蒙恬将三十万众北逐戎狄，收河南。筑长城……延袤万余里。”

〔3〕崄：险峻。

〔4〕云：喻高。

〔5〕凉秋：高秋。（依李善注）指秋高气爽、匈奴马肥之时。

〔6〕虏：对敌方的蔑称，此指匈奴。　幽并：指幽州和并州。都是汉武帝所置十三刺史部之一。东汉时，幽州治所在蓟县（在今北京城西南），并州治所在晋阳县（隋时改称太原，在今山西太原市西南）。

〔7〕飞狐：即飞狐口，要隘名。在今河北涞源县北、蔚县南。《史记·郦生陆贾列传》：“距蜚（飞）狐之口。”即此。　白日：太阳。

〔8〕瀚海：亦作“翰海”。汉魏六朝时是北方的海名。《史记》本传载，汉武帝时霍去病攻击匈奴左地，出代郡塞二千余里，“登临翰海”而还，即指此。　阴：谓云。

〔9〕羽书：犹“檄书”。古代征调军队的文书，上插羽毛表示紧急，必须迅速传递。语本《后汉书·西羌传论》：“羽书日闻。”李贤注：“羽书即檄书也。《魏武奏事》曰‘边有警急，即插羽以示急’也。”

〔10〕刁斗：古代军中用具。铜质，有柄，能容一斗。军中白天用来烧饭，夜

则击以巡更。语本《史记·李将军列传》:“不击刁斗以自卫。” 昼夜:夜。偏义复词。 惊:谓警戒。

〔11〕乘:登。墉(yōng 庸):城墙。

〔12〕引:持,擎。 旌(jīng 精):古代旗的一种。缀旄牛尾于竿头,下有五彩析羽。用以指挥或开道。

〔13〕云屯:像云一样聚集,形容多而盛。 萃:荟萃,即聚集。 七萃:原指周王的禁军有七支精干的队伍,此泛指精干队伍。典出《穆天子传一》:“赐七萃之士战。”

〔14〕鱼丽:古代车战的一种阵法。语出《左传·桓公五年》:“为鱼丽之陈(阵),先偏后伍,伍承弥缝。”杜预注引《司马法》:“车战,二十五乘为偏,以车居前,以伍次之,承偏之隙,而弥缝阙漏也。五人为伍。此盖鱼丽阵法。” 六郡:指陇西、天水、安定、北地、上郡和西河(依《汉书·地理志下》颜师古注),大致在今甘肃东部、宁夏南部、陕西北部及内蒙古西南一带。

〔15〕胡笳:古管乐器。汉代流行于塞北和西域一带,汉魏鼓吹乐中常用之。 关:关口。

〔16〕羌笛:古管乐器。原出古代羌族。 陇:山名。指陇山,在今甘肃境内。

〔17〕骨都:即骨都侯,汉代匈奴官名。冒顿单于设置,分左右,由异姓贵族担任,为单于辅政近臣。 詟(zhé 折):恐惧,慑服。

〔18〕日逐:汉代匈奴王号有“日逐王”,次于左贤王。后亦指匈奴官名,西晋初匈奴贵族呼延氏子弟充任此官。 亡:丧失。 精:犹魂魄。(依李善注)

〔19〕玉门:指玉门关。西汉置,在今甘肃敦煌县西北小方盘城。六朝时关址东移至今甘肃安西县东双塔堡附近,而称汉代玉门关为故玉门关。 斥候:侦察,候望。意谓放哨。

〔20〕甲第始修营:承上句申说。意谓北方匈奴威胁解除之后,才开始营造自己的宅第。史实见《史记·本传》:“天子为治第,令骠骑视之,对曰:‘匈奴未灭,无以家为也。’由此上益重爱之。”甲第,封建社会中封侯者等显宦的高级住宅。亦单称“第”,即本传中的“家”。营,营造,建筑。

〔21〕万庾:意谓俸禄多则爵位高。 庾(yǔ 雨):古容量单位。一庾等于十六斗。

〔22〕百行(xìng 性):旧指各种善行。

〔23〕天长地自久：通称“天长地久”。指天地长久存在。

〔24〕人道：我国古代哲学中与“天道”对立的概念，此指人间之事。 亏盈：意谓人之死生寿命等。此指人事之兴亡盛衰。 毁坏：意指人死。语出《易·谦》：“天道亏盈而益谦。”

〔25〕激楚：古代歌舞曲名。语出《汉书·司马相如传上》：“鄢郢缤纷，《激楚》《结风》。”王先谦补注：“《激楚》，歌舞曲名。”

〔26〕已见高台倾：意谓已经看见高高的楼台倾倒，用以暗喻霍将军早亡，一朝衰败的命运。 台：高而平的建筑。即亭台楼阁之台。

〔27〕麟阁：为“麒麟阁”的略语。汉代阁名。汉宣帝时曾降旨图绘功臣像于此阁上，以表彰其功绩。典出《汉书·苏武传》：“上思股肱之美，乃图画其人于麒麟阁。”后以“麟阁”、“麒麟阁”表示卓越的功勋和最高的荣誉。

〔28〕雄：威武。 名：谓美名。

今译

荣耀受封为汉将，不辞劳苦出长城。长城依山地势险，绵延万里高入云。秋高气爽八九月，匈奴骠骑侵幽并。飞狐日暮天昏暗，瀚海阴云伴愁生。羽书时时被隔绝，刁斗夜夜响连声。攀登城墙挥宝剑，遮天盖日擎高旌。云集精干七支军，鱼丽阵法六郡兵。胡笳吹出关下思，羌笛演奏陇头吟。骨都首先被慑服，日逐随着吓掉魂。玉门关上若无警，将军甲第始修营。爵高禄厚万庾积，功成名立多善行。天长地久乃永恒，人事兴衰无一定。激楚舞曲未尽赏，高台坍塌已发生。当令画像麒麟阁，千古流芳传美名。

（张厚惠译注 陈复兴修订）

百一诗一首五言

应休琏

题解

应璩(190—252),三国魏文学家。字休琏,汝南(郡治在今河南汝南县东南)人。为建安七子之一应玚的弟弟。魏文帝、明帝时,历任散骑常侍。齐王芳时,迁侍中、大将军曹爽长史。博学多才,工诗能文,擅长写书牍。根据李善注引李充《翰林论》说:"应休琏五言诗百数十篇,以风规治道,盖有诗人之旨焉。"

百一诗,诗歌篇名。曹爽专权,应璩写此诗以讥讽时事。题名"百一",旧有三说:(1)原诗或许有一百零一篇,故名。(2)以百字为一篇。此诗五言二十句,正合百字,故称。(3)意谓百虑一失。李善注主此说。

这首诗通过主客晤谈,揭露了封建社会统治阶层的虚伪腐败现象。开头四句为诗人自言,说德行高尚的君子不可居处于等级卑微众恶所归的下层,那些名位虽高并无实际才德的达官显贵,最易于欺骗淳朴的公众。中间十二句为诗人代言,一代被罢官归田者(即"我"),一代清正刚直的宾客(即"有人")。前四句描述主客对话的环境,后八句是客向主提出的一系列尖锐的质问,深刻地揭露出那些当朝的达官显贵,不过是一些缺德寡才、不学无术的窃国者、骗子手。结尾四句是"我",即"贱子",惭愧自跪,现身说法,以其自我剖白,深入地验证由宾客揭示出的官场丑恶本质,具有极大的讽刺力量。

这一篇是对话体的叙事诗,其中诗人充分发挥了全知全能的本领,有时是其自言,有时是其代言,或为正面角色(“有人”,宾客)代言,或为反面角色(“隳官”者,“我”)代言。不能解开这个关纽,就不可能把握诗的义脉文理,以至如五臣注那样,所谓“问璩何等用而称才学,往往为人所叹誉也”,所谓“贱子,璩谦称”云云。这就是把诗人自身同诗人为之代言的诗中人物等同起来,于是就出现误读的结果。

刘勰评论说:“应璩《百一》,独立不惧,辞谲义贞,亦魏之遗直也。”非常准确地把握住了这首诗内容与形式上的特点。

原文

下流不可处〔1〕,君子慎厥初〔2〕。名高不宿著〔3〕,易用受侵诬〔4〕。前者隳官去〔5〕,有人适我闾〔6〕。田家无所有〔7〕,酌醴焚枯鱼〔8〕。问我何功德〔9〕,三入承明庐〔10〕。所占于此土〔11〕,是谓仁智居〔12〕。文章不经国〔13〕,筐篋无尺书〔14〕。用等称才学〔15〕,往往见叹誉〔16〕。避席跪自陈〔17〕,贱子实空虚〔18〕。宋人遇周客〔19〕,惭愧靡所如〔20〕。

注释

〔1〕下流:指众恶所归的地位。典出《论语·子张》:“是以君子恶居下流,天下之恶皆归焉。”

〔2〕慎厥初:即“慎初”。同“慎始”。意谓事情一开始就要考虑到后果,因而自始至终谨慎从事。典出《书·太甲下》:“慎终于始。”

〔3〕名:名声。　宿著:犹素著。平素显现出来。《汉书·朱云传》:“此臣素著狂直于世。”王充《论衡·逢遇》:“学不宿习,无以明名,名不素著,无以遇主。”显而易见,“宿”与“素”为对文。

〔4〕侵:迫近,逐渐。　诬:欺骗。

〔5〕隳(huī 灰):犹言贬退,废除。

〔6〕闾:犹里闾,亦称闾里,即乡里。　适:到。

〔7〕田家:农家。

〔8〕酌:谓饮。　醴(lǐ 礼):甜酒。　焚:烧烤。　枯鱼:干鱼。

〔9〕功德:功业和德行。

〔10〕三入承明庐:意谓三次入朝为官。　承明庐:殿名。语出《汉书·严助传》:"君厌承明之庐。"颜师古注引张晏曰:"承明庐在石渠阁外。"

〔11〕占:审度。　土:指住地。

〔12〕仁智:儒家伦理思想中的仁与智。语出《论语·雍也》:"知者乐水,仁者乐山。"知,同"智"。此指才德高尚的君子。

〔13〕文章不经国:意谓文章不为治理国家服务。语出曹丕《典论·论文》:"盖文章经国之大业。"　文章:泛指独立成篇的、有组织的文字。有时亦泛指文学。　经国:治国,治理国家。

〔14〕筐:方形的盛物竹器。　箧(qiè 窃):小箱子。　尺书:指书籍。

〔15〕等:犹言等同,相等。

〔16〕叹:赞叹。　誉:称赞。

〔17〕避席:古人席地而坐,离坐起立,表示敬意,称"避席"。语本《庄子·寓言》:"舍者避席。"　跪:两膝着地,伸直腰股,表示庄重、恭敬。

〔18〕贱子:谦称自己。语本《汉书·楼护传》:"〔王〕邑居樽下,称'贱子上寿'。"

〔19〕宋人遇周客:意谓宋国愚人以燕石为宝,后遇周客鉴定为燕山之石,愚人恼羞成怒,反而更加慎重地保藏起来。典出《太平御览》卷五十一引《阙子》:"宋之愚人得燕石于梧台之东,归而藏之,以为大宝。周客闻而观焉,主人端冕玄服以发宝,华匮十重,缇巾十袭。客见之,卢胡而笑曰:'此燕石也。与瓦甓不异。'主人大怒,藏之愈固。"　燕(yān 烟):谓燕山。　卢胡:同"胡卢"。喉间的笑声。

〔20〕惭愧靡所如:意谓愚昧无知、弄虚作假被道破,就惭愧得无所适从。靡:无。　如:从。

今译

卑微地位不能处，君子谨慎其当初。名声虽高不早著，易于因此受欺诬。不久以前罢官去，中有宾客访我屋。农家没有好款待，敬献甜酒烤干鱼。问我有何大功德，三次任职承明庐。君所审度居住地，本是才德君子庐。文章无益治国事，书籍没有半卷书。为何等同才学士，常常无端被赞誉。避席致敬跪陈词，贱子实际特空虚，宋国愚人遇周客，良心惭愧无地容。

（张厚惠译注　陈复兴修订　陈延嘉再修订）

游仙诗一首五言

何敬祖

题解

何劭(236—301),西晋诗人。字敬祖,陈国阳夏(今河南太康县)人。为丞相何曾的儿子,袭封朗陵郡公。父子二人都以生活奢侈出名。何曾日食万钱,还竟然扬言无下箸处;何劭日食二万钱,挥霍不亚于帝王。劭在晋武帝时任散骑常侍,迁侍中尚书。晋惠帝即位,为太子太师,累官至司徒。赵王伦篡位,为太宰。博学工诗。

这首诗为正格游仙诗,描写寄托山林,追求虚无缥缈的隐逸仙境,幻想巧遇仙人接引,飞升高空,远离人世,与列仙遨游。开头八句描写求仙者寄情山林,追求虚无缥缈的仙人生活。中间四句写羡慕与古代仙人浮丘公等为友,幻想得到接引而飞升。结尾四句写想象中得道成仙,与列仙遨游万里,毫不留恋人间欢乐。全诗一味欣赏离世遁俗,其消极思想是比较明显的。

原文

青青陵上松〔1〕,亭亭高山柏〔2〕。光色冬夏茂〔3〕,根柢无凋落〔4〕。吉士怀贞心〔5〕,悟物思远托〔6〕。扬志玄云际〔7〕,流目瞩岩石〔8〕。羡昔王子乔〔9〕,友道发伊洛〔10〕。迢递陵峻岳[11],连翩御飞鹤[12]。抗迹遗万里[13],岂恋生民乐[14]?长怀慕仙类[15],眩然心绵邈[16]。

注释

〔1〕青青陵上松:意谓山上松柏茂盛常青。语本《古诗十九首》:“青青陵上柏。” 青,茂盛,常青。陵,山。

〔2〕亭亭:高大,耸立,语本曹丕《杂诗》:“亭亭如车盖。”

〔3〕冬夏茂:冬夏茂盛,意谓四季常青。

〔4〕柢(dǐ 底):本,树根。

〔5〕吉士:古代对男子的美称。语本《诗·召南·野有死麇》:“吉士诱之。” 吉,善,美。 贞:犹坚贞。

〔6〕悟:感悟。 托:寄托。

〔7〕扬志:犹抗志。高尚的志气。根据李善注引曹植《七启》曰:“抗志云际。” 玄云:青云,高空的青云。此谓清空,用以喻隐逸。

〔8〕流目:犹浏览,放眼随意观看。 瞩(zhǔ 主):望。 岩:山崖。

〔9〕王子乔:传说中古代仙人。见《列仙传》卷上:“王子乔者,周灵王太子晋也。好吹笙作凤凰鸣,游伊洛间,道士浮丘公接以上嵩山……乘白鹤……举手谢时人,数日而去。”

〔10〕友道发伊洛:意谓王子乔以道家浮丘公为朋友,从伊河、洛河被接引上嵩山修炼。 伊洛:伊水、洛水,分称伊河、洛河,都在今河南省西部,而伊河是洛河的支流。

〔11〕迢递:高远的样子。 陵:登上。 峻岳:谓高大的山。

〔12〕连翩(piān 篇):同“联翩”。鸟飞的样子。亦形容连续不断。语本曹植《白马篇》:“连翩西北驰。” 御:驾御,乘坐。

〔13〕抗迹:特立独行。语本《楚辞·九章·悲回风》:“悲申徒之抗迹。” 遗:弃。离去。

〔14〕生民:生人。意谓人间。语出《孟子·公孙丑》:“自有生民以来。”

〔15〕仙类:犹列仙。仙人辈,即众仙人。

〔16〕眩(xuàn 绚):眩惑。迷惑。 绵邈(miǎo 秒):长远,遥远。

今译

青翠茂盛陵上松，高大参天山中柏。冬夏常青色泽新，根深柢固不凋落。堂堂男子怀坚贞，感悟万物远寄托。崇高志气上青云，放眼远望千岩壑。羡慕古代王子乔，以道为友发伊洛。高高凌驾峻岭上，连翩飞翔乘仙鹤。特立独行去万里，岂能眷恋人间乐？长久缅怀仙人辈，心思恍惚赴辽阔。

（张厚惠译注　陈复兴修订）

游仙诗七首

郭景纯

题解

郭璞诗赋皆有名，萧统选录的《游仙》诗七首影响更大。据逯钦立先生《先秦汉魏晋南北朝诗》所辑，郭璞《游仙》诗共十九首，有的已非全诗，有的仅存佚句。对郭璞《游仙》之作，历代品评甚多。刘勰《文心雕龙·明诗》："景纯仙篇，挺拔而为俊矣。"钟嵘《诗品》："（郭璞）《游仙》之作，辞多慷慨，乖远玄宗……坎壈咏怀，非列仙之趣也。"《文选》李善注："凡《游仙》之篇，皆所以滓秽尘网，锱铢缨绂，餐霞倒景，饵玉玄都；而璞之制，文多自叙，虽自狭中区，而辞无俗累，见非前识。"何焯《义门读书记》："景纯《游仙》，当与屈子《远游》同旨。盖自伤坎壈，不成匡济，寓旨怀生，用以写郁。"又黄季刚《文选平点》："《游仙》正体，弘农其变。"刘熙载《艺概·诗概》："《游仙诗》假栖遁之言，而激烈悲愤，自在言外。"

上述评论，可以说明两个问题：第一，郭璞的《游仙》诗，明属寄托之词，其本旨"非列仙之趣"，与左思《咏史》诗有相通之点。左思"名为咏史，实为咏怀"；郭璞名为游仙，实为写郁。宋玉《九辩》中说："坎壈兮，贫士失职而志不平。"写"郁"即写不平之志。郭璞同左思一样，生活在"世胄蹑高位，英俊沉下僚"的庸人治国、英才沉下的社会里，注定他一生志高位卑，坎壈不平。不平则鸣，于是借《游仙》以宣泄"上念国政，下悲小己"（章太炎《国故论衡·辨诗》）的不平之气。不过他的"激烈悲愤，自在言外"，须"知识曲宜听其真也"。如果说左思变《咏史》正体为变体，开拓了《咏史》诗新的艺术领域，那么郭璞也是如此。他改变了《游仙》诗专写列仙之趣的正体,而借仙写郁,表明与黑暗现实决绝。何义门说:“游仙正体,弘农其变”,也还是从这个意义上肯定的。

第二,《游仙》诗中表现的出世、隐遁的思想,无疑受到魏晋清谈家崇尚老庄之风的影响,但郭璞的《游仙》诗与“淡乎寡味”的“玄言诗”不同。虽然二者都充满老庄哲学的内容,艺术风格却大不一样。玄言诗空发玄理,缺乏形象,淡乎寡味,而郭璞《游仙》诗,则融注自己的真情实感。它并非不发议论,“朱门何足荣”即是;也并非不谈玄理,“其中有妙象”即是,但就整体而言,它总是融哲理于形象之中,使人在对形象的感悟里,认识诗人生活的社会的某个侧面与诗人的情怀。在当时,“江左篇制,溺乎玄风”(刘勰《文心雕龙·明诗》),郭璞“始变永嘉平淡之体,故称中兴第一”。(钟嵘《诗品》)这是郭璞在诗歌发展史上的新贡献。他的诗风对后代产生了深远的影响。陈绎曾《诗谱》说:“郭璞构思险怪而造语精圆,三谢皆出于此,杜、李精奇处皆取此。”李白《古风》,就明显有郭璞《游仙》的影子。

郭璞创作《游仙》诗时,是否有整体的构思,现在难以确考;但从萧统所选七首的编排上,却能看出其内在联系。第一首以“京华”、“山林”并起,总写供选择的两条道路——从政与隐居。第七首,“当途人即朱门中者,山林字首尾相应,为七首之结”。中间五首,反映诗人在选择隐逸道路过程中,思想里充满着矛盾和斗争。郭璞是个具有政治敏感和远大抱负的人,因此对时局的动荡不可能漠不关心。想出世,“尘缘”未了;想入世,又怕身陷藩篱。内心进退出处的矛盾斗争,便构成了组诗的波澜。

《京华游侠窟》是七首中的第一首。通过对比的手法,表达了诗人高蹈风尘之外的理想和对世俗的彻底否定。作者运用多层次的结构方式,集中地表现了这一主题。全诗共十四句,可分四个层次,每个层次都是一幅鲜明的画面。头四句为第一层。“京华游侠窟”

与“山林隐遁栖”,是两条生活道路的对比。对比的结果,前者不如后者:“朱门何足荣,未若托蓬莱。”这是两种生活态度的对比。何以否定前者而肯定后者呢?从第二层开始作答。隐遁之山林,如同仙境:“临渊挹清波,陵岗掇丹荑。灵溪可潜盘,安事登云梯。”幽静,洁净,既无尘埃,又无俗累,多么令人神往的妙境。第三层则举老庄两个典故,这是令人景仰的楷模,用以说明进退利害,比喻贴切,形象耐人寻味。以上三层为一部分,描绘了生活中的两条道路,两种选择,两个结果,而在描绘中就已表明了诗人的追求与厌弃,所以第四层“高蹈风尘外,长揖谢齐夷”便是水到渠成。“结言虽如夷齐之高洁,而犹在风尘之内,故必高蹈以游仙也。”(何焯《义门读书记》)

原文

京华游侠窟〔1〕,山林隐遁栖〔2〕。朱门何足荣〔3〕,未若托蓬莱〔4〕。临渊挹清波〔5〕,陵岗掇丹荑〔6〕。灵溪可潜盘〔7〕,安事登云梯〔8〕。漆园有傲吏〔9〕,莱氏有逸妻〔10〕。进则保龙见〔11〕,退为触藩羝〔12〕。高蹈风尘外〔13〕,长揖谢夷齐〔14〕。

注释

〔1〕京华:京都。　游侠:指抱负远大重义轻利的人。　窟:聚居的地方。

〔2〕隐遁:隐居,隐退。　栖:指隐居山林。

〔3〕朱门:指荣华富贵。古代富豪之家,门皆涂红漆。　荣:荣耀,显耀。

〔4〕未若:不如。　托:寄身。　蓬莱:传说中的仙山名。一说蓬莱当作“蓬藜”。“托蓬藜”就是栖身于草野。

〔5〕挹(yì 义):汲取。

〔6〕陵:登。　掇(duō 多):拾取。　丹荑(yí 夷):赤芝,又名丹芝。荑,草初生称“荑”。丹荑即初生的丹芝。

〔7〕灵溪(xī 西):水名《荆州记》:“大城西九里有灵溪水。”　潜盘:隐居盘桓。

〔8〕安事:何必从事。　云梯:传说仙人升天,借云而上,故称云梯。登云

梯,言致身青云。比喻隐居不仕。

〔9〕傲吏:傲世之吏,指庄周。《史记·老庄申韩列传》:"庄子尝为漆园吏,楚王闻周贤,使使厚币迎,许以为相。周笑谓楚使者曰:'亟去,无污我!'"

〔10〕莱氏:指老莱子。《列女传》:"莱子逃世,隐于蒙山之阳。或言之楚。楚王遂驾至老莱之门,曰:'守国之孤,愿变先生。'老莱曰'诺。'妻曰:'妾闻居乱世为人所制,能免于患乎?妾不能为人所制。'投其畚而去。老莱乃随而隐。" 逸妻:隐逸之妻。逸,隐。

〔11〕进:指隐逸求仙。 龙见:李善注引《周易·乾》:"见龙在田。龙德而正中者也。"这句是说,隐居不仕,就可保持正中之道。

〔12〕退:指处身世俗。 触藩羝(dī 底):《周易·大壮》:羝羊触藩,羸其角,不能退,不能遂。"羝,公羊。这句是说,退处世俗,就像公羊将角触藩篱中,进退不得。

〔13〕高蹈:指隐居。 风尘:指世俗。

〔14〕长揖:旧时相见的礼节。拱手高举,自上而下。 谢:辞别。 齐夷:伯夷、叔齐,周初的两位隐士。《史记·伯夷叔齐列传》载,伯夷、叔齐皆孤竹君之子。父欲立叔齐。父死,齐让位伯夷。夷曰,此父命。不受,遂去。叔齐亦不肯立,逃进首阳山隐居。长揖谢齐夷,表示要彻底脱离人世而登仙。

今译

游侠之士聚京都,隐逸之人山中居。荣华富贵何足道,不如寄身仙山里。渴近清流饮甘泉,饥登崇山食灵芝。隐居灵溪任逍遥,何必寻找登云梯?庄周断然辞卿相,老莱跟随隐逸妻。归隐保全中正美,入俗羊角陷藩篱。超世脱俗红尘外,至高至洁胜齐夷。

题解

《青溪千余仞》是第二首。奇特之构思,丰富之想象,是这首诗突出的特点。亦虚亦实的描写,将人带入亦真亦幻的境界。山美,水美,仙更美。写山高,则"云生我栋间,风出窗户里";写水秀,则"阊阖西南来,潜波涣鳞起";写仙俏,则"灵妃顾我笑,粲然启玉齿"。山水仙人,构成一幅令人神往的画面,表现了诗人的理想追求。然他毕竟是现实中的人，没有忘记这是并不存在的幻境，故最后不能不发出“蹇修时不存，要之将谁使”的叹问。

原文

青溪千余仞〔1〕，中有一道士。云生梁栋间，风出窗户里。借问此何谁，云是鬼谷子〔2〕。翘迹企颍阳〔3〕，临河思洗耳〔4〕。阊阖西南来〔5〕，潜波涣鳞起〔6〕。灵妃顾我笑〔7〕，粲然启玉齿〔8〕。蹇修时不存〔9〕，要之将谁使〔10〕？

注释

〔1〕青溪：山名。李善注引庾仲雍《荆州记》曰：“临沮（今湖北当阳县西北）县有青溪山，山东有泉，泉侧有道士精舍。郭景纯尝作临沮县，故游仙诗嗟青溪之美。” 仞（rèn 认）：古代以八尺为一仞。

〔2〕鬼谷子：王诩，号鬼谷子。战国时人，苏秦之师，隐居鬼谷，故号鬼谷子。

〔3〕翘迹：举足。 企：企慕。 颍（yǐng 影）阳：颍水之北。相传巢父、许由曾隐居颍水之北，尧让天下而不受，后因以颍阳指巢许。此指许由。

〔4〕洗耳：《高士传·许由》：“尧又召为九州长，由不欲闻之，洗耳于颍水滨。时其友巢父牵犊欲饮之，见由洗耳，问其故。对曰：‘尧欲召我为九州长，恶闻其声，是故洗耳。’”

〔5〕阊阖（chāng hé 昌合）：阊阖风。即西风。《淮南子·天文》：“凉风至四十五日，阊阖风至。”《史记·律书》：“阊阖风居西方。”

〔6〕潜波：平静的水面。 涣：散开。 鳞起：形容微波兴起，状如鱼鳞。

〔7〕灵妃：宓妃。传说中的洛水女神。 顾：看。

〔8〕粲然：露齿而笑的样子。 启齿：笑。李善注引司马彪《庄子注》：“启齿，笑也。”

〔9〕蹇（jiǎn 简）修：媒人。李善注引王逸《楚辞章句》：“蹇修，古贤蹇修，而媒理也。”

〔10〕要（yāo 腰）：求。 谁使：使谁。即派谁。

今译

青溪山高千丈余，山中修行一道士。悠悠白云绕梁栋，徐徐清风吹窗里。借问此道是何人，人说隐士鬼谷子。敬慕许由居颍水，思其临河曾洗耳。西南一阵清风来，微波荡漾如鳞起。宓妃看我莞尔笑，朱唇微露见玉齿。良媒蹇修今不在，与她通好谁可使？

题解

《翡翠戏兰苕》是第三首。如果说第二首还是向往仙境，那么这首则是置身于仙境了。在七首《游仙》诗中，这是色彩艳丽、神气飞动、潇洒飘逸的一首。珍禽芳草，递相辉映，青松绿萝，纠葛盖山，容色俱丽。在这优美的环境里，冥寂士静啸抚琴，放纵情怀，食芳蕊，饮飞泉，延年益寿，一派六朝名士风度。为友者绝非蜉蝣式的世俗小人，而是浮丘、洪崖那样不食人间烟火的仙翁。表现了诗人自命清高，孤芳自赏，蔑视世俗，鄙弃荣华的思想感情。其实这种超现实的幻想，不过是那个时代知识分子不满现实而又无法解脱的自我慰藉而已。

原文

翡翠戏兰苕〔1〕，容色更相鲜〔2〕。绿萝结高林〔3〕，蒙笼盖一山〔4〕。中有冥寂士〔5〕，静啸抚清弦〔6〕。放情陵霄外〔7〕嚼蕊挹飞泉〔8〕。赤松临上游〔9〕，驾鸿乘紫烟〔10〕。左挹浮丘袖〔11〕，右拍洪崖肩〔12〕。借问蜉蝣辈〔13〕，宁知龟鹤年〔14〕？

注释

〔1〕翡翠：翡翠鸟。嘴长而直，羽毛有蓝、绿、赤、棕等色，嘴和足呈珊瑚红色。　戏：嬉戏。　兰苕（tiáo 条）：兰花。

〔2〕容色：容姿与色彩。　相鲜：相互辉映，色彩鲜明。

〔3〕绿萝:松萝,也叫女萝,蔓松而生。 结:盘结。 高林:高大的树林。

〔4〕蒙笼:草木茂盛的样子。

〔5〕冥寂:幽寂。冥,幽。冥寂士,指隐逸者。

〔6〕静啸:安闲长啸。啸,撮口发出长而清越的声音。魏晋时期隐士有以“啸”抒发情志之风。《竹林七贤论》:“阮籍性乐酒,善啸,声闻数百步。”《晋阳秋》:“嵇康见孙登,登对之啸,时不言。” 抚:抚弄,此指弹拨。张纮《行路难》:“君不见相如绿绮琴,一抚一拍凤凰音。” 清弦:指琴。

〔7〕放情:纵情。放纵情怀,无拘无束。 陵霄:直上云霄。陵,上升。

〔8〕嚼(jué 决):咀嚼。 蕊:花蕊。 挹:酌取,舀取。此指饮。李善注引曹丕《典论》:“饥食琼蕊,渴饮飞泉。” 飞泉:瀑布。

〔9〕赤松:即赤松子。传说中神农氏时的雨师。服水玉,教神农,能入火不烧。

〔10〕鸿:鸟名,雁类。 乘:驾。 紫烟:紫色的云雾。

〔11〕挹:牵引。 浮丘:传说中的仙人。

〔12〕洪崖:传说中的仙人。

〔13〕蜉蝣(fú yóu 浮游):虫名。成虫常在水面飞行,寿命极短。李善注引《大戴礼记·夏小正》:“蜉蝣,朝生而暮死。”

〔14〕龟鹤:传说龟鹤为长寿之物,可活千百年。

今译

翡翠嬉戏兰花间,容色辉映更鲜艳。女萝攀附高松上,郁郁葱葱盖满山。山中幽寂一隐士,撮口长啸抚琴弦。放纵情怀云霄外,咀嚼芳蕊饮飞泉。清泉之上赤松子,乘鸿飞翔云霞间。左拉仙人浮丘袖,右拍仙人洪崖肩。请问短命蜉蝣辈,怎知龟鹤寿千年。

题解

《六龙安可顿》是第四首。第三首写置身仙境以仙为友的轻松和自豪。其实,游仙不过是一种寄托,郭璞也未必相信仙境与仙人的存在。这首诗就表现了他的怀疑。李善的一条注,说出了本诗的真实思想。《注》引曹丕《典论》说:“夫生之必死,成之必败。然而惑者望乘风云，冀与螭龙共驾，适不死之国。国即丹溪。”不死之国并非不死人，“死者相袭，丘垄相望，逝者莫反，潜者莫形”。看到这些“足以觉也”。有生就有死，有成就有败，这是永恒的规律。想乘风云，驾龙螭，飞升不死之国，追求长生不老，则是“惑者”。如果说第三首写“惑”而得快，那么第四首则是写“觉”而知“悲”：“临川哀年迈，抚心独悲咤。”由惑而觉，由幻而真，由喜而悲的文势起伏，正是诗人内心矛盾斗争的反映。

原文

六龙安可顿[1]，运流有代谢[2]。时变感人思[3]，已秋复愿夏。淮海变微禽，吾生独不化[4]。虽欲腾丹溪[5]，云螭非我驾[6]。愧无鲁阳德[7]，回日向三舍[8]。临川哀年迈[9]，抚心独悲咤[10]。

注释

〔1〕六龙：指太阳。古代神话传说，谓太阳运行，六龙驾车，羲和为御。安：何。　顿：停。

〔2〕运流：时运推移。　代谢：交替。

〔3〕时变感人思：指四季变化，引起人的思想感情的变化。感，动。

〔4〕淮海变微禽，吾生独不化：李善注引《国语·晋语》曰：“赵简子叹曰：‘雀入于海为蛤，雉入于淮为蜃，鼋鼍鱼鳖，莫不能化，惟人不能。哀夫！’”意谓鸟类鱼类皆能随环境变化而变化形体，而人不能。

〔5〕腾：飞升。　丹溪：传说中的不死之国。

〔6〕螭（chī 吃）：古代传说中的一种动物，似龙而黄。

〔7〕愧：惭愧。　鲁阳：古代神话中的人物。

〔8〕回日：使太阳返回头。　向：将近。　三舍：三星宿的距离。二十八宿，一宿为一舍。李善注引《淮南子·览冥训》曰：“鲁阳公与韩遘难。战酣，日暮，援戈而麾之，日为之返三舍。”

〔9〕临川哀年迈：李善注引《论语·子罕》曰：“子在川上曰：‘逝者如斯夫！

不舍昼夜。'"临川,面对河川。哀,哀叹。年迈,年老。迈,时光消失。引申为年老。

〔10〕抚心:抚胸。形容悲痛之极。 咤(zhà 榨):慨叹。

今译

太阳运行永不歇,时序流转有交替。节令变化生百感,秋来愿把夏迎接。鱼鸟皆随环境变,唯独人类变不得。虽想飞升不死国,白云黄龙非我托。惭愧缺少鲁阳德,不能令日退三舍。临川望水哀年迈,以手抚胸长咨嗟。

题解

《逸翮思拂霄》是第五首。这首诗与其他几首不同,讲神仙隐逸之事少,而愤世嫉俗情绪则比较强烈。一、二句:有才者渴望大展其才。三、四句:大才要大用。五、六句:而当道者不识才,大才如明珠暗投,反以为患。七、八句:因此不能人尽其才。九、十句:这种现实令人悲恻下泪。十句诗,集中写一个"郁"字,但绝非空洞言理,而是通过一系列的比喻,寓道理于形象之中,发愤激于言词之外。

原文

逸翮思拂霄〔1〕,迅足羡远游〔2〕。清源无增澜〔3〕,安得运吞舟〔4〕?珪璋虽特达〔5〕,明月难暗投〔6〕。潜颖怨青阳〔7〕,陵苕哀素秋〔8〕。悲来恻丹心〔9〕,零泪缘缨流〔10〕。

注释

〔1〕逸翮(hé 合):指健飞者。逸,迅疾。翮,羽根。引申为鸟翼。 拂霄:高达云霄。拂,掠过。

〔2〕迅足:指善走者。 远游:远走。以上二句,以渴望远走高飞为喻,言有才之人皆希望大展其才。

〔3〕清源:澄清的水源。　增澜:重重大浪。增,同"层"。

〔4〕安得:怎能。　运:行。　吞舟:指大鱼。吞舟之鱼,极言其大。李善注引《韩诗外传》曰:"孟子曰:'夫吞舟之鱼,不居潜泽。度量之士,不居污世。'"以上二句,言大才之人,如不能使之各得其所,便无法施展他们的抱负。

〔5〕珪璋(guī zhāng 规章)特达:比喻有才德的人不须凭借外助。珪璋,玉器名。古代诸侯朝聘时用为礼品。如用珪璋做礼品,就不用再送货币之类,可以单独送达。

〔6〕明月:宝珠名。《汉书·邹阳传》:"明月之珠,夜光之璧,以暗投人于道,众莫不按剑相眄者。"明月暗投,比喻有才德之人,才德如不被人所识,也会遭到拒绝。

〔7〕潜颖:指生长在隐蔽之处的植物。比喻失意之人。颖,禾穗。　青阳:春日。

〔8〕陵苕:与"潜颖"相对,指生长在高处的植物。苕,草木之翘秀者。　素秋:秋季。古代五行说,以金配秋,其色白,故称素秋。以上二句,言因所处环境不同,有的怨春日来迟,有的怨素秋早至。

〔9〕恻:伤痛。　丹心:红心,忠贞的心。

〔10〕零泪:落泪。零,落。　缘:沿。　缨:系冠的带子。

今译

健飞心想入云霄,捷足羡慕天涯走。水源清浅无大浪,怎容吞舟之鱼游。珪璋之美可特献,明月之珠难暗投。阴禾抱怨无日照,冈苗哀叹遇霜秋。丹心一片使人悲,热泪顺着冠带流。

题解

《杂县寓鲁门》是第六首。在七首《游仙》诗中,这是列仙之趣最浓的一首。但其主旨仍是借仙境描写寄托个人情志。全诗写得既惊心动魄,又潇洒飘逸。

开头四句,以雷霆万钧之笔,描绘了海风骤起造成的灾难,暗喻社会的动乱和险恶。诗虽作于东晋,而西晋的"八王之乱",异族横行中原,天下屡遭兵燹,郭璞是饱经亲历的。"顾瞻中宇,一朝分崩,天纲既紊，浮鲵横腾。”（郭璞《答贾九州愁诗》）使诗人的身心都为之震撼。“吞舟涌海底，高浪驾蓬莱”，正是天下分崩的写照。海风掀起的狂涛恶浪，竟把蓬莱仙山卷走，真是天大的劫难。

欲避此难只有到另一境界中去，那就是仙境。从第五句至第十句，则是写的各得其趣的仙境。众仙俯视人间，一片汪洋都不见，只能看到金银台。而列仙的生活则是各得其乐。有的高蹈遗世，渴饮“丹溜”，有的挥杯畅饮，潇洒自若；有的轻歌曼舞，美妙动人；有的颔首击节，妙解音律；有的随烟上下，洒脱飘逸；有的无忧无虑，千岁如孩。诗人想象驰骋，描绘列仙不染尘俗的生活情趣，意在与动荡不安的社会现实构成鲜明的对比，寄托自己的理想。

而要达到这种境界，必须割断俗念。“燕昭无灵气，汉武非仙才。”这里用的两个典故，盖有玄外之音。据《拾遗记》载：“燕昭王召其臣甘需曰：‘寡人志于仙道，可得遂乎？’需曰：‘上仙之人，去滞欲而离嗜爱，洗神灭念，游于太极之门。今大王所爱之容，恐不及玉，纤腰皓齿，患不如神，而欲却老云游，何异操圭爵以量沧海乎？’”又《汉武内传》云：“刘彻好道，然形慢神秽，恐非仙才也。”燕昭汉武之类的帝王，贪财好色，滞欲嗜爱，绝对不会成仙。要离俗入仙，“洗神灭念”乃是良途。无疑这是艺术化的老庄哲学。

原文

杂县寓鲁门，风暖将为灾[1]。吞舟涌海底，高浪驾蓬莱[2]。神仙排云出[3]，但见金银台[4]。陵阳挹丹溜[5]，容成挥玉杯[6]。姮娥扬妙音[7]，洪崖颔其颐[8]。升降随长烟[9]，飘飖戏九垓[10]。奇龄迈五龙[11]，千岁方婴孩[12]。燕昭无灵气[13]，汉武非仙才[14]。

注释

〔1〕杂县(yuán 元):海鸟名,又叫爰居。 寓:居。此指栖息。 鲁门:鲁国的城门。李善注引《国语·鲁语上》:"海鸟曰爰居,止于鲁东门外三日。……展禽曰:'今兹海其有灾乎?夫广川之鸟兽,常知风而避其灾也。'是岁也,海多大风,冬暖。"

〔2〕吞舟:指大鱼。形容鱼大,可以吞船。《韩诗外传》:"荥泽之水,无吞舟之鱼。" 驾:凌驾,超越。 蓬莱(lái 来):传说中海上仙山名。《史记·封禅书》:"自威、宣,燕昭使人入海求蓬莱、方丈、瀛洲,此三神山者,诸仙人及不死之药皆在焉。其物禽兽尽白,而黄金银为宫阙。未至,望之如云。"

〔3〕排云:拨开云雾。

〔4〕金银台:指仙人居住的宫阙。

〔5〕陵阳:陵阳子明,古仙人。《列仙传》说,子明从白鱼腹中得书,而知服食之法,上黄山采脂服三年成仙。 丹溜:指石脂。传为仙家所服食之物。

〔6〕容成:容成公,古仙人。《列仙传》说,容成公者,自称黄帝师,能善补导之事,发白复黑,齿落复生。 挥:以手挥之。

〔7〕姮(héng 恒)娥:嫦娥。相传嫦娥为后羿之妻。羿从西王母处得到不死之药,嫦娥偷吃后逃往月中。 扬:飞起。此指唱起。 妙音:美妙的歌声。

〔8〕洪崖:古仙人。《列仙传》说,洪崖先生姓张氏,尧时已三千岁。 颔(hàn 撼):点头。 颐(yí 移):下巴。

〔9〕升降随长烟:李善注引《列仙传》曰:"宁封子者,黄帝时人也。积火自烧,而随烟上下。"长烟,升空甚高而不绝之烟。

〔10〕飘飖(yáo 姚):飘荡。 戏:嬉戏。 九垓(gāi 该):九天。中央及东南西北四方,东南,西南,东北,西北四隅之天,谓九天。

〔11〕奇龄:长得少见的寿命。 迈:超过。 五龙:传说中五个人面龙身的仙人。父曰宫龙,是土仙;长子角龙,木仙;次徵龙,火仙;次商龙,金山;次羽龙,水仙。(见李善注引《遁甲开山图》)

〔12〕方:像。 婴孩:小孩。

〔13〕燕昭:燕昭王。 灵气:仙气。即仙人的气质。

〔14〕汉武:汉武帝刘彻。 仙才:道家所谓登仙的资质。

今译

爰居栖鲁东门外,寒风变暖要降灾。吞舟之鱼涌海底,巨浪掀天漫蓬莱。列仙拨云飘然出,只见雾中金银台。陵阳子明饮石脂,容成挥手来玉杯。嫦娥高歌音美妙,洪崖领首合节拍。宁封自焚乘烟去,仙体飘飖戏九垓。高龄超过五龙寿,千岁好比是婴孩。君王燕昭无仙气,汉武没有成仙才。

题解

《晦朔如循环》是第七首。在人生之路的选择中,诗人经历过反反复复的内心矛盾和斗争,但最后还是坚定地与官场决绝,与世俗决绝,食仙草,饮玉液,求长生。最后以“长揖当涂人,去来山林客”收束全诗,与第一首相照应,并为七首《游仙》作结。

原文

晦朔如循环〔1〕,月盈已见魄〔2〕。蓐收清西陆〔3〕,朱羲将由白〔4〕。寒露拂陵苕〔5〕,女萝辞松柏〔6〕。蕣荣不终朝〔7〕,蜉蝣岂见夕〔8〕。圆丘有奇草〔9〕,钟山出灵液〔10〕。王孙列八珍〔11〕,安期炼五石〔12〕。长揖当涂人〔13〕,去来山林客〔14〕。

注释

〔1〕晦:农历月终。　朔:农历月初一。　循环:旋转往复。比喻事物周而复始地运动。

〔2〕月盈:月圆。盈,满。　魄:有间隙,引申为缺。《经籍纂诂》:“魄,有间隙。《尔雅释诂》:‘魄,间也。’”李善注引《礼记》:“四时和而后月生,是以三五而盈,三五而阙。”又孔安国曰:“(月)十六日明而魄生也。”

〔3〕蓐(rù 入)收:主秋之神。《故事成语考·岁时》:“西方之神曰蓐收,当兑而司秋。”　清:廓清。　西陆:指秋天。《太平御览·易通统图》:“日行西方

白道曰西陆。”李善注引司马彪《续汉书》:“日行北陆谓之冬,西陆谓之秋。”

〔4〕朱羲:太阳。　由:从。　白:指白道。即月球所行的轨道。李善注引《汉书》曰:“月有九行,立秋、秋分,西从白道。”

〔5〕寒露:霜露。　拂:掠过,此指杀伤。　陵苕:指生长在高处的植物。

〔6〕女萝:松萝。绕松而生。　辞:辞别。指着霜而枯。

〔7〕蕣(shùn 顺):木槿花。早开晚落。　荣:花。　朝(zhāo 招):早晨。

〔8〕蜉蝣(fú yóu 浮油):虫名。朝生夕死。　夕:晚。

〔9〕圆丘:传说仙人所居之山,其上生药草。　奇草:指圆丘上所生之药草,亦称圆丘草。一说圆丘生不死树,吃了长寿。

〔10〕钟山:传说中的神山。李善注引东方朔《十州记》曰:“北海外有钟山,自生千岁芝及神草。”　灵液:玉膏之类。传为仙家所食。

〔11〕王孙:王公显贵。　八珍:指八种珍贵的名菜。按《周礼》所载,包括淳熬、淳毋、炮豚、炮牂、捣珍、迹、熬、肝膋。此泛指八种珍奇的食物。

〔12〕安期:即安期生。先秦时代方士。一说道家仙人名。　五石:《抱朴子·金丹》:“五石者,丹沙、雄黄、白矾、曾青、慈石也。”古代道家炼五石服食,谓可以长寿。

〔13〕长揖:旧时相见的礼节,此指辞谢。　当涂:当道,即做官之人。涂,通“途”。

〔14〕山林客:隐居之人。

今译

月初月终互循环,月盈已将月亏现。蓐收一番洗清秋,太阳进入白道圈。严霜肃杀高山草,女萝辞松不胜寒。木槿朝开又朝落,蜉蝣未曾见黑天。圆丘之上生仙草,钟山之中玉液甜。王孙公子食八珍,哪如安期炼灵丹。拱手辞别当政者,永远隐居在深山。

(赵福海译注并修订)

招隐诗二首

左太冲

题解

淮南王刘安曾作《招隐士》诗，收入《楚辞》。意为招山林隐士出山从政。其诗将山林写得阴森可怖："虎豹斗兮熊罴咆，禽兽骇兮亡其曹。"因而招呼："王孙兮归来，山中兮不可久留。"左思《招隐诗》则反其义而用之。将山林写得脱俗，幽美，充满天趣。歌颂隐士清高的生活，表现作者不肯与恶浊社会同流合污的精神。与《咏史》相比，咏史写得矫健，而招隐写得秀逸。"非必丝与竹，山水有清音"句，深受萧统欣赏。萧统"性爱山水，于玄圃穿筑，更立馆，与朝士名素者游其中。尝泛舟后池，番禺侯轨盛称此中宜奏女乐。太子不答，咏左思《招隐诗》曰：'非必丝与竹，山水有清音。'"(《梁书·本传》)遂成千古佳句。

原文

杖策招隐士[1]，荒涂横古今[2]。岩穴无结构[3]，丘中有鸣琴[4]。白雪停阴冈[5]，丹葩曜阳林[6]。石泉漱琼瑶[7]，纤鳞亦浮沉[8]。非必丝与竹[9]，山水有清音。何事待啸歌，灌木自悲吟[10]。秋菊兼糇粮[11]，幽兰间重襟[12]。踌躇足力烦[13]，聊欲投吾簪[14]。

注释

〔1〕杖策:拿着手杖。策,树木的细枝。　招隐:招寻隐士。

〔2〕荒涂:荒芜之路。涂,同“途”。　横:塞,满。

〔3〕结构:交结构架。此指房屋建筑。《鲁灵光殿赋》:“观其结构。”

〔4〕鸣琴:琴鸣。

〔5〕阴冈:山之北坡。冈,山脊。

〔6〕丹葩(pā 趴):红色的花。葩,花。　阳林:山南坡的树林。山南曰阳,山北曰阴。

〔7〕漱:激荡。　琼瑶:美玉。此指山石。

〔8〕纤鳞:指小鱼。

〔9〕丝竹:指弦乐器与管乐器。

〔10〕啸歌:吟唱。　悲吟:动听之音。

〔11〕兼:兼作。　糇(hóu 侯)粮:食粮。

〔12〕幽兰:兰花。《离骚》:“纫秋兰以为佩”,“夕餐秋菊之落英”。刘良注“秋菊”二句:“菊可以餐,故云糇粮;兰可以佩,故云间重襟也。”

〔13〕踌躇(chóu chú 仇除):徘徊。　烦:疲乏。

〔14〕投簪:抛弃冠簪。犹言挂冠,即弃官隐居。簪,古时用它把冠别在头发上。

今译

手拄木棍寻隐士,荒途古今无人行。只见岩穴不见宅,丘中却有弹琴声。山北积雪白皑皑,山南林花红彤彤。清泉喷涌漱山石,小鱼嬉戏时浮沉。不必定有管弦乐,山水自有清美音。何须放声来咏唱,风吹灌木声动人。秋菊兼作粮米吃,幽兰朵朵佩衣襟。仕途奔波多劳顿,姑且挂冠隐山林。

题解

像左思这样有理想有抱负而对政治敏感的人,不会甘心长期隐居。他表面说“结绶生缠牵,弹冠去埃尘”,仿佛愿过无官一身轻的

隐居生活;实际"隐而俟时也,良辰至则相招以出矣"。(何焯《义门读书记》)与其说招隐,不如说待招。他对惠连降志辱身,夷齐首阳得仁,倒是"无可无不可"。就本质说,他希冀的"良辰"乃是相招以出的机会。此首与前首不同,并非咏赞隐居生活,而是发有德有才不被赏识不被重用的慨叹。

原文

经始东山庐[1],果下自成榛[2]。前有寒泉井,聊可莹心神[3]。峭蒨青葱间[4],竹柏得其真[5]。弱叶栖霜雪,飞荣流余津[6]。爵服无常玩[7],好恶有屈伸[8]。结绶生缠牵[9],弹冠去埃尘[10]。惠连非吾屈[11],首阳非吾仁[12]。相与观所尚[13],逍遥撰良辰[14]。

注释

〔1〕经始:开始营建。《诗·大雅·灵台》:"经始灵台,经之营之。"东山庐:指左思洛阳东山居所。李善注引王隐《晋书》:"左思徙居洛城东,著《经始东山庐诗》。"

〔2〕榛(zhēn 真):丛生的树木。

〔3〕聊:姑且。 莹:磨而使之发光亮,引申为照。

〔4〕峭蒨(qiàn 欠):鲜明的样子。 青葱:青翠之色。

〔5〕真:指事物的本性本色。

〔6〕飞荣:落花。荣,花。 津:润。

〔7〕爵服:爵位和官服。《管子·权修》:"爵服不可不贵也。爵服加于不义,则民贱其爵服。" 玩:爱好。

〔8〕屈伸:指出仕与隐退。李善注引《家语》:"孔子曰:君子之行己也,可以屈则屈,可以伸则伸。""好恶有屈伸",意思是人依时势之好恶,而或屈或伸,引发上句"无常玩"意。

〔9〕结绶:挂印。指出仕。绶,丝织的绶带,做官人的印玺一般都挂在绶带上。 缠牵:牵累。缠,绕。

〔10〕弹冠:用指弹去冠上尘埃。此指罢官。　埃尘:尘埃。此指尘世间的牵累。

〔11〕惠连:柳下惠和少连。《论语·微子》:“柳下惠、少连降志辱身矣。”柳下惠,春秋时人,曾做过鲁国掌管刑罚的官吏,三次被罢官而不离去。少连,身分不详。

〔12〕首阳:首阳山。此指伯夷、叔齐不食周粟,饿死在首阳山事。“惠连”、“首阳”二句,吕向注:“谓如柳下惠与少连降志辱身,吾亦不以为屈;如夷齐不仕周,居于首阳山,吾亦不以为仁。”

〔13〕所尚:崇尚之事。

〔14〕逍遥:优游自得的样子。　撰(xuǎn 选):通“选”。历数而选择。

今译

开始营建东山庐,果木满坡自成林。房前有口清泉井,可以用来照心神。桃李青葱焕翠色,竹柏岁寒见本真。竹柏细叶傲霜雪,桃李花飞带露痕。官爵官服难久长,进退随时如浮沉。为官常受俗事累,无官倒是一身轻。不以惠连为辱志,不以夷齐为得仁。自觉高尚便高尚,逍遥自在待良辰。

(赵福海译注并修订)

招隐诗一首

陆士衡

题解

陆机有《招隐诗》二首,《文选》录一。大意说,如果仕途坎坷,富贵难图,便隐遁山林,从心所欲。头四句,写因早晨心中不快,便欲披衣访幽,以求宽解。接下去十句,以细腻的笔触描写隐士无拘无束的闲适生活和优美的山泉环境。写得有声,有色,有情,有味,表现诗人对隐士生活的向往。最后四句,道破主题:至乐全靠清静无为所致,不靠荣华富贵获得。如果富贵难求得,则不如舍弃荣华,隐逸山林,从心所欲。

原文

明发心不夷〔1〕,振衣聊踟躅〔2〕。踟躅欲安之〔3〕,幽人在浚谷〔4〕。朝采南涧藻〔5〕,夕息西山足〔6〕。轻条象云构〔7〕,密叶成翠幄〔8〕。结风伫兰林〔9〕,回芳薄秀木〔10〕。山溜何泠泠〔11〕,飞泉漱鸣玉〔12〕。哀音附灵波〔13〕,颓响赴曾曲〔14〕。至乐非有假〔15〕,安事浇醇朴〔16〕?富贵苟难图,税驾从所欲〔17〕。

注释

〔1〕明发:天刚亮。　夷:悦。

〔2〕振衣:抖衣去尘,乃披衣动作。陆机《赴洛道中作》:“抚几不能寐,振衣独长想。”　踟躅(chí chú 迟除):徘徊不进的样子。

〔3〕安:哪里。　之:往,去。

〔4〕幽人:隐士。　孔稚圭《北山移文》:"或叹幽人长往,或怨王孙不游。"浚谷:深谷。浚,深。

〔5〕涧:两山间的流水。　藻:水藻。《诗经·采蘋》:"于以采蘋,南涧之滨。于以采藻,于彼行潦。"

〔6〕山足:山麓。

〔7〕轻条:轻柔的枝条。　云构:比喻壮丽的大厦。

〔8〕翠幄(wò 握):翠绿的帐子。幄,帐。　结风:四旋之风。胡刻本作"激楚",据六臣注本改。黄侃《文选平点》:"激楚伫兰林句,六臣激楚二字作结风,是也。此本缘注而误耳。下云哀音颓响,皆承山溜而言,此处不得杂置激楚曲名于上也。

〔9〕伫:久立。　兰林:丛生的兰草。

〔10〕回芳:缭绕的香气。　薄:附着。　秀木:秀美的林木。

〔11〕山溜:山间细细的水流。　泠泠(líng 灵):形容声音清越。罗含《湘中记》:"衡山有悬泉,滴沥岩间,声泠泠如弦音。"

〔12〕飞泉:瀑布。　漱:激荡。李周翰注"飞泉"句:"言飞泉漱荡玉石而有声也。"

〔13〕哀音:悲切动人的音乐。魏晋有以悲为美之音乐理论。　灵波:流水。灵,美。

〔14〕颓响:意与"哀音"相近。　赴:奔赴。　曾曲:曲折幽深之处。曾,深。曲,曲折隐秘的地方。

〔15〕至乐:至极的快乐。　假:借。《庄子·至乐》:"天下有至乐无有哉?"庄子认为,至乐是不借助名利地位的,而是超脱俗情纵欲求得的内心恬和之乐。

〔16〕安事:何事。　浇:薄,浇薄,鄙弃。　醇朴:敦厚淳朴。

〔17〕税驾:辞却富贵。脱与税,古字通。《方言》:"舍车曰税。"李善注:"税驾,喻辞荣也。"

今译

东方欲晓心不悦,披衣来回轻踱步。往复踱步欲何往?隐士远在深山谷。清晨南涧采水藻,傍晚休息西山麓。柔条交错如大厦,

密叶重叠似翠幕。清风回荡在兰丛,香气缭绕染林木。山间小溪叮咚响,瀑布冲石如鸣玉。哀音袅袅随流水,颓响飘飘赴隐处。最大欢乐无所靠,何逐名利弃淳朴?富贵如果难企及,抛却荣华任自如。

（魏淑琴译注并修订）

反招隐

反招隐诗一首 五言

王康琚

题解

王康琚,晋名士,生卒事迹未详。

《反招隐诗》是一首玄言诗,是抒写隐士生活情理的。汉武帝时代,淮南小山曾以呼唤隐士出山的形式,写有一篇《招隐士》,从此以后,便兴起了招隐诗,左思、陆机都是高手。招隐,是召唤隐者归来。"王孙归来兮,山中不可以久留!"王康琚写《反招隐诗》,恰反其意。本篇以顺乎自然、不得迫于性命之情为意旨,说明隐者生活自有情趣,不可硬将招出,以致因矫厉性命而违反自然规律。

原文

小隐隐陵薮[1],大隐隐朝市[2]。伯夷窜首阳[3],老聃伏柱史[4]。昔在太平时,亦有巢居子[5]。今虽盛明世,能无中林士[6]。放神青云外[7],绝迹穷山里[8]。鹍鸡先晨鸣[9],哀风迎夜起。凝霜凋朱颜[10],寒泉伤玉趾[11]。周才信众人[12],偏智任诸己[13]。推分得天和[14],矫性失至理[15]。归来安所期,与物齐终始[16]。

注释

〔1〕陵薮:山陵湖泽。陵,山陵,此指深山。薮,湖泽,此指江湖。

〔2〕朝市:朝廷与集市。

〔3〕伯夷:西周时隐士。　首阳:山名,在今山西省永济县南,传说西周伯夷、叔齐在殷商灭亡后,义不食周粟,曾隐居于此。

〔4〕老聃:老子李耳。　柱史:柱下史,老聃曾做过周朝的柱下史。

〔5〕巢居子:巢居的人。相传尧时有一巢父,山居不出,以树为巢,寝处其上。尧以天下让之,不受。

〔6〕中林:山林中。

〔7〕放神:驰骋神思。

〔8〕绝迹:消失踪迹。　穷山:深山。

〔9〕鹍(kūn 坤)鸡:鸟名,似鹤,黄白色。

〔10〕朱颜:红润的面容。

〔11〕玉趾;脚的雅称。

〔12〕周才:全面的才能,此指出仕做官的才能。

〔13〕偏智:某一方面的智能,指隐居修养自己。

〔14〕分:天分,素质。　天和:自然的祥和之气。

〔15〕至理:最根本的情理,此指自然。

〔16〕物:造物。

今译

小隐隐在山林湖泽,大隐隐在朝廷集市。伯夷曾隐居首阳山,老聃做周的柱下史。昔在上古太平之世,也有巢父巢树而居。今天虽逢清明盛世,怎能就无山林隐士?驰骋神思青云之外,幽谷深山消失踪迹。鹍鸡未晓喔喔先鸣,悲风迎夜凄凄而起。繁霜浸凋红润面容,寒泉濯痛白嫩脚趾。做官之才取信众人,隐居的人修养自己。任随天分可得祥和,强制性情失去自然。归隐山林何所相期,愿与造物齐同终始。

(于非译注　陈复兴修订)

芙蓉池作一首五言

魏文帝

题解

本诗是曹丕为太子时所作。芙蓉池，当在邺都西园之内。

诗中描写西园月夜景色，抒发对现实生活与生命本体的执著追求之情。风格清丽自然。

原文

乘辇夜行游[1]，逍遥步西园[2]。双渠相溉灌[3]，嘉木绕通川[4]。卑枝拂羽盖[5]，脩条摩苍天[6]。惊风扶轮毂[7]，飞鸟翔我前。丹霞夹明月[8]，华星出云间[9]。上天垂光彩，五色一何鲜。寿命非松乔[10]，谁能得神仙。遨游快心意[11]，保己终百年。

注释

〔1〕辇：帝王乘的车。

〔2〕逍遥：悠然安闲的样子。　西园：指魏邺都的西园，故址在今河北临漳境内。

〔3〕双渠：两条水道。

〔4〕嘉木：美好的树木。　通川：畅通奔泻的河流。

〔5〕卑枝：下垂的枝条。　羽盖：以翠鸟羽为装饰的车盖。

〔6〕脩条:修长的树枝。 苍天:青天。

〔7〕惊风:疾风。

〔8〕丹霞:红霞。

〔9〕华星:明星。

〔10〕松乔:赤松子、王乔,皆神仙名。

〔11〕遨游:漫游。

今译

乘上车驾夜晚去游玩,悠闲自在进入城西园。两条水渠汩汩相灌溉,繁茂林木环绕长河川。嫩枝低垂轻拂翠羽盖,柔条修长迫近青天。疾风吹来催动车轮毂,飞鸟翩翩翱翔在我前,美丽烟霞烘托明月旁,晶莹星辰闪烁浮云间。上天洒下吉祥虹光彩,五色缤纷万物何其鲜。寿命难比王乔赤松子,谁能长生不老成神仙。趁时游乐心情多畅快,自我保养终将活百年。

(陈复兴译注并修订)

南州桓公九井作一首五言　殷仲文

题解

殷仲文(？—407),陈郡(今河南淮阳)人,生年不详,卒于晋安帝义熙三年。少年聪敏勤学,容貌俊美,时人夸誉。因从兄殷仲堪荐举,出任骠骑参军,娶桓温女儿为妻,累官至新安太守。后又投桓玄,为谘议参军,甚得信任。桓玄失败,又归朝,由尚书迁为东阳太守。义熙三年,参与骆球谋反,被刘裕诛杀。

《南州桓公九井作》是殷仲文随从桓玄出游南州九井山所作。诗中感物兴怀,抒发自己仕途中的进退维艰之情,寄慨遥深,而又不失谦和温恭。

原文

四运虽鳞次〔1〕,理化各有准〔2〕。独有清秋日,能使高兴尽〔3〕。景气多明远〔4〕,风物自凄紧〔5〕。爽籁惊幽律〔6〕,哀壑叩虚牝〔7〕。岁寒无早秀,浮荣甘夙殒〔8〕。何以标贞脆〔9〕,薄言寄松菌〔10〕。哲匠感萧晨〔11〕,肃此尘外轸〔12〕。广筵散泛爱〔13〕,逸爵纡胜引〔14〕。伊余乐好仁〔15〕,惑祛吝以泯〔16〕。猥首阿衡朝〔17〕,将贻匈奴哂〔18〕。

注释

〔1〕四运:春夏秋冬四季的运行。　鳞次:像鱼鳞一样排列相接。

〔2〕理化:物理变化。　准:一定规律。

〔3〕高兴:最大的兴致。

〔4〕景气:景物天气。

〔5〕凄紧:寒风疾厉,冷气逼人。

〔6〕爽籁:清风有声。爽,清。籁,空穴中发出的声响。　惊:起,发生。幽律:幽穴中有韵律的音响。

〔7〕虚牝(pìn 聘):空谷。

〔8〕浮荣:浅根的花木,这里是诗人自比。　夙殒(yǔn 允):早落。殒,通"陨"。

〔9〕标:标志。　贞脆:坚贞而脆弱。

〔10〕薄言:语助词。　寄:寄身他人。松菌;志如坚松而性如菌弱,仲文自喻。这句是说自己被桓玄所制的忧惧之情。

〔11〕哲匠:哲人,此指桓玄。

〔12〕肃:清。　尘外:尘世之外,此指深山。　轸:车驾。

〔13〕广筵:大张筵席。　泛爱:亲爱之情。泛,众。

〔14〕逸爵:飞杯。逸,奔,快速传递。爵,酒杯。　纡:回旋。　胜引:引胜友进酒。胜,胜友,众人;引,进。

〔15〕伊:惟。　余:诗人自谓。　好仁:好仁之情。此指桓玄。

〔16〕惑:困惑。　袪:去掉。　吝:鄙吝之心。　泯:灭,消失。

〔17〕猥首:猥贱之人却居于群臣之首。猥,猥贱。首,冠首,群臣的前列。这句是诗人自谦之词。　阿衡:权衡万务之官,指宰相。这里是借商相伊尹事比桓玄,当时玄为大司马,总揽朝政。

〔18〕哂(shěn 审):讥笑。

今译

四时运行像鱼鳞相接,事物发展变化有准则。只有清秋高爽的日子,能使兴致得尽情抒发。秋天景气晴明更辽远,秋风中万物凄寒萧索。幽穴中发出深沉音响,疾风充荡着深谷虚壑。岁晚天寒草木皆凋零,那轻浮花朵自甘陨落。志坚性弱何物为标志?苍松朝菌恰好可寄托。哲人在秋晨深有伤怀,整顿车驾赴世外消磨。大设宴席普施泛爱情,飞杯回旋引众友宴乐。我敬爱桓公好仁之怀,困惑鄙吝即立刻泯没。猥贱人在朝荣居首位,恐留话柄使匈奴笑我。

(于非译注　陈复兴修订)

游西池一首五言

谢叔源

题解

谢混(？—约412),字叔源,小字益寿,阳夏(今河南省太康县)人。少年聪敏,善作诗文,曾为乡里称誉。他是东晋名将谢安的后代,与东晋皇族有姻亲,娶孝武帝晋陵公主为妻。袭父封爵,历任中书令、中领军、尚书左仆射等官职。刘裕破荆州,混被杀。

谢混是一个才华横溢的人物,当时颇知名。刘裕受晋禅,以不得混奉玺绂为恨。

《游西池》一首是览物抒怀之作。诗人在惠风拂荡,白云屯聚的风光之下,褰裳过沚,徙倚引柯,欣赏大自然的美妙景色,从而想到岁月蹉跎,美人迟暮,人生短暂。人生当不为世务牵累,以自然无为为最大乐趣。诗的思想境界不高,但诗中的自然景物描写,能融入诗人情意,恬淡自然,充满生机,很有特色。它标志着东晋玄言诗向山水诗的转变。

原文

悟彼蟋蟀唱〔1〕,信此劳者歌〔2〕。有来岂不疾〔3〕,良游常蹉跎〔4〕。逍遥越城肆〔5〕,愿言屡经过〔6〕。回阡被陵阙〔7〕,高台眺飞霞。惠风荡繁囿〔8〕,白云屯曾阿〔9〕。景昃鸣禽集〔10〕,水木湛清华。褰裳顺兰沚〔11〕,徙倚引芳柯〔12〕。美人愆岁月〔13〕,迟暮独如何〔14〕。无为牵所思,南荣诫其多〔15〕。

注释

〔1〕悟:了解,领会。

〔2〕信:确信,深知。　劳者:辛勤劳动者。

〔3〕有来:指时光。

〔4〕蹉跎(cuō tuó 搓驼):光阴虚度。

〔5〕逍遥:优游自得。　城肆:城中集市。

〔6〕愿言:思念。言,同“焉”。　经过:经由,经行。

〔7〕回阡:迂回的小道。阡,小道。　被:及。　陵:山陵。　阙:城阙。

〔8〕惠风:春风。　繁囿:繁茂的苑囿。囿,养禽兽的林苑。

〔9〕屯:聚。　曾:同“层”,重。　阿:山岭。

〔10〕景:影。　昃(zè 仄):日影西斜。

〔11〕褰(qiān 千)裳:提起衣襟。　兰沚:生着兰草的水中小洲。

〔12〕徙倚:徘徊,流连不去。　芳柯:花木的枝条。

〔13〕愆:过。

〔14〕迟暮:比喻衰老、晚年。

〔15〕南荣:人名,传说是庚桑楚的学生。南荣戒其多,典出《庄子·庚桑楚》:“南荣趎蹴然正坐曰:‘若趎之年者已长矣,将恶乎托业以及此言邪?’庚桑子曰:‘全汝形,抱汝生,无使汝思虑营营。’”庚桑楚听说的意思是,勿使自己伤忧,可得养生保全。

今译

感悟那蟋蟀的吟唱,深知是劳动者的歌。怎说时光还不迅疾?岁月在优游中虚度。逍遥迈越城中集市,心中忧思常常经过。迂回小路通向陵阙,高台眺望飞霞如火。暖风吹荡繁茂园林,白云屯聚重重山岭。日影西斜群鸟鸣集,花木映照池水清波。提着襟裳走过江渚,徘徊流连牵引枝柯。岁月匆匆美人易老,桑榆晚景竟又如何!勿为世务牵萦思虑,南荣诫告哲理何多!

（于非译注　陈复兴修订）

泛湖归出楼中玩月一首 五言

谢惠连

题解

谢惠连一篇《雪赋》,以高丽见奇,本诗则以典雅称妙。赋写赏雪之娱,诗述玩月之乐,皆能会悟人与自然的冥契之点。人是自然的一部分,自然是人的延伸与外现。

前四句写泛湖与楼中所见。次四句写玩月之人与待月之景。次四句写玩月。月下之湖、月下之风、月下之山、月下之树,是淡远,是和柔,是飘逸,是清纯,是晶莹静穆的月的世界,是自然与人情相谐相浑的意境。因而末四句则写在玩月之时与月的氛围中,人的内心与身外所接受的净化与洗涤。

小谢诗多佳语。本篇写月四句可为范例。

原文

日落泛澄瀛〔1〕,星罗游轻桡〔2〕。憩榭面曲汜〔3〕,临流对回潮〔4〕。辍策共骈筵〔5〕,并坐相招要〔6〕。哀鸿鸣沙渚〔7〕,悲猿响山椒〔8〕。亭亭映江月〔9〕,浏浏出谷飙〔10〕。斐斐气幕岫〔11〕,泫泫露盈条〔12〕。近瞩祛幽蕴〔13〕,远视荡喧嚣〔14〕。悟言不知罢〔15〕,从夕至清朝。

注释

〔1〕澄瀛:澄朗的湖中。瀛,湖池的中心。

〔2〕轻桡(ráo 饶):轻舟。桡,桨。此代舟。

〔3〕憩(qì 气):休息。　榭:建于高台上的楼阁。　曲汜(sì 四):曲折的水湾。汜,与主流分离而又复归的水流。此指水湾。

〔4〕回潮:旋转的潮水。

〔5〕辍策:停车。策,马鞭子。　骈筵:并连的竹席。

〔6〕招要:相邀。要,又作"邀"。

〔7〕沙渚:水中的沙洲。

〔8〕山椒:山顶。

〔9〕亭亭:淡远的样子。

〔10〕浏浏:风声。　飙:风。

〔11〕斐斐(fěi 匪):轻飘的样子。　幕:覆盖,笼罩。　岫(xiù 袖):山。

〔12〕泫泫:露珠光洁的样子。　条:枝条,细枝。

〔13〕祛(qū 区):排除,消散。　幽蕴:指深积于心的郁闷之情。幽,深沉;蕴,郁积。

〔14〕荡:涤除,清洗。　喧嚣:喧哗吵闹,指俗世争逐倾轧。吴伯其说:"幕岫者气也,月映之斐斐然,盈条者露也,月映之泫泫然。故近玩条上之月,幽蕴自祛;远望岫上之月,喧嚣自荡。"(《六朝选诗定论》,卷十四)　以上两句意思说楼中望月由近及远,心境格外清静超脱,排除了人生的烦恼和俗世的纷扰。

〔15〕悟言:相对而谈。悟与"晤"同。晤,对。此指与"共骈筵"、"相招要"之客相悟言。　罢(pí 皮):通"疲",疲乏。

今译

日落时分泛游澄湖中,繁星满天飘摇荡轻舟。休息楼台看曲折水湾,身临湖心见旋转波涛。停下车驾竹席共连接,彼此并坐招手而相邀。鸿雁哀鸣声声起沙洲,猿猴悲啼阵阵响山头。淡淡月色辉映湖水阔,习习清风吹拂遍峡谷。飘飘雾气笼罩山峦远,莹莹露珠挂满枝条柔。近观枝头郁闷自消除,远望山间尘俗顿时消。知己晤谈夜深不知倦,傍晚倾吐心曲达清朝。

(陈复兴译注并修订)

从游京口北固应诏一首五言

谢灵运

题解

京口，即丹徒，今江苏省镇江市。北固，山名，在镇江市北。

这首诗当作于元嘉四年(427)。谢灵运为秘书监，刘义隆巡幸丹徒，灵运随往，应诏而作。

灵运对刘宋王朝向不以为然。从游京口，应命作诗，当然表面上也就不能不颂扬一番刘义隆的威权和排场，把这次游宴甚至比做传说中尧帝游汾水，说他的恩德好比春光润万物。实际上则是借"览物奏长谣"的方式，表露维絷于刘宋朝廷的违心之苦，直陈返林巢过隐逸生活的宿愿。

中间描绘站在北固山上眺望的一派早春烟景：远岩、江皋、绿柳、红桃，则辞彩艳丽，如入画图。

原文

玉玺戒诚信〔1〕，黄屋示崇高〔2〕。事为名教用〔3〕，道以神理超〔4〕。昔闻汾水游〔5〕，今见尘外镳〔6〕。鸣笳发春渚〔7〕，税銮登山椒〔8〕。张组眺倒景〔9〕，列筵瞩归潮〔10〕。远岩映兰薄〔11〕，白日丽江皋〔12〕。原隰荑绿柳〔13〕，墟囿散红桃〔14〕。皇心美阳泽〔15〕，万象咸光昭〔16〕。顾己枉维絷〔17〕，抚志惭场苗〔18〕。工拙各所宜〔19〕，终以返林巢〔20〕。曾是萦旧想〔21〕，览物奏长谣〔22〕。

注释

〔1〕玉玺(xǐ 喜):皇帝的印信。古时尊卑皆用之,秦以来帝王印信独称玺。戒:警戒。

〔2〕黄屋:黄缯作里的车盖。汉制,皇帝独用。

〔3〕事:指上两句所说的两种事。 名教:指以正名定分为中心的封建礼教。

〔4〕道:指治国教化之道。 神理:高超如神的韬略和见识。 超:超然,高超。

〔5〕汾水游:指尧帝无为而治,为政而逍遥于汾水之阳事。《庄子·逍遥游》说:"尧治天下之民,平海内之政,往见四子藐姑射之山,汾水之阳,窅然丧其天下焉。"汾水,水名,源出山西宁武县管涔山,在河律县流入黄河。

〔6〕尘外:尘世之外。 镳(biāo 标):马口衔的铁。喻马。

〔7〕鸣笳:指鸣笛笳引路。 春渚(zhǔ 主):春日的水滨。

〔8〕税銮(tuō luán 脱滦):解驾停车。税,同"脱"。銮,饰帝王车驾的铃,代皇帝专用的车驾。山椒:山顶。

〔9〕张组:张设组帷。组,丝带。此代饰有丝带的帷帐。 眺:远望。 倒景:山在水中的倒影。景,通"影"。

〔10〕列筵:布置宴席。 归潮:江水退潮。

〔11〕远岩:远处的崖岸。 兰薄:兰草之丛。

〔12〕丽:附着。此有光辉照耀意。 江皋:江的曲岸。

〔13〕原隰(xí 席):高平之地为原,低洼之地为隰。 荑 tí(提):草木初生的嫩芽。此作动词用。

〔14〕墟囿;山丘田园。

〔15〕皇心:皇帝的心意。皇,指宋高祖。 美:美善,美好。 阳泽:春日阳光滋润万物。比喻皇帝对臣民的恩泽。

〔16〕万象:宇宙间的一切事物。 咸:都。 光昭:照耀。以万物接受阳光哺育,比喻天下普受皇帝恩泽。

〔17〕顾己:顾念及自己。 枉:冤屈,委屈。 维絷(zhí 直):束缚。指诗人自己被挽留于朝廷,非己之志。

〔18〕抚志:想到个人的志向。指诗人的归隐之志。 场苗:田园里的禾

苗。比喻俸禄。李善注引《毛诗》:“皎皎白驹,食我场苗,絷之维之,以永今朝。”此用其义。表明仕于刘宋违背其志。

〔19〕工拙:工巧拙笨。工,指善于做官;拙,指不通仕进。

〔20〕林巢:山林中巢居。李善注引《逸士传》:“巢父,尧时隐人,常山居不营世利,年老以树为巢而寝其上。故时人号曰巢父。”

〔21〕曾是:在位,指做官。何义门说:“以‘曾是’为在位,亦是当时语。”(《文选集评》)　旧想:旧时的想法。指隐居的念头。

〔22〕览物:观看眼前景物。　长谣:长歌。

今译

玉玺警戒人民以诚信,黄屋显示皇权最崇高。行事为名教发挥作用,治道以神明超然为妙。昔闻尧帝逍遥汾水滨,今见高祖纵马世外游。笛声引路越过春江岸,暂停车驾登上高山头。张设帷帐眺望山倒影,排好宴席观赏退江潮。远方崖岸兰草光掩映,弯曲江畔白日正照耀。平原低地绿柳绽新芽,山丘田园遍布鲜红桃。皇心美善似春光滋润,万物争荣光辉而多娇。回想自己拘泥朝廷里,追忆宿志惭愧官与禄。工巧朴拙个性有所宜,终要归返山林自隐处。在位常想昔日隐逸志,观赏景物献此长歌谣。

(陈复兴译注并修订)

晚出西射堂一首五言

谢灵运

题解

谢灵运在朝廷不被容纳,出京做永嘉太守,很感到不得意而苦闷。这首诗就是他独处西射堂,排遣内心郁积而作。

西射堂,即永嘉郡射堂,据《太平环宇记》:"在温州西南二里。基址犹存。今西山寺是。"

诗中选择的物象都是他主观心绪情思的观照。"叠巘崿"、"杳深沉"见其迷茫;"羁雌"、"迷鸟",见其孤独;"抚镜"、"揽带",见其愁苦;而其"鸣琴"则是自慰。

灵运善于从时空的流动去描写景物。"晓霜"、"夕曛"就是这样的名句。

原文

步出西城门〔1〕,遥望城西岑〔2〕。连鄣叠巘崿〔3〕,青翠杳深沉〔4〕。晓霜枫叶丹,夕曛岚气阴〔5〕。节往戚不浅〔6〕,感来念已深〔7〕。羁雌恋旧侣〔8〕,迷鸟怀故林〔9〕。含情尚劳爱〔10〕,如何离赏心〔11〕。抚镜华缁鬓〔12〕,揽带缓促衿〔13〕。安排徒空言〔14〕,幽独赖鸣琴〔15〕。

注释

〔1〕西城门:城西门。

〔2〕岑(cén 涔):小而高的山峰。

〔3〕连鄣:连绵的山岭。鄣,通“嶂”。　巘崿(yǎn è 眼饿):山崖。

〔4〕杳(yǎo 咬):昏暗。　深沉:幽静隐没。形容青山隐没于暮色苍茫之中。

〔5〕夕曛(xūn 熏):落日的余晖。　岚(lán 兰)气:山林中的雾气。

〔6〕节:时节,季节。　戚:忧愁,悲哀。

〔7〕念:与“戚”对文,忧念,思虑。这两句说随着时节的流逝,气候的变易,思归之忧虑也日深。

〔8〕羁(jī 鸡)雌:失群无所依的雌兽。　旧侣:旧时的伴侣。

〔9〕迷鸟:迷失归路之鸟。　怀:思念。　故林:昔日的林巢。

〔10〕劳爱:忧念挚爱。

〔11〕赏心:指知心朋友。

〔12〕抚镜:持镜。　华:白,变白。　缁(zī 兹)鬓:黑色的鬓发。

〔13〕揽带:结系衣带。　促衿:指衣襟贴身,穿着合体。促,近。形容衣服紧贴肉体。这句说扎上衣带,原来贴身合体的衣襟显得宽松了,意思是人体日益消瘦。

〔14〕安排:安于自然变化,而与天地合一。《庄子·大宗师》:“安排而去化,乃入于寥天一。”郭象注:“安于推移而与化俱去,故乃入于寂寥而与天为一也。”　徒:只。

〔15〕幽独:寂寞孤独。　鸣琴:弹琴。

今译

漫步走出永嘉城西门,遥看城西尖峭的远山。山岭连绵岩崖陡而险,青翠山峦隐没暮色间。晨霜染得枫叶色如丹,夕阳雾气汇聚一片暗。时序流转令人心凄寒,感慨来日忧思更深沉。失群雌兽留恋旧侣伴,迷路归鸟怀念昔日林。鸟兽含情尚相思爱恋,怎能离却那知心故人。对镜才见白发满双鬓,系带顿觉人瘦衣松缓。与自然同化只是空言,愁苦孤独凭弹琴排遣。

(陈复兴译注并修订)

登池上楼一首五言

谢灵运

题解

池，即谢公池。在永嘉郡，今浙江温州西北三里，积谷山之东。

灵运出为永嘉太守，心情郁闷不平。出仕与退隐，在他内心一直是矛盾的。这首诗就抒写了这种情绪。

诗中描写备受压抑、满腹牢骚的诗人，卧病床褥，寂寞地熬过冬天，连节令都忘记了。他向往大自然，向往新的生命，在楼上挑开窗帘向外一望：春天已经来了。池水波澜，远山漾绿，春光融融，和风徐徐，青草蔓蔓，珍禽鸣啭。但是，这一切在他心中唤起的并不是通常惯有的欢欣畅快的情绪，而是离愁伤别之感，离群索居之苦。这样妩媚动人的景象，并没有排除他那郁结于心的苦闷。结尾说，古人能够"遁世无闷"，我也未尝不能做到。其实正说明自己做不到。

这首诗运用的构思法颇似绘画上的透视法。以池楼小窗为视角，窥望出去，远近上下，视野渐次展开，宇宙万殊，尽在窗前。之后，空间存在又与时间流动相互重合，古今沟通，反于自我。客观景物，往昔歌吟，都是衬托或寓寄主观情志的。而"池塘""园柳"一联，是历来备受称赞的名句，妙处全在于出之"自然"，不求工而自工。这才是艺术的极致。

原文

潜虬媚幽姿〔1〕，飞鸿响远音〔2〕。薄霄愧云浮〔3〕，栖川怍渊沉〔4〕。进德智所拙〔5〕，退耕力不任〔6〕。徇禄反穷海〔7〕，卧痾对空林[8]。衾枕昧节候[9],褰开暂窥临[10]。倾耳聆波澜[11],举目眺岖嵚[12]。初景革绪风[13],新阳改故阴[14]。池塘生春草,园柳变鸣禽[15]。祁祁伤豳歌[16],萋萋感楚吟[17]。索居易永久[18],离群难处心[19]。持操岂独古[20],无闷征在今[21]。

注释

〔1〕潜虬(qiú 求),潜藏水里的龙。虬,长角的小龙。《易·乾》:"潜龙勿用。"此以喻隐士。 媚:美。意动用法。 幽姿:潜隐的姿态。

〔2〕飞鸿:高飞入云的天鹅。《易·渐》:"鸿渐于陆。"此以喻出仕。

〔3〕薄霄:迫近云霄。此谓仰望薄霄的飞鸿。 云浮:浮出天云。形容鸿飞之高。

〔4〕栖川:栖居于河川。此谓俯视栖川的潜龙。 怍(zuò 作):惭愧。 渊沉:深潜于水渊。形容龙潜之深。

〔5〕进德:增进德行。《易·乾》:"君子进德修业,欲及时也。"此用其义,指出仕。与"飞鸿"、"薄霄"相应。

〔6〕退耕:退隐耕田。 不任:不能胜任。

〔7〕徇(xùn 训)禄:获取俸禄。徇,得。禄,做官所得的物质待遇。 反:《三谢诗》作"及",从之。 穷海:荒僻的海边。指永嘉郡。

〔8〕卧痾(ē 阿):有病卧床。 空林:指冬日的树林。空,形容叶落鸟逝,一片沉寂。

〔9〕此句与下句据五臣注本增。黄侃说:"此十字必不可脱。否则'池塘生春草'亦凡语耳,何劳神助乎!"(《文选平点》) 衾:被。 昧:暗昧,不明白。

〔10〕褰(qiān 千)开:掀开。 窥临:临窗细看。

〔11〕聆:听。

〔12〕眺:远望。 岖嵚(qīn 钦):山势高峻的样子。此指山。

〔13〕初景:初春的阳光。 革:驱除,清除。 绪风:指残冬的寒风。

〔14〕新阳:新春。春夏为阳。 故阴:残冬。故,旧。秋冬为阴。

〔15〕园柳:园田中的柳树。 变:指园柳间鸟鸣多变,清啭悦耳。

〔16〕祁祁:盛多的样子。 伤:感伤。 豳(bīn 宾)歌:指古代豳人之歌。

豳,古国名。在今陕西、甘肃省境。《诗·豳风·七月》:“春日迟迟,采蘩祁祁,女心伤悲,殆及公子同归。”描写一个许嫁的女子,即将被娶到夫家去,内心感到离别父母的悲伤。

〔17〕萋萋:草色茂盛的样子。 楚吟:楚国(今湖南、湖北省境)诗人的吟咏,指《楚辞·招隐士》:“王孙游兮不归,春草生兮萋萋。”描写春日别离之恨。以上两句诗人借用《诗经》、《楚辞》句义,抒发自己的离愁别恨,因为他也与古人一样,离别故居与亲友,而去“徇禄及穷海”的。

〔18〕索居:过着离别亲友的孤独生活。

〔19〕处心:安心。

〔20〕持操:指“豳歌”与“楚吟”。操,雅操,乐曲。 古:古人,作豳歌、楚吟的诗人。

〔21〕无闷:无苦闷。《易·乾·文言》:“龙德而隐者,不易于世,不成乎名,遁世无闷。”此句用其义,而与第一句照应。 征:证明,验证。 今:当今。暗指诗人自己。

今译

深潭龙子珍惜潜藏身姿,苍空天鹅鸣声响彻远方。仰望云霄对飞鸟自惭愧,俯视潭水对潜龙更恼丧。增进德业自感智能笨拙,退隐耕田又觉体力难当。远走偏僻海角寻求俸禄,卧病在床面对草木凋零。拥被依枕不知季节变化,掀开帷帘暂且临窗窥望。侧耳细听池水荡起波澜,抬眼眺望远山穿戴新装。初春阳光驱除残冬余风,阳春温煦送走严冬阴冷。池塘春草吐绿油然滋长,园柳间鸟雀啾啾在欢唱。豳歌抒离愁使我心共鸣,楚吟表别恨我情同激荡。孤独的生活觉度日如年,远离亲友总是忧心忡忡。岂只古人才有高尚节操,隐退无忧闷今我得验证。

(陈复兴译注并修订)

游南亭一首五言

谢灵运

题解

此诗是继《登池上楼》之后，游南亭（在永嘉郡，去今温州里许）夏雨喜晴而作。情志与前一首是贯通的。

两首都是抒写外界物象的更替演变所触发的内心感慨。不过，前诗观照的物象都带有冬去春来的特征，此诗观照的物象则带有春夏之交的色调。

谢灵运对于节令时序的演变，具有一种特殊的艺术敏感，善于捕捉那些特征性鲜明的物象，准确地再现这种演变推移。他诗中的山水草木虫鱼，无不处在节令时序的演变推移之中，处在时间的流转之中。

原文

时竟夕澄霁〔1〕，云归日西驰〔2〕。密林含余清〔3〕，远峰隐半规〔4〕。久痗昏垫苦〔5〕，旅馆眺郊岐〔6〕。泽兰渐被径〔7〕，芙蓉始发池〔8〕。未厌青春好〔9〕，已睹朱明移〔10〕。戚戚感物叹〔11〕，星星白发垂〔12〕。药饵情所止〔13〕，衰疾忽在斯〔14〕。逝将候秋水〔15〕，息景偃旧崖〔16〕。我志谁与亮〔17〕，赏心惟良知〔18〕。

注释

〔1〕时竟：时节终了。此指春日尽头。　澄：清澈。　霁：雨止。

〔2〕云归：雨后乌云散去的情状。　西驰：形容太阳很快向西落。因云归

迅速，似乎太阳也在飞驰。

〔3〕含：蕴含，弥漫。 余清：雨后的清凉之气。

〔4〕隐：隐没。 半规：形容落日衔山的样子。规，圆。

〔5〕久痗（mèi 妹）：久病。 昏垫：陷于昏濛濛的云雾之中。垫，陷溺。直承一、三句，由连日阴雨而得的感觉。

〔6〕郊歧：郊外的歧路。此有盼归的意味。

〔7〕泽兰：水边的兰草。 被：覆盖，遍布。 径：小路。

〔8〕芙蓉：莲花。

〔9〕未厌：未满足，没有享受够。 青春：春天。也指年华正茂的时代。此句义双关。

〔10〕朱明：指夏天。《尔雅·释天》："夏为朱明。"注："气赤而光明。"

〔11〕戚戚（qī 七）：忧愁。 物：指景物与时序。直承上句"泽兰"、"芙蓉"、"青春"、"朱明"。

〔12〕星星：形容白发生于黑发中间的样子。 垂：鬓边。同"陲"。左思《白发赋》："星星白发，生于鬓垂。"

〔13〕药饵：药物。 情：真情，内心。 所止：仅此无他之意。

〔14〕衰疾：衰老疾病。 斯：这里。指永嘉。以上二句，钱钟书说："'所止'即……无他'事'也。……二句倒装，顺言之，则：'衰疾忽在斯，药饵情所止'；意谓衰疾忽已相侵，故萦绕挂念，唯在药饵。"

〔15〕逝：离去。指辞却永嘉太守位。 秋水：指秋季。《庄子·秋水》："秋水时至，百川灌河。"此有河川水满，秋季航行顺达之意。

〔16〕息景：引退。远离官场。景，同"影"。 偃（yǎn 眼）：隐伏，高卧。旧崖：旧居的山崖。

〔17〕亮：显露，剖白。

〔18〕赏心：知心。 良知：好友。

今译

春去夏来傍晚雨过初晴，乌云飞散太阳向西疾驰。密林深处饱含雨后清凉，远山峰正衔着半圆落日。久病不愈又为阴雨所苦，身居旅馆眼向郊外凝视。水畔兰草覆盖曲折路径，初放莲花遍布涨水河池。美好青春真是令人陶醉，多雨的夏日已悄然而至。物象易变令人忧思悲叹，鬓发渐白催得年华飞逝。每日思想专注唯在药物，衰老病痛忽已相侵于此。等待秋水灌河季节来临，重返家山隐居旧时屋室。我要对谁倾诉自己心曲，只有好友心灵最为相知。

（陈复兴译注并修订　陈延嘉再修订）

游赤石进帆海一首五言

谢灵运

题解

赤石，地名，在今永嘉、瑞安二县之间。帆海，今帆游山。在瑞安县北五十里，东接大罗山，与永嘉县分界。宋郑辑之《永嘉郡记》："帆游山，地昔为海，多过舟，故山以帆名。"晋宋之际，此地也是海。

这首诗写的是遨游此沧海。

诗人厌倦了"瀛堧"漫游，这次就索性放舟"穷发"。他领略到扬帆乘风的情趣，也感受了海潮兼天的快适，抒发出睥睨一切的豪情。此时，他自然想起往昔隐遁海上的两个人，轻爵重义的鲁仲连和贪图封赏的公子牟。礼赞前者，鄙弃后者，他自己则信奉"任公言"，选择遁迹之路。他似乎预感到杀身之祸将临，而借以自白自脱。

"矜名"、"适己"之句概括了一个人生哲理，是海游与联想的精神升华。由写景到说理，是谢诗的习用之法。

原文

首夏犹清和[1]，芳草亦未歇[2]。水宿淹晨暮[3]，阴霞屡兴没[4]。周览倦瀛堧[5]，况乃陵穷发[6]。川后时安流[7]，天吴静不发[8]。扬帆采石华[9]，挂席拾海月[10]。溟涨无端倪[11]，虚舟有超越[12]。仲连轻齐组[13]，子牟眷魏阙[14]。矜名道不足[15]，适己物可忽[16]。请附任公言[17]，终然谢天伐[18]。

注释

〔1〕首夏:初夏。　清和:天气清凉温和。南方夏季,天气炎热,诗人游赤石帆海时则感觉和春天一样。所以加一个“犹”字。

〔2〕芳草:香草。　未歇:未尽。指草发荣滋长的样子。

〔3〕水宿:在水上过夜。指在舟里生活。　淹:久留。

〔4〕阴霞:阴晴。　兴没:指变化无常。兴,起,与“没”相对。

〔5〕周览:普遍游览。　倦:厌倦。　瀛壖(ruán):大海岸边。

〔6〕陵:凌越,横渡。　穷发:极北的不毛之地。《庄子·逍遥游》:“穷发之北,有冥海者,天池也。”此指遥远的海洋。

〔7〕川后:波神。　安流:指水平静地流逝。

〔8〕天吴:水伯,水神。李善注引《山海经》:“朝阳之谷神曰天吴,是水伯也。其兽也,八首,八足,八尾,背黄青。”　不发:与“安流”同义,皆有波平浪静的意思。

〔9〕石华:海味,生于海中石上,肉可食。

〔10〕挂席:与“扬帆”同义。形容撑起风帆远航。　海月:形如镜,白色,正圆,亦可食。此两句义不可过泥,意思是扬帆远航,浮海漫游。

〔11〕溟:大海。　涨:波浪涨起兼天的样子。　端倪:涯际。

〔12〕虚舟:不载物之舟,轻舟。　超越:超然疾进。形容轻舟漂海,悠然自得的样子。

〔13〕仲连:鲁仲连,战国齐人。助田单反攻侵齐的燕军,立功而不受封爵,逃匿于海上。　齐组:齐国的封爵。组,冠缨或印绶,代封爵。

〔14〕子牟:即中山国的公子牟。李善注引《吕氏春秋》:“中山公子牟谓詹子曰:‘身在江海之上,心居魏阙之下,奈何?’”　眷:留恋。　魏阙:古时宫门外的阙门,悬布法令的地方。魏,巍巍高大。这句是讥讽走终南捷径,好利忘义的假隐士,以与仲连对比。

〔15〕矜名:崇尚浮名。　道:道义。与“子牟”句相应。

〔16〕适己:顺应自己的个性。个性自由,不为外物所缚。　物:外物。指名利富贵,与“己”相对。　忽:忘却。与“仲连”句相应。

〔17〕附:附和。　任公:古代人名。李善注引《庄子》:“孔子围于陈,太公任往吊之曰:‘直木先伐,甘泉先竭。子其意者饰智以惊愚。脩身以明污,昭昭

若揭,日月而行,故不免也。'"说的是道家出世退守的思想,即今所谓"出头椽子先烂"的意思。

〔18〕谢:离去,躲避。　天伐:生命没有自然发展就为外界侵害而毁灭。与"天年"(自然发展)相对。

今译

虽是夏初清凉温和如春,芳草在不停地发荣滋长。水上舟游度过朝朝暮暮,时阴时晴天气变化无常。东海沿岸已经遍游厌倦,何妨横越更辽阔的海洋。波神让海水平稳地流动,水伯安静不兴波不鼓浪。扬起风帆采集鲜美石华,荡起舟船拾来海月品尝。大海波涛汹涌茫茫无涯,轻舟超然划过漫无阻挡。仲连立功不居而隐东海,子牟身在江海心想封赏。崇尚虚名必定毁损道义,任性自然外物皆可淡忘。我愿信奉任公遁世良言,最终能躲避意外的祸殃。

(陈复兴译注并修订)

石壁精舍[1]还湖中作一首五言

谢灵运

题解

谢灵运(385—433),南朝宋陈郡阳夏(今河南太康)人。晋大将军谢玄之孙,袭封康乐公,故称谢康乐。他出生于大贵族家庭,早年怀有掌握最高权力的志向。但是,他的理想始终不能实现,内心郁闷不平,常做出惊世骇俗的举动。后被诬告谋反,下狱处死。谢灵运喜游山水,其诗善于描写山光水色的奇妙多姿,为我国山水诗的滥觞。有明人所辑《谢康乐集》。

这首诗描写的是谢灵运故乡始宁书斋附近的景色。前半侧重描绘自然景色,后半侧重叙写人生哲理。由光线的明暗写时间的推移,由时间的推移写物色的变幻,显示出诗人对大自然精微的观察力,对自然美准确的表现力。哲理由景色抽绎而出,说明人只有清心寡欲,超脱名利的纠葛,才能有本性的解放与自由,达到乐道长生。其实,这正是通过诗的形式来表现诗人对最高统治者不合作的态度。

原文

昏旦变气候,山水含清晖[2]。清晖能娱人[3],游子憺忘归[4]。出谷日尚早,入舟阳已微[5]。林壑敛暝色[6],云霞收夕霏[7]。芰荷迭映蔚[8],蒲稗相因依[9]。披拂趋南径[10],愉悦偃东扉[11]。虑澹物自轻[12],意惬理无违[13]。寄言摄生客[14],试用此道推[15]。

注释

〔1〕石壁精舍:谢灵运在家乡始宁的书斋。《游名山志》:“湖(巫湖)三面悉高山,枕水渚山。溪涧凡有五处。南第一谷,今在所谓石壁精舍。”

〔2〕清晖:清亮的光辉、光彩。此指日光。

〔3〕娱人:令人欢娱。

〔4〕憺(dàn 旦):安然,澹泊。屈原《楚辞·九歌·东君》:“羌声色兮娱人,观者憺兮忘归。”

〔5〕阳已微:日光已昏暗。

〔6〕敛:收敛,聚集。　暝色:暮色。

〔7〕霏:云飞的样子。

〔8〕芰(jì 计)荷:两种水生植物。芰,即菱,果实称菱角。荷,荷花。

〔9〕蒲:菖蒲,水草。　稗:稻田中杂草。　因依:依倚。

〔10〕披拂:草木摇动的样子。

〔11〕偃:息,卧。　扉:门。东扉系指石壁精舍。

〔12〕虑澹:思虑澹泊。　物:外物,指官爵利禄等等。

〔13〕理:对物而言,指人的本性。

〔14〕摄生:养生,又谓“摄养”。《老子》:“盖闻善摄生者,陆行不遇凶虎,入军不披甲兵。”《世说新语·任诞》:“刘伶病酒渴甚,从妇取酒。妇捐酒毁器,涕泣谏曰:‘君饮太过,非摄生之道,必宜断之!’”

〔15〕道:指谢灵运的人生哲学,即诗中“虑澹”、“意惬”句所言。　推:推求。

今译

朝夕景色各相异,山光水色含清辉。清辉妩媚人惬意,游子安然心忘归。晨出山谷日未出,夕阳西下荡舟回。密林空谷藏暮色,浮云化做晚霞飞。荷花菱花两相映,蒲草稗草互依偎。船拂蒲稗归南径,悠然自得卧东扉。清心寡欲物自轻,任随自然性不违。寄语养生乐道者,养生之道以此推。

(陈复兴译注并修订)

登石门最高顶一首五言　谢灵运

题解

这首诗写登山。

石门山，在浙江嵊县崞山之南。李善注引谢灵运《游名山志》："石门涧六处，石门溯水上，入两山口，两边石壁，右边石岩，下临涧水。"

诗人敏锐地捕捉住高馆、回溪、长林、积石一类物象，点染出山势的奇伟超凡，而路径迷离，水响猿啼，则烘托出气氛的清雅闲静。这里宛若人迹罕至的仙界，浓重地涂上了诗人的主观色彩。

从这里，他体悟到人生应该像石门高顶一样，沉冥静穆，同化于自然，穷达荣枯，全无计较。"心契"、"目玩"一联，更是移情于物，物我浑一的极致。但是，生在人世，这种心造的境界是难以实观的。所以诗人终是孤独者。

原文

晨策寻绝壁[1]，夕息在山栖[2]。疏峰抗高馆[3]，对岭临回溪[4]。长林罗户穴[5]，积石拥基阶[6]。连岩觉路塞[7]，密竹使径迷[8]。来人忘新术[9]，去子惑故蹊[10]。活活夕流驶[11]，噭噭夜猿啼[12]。沉冥岂别理[13]，守道自不携[14]。心契九秋干[15]，目玩三春荑[16]。居常以待终[17]，处顺故安排[18]。惜无同怀客[19]，共登青云梯[20]。

注释

〔1〕策:手杖。此作动词用。　绝壁:陡峭如壁的悬崖。

〔2〕栖(qī 期):可以歇息的地方。

〔3〕疏峰:在山峰上凿开平地。疏,凿。　抗:举,耸立。　馆:馆舍,精舍。

〔4〕回溪:弯曲的溪水。

〔5〕长林:高高的树林。　罗:排列。　户穴:也作“户庭”,门与庭院。

〔6〕积石:四围堆积的山石。　基阶:墙基台阶。

〔7〕连岩:彼此相连的岩石。　路塞:路径阻塞。

〔8〕径:小路。

〔9〕新术:新路。

〔10〕去子:离去的人。　故蹊:旧路。

〔11〕活活:流水声。　夕流:夜晚的流水。　驶:指山水的奔流。

〔12〕噭噭(jiào 叫):猿叫声。

〔13〕沉冥:指人的心性深沉无欲。　别理:特别的道理。

〔14〕守道:信守人生的常道。道,指深沉玄默无欲的自然之道。　不携:不离。

〔15〕契:契合。　九秋:秋季九十天。　干:指松柏之类的树木。

〔16〕目玩;观赏。　三春:指农历正月(孟春)、二月(仲春)、三月(季春)。荑(tí 提):草木初生的芽。　以上两句说草木秋凋春荣,顺适自然,与我心正相契合。

〔17〕居常:顺应人生的常道。　待终:安然豁达地等待死亡。李善注引《新序》:“荣启期曰:‘贫者士之常,死者人之终,居常待终何忧哉!’”此句用其文。

〔18〕处顺:适应天理自然。李善注引《庄子》:“老聃死,秦失吊之曰:‘适来,夫子时也;适去,夫子顺也。安时而处顺,忧乐不能入也。’”此句用庄子之义。　安排:安于自然变化,而与天地合一。　以上两句借《新序》与《庄子》之义,表达对贫富穷通生死抱有适性自然的态度。

〔19〕同怀:志同道合。

〔20〕青云梯:架于青天白云的梯子。比喻登天成仙之路。此指隐逸出世。

今译

清晨拄杖登悬崖峭壁，夜晚在山上寻地歇息。高馆耸立在凿平峰巅，面对峻岭下临曲涧溪。长林罗列于门前庭院，岩石簇拥在阶下墙基。巉岩连绵把山路阻塞，绿竹稠密令人眼迷离。来游的人难寻新开路，下山的客把归路忘记。傍晚流泉淙淙急奔泻，深夜猿猴啾啾声更悲。内心宁静岂有它妙理，信守人生常道不偏离。心神契合经秋松柏翠，双目观照逢春茎叶美。遵循常道不忧生与死，顺随自然与天地合一。难得挚友心怀彼此同，携手超逸共登青云梯。

（陈复兴译注并修订）

于南山往北山经湖中瞻眺一首五言

谢灵运

题解

这首诗写登山远眺。南山，指浙江嵊县嶀山。北山，即院山，也称东山。湖，指巫湖。湖分大小，中隔一山。诗人由南山往北山，经巫湖西行，登大小巫湖中间之山而远眺。诗人的立脚点，不是高顶，而是山腰。他的视野是按远近上下的空间层次展开的。侧径窈窕，环洲玲珑，都可感到他的视野的移动，是由近及远；俯视而仰聆，是由下往上。初篁，新蒲，海鸥，天鸡之句则是由山间到水边。

灵运模山范水，皆无雷同，不只时空各异，视角也在不断变换。但是结尾总要以物析理，情绪孤独，形成定格。

原文

朝旦发阳崖[1]，景落憩阴峰[2]。舍舟眺迥渚[3]，停策倚茂松[4]。侧径既窈窕[5]，环洲亦玲珑[6]。俛视乔木杪[7]，仰聆大壑淙[8]。石横水分流[9]，林密蹊绝踪[10]。解作竟何感[11]，升长皆丰容[12]。初篁苞绿箨[13]，新蒲含紫茸[14]。海鸥戏春岸[15]，天鸡弄和风[16]。抚化心无厌[17]，览物眷弥重[18]。不惜去人远[19]，但恨莫与同[20]。孤游非情叹[21]，赏废理谁通[22]。

注释

〔1〕阳崖:指南山。山南为阳。崖,代山。

〔2〕景落:日落。景,日光。代太阳。　憩(qì 气):休息。　阴峰:北山,指巫湖中间之山的北面。山北为阴。此句与下句应是“舍舟”在前,“憩”在后。

〔3〕舍舟:离开船只。　迥渚(jiǒng zhǔ 炯主):远处水中的小洲。

〔4〕停策:停下手杖。指登上湖中山山腰停下来。策,手杖。　倚:靠。

〔5〕侧径:依山蜿蜒的小路。　窈窕(yǎo tiǎo 咬挑):山道深长的样子。

〔6〕环洲:圆形的沙洲。　玲珑:澄明闪光的样子。形容小洲在天光水色辉映中的状态。

〔7〕乔木:枝干直而高的树木,指松柏之类。　杪(miǎo 秒):树梢。

〔8〕聆:听。　大壑:深陡积水的山谷。　淙(cóng 从):水声。众水汇合而发之声。

〔9〕横:横陈,阻挡。　分流:分开流泻。

〔10〕蹊(xī 西):路。　绝踪:路迹断绝。

〔11〕解作:指春天雷鸣雨降。李善注引《周易》:“天地解而雷雨作,雷雨作而百果草木皆甲坼。”即春天雷声乍响甘雨普降,万物苏生的意思。此话用其义。　感:感应,感动。

〔12〕升长:指草木从地里破土而出,欣欣向荣。李善注引《周易》:“地中有木,升。”　丰容:草木茂盛的样子。

〔13〕初篁(huáng 黄):新生的竹丛。　苞:包裹。　绿箨(tuò 唾):绿色的竹皮。

〔14〕新蒲:新生的蒲草。蒲,即菖蒲,生于水边,有香气,根可入药。　紫茸:紫色的蒲花。

〔15〕海鸥:一名江鸥,水鸟名,随潮水上下翻飞。

〔16〕天鸡:鸟名。丹鸡。《尔雅 · 释鸟》:“鶾,天鸡。”注:“鶾鸡赤羽。《逸周书》曰:‘文鶾若彩鸡,成王时蜀人献之。’”　和风:春风。

〔17〕抚化:指人的主观精神顺应自然,同化于其中,随其变化而变化。李善注引郭象《庄子》注:“圣人游于变化之途,万物万化,亦与之万化。”　无厌:不知厌倦。

〔18〕览物:观照万物。物,指以上初篁、新蒲、海鸥、天鸡。　眷:眷恋。

弥重:指感情与物重合,物我两忘的一种情境。

〔19〕不惜:不感到惋惜。　去人:隐逸之人。指深解湖山美景的古人。

〔20〕但恨:只是遗憾。与“不惜”呼应。　与同:与我情志相同。指今人。

〔21〕非情:不合真情。

〔22〕赏废:赏玩山水与物俱化之事将废止。　理:指赏玩山水所体悟的玄深之理。

今译

清晨出发于南山岩崖,傍晚歇息在湖中山半峰。离船登山眺望远处的沙洲,拄杖倚靠丰茂的青松。盘山的小径蜿蜒幽深,圆圆的小洲晶莹空明。俯视可见高树的梢头,举首聆听深谷的水声。巨石横谷使涧水分流,密林遮断路径的去向。春雨普降催万物萌动,草木滋长正葱葱茏茏。初生的丛竹包裹绿皮,新绿的蒲草紫花待放。海鸥嬉戏于春日水岸,天鸡弄羽于和煦暖风。与万物同化心无厌倦,观照物象而悄然移情。不惜古人隐逸去久远,只恨今人情志不与同。独游违我真情而慨叹,赏乐废止玄理谁能通。

(陈复兴译注并修订　陈延嘉再修订)

从斤竹涧越岭溪行一首五言

谢灵运

题解

斤竹涧，李善注引谢灵运《游名山志》：“神子溪，南山与七里山分流，去斤竹涧数里。”今绍兴县东南有斤竹岭，去浦阳江约十里。斤竹涧或即其附近。

这一篇描写由涧越岭沿溪行，所见之景与所悟之境。时间上的特征，是天将晓而日未出；视野中呈现的，是朦胧迷离而委曲的物象。诗人正是准确地捕捉住这一刹那在自己感官上所留下的印象。他所怀的人似在眼前却不可近，给予人的感觉也是朦胧的。这种心理上的感受与时间上的特征契合不违。

“情用”、“事昧”句道出了诗人观赏自然美的经验。山水、草木、鱼鸟之美，全在乎一个“赏”字，而且出之于“情”。此中“事”不可以理析以词辨，完全出于直观感悟。但既以“情”赏，诗人之山水就涂上了他的或道或佛的主观色彩。

原文

猿鸣诚知曙[1]，谷幽光未显[2]。岩下云方合[3]，花上露犹泫[4]。逶迤傍隈隩[5]，苕递陟陉岘[6]。过涧既厉急[7]，登栈亦陵缅[8]。川渚屡径复[9]，乘流玩回转[10]。蘋萍泛沉深[11]，菰蒲冒清浅[12]，企石挹飞泉[13]，攀林摘叶卷[14]。想见山阿人[15]，薜萝若在眼[16]。握兰勤徒结[17]，折麻心莫展[18]。情用赏为美[19],事昧竟谁辨[20]。观此遗物虑[21],一悟得所遣[22]。

注释

〔1〕猿鸣:传说猿与猕猴在山上不共宿,天明相呼。 曙:天明。

〔2〕幽:深而暗。 光:指阳光。

〔3〕方:开始。 合:合拢,凝聚。

〔4〕泫(xuàn 炫):水珠滴落。

〔5〕逶迤(wēi yí 威移):曲折宛转的样子。 隈隩(wēi yù 威玉):山边转角和水岸的弯曲处。

〔6〕苕递(tiáo dì 条第):高而远的样子。 陟(zhì 至):登。 陉岘(xíng xiàn 形现):连绵山脉的中断处和小而高的山岭。

〔7〕厉:牵衣涉水。 急:急流。

〔8〕栈:栈道。在险峻的山岭间以木料构筑的道路。 陵:升,登。 缅:远。指山路。

〔9〕川渚(zhǔ 主):水边。 径复:往来。

〔10〕乘流:随着溪流。 玩:玩赏。此有轻松愉快的意味。 回转:往复行走。

〔11〕蘋萍:两种水草名。蘋,也叫田字草,生浅水中。叶有长柄,柄端四片小叶,夏秋开白花。萍,即浮萍。 泛:漂浮。 沉深:指深水。

〔12〕菰(gū 姑)蒲:两种水草名。菰,俗名茭白,生于水边,叶细长而尖,可作蔬菜,其实如米,可以作饭。蒲,即菖蒲,生于水边。有香气,根可入药。 冒:覆盖。 清浅:指浅而清的水流。

〔13〕企石:举踵于石上。 挹(yì 义)酌:此谓合手取水。

〔14〕叶卷:初生尚未舒展开的嫩叶。

〔15〕山阿:山崖的曲处。山阿人,在山里隐居的人。指诗人所怀的好友。

〔16〕薜萝:两种植物名,即薜荔与女萝。指隐士的衣着。李善注引《楚辞》:"若有人兮山之阿,披薜荔兮带女萝。" 以上两句借用其义。

〔17〕握兰:手握兰草。兰,石兰,一种香草。 勤:指殷勤的情谊。 徒:空,白白地。 结:郁结。

〔18〕折麻:采折疏麻的花。疏麻,神麻,一种香草。 展:申,表达。李善注引《楚辞》:“折疏麻兮瑶华,将以遗兮离居。”以上两句借用其义。

〔19〕情用:即用情。 赏:欣赏。

〔20〕事昧:事理幽昧难知。事,指“情用赏为美”的道理。 辨:从道理上加以辨明。李善注以上两句说:“言事无高玩,而情之所赏,即以为美,此理幽昧,谁能分别乎?”意思是客观物象,只要以真情去欣赏,即使闲花小草,也自能获得美感;这个道理是幽微难知,很难辨别明白的。

〔21〕此:指沿途的秀丽景色。 遗:忘掉。 物虑:对世俗尘物的忧虑。

〔22〕一悟:蓦然地感悟到。 所遣:指排除了俗世间一切是非矛盾的悠然自得的玄学境界。李善注引《淮南子》:“吾独怀慷慨遗物,而与道同出,是故有以自得也。”又引郭象《庄子》注:“将大不类,莫若无心,既遣是非,又遣其所遣,遣之以至于无遣,然后无所不遣,而是非去也。”这是说从内心绝对排除一切来自俗世的是非利害观念,而达到“无心”。此句借用《淮南子》和《庄子》的意思。

今译

猿猴啼鸣报知天已晓,山谷幽深晨光未显现。岩崖之下云雾始凝聚,山花枝叶露珠尚滴溅。绕过蜿蜒的山曲水湾,登上险峻的断崖山峦。跨过山涧既要越急流,攀登栈道也须历高远。河岸总是曲折而往复,沿流玩赏依涯畔回转。青蘋浮萍漂浮于深潭,菰草蒲草覆盖着浅川。举足石坂取飞溅流泉,攀林木采摘叶芽鲜嫩。想起隐居山谷离世人,身披薜荔女萝似在眼。我手握兰草情意殷殷,欲献疏麻而心事难申。真情观赏物象物皆美,此理可感而谁能明辨。观此景尘世物欲全冷淡,感悟真朴境界离人间。

(陈复兴译注并修订)

应诏观北湖田收一首五言 颜延年

题解

本诗作于元嘉十年(434)十月。当为随侍文帝于北湖观田收应诏而作。李善注引《丹阳郡图经》:“乐游苑,晋时药园,元嘉中,筑堤壅水,名为北湖。”约在今玄武山南。

开头引周穆夏禹行游,为文帝北湖观田收作比。次写文帝出行车驾侍卫之盛。次写初冬景色之美。次写丰收是带给奴隶们的皇恩。末尾是诗人自述之词。

“开冬”六句,以残悴之象观照而得勃勃生机,雕琢之中亦见新奇。精气寒烟,攒素积翠,正是秋冬之交的冷峻之美。

原文

周御穷辙迹[1],夏载历山川[2]。蓄轸岂明懋[3],善游皆圣仙[4]。帝晖膺顺动[5],清跸巡广廛[6]。楼观眺丰颖[7],金驾映松山[8]。飞奔互流缀[9],缇彀代回环[10]。神行埒浮景[11],争光溢中天[12]。开冬眷徂物[13],残悴盈化先[14]。阳陆团精气[15],阴谷曳寒烟[16]。攒素既森蔼[17],积翠亦葱仟[18]。息飨报嘉岁[19],通急戒无年[20]。温渥浃舆隶[21],和惠属后筵[22]。观风久有作[23],陈诗愧未妍[24]。疲弱谢凌遽[25],取累非缨牵[26]。

注释

〔1〕周御:指周穆王巡游天下事。李善注引《左传》:“右尹子革对楚王曰:‘昔周穆王欲肆其心,周行天下,将皆有车辙马迹焉。’”御,驾御,指车马。

〔2〕夏载:指夏禹巡行天下事。李善注引《尚书》:“禹曰:‘予乘四载,随山刊木。’”孔安国曰:“所载者四,谓水乘舟,陆乘车,泥乘輴,山乘樏。”载,乘坐的工具。

〔3〕蓄轸:收藏车驾而不远行。蓄,储藏。轸,车。　明懋:聪明勤勉。

〔4〕圣仙:圣人与仙人。李善注:“蓄轸不行,岂是钦明懋德之后;善游天下,皆是睿圣神仙之君。”

〔5〕帝晖:帝王的光辉。此指宋文帝。　膺:适应,相当。　顺动:顺应时序而行动。

〔6〕清跸(bì 必):帝王出行时清道开路,禁止通行。　广廛(chán 蝉):广阔的田野。廛,古田百亩为一廛。此代指田野。

〔7〕丰颖:丰茂的禾穗。颖,谷穗。

〔8〕金驾:饰金的车驾。　松山:松柏之山。

〔9〕飞奔:指车驾。　流缀:流动相连。

〔10〕缇彀(tí gòu 提够):即缇骑,指衣桔红持弓弩而骑马的武士。　代:交替。　回环:环绕而行。

〔11〕神行:神明之行,指天子之行。　埒(liè 列):相等。　浮景:指日光。

〔12〕溢:充溢。　中天:天中。　以上两句意思说天子的车驾如神,与太阳比并运行,在天空中其光辉与之交相辉映。

〔13〕开冬:初冬,农历十月。　眷:视。　徂物:徂落的万物。此指初冬凋残的草木。徂,通“殂”。

〔14〕残悴(cuì 粹):凋残枯萎。　盈:充满。　化先:春日万物生化之先。化,生。李善注引《白虎通》:“春,万物始生。”此指万物始生之春日。　以上两句的意思说初冬观览徂落的万物,虽已凋残,但是仍然充满生机,较始生万物的春日更为旺盛。

〔15〕阳陆:指山南的高平之地。　团:凝聚。　精气:指生成万物的阴阳之气。

〔16〕曳:逾越,升腾。　寒烟:指谷中腾起的水蒸气。

〔17〕攒(cuán)素:指凝聚的霜雪。　森蔼:旺盛的样子。

〔18〕积翠:积久的苍翠,指松柏。　葱仟:青翠茂盛。仟,也作“芊”。

〔19〕息飨:指使农夫休息以酒食犒劳之。　报:酬答。　嘉岁:丰年。

〔20〕通急:通融百姓之急需。急,要,需要。　戒:戒备。　无年:无赢储之年,饥年。

〔21〕温渥:仁厚。　浃(jiā 加):湿润,遍施。　舆隶:奴隶中的两个等级。最下层的劳动者。

〔22〕和惠:恩惠。　属(zhǔ 主):施及,延及。　后筵:后席,后辈。延年自谓。

〔23〕观风:观察民风。古制使太师之官献诗,从而了解社风民情。

〔24〕陈诗:献诗。　妍:美。

〔25〕疲弱:以马的疲倦瘦弱喻人的才智低下。　谢:惭愧。　凌遽:迅捷。

〔26〕取累:拖累,牵累。　纆(mò 墨)牵:马辔头。李善注:“言己才疲弱,而谢急遽,其所取累,非由纆牵。”以上四句为延年自述。

今译

周穆远游辙迹遍天下,夏禹巡行车舟越山川。藏车不行岂称明德主,善于巡游皆为圣贤君。皇帝光辉顺时序而动,清路禁行巡视田野间。登楼眺望丰硕的谷穗,金车辉映松柏的山峦。车马奔驰似流水相连,带弓武士环行大路边。神明巡行与太阳比并,争光交辉充溢于中天。初冬观览徂落的万物,虽有枯萎生机胜仲春。山南原野凝聚着元气,山北峡谷飘曳出寒烟。枝头的霜雪晶莹耀眼,松柏的翠叶浓郁缤纷。休养农夫设宴庆丰收,通融急需防备遇饥年。仁德广施滋育卑贱民,恩惠普及直至后辈人。为观民风久已有所作,献此诗篇惭愧未美善。如马疲弱不能迅捷行,辔头并非冗长成羁绊。

(陈复兴译注并修订)

车驾幸京口侍游蒜山作一首五言

颜延年

题解

元嘉二十六年(449)二月,延年随侍文帝幸京口(今江苏镇江),并游蒜山,(在镇江西九里)。因应诏做诗。

京口是晋东迁之地,晋之陵庙所在之所。文帝出生于此。因而,此次巡幸,甚为隆重。时经三月,下诏三次。拜奉陵庙,宴享故老,存恤孤弱,赈济病苦,文帝颇显出一番"义兼于桑梓,情加于过沛"的仁德气概。

前十二句描写京口地势形胜。元天日观,以喻蒜山;长城华山,以喻京口。园县邑社,以表晋氏曾居。次十句描写所见之景所施之情。文帝三次下诏之意,尽含其中。后四句为诗人自谦之词。

原文

元天高北列〔1〕,日观临东溟〔2〕。入河起阳峡〔3〕,践华因削成〔4〕。岩险去汉宇〔5〕,衿卫徙吴京〔6〕。流池自化造〔7〕,山关固神营〔8〕。园县极方望〔9〕,邑社总地灵〔10〕。宅道炳星纬〔11〕,诞曜应神明〔12〕。睿思缠故里〔13〕,巡驾匝旧坰〔14〕。陟峰腾辇路〔15〕,寻云抗瑶甍〔16〕。春江壮风涛〔17〕,兰野茂稊英〔18〕。宣游弘下济〔19〕,穷远凝圣情〔20〕。岳滨有和会〔21〕,祥习在卜征〔22〕。周南悲昔老〔23〕,留滞感遗氓〔24〕。空食疲廊肆〔25〕,反税事岩耕〔26〕。

注释

〔1〕元天:传说中的山名。　北列:北方的列星。李善注引《庄子》:“阏弈之隶,与殷翼之孙、遏氏之子三士,相与谋致人于造物,共之元天之上。元天者,其高四见列星。”司马彪曰:“元天,山名也。”

〔2〕日观:泰山东南的峰名。鸡一鸣时,日欲出即可见。　东溟:东海。以上两句以元天山日观峰之高,喻指京口蒜山的形势。

〔3〕入河:渡河。河,指黄河。　阳峡:指阳山,在今内蒙古自治区西北。峡,山侧。此句指秦所筑长城。李善注引《史记》:“秦使蒙恬筑长城,制险塞,起临洮,至辽东,于是渡河据阳山。”

〔4〕践:登。　华:华山,在今陕西华阴县西南。　削成:指山四面峻峭,如刀削成。以上两句写秦地山河长城之险固,以喻指京口蒜山形势。

〔5〕去:离开。　汉宇:汉京,指咸阳。

〔6〕衿卫:衿带之卫。衿带,喻山川环绕,地势险要。　徙:迁移。　吴京:指京口。三国孙吴曾迁此。李善注:“言岩险之固,去彼汉宇;衿带周卫,徙此吴京。”　以上两句意思说汉京的岩险衿带之势,今也为京口所有。

〔7〕流池:因流水以为池。　化造:自然生成。化,造化,自然。

〔8〕关山:据山以为关隘。　神营:神力所营造。

〔9〕园县:守护帝王陵墓的县邑。园,园陵,皇帝的陵墓。　极:尽。　方望:祭祀四方群神之礼。

〔10〕邑社:陵邑之社。社,祭祀土地神的仪式。　地灵:地神。以上两句意思说晋陵奉祀于此。

〔11〕宅道:居处的疆界。　炳:光明,闪耀。　星纬:指星纪,斗、牵牛二宿在其中。古为吴国的分星。古天文学说,把天上十二星辰的位置与地上的州、国的位置加以对应。斗、牵牛二宿与吴国相对应,所以说吴地的疆域照耀着星纪之光。纬,纬星,与经星相对。纬星,即行星;经星,即恒星。星纬,即星纪之纬,纬星中之星纪。

〔12〕诞曜:浮曜,水面闪耀的光芒。　神明:依注应作辰明,北辰之明。《六臣注文选》作“辰明”。李善注引《尚书》:“《洪范·五行传》曰:‘辰星者,北方水精也。’”又注:“宋为水德,故云应也。”

〔13〕睿(ruì 瑞):圣,指宋文帝。　缠:萦绕。　故里:指京口。刘氏曾居

于此,文帝于晋安帝义熙三年生于此。故称故里。东晋、南朝称京口城。吕延济注:“晋之东迁,刘氏来居晋陵丹徒之京口,故云故里。”

〔14〕巡驾:巡行的车驾。 匝:遍游。 旧坰(jiǒng 扃):旧日的田野。

〔15〕陟(zhì 至)峰:登峰。 腾:升。 辇路:天子车驾常经之路。

〔16〕寻云:连云。 抗:高举。 瑶甍:以瑶玉饰屋脊。

〔17〕壮:雄壮。

〔18〕兰野:长满兰草的原野。 稊(tí 提)英:初生之草。

〔19〕宣游:遍游。弘:发扬。 下济:降下济人之德。典出《周易·谦卦·彖》:“谦亨,天道下济而光明,地道卑而上行。”此借用《易》理,谓天下降日月星辰之光,地卑柔而气上行,互为交通而济生万物,以颂天子之德。

〔20〕穷远:荒远之地。 凝:成就。 圣情:圣明的情义。以上两句意思说天子遍游各地,发扬了卑下济人的德风,即使荒远之地也感受到天子的圣明之情。

〔21〕岳滨:山岳海滨,代指天下诸侯。 和会:会合诸侯。典出齐桓公用管仲计称霸诸侯事。《国语·齐语》:“岳滨诸侯,莫敢不来服,而大朝诸侯于阳谷。”此喻会见故旧僚属。

〔22〕祥习:卜筮而得吉祥之兆,年年相因袭。 卜征:预卜天子巡狩之吉凶。上古天子五年一巡狩,先卜问吉凶,五年五卜,五年皆吉则出行。卜,古人以火灼龟甲取兆,以预卜吉凶。征,征行巡狩。以上两句以齐桓与先王之事,喻文帝幸京口游蒜山的隆重吉祥,描述与故旧僚属相会的情景。

〔23〕周南:地名,即洛阳。 昔老:古昔之老者。此指汉太史公司马谈。

〔24〕留滞:滞留。 遗氓:遗留之人。氓,民,老百姓。与“昔老”所指同。以上两句用汉司马谈留滞周南而不得随侍武帝建封泰山事,言己有幸从驾游蒜山。《汉书·司马迁传》:“太史公(谈)执迁手而泣曰:‘予先周室之太史也。自上世尝显功名虞夏,典天官事,后世中衰,绝于予乎?汝复为太史则续吾祖矣。今天子接千岁之统,封泰山而予不得从行。是命也夫,命也夫!’”黄侃说:“此反喻也,言己幸于周南留滞之人也。周南二句即反映从驾。周南留滞,一事而分用。”(《文选平点》)其说甚当。

〔25〕空食:空食俸禄而未能尽职。 廊肆:廊庙列肆。指朝廷。

〔26〕反税:反输租税。 岩耕:岩下躬耕。指隐者的生活。岩,岩石之下,隐者所居。以上两句的意思说自己虽较昔老遗氓为幸,得到随侍幸京口游蒜山

的恩荣,但是身在朝廷无功受禄,倒不如躬耕岩下反输国税。皆自谦之词。

今译

元天山高可接北极星,日观峰险遥临东海滨。秦筑长城渡河据阳山,攀登华山似刀削险峻。岩崖陡险已离汉京去,衿带防卫迁移吴京边。流水成池自造化所生,山为关隘由神灵营建。园陵之县祭四方圣灵,陵邑之社奉祀土地神。居处地域照耀斗牛宿,江水掀波光辉映北辰。圣明思绪萦怀恋故里,巡行车驾周览旧田园。盘旋峰巅腾起御辇路,连接云天高耸玉屋檐。春日江上风起波涛涌,兰生郊野繁茂叶色新。遍游各地发扬济民德,直达荒远广施圣主恩。似齐桓会合天下诸侯,预卜巡行吉祥年复年。司马谈曾悲滞留洛阳,哀叹未随汉武封泰山。身在朝廷无功而受禄,不如纳国税岩下耕耘。

(陈复兴译注并修订)

车驾幸京口三月三日侍游曲阿后湖诗一首五言

颜延年

题解

题目交代本诗写作背景。时为元嘉二十六年(449)三月,与前诗相先后,同为侍游之作。李善注引《水经注》:“晋陵郡之曲阿县(今江苏丹阳县)下,陈敏引水为湖,湖水周四十里,号曰曲阿后湖。”当为奇观胜状之所在。

前诗重点写游山,这首重点写游湖。游湖而不写湖光水色自然之美,而写人的游程阅历。山神水神清路止行,彤云祥风照临吹送,人进歌舞,仙灵企望,鱼鸟欢动。以联绵迭现的意象显示文帝的德礼普洽川岳怀柔的政绩,得天人之和的风范。

全为应制之作,却无板滞堆垛之弊,不无构思之妙。

原文

虞风载帝狩〔1〕,夏谚颂王游〔2〕。春方动辰驾〔3〕,望幸倾五州〔4〕。山祇跸峤路〔5〕,水若警沧流〔6〕。神御出瑶轸〔7〕,天仪降藻舟〔8〕。万轴胤行卫〔9〕,千翼泛飞浮〔10〕。雕云丽琁盖〔11〕,祥飙被彩斿〔12〕。江南进荆艳〔13〕,河激献赵讴〔14〕。金练照海浦〔15〕,笳鼓震溟洲〔16〕。藐盼觏青崖〔17〕,衍漾观绿畴〔18〕。人灵骞都野〔19〕,鳞翰耸渊丘〔20〕。德礼既普洽〔21〕,川岳遍怀柔〔22〕。

注释

〔1〕虞风:虞舜的风俗。舜受尧禅,岁二月东巡狩,至于东岳泰山,焚柴祭天,接见东方诸侯。五月南巡狩,至于南岳衡山;八月西巡狩,至于西岳华山;十一月北巡狩,至于北岳恒山。其礼皆如东巡,于四岳之下,听四方诸侯各说其政绩,察实有功而赏其车服。此后五年一巡狩。事载《尚书·虞书》。此指《虞书》。 载:记载。 帝:指舜帝。 狩:巡狩,天子巡察四方诸侯之治绩。

〔2〕夏谚:夏朝的谚语。《孟子·梁惠王》:“夏谚曰:‘吾王不游,吾何以休?吾王不豫,吾何以助?一游一豫,为诸侯度。’”谓君王与民同乐。以上两句以虞风夏谚喻指文帝幸京口游曲阿后湖。

〔3〕春方:东方。李善注引《礼记》:“东方曰春。” 辰驾:天子的车驾。辰,北辰。《论语·为政》:“为政以德,譬如北辰,居其所而众星共之。”故以北辰喻天子。

〔4〕幸:指皇帝巡幸。 倾:倾动。 五州:指宋国地区。吕延济注“九州之地,宋得其五”,全宋国的人都希望皇帝到自己的地方来巡幸。

〔5〕山祇(qí 奇):山神。 跸(bì 必):古时帝王出行清路止行。 峤路:山路。峤,尖而高的山。

〔6〕水若:水神。 警:与“跸”同义。 沧流:青青的流水。此指水路。

〔7〕神御:天子巡幸。神,指天子。 瑶轸:饰玉的宝车。

〔8〕天仪:天子仪容。 藻舟:雕画的舟船。以上两句言天子自车而入船。

〔9〕万轴:指众多的车辆。 胤(yìn 印):继,前后相继。 行卫:负责警卫。

〔10〕千翼:指众多的舟船。

〔11〕雕云:彤云,彩云。 丽:光华,闪耀。 琁盖:玉饰的车盖。盖,古时车上遮阳御雨之具。

〔12〕祥飙(biāo 标):祥和之风。 被:遍,遍吹。 彩斿(liú 流):五彩的旌旗。斿,古时旌旗下垂的饰物。

〔13〕荆艳:指楚地的歌舞。

〔14〕河激:古歌曲名。 赵讴:赵女之讴歌。李善注引《列女传》:“赵津女娟者,赵河津吏之女也。初简子南击楚,将渡河,用楫者少一人。娟攘袂操楫而请,简子篚之,遂与渡。中流为简子发河激之歌。其辞曰:‘升彼河兮而观清,水

扬波兮杳冥冥。祷求福兮醉不醒,诛将加兮妾心惊,罚既释兮渎乃清。妾持楫兮操其维,交龙助兮主将归,呼来棹兮行勿疑。'简子大悦,以为夫人。"

〔15〕金练:黄金铠甲。练,组练,连缀金甲以成战衣的丝绳。　海浦:海边。

〔16〕笳:古时一种管乐器。　溟洲:海洲。海中陆洲。

〔17〕藐盼:远远地顾盼。藐,广远的样子。　觏(gòu 构):视。　青崖:草木青葱的山崖。

〔18〕衍漾:随水波荡漾。　绿畴:绿色的田野。

〔19〕灵:神。　骞:企望。　都野:都邑山野,人灵所居。

〔20〕鳞翰:指鱼鸟。　耸:与"企望"同义。　渊丘:潭水与丘山。鱼鸟所处。以上两句皆言天子车骑鼓吹之盛,所过之处,人神企望,鱼鸟欢动。

〔21〕德礼:道德礼仪。　普洽:普遍融洽。

〔22〕川岳:指隐于川岳之神异。　怀柔:招来安抚。

今译

虞书记载舜帝曾巡狩,夏谚颂扬君王来幸游。天子车驾自东方起动,我皇行游让五州欢呼。山神在前清除环山路,水神随后警戒江水流。神人御步走出金玉车,天子仪容降临雕画舟。万辆兵车相继做警卫,千艘战船飞驰浪上浮。红云闪耀着饰玉车盖,和风把五彩旌旗吹拂。江南进呈楚地乐与舞,河激曲美赵女献歌喉。黄金铠甲辉映东海滨,笳声鼓声震荡江中岛。放眼远望可见青山崖,随波荡漾观赏绿田畴。人灵翘望于都邑乡野,鱼鸟欢动于潭水山丘。道德礼仪既普及融洽,山水诸神也遍受安抚。

(陈复兴译注并修订　陈延嘉再修订)

行药至城东桥一首五言 鲍明远

题解

诗人服五石散(道家药名),借行游消解,叫行药,而至建康城东桥。本诗即写其时所见所感。

前六句解题,述行药的历程。"广津",即所至城东桥头。次十句写眼前景与景中人。写景则时空推移,由远及近。天色由暗而明,人事由朦胧而清晰。远望迅风乍起,尘埃飞扬;近见游宦之子,驰驱而去。他们抚剑怀金,辞亲逐利,扰扰营营,类同市井商贩。诗人以全知全能之眼,透视此等名利徒的内心世界。他们皆在争先万里,捞取百年荣禄。花草吝春之喻,既写其热中之心,又示好景易逝。后四句以尊贤者孤贱者及其各自相反的结局做对照,感慨自身容华消歇,长怀苦辛而无所知遇。有失意之怨,也有失落之感。

本诗同诗人的《咏史》题旨与构思相似,不同在一托以咏史,一出以直陈。

原文

鸡鸣关吏起[1],伐鼓早通晨[2]。严车临迥陌[3],延瞰历城闉[4]。蔓草缘高隅[5],脩杨夹广津[6]。迅风首旦发[7],平路塞飞尘[8]。扰扰游宦子[9],营营市井人[10]。怀金近从利[11],抚剑远辞亲[12]。争先万里涂[13],各事百年身[14]。开芳及稚节[15],含采吝惊春[16]。尊贤永昭灼[17],孤贱长隐沦[18]。容华坐消歇[19],端为谁苦辛[20]。

注释

〔1〕关吏:守卫关门之吏。

〔2〕伐鼓:击鼓。　通晨:通报天明。古时宵禁,鸡鸣伐鼓通晨,客旅可以通行。

〔3〕严车:整备车驾。　迥陌:远路。陌,田间之路。

〔4〕延瞰:长视,远望。　城闉(yīn因):城门外的曲城。此指城外。

〔5〕蔓草:蔓生的杂草。　缘:攀附,附着。　高隅:高耸的城角。

〔6〕脩杨:长杨,高大的白杨树。　广津:宽广的渡口。

〔7〕迅风:疾风。　首旦:始旦,天刚破晓之时。

〔8〕平路:平坦的大路。　塞:壅塞,充满。

〔9〕扰扰:纷乱驰逐的样子。　游宦子:指异乡为官,迁徙不定的人。

〔10〕营营:意思与"扰扰"同。　市井人:指市场里的商贩。

〔11〕怀金:身藏金印。金,指印。　近:就近,有就便的意思。此谓以自己所握有的权利之便。　从利:追求利禄。

〔12〕抚剑:佩剑。　辞亲:告别亲人。指往远方出仕。

〔13〕争先:指争取先于人而得利禄。　涂:道路。

〔14〕事:奔走,劳碌。　百年:指人的一生。此指一生的荣华富贵。　身:自身。指自身的生命。

〔15〕开芳:开花散播芳香。　及:趁,趁时。　稚节:少壮时节。此句以草喻人,言施展才华,须趁青春年少之时。

〔16〕含采:含苞待放的花朵。采,色彩,指花朵。　吝:吝惜,珍惜。　惊春:转瞬即逝的春天。惊,有迅疾之意。此句与上句意同,以草喻人,言内怀才华,必珍惜大好时光,以求竞进。

〔17〕尊贤:高贵而有才德的人。此指游宦子,有暗讽的意味。　昭灼:光辉明亮的样子。此形容炙手可热的势利。

〔18〕孤贱:孤单而微贱的人。此指诗人自己。　隐沦:幽隐沉沦。此指隐居不得志的生活。

〔19〕容华:容颜光彩。　坐:空自,徒然。　消歇:衰败,衰退。

〔20〕端:正是,究竟。

今译

雄鸡一鸣关吏即起身，敲响晨鼓预报可通行。整备车驾出游登远程，举目远眺经过城东门。蔓生杂草攀附高城角，高耸白杨双排渡口边。疾风黎明骤然迎面起，平坦大路顿时扬飞尘。车马驰驱过往游宦子，颇似庸俗钻营市井人。身怀金印就近逐利禄，腰佩宝剑赴远辞双亲。争先恐后踏上万里途，各为自身终生福命全。花开芬芳须待好时节，含苞欲放更惜是春天。尊贵贤能永有声名显，孤独微贱长是入沉沦。容颜光华徒然自衰退，终究为谁奔波与苦辛。

（陈复兴译注并修订　陈延嘉再修订）

游东田一首五言

谢玄晖

题解

谢朓(464—499),字玄晖,陈郡阳夏(今河南太康附近)人。南朝士族谢安的后代,生长于富有文化教养的家庭环境中。性豪放,喜交游,少时即有文名。曾为齐宣城太守,升至尚书吏部郎。于统治阶级内部矛盾中,被诬陷而死。

朓为南朝齐的代表诗人,与沈约共创"永明体"。其诗继承谢灵运的山水诗风。长于描写景物,清新俊秀,而无雕琢痕迹。讲究声律,精炼词句,对于唐代律诗的定型化很有影响。

本诗所写,当为诗人游东田时见到的初夏景色。李善注说:"朓有庄在钟山,东游还作。"东游即指东田之游。齐文惠太子建楼馆于钟山下,名东田。

前四句解题。"行乐",即游览东田。"累榭"、"菌阁",指东田山庄,游赏的立脚点。中四句,写初夏景色,由远及近,由空旷而细腻,皆做空间上的转换。后两句,照应开头,言青山令人陶醉,则胜似春酒。

鱼鸟之句,清新俊逸,生机盎然。谢朓善于诗作中间出此意深境远之句,不太注重全诗的圆整通妙。此是其风格,未必是其才弱。以拙衬巧,常出于有意。

原文

戚戚苦无悰[1],携手共行乐。寻云陟累榭[2],随山望菌

阁[3]。远树暖阡阡[4],生烟纷漠漠[5]。鱼戏新荷动,鸟散余花落。不对芳春酒[6],还望青山郭[7]。

注释

〔1〕戚戚(qī 七):悲伤。 悰(cóng 从):乐。

〔2〕陟(zhì 至):登。 累榭:高耸的台榭。台上有屋为榭。

〔3〕菌阁:高阁形如芝菌。(余冠英说)菌,芝菌,一种香草。

〔4〕暖:昏暗。此形容树木繁茂,郁郁葱葱的样子。 阡阡:也作"芊芊",茂盛的样子。阡阡,李善注本作"仟仟",从六臣注本。

〔5〕纷:纷乱。 漠漠:布散的样子。

〔6〕春酒:冬酿春成之酒。

〔7〕青山郭:如城郭一样连绵的青山。李善注以上两句:"言野外昭旷,取乐非一,若不对兹春酒,还则望彼青山。"

今译

忧郁愁苦心中无欢趣,与友携手游赏共寻乐。依轻云攀上高高台榭,随山势登望华美楼阁。远树繁茂而郁郁葱葱,烟霞笼罩而蓬蓬勃勃。鱼儿戏水下新荷颤动,鸟儿散林中残花飘落。不只对芳香春酒痛饮,还望青山绵延如城郭。

(陈复兴译注并修订)

从建平王登庐山香炉峰一首五言

江文通

题解

南朝宋建平王刘景素为冠军将军、湘州刺史。其人好文章，礼接贤士。江淹年二十，曾以五经授景素，颇受礼遇，常侍左右。庐山，在今江西九江市南。香炉峰，为其诸峰之一。“孤峰秀起，游气笼其上，即樊蕴若烟气。”

从本诗最末两句看，当为和建平王游庐山诗而作。故吕延济说：“观淹诗意，乃和王诗，此序不云应教误矣。”

前四句写庐山之灵异，以广成自喻，淮南比建平王。次四句写由下及上而观照之庐山总体风貌。次八句写坐庐山中及登香炉峰的游踪。前是坐山中所见，未至遐怪，已耳目一惊；后是登峰所见，长沙万里，天高地阔，兰草清风，多意含情。末四句写登临引发出的归隐之志，回应题目，示为应和而作。

原文

广成爱神鼎[1]，淮南好丹经[2]。此山具鸾鹤[3]，往来尽仙灵。瑶草正翕赩[4]，玉树信葱青[5]。绛气下萦薄[6]，白云上杳冥[7]。中坐瞰蜿虹[8]，俛伏视流星[9]。不寻遐怪极[10]，则知耳目惊。日落长沙渚[11]，曾阴万里生[12]。藉兰素多意[13]，临风默含情[14]。方学松柏隐[15]，羞逐市井名[16]。幸承光诵末[17]，伏思托后旌[18]。

注释

〔1〕广成:广成子,古之仙人。传说居崆峒山中。　神鼎:道家炼丹之器。李善注引《抱朴子》:“服九转丹,内神鼎中,夏至之后暴之。”

〔2〕淮南:指汉淮南王刘安。好文学,广招宾客方术之士。　丹经:讲述炼丹的经书。李善注引《神仙传》:“淮南王刘安者,汉高皇之孙也,好道术之士,于是八公乃往,遂授以丹经。”

〔3〕鸾凤:鸾鸟和凤凰。

〔4〕瑶草:仙草。　翕艴(xī xì 西细):光色鲜艳的样子。

〔5〕玉树:仙树。　葱青:葱茏青翠。

〔6〕绛气:赤色的云气。　萦薄:萦绕丛聚。薄,草木丛生,此有丛聚、凝聚之意。

〔7〕杳冥:幽深暗晦。

〔8〕瞰:远望。　蜿虹:蜿曲的虹霓。

〔9〕俛(fǔ 府)伏:俯身。俛,同“俯”。

〔10〕遐怪:辽远怪异。此指山中怪异之景物。

〔11〕长沙:地名。即今湖南长沙。此代指远方。　渚:水中小洲。

〔12〕曾阴:重阴。

〔13〕藉兰:以兰草藉地而坐。藉,坐卧其上。　素:向来。　多意:多情。李善注:“多佳意也。”

〔14〕默:不言,暗里。以上两句意思说以兰草为席而坐,兰草似充满美好情意,面前吹着清风,清风也似饱含深情。

〔15〕方:将。　隐:隐退。

〔16〕逐:追逐。　市井:市街。喻追名逐利之所。

〔17〕光诵:华篇,美好的诗章。指东平王先作之登庐山香炉峰诗。

〔18〕伏:表谦之词。　托:依托。　后旌(jīng 精):后车,副车,侍从之车。

今译

广成子喜爱炼丹神鼎,淮南王嗜好传道丹经。此山群集着鸾鸟凤凰,往来皆是仙人与神灵。仙草翠绿正光色鲜艳,仙树繁茂确郁郁葱葱。红霞在山下萦绕凝聚，白云在山上昏昏濛濛。山中坐观婉曲的虹霓，俯身凝视闪耀的流星。尚未尽寻远处怪异景，已觉耳目清新心魄惊。太阳落入长沙水中洲，阴云重重万里外愈浓。兰草为席素来多美意，清风拂面无语含深情。将学松柏隐居岩谷里，羞去追逐尘世虚浮名。有幸应和华美诗章后，暗自构思托身副车中。

（陈复兴译注并修订）

钟山诗应西阳王教一首五言

沈休文

题解

本诗作于南朝宋大明(457—464)间。孝武帝次子刘子尚,字孝师,孝建三年(457)封西阳王(大明五年又改封豫章王),都督南徐、兖二州诸军事,为孝武所宠。

时沈约由安西晋安王法曹参军入为尚书度支郎,陪侍西阳王游钟山(即紫金山,在今南京市东),诗即受其教命而作。

每八句为一章,共五章。首章写钟山的特征和与京城的关系。二章写钟山形势的险峻雄伟。三章写钟山临眺所见景物的优美奇绝,以及山中气候之变景物之异。四章写游山所引发的离尘出俗之想,以及体悟而得的禅趣。末章倒点题目,略述西阳王之游。

题中说是“应西阳王教”,而诗中却无颂扬之词、谀谄之句。着意所写在山势之奇、景色之美,以及诗人自身所体悟的禅趣。此正与一般奉侍应酬之作迥然有异。刘子尚受封时仅六岁,被赐自尽时也只有十六岁,又“人才凡劣,凶慝有废帝风”。其品格业绩确然毫无可道之处。然即此也可窥见诗人沈约文学品格之一斑。

原文

灵山纪地德〔1〕,地险资岳灵〔2〕。终南表秦观〔3〕,少室迩王城〔4〕。翠凤翔淮海〔5〕,衿带绕神坰〔6〕。北阜何其峻〔7〕,林薄杳葱青〔8〕。

发地多奇岭[9],干云非一状[10]。合沓共隐天[11],参差互相望[12]。郁律构丹巘[13],崚嶒起青嶂[14]。势随九疑高[15],气与三山壮[16]。

即事既多美[17],临眺殊复奇[18],南瞻储胥观[19],西望昆明池[20]。山中咸可悦[21],赏逐四时移[22]。春光发垄首[23],秋风生桂枝[24]。

多值息心侣[25],结架山之足[26]。八解鸣涧流[27],四禅隐岩曲[28]。窈冥终不见[29],萧条无可欲[30]。所愿从之游[31],寸心于此足[32]。

君王挺逸趣[33],羽斾临崇基[34]。白云随玉趾[35],青霞杂桂旗[36]。淹留访五药[37],顾步伫三芝[38]。于焉仰镳驾[39],岁暮以为期[40]。

注释

〔1〕灵山:仙山,此指钟山。　纪:标记。　地德:大地的恩德。古时认为大地生产百物,人赖以生存,有德于人,故谓地德。

〔2〕资:凭借。　岳灵:山中的神灵。以上两句意思说藏有仙灵的山是大地仁德的标志,地势的险峻是山中仙灵的凭借。

〔3〕终南:山名,又称南山。在陕西西安市南。　表:仪表,仪范。　秦观:秦代的宫观。观,宫廷大门外两旁的高层建筑物。

〔4〕少室:山名。在河南登封县北,嵩山西。因山有石室而得名。　迩:近。　王城:帝王的都城,指周代东都洛邑,故址在今河南洛阳市西。以上两句终南、少室代指钟山,秦观、王城代指建业,意思说终南山巍峨雄伟,为秦宫的仪范,少室山在京都附近,是其自然屏障。

〔5〕翠凤:美丽的凤鸟。李善注此句曰:“喻宋之兴也。”宋武帝于淮海之地平孙恩、卢循,诛桓玄,又灭南燕、后秦,累封宋公,并于晋元熙二年受禅称帝。

〔6〕衿带:喻形势险要之地。　神垧(jiōng 扃):京城的郊野。王城之郊,故美言之曰神。

〔7〕北皐:北山。指钟山,即紫金山,在今南京市东。

〔8〕林薄:树木丛生。　杳(yǎo 咬):深暗的样子。　葱青:茂盛的样子。

〔9〕奇岭:奇绝的山岭。

〔10〕干云:直冲云霄。

〔11〕合沓:重叠高耸的样子。

〔12〕参差:不齐的样子。

〔13〕郁律:高耸直立的样子。　丹巘(yǎn 演):丹红的山峰。

〔14〕崚嶒(líng céng 灵曾):山高大突出的样子。　青嶂:青色的峰岭。嶂,险峻重叠如屏障一样的山岭。

〔15〕九疑:山名。疑,也作嶷。传古帝舜葬于此。在今湖南宁远县南。

〔16〕三山:指东海三仙山,即蓬莱、方丈、瀛洲。一说指金陵附近之山。(朱珔《文选集释》卷十六)

〔17〕即事:眼前的景物。李善注:"即事,即此山中之事也。"

〔18〕临眺:登临远眺。

〔19〕储胥观:汉西京宫观名。此借指建业之宫阙。

〔20〕昆明池:汉西京湖名,在长安近郊,武帝开凿,以习水军。此借指建业之后湖,即玄武湖,东晋时即为游览胜地,南朝诸帝常练兵于此。

〔21〕咸:皆。

〔22〕赏:指赏心之景物。　逐:追,随。

〔23〕垄首:山头。垄,丘垄,山丘。

〔24〕桂枝:桂树枝头。这两句是申说上句"赏逐四时移",举春秋以该四序。

〔25〕值:遇,知遇,结交。　息心:排除物欲,清静无为。　侣:伴侣。

〔26〕结架:建造屋室。　足:山脚,山麓。

〔27〕八解:佛家语。佛经中所谓解脱尘世束缚的八种禅定(潜心内修)。此指使人达到八解之浴池。李善注引《维摩经》:"八解之浴池,定水湛然满。"涧流:涧水,山涧中的水流。

〔28〕四禅:佛家语,四禅定的简称。为佛家所追求的潜心内修,断绝一切欲念而彻底清净的境界。此指修炼而达四禅定的仙人。　岩曲:山岩的回曲之处。以上两句意思说钟山峡谷中鸣响的是佛境中八解浴池的流水,山岩的曲处则隐藏着修炼已达彻底清净境界的仙人。

〔29〕窈冥:深邃幽暗。

〔30〕萧条:闲逸恬淡的样子。 欲:欲念,物欲。

〔31〕之:指已达四禅定的仙人。

〔32〕寸心:内心。 此:指钟山。

〔33〕君王:指西阳王。 挺:引动。 逸趣:超众脱俗的情趣。

〔34〕羽旆(pèi 配):翠羽装饰的旌旗。 崇基:崇山。山为地之基。故谓崇基。李善注引《春秋运斗枢》:“山者,地基也。”

〔35〕玉足:高贵的双足。此指西阳王的双足。

〔36〕杂:错杂,交杂。 桂旗:旌旗。桂,以桂木为旗杆,言其美。

〔37〕淹留:停留。 五药:五类药物,即草、木、虫、石、谷。

〔38〕顾步:来回漫步。顾,旋,转。 伫:久立。此有细察意。 三芝:三种灵芝,即石芝、灵芝、肉芝。古时道家以为得而服之可以升天。

〔39〕于焉:于此。 仰:仰奉,奉侍。 镳(biāo 标)驾:车马。此指西阳王。

〔40〕岁暮:喻年老。 期:预定的时日。以上两句是诗人自述之词,意思说今日来此是奉侍西阳王的车驾,顿感身心已然超脱清净,年老时也愿归隐于此。

今译

仙灵山标志大地恩德,地势险象征山有神灵。终南山是秦宫的仪表,少室山靠近帝王之城。凤凰翱翔于淮海地域,山川盘绕护卫郊野宁。北山巍峨陡峻何其险,林深木密杳然尽青葱。

拔地而起绝峰兼奇岭,上冲云霄百状又千形。重叠丛聚共隐蔽天际,参差错落互相可对望。矗然直立构成岩崖赤,连绵起伏层峦叠嶂青。形势可跟九疑试高低,气魄能与三山比雄壮。

纵览山上景色多美好,登临远眺物象更奇珍。南瞻储胥观金辉灿烂,西望昆明池银波耀眼。山中之美皆可悦心目,游赏之景跟随四时变。融融春光起自山丘上,凄凄秋风顿生桂枝端。

多遇清心无欲真伴侣,建造茅屋避世山麓间。八解池水鸣响流峡谷,四禅仙人隐居在悬岩。深邃幽暗终虽不能见,闲适淡泊清洗俗欲念。所愿只在追随仙人游，于此始得意足而志满。

君王激起超逸清雅趣，旌旗招展登临钟山巅。白云飘飘在脚下相随，青霞漫漫中间桂旗翻。停留访察五类珍草药，徐步寻找三种灵芝鲜。来此奉侍君王车驾游，年老时日归此返朴真。

（陈复兴译注并修订）

宿东园一首五言

沈休文

题解

本诗大约作于天监(502—519)初年。

沈约对于萧衍受禅称帝,曾起积极促进作用,卓有勋劳。但是入梁以后,累官不过尚书仆射、光禄大夫之类。本传说:“初约久处端揆(尚书令),有志台司(宰相)。论者咸谓为宜,而帝终不用,乃求外出,又不许。”为此,他心内怏怏,而有称病告归之请。

东园,指沈约建于东田(在钟山东)的庄园。其《郊居赋》说:“伊吾人之福志,无经世之大方,思依林而羽戢,愿托水而鳞藏,固无情于轮奂,非有欲于康壮,披东郊之寥廓,入蓬藋之荒茫,既纵竖而横构,亦风除而雨攘。”描写的正是他立宅东田之景、失意隐退之情。

本诗情志也与此同。

前四句解题,以陈王、安仁自况,宿东郊以表不得志。次四句写东园特征,荒野朴素,正与朝肆繁华相对。复六句写东郊物类,风露鸟兽,皆著情感,是诗人对现实的冷漠、孤寂、失望之感的物化。末六句以岁暮日夕之景,述归老离世之念。

原文

陈王斗鸡道〔1〕,安仁采樵路〔2〕。东郊岂异昔〔3〕,聊可闲余步〔4〕。野径既盘纡〔5〕,荒阡亦交互〔6〕。槿篱疏复密〔7〕,荆扉新且故〔8〕。树顶鸣风飙〔9〕,草根积霜露。惊麖去不息〔10〕,征鸟时相顾〔11〕。茅栋啸愁鸱〔12〕,平冈走寒兔。夕阴带曾阜[13],长烟引轻素[14]。飞光忽我遒[15],宁止岁云暮[16]。若蒙西山药[17],颓令倘能度[18]。

注释

〔1〕陈王:魏曹植,封陈王,谥曰思,故称陈思王。少善诗文,兄曹丕废汉称帝,屡贬爵徙封,抑郁不得志。　斗鸡:以两鸡相斗为娱乐,早自春秋时代既有之,至汉唐而盛行,魏明帝曾在洛阳筑斗鸡台。曹植《名都篇》中说:"斗鸡东郊道,走马长楸间。"

〔2〕安仁:晋潘岳,字安仁。诗赋皆工,长于哀诔之体。《悼亡》诗三首最有名。　采樵:打柴。潘岳《东郊》诗:"东郊,叹不得志也。出自东郊,忧心摇摇。遵彼莱田,言采其樵。"　以上两句意思说陈王斗鸡,安仁采樵,都在东郊,其人有志而难酬,只得于琐屑小事中消磨年华。

〔3〕昔:此指陈王、安仁之时。

〔4〕聊:暂且。　闲:闲适,闲静。

〔5〕野径:野外的小路。　盘纡:盘回弯曲。

〔6〕荒阡:荒野的小路。　交互:纵横交错。

〔7〕槿(jǐn 锦)篱:植木槿为篱笆。槿,木槿,一种灌木。

〔8〕荆扉:以荆条编制的门。即柴门。荆,一种灌木。

〔9〕风飙:风暴。指风。

〔10〕麇(jūn 君):獐子。

〔11〕征鸟:飞鸟。

〔12〕茅栋:茅屋的栋梁。　愁鸱(chī 吃):做悲鸣的鸱鸟。鸱,鹞鹰,一种凶猛的鸟,即鸱鸮,属猫头鹰之类,叫声凄厉。

〔13〕夕阴:傍晚的阴云。　带:如带一样盘绕。　曾阜:重叠的山峦。曾,重;阜,山峦。

〔14〕长烟:烟雾。　轻素:轻柔的白绸。素,没有染色的丝绸。

〔15〕飞光:月光。　遒:迫近。

〔16〕宁:岂。　云:语助词。以上两句谓月光倏忽之间近照于我,岂止已是一年之暮,意思说此时不仅已是一年之末,又是一日之末。喻自身的衰老惆怅。

〔17〕蒙:受,得到。　西山:西方之山。此指仙童隐居之所。魏文帝诗《折杨柳行》中说:“两山一何高,高高殊无极。上有两仙僮,不饮亦不食。与我一丸药,光耀有五色。服药四五日,身体生羽翼。”

〔18〕颓令:衰老之年。　傥:或许。

今译

陈王道旁斗鸡以消愁,安仁路边砍柴以解忧。今日东郊与往昔无异,暂可供我闲游而漫步。田野小径既弯弯曲曲,荒原大路也纵横往复。木槿篱笆稀疏又绵密,荆条柴门崭新且如旧。树顶鸣响凄厉的风声,草根堆积严冷的霜露。惊悸的獐鹿疾驰不停,远飞的鸟雀时时相呼。梁栋间鸱鸮悲鸣嘶叫,平冈上野兔饥寒奔突。傍晚阴云绕山峦如带,漫漫烟霭舒展似轻绸。月亮临近银光忽照我,岂只岁月又将到尽头。假如幸得西山神童药,年龄垂老生命可长寿。

（陈复兴译注并修订）

游沈道士馆一首五言

沈休文

题解

本诗写作背景、主旨与《宿东园》相同，皆表达入梁后有志台司终不见用的失意心情。

前段写秦皇汉武奢侈无极，贪欲无厌，其求仙并非好道，是其情欲的延伸；暗讽梁武帝耽溺佛教的心迹，并为下段旁衬。中段写自身宿愿，只在玄道。山嶂竹树，寒水清风，清新旷远，一无尘秽，是沈道士馆的真景，也是诗人息心栖志的佳境。末段写与俗世决绝与仙人接遇的情志。

全诗以古喻今，先后相衬，夹叙夹议，讽喻与游仙统一，显出构思之妙。可为沈诗五言压卷之作。

原文

秦皇御宇宙〔1〕，汉帝恢武功〔2〕。欢娱人事尽〔3〕，情性犹未充〔4〕。锐意三山上〔5〕，托慕九霄中〔6〕。既表祈年观〔7〕，复立望仙宫〔8〕。宁为心好道〔9〕，直由意无穷〔10〕。曰余知止足〔11〕，是愿不须丰〔12〕。遇可淹留处〔13〕，便欲息微躬〔14〕。山嶂远重叠〔15〕，竹树近蒙笼〔16〕。开衿濯寒水〔17〕，解带临清风〔18〕。所累非外物〔19〕，为念在玄空〔20〕。朋来握石髓〔21〕，宾至驾轻鸿〔22〕。都令人径绝〔23〕，唯使云路通〔24〕。一举陵倒景〔25〕，无事适华嵩〔26〕。寄言赏心客〔27〕，岁暮尔来同〔28〕。

注释

〔1〕秦皇:秦始皇。姓嬴,名政。先后灭六国统一天下。废封建,置郡县,统一法度。又广为奢侈,信方士,求神仙,修阿房宫,纵情游乐。　御:统治。

〔2〕汉武:汉武帝,即刘彻。对内改革政治经济,对外用兵,开拓疆土。又迷信方士神仙,广修宫苑,穷奢极侈,向往长生不老。　恢:扩大。　武功:战功。

〔3〕人事:人间。

〔4〕情性:本性。此指欲望。　充:满足。

〔5〕锐意:专心。　三山:传说东海的三个仙山,即蓬莱、方丈、瀛洲。

〔6〕托慕:寄托仰慕。　九霄:九天。指神仙所居之处。

〔7〕表:标志。此有建立意。　祈年观:即祈年宫,秦宫名,在咸阳城外,穆公所造。

〔8〕望仙宫:汉宫名,在华阴。汉武帝所造。

〔9〕宁:岂。　为:因为。　道:道术。

〔10〕直:只。　由:由于。　意:意愿,欲求。

〔11〕余:沈约自称。

〔12〕丰:多。

〔13〕淹留:久留。指隐居。

〔14〕息:止。　微躬:自身的谦称。以上两句意思说假如遇到可以久留隐居之处,我就愿意断绝自身的一切欲念而静息于其中。

〔15〕山嶂:山岭。嶂,岭,山之横者。

〔16〕蒙笼:草木葱茂的样子。

〔17〕濯(zhuó 茁):洗。

〔18〕临:面对。

〔19〕累:牵累,拖累。　外物:身外之物。指人间的名利、荣华富贵等生命本体以外的东西。

〔20〕念:意念,信念。　玄空:玄道。道体无形迹,故谓空。以上两句意思说我不受身外之物所牵累困扰,超然自得,只因为意念专注于玄道之中。

〔21〕石髓:石之精髓。古时道家以为服之可以长生不老。

〔22〕轻鸿:轻捷的飞鸿。鸿,鸟名,神仙所乘。

〔23〕人径:与人间往来的路径。

〔24〕云路:云霄之路。指与九天上的神仙相通的路。

〔25〕举:高升。　陵:升,登,超越。　倒景:道家指天上最高处。李善注引《汉书》:“谷永曰:‘及言世有仙人,服食不终之药,遥兴轻举,登遐倒景。’”如淳曰:“在日月之上,日月反从下照,故其景倒。”

〔26〕无事:无须,何事。　适:往。　华嵩:华山与嵩山。皆指仙人所居之处。李善注引《列仙传》:“呼子先者,汉中阙下卜师也,寿百余年,夜有仙人持二竹竿来,至,呼子先,子骑之,乃龙也,上华阴山。”又:“王子乔好笙,浮丘公接以上嵩山。”　以上两句意思说我飘然飞升,超越日月之上,更何须往华嵩二山去求道成仙。

〔27〕寄言:传语。　赏心:游赏快意于心。

〔28〕岁暮:喻年老。　尔:你。

今译

秦皇灭六国天下一统,汉帝夸武功拓土开边。欢娱享乐人间美事尽,情欲难填仍是不知满。寻求神灵要登三仙山,向往上帝欲升九重天。既建祈年之观求长生,又立望仙之宫要飞迁。岂为内心喜好真道术,只因人欲愈贪愈无厌。我性俭朴知止也知足,此生淡泊愿望极有限。若遇清静可以隐居处,便欲弃绝尘事自悠闲。山岭远处重叠似屏障,竹树近处蒙笼如轻烟。敞开衣襟以寒水洗浴,解下腰带任清风吹临。不为外物牵累身心静,意念凝聚只在玄道真。朋友来临手中握石髓,宾客至门驾御轻飞雁。且让人世小径全然断,唯使云间大路广而宽。飞升而去超然高日月,无须再往华嵩二山巅。传语世上游赏清闲客,暮年携你同隐来此间。

(陈复兴译注并修订)

古意酬到长史溉登琅邪城一首 五言

徐敬业

题解

徐悱，字敬业，南北朝梁人，生卒年未详。悱幼聪敏，善作文章，时人称誉。初仕著作佐郎，转太子舍人，掌书记之职。后迁太子洗马中书舍人，犹掌书记。出入宫坊数年，以脚病出为湘东王友，迁晋安内史，早卒。

《古意酬到长史溉登琅邪城诗》是酬答友人之作。诗中借登城览胜抒怀，描绘了中国西北边陲的山川形胜、边庭警卫，抒发了英雄壮志以及未能遂愿的感叹。意境开阔，襟怀博大，辞情慷慨，深得古风之旨。

原文

甘泉警烽候〔1〕，上谷拒楼兰〔2〕。此江称豁险〔3〕，兹山复郁盘〔4〕。表里穷形胜〔5〕，襟带尽岩峦〔6〕。脩篁壮下属〔7〕，危楼峻上干〔8〕。登陴起遐望〔9〕，回首见长安。金沟朝灞浐〔10〕，甬道入鸳鸾〔11〕。鲜车骛华毂〔12〕，汗马跃银鞍。少年负壮气，耿介立冲冠〔13〕。怀纪燕山石〔14〕，思开函谷丸〔15〕。岂如霸上戏〔16〕，羞取路傍观〔17〕。寄言封侯者，数奇良可叹〔18〕。

注释

〔1〕甘泉:山名,在今陕西省淳化县西北。　警:警策。告警。　烽候:烽火台,古代边防用烽燧报警的土堡。

〔2〕上谷:郡名,郡治在沮阳,今河北省怀来县东南。　拒:抵抗。　楼兰:地名,在今新疆省罗布泊西。黄侃说:"楼兰泛用以指戎狄,凡诗中地理皆可作如是观。"(见《文选黄氏学》)

〔3〕此江:指岷江。　豁险:开阔险阻。

〔4〕兹山:指钟山。　郁盘:崇峻盘曲。

〔5〕表里:内外,指边境内外。　穷:极。　形胜:风景优美。

〔6〕襟带:山水形势如襟带。　岩峦:崇山峻岭。

〔7〕脩篁:高竹林。篁,竹丛。　下属(zhǔ 主):下边接连。属,连接。

〔8〕危楼:高楼。危,高。　上干:上冲云霄。干,冲,犯。

〔9〕陴(pí 皮):城上女墙,上有小孔,可以窥外。

〔10〕金沟:河水名,又名金谷水,出陕西省蓝田县。　朝:小水流入大水。灞、浐(chǎn 产):二水名,在陕西省中部。

〔11〕甬道:两侧筑墙的通道。　鸳鸾:宫殿名,汉长安城内。

〔12〕骛:奔。　华毂(gǔ 古):雕饰花纹的车轴。毂,车轮中心,有孔可以插轴的部分。此代车轴。

〔13〕耿介:刚勇。　冲冠:怒发上冲冠。

〔14〕纪燕山石:在燕然山上刻石纪功。事出《后汉书·窦宪传》:窦宪为汉车骑将军,与北单于战于稽落山,大破之,遂登燕然山刻石纪功。

〔15〕开函谷丸:打开函谷关的封锁。事出《后汉书·隗嚣传》:隗嚣据天水,王元劝他利用有利形势图王称霸。王元说:"今天水完富,士马最强,北收西河、上郡,东收三辅之地,案秦旧迹,表里河山。元请以一丸泥为大王东封函谷关,此万世一时也。"

〔16〕霸上戏:霸上的驻军如同儿戏。事出《汉书·周亚夫传》:文帝六年,匈奴入边。朝廷以宗正刘礼为将军驻霸上,以河内守周亚夫为将军驻细柳,以备胡。文帝劳军,至霸上,竟直接驰入营中。营中将士都下马出入送迎。至细柳营,细柳的军士皆披甲执兵器。文帝到营中,按辔徐行。至中军帐,周亚夫揖而不拜,以军礼相见。文帝说:"唉!这才是真正的将军呢!方才到霸上、棘门

两处看，竟如儿戏，那里的将士固可袭击而俘虏，至于周亚夫，难道能够侵犯吗？"

〔17〕羞取：含羞取笑。

〔18〕数奇（jī 基）：命运乖舛，遭遇不顺当。典出《汉书·李广传》：大将军卫青暗受皇帝告诫，认为李广年老，遭遇又不顺，不要命他去抵挡匈奴。

今译

甘泉烽火报告边警，上谷坚城抵拒楼兰，泯江开阔多么险阻，山川崇峻郁茂回旋。边境内外风光优美，山如襟带无尽岩峦。竹丛连绵山下壮美，高楼险峻上冲云天。登城远望引起遐思，迎风回首还望长安。金沟潺潺流入灞浐，阁道径直通鸳鸾殿。车马奔驰华轮飞转，汗马骋跃闪烁银鞍。青年胸怀豪壮志气，刚勇威风怒发冲冠。回想燕山刻石纪功，思谋开封函谷泥丸。霸上军阵岂同儿戏，令人取笑于路旁观。愿寄言渴望封侯者，人生命运乖舛可叹。

（于非译注　陈复兴修订）

咏怀十七首五言

阮嗣宗

题解

阮籍(210—263),字嗣宗,陈留尉氏(今河南尉氏)人,魏晋之交竹林七贤的代表人物。

其父阮瑀,建安七子之一,为丞相掾,颇受曹氏礼重。籍生于汉末,长于曹魏,政治思想当然倾向曹魏。所处时会,适值曹魏由盛转衰之期。司马懿父子,以辅政进而擅权,屡行废弑。魏之宗族亲信,天下名士,多遭杀戮。朝野上下,人人自危。籍则不与世事,终日酣饮,因得自保。

他是有名的玄学家,代表了魏晋易代之际的思想主潮。博极群籍,耽游山水,忘情自我,嗜酒善琴,尤好老庄之学。他反对名教礼法,言行常与传统相悖,痛恨世俗那些"假廉以成贪,内险而外仁"的伪君子、阴谋家。内心主张自然无为,追求宁静真朴超然物外的人格理想。对曹魏王室的腐败无能深怀不满;于司马氏集团的专横残暴,更其鄙弃轻蔑,绝不合作。

在文学上籍为正始诗歌的杰出作者。其最高成就为《咏怀诗》五言八十二首,另四言诗十三首。这些诗皆为慨叹人生、表达心志、讥刺时政、随事偶感的记录,并非一时的系统创作。由于诗人所处的社会与文化背景的特殊性,这些诗就不能不在干预现实的基本主题下,而以隐晦、象征、曲折的手法出之。李善说:"嗣宗身仕乱朝,常恐罹谤遇祸,因兹发咏,故每有忧生之嗟。虽志在刺讥,而文多隐避,百代之下,难以情测,故粗明大意,略其幽旨也。”确是剀切中肯的批评。

《文选》所录十七首,已可标举阮籍《咏怀诗》的要旨与风格。各首原无题目,今以首句标之。

《夜中不能寐》为惧祸之篇。魏末司马氏专权施虐,翦除异己。诗人深感危殆,疑虑祸难将临。第一、二句写诗人夜半尚未成眠,暂以鸣琴排遣心中愁绪。三、四句写清风明月,烘托人的凄凉寂寞。五、六句写孤鸿之号、翔鸟之鸣,渲染人的惊悸不安。七、八句自问自答,点出这位不眠者的忧思心情。

原文

夜中不能寐,起坐弹鸣琴。薄帷鉴明月[1],清风吹我衿[2]。孤鸿号外野[3],朔鸟鸣北林[4]。徘徊将何见,忧思独伤心。

注释

〔1〕薄帷:薄薄的帷帐。　鉴:照。

〔2〕衿:衣襟。

〔3〕孤鸿:失群的鸿雁。　外野:野外。

〔4〕朔鸟:本集“朔”作“翔”。翔鸟,飞翔的鸟。

今译

已是夜半还不能入睡,坐起弹奏身旁的鸣琴。明月照进薄薄的帷帐,清风吹拂散披的衣襟。离群鸿雁哀号在野外,飞翔鸟雀悲鸣于北林。往来徘徊将见何景象,只有忧思触景更伤心。

题解

《二妃游江滨》为刺时之作。以郑交甫与江上神女偶遇相欢的传说，讥讽司马氏始忠于魏后竟篡逆的现实。前八句写交甫得江妃赠佩，顷刻相爱，千载不忘。次四句写江妃亦感激忧思，哀怨难遣，忠贞不渝。后两句诗人即此向现实发问，昔日彼此(曹魏与司马氏)情义坚如金石，如何今朝变故终至离伤？对背信弃义者的愤恨，是很强烈的。

原文

二妃游江滨[1]，逍遥顺风翔[2]。交甫怀环佩[3]，婉娈有芬芳[4]。猗靡情欢爱[5]，千载不相忘。倾城迷下蔡[6]，容好结中肠[7]。感激生忧思，谖草树兰房[8]。膏沐为谁施[9]，其雨怨朝阳[10]。如何金石交[11]，一旦更离伤[12]。

注释

〔1〕二妃：传说中江汉间的二女神。据《列仙传》：江妃二女出游于江汉之湄。逢郑交甫，见而悦之，不知其神人也。交甫下请其佩，遂手解佩与交甫。交甫悦，受而怀之。去数十步视佩，空怀无佩，顾二女忽然不见。

〔2〕逍遥：自由自在，悠然自得。　翔：喻行游之速。

〔3〕交甫：传说人物郑交甫。　环佩：环形的玉佩。

〔4〕婉娈：年轻貌美的样子。

〔5〕猗靡(yī mí 衣迷)：情思缠绵的样子。

〔6〕倾城：形容女性的美貌，可以倾覆城国。　下蔡：春秋楚国城邑名。

〔7〕容好：容貌美好。　中肠：内心。

〔8〕谖(xuān 宣)草：谖，也作“萱”，草名。传说可以使人忘忧。　树：栽种。　兰房：闺房，妇女所居。兰，香草，此谓房之美。李善注引《诗经·卫风·伯兮》：“焉得谖草，言树之背(北堂阶下)。”此亦谓将谖草植于闺房北阶之下，观之以忘忧。(用黄节说)

〔9〕膏沐：妇女用以润发的油脂。《诗经·卫风·伯兮》："自伯之东，首如飞蓬，岂无膏沐，谁适为容？"此用其意，指二妃思念交甫，无心梳洗化妆。

〔10〕其雨：诗句"其雨其雨"的简缩。李善注引《诗经·卫风·伯兮》："其雨其雨，杲杲日出。"郑笺："人言其雨其雨，杲杲然日复出，犹我言伯且来伯且来，则复不来也。"此用其意，以盼下雨而日反出为喻，言二妃盼交甫之来，而交甫反不至，表女怨之深。

〔11〕金石：比喻情谊坚贞不移。

〔12〕一旦：一朝，转瞬之间。形容时间短促。　更：变更，变卦儿。这两句说二妃对交甫的怨恨之情，往日彼此情谊似同金石一样坚贞，怎么一朝变卦儿，让人如此离伤呢？此亦诗人寓意所在。李善注引《汉书》："楚王使武涉说韩信曰：'足下虽自以为与汉王为金石交，然今为汉王所禽（擒）矣。'"也以金石暗喻君臣之义。典源典义暗通。诗人之意在讥刺司马昭于魏主初以辅弼尽忠，终逞篡逆之谋。

今译

两位神女行游在江滨，仪态悠然随轻风翱翔。交甫怀藏神女赠环佩，美人辞去赠物留芬芳。情意缠绵欢爱总无限，纵使千年忠贞不相忘。倾国之色迷醉下蔡城，容貌姣好长住人心房。恋情炽热滋生忧思苦，栽种萱草为坐闺房望。油脂香粉为谁画容颜，企盼春雨怨恨升朝阳。彼此情义昔同金石坚，今朝变故分离最堪伤。

题解

《嘉树下成蹊》，论者多以为诗人忧感曹魏将亡，司马氏篡逆之危，表达弃乱世避祸患的心志。前半比兴，后半直陈，意旨颇明。

但是，诗意尤含阮籍对人生世态所做的玄学体验，即祸福倚伏，人生无常，桃李美艳必至零落，殿堂豪华终生荆杞，当以超脱物欲追求宁静真朴的人格理想为尚。

原文

嘉树下成蹊[1],东园桃与李。秋风吹飞藿[2],零落从此始。繁华有憔悴[3],堂上生荆杞[4]。驱马舍之去,去上西山趾[5]。一身不自保,何况恋妻子。凝霜被野草[6],岁暮亦云已。

注释

〔1〕嘉树:珍善之树木。此指桃李。　蹊:路径。李善注引《汉书·李广传赞》:"谚曰:'桃李不言,下自成蹊。'"桃李花发,观者如堵,至下有径,以喻时势兴盛之际。

〔2〕飞藿:飘飞的豆叶。沈约注:"风吹飞藿之时,盖桃李零落之日,华实既尽,柯叶又凋,无复一毫可悦。"此喻世局衰败。

〔3〕憔悴:枯焦衰朽。

〔4〕堂上:殿堂之上。　荆杞:灌木名。此指代草木丛生,荒芜一片。

〔5〕西山:指首阳山。商末伯夷叔齐,不食周粟,弃世隐居之地。　趾:山脚。

〔6〕被:遍布。

今译

嘉树花开荫下出路径,那是东园桃李招人来。秋风乍起吹飞枯叶黄,花实凋落从此变衰败。万物繁华必有衰朽时,巍峨殿堂终必生荆杞。策马疾驰决意远离去,去上西山清静归无为。生逢乱世自身尚难保,何况贪恋妻儿拖家累。严霜封地野草摧折尽,岁末降临速去避祸灾。

题解

《昔日繁华子》为刺时之作。诗中描写古时两个幸臣,以其色相取宠君王的行径。“夭夭”两句写其容颜艳丽迷人，“悦怿”四句写其举止仪态谦和妩媚，“携手”两句写君王对其宠幸之深。结尾四句写幸臣对君恩的忠贞不渝。这里处处是以正语出反意。愈言其美艳愈讥其卑污。而言外之意则在于，以色事主的幸臣尚能忠贞不渝，尽心君王；晋文王（司马昭）受魏厚恩，却将篡逆，其卑污可恶更在幸臣之下。

若超越具体所指加以观照，则魏晋是人格意识空前觉醒的时代，阮籍即其主要代表之一。那种媚事强横，取悦势利，泯灭个性，污毁灵魂之徒，正是其反面。本诗是此辈臣妾面目奴才心态的绝好写照。

原文

昔日繁华子[1]，安陵与龙阳[2]。夭夭桃李花[3]，灼灼有辉光[4]。悦怿若九春[5]，磬折似秋霜[6]。流眄发姿媚[7]，言笑吐芬芳。携手等欢爱[8]，宿昔同衾裳[9]。愿为双飞鸟，比翼共翱翔。丹青著明誓[10]，永世不相忘。

注释

〔1〕繁华：指年轻貌美。

〔2〕安陵：即安陵君。战国时楚恭王的幸臣，名缠，封于安陵。安陵君得到楚王非常的宠爱。一次陪楚王到江边狩猎，眼前出现一片像云霞一样的火光，突然一只犀牛闯过来，正撞在楚王的车马上。一个善射者拉弓把它射死。楚王就对安陵君说：“假如我意外离开人世，你还跟谁去游乐呢？”安陵君立刻泪如雨下，说：“大王万岁之后，我就给您殉葬。”楚王很感动，当即封他三百户。（李善注引《说苑》） 龙阳：战国时魏王的幸臣。龙阳君也受到魏王非常的宠爱。一次龙阳君陪魏王坐船钓鱼。钓了十几条之后，龙阳君就哭起来了。魏王说：“你为什么哭啦？”龙阳君回答说：“我开始钓鱼本来很高兴，可是后来钓的愈来愈大，就把刚才钓的都抛弃了。我个人才貌不佳，却能与大王同床共枕。在封地之内已是人君，宫中可以驱使仆役，路中百姓都要回避。天下美人太多了，要

听说您这样宠幸我，那他们就会提起衣襟争先恐后地来到您身边，我也会像鱼一样被抛弃的。我怎能不哭呢?"于是魏王发布命令说："今后有敢言美人者族!"(《战国策·魏策》)

〔3〕夭夭：娇美的样子。

〔4〕灼灼：光辉灿烂的样子。

〔5〕悦怿(yì 义)：形容面貌美好润泽。　九春：指春日。春天九十日，故谓九春。

〔6〕磬折：形容身躯屈曲如磬之背，以示恭敬。磬，古代石制的一种敲击乐器。　秋霜：比喻举止风度肃穆高雅。

〔7〕流眄：转动的目光。胡刻本作"流盼"，此据《玉台新咏》改。

〔8〕等：同。

〔9〕宿昔：夜晚。　衾裳：胡刻本作"衣裳"，此据《玉台新咏》改。

〔10〕丹青：两种绘画用的颜色，以其不易褪色。此以形容鲜明昭著。

今译

古有两位年轻美男子，安陵龙阳色相迷君王。面貌好比桃李花盛开，光彩照人荡漾满殿堂。表情愉悦和暖若阳春，举止谦恭肃穆如秋霜。目光流转显出姿容媚，言谈笑语吐露有芬芳。与王挽手欢爱同男女，长夜被衾共享温柔乡。情意缠绵愿为双飞鸟，你我比翼晴空齐翱翔。忠诚誓言鲜明如丹青，形影伴随永世不相忘。

题解

《天马出西北》表达诗人的忧生之叹。全诗皆用比兴手法。天马本出西北却来东道，清露转凝霜，少年变丑老，皆显示世事易变，人生无常，轻贱外物利禄，珍惜生命自身。"自非王子晋，谁能常美好"。不信仙道，听任自然。因而忧生并非厌世，本质上是现实的，乐观的。

原文

天马出西北[1]，由来从东道[2]。春秋非有托[3]，富贵焉常保。清露被皋兰[4]，凝霜沾野草。朝为媚少年，夕暮成丑老。自非王子晋[5]，谁能常美好。

注释

〔1〕天马：指西域的名马。李善注引《汉书》："天马来，从西极，涉流沙，九夷服。天马来，历无草，经千里，循东道。"

〔2〕东道：由西北向东之道。

〔3〕春秋：指自然时序。　托：五臣作"讫"，止。沈约注："春秋相代，若环之无端，天道常也。譬如天马，本出西北，忽由东道，况富之与贫，贵之与贱，易至乎？"

〔4〕被：覆盖。　皋（gāo 高）兰：高岸边的兰草。

〔5〕王子晋：古传说的仙人名。李善注引《列仙传》："王子乔者，周灵王太子晋也。好吹笙，作凤鸣，游伊洛之间。道人浮丘公接以上嵩山。后于缑山乘白鹤驻山头，举手谢时人，数日而去。"

今译

天马本自出生在西北，却从西域来走东方道。自然时序演变无休止，人生富贵岂可永得保。清露遍洒高岸香兰叶，严霜凝结山野草枯焦。早时曾是红颜美少年，今日忽为面丑体衰老。世间皆非仙人王子晋，谁能青春常在时空超。

题解

《登高临四野》为诗人的忧生之叹。前六句描写登高北望，满目坟茔，从而慨叹生命无常，为人生不得永恒而悲。后四句引出福祸相倚的感触，将贪取功名的李斯苏秦终而亡身，同鄙弃功名的伯夷叔齐避世全身相对照，暗示利禄遭祸，自隐可安。这是诗人身处魏晋之交的乱世所做的人生思索。

原文

登高临四野，北望青山阿[1]。松柏翳冈岑[2]，飞鸟鸣相过。感慨怀辛酸，怨毒常苦多[3]。李公悲东门[4]，苏子狭三河[5]。求仁自得仁[6]，岂复叹咨嗟。

注释

〔1〕山阿：指山峦。阿，山的弯曲之处。

〔2〕翳：覆盖。　冈岑（cén）：山岭。此指坟茔所在之地。李善注引仲长子《昌言》："古之葬，植松柏梧桐，以识其坟。"

〔3〕怨毒：怨恨。毒，痛，恨。　苦多：恨多。

〔4〕李公：指秦相李斯。楚上蔡人，助秦王统一天下，定郡县制，下焚书令，变籀文为小篆，有功于秦。二世即位，赵高用事，斯遭诬陷，腰斩咸阳。与其中子俱被执，临刑时对其中子说："吾欲与若复牵黄犬，俱出上蔡东门逐狡兔，岂可得乎？"

〔5〕苏子：指战国时齐客卿苏秦。东周洛阳人。以合纵之术游说山东六国联合抗秦，为纵约之长，佩六国相印。后争宠于齐，为刺客所杀。　三河：即三川。沈约注："河南、河东、河北，秦之三川郡。古人呼水皆为河耳。苏子以两周之狭小，不足逞其志力，故去佩六国相印也。"　以上两句的意思是说，李斯求取功名而遭诬害，终有不得逐狡兔于上蔡东门之外、重过自由生活的悔恨，苏秦则以三川之地狭小不得逞其志，游说六国希图富贵而终于被杀。

〔6〕求仁：追求仁德。此句由孔子赞扬伯夷叔齐的话衍化而来。《论语·述而篇》："（子贡）曰：'伯夷、叔齐何人也？'（孔子）曰：'古之贤人也。'曰：'怨乎？'曰：'求仁而得仁，又何怨？'"伯夷、叔齐，古孤竹君之二子。孤竹君死，互让王位，而逃到周文王那里。后由于反对武王伐纣，耻食周粟，饿死于首阳山。后世以为轻利禄重仁义的典范。

今译

登高面临四方原野广，向北眺望青山众峰巅。苍松翠柏树荫覆冈峦，飞鸟鸣叫往来过林间。内心感慨辛酸充满怀，人生怨恨古今常不免。李斯悲怨功成遭腰斩，苏秦遗恨富贵反亡身。夷齐逃名便得仁义传，不为名利丧生复何叹。

题解

《开秋兆凉气》为感物伤时之作。写初秋凉夜蟋蟀之鸣，勾起内心殷忧。吴伯其说："古之劳人，多托兴于蟋蟀。蟋蟀感时而鸣，人又感蟋蟀之鸣而悲。然蟋蟀乃无情之物，有何悲忧可告欤？奈何叨叨然若人之多言，絮絮然若人之繁辞欤？"(《六朝选诗定论》)诗人正是借蟋蟀之鸣，抒写自身在司马氏施虐的乱世郁结于怀的疑惧与忧患。

入夜虫鸣，清晨鸡鸣，微风吹拂，明月清辉，显出诗人形单影只，长夜不眠的孤独悲苦。晨起旋归，表达退返山林以避世全身的心志。

原文

开秋兆凉气[1]，蟋蟀鸣床帷。感物怀殷忧[2]，悄悄令心悲[3]。多言焉所告，繁辞将诉谁[4]。微风吹罗袂[5]，明月耀清晖。晨鸡鸣高树，命驾起旋归[6]。

注释

〔1〕开秋：初秋。 兆：征兆，开始。

〔2〕感物：受到外物的感应。物，外物，此指秋气与鸣虫。

〔3〕悄悄：心情忧郁的样子。

〔4〕繁辞：与"多言"义同。 以上两句意思相近，重言之以示心情郁结，无

处倾诉之苦。

〔5〕罗袂(mèi 妹):绫罗的衣袖。

〔6〕命驾:命令车驾。谓出行。

今译

初秋来临凉气始袭人,蟋蟀入室床下鸣唧唧。感应外物忧虑满胸怀,愁情郁结令人心更悲。话语繁多何事欲倾吐,言辞絮絮诉说将向谁。微风凄凄吹拂罗衣袖,明月照耀屋内洒清辉。报晓雄鸡长鸣高树巅,催促车驾隐退山林归。

题解

《平生少年时》为自述之作。前八句为早年轻薄游乐生活的回忆,后四句以太行行路为喻,表达晚岁的悔恨之意。李善说:"少年之日,志好弦歌,及乎岁晚旋归,路失财尽,同乎太行之子,当如之何乎?"明点出是追悔少年轻薄,慨叹岁月蹉跎。

另说以为别有寓意,谓在追悔早年不审时而仕魏,在司马氏篡逆之际又不得脱身退隐。考之史实,诗人早年仕魏,符合他的"济世志",后来为东平相步兵校尉,皆为"乐其风土"及"营人善酿"。在酣醉狂傲之中保持人格的真率完整,何悔之有?

原文

平生少年时,轻薄好弦歌〔1〕。西游咸阳中〔2〕,赵李相经过〔3〕。娱乐未终极,白日忽蹉跎〔4〕。驱马复来归,反顾望三河〔5〕。黄金百镒尽〔6〕,资用常苦多〔7〕。北临太行道〔8〕,失路将如何〔9〕。

注释

〔1〕轻薄:轻浮浅薄,作风不严谨。　弦歌:指歌舞。

〔2〕咸阳：秦汉都城，故城在今陕西咸阳之东。此代繁华之地。

〔3〕赵李：指赵飞燕、李夫人。颜延年注："赵，汉成帝赵后飞燕也；李，武帝李夫人也。并以善歌妙舞，幸于二帝也。"此代歌人舞伎。　经过：探访，交结。

〔4〕白日：指青春年少之时。　蹉跎：虚度年华。

〔5〕三河：即三川，秦郡名。其地包括河东、河南、河北，故称三河。阮籍故乡在陈留（今河南陈留），属三川郡。故从咸阳望三河为"反顾"。

〔6〕镒（yì 义）：古重量单位，一镒等于二十四两。

〔7〕资用：资财。

〔8〕太行：山名。绵延于山西、河北、河南之间。此用《战国策·魏策》的故事："魏王欲攻邯郸，季梁闻之，中道而反，衣焦不信，头尘不浴，往见王曰：'今者臣来，见人于太行，乃北面而持其驾（车马），告臣曰：我欲之楚。臣曰：之楚将奚为（为什么）北面？曰：吾马良。臣曰：虽良，此非楚之道也。曰：吾用（资财）多。臣曰：虽多，此非楚之路也。曰：吾善御（驾车）。'此数者逾善而离楚逾远耳。今王动欲成霸王，举欲信于天下，恃王国之大、兵之精锐，而欲攻邯郸以广地尊名，王之动逾数而离王（广地尊名）逾远耳，犹至楚而北行也。"

〔9〕失路：走错路。谓太行路上的人欲往楚国，其车马却向北而非往楚的路上驰行。　以上两句的意思是以太行道上的人南其辕而北其辙的教训，比喻早年轻薄游乐，日月蹉跎，如今财尽路失，追悔莫及。

今译

往日青春年少好时代，狂放不羁喜好观歌舞。向西漫游曾至咸阳市，歌楼舞馆乘兴常出入。耽溺游乐情欲尚未足，美妙年华转瞬成虚度。策马急驰重又归故里，回头眺望三河心酸楚。黄金百镒虽多也有尽，资财挥霍忆起悔恨多。想往江南车马却北行，路错难返而今又何如。

题解

《昔闻东陵瓜》，赞颂东陵侯安贫种瓜，清名常在，鄙薄尘世荣禄，追求真朴自然的人格理想。诗中深含阮籍于政争危殆中超尘出俗避害全身的心愿。

瓜田的物象氛围是劳动之美,是人格理想之美。

原文

昔闻东陵瓜[1],近在青门外[2]。连轸距阡陌[3],子母相拘带[4]。五色曜朝日[5],嘉宾四面会[6]。膏火自煎熬[7],多财为患害。布衣可终身,宠禄岂足赖[8]。

注释

〔1〕东陵瓜:指秦东陵侯所种的瓜。李善注引《史记》:"邵平者,故秦东陵侯。秦破,为布衣。贫,种瓜于长安城东。瓜美,故时俗谓之东陵瓜。"

〔2〕青门:即霸城门,汉长安东面南头第一门。门色青,民间谓之青门。

〔3〕连轸(zhěn 诊):田地相连。轸,李善注:"轸,当为畛。"田间路径,泛指田地。此指瓜地。　距:至。　阡陌:田间路径,南北为阡。东西为陌。"连畛"与"距阡陌",词复而义同,以强调瓜地连绵瓜秧稠密。

〔4〕子母:指小瓜与大瓜。　拘带:连带。形容大瓜小瓜相连成串。上句言瓜地之广,秧棵之稠;下句言结瓜之多,大小相连。

〔5〕五色:形容瓜色之美。　曜(yào 要):光耀。

〔6〕嘉宾:高贵的宾客。　会:聚会。

〔7〕膏火:油火。膏油易燃,火从己生。李善注引《庄子》:"山木,自寇也,膏火自煎也。"这句以喻下句,是说恰如油脂自身生火,自我煎熬一样,人间财多也自招祸端。

〔8〕宠禄:皇帝赐予的恩宠与俸禄。　赖:依靠,仰赖。　以上两句的意思是说,做个自食其力的平民百姓,才能心安理得地度过一生,恩宠荣禄皆为身外之物,不过一时人为,怎能靠得住呢?

今译

早年闻说著名东陵瓜,产地近在长安青门外。瓜田成片繁茂达路边,大瓜小瓜累累相连带。五彩缤纷闪耀朝阳下,高贵宾客四方来聚会。油脂生火自煎又自熬,人贪财多也必招祸害。甘为百姓劳动过一生，功名利禄怎可长依赖。

题解

《步出上东门》作于高贵乡公（曹髦）正元元年（254）秋，其时魏尚未禅于晋（黄节说）。而司马昭篡逆之危机已笼罩宇内。诗人意欲避世归隐以自保，望首阳，怀采薇，正是这种心情的写照。深秋物色，霜风玄云，鸣雁远翔，鶗鴂哀音，借自然界的凋残凄厉，以喻社会的险恶可畏。

原文

步出上东门[1]，北望首阳岑[2]。下有采薇士[3]，上有嘉树林[4]。良辰在何许[5]，凝霜沾衣襟。寒风振山冈，玄云起重阴[6]。鸣雁飞南征[7]，鶗鴂发哀音[8]。素质游商声[9]，凄怆伤我心[10]。

注释

〔1〕上东门：古洛阳城东面最北之门。李善注引《河南郡图经》："东有三门，最北头曰上东门。"

〔2〕首阳岑：首阳山。即洛阳东北邙山之最高处。以日出先照，故名。因此山与伯夷叔齐反对周武王伐纣而避居之首阳山（在今甘肃陇西）同名，故后人曾立夷齐庙于其上。（用黄节说）

〔3〕采薇士：采薇的人。薇，一种野菜，可生食。此指伯夷叔齐避乱世而自隐。

〔4〕嘉树：珍贵之树。颜延之注引《史记·龟策传》："无虫曰嘉林。"

〔5〕良辰：美好的时辰。此指无倾轧攻伐的时代。　何许：何所，何处。

〔6〕玄云：黑云。　重阴：重重的阴气。　以上几句的"凝霜"、"寒风"、"玄云"、"重阴"，皆喻与"良辰"相反的社会氛围，指司马氏篡魏的险恶现实。

〔7〕鸣雁：长鸣的鸿雁。　南征：南行。喻贤人远避。

〔8〕鶗鴂（tí jué 提决）：恶鸟名。其鸣则则，百草失其芬芳。李善注引《楚

辞》:“恐鶗鴂之先鸣,使夫百草为之不芳。”此喻奸邪为虐。

〔9〕素质:谓草木凋残。　游:与“繇”通,“繇”为“由”之代。　商声:秋声。古以五音之商以配秋。沈约注:“致此凋素之质,由于商声用事秋时也。游字应作由,古人字類无定也。”

〔10〕凄怆:悲伤。

今译

漫步走出洛阳上东门,向北眺望高高首阳山。山下住有避世采薇人,山上长着珍奇松柏林。美好时辰当今在何处,只有凝霜沾满了衣襟。寒风袭来吹打着山冈,黑云涌起天地罩浓阴。大雁长鸣向南方飞翔,鶗鴂怪叫四处发哀音。草木凋残由于深秋至,景象凄惨悲伤侵我心。

题解

《昔年十四五》为自述之作。前半追忆早年崇尚儒术仰慕圣贤的志趣,后半是在现实的直接观照中体悟出荣名的虚假与道家的修炼长生之理。表现出阮籍对儒家人生哲学的怀疑否定,对现实生命本体的关注与肯定。这正是魏晋之交的乱世所引起的主体思想的转变。

原文

昔年十四五,志尚好书诗[1]。被褐怀珠玉[2],颜闵相与期[3]。开轩临四野[4],登高望所思[5]。丘墓蔽山冈[6],万代同一时。千秋万岁后,荣名安所之。乃悟羡门子[7],噭噭今自蚩[8]。

注释

〔1〕尚:崇尚。　书诗:指《书》、《诗》,儒家的两部经典,此代儒家学说。

〔2〕被褐(hè 贺):穿着粗布衣。　珠玉:比喻高尚的道德情操。

〔3〕颜闵:颜回与闵子骞,皆孔子门徒中之贤者。颜,好学而安贫乐道;闵,宽厚待人,使其残暴后母为之感化。此以代贤哲。　期:期许,向往。

〔4〕开轩:打开窗户。

〔5〕所思:所向慕的人。此指颜、闵。

〔6〕丘墓:坟墓。

〔7〕悮:体悟。　羡门子:古之仙人。此指羡门子修炼长生之道。

〔8〕噭噭(jiào 叫):象声词。此表笑声。　自蚩:自笑。谓自笑昔年志尚诗书相期颜闵。李善注:"《说文》:'嗤,笑也。'嗤与蚩同。"

今译

回想早年刚刚十四五,内心崇尚诗书儒经典。身着粗衣怀藏珠和玉,虔诚仰慕颜回闵子骞。打开轩窗眼前原野广,登高远眺怀念古圣贤。坟墓累累覆盖满山冈,世代虽异死时人同一。千秋万岁长眠黄泉后,虚荣浮名尚有何意义。始悟羡门修炼长生理,破颜一笑独自心欢喜。

题解

《徘徊蓬池上》为忧国伤时之作。何焯以为咏嘉平六年(255)九月司马师废帝(曹芳)为齐王事。(《义门读书记》)

先写蓬池之上眺望大梁的凄凉肃杀之景。洪水扬波,走兽横驰。自然的物象显示出社会的危机。"是时"二句倒点时间。朔风、阴气、严寒、微霜,烘托出现实的严峻险恶,正是曹魏衰亡时的社会氛围。后抒诗人的感慨。内怀哀伤,外无俦侣,小人贪功,背信弃义,君子则坚守常道,宁愿孤独憔悴,绝不与之同流。君子,亦诗人自谓。

原文

徘徊蓬池上[1],还顾望大梁[2]。绿水扬洪波,旷野莽茫茫。走兽交横驰[3],飞鸟相随翔。是时鹑火中[4],日月正相望[5]。朔风厉严寒[6],阴气下微霜[7]。羁旅无畴匹[8],俛仰怀哀伤。小人计其功[9],君子道其常[10]。岂惜终憔悴[11],咏言著斯章[12]。

注释

〔1〕徘徊:走来走去。 蓬池:池名。战国时属魏,在大梁(今河南开封)东北。

〔2〕大梁:地名。战国魏都,今河南开封。此指曹魏。

〔3〕交横:纷乱纵横。

〔4〕鹑火:星次名。南方有井、鬼、柳、星、张、翼、轸七宿,称朱鸟七宿。其中柳、星、张三宿又称鹑火。鹑火的位置移在南方正中,时值夏历九、十月之交。李善注引《左传》:"晋侯伐虢,公问卜偃曰:'吾其济乎?'对曰:'克之,其九月十月之交乎?鹑火中,必是时也。'"

〔5〕相望:指每月十五日。李善注引《尚书》:"惟二月既望。"孔安国注:"十五日,日月相望也。" 以上两句的意思说,这个时候鹑火之星已移至南方的正中,那是九月十五日。何焯以为此指嘉平六年九月,司马氏废帝为齐王,十月立高贵乡公事。(《义门读书记》)

〔6〕朔风:北风。 厉:猛烈。

〔7〕阴气:阴湿之气。

〔8〕羁旅:寄居在外。 畴匹:伴侣。畴,后作"俦"。

〔9〕计:计较。 功:功利。

〔10〕常:常规,常道。李善注引《孙卿子》:"天有常道,君子有常体。君子道其常,小人计其功。" 以上两句的意思说,小人背信弃义,贪求功利,君子行为遵循正道,绝不苟合权势。

〔11〕憔悴:面色枯槁的样子。此指困顿失意。

〔12〕言:语助词。 斯章:这首诗。

今译

我漫步徘徊在蓬池上，举头眺望魏都大梁城。绿水涌起浩大的波涛，旷野秋草茫茫已枯黄。野兽出没纵横狂奔驰，鸟雀翻飞相随疾翱翔。此时鹑火闪耀南天中，正值九月十五月东升。北风劲吹严寒更凛冽，阴气腾起凝结微霜降。独居异地身边无知己，俯仰之间心怀满悲伤。小人贪求功利无良知，君子遵循正道重德风。岂为困穷失志空惋惜，咏叹此事抒写本诗章。

题解

《炎暑惟兹夏》写炎凉相续，四时推移，日月递运，无可阻遏，以喻司马氏即将代魏的时势。众人皆事奔竞投靠，诗人则"恐被谗邪，横遭摈斥"（李善注），因而孤独忧愁，徘徊空堂。他向往休戚与共终始如一的友谊，厌恶趋避利害而轻自别离的世风。在司马氏擅权施虐的魏末，他体验过屈从强暴弃友求荣的冷峻现实。最后对忠诚友谊的呼唤，是深沉而悲哀的。

原文

炎暑惟兹夏〔1〕，三旬将欲移〔2〕。芳树垂绿叶，清云自逶迤〔3〕。四时更代谢，日月递差驰〔4〕。徘徊空堂上，忉怛莫我知〔5〕。愿睹卒欢好〔6〕，不见悲别离。

注释

〔1〕炎暑：酷暑，热气蒸腾的暑天。　惟：语助词。

〔2〕三旬：指六月。旬，十日。

〔3〕清云：白云。　逶迤：悠然自得的样子。此形容白云的舒卷自如的样子。

〔4〕递：顺次。　差驰：即参差。此形容日月交替出没。

〔5〕忉怛(dāo dá 刀达):忧伤。

〔6〕卒:终。

今译

今夏暑天热似火,六月将过近凉秋。繁花生树绿叶垂,白云天上飘悠悠。四时更替节气变,日月顺次出而入。独自徘徊空堂上,谁能理解我心忧。但愿始终为欢好,怕见别离双泪流。

题解

《灼灼西颓日》讥刺魏晋易代之际那些丧失节义趋附强权的势利之徒。

前十句描写日暮天寒,而临困境的鸟兽尚知因依互助,自我平衡,以此与磬折权势,不顾所归者相对照,对见利忘义者深含鄙弃。因而沈约说:"天寒,即飞鸟走兽尚知相依,周周衔羽以免颠仆,蛩蛩负蟨以美草,而当路者知进趋,不念暮归,所安为者,惟夸誉名,故致憔悴而心悲也。"此说甚当。后四句诗人自述之词。宁与燕雀,不随黄鹄,正是诗人不求闻达于乱世,甘居寂寞于草莱的人格意识之具现。

原文

灼灼西隤日〔1〕,余光照我衣。回风吹四壁〔2〕,寒鸟相因依。周周尚衔羽〔3〕,蛩蛩亦念饥〔4〕。如何当路子〔5〕,磬折忘所归〔6〕。岂为夸誉名〔7〕,憔悴使心悲〔8〕。宁与燕雀翔〔9〕,不随黄鹄飞〔10〕。黄鹄游四海,中路将安归〔11〕。

注释

〔1〕灼灼:光辉闪耀的样子。　西隤:向西下落。隤,降下。隤,同"颓"。

〔2〕回风:旋风。

〔3〕周周:亦作“翢翢”,鸟名。《韩非子·说林》:“鸟有周周者,重首而屈尾,将欲饮于河则必颠,乃衔其羽而饮之。”

〔4〕蛩蛩(qóng 穷):古传说中的兽名。李善注引《尔雅》:“西方有比肩兽焉,与邛邛岠虚比,为邛邛岠虚啮甘草。即有难,邛邛岠虚负而走,其名谓之蟨。”余冠英据郝懿行引孙炎的解释说:“邛邛岠虚形状如马,前足像鹿,后足像兔,因为前足高不便于吃草,但是奔跑迅速。蟨的前足像鼠,后足像兔,便于吃草却不便于奔跑。所以它们互相帮助,互相依赖。”(《魏晋六朝诗选》)蛩,也作“邛”。

〔5〕当路子:居高位有权势者。指屈从司马氏之曹魏旧臣。

〔6〕磬折:像磬一样躬腰屈膝,形容屈从权势的样子。　所归:指归路,结局。

〔7〕夸:虚名。　誉:亦作“与”。　名:美名。

〔8〕憔悴:失意而愁苦的样子。　以上四句皆言当路子只知贪求权位,不计归宿,因而只为虚名失意悲忧。前两句设问,此两句作答。

〔9〕燕雀:此喻不慕荣禄甘居草野的高士。

〔10〕黄鹄:此喻乘势腾达显时得志者。

〔11〕中路:中途。　以上四句诗人自谓宁居草野,弃绝荣禄,不苟合当道。

今译

夕阳落山尚照亮西天,余光闪闪辉映我衣裳。夜晚旋风吹打着四壁,鸟雀凄寒彼此互依傍。周周饮水尚知衔羽翼,蛩蛩背蟨互助为肚肠。为何当今权高位重者,屈从势利竟不顾下场。岂是为的虚荣与浮名,愁虑得失心内更悲伤。我宁愿与燕雀共翱翔,不随黄鹄高飞腾青空。黄鹄远游一举越四海,中途歇止何处寻归程。

题解

《独坐空堂上》抒写身处乱世志不苟合者的孤独感,忧患感。独坐、出门、登高,面对一片无尽的空旷、茫远、寂寥的氛围,所见乃四处飞奔的孤鸟离兽。既是衬托出人的孤独,也是移入了人的孤独。

阮籍与陶潜皆弃绝浊世而复归自我,寻求理想的人格本体。但是，陶的自我冥化于大自然，与草木鸟禽浑然合一，所以独而不孤，达观自适。阮则没有达到此境，只于内心求平衡，所以既独而孤且苦，求知而莫我知。同是日暮感触，陶是“山气日夕佳，飞鸟相与还，此中有真意，欲辩已忘言”(《饮酒》)，得鱼忘筌，冥与境谐。阮则鸟飞兽散，思晤不得，孤苦不堪。

原文

独坐空堂上，谁可与欢者。出门临永路[1]，不见行车马。登高望九州[2]，悠悠分旷野[3]。孤鸟西北飞，离兽东南下。日暮思亲友，晤言用自写[4]。

注释

〔1〕临：面对，至。　永路：漫漫长路。

〔2〕九州：古人把天下分为九州，即冀、豫、雍、荆、扬、兖、徐、幽、营。

〔3〕悠悠：广远的样子。　旷野：空旷的原野。

〔4〕晤(wù 悟)言：相对坐谈。　用：以。　写：宣泄，排遣。

今译

独坐在空寂的厅堂上，谁能与我相知并相亲。出门面临漫漫的长路，终日不见车马与行人。登高眺望天下大九州，茫茫原野辽阔而无垠。孤独鸟雀从西飞向北，失群兽类由东奔往南。日暮夜临怀念亲与友，何时促膝长谈排忧烦。

题解

《北里多奇舞》描绘魏晋之交的乱世，以及那些惯于趋时附势、善走捷径、营私利己之徒的面孔。道德操守完全泯灭，荒淫物欲淹没良知，是这种闲游子的性格特征。与之相对，诗人尤其感到人格理想之可珍可贵，以为虽不能如王乔轻举登仙，却可以学他离世弃俗之术，寻求人之生命本体的永恒。

因此，李善注说："轻薄之辈，随俗浮沉，弃彼大道，好从狭路，不尊恬淡，竟赴荒淫。言可悲甚也。"并不强作附会，正确揭示出本诗内涵。

原文

北里多奇舞[1]，濮上有微音[2]。轻薄闲游子[3]，俯仰乍浮沉[4]。捷径从狭路[5]，僶俛趣荒淫[6]。焉见王子乔[7]，乘云翔邓林[8]。独有延年术[9]，可以慰我心[10]。

注释

〔1〕北里：古舞曲名。李善注引《史记》："纣使师涓作新声北里之舞。"

〔2〕濮上：指濮水之滨。古时以为靡靡亡国之音自此出。《礼记·乐记》："桑间濮上之音，亡国之音也。"注："濮水之上，地有桑间者，亡国之音，于此之水出也。昔殷纣使师延作靡靡之乐，已而自沉于濮水。"

〔3〕轻薄：轻浮放荡。　闲游子：浪荡子。此指淫邪误国的佞臣。

〔4〕俯仰：谓苟合时势，投机取巧。　浮沉：追随时俗，随波逐流。

〔5〕狭路：此指非光明正大之路，有歪门邪道的意味。

〔6〕僶俛（mǐn miǎn 敏免）：意同"俯仰"，即俯仰之间。此指趁时。　趣：通"趋"，趋向。

〔7〕王子乔：古仙人名。传说太子晋，为道人浮丘公接引上嵩山。

〔8〕邓林：神话中的树林。李善注引《山海经》："夸父与日竞逐而渴死，其杖化为邓林。"

〔9〕延年：长生。

〔10〕慰：欣慰。

今译

观不完的奇妙北里舞，赏不厌的濮上亡国音。轻浮无德世俗浪荡子，善追时势总是走红运。惯取捷径通过邪门道，投机获利享乐归荒淫。岂见升天成仙王子乔，身驾白云翱翔邓林巅。人间独留长生不老术，可以让我内心得慰安。

题解

《湛湛长江水》为讥刺时事之作。刘履说："正元（魏高贵乡公曹髦年号）元年，魏主芳幸平乐观。大将军司马师以其荒淫无度，亵近倡优，乃废为齐王，迁河内，群臣送者皆为流涕。嗣宗此诗其亦哀齐王之废乎？盖不敢直陈游幸平乐之事，乃借楚地而言。"（《选诗补注》）此说近是。

诗前半借宋玉《招魂》句意写楚地春景。江水荡漾，枫林葱茂，兰草覆径，青驹腾驰，确然一幅王公贵宦春游图，与诗人悲心恰成强烈反差。后半借楚王艳遇神女，追欢逐乐之事，讥讽曹魏末代庸主逸乐忘危荒淫误国的现实。黄雀之喻，以警戒处于权臣篡逆中的魏主，表达诗人对居安忘危者难以抑制的忧愤。

原文

湛湛长江水[1]，上有枫树林[2]。皋兰被径路[3]，青骊逝骎骎[4]。远望令人悲，春气感我心[5]。三楚多秀士[6]，朝云进荒淫[7]。朱华振芬芳[8]，高蔡相追寻[9]。一为黄雀哀[10]，涕下谁能禁[11]。

注释

〔1〕湛湛：水深的样子。

〔2〕枫：木名。　以上二句是化用《楚辞·招魂》"湛湛江水兮，上有枫

树”句。

〔3〕皋兰:水岸上的兰草。 被:覆盖。

〔4〕青骊(lí 离):黑色的马。 逝:疾驰。 骎骎(qīn 亲):马急驰的样子。 以上二句是化用《楚辞·招魂》“皋兰被径兮,斯路渐”和“青骊结驷兮,齐千乘”句。

〔5〕春气:春天的气象。 以上二句是化用《楚辞·招魂》“目极千里兮,伤春心”。 以上六句皆化用《楚辞·招魂》诗句,以描写楚地春景,一为咏叹楚王荒淫事,一为引出旧说创作《招魂》的宋玉。(见北京大学中国文学史教研室《魏晋南北朝文学史参考资料》上册)

〔6〕三楚:指古江陵、吴、彭城三地。李善注引孟康《汉书注》:“旧名江陵为南楚,吴为东楚,彭城为西楚。” 秀士:富于文采的人,指宋玉之辈。

〔7〕朝云:早晨的云霞。指楚王荒淫事。宋玉作《高唐赋》,描写楚王与巫山神女相遇的情景。神女曾自言:“妾在巫山之阳,高丘之阻,旦为朝云,暮为行雨,朝朝暮暮,阳台之下。”

〔8〕朱华:鲜红的花。 振:散播。

〔9〕高蔡:古地名。今河南上蔡县。 追寻:追欢寻乐。此指剧辛谏楚襄王荒淫事。李善注引《战国策》:“剧辛谏楚王曰:‘郢必危矣!王独不见黄雀,俯啄白粒,仰栖茂树,鼓翅奋翼,自以为与人无争;不知夫公子王孙,左挟弹,右摄丸,以其颈为的,昼游茂树,夕调酸咸耳。黄雀其小者也,蔡圣侯因是已,南游高陂,北陵巫山,饮茹溪之流,食湘波之鱼,左视幼妾,右拥嬖女,与之驰骋乎高蔡之中,而不以国家为事;不知夫子发受命于宣王,系己以朱丝而见之也。蔡圣侯之事其小者也,君王自因是已,左州侯,从鄢陵与寿陵君,饭封禄之粟,载方府之金,与之驰乎云孟之中,而不以天下国家为事;不知夫穰侯方谋受命乎秦王,填渑池之塞内,投已渑池塞之外。’襄王闻,颜色变,四体战栗,于是乃执珪中授之,封以为阳陵君。” 以上四句意思说,楚国多有文采之士,而宋玉则描写巫山神女出现的情景,引导君王贪求荒淫;楚地鲜花开放,芬芳四溢,楚王寻欢作乐,正如蔡圣侯带着姬妾驰骋于高蔡之地一样,贪求荒淫却忘记了家国之危。

〔10〕黄雀:此喻居安而忘危者。

〔11〕禁:止,抑止。

今译

宽阔的长江水波浩荡，两岸的枫林葱茂成荫。岸边的兰草盖满路径，乌黑的骏马驾车行进。眺望远方令人生悲感，春色宜人却触我伤心。楚地多有士人富文采，咏叹神女让楚君荒淫。百花争妍散发味芬芳，追欢寻乐襄王忘亡身。想起黄雀危难无限哀，谁能抑制热泪洒衣襟。

（陈复兴译注并修订）

秋怀一首五言

谢惠连

题解

谢惠连才思富捷，一生坎坷，曾被流徙废塞。官只做到彭城王刘义康法曹参军。中年(三十七岁)夭亡。本诗当为后期作，抒平生忧患之怀，述从性所玩之志。这是以政治前途为人生最终追求的古代诗人于压抑失意中的典型心理。

“平生”四句解题，以“苦心”、“秋晏”提挈全篇。“皎皎”六句细写秋夜之景，天月、河宿、风蝉、云雁等为秋夜的特有意象。“耿介”八句以个性耿介，不为世容的遭遇，感悟凶吉祸福难以预知的人生苦闷，并从相如之达、郑生之偃，寻求自我解脱。“未知”十句写个人“从性所玩”的人生态度。时不我待，功名虚无，只有及时行乐，才是人生价值的真实体现。这是欲有所为又不能有为的个性欲望的必然发泄之途。“各勉”四句结束全篇，以自己的感悟而令知友感悟。

诗人于此为自己的一生做总结，也为“且轻薄，多尤累”的品格做辩解。

原文

平生无志意[1]，少小婴忧患[2]。如何乘苦心[3]，矧复值秋晏[4]。皎皎天月明[5]，弈弈河宿烂[6]。萧瑟含风蝉[7]，寥唳度云雁[8]。寒商动清闺[9]，孤灯暖幽幔[10]。耿介繁虑积[11]，展转长宵半[12]。夷险难豫谋[13]，倚伏昧前算[14]。虽好相如达[15]，不同长卿慢[16]。颇悦郑生偃[17]，无取白衣宦[18]。未知古人心，且从性所玩[19]。宾至可命觞[20]，朋来当染翰[21]。高台骤登践[22]，清浅时陵乱[23]。颓魄不再圆[24]，倾羲无两旦[25]。金石终消毁[26]，丹青暂雕焕[27]。各勉玄发欢[28]，无贻白首叹[29]。因歌遂成赋，聊用布亲串[30]。

注释

〔1〕志意：志向，意愿。

〔2〕少小：年少时。　婴：缠绕，困扰。黄侃说："无志意者，由于婴忧患之早也。"(《文选平点》)

〔3〕乘：趁。　苦心：心苦，心情悲苦。

〔4〕矧(shěn 审)：况且。　值：遇。　秋晏：秋晚。

〔5〕皎皎：洁白明亮。

〔6〕弈弈：光明盛大。　河宿(xiù 秀)：银河星宿。指银河。

〔7〕萧瑟：秋风吹树木的声音。　含风：形容凄风之中。

〔8〕寥唳(lì 立)：雁鸣叫的声音。　度云：越过云霄。

〔9〕寒商：指秋风。古以五音对四时，商为秋。　清闺：清静的居室。

〔10〕暧(ài 爱)：暗昧。　幽幔：幽静的幔帐。

〔11〕耿介：正直而不阿俗。　繁虑：多忧。

〔12〕展转：形容心中忧愁卧而不宁的样子。　长宵：长夜。

〔13〕夷险：太平险恶，指时势的变化。　豫谋：预测，事先估计。

〔14〕倚伏：指祸福互为依存转化。《老子》："祸兮福所倚，福兮祸所伏。"

〔15〕相如：司马相如，字长卿，汉成都人。李善注引嵇康《高士传·司马相如赞》："长卿慢世，越礼自放；犊鼻居市，不耻其状。托疾避患，蔑比卿相。乃至仕人，超然莫尚。"　达：通达而不拘于俗礼。

〔16〕慢：慢世，傲慢于世，玩世不恭。

〔17〕郑生：郑均，字仲虞，后汉东平任城人。少好黄老书，崇义笃实。不应州郡辟召，公车特征，再迁尚书。后以病请归，拜议郎。章帝东巡，幸均舍，赐终身享尚书禄。故人称白衣尚书。　偃：偃仰，俯仰，指生活悠然自得，不牵于俗事名禄。

〔18〕白衣:与锦衣相对,未仕者所着,犹布衣。 以上四句意思说我虽爱好司马相如通达大度,不拘泥礼俗,但是并不像他那样玩世不恭;我很喜欢郑均的悠然自得,不为名禄所牵,但是不能像他那样,不做尚书反而拿尚书的待遇。

〔19〕性:心性,本性。 玩:玩赏,享乐。以上两句的意思说我不能深知相如郑生一类古人的内心活动。且将依照自己的本性,不为礼俗所拘,尽情享受生活。

〔20〕命觞:饮酒。觞,酒器,指酒。

〔21〕染翰:染笔于墨,创作诗文。翰,笔。

〔22〕骤:屡次,多次。 登践:登临。

〔23〕清浅:一作清波,指水流。 陵乱:指驾舟急驰,划破水波。

〔24〕颓魄:缺月。魄,月魄。

〔25〕倾羲:落日。羲,羲和,太阳神的御者。指太阳。以上两句意思说月既缺,在一月之中不会再圆;日既落,在一日之内就不会再有早晨,以喻人既衰老不可能重返青春。

〔26〕金石:指钟鼎碑碣,刻文字于其上,以记事颂功。

〔27〕丹青:指绘画用的颜色。此指功臣名将的画像。 暂:短暂。 雕焕:光彩。

〔28〕玄发:黑发,指青少年时代。

〔29〕贻:遗留。

〔30〕聊:暂且。 布:布施,赠与。 亲串(guàn 贯):亲近友好的人。串,狎近。

今译

此生意愿皆无以实现,只因从少小就遭忧患。正是内心倍加悲苦时,又遇上这秋天的夜晚。皎皎的明月高悬中天,闪烁的银河光辉灿烂。凄风中的鸣蝉在哀吟,云端里的飞雁声悲怨。寒风吹动清冷的内室,孤灯映暗幽静的帷幔。正直不阿忧虑郁积多,辗转不眠长夜已过半。时势吉凶平时难预料,命运祸福不易事前算。虽好相如放达无拘泥,又不同他处世常傲慢。颇喜郑生悠然而自得,却无取那受禄不居官。未能探知古人心深处,暂依自我天性尽赏玩。嘉宾至门举杯纵情饮，友朋来临握笔作诗篇。得遇高台屡屡去登临，逢有清流时时荡游船。弦月亏缺一月不再圆，落日西倾一日去无返。铭金刻石功名终消毁，丹青画像光彩暂如烟。各个勉励自享青春乐，无待白头衰老空悲叹。借助歌唱即兴成此诗，暂以赠与亲密好友伴。

（陈复兴译注并修订）

临终诗一首五言

欧阳坚石

题解

欧阳坚石，名建，晋朝人，生卒年不详。世为冀州望族，与石崇是近亲。坚石雅有理想，才藻美赡，名播北国。历官冯翊太守，时人甚为推戴。与贵族赵王伦有仇。赵王伦篡位，坚石劝淮南王允诛伦，事觉，与石崇等同被诛。

《临终诗》是欧阳建被诛前临刑之作。诗中充满人生祸福无常、灾患难脱的忧思，反映了社会的动乱，时代的苦难。后半部“慈母”、“怜女”几句，情辞恳挚，悲切感人，诚为咏怀诗佳作。

原文

伯阳适西戎[1]，子欲居九蛮[2]。苟怀四方志，所在可游盘[3]。况乃遭屯蹇[4]，颠沛遇灾患[5]。古人达机兆[6]，策马游近关[7]。咨余冲且暗[8]，抱责守微官[9]。潜图密已构[10]，成此祸福端[11]。恢恢六合间[12]，四海一何宽[13]。天网布纮纲[14]，投足不获安[15]。松柏隆冬悴[16]，然后知岁寒。不涉太行险[17]，谁知斯路难。真伪因事显[18]，人情难豫观[19]。穷达有定分[20]，慷慨复何叹。上负慈母恩，痛酷摧心肝。下顾所怜女[21]，恻恻中心酸[22]。二子弃若遗[23]，念皆遘凶残[24]。不惜一身死，惟此如循环[25]。执纸五情塞[26]，挥笔涕汍澜[27]。

注释

〔1〕伯阳:老子,字伯阳。 西戎:我国古代西部一少数民族,此指西部边陲。《列仙传》载:老子四游,尹喜见之,与老子一同到流沙以西。

〔2〕居蛮:居住蛮夷之地。《论语》有"子欲居九夷"的记载,夷,南方少数民族。

〔3〕所在:处处。 游盘:游乐盘桓。

〔4〕屯蹇:《易经》中二卦名,屯、蹇二卦都预兆艰难困苦,故人称挫折、不顺利为屯蹇。

〔5〕颠沛:倾覆,仆倒,常用以形容人事困顿、社会动乱。

〔6〕机:几微的迹象。 兆:先兆。

〔7〕策:鞭策。 游:从。这句事出《左传》:卫国大夫作乱,逐献公出走,蘧伯玉不参与,曾从近关出。后献公返国,卫大夫又欲蘧伯玉迎之,伯玉曰:"瑗不得闻君之出,敢闻其入?"又表示不参与,又从近关出走。这里是说蘧伯玉识机变。

〔8〕咨:嗟、叹。 冲:幼稚。 暗:暗昧。这句意思说幼稚暗昧,不懂社会上的虞诈之情。

〔9〕抱责:抱着一项职责。 微官:低微官职。

〔10〕潜图:阴谋。此指诛赵王伦的秘密计划。 密已构:秘密构成。

〔11〕端:绪,开头。

〔12〕恢恢:广大的样子。 六合:指四方上下方位。

〔13〕一何:多么。

〔14〕天网:天布的罗网。 纮(hóng宏)纲:网索。

〔15〕投足:本意谓踏步,此指一举一动。

〔16〕悴:憔悴。

〔17〕太行:山名,在山西高原与河北平原之间。

〔18〕因:由。

〔19〕豫观:预先观察。

〔20〕穷达:困穷与显达。 定分:注定的命运。

〔21〕怜:爱。

〔22〕恻恻:悲痛的样子。

〔23〕遗:遗弃。

〔24〕遘:遭遇。

〔25〕循环:往复。

〔26〕五情:喜、怒、哀、乐、怨,泛指感情。

〔27〕汍(wán 丸)澜:涕泪流涟的样子。

今译

老子曾到西戎去,孔子想去居夷蛮。如果怀有四方志,处处可游乐盘桓。我的遭遇很不幸,人生困厄多灾患。古人善察几微象,蘧瑗策马出近关。叹我幼稚且暗昧,抱一职守做微官。人事谋划秘密定,成此祸福初开端。宽广无垠天地间,多么宏恢广无边。天布罗网谁能逃?举手投足无宁安。隆冬松柏也憔悴,确知岁晚实天寒。不经太行凌越险阻,有谁知道行路艰难。真诚虚伪因事显,人情冷暖难先验。人生穷达有定分,何必感慨与长叹。痛我上负慈母恩,思念起来碎心肝。下顾可怜弱儿女,心中恻恻痛悲酸。二子抛弃遗草野,每念他们遭凶残。我何可惜一身死,惟思厄运有循环。铺纸俯身五情塞,临终挥笔泪涟涟。

(于非译注　陈复兴修订)

幽愤诗一首

嵇叔夜

题解

这是嵇康遭司马氏陷害而下狱时写的。康入狱的表面原因是受吕安事件牵连。吕安之兄吕巽是司马昭的亲信。此人乃衣冠禽兽,强奸弟媳反诬弟弟不孝。康本为吕氏兄弟之友,便从中调停,不意遭到吕巽的阴谋暗算。吕安以破坏礼教之罪被捕,嵇康诛连入狱。实际嵇康下狱以至被杀的真正原因,在于他是曹魏宗室的女婿。司马氏在魏晋之交大肆屠戮曹魏集团中人,嵇康已是在劫难逃。更加他得罪了司马昭的心腹钟会,嘻笑怒骂山巨源。《与山巨源绝交书》表面针对山涛,实质对着司马氏,是一篇反礼教、不与司马氏合作的宣言书,使司马昭为之震怒。于是以吕安事件为由,钟会从中罗织罪名,便把嵇康送上了断头台。钟会说嵇康"上不臣天子,下不事王侯,轻时傲世,不为物用,无益于今,有败于俗","今不诛康,无以清洁王道"。(见《世说新语。雅量》注引《高士传》)并告诫司马昭:"嵇康,卧龙也,不可起。公无忧天下,顾以康为虑耳。"这就足以使嵇康死无葬身之地。

李善注引《魏氏春秋》:"康及吕安事,为诗自责。"康名其诗为《幽愤》,显然取幽而发愤之意。既然为"幽而发愤"之作,所谓自责自悔之词,都不过是表面文章,实质则是表现诗人内心深处的愤慨不平:"欲寡其过,谤议沸腾。性不伤物,频致怨憎。"痛心者"有志不能就”,悲哀者不能“顺时而动”。他还幻想“采薇山阿,散发岩岫。咏啸长吟,颐性养寿”,殊不知等待他的是死亡。不久即被杀害于洛阳城东的建春门外马市刑场。全诗寓愤慨于低诉,凄切动人。

原文

嗟余薄祜[1],少遭不造[2]。哀茕靡识[3],越在襁褓[4]。母兄鞠育[5],有慈无威。恃爱肆姐[6],不训不师[7]。爰及冠带[8],凭宠自放[9]。抗心希古[10],任其所尚[11]。托好老庄,贱物贵身[12]。志在守朴[13],养素全真[14]。曰余不敏[15],好善暗人[16]。子玉之败[17],屡增惟尘[18]。大人含弘[19],藏垢怀耻[20]。民之多僻[21],政不由己[22]。惟此褊心[23],显明臧否[24]。感悟思愆[25],怛若创痏[26]。欲寡其过[27],谤议沸腾[28]。性不伤物[29],频致怨憎[30]。昔惭柳惠[31],今愧孙登[32]。内负宿心[33],外恧良朋[34]。仰慕严郑[35],乐道闲居[36]。与世无营[37],神气晏如[38]。咨予不淑[39],婴累多虞[40]。匪降自天[41],实由顽疏[42]。理弊患结[43],卒致囹圄[44]。对答鄙讯[45],絷此幽阻[46]。实此讼冤[47],时不我与[48]。虽曰义直[49],神辱志沮[50]。澡身沧浪[51],岂云能补。嗈嗈鸣雁[52],奋翼北游。顺时而动,得意忘忧[53]。嗟我愤叹,曾莫能俦[54]。事与愿违,遘兹淹留[55]。穷达有命[56],亦又何求。古人有言,善莫近名[57]。奉时恭默[58],咎悔不生[59]。万石周慎[60],安亲保荣[61]。世务纷纭[62],祗搅予情[63]。安乐必诚,乃终利贞[64]。煌煌灵芝[65],一年三秀[66]。予独何为,有志不就[67]。惩难思复[68],心焉内疚。庶勗将来[69],无馨无臭[70]。采薇山阿[71],散发岩岫[72]。咏啸长吟[73],颐性养寿[74]。

注释

〔1〕薄祜(hù 户):薄福。祜,福。

〔2〕不造:未成。言道家未成。《诗经·闵予小子》:“闵予小子,遭家不造。”嵇康年少丧父,故言薄祜、不造。

〔3〕茕(qióng 穷):独。 靡识:无知。指幼小不懂事。靡,无、不。

〔4〕越:于是。傅毅《迪志诗》:“农夫不怠,越有黍稷。” 襁褓(qiǎng bǎo 抢保):背负婴儿的布袋。《史记·卫青传》:“臣青子在襁褓中。”《正义》:“襁,长尺二寸,阔八寸,以约小儿于背。褓,小儿被也。”

〔5〕鞠育:养育。鞠,养。

〔6〕肆姐(jù 具):纵娇。姐,娇。

〔7〕不训不师:无教育,不从师。

〔8〕爰及:至于。 冠带:成年。古代年二十加冠表示成年。刘良注:“带,亦冠也。”

〔9〕凭:依仗。李善注本作“冯”,从六臣注本。 自放:放纵而不受约束。

〔10〕抗心:志节高尚。抗,举,高。 希古:慕古。仰慕古贤。

〔11〕所尚:所好。

〔12〕贱物:以物为贱,指轻视名利。《管子·戒》:“圣人上德而下功,尊道而贱物。”《注》:“物谓名利之事。”谢灵运《山居赋》:“贱物重己,弃世希灵。” 贵身:以身为贵。与贱物对举。

〔13〕守朴:守其朴真。《老子·十九章》:“见素抱朴,少私寡欲。”河上公曰:“抱,守也。”

〔14〕养素:涵养其素性。 全真:保全真性。真,精诚之至。张铣注:“养素全真,谓养其质以全真性。”

〔15〕不敏:不才。自谦之词。《论语·颜渊》:“回虽不敏,请事斯语矣。”

〔16〕好善:喜好善道。 暗人:不善于识别人。李善注引《左传》:“吴公子札来聘,见叔孙穆子,曰:‘子好善而不能择人也。’”暗人,即不能择人。

〔17〕子玉之败:李周翰注:“子玉,楚子玉也。令尹子文举之以自代。后子玉与晋战,子玉大败。”又,李善注:“子玉,楚大夫也。左氏传曰:楚子将围宋,使子文治兵于睽,终朝而毕,不戮一人。子玉复活兵于蒍,终朝而毕,鞭七人,贯三人耳。国老皆贺子文,子文饮之酒,蒍贾尚幼,后至,不贺。子文问之,对曰:

'不知所贺。子之传政于子玉,子玉之败,子之举也。举以败国,将何贺焉?'"

〔18〕屡增惟尘:嵇康与吕安及其兄吕巽友善。吕安妻美,吕巽使妇人将安妻灌醉而奸之。丑行败露,吕巽反诬安谤己。嵇康为之辩诬。巽受宠于钟会,钟会劝大将军除掉康、安。遂杀安及康。吕巽有秽行,而大将军用为长史,是不知人,即暗人。当朝大将军用吕巽,与子文误用子玉一样。惟尘,谓刺进举小人。屡增,指此类事当朝甚多,不断增加。

〔19〕大人:指魏主。　含弘:包容弘阔。《易·坤》:"含弘光大,品物咸亨。"

〔20〕藏垢怀耻:此句主语是"大人"。藏、怀,皆容纳之意。

〔21〕僻:邪僻。《诗·板》:"民之多辟(僻),无自立辟。"郑玄曰:"民行多邪僻者,汝君臣之过,无自谓得法度。"

〔22〕己:指"大人"。张铣注"大人"数句:"大人,天子也。言天子能含其大道,包藏垢秽,怀纳诸耻,为不察臣下之过,致使左右多邪臣,政不由天子,而使无辜获罪。"

〔23〕惟:发语词,无义。　褊(biǎn 扁)心:心地狭窄。嵇康自谓。《诗经·葛履》:"维是褊心,是以为刺。"

〔24〕臧否(zāng pǐ 脏痞):褒贬。

〔25〕愆(qiān 千):过失,罪过。

〔26〕怛(dá 达):痛苦。　创痏(wěi 委):创伤留下的痕迹,创瘢。痏,瘢。

〔27〕欲寡其过:要少犯错误。《论语·宪问》:"夫子欲寡其过而未能也。"

〔28〕谤议:诽谤非议。李善注引(汉)贾山曰:"古者庶人谤于道,商旅议于市。"此指钟会等人对嵇康的加害。钟会曾言于司马昭曰:"嵇叔夜,卧龙也。公无忧天下,但以康为虑耳。"

〔29〕物:外物。

〔30〕怨憎:怨恨。以上二句乃自叹之辞。

〔31〕柳惠:即柳下惠。春秋时鲁国大夫展禽,鲁僖公时人,又字季,因食邑柳下,故称柳下惠,古之贤者。《论语·微子》:"柳下惠为士师,三黜。人曰:'子未可以去乎?'曰:'直道而事人,焉往而不三黜?枉道而事人,何必去父母之邦?'"

〔32〕孙登:三国魏人。隐居汲郡山中,居土窟,好读《易》,弹一弦琴,善啸。嵇康与孙登游。登与康曰:"今子才多识寡,难乎免于今之世矣。子无多言。"

柳下惠多次罢官而无怨,康今幽愤,故惭;孙登进言而不用,遭此不幸,故愧。

〔33〕宿心:本心,宿愿,

〔34〕恧(nǜ):惭愧。

〔35〕严郑:指严君平和郑子真。严君平,汉蜀郡人。据《汉书·王吉传·序》载:君平卜筮于成都市,日得百钱,足以自养,即闭肆下帘读《老子》。扬雄少时从真游学,称为逸民。一生不为官,卒年九十余。郑子真,号谷口子真。汉代人。隐居于云阳谷口,成帝时大将军王凤礼聘之,不应,扬雄《法言·问神》:"谷口郑子真,不屈其志而耕乎岩石之下。"

〔36〕乐道:乐于自然之道。张铣注:"严君平、郑子真皆乐道闲居,修身自保。"

〔37〕无营:无求。与世无营,即与世无争。

〔38〕神气:指精神、气魄。 晏如:安然。

〔39〕咨(zī资):嗟叹声。此指嗟叹。 淑:善。

〔40〕婴累:遭遇罪累。 虞:忧虑。

〔41〕匪:非。

〔42〕顽疏:愚呆粗疏。

〔43〕理弊:正理被掩蔽,邪僻占上风。弊,通"蔽"。 患结:结成祸患。指无辜受害。

〔44〕卒:终。 致:导致。 囹圄(líng yǔ铃语):牢狱。

〔45〕对答:回答。 鄙讯:粗野的审讯。

〔46〕絷:拘押。 幽阻:犹牢狱。

〔47〕讼冤:是。张铣注:"耻谤讼之冤滥。"戴明扬《嵇康集校注》:"讼冤,讼己之被冤也。"冤,李善本作"免"。从六臣注本。

〔48〕时不我与:张铣注:"谓不遇明时,时使我然也。"

〔49〕义直:理直。

〔50〕神辱:精神受到污辱。 志沮:志乱。沮,乱。

〔51〕澡身:洗身。指清洗辱名。《礼记·儒行篇》:"儒有澡身而浴德。"沧浪:即汉水。《孟子》:"沧浪之水清,可以濯吾缨;沧浪之水浊,可以濯吾足。"

〔52〕嗈嗈(yōng拥):鸟和鸣之声。

〔53〕忘忧:无忧。

〔54〕俦:比。 "嗈嗈"数句:言雁春北飞,秋南翔,顺时令而动,乐以忘忧,

而自己不能与世合流,自叹不如鸿雁也。

〔55〕淹留:久留。此指被长时囚禁。　遘:遭遇。

〔56〕穷达有命:谓人的困穷显达,自有天命,非人力所能左右。

〔57〕善莫近名:《庄子·养生主》:“为善无近名,为恶无近刑。”无近名,即无修名。李善注引郭象曰:“忘善恶而居中,任万物之自为也。”

〔58〕恭默:恭敬而沈静不言。《书·说命》:“恭默思道。”

〔59〕咎悔:灾祸。

〔60〕万石:高官厚禄之家。　周慎:至为谨慎。此用万石君奋之典。李善注引《汉书》:“万石君奋,长子建为郎中令。建老白首,万石君尚无恙,每五日洗沐归谒亲。建为郎中令,奏事,事下,建自读之,惊恐曰:书马者与尾而五,今乃四,不足一,获谴死矣。其为谨慎,虽他皆如此。”

〔61〕安亲:尽孝。《孝经·谏诤》:“安亲扬名,则闻命矣。”　保荣:保住荣华。

〔62〕世务:时务。指当世的要事。

〔63〕祇(zhǐ 指):适,正好。　搅:乱。

〔64〕利贞:《易经》乾卦之卦辞。《易·乾》:“乾:元,亨,利,贞。”意思说天的功能,是万物创始的伟大根源,通行无阻,祥和有益,无所不正,而且执著。利,祥和。贞,正而执著。

〔65〕煌煌:形容光彩鲜明。《高唐赋》:“玄木冬荣,煌煌荧荧,夺人目精。”李善注:“煌煌荧荧,草木花光也。”灵芝:菌类植物。古代以芝为瑞草,故冠以灵字。

〔66〕三秀:三次开花。吕延济注:“灵芝草药,一年三开花秀。”秀,指禾类植物开花。

〔67〕予:我。嵇康自谓。康志尚养生,而己之所为,并非养生之道。故云有志不就。

〔68〕惩难:以过去的祸难为鉴戒。潘元茂(勖)《册魏公(曹操)九锡文》:“其在周成,管蔡不靖,惩难念功,乃使邵康公锡齐太公履,……五侯九伯,实得征之。”　思复:反复。

〔69〕庶:幸。希冀之词。　勖(xù 序):勉励。

〔70〕无馨无臭:不香不臭。指不与世争名夺利。

〔71〕薇(wēi 威):多年生草本植物,嫩苗称巢芽,可作蔬菜。　山阿:山曲。

据《史记·伯夷传》载：周武王平殷，伯夷、叔齐义不食周粟，逃到首阳山，采薇而食，最后饿死。

〔72〕散发（fà）：谓抛弃冠冕，隐居不仕。 岩岫（xiù 袖）：岩穴。李善注引《琴操》："许由曰：'散发优游，所以安已不惧也。'"

〔73〕永：长。 啸：撮口发出长而清越的声音。《世说新语·栖逸》："阮步兵（籍）啸闻数百步。"

〔74〕颐：养。

今译

慨叹我的福分薄，幼年即遭毁家道。可哀少孤不懂事，那时初生在襁褓。母亲长兄养育我，只有慈爱无严教。仰仗慈爱常娇纵，不从良师无训导。及至二十长成年，恃宠放任无束约。心志高尚法古人，随心所欲自逍遥。寄托理想好老庄，以身为贵名利抛。立下志向守真朴，涵养本性真纯保。我性愚拙不聪敏，好善不知择友交。子玉之败错荐人，此事屡出在当朝。天子心胸极广阔，好坏事物能容包。臣民之中多邪僻，天子为政不由己。唯我叔夜心地窄，是非分明好臧否。顿有感悟思过失，痛苦伤痕印心里。自己想要少过错，谤声沸腾无终止。本性从不伤外物，却招怨恨接连起。昔日有愧柳下惠，当今羞对孙隐士。内心负疚违宿愿，于外愧对诸好友。仰慕严郑二隐士，乐道闲居心自喜。与世无争远名利，身心处处得安然。嗟叹自己命不善，遭遇罪累多忧患。灾难并非从天降，实因个人太愚顽。正理掩蔽结祸患，终于招致下牢监。回答暴吏横审讯，囚禁牢房不见天。此次自己遭冤案，不遇明时使之然。虽说义正又理直，精神受辱心志乱。跳进沧浪洗污名，谁说这样能弥补？大雁嗈嗈空中叫，奋起双翅向北飞。飞动往还随时节，得意忘忧任去来。叹我满腔积愤怨，难与飞雁两相比。事与愿违难预料，遭此大灾久拘留。人生穷达在天命，个人还能有何求？古人有言当铭记：最好能不近名利。顺应时势默不语，保证灾祸无从起。万石君奋至谨慎，事亲尽孝保荣华。时务错综又复杂，搅得我心乱如麻。

居安乐生要思危，始终执著得吉祥。光彩焕发灵芝草，一年三度花开放。唯独我是为何因，有志养生终不成。昔日祸难今反思，深感内疚心不安。希望将来多勉励，远避是非身超然。采薇山曲远世俗，抛却利禄居深山。放声呼啸胸开阔，颐养天性寿命全。

（赵福海译注并修订）

七哀诗一首五言

曹子建

题解

此诗大约作于文帝时被疏被黜之后。

七哀,大约是乐府旧题,诗人据以作诗,所以名为“七哀”,也许有音乐上的关系。晋乐于《怨歌行》用这篇诗为歌词,就分为七解。(余冠英说)

诗人以孤妾自托,以清路尘浊水泥巧喻与文帝本属同母骨肉,今浮沉异势,不能相容,至于被诬遭贬。意在重新唤起乃兄的手足情谊,期得往日的天伦之乐。

全诗充满曹植的孤独畏惧之感。

原文

明月照高楼,流光正徘徊〔1〕。上有愁思妇,悲叹有余哀〔2〕。借问叹者谁〔3〕?言是客子妻〔4〕。君行逾十年〔5〕,孤妾常独栖。君若清路尘〔6〕,妾若浊水泥〔7〕。浮沉各异势〔8〕,会合何时谐〔9〕。愿为西南风〔10〕,长逝入君怀〔11〕。君怀良不开〔12〕,贱妾当何依〔13〕。

注释

〔1〕流光:流动的月光。 徘徊:往来行走。此形容月光整夜回转,四面照耀。李善注:“夫皎月流辉,轮无辍照,以其余光未没,似若徘徊,前觉以为文外傍情,斯言当矣。”

〔2〕余哀:未尽的哀伤。余,未尽,过多。

〔3〕借问:向人询问。

〔4〕客子:别作“宕子”,客游在外而不归的人。宕,同“荡”。

〔5〕君:指客子。　逾:过。

〔6〕路尘:路上的轻尘。此亦有四处游动的意味。

〔7〕水泥:水下的污泥。此有被遗弃遭践踏的意味。余冠英注以上两句说:“‘清’字形容路上尘,‘浊’字形容水中泥。二者本是一物,‘浮’的就清了,‘沉’的就浊了。比喻夫妇(或兄弟骨肉)本是一体,如今地位(势)不同了。”(见《三曹诗选》)甚为精审。

〔8〕浮沉:指得志与失意。　势:形势,地位。

〔9〕谐:和谐。

〔10〕西南风:指温和之气。李周翰注:“西南,坤地;坤,妻道,故愿为此风。”

〔11〕长逝:此指长久吹拂。逝,往,吹送。

〔12〕良:确实。

〔13〕当:将。

今译

中天明月照耀着高楼,银光流转洒满了屋梁。楼上住个愁思的少妇,悲声叹息无尽的哀伤。若要询问叹息是何人,那是荡子离妇在惆怅。夫君远行已过十年整,孤妾长时独自守空床。你是飘游路上的清尘,我是落入水底的泥浆。浮升沉沦各自地位异,相会何时彼此互体谅。我愿化作温煦西南风,永远吹拂暖入你心房。夫君心怀实在不能开,贱妾依谁度过此一生。

(陈复兴译注并修订)

七哀诗二首五言

王仲宣

题解

七哀诗，诗歌篇名。《七哀》本为乐府古题。相传王粲以此题写诗六首，今存三首，《文选》选入二首，并不是同时同地写成。一般认为第一首写于南下荆州途中或稍后。

东汉献帝初平三年(192)，董卓劫持献帝，部将李傕等纵兵作乱，关中人民流徙避祸，惨遭杀戮、饿死者不计其数，尸横遍野。年仅十六岁的年轻诗人王粲目睹如此惨象，满怀悲愤，写下《七哀诗》第一首。这首诗揭露东汉末年军阀混战所造成的深重灾难，控诉这些如豺似虎的军阀之滔天罪行，而对关中人民的苦难寄予深切同情。开头六句写“西京乱无象，豺虎方遘患”，为了避祸，诗人亦不得不随同流徙的人们逃离关中，南下荆州。亲戚朋友都悲哀不已。中间八句诗人以无限悲愤的心情描绘了一幅骇人听闻的战乱惨状：先概括“出门无所见，白骨蔽平原”的悲惨场景；再突出慈母忍痛抛弃幼子的典型细节。结尾六句写诗人遥望战乱中的长安、关中，抒发感时伤乱之情，希望明君贤伯再出，平定战乱，让人民重新过上安定生活。

第一首诗为王粲代表作之一，也是建安前期诗歌中的突出篇章。选取慈母弃子的典型事例，有震撼人心的艺术感染力，就像乐曲中以强音奏出的主旋律一样，给人以强烈的印象。此外，结构紧凑，音节急促，格调悲凉，也是较明显的特色。

原文

西京乱无象[1],豺虎方遘患[2]。复弃中国去[3],远身适荆蛮[4]。亲戚对我悲[5],朋友相追攀[6]。出门无所见[7],白骨蔽平原[8]。路有饥妇人[9],抱子弃草间[10]。顾闻号泣声[11],挥涕独不还[12]。未知身死处[13],何能两相完[14]?驱马弃之去[15],不忍听此言[16]。南登霸陵岸[17],回首望长安[18]。悟彼《下泉》人[19],喟然伤心肝[20]。

注释

〔1〕西京:古都名,长安,今陕西西安市西北。　象:道,谓天道。李善注引《老子》:“执大象。”河上公注:“象,道也。”

〔2〕豺虎:谓豺狼老虎等害人虫,比喻军阀。　遘(gòu构):通“构”,构成。

〔3〕中国:中原。

〔4〕适:赴;到。　荆蛮:即楚国。此借指楚国境内的荆州。

〔5〕亲戚对我悲:意谓诗人被迫远离长安,避难荆州,亲戚前来送行,都悲伤不已。

〔6〕朋友相追攀:意谓朋友相追相牵,不忍心生离死别。

〔7〕出门无所见:意谓诗人出门离长安南逃荆州,途经关中平原几乎不见人迹。

〔8〕白骨蔽平原:意谓只见死尸白骨几乎覆盖了关中平原。

〔9〕饥:饥饿。

〔10〕弃:抛弃。

〔11〕顾:回过头。　号(háo豪):大声哭。

〔12〕挥:洒。　涕:泪。　还:返,回。

〔13〕身:自己。妇人自称。

〔14〕何能两相完:意谓我们母子两人哪里能够都得到保全呢?以妇人口气反问。完,全,保全。

〔15〕驱:鞭策。

〔16〕言:话语。指饥饿妇女上述两句自言自语:“未知身死处,何能两相完?”

〔17〕登:登上。　霸陵:指西汉文帝陵墓,在今陕西西安市东北。史事见《汉书·文帝纪》。　岸:谓高地。

〔18〕回首:回头。

〔19〕悟:理解,使人觉悟。　下泉人:意谓写《下泉》诗的作者。典出《诗·曹风·下泉诗序》:“下泉,思治也……忧而思明王贤伯也。”

〔20〕伤心肝:犹伤心。　悲痛:心灵受到创伤。语本司马迁《报任安书》:“悲莫痛于伤心。”

今译

长安战乱无天道,豺虎横行成祸患。避难逃离中原地,托身遥远赴荆蛮。亲戚送我悲伤多,朋友追赶紧攀辕。沿途不见人踪迹,死尸白骨盖平原。路有饥饿一妇女,怀抱婴儿弃草间。回头听见号哭声,挥泪独去不复还。“不知自己饿死处,哪能母子两保全?”扬鞭催马快离去,诗人不忍听此言。南行登上霸陵岸,回头遥遥望长安。体悟《下泉》寄意深,喟然长叹伤心肝。

题解

第二首诗大致作于投奔刘表之后。诗中描写诗人久滞荆州思归故乡的忧愁,抒发惨遭离乱、羁旅难眠、凄凉冷落的悲哀,侧面反映战乱给人民带来的深重灾难。前八句写被迫滞留荆州,难归故乡,抒发无穷无尽的愁思。后十句侧重写羁旅难眠,郁闷忧思。用波响、猿吟、风凄、露冷渲染凄凉愁苦的气氛,遭遇离乱,又不得重用,只好借“抚琴”以抒发胸中“悲音”。低沉、悲痛、忧愁的情调充满字里行间。

原文

荆蛮非我乡[1],何为久滞淫[2]?方舟溯大江[3],日暮愁我心[4]。山岗有余映[5],岩阿增重阴[6]。狐狸驰赴穴[7],飞鸟翔故林[8]。流波激清响[9],猴猿临岸吟[10]。迅风拂裳袂[11],白露沾衣衿[12]。独夜不能寐[13],摄衣起抚琴[14]。丝桐感人情[15],为我发悲音[16]。羁旅无终极[17],忧思壮难任[18]。

注释

〔1〕荆蛮:即楚国,此借指荆州。

〔2〕滞淫:淹留,久留。

〔3〕方舟:泛指船。一说两船相并。依李善注引《尔雅》郭璞注。《后汉书·班固传上》:"方舟并骛。"李贤注:"方舟,并两舟也。" 溯:逆流而上。 大江:此谓汉江。

〔4〕日暮:傍晚。

〔5〕山岗:同"山冈",不高的山。 映:阳光。李善注本作"暎",从五臣注本。

〔6〕岩:山崖。 阿(ē):曲处,曲隅。

〔7〕狐狸驰赴穴:意谓狐狸急跑进旧住洞穴。暗喻不忘本。(依李善注)

〔8〕飞鸟翔故林:意谓鸟总是飞向历来栖息的树林。亦暗喻不忘本。(依李善注)

〔9〕流波激清响:意谓船破浪前进,激起清亮的响声。

〔10〕猴猿:都属于灵长类动物。一般泛称猿猴。

〔11〕迅风:犹言大风。 拂:吹拂,掠过。 裳:泛指衣裳。 袂(mèi 妹):衣袖。

〔12〕白露:谓深秋寒露凝霜,点明霜冷。 沾:浸湿。 衣衿:泛指衣服。

〔13〕寐(mèi 妹):睡眠,入睡。

〔14〕摄衣:提起衣服,揭起衣服。语本《汉书·高帝纪》:"于是沛公起,摄

衣谢之。”

〔15〕丝桐:指琴。琴多用桐木制成,上安丝弦,故称丝桐。

〔16〕悲音:悲哀的声音。

〔17〕羇(jī鸡)旅:作客他乡。　终极:穷尽。

〔18〕壮:刺痛。(依余冠英《汉魏六朝诗选》引《方言》解)　任:堪受,禁受。

今译

荆州不是我故乡,久留此间为何情?两船沿江逆流上,日暮思归更伤心。山冈落日有余晖,山崖曲处增浓阴。狐狸飞奔归旧穴,飞鸟翱翔恋故林。波浪激起声清脆,沿岸猿猴争哀吟。大风吹拂我衣裳,白露浸湿满衣衿。独身彻夜难入睡,摄衣起来弹鸣琴。琴亦感悟人情味,为我发出悲伤音。客居他乡无穷期,忧愁刺痛难以忍。

(张厚惠译注　陈复兴修订)

七哀诗二首五言

张孟阳

题解

张载，西晋文学家。字孟阳，安平(今河北安平县)人。生卒年不详。官至中书侍郎。领著作。后因世乱，托病辞官。与弟张协、张亢都以文章闻名，时称“三张”。原有集，已散佚，明人辑有《张孟阳集》。《文选》入选其诗共三首，即此诗二首及《拟四愁诗》，入选其文为《剑阁铭》。

这首诗写东汉末年，长期军阀混战，东汉帝王陵墓也惨遭破坏、洗劫，通过死人亦不能幸免于难的典型事例，反映战难灾祸深重，愤怒谴责文化浩劫的罪魁祸首军阀、豪强。开头六句写北芒坟地墓葬极多，东汉帝王大墓也集中在这里。中间十四句是主体，侧重写东汉皇陵惨遭浩劫的情形。“季世丧乱起，贼盗如豺虎”，概括写东汉末年以来，中原长期战乱，军阀、豪强如狼似虎，严重破坏经济、文化，肆无忌惮地掘坟挖宝。地下，掘开墓室，撬开棺椁，剥取帝王尸骨上的玉衣，抢夺随葬的珍宝古玩；地上，拆毁陵寝、垣墙。北芒坟地变成一片废墟，后来，农民纷纷前来开荒垦殖，种粮种菜。结尾四句写感慨，哀叹人生无常，抒发凄怆、悲愁、愤慨之情。写法上，选择东汉皇陵的厄运，从一个侧面反映了战乱带来的深重灾难。借古讽今，影射西晋统治阶级争权夺利的纷乱给经济、文化都带来极大破坏。

原文

北芒何垒垒[1]，高陵有四五[2]。借问谁家坟[3]？皆云

汉世主[4]。恭文遥相望[5],原陵郁膴膴[6]。季世丧乱起[7],贼盗如豺虎[8]。毁壤过一抔[9],便房启幽户[10]。珠柙离玉体[11],珍宝见剽虏[12]。园寝化为墟[13],周墉无遗堵[14]。蒙笼荆棘生[15],蹊径登童竖[16]。狐兔窟其中[17],芜秽不复扫[18]。颓陇并垦发[19],萌隶营农圃[20]。昔为万乘君[21],今为丘山土[22]。感彼雍门言[23],凄怆哀往古[24]。

注释

〔1〕北芒:山名。亦作"北邙"。即邙山,在今河南洛阳市北,东汉至北魏的王侯公卿多葬在这里。后来,常用以泛指墓地。

〔2〕高陵:高大的陵墓。此指帝王陵墓。

〔3〕借问:请问。

〔4〕汉世主:指东汉皇帝。

〔5〕恭:恭陵,东汉安帝陵墓。　文:文陵,东汉灵帝陵墓。

〔6〕原陵:东汉光武帝陵墓。　郁:繁茂。　膴膴(wǔ 武):肥美。语出《诗·大雅·绵》:"周原膴膴。"

〔7〕季世:末世,衰微的时代。语出《左传·昭公三年》:"此季世也。"　丧乱:死丧祸乱。

〔8〕贼盗:谓作乱抢劫,危害人民。　豺虎:比喻军阀、豪强。

〔9〕壤:土壤,泛指田园。　一抔(póu):同"一抔土"。一捧土,比喻少。(依李善注)语出《史记·张释之冯唐列传》:"假令愚民取长陵一抔土。"

〔10〕便房启幽户:意谓便房墓室一一被撬开。便房,古代帝王、公卿等陵墓中供吊祭者休息用的小房。启,开,打开。幽户,犹幽房,墓室。

〔11〕珠柙:为"珠襦玉匣"的略语。意谓用金丝连缀珍珠、玉片制成衣服,形似铠甲。为汉代帝王死后的殓服。亦称"金缕玉衣",简称"玉衣"。

〔12〕珍宝:珠玉等的总称。　剽(piāo 飘):抢劫。　虏:抄掠。

〔13〕园寝:帝王陵墓旁的寝庙。　墟(xū 虚):废墟。

〔14〕墉(yōng 雍):垣墙,围墙。　堵:墙壁。

〔15〕蒙笼:同"蒙茏",茂密的草木。

〔16〕蹊径:小路。　童竖:童子。

〔17〕窟(kū 枯):洞穴。

〔18〕芜秽(wú huì 无会):荒废,杂草丛生。

〔19〕颓(tuí):倒塌。 陇(lǒng 垄):同"垄",坟墓。 垦:开垦,垦辟。发:开发,翻耕土地。

〔20〕萌隶(méng lì 盟立):即"氓隶",百姓,农民。语出《战国策·燕策二》:"施及萌隶。" 营:犹垦。开垦,营造。 农:谓农田。 圃(pǔ 普):泛指园地,如菜园、果园等。

〔21〕万乘(shèng 胜)君:谓帝王。语出《孟子·公孙丑上》:"视刺万乘之君。"

〔22〕丘山:意谓坟墓。丘,坟墓。

〔23〕雍门言:亦作"雍门泣"、"雍门泪"、"雍门哀"、"雍门叹"等。意谓雍门子周借助于言辞,陈说孟尝君行将危亡以及危亡以后高台倒塌的境况,又借助弹琴抒发悲音,进一步感发孟尝君的悲思,终于使孟尝君感伤落泪。这里用此典故抒发悲伤之情,感叹沦落之意。典出刘向《说苑·善说》,又桓谭《新论·琴道》、《淮南子·览冥训》等亦载此事。雍门,即"雍门周"的略语。战国时齐人,名周,居雍门(春秋战国时齐国城门名)。

〔24〕凄怆(chuàng 创):悲伤;凄惨。 往古:古昔,古时候。与"今来"相对。

今译

北芒坟墓一层层,高大陵园有四五。借问那是谁家坟?都说东汉众君主。恭陵文陵遥相望,原陵繁茂最丰厚。衰微末世战乱起,盗贼横行如豺虎。毁坏不遗一抔土,撬开便房与幽户。帝王躯体剥玉衣,珍宝古玩被掠走。陵园寝庙化废墟,周围垣墙无一堵。荆棘丛生草繁茂,蜿蜒小路登童竖。狐兔洞穴在其中,荒废杂乱无人扫。坍塌坟地并开垦,农民正忙营田圃。昔日身为万乘君,今天变作山丘土。感叹雍门悲伤言,凄怆悲痛哀远古。

题解

这首诗侧重写墓地萧条凄凉,令人悲伤不已,抒发人生无常的悲观情调,表现了士大夫文人常有的感伤。前十二句描写深秋时节傍晚的景物，西风萧瑟，霜寒凄冷，树木光秃，鸟虫无声，太阳阴沉，孤鸟高栖，呈现一片死寂景象。后八句重在抒情，触景生悲，忧思不已，向长风宣泄幽思，愁苦无法解脱。

表现手法注重铺陈词藻，词句工整。

原文

秋风吐商气〔1〕，萧瑟扫前林〔2〕。阳鸟收和响〔3〕，寒蝉无余音〔4〕。白露中夜结〔5〕，木落柯条森〔6〕。朱光驰北陆〔7〕，浮景忽西沉〔8〕。顾望无所见〔9〕，惟睹松柏阴〔10〕。肃肃高桐枝〔11〕，翩翩栖孤禽〔12〕。仰听离鸿鸣〔13〕，俯闻蜻蛚吟〔14〕。哀人易感伤〔15〕，触物增悲心〔16〕。丘陇日已远〔17〕，缠绵弥思深〔18〕。忧来令发白〔19〕，谁云愁可任〔20〕。徘徊向长风〔21〕，泪下沾衣衿〔22〕。

注释

〔1〕商气：犹言秋气。商即"商秋"的略语。秋。古代按阴阳五行说，以商为五音中的金音。声凄厉，与肃杀的秋气相应，故称秋为"商秋"，亦简称"商"。

〔2〕萧瑟：树木被风吹拂所发出的声音。语出《楚辞·九辩》："萧瑟兮草木摇落而变衰。"

〔3〕阳鸟：谓鸿雁之类的候鸟。秋天气候转凉即南返，春天气候转暖则北移，冬季在南海鸟岛上越冬。　和响：犹和鸣。鸣叫声相应。

〔4〕寒蝉：寒秋的蝉。蝉到寒冷季节则不鸣叫。语出《礼记·月令》："（孟秋之月）凉风至，白露降，寒蝉鸣。"

〔5〕白露：古人认为深秋寒凉，露珠凝结成霜花而呈白色。语出《诗·秦风·蒹葭》："白露为霜。"　中夜：谓半夜。

〔6〕柯条：枝条。　森：繁密。

〔7〕朱光：日光。　北陆：星名。即虚宿，二十八宿之一。其位置在北方。太阳在北陆，指农历十二月，为隆冬。语本《左传·昭公四年》："古者日在北陆而藏冰。"

〔8〕浮景:日光,指太阳。 忽:犹忽忽。形容时间过得很快。 沉:谓坠落。

〔9〕顾:回头看。

〔10〕松柏:古人墓地多植松树、柏树,取其长寿,暗喻永垂不朽,因用以指坟墓。

〔11〕肃肃:犹萧瑟,萧条。语本《庄子·田子方》:“至阴肃肃。”

〔12〕翩翩(piān 篇):鸟飞的样子。语出《诗·小雅·四牡》:“翩翩者雏。”

〔13〕离鸿:因天气转寒冷而离去的南归鸿雁。

〔14〕蜻蛚(liè 列):蟋蟀。语出王充《论衡·变动》:“是故夏末,蜻蛚鸣。”

〔15〕哀:怜悯。 感伤:因感触而悲伤。

〔16〕心:思,心思。

〔17〕丘陇:同“丘垄”,坟墓。语本《楚辞·七谏·沉江》:“封比干之丘垄。”

〔18〕缠绵:犹萦绕。心情郁结。 弥(mí 迷):更加。

〔19〕发白:犹白头。

〔20〕任:堪受,胜任,禁受。

〔21〕徘徊:来回走动。 向长风:为“向长风而舒情”的略语。(依李善注引《楚辞》语)

今译

秋风吐出秋气来,萧瑟凉风掠树林。候鸟南迁不和鸣,寒蝉凄寂无哀音。半夜白露凝成霜,枝条落叶一根根。太阳北移隆冬到,日光忽忽已西沉。回头远望无所见,只见松柏阴森森。萧瑟兀立梧桐枝,孤孤零零栖单禽。仰听鸿雁离去鸣,俯闻蟋蟀唧唧吟。人富怜悯易感伤,触景生悲更痛心。离开丘坟时已久,幽思萦绕日益深。忧虑使人添白发,谁说愁苦可以忍。徘徊舒情向长风,潸然泪下湿衣衿。

(张厚惠译注 陈复兴修订)

悼亡诗三首五言

潘安仁

题解

《悼亡诗》一组,凡三首。为潘岳代表作。都是为哀伤亡妻而写,一般认为皆写于为亡妻服丧一年期满,即晋元康九年(299)秋后。时潘岳五十二岁。三首诗有共同特点:通过对亡妻生前一系列生活琐事和行止的描写,寄托无限哀思,抒发真挚深厚的夫妻之情。能够融叙事、写景、抒情为一体,读来缠绵悱恻,情真意切,具有感人的艺术力量。还应该看到,三首诗各有侧重,没有雷同的感觉。能从多角度着笔,互相补充,反复吟咏,更加强烈地表达了悼念亡妻的深情。

其一侧重记叙亡妻安葬,潘岳为之服丧一年,转眼期满,不得不遵从王命,准备重新返回原官任所。前八句写服丧一年期满,理应离家复职。中间八句写见物思人,抒发物是人非、心神不定的悲哀之情。后八句主要写沉浸在长久忧伤之中不能自拔,孤独的感觉,哀伤的情绪,不但不能随着时光的流逝而淡薄,而且愈积愈深。诗人期望能像庄子一样达观,能够纵身一跳,解脱永恒的哀伤。

原文

荏苒冬春谢[1],寒暑忽流易[2]。之子归穷泉[3],重壤永幽隔[4]。私怀谁克从[5]?淹留亦何益[6]?僶俛恭朝命[7],回心反初役[8]。望庐思其人[9],入室想所历[10]。帏屏无仿佛[11],翰墨有余迹[12]。流芳未及歇[13],遗挂犹在壁[14]。

怅怳如或存[15],周遑忡惊惕[16]。如彼翰林鸟[17],双栖一朝只[18]。如彼游川鱼[19],比目中路析[20]。春风缘隙来[21],晨溜承檐滴[22]。寝息何时忘[23]?沉忧日盈积[24]。庶几有时衰[25],庄缶犹可击[26]。

注释

〔1〕荏苒冬春谢:意谓时光流逝,冬去春来。荏苒(rěn rǎn 忍染),时光渐渐过去。谢,逝去。

〔2〕寒暑忽流易:意谓夏去冬来,四时交替,一年匆匆过去。暗示诗人为亡妻服丧一年很快期满。寒暑,谓冬夏。易,交替。忽,迅速。

〔3〕之子归:语本《诗·召南·江有汜》:“之子于归。”原意谓那女子出嫁,这里借指爱妻不幸去世。“归”为委婉说法。 穷泉:谓泉下,指人死后埋葬的地穴,与“黄泉”义同,都指阴间。

〔4〕重(chóng)壤:意谓层层土壤,犹言地下、泉下,指人死后埋葬的地方。幽:深。

〔5〕私怀谁克从:反诘句。意谓我倾诉心中深深怀念,谁能够听得到呢?私,犹私自。诗人自指。克,能够。从,谓听取,听从。

〔6〕淹留亦何益:亦反诘句。意谓久留家中,沉溺忧伤,又有什么益处呢?淹留,滞留。谓久留家里。

〔7〕僶俛(mǐn miǎn 敏勉):亦作“黾勉”。勤勉,努力。语出《诗·小雅·十月之交》:“黾勉从事,不敢告劳。” 恭:谓恭敬从事,奉行。 朝(cháo 巢):朝廷。 命:任命。

〔8〕回心:转过心意来。 反:返,返回。 役:服役。谓供官职。

〔9〕望庐思其人:意谓望见旧居还在,思念爱妻已殁。庐,房屋,谓爱妻生前住过的房屋,即故居、旧居。

〔10〕入室想所历:意谓走进内室,回想爱妻生前活动踪迹。室,内室,谓爱妻生前卧室。历,经历,行踪。

〔11〕帷屏无仿佛:意谓卧室帐子、屏风等物依旧,而原先生活其间的爱妻踪影却无从寻觅。帷,帐幔,帐子。屏,屏风。仿佛,相似。

〔12〕翰墨有余迹:意谓爱妻生前创作文辞字画仍然还有遗迹保存。翰墨,

犹笔墨，泛指文辞、字画等手迹。余迹，犹遗迹。

〔13〕流芳：意谓流传美名、美德于后世。　歇：尽。

〔14〕遗挂犹在壁：承上“翰墨有余迹”而说，谓亡妻遗墨字画条幅之类还悬挂在墙壁上。遗，遗留。挂，悬挂。

〔15〕怅恍如或存：意谓日夜哀思亡妻，以致神情恍惚迷离，似乎感到她还健在。怅恍，恍惚，谓神思不定。

〔16〕周遑忡惊惕：意谓极度哀伤，心神不定，有时又感到爱妻的确不在人间，因此忧愁、恐惧不安。周遑，犹回遑。谓心神不定，惘然若失。忡，忧虑不安。惕，忧惧。

〔17〕翰林鸟：意谓飞鸟停息林中。而“翰鸟”连用习见。翰，飞，高飞。

〔18〕双栖：谓成双成对歇宿的鸟。用以比喻伉俪。

〔19〕游川鱼：意谓河流中游鱼。

〔20〕比目：为“比目鱼”的略语。相传此鱼一目，必须两两相并才能游动。用以比喻形影不离的伉俪。《尔雅·释地》：“东方有比目鱼焉，不比不行。”中路：中途，半道。　析：分开，分手。

〔21〕春风缘隙来：意谓本来春天最容易酣睡，因哀思亡妻而失眠，春天和风沿着房屋缝隙徐徐吹来，自己也觉察得出来。缘，沿。

〔22〕晨溜承檐滴：顺承上句申说，意谓本来春眠不觉晓，因哀伤亡妻而难以安眠，凌晨寒凉，屋上露水聚集，后沿屋檐下落，轻轻的滴答声，自己也听得见。溜，指屋檐滴下的露水珠。

〔23〕寝息何时忘：反诘句。承接上面两句描写，抒发内心难忘的忧思。意谓朝思暮想，坐卧不安，无论什么时候也不能忘却亡妻。寝息，犹坐卧。寝，睡觉。息，休息，坐。

〔24〕沉忧：深忧。　盈：满。

〔25〕庶几有时衰：意谓多么希望沉痛哀伤有朝一日能够有所减轻。庶几，希望。衰，衰减，减轻。

〔26〕庄缶犹可击：意谓可以效法庄子，强颜达观，妻死不哭，“鼓盆”而歌。即用庄子的“鼓盆”典故。《庄子·至乐》：“庄子妻死，惠子吊之，庄子则方箕踞鼓盆而歌。”击缶，同“鼓盆”。谓敲击瓦质的打击乐器。盆，谓瓦缶（依陆德明释文）。后世以“鼓盆之戚”为丧妻之忧的代称。

今译

冬去春来时光过，寒暑交替流水移。我妻已逝归黄泉，人间地下永隔离。深深怀念谁体谅？沉溺忧伤又何益？勤勉奉行朝廷事，回心转意谨供职。望见居室忆亡妻，进入房间想经历。帐子屏风无相似，文辞手笔有遗迹。流芳后世无止尽，遗留条幅挂墙壁。恍惚迷离依稀在，心神不定忧惧集。如那飞鸟归林宿，成双一旦变孤立。如那水中比目鱼，并游中途而分离。春风和煦徐徐来，凌晨寒露顺檐滴。坐卧何时忘亡妻，深忧满腹日郁积。希望有时减忧患，庄子鼓盆可学习。

题解

这首诗抒发对亡妻的深深怀念和永恒的哀伤。开头八句记叙亡妻已去世一周年，秋天又到，严寒在即，人去被在，谁和诗人一起熬过寒冬呢？中间十句写人去床空，孤独难眠，远望愁云笼罩月亮，近看枕席积满灰尘，空荡荡的房间里，凄厉寒风袭人。盼望亡妻能显灵应，再现仪容，宽慰孤寂之心。结尾十句哀叹自己难以自我解脱，“长叹息”，“涕沾胸”，坐卧不忘亡妻音容笑貌，面对不幸命运，深感无可奈何。

诗中妙用顶真修辞法，增强了抒情主人公悱恻缠绵忧伤难解之思的表达，证明潘岳驱遣语言的功力。

原文

皎皎窗中月[1]，照我室南端[2]。清商应秋至[3]，溽暑随节阑[4]。凛凛凉风升[5]，始觉夏衾单[6]。岂曰无重纩[7]？谁与同岁寒[8]？岁寒无与同[9]，朗月何胧胧[10]。展转眄枕席[11]，长簟竟床空[12]。床空委清尘[13]，室虚来悲风[14]。独无李氏灵[15]，仿佛睹尔容[16]。抚衿长叹息[17]，不觉涕沾胸[18]。沾胸安能已[19]？悲怀从中起[20]。寝兴目存形[21]，遗音犹在耳[22]。上惭东门吴[23],下愧蒙庄子[24]。赋诗欲言志[25],此志难具纪[26]。命也可奈何[27]?长戚自令鄙[28]。

注释

〔1〕皎皎:明亮的样子。

〔2〕端:正。为"端门"的略语,谓正门。李善注:"室南端,室之南正门。"

〔3〕清:犹气清。意指天朗气清。 商:为"商风"的略语,秋风。旧以商为五音中的金音,与秋相应,故称。

〔4〕溽(rù 褥)暑:又湿又热,指盛夏的气候。 阑:残,尽,晚。 节:季节。

〔5〕凛凛(lǐn):寒冷的样子。 升:起。

〔6〕衾(qīn 钦):被子。

〔7〕重(chóng):重叠,谓加厚。 纩(kuàng 矿):絮衣服的新丝绵。

〔8〕岁寒:意谓一年寒冬。

〔9〕此句与上一句都有"岁寒",有意构成修辞"顶真",且词意同而句式异。上句用反诘句表示否定,下句直接用否定句。

〔10〕朗月何胧胧:意谓本应明朗的月色也变得昏暗,似乎也为愁云笼罩,显得冷漠寒凉。 胧胧:微明。

〔11〕展转:同"辗转"。形容忧思萦牵,卧不安席的样子。 眄(miǎn 免):斜视。

〔12〕簟(diàn 店):竹席。

〔13〕此句与上一句都有"床空",构成修辞"顶真"。上下两句意思关联,都强调床在人亡的深深哀伤。意谓床上竹簟虽然宽大,竟无人睡眠;正因为床上无人睡眠,也就积满灰尘。

〔14〕虚:空,空虚。

〔15〕独无李氏灵:相传为汉武帝与李夫人的故事,见桓子(桓谭)《新论》:"武帝所幸李夫人死,方士李少君言能致其神。乃夜设烛张幄,令帝居他帐,遥见好女,似李夫人之状,还帐坐也。"(据李善注引) 灵:灵应。

〔16〕仿佛睹尔容:当与上句合观。意谓唯独没有像李夫人那样显示灵应,哪怕是隐隐约约再见一见您的尊容也好啊!

〔17〕抚:摸。　衿(jīn 今):古代衣服的交领。

〔18〕涕沾胸:意谓泪水沾湿胸前衣服。

〔19〕此句与上句都有“沾胸”,构成修辞“顶真”。上下句意思关连,意谓哀伤至极,落泪已经沾湿衣服,而且沾衣的眼泪还在继续流淌,哪有停止的时候呢?　已:止,停止。

〔20〕悲:悲哀,悲伤。　怀:想念。

〔21〕寝:睡觉。　兴:起,起床。　形:形体,容貌。

〔22〕遗:遗留。　音:声音,话语。

〔23〕上惭东门吴:典出《列子·力命》:“魏人有东门吴者,其子死而不忧。其相室曰:‘公之爱子天下无有,今子死不忧,何也?’东门吴曰:‘吾常(尝)无子,无子之时不忧;今子死,乃与向无子同,臣奚忧焉?”意谓东门吴子死不悲,处之泰然,相比之下,自己感到惭愧。

〔24〕下愧蒙庄子:典出庄子妻死不哭,鼓盆而歌。庄子,战国时宋国蒙地(今河南商丘东北)人,曾做过蒙地方的漆园吏,故称“蒙庄子”。

〔25〕赋诗欲言志:语本《书·舜典》:“诗言志,歌咏言。”孔传:“谓诗言志以异之,歌咏其义以长其言。”　赋诗:作诗。

〔26〕纪:通“记”,记录。

〔27〕命也可奈何:意谓生死皆由命运注定,人们无可奈何。命,命运。旧谓吉凶祸福、生死寿夭等命运。可奈何,犹无可奈何。

〔28〕长戚:犹“长戚戚”的略语。语出《论语·述而》:“君子坦荡荡,小人长戚戚。”长(cháng),常。戚戚,忧愁。　鄙:鄙视,瞧不起。

今译

月亮皎皎映窗户,光照居室门正南。天朗气清伴秋到,盛暑湿热随夏残。凄清寒凉秋风起,夏被单薄不觉暖。难道没有加厚被?同谁共被度冬寒?冬寒无人共被卧,明月为何亦暗淡?辗转不眠看枕席,人去床空竟孤单。床空无人积灰尘,空室冷风添凄惨。独无李氏显灵应,闪现尊容心也宽。抚摸衣衿长叹息,不禁涕泪湿衣衫。泪湿衣衫哪能止?悲伤怀念涌心间。卧起眼中见容颜,轻言笑语在耳边。哀伤有愧东门吴,对照庄子亦愧惭。本想作诗以言志,如此心绪记录难。无可奈何此命运，深忧自令人轻贱。

题解

这首诗写诗人即将复职，临行前再一次向亡妻告别，抒发依依难舍、悲伤不已的沉痛心情。前十四句写日月如梭，转眼守丧一年已满，祭奠亡妻的活动已经终止，诗人不得不脱去丧服，不得不悲叹：此后将如何对亡妻表达哀思呢？中间八句记叙启程复职前再度看望长眠地下的亡妻，描写徘徊坟墓前的状态，抒发不忍离去的哀伤。结尾十句着意渲染坟地凄凉、萧索，哀叹孤魂寂寞，洒泪登程，心有余悲。

原文

曜灵运天机〔1〕，四节代迁逝〔2〕。凄凄朝露凝〔3〕，烈烈夕风厉〔4〕。奈何悼淑俪〔5〕，仪容永潜翳〔6〕。念此如昨日〔7〕，谁知已卒岁〔8〕。改服从朝政〔9〕，哀心寄私制〔10〕。茵帱张故房〔11〕，朔望临尔祭〔12〕。尔祭讵几时〔13〕，朔望忽复尽〔14〕。衾裳一毁撤〔15〕，千载不复引〔16〕。亹亹期月周〔17〕，戚戚弥相愍〔18〕。悲怀感物来〔19〕，泣涕应情陨〔20〕。驾言陟东阜〔21〕，望坟思纡轸〔22〕。徘徊墟墓间〔23〕，欲去复不忍〔24〕。徘徊不忍去〔25〕，徙倚步踟蹰〔26〕。落叶委埏侧〔27〕，枯荄带坟隅〔28〕。孤魂独茕茕〔29〕，安知灵与无〔30〕？投心遵朝命〔31〕，挥涕强就车〔32〕。谁谓帝宫远〔33〕？路极悲有余〔34〕。

注释

〔1〕曜灵：太阳。　运：运转。　天机：张铣注：“言天运动有机关也。”

〔2〕四节：指一年四季。　逝：往，流逝。

〔3〕凄凄：寒凉。　朝露：清晨露水。

〔4〕烈烈：通“冽冽”，犹凛冽，寒冷的样子。《诗·小雅·四月》：“冬日烈烈，飘风发发。”郑玄笺：“烈烈，犹栗烈也。”　厉：犹凄厉。

〔5〕淑:美好。 俪(lì 丽):犹配偶,伴侣。此指亡妻。

〔6〕仪容:仪表。多指美好的容貌、姿态、风度等。 潜:深藏。 翳(yì 义):遮蔽。

〔7〕念此如昨日:意谓怀念亡妻美好的仪表、音容笑貌,记忆犹新,如同昨日一般。

〔8〕卒岁:度过一年。语出《诗·豳风·七月》:“无衣无褐,何以卒岁?”

〔9〕改服:谓脱去丧服。旧时丧服制,妻死,夫为妻穿丧服一年,称齐衰(zī cuī 资崔)期。见《仪礼·丧服》。 从:事奉,供职。 朝政:指朝廷政务。

〔10〕制:旧时依照丧礼为故去亲人守丧叫做“制”。私制,犹私丧。《礼记·杂记上》:“大夫有私丧之葛。”郑玄注:“私丧,妻子之丧也。”

〔11〕茵(yīn 因):褥子。 帱(chóu 绸):同“裯”。被单,一说床帐。此“茵帱”连用,可泛指床上用品。 张:陈设。

〔12〕朔望:指农历每月的初一日和十五日。 临尔祭:谓临祭尔,来此祭奠您(亡妻)。“祭尔”颠倒言之,以协韵。

〔13〕尔祭讵几时:意谓祭奠您曾几何时,强调其时间过得很快。讵(jù 巨),曾,曾经。此句与上句都有“尔祭”,构成修辞“顶真”。

〔14〕朔望忽复尽:意谓守丧一年,每月初一、十五祭奠很快完了。“朔望”与上两句重见,构成修辞间接“反复”。

〔15〕衾(qīn 钦):被子。 裳:下身的衣服,裙。 毁:毁弃。 撤:撤除。

〔16〕千载:泛指长久。 引:陈设。依李善注:“《尔雅》曰:‘引,陈也。’”

〔17〕亹亹(wěi 伟):行进的样子。 期(jī 基)月:一周年。《论语·子路》:“子曰:‘苟有用我者,期月而已可也,三年有成。’” 邢昺疏:“期月,周月也,谓周一年之十二月也。”

〔18〕戚戚:忧愁,忧惧。 弥:更。 愍(mǐn 悯):哀怜。

〔19〕悲怀感物来:意谓感触亡妻生前所用旧物,悲伤、怀念之情油然而生。

〔20〕泣涕:眼泪。 陨(yǔn 允):坠落。

〔21〕驾:系马于车,谓驾车,套车。 陟(zhì 志)升:登。 阜(fù 父):土山。

〔22〕坟:坟墓。 纡轸(yū zhěn 迂枕):隐痛在心,郁结不解。

〔23〕徘徊(pái huái 排怀):来回地行走。 墟墓:犹谓丘墓,坟墓。

〔24〕欲去复不忍:意谓想离开亡妻坟墓而去,又不忍心走开。

〔25〕此句与上两句都有“徘徊”，构成修辞间接“反复”。强烈地表达出不能忘怀的哀思。

〔26〕徙倚（xǐ yǐ 喜以）：犹徘徊，流连不去。 踟蹰（chí chú 迟除）：徘徊不进。

〔27〕委：堆积。 埏（yán 延）：墓道。

〔28〕荄（gāi 该）：草根。 带：围绕。 隅：角落。

〔29〕孤魂：谓孤单长眠地下的死者，此指亡妻。 茕茕（qióng 穷）：孤独无依的样子。

〔30〕灵：犹“灵魂”的略语。

〔31〕投心遵朝命：意谓竭力抛开思念亡妻之心，依从朝廷任命复职。

〔32〕挥泪：洒泪。 强（qiǎng）：勉强。 就车：犹言登车、上车，谓启程赴任。

〔33〕此句当与下句合观。谁说奔赴京城皇宫路程长远呢？远远比不上诗人悲伤长远。 帝宫：皇帝宫殿，谓京城。

〔34〕路极悲有余：意谓奔赴京城皇宫，路程虽然远，总可以走完，而诗人痛失贤妻的悲哀却永远没有止境。极，尽。

今译

太阳运转有天机，四季交替不停息。寒凉清晨露结霜，凛冽傍晚风凄厉。如何悼念贤淑妻，美好仪容永藏匿。怀念仪表如昨日，谁知永别已周年。脱下丧服赴朝政，寄托哀思服丧期。褥帐陈设于故居，朔望按时往祭祀。祭祀曾经能几日，周年朔望有尽时。生前被服一撤毁，此后千载不设置。日月流逝一周年，忧愁哀怜日益深。感触旧物悲伤来，情不自禁泪涕零。驾车登上东土山，见坟隐痛更伤心。久久徘徊坟墓间，离去又止情不忍。久久徘徊不忍去，来回流连难忘情。落叶堆积墓道边，枯草根连绕坟茔。孤孤单单长眠人，哪知有无灵与魂？抛开哀思赴官职，洒泪登车且起程。谁说皇宫路途远？路远有尽悲无尽。

（张厚惠译注　陈复兴修订）

庐陵王墓下作一首五言　谢灵运

题解

这首诗当作于元嘉三年(426),为庐陵王刘义真昭雪之时。

义真为刘裕次子,永初元年受封庐陵王。其人礼让贤达,聪敏好文,与谢灵运交往甚密,很不以其父篡晋与少帝义符为然。景平二年被权臣徐羡之等所废,又被杀。灵运曾想依他的势力,在政治上施展才志,因之被贬为永嘉太守。宋文帝刘义隆即位,为义真昭雪,重新追赠其爵号,灵运当然也无罪,召回京师重新任职。其实,这些都是文帝在内部与士族政治斗争中的一种手法。既有政治抱负又有政治敏感的灵运,是看得很清楚的。

前四句解题,点出行程与庐陵王墓。次八句怀念庐陵的神明与德音,抒发悲悼之情。次八句以延州楚老自喻,为庐陵生前个人无所助益,死后徒怀哀伤而自愧自恨。后六句为庐陵之冤鸣不平,暗讽文帝为庐陵追赠名号的虚伪性,并与题目呼应。

原文

晓月发云阳〔1〕,落日次朱方〔2〕。含凄泛广川〔3〕,洒泪眺连岗〔4〕。眷言怀君子〔5〕,沉痛结中肠〔6〕。道消结愤懑〔7〕,运开申悲凉。〔8〕神期恒若在〔9〕,德音初不忘〔10〕。徂谢易永久〔11〕,松柏森已行〔12〕。延州协心许〔13〕,楚老惜兰芳〔14〕。解剑竟何及〔15〕,抚坟徒自伤〔16〕。平生疑若人〔17〕,通蔽互相妨〔18〕。理感深情恸〔19〕,定非识所将〔20〕。脆促良可哀〔21〕,

夭枉特兼常[22]。一随往化灭[23],安用空名扬[24]。举声泣已洒[25],长叹不成章[26]。

注释

〔1〕晓月:晨月。指清早。　云阳:地名。今江苏省丹阳县。

〔2〕次:停止,歇息。　朱方:古地名。三国时吴改为丹徒。今江苏镇江。刘宋王陵多在此。

〔3〕含凄:含悲。　泛:指乘舟而行。　广川:大川。

〔4〕连岗:连绵不断的山岭。李善注引青乌子《相冢书》:"天子葬高山,诸侯葬连岗。"此指刘宋王朝宗室墓地。

〔5〕眷言:怀念的样子。言,语助词,无义。　君子:德行高尚的人。此指庐陵王刘义真。

〔6〕结:郁结。　中肠:内心。

〔7〕道消:道义消减。君子的道义被恶势力压倒。此指宋少帝(刘义符,刘裕长子)时代坏人徐羡之等当政,庐陵王被废与被杀事。

〔8〕运开:开太平之运。指国家命运好转,拨乱反正。此谓宋文帝(刘义隆)即位,刘义真被杀事得到昭雪。　悲凉:悲哀。

〔9〕神期:神明。指庐陵王刘义真。　恒:永远。

〔10〕德音:仁德音容。指庐陵王刘义真的品德形貌。

〔11〕徂(cú)谢:逝世。　永久:陈迹。

〔12〕森:森然,树木丛生的样子。

〔13〕延州:指延陵,今江苏省武进县。春秋时吴公子季札的封地。此以地代人,指季札。　协:和协,此有默契的意思。　心许:内心许诺。李善注引《新序》说:吴公子季札出使晋国,佩带一口宝剑。路过徐国,徐君看见很是羡慕,口头没说,表情上则很有索要的意思。季札领会到他的想法,但是因为要出使大国不能不佩剑,就没有立即献给他,准备回来相赠。季札完成使命回来时,徐君已死。他就把这口佩剑挂在徐君墓的树上。

〔14〕楚老:楚地的老人。彭城(今江苏省铜山县)地方的一个隐士。　惜:惋惜。哀悼。　兰芳:兰草的芳香。喻人品德高尚。李善注引《汉书》:"龚胜者,楚人也,字君宾。(曾任谏官,王莽篡汉,不再出仕,言不以一身事二姓。)胜

卒,有一老父来吊,其哭甚哀,继而曰:'嗟乎!薰以香自烧,膏以明自销。龚先生竟夭天年,非吾徒也。'遂趋而出,莫知其谁。"此句用其事。

〔15〕解剑:解下佩剑。此句指季札。

〔16〕抚坟:抚摩坟墓。指楚老吊龚胜。 徒:空,白白地。

〔17〕疑:怀疑,疑惑。 若人:这人。指季札与楚老。

〔18〕通蔽:令德高远,通达明理为通;蔽为通的反面,即阻塞,掩蔽,受感情支配,遇事想不通为蔽。 相妨:相互妨碍,相互矛盾。这句是说季札与楚老都是德行高尚通达明理之人,但是人已死还去献剑,还要抚坟痛哭,行为受感情支配则是不通达的。两人的思想与行为相抵触。

〔19〕理感:即理通感蔽,事理通达与感情阻塞,相互矛盾。 情恸:心情悲痛。

〔20〕识:见识。 所将:所及,所能控制。这两句说以往怀疑延州楚老二人的通蔽相妨,而今自己也感到这种通蔽矛盾,内心难以控制地悲痛起来。

〔21〕脆促:生命脆弱短促。 良:甚。

〔22〕夭枉:冤屈而死。 兼常:倍于常人。

〔23〕一随:任随。 往化:往复不止的大自然。 灭:指庐陵被杀。

〔24〕安用:何必。 空名:指元嘉三年为刘义真昭雪,追赠其为侍中、大将军,封庐陵王如故而言。

〔25〕举声:发出声音。

〔26〕章:文章。

今译

晨月尚挂从云阳出发,落日下山至朱方暂停。心悲伤乘舟渡过河川,泪泉涌眺望连绵山岗。深深怀念那仁爱君子,沉痛情绪充溢我胸膛。道义消亡之时心愤懑,国运开通之日舒悲伤。神明永存长在我心中,德行音容始终不淡忘。人已长逝往事为陈迹,坟上松柏森然已成行。季札佩剑默默许徐君,楚老哀悼龚胜德高尚。死后赠剑只好挂树上,抚坟痛哭独自空悲伤。平生疑惑两人甚荒唐,善德通达行为却愚妄。今我一样愚妄深悲痛,感情确非理智所制控。庐陵年少命短甚可哀,冤屈苦难远超常人上。一任自然灵魂长归去,何必追赠空名力宣扬。高声悲泣热泪尽挥洒,悠长叹息作文不成章。

(陈复兴译注并修订)

拜陵庙作一首五言

颜延年

题解

本诗为颜延之随侍宋文帝拜谒初宁陵(南朝宋武帝陵,在今江苏南京钟山东南)所作。

前四句解题,以"周德"、"汉道"喻文帝之礼仪教化。次六句忆武帝之世所受的恩荣。次六句与少帝时的困窘相比,写文帝给予的礼遇。次十四句入拜陵正题,颂武帝功德流芳不息。"衣冠"四句,化情入景,颂与讽兼而有之。末尾收结全诗,表晚达之意,有自警之情。

以应制诗体,写自叙内容,是颜诗一个特点。

原文

周德恭明祀[1],汉道尊光灵[2]。哀敬隆祖庙[3],崇树加园茔[4]。逮事休命始[5],投迹阶王庭[6]。陪厕回天顾[7],朝宴流圣情[8]。早服身义重[9],晚达生戒轻[10]。否来王泽竭[11],泰往人悔形[12]。敕躬惭积素[13],复与昌运并[14]。恩合非渐渍[15],荣会在逢迎[16]。夙御严清制[17],朝驾守禁城[18]。束绅入西寝[19],伏轸出东垌[20]。衣冠终冥漠[21],陵邑转葱青[22]。松风遵路急[23],山烟冒垅生[24]。皇心凭容物[25],民思被歌声[26]。万纪载弦吹[27],千载托旒旌[28]。未殊帝世远[29],已同沦化萌[30]。幼壮困孤介[31],末暮谢幽贞[32]。发轫丧夷易[33],归轸慎崎倾[34]。

注释

〔1〕周德:周王之仁德。　明祀:神明之祭祀。

〔2〕汉道:汉帝之道义。　光灵:光明之神灵。此指祖宗。

〔3〕隆:高。

〔4〕园茔:陵园墓地。

〔5〕逮:及。　事:服事。　休命:美善的天命。指宋高祖刘裕即帝王之位。

〔6〕投迹:投止,归依。此指出仕任职。　阶:进入。　王庭:朝廷。以上两句谓延之于刘裕即帝位之初,由世子舍人补太子舍人。

〔7〕陪厕:陪侍于君侧。厕,通"侧"。　回:回转。　天顾:天子的顾视。

〔8〕朝宴:朝廷的宴饮。　流:传播。　圣情:圣主的恩情。

〔9〕早服:早年服事。服,服事君主。　身义:以身事君之义。义,指君臣的情义。

〔10〕晚达:晚岁宦达。　生戒:养生避祸之戒。戒,警戒,戒备。以上两句的意思说早年服事武帝,则以投身效命之义为重;晚岁在文帝时得以显达,则以养生避祸之戒为轻。

〔11〕否(pǐ 匹):《周易》卦名。指闭塞不通,人命不佳,世事不顺。　王泽:帝王的恩泽。　竭:尽。

〔12〕泰:《周易》卦名。指通达顺利,命运好,世事遂。　悔:悔吝,悔恨。形:显示,出现。以上两句指少帝(刘义符)失德,小人(权臣徐羡之、傅亮等)在位之时,意思说否来泰往,王恩既尽,忧患随生。

〔13〕敕(chì 斥)躬:自我警戒。　积素:积久的情愫。指宋武帝(高祖)的恩情。素,通"愫",真情,诚心。

〔14〕昌运:昌隆的运命,指宋文帝之时。　并:相合。以上两句的意思说在少帝失德奸臣在位之时,虽警戒自身不易志节而仍有愧于武帝积久的恩情厚遇;幸遇文帝昌明国运,又得君臣契合一致。

〔15〕渐渍(jiān zì 尖自):浸润,沾染。此指平常的苟合。

〔16〕荣会:荣宠会遇。以上两句意思说延之与文帝君臣相契,并非平庸苟合;而自己得到的荣华会遇,只是文帝以礼仪相迎的体现。

〔17〕夙:早。　御:使。　清制:清道止行的命令。制,皇帝的命令。

〔18〕朝驾：朝拜陵庙的车驾。 守：待。 禁城：宫城。禁，宫禁。以上两句意思说早晨使人宣布戒严清道的命令，而群臣朝拜陵庙的车驾皆待于宫城之间。

〔19〕绅：古时卿大夫腰系的大带子。 西寝：西侧的寝殿，指宗庙。

〔20〕伏轸：轸，当作"轼"，传写之误。伏轼，伏于帝车之轼。指延之为帝车上之陪侍。伏，表敬之词。轼，车前横木，此代车。 东垧（jiōng 扃）：东郊。指陵墓所在。

〔21〕衣冠：指先帝之衣冠。 冥漠：虚无。

〔22〕陵邑：陵墓所在之地。 葱青：草木之色。

〔23〕遵：绕。 路：指陵邑之路。

〔24〕冒：覆盖，笼罩。 垅：陵墓。李善注引《方言》："秦晋之间，冢谓之垅。"

〔25〕皇心：皇帝之心。指宋文帝。 凭：凭视，凭吊。 容物：遗容故物。

〔26〕民思：人民的思慕。 被：加于，表达于。

〔27〕万纪：万年。十二年为一纪。 载：记载，记述。 弦吹：弦和管。

〔28〕托：寄托。 旒旌：垂有饰物的旌旗，其以铭记死者的功德。旒，旗帜下面的饰物。以上两句的意思说宋武帝的功德，千年万载赞颂于管弦，铭记于旌旗。

〔29〕未殊：未离。 帝世：指武帝（高祖）之时代。

〔30〕沦化：大化，深远的教化。 萌：始。以上两句意思说武帝功德威灵永存，闻管弦之音，见旌旗之铭，至今不觉远离其世，与其教化流布之始相同。

〔31〕幼壮：少壮之时。 孤介：孤立独特。

〔32〕末暮：衰老之时。 谢：辞谢，拒绝。 幽贞：幽隐而贞正。指隐居修道之士。以上两句意思说少壮之时，少帝失德奸臣弄权，自己处于孤立独介的困境，暮年而得文帝恩合，依恋帝德，不复幽栖退隐。

〔33〕发轫：义同"投迹"，指少时出仕。李善注："以车之行喻己之仕也。发轫，弱冠也。" 丧：失。 夷易：平易，指宋武帝之时。

〔34〕归轸：归车，以车归喻暮年垂老之时。 崎倾：崎岖路上有倾覆之险。刘良注："言发迹入仕在于高祖平易之时，高祖既没，遭少帝之难，是发迹而失平易之道。今老矣，如车之将归，宜慎崎岖之险也。" 以上两句为自警之语。

今译

周王德风在恭祭神明,汉帝道义在尊崇圣灵。哀情敬奠庄严的祖庙,树荫笼罩肃穆的园陵。自服事美善国运伊始,即任职进帝王的朝廷。陪侍君侧得天子照应,朝中饮宴受圣主恩情。早年服事委身君义重,晚岁宦达养生戒惧轻。凶患来临君王恩泽尽,吉祥消逝人间祸难生。警戒自身愧对先君德,复与昌明国运心相通。君臣情亲并非苟相会,荣宠恩遇以礼义相逢。清晨宣布清道止行令,朝拜车驾等待宫城中。腰束玉带入拜西寝殿,陪侍帝车出祭东墓茔。先帝衣冠已虚无不见,陵园草木呈一片青葱。松风沿大路吹得正急,山烟覆墓冢愈生愈浓。皇帝凭吊遗容与故物,民众情思表达于歌声。万年管弦赞颂先帝德,千载旌旗铭记高祖功。武帝明世距今未离远,盛大教化仍与当初同。少壮时困于孤独个性,垂老年不再隐退田耕。少时出仕即失平坦途,将老慎勿归途车覆倾。

(陈复兴译注并修订)

同谢谘议铜爵台

一首五言

谢玄晖

题解

本诗为谢朓与谢璟的唱和之作。诗题铜雀台,又名铜雀伎。为古乐府相和歌辞平调曲。此前谢璟曾以该题作诗,谢朓又以同题而作,但题同而意不同,故曰同而不曰和。璟为朓同族侄辈,萧梁天监中为左户尚书,迁侍中卒。谘议,官名,谘议参军的简称。

铜雀台,汉末建安十五年曹操所建。故址在今河北省临漳县西南。台高十丈,周围殿屋一百二十间。于楼顶置大铜雀,舒翼欲飞,故名铜雀台。魏武帝遗命诸子,死后葬于邺城西岗,诸妾与伎人皆住铜雀台,台上置六尺床帐,每月朔望令伎人向之表演歌舞。

本诗前四句直讽魏武帝以姬妾充奉园陵的愚妄奢侈。"若平生",写死后祭奠之勤,也显出生前酒肴之盛。"讵闻",即不闻,人已葬西陵,不闻声歌舞乐,而声歌舞乐照例不误。死人役使活人。反诘句满含讥讽。

后四句写群伎,似述其忠爱,实写其悲苦哀怨。君王身高位显,已化为虚空,群妾身轻位卑,终年愁苦,活为殉葬。末两句是全诗重心,是哭诉,也是义愤。

原文

繐帏飘井干〔1〕,樽酒若平生〔2〕。郁郁西陵树〔3〕,讵闻歌吹声〔4〕。芳襟染泪迹〔5〕,婵媛空复情〔6〕。玉座犹寂漠〔7〕,

况乃妾身轻[8]。

注释

〔1〕缌帏(suì wéi 岁维):灵帐,置于灵前或柩前。缌,细而疏的麻布,古时用为丧服。帏,通"帷"。　井干(hán 寒):高楼名,汉武帝立于西都,高五十丈。《西都赋》:"攀井干而未半,目眩转而意迷。"此喻魏武所建铜雀台。

〔2〕樽:古代盛酒的器具。　平生:平时。指在世时。

〔3〕郁郁:草木茂盛的样子。　西陵树:暗指魏武帝曹操。李善注:"不敢指斥,故以树言之也。"西陵,邺城西岗,魏武帝墓田。

〔4〕讵(jù 巨):岂。表反问。　歌吹:歌唱与奏乐。吹,鼓吹,奏乐。

〔5〕芳襟:指女人的衣襟。

〔6〕婵媛(chán yuán 缠园):指情意牵引联绵。李善注引《楚辞》:"心婵媛而伤怀兮。"王逸注:"婵媛,牵引也。"

〔7〕玉座:君王的御座。此指魏武帝。　寂漠:虚无。

〔8〕妾:铜雀台上的伎人自谓。　身:身分,身价。

今译

细布灵帐飘动井干楼,樽樽美酒进献如平生。郁郁葱葱西陵松柏树,可曾听见伎人歌舞声。群伎衣襟已为泪痕染,思恋绵绵空怀一片情。君王位高今犹化虚无,何况妾身轻贱怎久长。

(陈复兴译注并修订)

出郡传舍哭范仆射一首五言

任彦升

题解

任昉(460—508),南朝梁文学家。字彦升,乐安博昌(今山东寿光)人。宋、齐、梁三代都做官。梁代历任义兴、新安太守等职。为官清廉,生活不追求奢华。与沈约、范云等友善,史称其为“竟陵八友”。擅长写作表、奏、书、启各体文章,曾以“任笔沈诗”著称于世。

诗人由京官外调,出任义兴郡太守,赴任途中暂住旅舍,忽得范仆射噩耗,即作此诗以示哀悼。郡,指义兴郡,其治所在阳羡(今江苏宜兴县)。依李善注:“刘璠《梁典》曰:‘天监二年,仆射范云卒。任昉自义兴贻沈约书曰:永念平生,忽为畴昔。’”传舍,古代供来往行人居住的旅舍。范仆射,指范云(451—503),南朝梁诗人。字彦龙,南乡舞阴(今河南泌阳县西北)人。宋、齐、梁三代都做官。梁代任侍中、吏部尚书,官至尚书右仆射,封霄城县侯,故称范仆射、范侯。当时以右仆射为尚,相当于后世宰相之职,为朝廷重臣,深得梁武帝宠信。

这首诗主要回顾诗人同范云三十年亲密无间的友情,痛哭范云壮年暴卒,抒发丧失国家栋梁的无限惋惜之情。前十二句极力赞扬范云为“国桢”、“王佐”、“民英”,回顾二人共事、过从“三十载”的深厚交情。中间十四句主要写二人志同道合,不忍分离。他们之间,诗作赠答,书信往来,多得可装满书箱;相互戏谑,谈笑风生,胸怀坦荡,可容万物。结尾八句写两人分别不足十个月,不见其朱颜改变,原以为还是往常那般壮健，不料突然过早去世（范云终年仅四十九岁，正值壮年），为丧失“国均”而痛哭不已，并致以由衷哀悼。

原文

平生礼数绝[1]，式瞻在国桢[2]。一朝万化尽[3]，犹我故人情[4]。待时属兴运[5]，王佐俟民英[6]。结欢三十载[7]，生死一交情[8]。携手遁衰孽[9]，接景事休明[10]。运阻衡言革[11]，时泰玉阶平[12]。浚冲得茂彦[13]，夫子值狂生[14]。伊人有泾渭[15]，非余扬浊清[16]。将乖不忍别[17]，欲以遣离情[18]。不忍一辰意[19]，千龄万恨生[20]。已矣平生事[21]，咏歌盈篋笥[22]。兼复相嘲谑[23]，常与虚舟值[24]。何时见范侯[25]？还叙平生意[26]。与子别几辰[27]？经涂不盈旬[28]。弗睹朱颜改[29]，徒想平生人[30]。宁知安歌日[31]，非君撤瑟晨[32]？已矣余何叹[33]，辍舂哀国均[34]。

注释

〔1〕平生礼数绝：意谓国家正常礼制败坏不修。　平生：平素，正常。　礼数：古代按名位而分的礼仪等级制度。　绝：断绝，败坏。

〔2〕式瞻在国桢：意谓盼望像范云这样的国家栋梁主持国政，严格各种礼仪制度。　瞻：视，望。　国桢：谓国的支柱，骨干。用以暗喻范云。（依李善注）

〔3〕一朝万化尽：意谓一旦万物变化到了尽头。用以比喻范云之死。　万化：万物变化。

〔4〕故人：旧友，老朋友。

〔5〕待时属兴运：意谓范云等待时机恰逢国运昌盛。　属（zhǔ 瞩）：适值，恰逢。　兴：兴盛，昌盛。　运：谓世运、国运。

〔6〕王佐：帝王的辅佐。常见“王佐材（才）”连用，谓帝王辅佐之材（才）。俟（sì 四）：等待。　英：杰出的人物。

〔7〕结欢:犹“交欢”,与人结为友好,结交成好朋友。

〔8〕交情:朋友相处的情谊。

〔9〕携手遁衰孽:意谓任、范二人果断决定,从懦弱无能的当权者麾下一起逃离。 遁:逃离。 衰孽(niè 聂):借指齐东昏侯(依李善注)。 衰:衰弱。孽:庶子。

〔10〕接景事休明:意谓任、范二人紧密相从,投奔贤能清明的梁武帝。接景(yǐng 影):影子相接,谓二人紧密相从。“景”为“影”本字。 休明:美好清明。借指梁武帝(依李善注)。

〔11〕运阻衡言革:意谓国运险阻则必然变乱。言,语助词。 运:谓国运,世运。 阻:险阻,艰难。 衡:平,平常。此有必然意。 革:变革。

〔12〕时泰玉阶平:意谓时世太平则国家安定。

〔13〕浚冲得茂彦:引用王戎善于识别、推荐优秀人材的典故。 浚(jùn 俊)冲:王戎(234—305),西晋琅邪临沂(今山东临沂县)人,字浚冲。晋武帝时,历任豫州刺史、光禄勋、吏部尚书等职。任吏部尚书时,以善于识别、铨选官吏著称当世。史实见《晋书·王戎传》:“戎有人伦鉴识。” 茂彦(yàn 燕):犹俊彦。谓才智过人之士。

〔14〕夫子值狂生:意谓先生(范云)身居吏部尚书要职,推荐我(任昉)当您的助手吏部侍郎,自己狂妄无知,缺少鉴识、铨选高材能力,愧对知遇之恩。这是任昉谦虚说法,其实他也胜任吏部侍郎之职,史有明文。《梁书·到洽传》:“任昉有知人之鉴。”他的鉴识人材的能力,可与王戎相提并论。 夫子:先生。谓年长有德者。此指范云(依李善注)。 值:逢着,谓知遇。 狂生:谓狂妄无知的人。此为任昉谦称自己。(依李善注)

〔15〕伊人有泾渭:意谓范云本来人品高尚。 伊人:犹此人。谓范云(依李善注)。 泾渭:二河名。泾河为渭河的交流。古代相传“泾浊渭清”,差别悬殊。此用以比喻人品的清浊高下(依李善注)。这里的“泾渭”实际用如偏义复词,只是侧重赞扬范云人品高尚。

〔16〕非余扬浊清:意谓并非我(任昉)人为地显扬清流,抬高范云才德。扬浊清:犹“扬清抑浊”的略语。本谓显扬清流,贬抑浊流。用以比喻褒扬人品高的,贬抑人品低的。这里用如偏义复词,侧重于“扬清”。

〔17〕乖:犹“乖别”,分离。 别:别离,离去。

〔18〕遣:排遣。 离情:谓离别思念之情。

〔19〕不忍一辰意：意谓任、范二人一向过从甚密，连短暂的离别也于心不忍。此句与上两句都有“不忍”，构成修辞间接“反复”。 一辰：一个时辰。极言时间短暂。 辰：十二时辰之一，本指七时至九时。 意：情意，谓离别之情。

〔20〕千龄万恨生：意谓范云不幸早逝，永别千年不相见，极度遗憾不禁油然而生。 千龄：犹千年。极言其长久。 万恨：极度遗憾。极言遗憾之大。

〔21〕已矣平生事：意谓任、范二人一生交游的往事都已完结。 已矣：完结了。 平生：一生，此生。

〔22〕咏歌盈箧笥：意谓任、范二人吟诗赠答、书简往来很多，多得装满书箱。 咏歌：谓作诗吟咏，相互赠答。 箧笥（qiè sì 怯饲）：连用泛指小箱之类的竹器，此谓竹编书箱。

〔23〕嘲：嘲笑。 谑（xuè 血）：戏谑，嬉笑，开玩笑。

〔24〕常与虚舟值：意谓任、范二人言谈话语随便，常有冲撞，心无芥蒂，就好像坐船航行河上碰撞无人驾驶的空船不发脾气一样。用以比喻二人坦诚相见，心无欺诈。典出《庄子·山木》：“方舟济于河，有虚舟来触舟，虽有偏心之人不怒。”

〔25〕范侯：谓范云，表示尊称。

〔26〕叙：叙谈。

〔27〕与子别几辰：意谓与先生离别有几个月呢？设问句。 子：先生，尊称范云。 辰：指日、月交会点。夏历一年十二个月的月朔（初一）时，太阳所在的位置。夏历每月初一日、月交会一次，可称一个“辰”；一年交会十二次，可称十二个“辰”。

〔28〕经涂不盈旬：意谓二人离别以后相隔未见面才不足十个月。 经：经历。 涂：同“途”。路途。 盈：满。 旬：犹“旬辰”或“旬月”的略称。揆度上下文，当指十个“辰”，即十个月。

〔29〕朱颜：指青春红润的颜色。

〔30〕徒想平生人：意谓诗人只以为先生（范云）还是平素一样壮健。

〔31〕安：安逸，舒心。 歌：歌唱，歌吟。

〔32〕此句当与上句合观，作一句读，较长的反诘句。意谓岂知舒心歌吟、自我宽慰之日，不是先生病危之时呢？ 撤瑟：撤去琴瑟。借指病危。典出《礼记·丧大记》：“疾病外内皆扫。君、大夫彻（撤）县（悬），士去琴瑟。”郑玄注：“声音动人，病者欲静也。”

〔33〕已矣余何叹:意谓人已去世,万事作罢,无可奈何,我哀叹又有什么用呢? 已矣:止了,罢了。

〔34〕辍舂哀国均:意谓舂米的放下手中捣杵,舂米的声音停止了,人们的歌唱等娱乐活动也停止了,举国上下都为国家重臣范云不幸早逝而默哀。辍舂,暂时停止舂米劳动以示哀悼。典出《史记·商君列传》:“五羖大夫(百里奚)死,秦国男女流涕,童子不歌谣,舂者不相杵。”国均,语出《诗·小雅·节南山》:“尹氏大师,维周之氐,秉国之均,四方是维。”原谓主持国政,公平合理,以维持安定四方。此借指国家重臣。

今译

正常礼制快断绝,国家支柱仰望君。万物变化一旦尽,念念不忘旧友心。待时恰逢国运昌,辅佐帝王赖精英。结识友善三十载,一生一死见交情。携手脱离无能辈,紧跟事奉开明君。世运艰难必变革,时局安定民生宁。浚冲识材得俊彦,先生明镜遇狂生。人品高尚本自有,非我抑浊又扬清。将要分离不忍去,以诉别绪遣衷情。离别一时尚不忍,遥隔千载万恨生。一生往事已罢了,吟诗赠答箱满盈。相互嘲笑兼戏谑,常有冲撞皆淡忘。何时再见范仆射?重叙平素情谊深。离别先生有几月?各在一方近十辰。不见朱颜已改变,只想往常强健身。岂知舒心歌吟日,不是先生永诀晨?长逝永别我何叹,城乡默哀悼英魂。

(张厚惠译注　陈复兴修订)

赠蔡子笃一首四言

王仲宣

题解

蔡子笃,名睦,字子笃,是蔡邕从兄弟,生卒年不详。陈留圉(今河南杞县)人,三国魏建立后,官至尚书。见《晋书·蔡豹传》,"蔡豹,字士宣,陈留圉城人……祖睦,魏尚书。"

这首诗写于避难荆州(治所在襄阳,今湖北襄樊市)期间。东汉末年以来,中原一带军阀混战,王粲、蔡子笃也随着流离的中原人,避乱南逃荆州。王、蔡一同依附刘表门下,暂时安身立命,故相称"同寮"。后来,蔡获得返回北方故乡为官的机会,王等前来送行,并作此诗相赠。

这首诗写王、蔡等人一同流寓荆州,后来蔡有幸回故乡为官,王仍滞留,感慨万端。既为蔡庆幸,又为自己处境忧伤,哀叹丧乱之苦,人生多艰。从一个侧面反映了东汉末年以来,年年战乱,给人民带来深重灾难,抒发了对友人惜别之情,表达了难忘的朋友情谊。开头十六句写好友蔡子笃得以像"飞鸾"一样,展翅东归"旧邦",结束流离生涯,王等前来送别,为蔡祝福,表现无比羡慕、怀念之情,也抒发了"世路"多艰,"乱离"多苦的悲愁。中间二十句抒发惨遭丧乱,怀归忧思,哀叹乱世之情。结尾六句写临别赠诗,忧伤不已,怀念友人。

全诗语言朴素,自然。有真情实感。比喻贴切生动,如"风流云散，一别如雨”等。

原文

翼翼飞鸾[1]，载飞载东[2]。我友云徂[3]，言戾旧邦[4]。舫舟翩翩[5]，以溯大江[6]。蔚矣荒涂[7]，时行靡通[8]。慨我怀慕[9]，君子所同[10]。悠悠世路[11]，乱离多阻[12]。济岱江行[13]，邈焉异处[14]。风流云散[15]，一别如雨[16]。人生实难[17]，愿其弗与[18]。瞻望遐路[19]，允企伊伫[20]。烈烈冬日[21]，肃肃凄风[22]。潜鳞在渊[23]，归雁载轩[24]。苟非鸿雕[25]，孰能飞翻[26]？虽则追慕[27]，予思罔宣[28]。瞻望东路[29]，惨怆增叹[30]。率彼江流[31]，爰逝靡期[32]。君子信誓[33]，不迁于时[34]。及子同寮[35]，生死固之[36]。何以赠行[37]？言授斯诗[38]。中心孔悼[39]，涕泪涟洏[40]。嗟尔君子[41]，如何勿思[42]？

注释

〔1〕翼翼：鸟飞的样子。　鸾（luán 銮）：鸾鸟，传说中的凤凰一类鸟。用以比喻贤俊蔡子笃。（依李善注）

〔2〕载飞载东：即“飞东”。语本《诗·小雅·小宛》：“题彼脊令，载飞载鸣。”

〔3〕徂（cú）：往，到。

〔4〕戾（lì 利）：到。　旧邦：故乡。

〔5〕舫（fǎng 仿）：与“方”同。泛称船，一说两船相并。　翩翩：轻快。

〔6〕溯（sù 速）：逆水而上。　大江：此指汉江，为长江最长支流。

〔7〕蔚（wèi 未）：李周翰注：“草荒芜貌。”　涂：通“途”。道路。

〔8〕靡（mǐ 米）：不。

〔9〕慨：感慨，叹息。　怀：怀念；想念。　慕：羡慕。

〔10〕君子：谓有德者。此指蔡子笃。

〔11〕悠悠:遥远,长久。

〔12〕乱离:谓遭世乱而流离失所。　阻:险阻,难行。

〔13〕济岱:此借指兖州,是蔡所去的地方,因济岱临近兖州。(依李善注)江行:一作“江衡”。(依胡克家《文选考异》)此借指荆州,是王滞留地。李善注:“江行近荆州,仲宣所居也。”

〔14〕邈(miǎo 秒):远。

〔15〕风流云散:意谓王、蔡这次分别就像风飘云散一样,各在一方。比喻离散。

〔16〕一别如雨:犹言“一别如雨绝”。(依李善注)意谓这一次别离如同雨线断绝一样,难以重新聚合。

〔17〕人生实难:意谓人生在世实在艰难。

〔18〕愿其弗与:意谓希望蔡不再处于人生艰难之中。　愿:祝愿,希望。与(yù 玉):处于,谓处于“人生实难”之中。

〔19〕瞻:视,望。　遐(xiá 霞):远。

〔20〕允(yǔn 殒):诚信。　企:企望。踮起脚后跟望。　伫(zhù 住):久立而等待。

〔21〕烈烈冬日:同“冬日烈烈”。意谓寒冷的冬天。语出《诗·小雅·四月》:“冬日烈烈。”烈烈,形容寒冷。烈,通“冽”。

〔22〕肃肃:风声劲烈。　凄风:凄凉之风。语出《左传·昭公四年》:“春无凄风。”

〔23〕潜鳞在渊:犹“鱼潜在渊”。意谓寒冷季节鱼潜深潭。　鳞:鱼的代称。语出《诗·小雅·鹤鸣》:“鱼潜在渊。”

〔24〕轩:犹言轩举,飞举。(依李善注)。

〔25〕鸿:雁类的泛称。亦称“鸿雁”。　雕:泛指鹰雕,属大型猛禽。

〔26〕翻:飞。张衡《西京赋》:“众鸟翩翻。”

〔27〕追慕:追,趋向,向往;慕,羡慕,仰慕。

〔28〕罔(wǎng 网):毋,不可。　宣:表露,显示。

〔29〕瞻:望。　东路:东方的道路。暗指蔡将赴治所兖州。

〔30〕怆:伤悲,凄怆。

〔31〕率:循,沿着。

〔32〕逝:往,去。　靡:无。

〔33〕信誓:表示真诚的誓言。语出《诗·卫风·氓》:“信誓旦旦。”

〔34〕迁:变迁,变易。

〔35〕同寮:即“同僚”。古时称在同一官署做官的人为“同寮”。语出《诗·大雅·板》:“及尔同寮。”

〔36〕生死固之:意谓毕生牢固保持同僚情谊。

〔37〕行:出行,离去。

〔38〕授:赠给。

〔39〕中心孔悼:意谓心中很悲伤。语本《诗·邶风·终风》:“中心是悼。”中心:犹心中。 孔:甚,很。 悼:悲伤,伤心。

〔40〕涕:泪。 涟洏(lián ér 连而):亦作“涟而”。泪流不止的样子。

〔41〕嗟尔君子:意谓如此有德之人令人赞叹不已。 嗟:表示赞叹。尔:这样,如此。

〔42〕如何勿思:意谓怎么不怀念他呢?语出《诗·王风·君子于役》:“君子于役,如之何勿思。”

今译

鸾鸟凌空展翅飞,飞呀飞呀向东方。我友告别将前往,离开荆州归故乡。两船相并轻快行,逆水而上赴汉江。草木荒芜路险阻,时时行进不通畅。感慨怀念又思慕,君子与我同心肠。人间路途真遥远,世乱流离多灾殃。济水岱宗与荆州,遥远阻隔各异乡。风飘云散难聚合,一别如雨各一方。人生在世实在难,但愿友人不遭逢。望眼欲穿漫长路,伫立企望把君盼。隆冬凛冽日子里,北风劲烈刺骨寒。鱼儿下潜到深渊,大雁归去飞向南。若非鸿雁与鹰雕,谁有能力远飞还?虽然向往并仰慕,我的忧思难言传。眼望东方路漫漫,惨淡凄怆增哀叹。沿着汉江苦徘徊,离开荆州无期限。君子誓言应恪守,不因时移即变迁。曾经与君为同僚,毕生牢记情不变。临别相赠何所用?权且奉献此诗篇。内心深处很悲愁,伤心不禁泪涟涟。君子德行堪赞叹,叫我如何不思念?

(张厚惠译注 陈复兴修订)

赠士孙文始一首四言

王仲宣

题解

这首诗写于避乱荆州(治所在襄阳,今湖北襄樊市)期间。士孙文始,士孙为复姓,名萌,字文始。扶风(今陕西泾阳县西北)人。生卒年未详。生活年代大致与王粲相同。士孙萌是王粲的好友。为了逃避汉末战乱,二人结伴离长安(今陕西西安市西北)南下,投奔荆州刘表。父士孙瑞,献帝时为执金吾,王允当政时任仆射,助王允谋杀董卓。后来,汉献帝追论士孙萌的父亲士孙瑞谋杀董卓有功,因而封士孙萌为澹津亭侯。当士孙萌告别荆州赴封地时,王粲饱含知交深情作此诗相赠。

这首诗记叙了王、士孙为“故知”:同代人,志同道合,经历相同,结伴逃离长安,一同流寓荆州,依附刘表为“同寮”,表达了二人非同寻常的亲厚友谊,抒发了惜别、慰勉的深情。诗中亦流露出作者抱负难伸的愤愤不平和无法排遣的感伤。这首诗可分四部分:开头十六句主要写二人长期形影相随,患难与共,亲如兄弟的深厚友情。次十六句侧重写惜别和无限怀念。又次十六句着重抒发慰勉、感伤之情。结尾十句写赠别之辞,但愿二人远离而心不离,经常互通音信。

全诗多用典故,直接援引《诗经》原文尤多,显得语言雅致、深沉。富有真情实感,朋友情谊,诗人慨叹、感伤和不平充满字里行间。

原文

天降丧乱[1],靡国不夷[2]。我暨我友[3],自彼京师[4]。宗守荡失[5],越用遁违[6]。迁于荆楚[7],在漳之湄[8]。在漳之湄[9],亦克宴处[10]。和通篪埙[11],比德车辅[12]。既度礼义[13],卒获笑语[14]。庶兹永日[15],无愆厥绪[16]。虽曰无愆[17],时不我已[18]。同心离事[19],乃有逝止[20]。横此大江[21],淹彼南汜[22]。我思弗及[23],载坐载起[24]。惟彼南汜[25],君子居之[26]。悠悠我心[27],薄言慕之[28]。人亦有言[29],靡日不思[30]。矧伊嬿婉[31],胡不凄而[32]?晨风夕逝[33],托与之期[34]。瞻仰王室[35],慨其永叹[36]。良人在外[37],谁佐天官[38]?四国方阻[39],俾尔归蕃[40]。尔之归蕃[41],作式下国[42]。无曰蛮裔[43],不虔汝德[44]。慎尔所主[45],率由嘉则[46]。龙虽勿用[47],志亦靡忒[48]。悠悠澹澧[49],郁彼唐林[50]。虽则同域[51],邈其迥深[52]。白驹远志[53],古人所箴[54]。允矣君子[55],不遐厥心[56]。既往既来[57],无密尔音[58]。

注释

〔1〕天降丧乱:意谓上天降下死丧祸乱。语出《诗·大雅·云汉》:"天降丧乱,饥馑荐臻。"史事见《三国志·魏志·王粲传》:"西京(长安)扰乱。"裴松之注引《文士传》:"粲遭乱流离,托命此州。"

〔2〕夷:犹"夷为平地"的略语。夷灭,削平。

〔3〕暨(jì 既):和。

〔4〕自彼京师:意谓从那京师逃离。 京师:旧指首都。

〔5〕宗守荡失:意谓我家宗庙祖业理应守住,却毁于战乱,荡然无存。宗:宗庙,祖宗。 荡:洗荡,涤荡。

〔6〕越:远。 遁(dùn 顿):遁逃,逃走。 违:避开。

〔7〕迁:迁徙,流徙。 荆楚:泛指楚国,此借指荆州。荆,古代楚国的别称。西周时已建国于荆山(今湖北南漳县西)一带,故名。

〔8〕漳:漳水。源出湖北南漳县西南的蓬莱洞,由荆山东侧南流,后合沮水为沮漳河,经江陵县入长江。 湄(méi眉):岸边。

〔9〕在漳之湄:与上句构成"反复"修辞格,加强语势,反复申说,以表现强烈感情。

〔10〕亦克宴处:意谓自我克制,安逸闲居,也能珍惜光阴,多看诗书。依李善注引刘歆《七略》曰:"宴处从容观诗书。"

〔11〕和通篪埙:意谓埙、篪合奏,声音和谐,流畅悦耳。暗喻二人亲如兄弟,和睦融洽。 篪(chí池):古代管乐器。用竹制成,单管横吹。 埙(xūn勋):古代吹奏乐器。陶制,故又称陶埙。也有用石、骨或象牙制成的。有球状和椭圆形数种。音孔一至三五个不等。语本《诗·大雅,·板》:"如埙如篪。"毛传:"如埙如篪,言相和也。"

〔12〕比德车辅:意谓我亲近、仰慕您的德行,如同车辅相依一般。典出《左传·僖公五年》:"谚所谓辅车相依,唇亡齿寒者。""辅"指颊骨,"车"指齿床,两者相互依存。 比:亲近,靠近。

〔13〕既度礼义:意谓二人交往、饮酒,礼仪都合乎法度。 度:法度。 义:通"仪"。语出《诗·小雅·楚茨》:"礼仪卒度。"

〔14〕卒获笑语:意谓二人笑语交欢,尽得适度。语出《诗·小雅·楚茨》:"笑语卒获。"卒,尽,完全。获,谓得适度。

〔15〕庶:幸,希望。 永日:长时间。

〔16〕无愆厥绪:意谓二人自始至终和睦相处,不曾发生过失。 諐(qiān牵):失误,过失。 绪:开端,意谓自始至终。

〔17〕无諐:与上句"无諐"构成"反复(间接)"修辞格。

〔18〕时不我已:意谓您归去时不能与我一道前往。 已:通"以",与。语本《诗·召南·江有汜》:"之子归,不我以。"

〔19〕同心:齐心,志同道合。

〔20〕逝:住,去。 止:留住。

〔21〕横:横绝,横渡。 大江:此指汉江,为长江最长支流。

〔22〕淹:淹滞,久留。 南汜:意谓南方江河。此借指荆州。 汜(sì四):由主流分出而又汇合的河水,此借指汉江。

〔23〕我思弗及:意谓我想与您同行而离开客居的荆州,却不可能达到愿望。语本《诗·邶风·燕燕》:"瞻望弗及,泣涕如雨。"

〔24〕载坐载起:即"则坐则起"。意谓时坐时起,坐立不安。

〔25〕南汜:与上三句构成"反复(间接)"修辞格。

〔26〕君子居之:承上句申说。意谓唯有那荆州,您这样的君子居住过,有什么简陋呢?语出《论语·子罕》:"君子居之,何陋之有。"

〔27〕悠悠我心:意谓怀念您,我忧思不断。语出《诗·郑风·子衿》:"青青于衿,悠悠我心。"悠悠,忧思不断的样子。

〔28〕薄言慕之:即"慕之"。谓仰慕君子。词例见《诗·周南·芣苢》:"薄言采之。"薄言,语助词。

〔29〕人亦有言:语出《诗·大雅·抑》:"人亦有言:'靡哲不愚'。"意谓人们也有格言:"没有一个哲人不出现愚拙疏失之事的。"

〔30〕靡日不思:意谓我没有一天不思念您。语出《诗·邶风·泉水》:"有怀于卫,靡日不思。"

〔31〕矧伊嬿婉:意谓更何况您这样美好的人。语出《诗·小雅·伐木》:"矧伊人矣,不求友生。"《诗·邶风·新台》:"燕婉之求。"嬿婉,一作"燕婉",举止安详和顺。意谓美好的人。

〔32〕凄而:感伤流泪。

〔33〕晨风夕逝:意谓晨风鸟儿傍晚归去。　晨风:亦作"鷐风",鸟名,即鹯。典出《诗·秦风·晨风》:"鴥彼晨风,郁彼北林。"

〔34〕托与之期:意谓拜托归鸟代为向好友致意并寄予期望。依李善注引《楚辞》曰:"因归鸟而致词。"

〔35〕瞻仰:仰望,表示尊敬。语出《诗·大雅·云汉》:"瞻卬昊天,云如何里。"　王室:谓朝廷。

〔36〕慨其永叹:意谓感慨而长叹。语出《诗·王风·中谷有蓷》:"慨其叹矣。"永叹,长长地悲叹。

〔37〕良人:谓好人,善人。语本《诗·大雅·桑柔》:"维此良人,弗求弗迪。"

〔38〕天官:谓百官之长。犹"天官冢宰"的略语。　佐:佐助,辅佐。语出《周礼·天官·大宰》:"以佐王治邦国。"

〔39〕四国:谓四方之国。语出《诗·豳风·破斧》:"四国是皇。"　阻:险要之地。

〔40〕俾尔归蕃:意谓使您回到分封地,而成为拱卫天子的屏障。俾(bǐ

彼),使。蕃,通“藩”,屏障,此指分封地。

〔41〕归蕃:与上句“归蕃”构成“反复(间隔)”修辞格。

〔42〕式:法式,榜样。　下国:谓诸侯国。语出《诗·商颂·长发》:“为下国缀旒。”朱熹《诗集传》:“下国,诸侯也。”

〔43〕蛮:古代对南方各族的泛称,后亦泛指四方少数民族。　裔(yì 义):泛指四方边远地区。

〔44〕虔:虔诚,诚敬。

〔45〕主:掌管,主持。

〔46〕率:遵循。　嘉:善,美。　则:准则。

〔47〕龙虽勿用:意谓您像潜龙,虽然不为世用。典出《易·乾·文言》:“潜龙勿用。”龙,即“潜龙”的略语。此用“潜龙”比喻士孙文始,有大德而不为世用。

〔48〕忒(tè 特):差错,差忒。

〔49〕悠悠:遥远。　澹(dàn 淡):澹水。属沅水(今湖南沅江)流域。李善注引《荆州图》曰:“汉寿县(今湖南汉寿县)城南一百步有澹水,出县西阳山。”澧(lǐ 里):澧水(今湖南澧江)。李善注引《荆州图》曰:“澧阳县(今湖南澧县)盖即澧水为名也,在郡西南接澧水。”

〔50〕郁:繁茂。　唐林:唐地的树林。(依李善注)唐,大概指“作唐县”(治所在今湖南安乡县北)。李善注引《晋书》曰:“天门有零阳县(治所在今湖南慈利县东),南平郡(治所在江安县,后改为公安县,在今湖北公安县西北)有作唐县。”

〔51〕虽则同域:意谓沅水、澧水、作唐一带为当时边远地区,虽然同属广义的荆楚范围以内。同域,谓同一地域。

〔52〕邈(miǎo 秒):远。　迥(jiǒng 窘):远。

〔53〕白驹远志:此为赠别之辞。暗含挽留惜别之意。意谓贤者士孙文始此去,但愿不要有疏远我的心意。典出《诗·小雅·白驹》:“皎皎白驹,在彼空谷。生刍一束,其人如玉。毋金玉尔音,而有遐心。”白驹,白色幼马。用以比喻贤者士孙文始。远志,犹“遐心”。疏远心意。

〔54〕箴(zhēn 针):规谏劝戒。

〔55〕允矣君子:意谓您真是君子。语出《诗·小雅·车攻》:“允矣君子,展也大成。”允,诚信。

〔56〕不遐厥心：意谓您没有疏远我的心。

〔57〕既往既来：谓以往以来，意谓过去和将来。

〔58〕无密尔音：意谓不要把您的音信保密起来。音，音问，音信。

今译

死丧祸乱从天降，没有一国不削平。我和我友避乱去，结伴南逃自京城。宗庙祖业洗荡尽，凄然避难远逃遁。颠沛流离到荆州，暂且栖身漳水滨。暂且栖身漳水滨，严防安逸且偷生。埙篪齐奏音和谐，车辅亲近贤德行。交往礼仪合法度，笑语交欢不过分。希望此情能长久，始终和睦无过失。虽说和睦无过失，别时不能伴君去。同心同德不同事，竟然君去我留止。君子横渡汉江行，唯我淹留荆州地。我想同归不可及，时坐时起心焦虑。回顾这块荆州地，君子曾经住这里。我心忧思永不断，无限仰慕贤君子。人们有意传格言，没有一日不思念。何况贤人有美德，叫我如何不感叹？晨风鸟儿晚归去，拜托归鸟代致意。注目仰望王室远，感慨万端长叹息。贤人远离不在朝，由谁辅佐天子官。四方诸侯为屏障，承蒙恩遇使归藩。君能有幸归藩去，为各侯国作楷范。切切漫道边远地，百姓不敬君美德。谨慎从事所主管，遵循善道为准则。大德虽不为世用，胸怀大志无差错。澹澧流淌波悠悠，唐林茂密郁葱葱。虽然同属荆楚地，地处边远险而深。白驹远志作赠别，古人借以劝勉人。诚实可信真君子，不会存有疏远心。回顾过去望将来，望常与君通音信。

（张厚惠译注　陈复兴修订）

赠文叔良一首四言

王仲宣

题解

文叔良,文颖,字叔良,南阳(今河南南阳)人。生卒年未详。曾作荆州牧刘表僚属从事官,曾使蜀,与益州牧刘璋结为友好。

这首诗写于滞留荆州期间。主要写友人文颖受命出使远行,担心其成败更多于惜别,勉励认真吸取正反历史经验,谦虚谨慎,善于自处,抒发了忧患与共的朋友情谊。开头八句写远离惜别,忧思不已。中间三十句是主体,多方勉励,好自为之,出使建功。评说历史人物功过,春秋时期四位"先民"季札、子产、叔向和董褐善于外交,彪炳史册,应该效法;楚国使者不能正确自处而惨遭失败的教训,应该记取。结尾八句,体恤安慰,抒发同舟共济、休戚相关的友情。

全诗洋溢着对友人文颖景仰之情。三次用"君子"相称,还用"尚哉"、"异他仇"等词语赞颂其德才出类拔萃。劝勉语重心长,充满真挚友情。

原文

翩翩者鸿[1],率彼江滨[2]。君子于征[3],爰聘西邻[4]。临此洪渚[5],伊思梁岷[6]。尔往孔邈[7],如何勿勤[8]?君子敬始[9],慎尔所主[10]。谋言必贤[11],错说申辅[12]。延陵有作[13],侨肸是与[14]。先民遗迹[15],来世之矩[16]。既慎尔主[17],亦迪知几[18]。探情以华[19],睹著知微[20]。视明听聪[21],靡事不惟[22]。董褐荷名[23],胡宁不师[24]?众不可盖[25],无尚我言[26]。梧宫致辩[27],齐楚构患[28]。成功有要[29],在众思欢[30]。人之多忌[31],掩之实难[32]。瞻彼黑水[33],滔滔其流[34]。江汉有卷[35],允来厥休[36]。二邦若否[37],职汝之由[38]。缅彼行人[39],鲜克弗留[40]。尚哉君子[41],于异他仇[42]。人谁不勤[43]?无厚我忧[44]。惟诗作赠[45],敢咏在舟[46]。

注释

〔1〕翩翩(piān 偏):飞舞的样子。语出《诗·小雅·四牡》:“翩翩者雏,载飞载下。” 鸿:鸿雁。

〔2〕率:遵循。

〔3〕君子:有德者。此指文叔良。 征:远行。

〔4〕聘:古代国与国之间遣使访问。此谓出使。 西邻:谓蜀(又称益州,治所在今四川成都市)。(依李善注)

〔5〕临:面临,面对。 洪:大。 渚:水中的小块陆地。

〔6〕梁:古地名,梁州,借指汉中(今陕西汉中市)一带。 岷:岷山,借指蜀地。

〔7〕孔:甚。 邈(miǎo 秒):远。

〔8〕勤:愁苦。

〔9〕君子敬始:意谓君子谨慎小心对待开始,并顾及后果。语出《书·太甲下》:“慎终于始。” 敬:谨慎小心,不怠慢。

〔10〕主:主持,掌管。

〔11〕言:进言。 贤:善。

〔12〕错:通“措”,安放,处置。 申:向上陈述。 辅:辅佐。

〔13〕延陵有作:意谓季札奉命出使鲁、齐、郑、晋等国,外交大有作为。史事见《左传·襄公二十九年》:“吴公子札来聘……聘于齐……聘于郑……适晋。”延陵,古地名。延陵邑,春秋时吴地,在今江苏常州市南淹城遗址。春秋时吴季札(吴国贵族)封于此,因称延陵季子,亦简称延陵。

〔14〕侨肸是与:意谓季札出访郑、晋时,结交名臣子产、叔向。史事见《左传·襄公二十九年》:“〔季札〕聘于郑,见子产,如旧相识……适晋……说叔向。

将行,谓叔向曰:‘吾子勉之’。”侨,公孙侨。复姓公孙,名侨,字子产,一字子美,郑国贵族,春秋时著名政治家。任郑国卿,后执政,推行改革而有成效。肸(xī 西),羊舌肸,通称“叔向”,一作“叔响”。春秋时晋国大夫,官至太子太傅,是显贵重臣。

〔15〕先民:古时的贤人。　遗迹:旧迹。

〔16〕来世:后世,后代。　矩:法度。

〔17〕既慎尔主:与上七句“慎尔所主”构成“反复(间隔)”修辞格。

〔18〕迪(dí 笛):依照,实行。　知几:知道事物发生变化的隐微因素和征兆。典出《易·系辞下》:“知几其神乎。”

〔19〕探情以华:意谓探索由情感及精微,由表及里。　以:及于,达到。华:精华,精微。

〔20〕睹著知微:意谓既看到明显大问题,又看到微小苗头。与“见微知著”义近。语本袁康《越绝书·越绝德序外传》:“故圣人见微知著,睹始知终。”睹,看见。著,显著,谓宏观。微,微细,谓微观。

〔21〕视明听聪:意谓看的时候,考虑看明白了没有,听的时候,考虑听清楚了没有。语出《论语·季氏》:“视思明,听思聪。”

〔22〕靡:无。　惟:思,考虑。

〔23〕董褐荷名:意谓战国时,吴晋争霸,晋国派董褐为使臣,同吴王交涉,圆满成功,吴晋结好,董褐也因此闻名。史事见《国语·吴语》。董褐,司马寅,晋国大夫。荷,担负。

〔24〕师:从师,效法。

〔25〕盖:压倒,胜过。

〔26〕尚:崇尚。此谓溢美,炫耀。

〔27〕梧宫致辩:意谓楚国使者在齐国梧宫同齐国君臣辩论。史事见刘向《说苑·奉使》:“楚使使者聘于齐,齐王飨之梧宫。”梧宫,战国时齐国的宫名。

〔28〕齐楚构患:意谓楚使外交辞令不得体,致使齐楚结下怨恨,互相攻打。构,构成,造成。患,怨恨,祸患。

〔29〕要:要点,纲要。

〔30〕在众思欢:在于民众思念、欢喜。意谓在于深得人心。

〔31〕忌:忌刻。(依李善注)亦作“忌克”。嫉妒刻薄。语出《左传·僖公九年》:“今其言多嫉克。”

〔32〕掩:停止,排除。

〔33〕瞻:望。　黑水:古水名。《书·禹贡》:"华阳黑水惟梁州。"此指蜀地黑水。

〔34〕滔滔:水势盛大。

〔35〕江:长江。　汉:汉水,亦称汉江。　卷:席卷。

〔36〕允:诚信,信服。　休:美善,吉庆,福禄。

〔37〕二邦若否:意谓两国顺从或不善。语出《诗·大雅·烝民》:"邦国若否。"二邦,大概指三国时刘璋、张鲁拥兵割据的益州、汉中。三国时刘璋继其父刘焉任益州牧,张鲁原为刘焉下属,后独立出来,攻取汉中,建立政权,相继约三十年。史实见《三国志·蜀志·刘二牧传》:"刘焉……领益州牧……〔刘〕焉遣〔张〕鲁为督义司马,住汉中……〔刘璋〕领益州牧。"若,顺从。　否(pǐ 痞):恶,不善。意谓不顺从。

〔38〕职汝之由;意谓出使两国成功与否,职掌缘由,将唯您是问。职,职掌。汝,您。由,缘由。

〔39〕缅:思,思念。　行人:使者。

〔40〕鲜(xiǎn 显):少。　克:能够。　留:淹留,滞留。

〔41〕尚:崇高。

〔42〕于异他仇:意谓出类拔萃,无与伦比。　异:奇异。　他:另外的,别的。　仇(qiú 求):匹配。

〔43〕勤:愁苦,担心。

〔44〕无厚我忧:意谓没有人的忧思比我更深。　我:王粲自称。(依李善注)

〔45〕惟诗作赠:意谓送别时只有此诗相赠,表达慰勉深情。

〔46〕敢咏在舟:意谓自己冒昧吟咏同舟共济,忧患与共。(依李善注)在舟,犹"同舟共济"的略语。典出《孙子·九地》:"当其同舟而济。"

今译

鸿雁展翅飞呀飞,沿着江滨向前进。君子上路要远走,受命出使到西邻。面对如此大江洲,梁州岷山暗思忖。送您前往遥远地,心中如何不愁闷?君子谨慎于开始,慎重尽职尽责任。陈辞务必进善言，谋划发挥良臣意。季札出访有作为，子产叔向结友谊。古代贤人留遗迹，后世效法作规范。谨慎行事尽职责，知几原则当遵循。探索情实观容颜，看见显著察细微。耳聪目明当具备，遇事无不勤思维。董褐出使得美名，哪能忘记不追随？众人不可去压抑，切勿炫耀我主意。梧宫宾主相辩论，齐楚随即结仇敌。出使成功有纲要，在于博得众人心。人们本来多忌刻，要想排除委实难。远望蜀地黑水河，大水滚滚奔流来。有如江汉席卷势，诚信来归吉庆添。两国顺从或不顺，君所职掌有因缘。人们思念贤使者，很少可能不挽留。君子德行多高尚。无与伦比堪称优。离别愁苦谁能无？我的忧思更深厚。唯有赠诗表慰勉，不忘共济唱同舟。

（张厚惠译注　陈复兴修订）

赠五官中郎将四首五言

刘公幹

题解

曹丕在建安十六年(211)任五官中郎将、副丞相。这四首诗,从诗意上看,当是曹丕任五官中郎将期间来看望患病的刘桢,临别时,刘桢作此诗相赠。据《三国志·魏志·王粲传》裴松之注引《典略》:刘桢"辞旨巧妙","特为诸公子所亲爱"。曹丕在《与吴质书》中也回忆他与刘桢等人"昔日游处,行则连舆,止则接席,何曾须臾相失"。可见他们的关系是很好的。这四首诗也写到了这种情况。诗中虽未免溢美之词,但所表现出来的深厚友情还是真挚的。

曹丕曾说刘桢"其五言诗之善者,妙绝时人"。后世更把刘桢诗与曹植诗并比,有"曹刘坐啸虎生风,四海无人角两雄"(元好问《论诗绝句三十首》)之誉。刘诗继承《古诗十九首》抒情真挚深沉,语言朴素自然的诗风,同时又表现出自己的劲健挺拔,以气势取胜的个性。这四首诗,通过由喜到悲,由悲到喜,悲喜交替的心理过程和特定的时间、空间所构成的凄凉气氛,把离别之情表达得相当深刻细腻。但心理过程中,喜带着豪迈,悲含有慷慨;特定的时间、空间所构成的凄凉气氛里,又渗透着开阔苍劲的格调。钟嵘在《诗品》中评刘桢诗所说的"其源出于古诗,仗气爱奇",大体允当。

第一首回忆昔日与曹丕共同游乐,亲密无间,一旦离别,难舍难分。

原文

昔我从元后[1],整驾至南乡[2]。过彼丰沛都[3],与君共翱翔[4]。四节相推斥[5],季冬风且凉。众宾会广坐,明灯熺炎光[6]。清歌制妙声,万舞在中堂[7]。金罍含甘醴[8],羽觞行无方[9]。长夜忘归来,聊且为大康[10]。四牡向路驰[11],叹悦诚未央[12]。

注释

〔1〕元后:天子。此指封魏王的曹操。

〔2〕整驾:整治车驾。　南乡:指荆襄地区。刘表为荆州牧。此句谓南征刘表事。

〔3〕丰沛都:丰县沛邑,汉高祖刘邦的故乡,在今江苏省丰县。此喻曹操的故乡沛国谯县,在今安徽省亳县。

〔4〕翱翔:此喻悠闲游乐。

〔5〕四节:春夏秋冬四季。　推斥:推移。斥,推。

〔6〕熺(xī 西):光明。　炎:火光。

〔7〕万舞:古代舞名,执干戚羽籥而舞。

〔8〕罍(léi 雷):盛酒器,即大尊。　醴(lǐ 里):甜酒。

〔9〕羽觞(shāng 商):雀形酒杯。觞,盛有酒的杯子。　无方:无算,形容多。

〔10〕大康:最安康。康,安。

〔11〕四牡:四匹马。牡,雄性禽兽,此指骏马。

〔12〕诚:实在。　未央:未尽。

今译

昔年跟从丞相曹公,征伐刘表到达南方。路过曹氏故乡谯地,你我共同游乐徜徉。四季推移寒来暑往,时值冬末水冷风凉。众多宾客济济一堂,明灯高照光焰辉煌。歌声清越发出妙音,古雅舞蹈舞于堂上。金杯斟满甘甜美酒,行酒痛饮千巡何妨。整夜畅饮忘记归来,估且欢度安乐时光。当您驱车上路告别,实感彼此未尽欢畅。

题解

第二首描述自己别后久病,曹丕亲来慰问的情景,诗人表达了对挚友的依恋与良好的祝愿。

原文

余婴沉痼疾〔1〕,窜身清漳滨〔2〕。自夏涉玄冬〔3〕,弥旷十余旬〔4〕。常恐游岱宗〔5〕,不复见故人。所亲一何笃〔6〕,步趾慰我身〔7〕。清谈同日夕,情眄叙忧勤〔8〕。便复为别辞,游车归西邻〔9〕。素叶随风起〔10〕,广路扬埃尘。逝者如流水〔11〕,哀此遂离分。追问何时会?要我以阳春〔12〕。望慕结不解〔13〕,贻尔新诗文〔14〕。勉哉脩令德〔15〕,北面自宠珍〔16〕。

注释

〔1〕婴:缠绕。　痼(gù 固)疾:久治不愈的病。

〔2〕窜身:匿居。　清漳:水名,漳河上游一大支流,至河北省涉县与浊漳河汇合为漳河。　滨:水边。

〔3〕涉:到。　玄冬:冬季。玄,北方。古代将四季与四方相配,冬季属北方,故称冬季为玄冬。

〔4〕弥旷:指时间长远。弥,远。旷,疏旷。

〔5〕游岱宗:指死。岱宗,泰山。古人认为泰山是其他四岳(华山、恒山、衡山、嵩山)之宗,传说泰山主召人魂。

〔6〕所亲:亲近的人,指曹丕。　笃:厚。

〔7〕步趾:迈开脚步,指亲临。

〔8〕情眄(miǎn 免):深情而视。眄,斜视。　忧勤:忧劳愁苦。

〔9〕游车:皇帝的车子,此处等于说"大驾",尊指曹丕。　西邻:此指邺都。

〔10〕素叶:秋天的树叶。

〔11〕逝者：指时光不停地过去。《论语·子罕》："子在川上曰：'逝者如斯夫！不舍昼夜。'"

〔12〕要（yāo 腰）：约会。

〔13〕望慕：仰慕。　结：聚结。

〔14〕贻：留下，赠给。

〔15〕令：善，美。

〔16〕北面：人臣之位。古时君主见臣下，面向南而坐，臣下则面向北，此指在朝廷为官。　宠：尊崇。　珍：珍重。

今译

我被重病久久缠身，无奈蛰居漳河之滨。盛夏以来直至寒冬，孤单度过漫长十旬。自己常恐早谢人世，担心不能再见故人。您的情谊那样笃厚，亲自到我身边慰问。白日黄昏清谈共语，叙忧问劳情意殷殷。遂即再作告别之语，您又西归别情难忍。秋风飘动零落黄叶，宽广大路卷起埃尘。哀叹时光有如流水，暂短相会就此离分。追问何时重新相聚？您约定在明年阳春。仰慕之情凝结心头，赠您新诗以表思念。愿您勤勉修养善德，为官于朝多多自珍。

题解

第三首抒发秋夜对即将远征在外的挚友的深沉留恋之情。诗人终夜不寐，以见留恋之深，清风白露，更增凄凉之感。四节相斥，岁月将殚，正表现忧虑征战中挚友的安危祸福。

原文

秋日多悲怀，感慨以长叹。终夜不遑寐[1]，叙意于濡翰[2]。明灯曜闺中，清风凄已寒。白露涂前庭，应门重其关[3]。四节相推斥，岁月忽欲殚[4]。壮士远出征[5]，戎事将独难[6]。涕泣洒衣裳，能不怀所欢！

注释

〔1〕遑:闲暇。　寐:睡。

〔2〕濡(rú 儒):浸渍,湿润。　翰:笔。

〔3〕应门:正门。　关:闩门的横木,即门栓。

〔4〕忽:快。　殚(dān 单):尽。

〔5〕壮士:指曹丕。

〔6〕戎事:军事,战争。

今译

秋天常常引人伤感,满怀悲慨声声长叹。通宵达旦无暇入睡,叙写心意流于笔端。明灯照耀深室之中,清风吹来分外凄寒。空空庭院铺满白霜,大门紧闭双锁门栓。季节更替光阴似箭,一年岁月倏忽将晚。壮士长年出征远地,独任军务事有艰难。思此不禁泪洒衣襟,怎不怀念远征之人!

题解

第四首描写诗人与曹丕离别时彼此赋诗的情景,赞扬曹丕诗作的文雅壮思。

原文

凉风吹沙砾〔1〕,霜气何皑皑〔2〕。明月照缇幕〔3〕,华灯散炎辉〔4〕。赋诗连篇章,极夜不知归〔5〕。君侯多壮思〔6〕,文雅纵横飞〔7〕。小臣信顽卤〔8〕,僶俛安能追〔9〕!

注释

〔1〕砾(lì 立):小石。

〔2〕皑(ái 癌)皑:形容洁白。

〔3〕缇(tí 提):橘红色。

〔4〕华灯:装饰美丽的烛台。

〔5〕极夜:尽夜,整夜。

〔6〕君侯:对曹丕的尊称。　壮思:饱满的情思。

〔7〕文雅:文采风雅。　纵横飞:形容充实而不可抑止。

〔8〕小臣:自称的谦卑之词。　信:实在。　顽卤:愚昧鲁钝。卤,同“鲁”。

〔9〕僶俛(mǐn miǎn 闵免):努力,奋发。　追:及,赶上。

今译

冷风阵阵吹起沙石,寒霜洁白覆盖大地。明月映照橘红帷帐,华丽银灯光满屋室。赋诗连篇未能辍笔,尽夜留连不知归去。您的诗歌情思饱满,风雅多姿文采横溢。而我实在愚钝不敏,奋发努力仍难并比。

(李晖译注　陈复兴修订)

赠徐幹一首五言

刘公幹

题解

徐幹(171—214),字伟长,北海(今山东省寿光县)人,建安七子之一,刘桢的朋友。刘桢和徐幹虽以文学才能受到曹操父子的赏爱,但政治地位并不高,官位不过掾属之类。

这首诗既是刘桢表达对徐幹的思念之情,也是抒发自己的怀才不遇之感。二人本来并不处于天涯海角,却不得相见而一叙衷肠。这是因为他们的地位使他们不能逾越“西掖垣”之隔。这已表露出政治上不如意的心情;而眼中景物的轻叶、孤鸟,也未尝不是自己身世的象征,因而涕下沾襟就不仅是思念之情了。诗的最后,更以日光比喻当权者的恩泽,以自己独不能得到日光的照耀比喻自己的政治上的冷落处境,其“深感”的内容就更加明显。

原文

谁谓相去远?隔此西掖垣〔1〕。拘限清切禁〔2〕,中情无由宣〔3〕。思子沉心曲〔4〕,长叹不能言。起坐失次第〔5〕,一日三四迁〔6〕。步出北寺门〔7〕,遥望西苑园〔8〕。细柳夹道生,方塘含清源。轻叶随风转,飞鸟何翻翻〔9〕。乖人易感动〔10〕,涕下与衿连〔11〕。仰视白日光,皦皦高且悬〔12〕。兼烛八纮内〔13〕,物类无颇偏〔14〕。我独抱深感,不得与比焉〔15〕。

注释

〔1〕西掖(yè 页):宫廷中书省的别称。 垣(yuán 园):墙。

〔2〕拘限:拘束限阻。 清切:深严,指靠近皇帝居处,深严有阻限。 禁:宫禁,皇帝所居。

〔3〕中情:内心的感情。 宣:表露。

〔4〕沉:指深藏。 心曲:内心深处。

〔5〕次第:秩序,规模。

〔6〕迁:移,转换。

〔7〕北寺:指刘桢所在的官署,位于宫禁之北,故称。寺,官署的名称。

〔8〕西苑:指宫禁的园林。位于宫禁之西,故称。苑,养禽兽的园林。

〔9〕翩翩:孤鸟飞动的样子。

〔10〕乖人:离人。

〔11〕衿(jīn 今):衣襟。

〔12〕皦皦(jiǎo 绞):明亮。

〔13〕兼:同时,一起。 烛:照亮。 八纮(hóng 红):指大地八方的极限。纮,绳,古人想象天地极边有大绳拴系,因而不落。

〔14〕物类:万物。 无颇偏:指均衡,没有遗漏之处。

〔15〕比:并比,同列。

今译

谁能说与您相离很远?只是隔一道西掖墙垣。无奈有宫禁深严限阻,心中感情便无从传言。思念您只能深藏心曲,将万语千言变为长叹。起居坐卧都失去常态,一天行为竟多次错乱。我走出所在官府大门,向西遥望宫禁的林苑。那里有细柳夹道而生,平静的池水来自清泉。落叶随风轻轻地飘转,孤独的鸟儿展翅飞旋。离别人易为景物所感,不禁泪下沾湿了衣衫。抬头望见那一轮白日,光芒四射在当空高悬。它普照天地八方之内,万物尽受到它的光焰。只有我抱着深长之恨,不得列身于同辈之间。

(李晖译注 陈复兴修订)

赠从弟三首

刘公幹

题解

《赠从弟三首》是刘公幹(桢)的代表作。从题目上看,是赠答之作,但诗中对其堂弟及兄弟情谊“未着一字”。从题材和表现形式来看,应归为咏物诗。王夫之认为“咏物诗,齐梁始有之”(《姜斋诗话》)。这种说法未必妥当,因为好的咏物诗多是托物咏怀,既咏物又咏人,如果单纯咏物而无所寄托,不过是“猜谜语耳”,算不上好诗的。

《泛泛东流水》是《赠从弟》的第一首。头两句写东流水之澄清洁净。三、四句写生于如此澄清洁净之水中的蘋藻花叶纷繁。五、六句指出蘋藻的功用:可做祭祀或宴会的美味。七、八句变换句式,引领设问,最后揭示出蘋藻有此功用的原因:其美出于深泽。蘋藻本生于浅水之中,而诗人说它们“出深泽”,可见诗人并不拘泥于原物,而是托物咏怀,以蘋藻隐喻他的堂弟,于赞美中寓勉励之意。

原文

泛泛东流水〔1〕,磷磷水中石〔2〕。蘋藻生其涯〔3〕,华纷何扰弱〔4〕。采之荐宗庙〔5〕,可以羞嘉客〔6〕。岂无园中葵〔7〕,懿此出深泽〔8〕。

注释

〔1〕泛泛:水流动的样子。

〔2〕磷磷:水石明净的样子。

〔3〕蘋(pín 频)藻:蘋与藻,古人取供祭祀之用。蘋,也叫四叶菜、田字草,蕨类植物,生在浅水中,茎横生在泥中,有分枝,叶有长柄,四片小叶生在叶柄顶端。藻,水草名,古时供食用。

〔4〕华:同“花”。 扰弱:生长茂盛的样子。此句五臣本作“华叶纷扰溺”。

〔5〕荐:进献。

〔6〕羞:进献(食品)。

〔7〕葵:我国古代一种重要蔬菜,即冬葵,又名冬寒菜、冬苋菜。李时珍《本草纲目》:“古者葵为五菜之主。”此代珍羞美味。

〔8〕懿:美,以……为美。

今译

潺湲东流水,明净水中石。蘋藻生水边,花叶多纷繁。采来献宗庙,又可敬贵客。岂无园中葵,美在出深泽。

题解

《亭亭山上松》是这三首诗中最著名的。为了突显松之高洁,诗在开头就运用了对比的手法:松在“山上”,风在“谷中”;一“亭亭”傲岸,一“瑟瑟”肆虐,两军对垒的局面已经形成。三四两句一“盛”一“劲”,对抗强烈,两个“一何”更增强了冲突的激烈。五六两句由狂风发展为冰霜,由松的刚劲发展为一年四季的“端正”。对比更加强烈,松树的品格也更加突显出来。最后两句由表及里,揭示了松树具有耐寒不凋、坚贞不变的本性。诗人通过对“山上松”的描写和歌颂,劝勉堂弟坚守其坚贞不屈的品格,也体现了诗人的理想追求。

此诗语言朴素,风格刚劲,结构严整,层层深入,承转有力。

原文

亭亭山上松[1],瑟瑟谷中风[2]。风声一何盛[3],松枝一何劲!冰霜正惨凄[4],终岁常端正[5]。岂不罹凝寒[6]?松柏有本性。

注释

〔1〕亭亭:耸立的样子。

〔2〕瑟瑟:风声。

〔3〕一何:多么。

〔4〕惨凄:形容气候严寒。

〔5〕终岁:一年四季。

〔6〕罹(lí 离):遭受。 凝寒:严寒。

今译

亭亭山上松,萧瑟谷中风。风声多凄厉,松枝多刚劲!冰霜正凛冽,终年常端正。岂不遭严寒?坚贞有本性。

题解

《凤凰集南岳》通过赞咏凤凰,勉励堂弟胸怀大志,不屈就流俗,等待明君,为国效力。首写凤凰的出生之地丹穴,比喻出身高贵。次写非竹实不食,洁身自好。再次写其永不满足,奋翅凌云,胸怀大志而羞与黄雀为伍。最后写其等待明君的出现而为国效力。句意联属,层层开拓,质真意明,朴实自然。

原文

凤凰集南岳[1],徘徊孤竹根[2]。于心有不厌[3],奋翅凌紫氛[4]。岂不常勤苦,羞与黄雀群[5]。何时当来仪[6]?将须圣明君[7]。

注释

〔1〕集:落,栖。 南岳:本指衡山,此代丹穴。李善注:"凤生丹穴。"《尔

雅》:“岠(距)齐州(中州)以南,戴日为丹穴。”《疏》:“自中州以南,日炎所照,故曰丹穴。”“丹穴,南方当日下之地。”南岳亦在中原之南,故以南岳代指丹穴。

〔2〕孤竹根:传说凤凰生性高洁,非竹实不食,非梧桐不栖。根指竹茎。刘良注:“根,竹茎,茎、根通言也。”

〔3〕厌:满足。

〔4〕凌:高飞,升高。 紫氛:高空。

〔5〕黄雀:喻庸俗之辈。 群:为群,为伍。

〔6〕来仪:《尚书·益稷》:“凤凰来仪。”古代传说逢到太平盛世,就有凤凰飞来。后来就用来仪作凤凰的代称。此处的意思是比方特出人物的出现。

〔7〕须:等待。

今译

凤凰栖丹穴,徘徊孤竹根。心有不满足,展翅凌霄云。宁肯多辛苦,羞与黄雀群。何时凤凰出?等待圣明君。

(陈延嘉译注并修订)

赠徐幹一首五言

曹子建

题解

这首诗为曹植的前期作品。

徐幹，字伟长，北海人。聪颖博学，下笔成章，轻官忽禄，不耽虚荣。建安间，曹操屡聘用，皆称疾辞却。著《中论》二十余篇，曹丕赞为“辞义典雅，足传于后”。

诗人身为王侯，纵情游乐，志满意得，却不忘才高志洁安于清寒的徐幹，赞其品格，怜其境遇，以未荐而自咎，以勖勉而慰友，通篇袒露出一颗真诚热烈的友爱之心。

“良田”四句，概括出一篇人格修养的哲理，于古于今，皆为警策。

原文

惊风飘白日〔1〕，忽然归西山〔2〕。圆景光未满〔3〕，众星粲以繁〔4〕。志士营世业〔5〕，小人亦不闲〔6〕。聊且夜行游〔7〕，游彼双阙间〔8〕。文昌郁云兴〔9〕，迎风高中天〔10〕。春鸠鸣飞栋〔11〕，流飙激棂轩〔12〕。顾念蓬室士〔13〕，贫贱诚足怜〔14〕。薇藿弗充虚〔15〕，皮褐犹不全〔16〕。慷慨有悲心〔17〕，兴文自成篇〔18〕。宝弃怨何人〔19〕？和氏有其愆〔20〕。弹冠俟知己〔21〕，知己谁不然〔22〕。良田无晚岁〔23〕，膏泽多丰年〔24〕。亮怀玙璠美[25],积久德逾宣[26]。亲交义在敦[27],申章有何言[28]。

注释

〔1〕惊风:疾风。　飘:疾速飘逝。李善注此句:“夫日丽于天,风生乎地,而言飘者,夫浮景骏奔,倏焉西迈,余光杳杳,似若飘然。”

〔2〕忽然:疾速的样子。

〔3〕圆景:月亮。　未满:月未圆。指弦月。

〔4〕粲:明。

〔5〕志士:君子,品德高尚的人。此指徐幹这样有品格守节操的人。　世业:世代相承之业。指著书立说。

〔6〕小人:与“志士”相对,指品格不高见识浅陋的人。此诗人戏称自己。(余冠英说)　不闲:无空闲,指下句“夜行游”。亦属戏言。

〔7〕夜行游:指清夜游赏。正是曹植早年的生活写照。

〔8〕双阙:赵幼文《曹集校注》引《魏都赋》:“岩岩北阙,南端逌遵,竦峭双碣,方驾比轮。”谓双阙在文昌殿外,端门左右。细玩文义,似指下文的文昌迎风二殿阁而言,若释为建筑物名,下文则无着落。

〔9〕文昌:邺宫正殿名。　郁:郁然,盛大雄伟的样子。　云兴:如云之升起。

〔10〕迎风:邺都的迎风观。　中天:半天空。

〔11〕鸠:鸟名。属布谷一类。　飞栋:翘然高起的屋梁。

〔12〕飙(biāo 标):上下旋转的暴风。　棂轩:棂,窗孔;轩,有窗的长廊。

〔13〕顾念:想念。　蓬室士:指徐幹。曹丕《与吴质书》:“伟长怀文抱质,恬淡寡欲;有箕山之志,可谓彬彬君子者矣。”蓬室,草屋,贫士所居。

〔14〕怜:同情。

〔15〕薇藿(huò 货):薇,野菜,即野豌豆;藿,豆叶。指贫者之食。　充虚:充饥。李善注引《墨子》:“古之人,其为食也,足以增气充虚而已。”

〔16〕皮褐:毛皮短衣。李善注引《淮南子》:“贫人冬则羊裘短褐,不掩形也。”

〔17〕慷慨:情绪激昂亢奋。此形容志士不得志的心情,指徐幹所著《中论》表现的思想感情。

〔18〕兴文:创作文章。指著《中论》。

〔19〕宝弃:珍宝被遗弃。宝,喻徐幹这样富有贤才的人。

〔20〕和氏:指知人者。李善注引《韩非子》:“楚人和氏,得璞玉于楚山之

中,奉而献之武王,武王使玉人相之。玉人曰:'石也。'刖和氏左足。武王薨,成王即位,和又献之。玉人又曰:'石也。'刖其右足。成玉薨,文王即位,和乃抱璞,哭于楚山之下。王使玉人理其璞,而得宝焉,遂名曰和氏之璧。"这里和氏,为诗人自喻。 愆(qiān 千):过失。

〔21〕弹冠:古人将出仕,先弹去帽子上的尘土。此谓做官。 俟:等待。知己:了解自己的人。李善注引《汉书》:"萧育与朱博友,往者有王阳贡公,故长安语曰:'萧朱结绶,王贡弹冠。'"

〔22〕不然:不这样。李善注以上两句:"言欲弹冠,以俟知己,知己谁不同于弃宝,而能相万(荐)乎?"其中隐含着曹植有爱才之心而无荐才之力的牢骚。

〔23〕晚岁:与下句"丰年"相对,欠收之年。

〔24〕膏泽:肥沃的土地。李善注以上两句:"良田、膏泽喻有德也;无晚岁,多丰年,喻必荣也。"

〔25〕亮:信,确实。 玙璠(yú fán 余繁):美玉,古人用以比德。

〔26〕宣:卓著。

〔27〕亲交:亲密的朋友。 义:情谊。 敦:敦促,劝勉。

〔28〕申章:陈述以诗章。指赠与这首诗。

今译

疾风劲吹白日散余光,驰过中天忽然落西山。月亮上升银辉尚未满,众星闪烁繁多而灿烂。志士苦心经营传世业,小人庸庸无为也不闲。暂且趁此良夜尽游赏,游赏邺城楼台殿阁间。文昌殿雄伟似祥云起,迎风观高耸直入苍天。布谷鸣春盘旋于飞梁,旋风腾起吹动窗与轩。怀念那茅屋中清寒士,处境贫贱令人心哀怜。薇菜豆叶尚不能充饥,羊皮短衣难将全身掩。慷慨情怀从心底涌起,发为文辞自然形成篇。珍宝弃地埋怨是何人?识其才者自应受责难。出仕得志期待知己荐,知己力薄命运无不然。良田收成不怕季节晚,沃土庄稼总会得丰产。内心怀抱确有真善美,年深日久德行愈显现。亲密知交情义在劝勉,赠以诗章此外复何言?

(陈复兴译注并修订)

赠丁仪一首五言

曹子建

题解

丁仪，字正礼，沛郡人。曹操辟为掾。为曹植密友。曹操曾欲立植为太子，仪为之做舆论准备。操重其才，曾想把女儿嫁给他，曹丕阻挠其事。丕与仪对立而不能相容，即位就杀了他。

这首诗似作于黄初初年。前半写景。秋气萧瑟，草木凋零，严霜侵袭，霖雨成灾，是节令的突变，也是政治低气压的征候。曹丕即位就命诸王就国，不得朝见，并杀害拥戴曹植的丁仪。这里显露出自身与密友祸患将临的预感。后半抒情。谴责尊贵者的鲜恩寡情，思慕延陵子的高义爱友，给予将遭杀身之祸的丁仪以无可奈何的慰安。慰人也自慰，饱含着诗人的孤独感与忧患感。

原文

初秋凉气发，庭树微销落〔1〕。凝霜依玉除〔2〕，清风飘飞阁〔3〕。朝云不归山〔4〕，霖雨成川泽〔5〕。黍稷委畴陇〔6〕，农夫安所获〔7〕。在贵多忘贱，为恩谁能博〔8〕？狐白足御冬〔9〕，焉念无衣客〔10〕。思慕延陵子〔11〕，宝剑非所惜〔12〕。子其宁尔心〔13〕，亲交义不薄〔14〕。

注释

〔1〕销落：凋残零落。

〔2〕凝霜：凝结的寒霜。　玉除：玉石的殿阶。

〔3〕飞阁：高耸的楼阁。飞，指翘起的檐头。

〔4〕不归山：此形容云彩不飘散，天色阴沉。

〔5〕霖雨：指连绵不断的雨。霖，连下三天以上的雨。

〔6〕黍稷：指庄稼。黍，粘黄米；稷，谷子。　委：犹“萎”，枯萎。　畴陇：指已耕过的田地。

〔7〕安：何。

〔8〕为恩；施与恩情。　博：广大。李善注此二句：“言俗之常情也。”

〔9〕狐白：指白狐的皮裘。尊贵者所服。　御冬：防御冬寒。李善注：“言服狐白者，不念无衣，以喻处尊贵者，多忘贫贱也。”又引《晏子春秋》：“景公之时，雨雪三日，公被狐白之裘，坐于堂侧，谓晏子曰：‘雨雪三日，天下不寒，何也？’晏子曰：‘贤君饱知人饥，温知人寒。’”

〔10〕无衣客：指贫贱之人。

〔11〕延陵子：即吴公子季札，吴王寿梦季子，封于延陵。李善注引《新序》：“延陵季子将西聘晋，带宝剑以过徐君，徐君不言而色欲之。季为有上国之事，未献也，然心许之矣，致使于晋。顾反，则徐君死。于是以剑带徐君墓树而去。”

〔12〕惜：爱惜。李善注：“言延陵不欺于死，而况其生者乎！故己思慕之，冀异于俗也。”

〔13〕子：指丁仪。　宁：安。

〔14〕亲交：亲密的朋友。

今译

初秋散发逼人的凉气，庭树枯萎枝叶渐凋落。严霜凝结覆盖白玉阶，清风飘过高耸楼殿阁。早上乌云密布不消退，终日阴雨遍地成川泽。庄稼倒伏浸泡在田野，农夫辛苦入秋何所获？身居高位多为忘贫贱，施与恩德谁能广且博。穿着狐裘足以抗冬寒，怎能体恤因穷无衣客。我心仰慕高义延陵子，徐君虽死赠剑不吝啬。劝君旷达心胸多宁静，亲近知交情义永不薄。

（陈复兴译注并修订）

赠王粲一首五言

曹子建

题解

这首诗,当为曹植早期之作。

王粲,字仲宣,山阳高平人,建安作家之佼佼者。博学多文,才思敏捷。董卓时长安扰乱,往投荆州牧刘表。表死归魏,任丞相掾,官至侍中。初归曹操时,曾作《杂诗(日暮游西园)》一首,似为曹植而发。诗中流露出在邺城的孤寂忧思之情,想见曹植一吐心曲而不得,对自己的待遇地位似有不满,

本诗是对王粲《杂诗》的拟作,表达对挚友的深切思念,简直是起坐不宁,神思恍惚;本来是树木发华,清池激波的春日,诗人怀恋向往之极,顿感风声悲鸣,日神飞逝,使外在的意象饱含了主体的情志。最后的四句则是给友人的宽解与安慰,以释其烦苦与孤寂。

原文

端坐苦愁思[1],揽衣起西游[2]。树木发春华[3],清池激长流[4]。中有孤鸳鸯[5],哀鸣求匹俦[6]。我愿执此鸟[7],惜哉无轻舟[8]。欲归忘故道[9],顾望但怀愁[10]。悲风鸣我侧[11],羲和逝不留[12]。重阴润万物[13],何惧泽不周[14]。谁令君多念[15],自使怀百忧[16]。

注释

〔1〕端坐:端庄而坐。

〔2〕揽衣:持衣。揽,持,牵。　西游:往西园而游。西,指西园,在邺城西。

〔3〕春华:春花。

〔4〕清池:清澈的水池。此指邺城西园的玄武池。刘渊林《魏都赋》注:“玄武池在邺城西苑中,有鱼梁,钓台,竹园,蒲桃诸果。”　激:谓涟漪荡漾。

〔5〕鸳鸯:鸟名,雌雄偶居不离。比喻王粲。

〔6〕匹俦:伴侣。

〔7〕执:执友,志同道合的朋友。此作动词用。

〔8〕惜:痛惜。李善注此两句:“言愿执鸟,而无轻舟,以喻己之思粲,而无良会也。”

〔9〕故道:旧路。此谓来西园时所曾由之路。

〔10〕顾望:回首凝望。此谓回望池中之鸳鸯。　怀愁:满怀愁情。余冠英注此两句:“表示虽不能‘执此鸟’而依依回顾,不忍舍去。”(《三曹诗选》)

〔11〕悲风:悲凉之风。

〔12〕羲和:神话中日神的御者。

〔13〕重阴:密云。喻曹操。赵幼文说:“案《春秋繁露·基义》:‘臣为阴。’操时为丞相,故曰重阴。”(《曹植集校注》)　润:滋润,喻施恩。

〔14〕泽:恩泽。　周:周遍。

〔15〕君:指王粲。

〔16〕百忧:多种忧思。与上句“多念”皆指王粲《杂诗》中表现的孤苦忧伤的感情。

今译

正身而坐难熬愁思苦,牵衣而起到西园漫游。树木逢春杂花开满枝,清池波动碧水缓缓流。池中一只孤独的鸳鸯,哀哀长鸣寻求着配偶。我愿此鸟作为知心友,可惜啊想亲近无轻舟。要归去却忘了那旧路,回首凝望只有满怀愁。悲凉的风儿身旁鸣响,日神的车驾飞驰不留。密云降雨露滋润万物,何须思虑恩泽不丰厚。谁能令君时时多疑念,全由自生重重内心忧。

(陈复兴译注并修订)

又赠丁仪王粲一首 五言

曹子建

题解

这首诗当作于建安二十年曹操西征张鲁之后。

丁仪、王粲时在军中,曹植不曾随往。(黄节说)但是,诗人可以旧经验做出新综合,凭往时的阅历设身处地地想象西征的情景。

全诗主旨在于,以用兵全国之仁颂扬乃父皇佐,以中和乐职之道规劝为自己的待遇闹情绪的丁、王二氏。由于父子之亲,颂扬而不失分寸;由于友朋之爱,规劝而契合道义。

而盛赞西京之佳丽正是为全国令名做衬,乃父出师之仁义勋劳不明言而自寓其中。

原文

从军度函谷[1],驱马过西京[2]。山岑高无极[3],泾渭扬浊清[4]。壮哉帝王居[5],佳丽殊百城[6]。员阙出浮云[7],承露概泰清[8]。皇佐扬天惠[9],四海无交兵[10]。权家虽爱胜[11],全国为令名[12]。君子在末位[13],不能歌德声[14]。丁生怨在朝[15],王子欢自营[16]。欢怨非贞则[17],中和诚可经[18]。

注释

〔1〕函谷:李善注引《汉书》:"弘农县,故秦函谷关。"在今河南灵宝县南。东至崤山,西至潼津,大山中裂,绝壁千仞,探险如函。

〔2〕西京:西汉都城长安。　这两句说的是建安二十年,曹操西征张鲁事。

〔3〕山岑:山峰。此指华山。　无极:无限。

〔4〕泾渭:二水名。泾水从甘肃流入陕西,到高陵县入渭水。渭水从甘肃入陕西,会合泾水后再东流,会洛水入黄河。泾水浊,渭水清,会流的时候清浊分明。　扬:明,分明。

〔5〕帝王居:指长安,秦汉旧都。

〔6〕佳丽:雄伟豪华。　殊:异。　百城:天下百郡之城。

〔7〕员阙:即圆阙,长安阙名。在建章宫门北,高二十五丈,上有铜凤凰。

〔8〕承露:长安一建筑物名。建章宫有承露盘,高二十丈,大十围,以铜为之,上有仙人掌承露盘。　概:摩。李善注引《广雅》:"扢,摩也。"概,与"扢"通。　泰清:指天穹。

〔9〕皇佐:皇帝的辅佐。指曹操。　扬:阐扬,发扬。　天惠:天子的恩惠。

〔10〕交兵:指战争。

〔11〕权家:兵家。指军中出谋画策者。

〔12〕全国:保全敌国而又使之屈服。即以智取敌而不损兵折将之意。李善注引《孙子兵法》:"用兵法,全国为上,破国次之。"黄节《曹子建诗注》引《魏志》说:"张鲁自巴中将其余众降,封鲁及五子皆为列侯。所谓全国也。"　令名:美善的声誉。

〔13〕君子:才德高尚的人,此指丁仪、王粲。　末位:卑微的职位。丁、王皆为丞相掾,地位卑微。

〔14〕德声:仁德的名望。李善注:"谓太祖令德之声也。"

〔15〕丁生:丁仪。　怨:怨恨。丁仪对自己于朝中的地位怨恨不满。曾写《励志赋》,有"虽德厚而祚卑,犹不忘于盘桓;秽杯盂之周用,令瑚琏以抗阁;恨骡驴之进庭,屏骐骥于沟壑"之句,以抒其情。

〔16〕王子:王粲。　自营:只经营自己的事,不关心世事。黄节《曹子建诗注》引《艺文类聚》五十七引王粲《七释》:"盖闻君子不以仕易道,不以身后时,进德修业,与世同理。今子深藏其身,高栖其志,外无所营,内无所事。"并按断谓:"此诗所谓'欢自营'也。"

〔17〕贞则:正确的原则。

〔18〕中和:中庸和平,不走极端之意。丁仪怨在朝,计较名位,王粲欢自营,与世无争,皆为偏颇极端,植以中和之道矫正之。　经:可以永远遵循的常

理。李善注:“言欢怨虽殊,俱非忠贞之则,惟有中和乐职,诚可谓经也。”

今译

随军穿越险要函谷关,策马经过西方旧帝京。丛山叠嶂高耸无边际,泾水渭水清浊各分明。壮丽啊那昔日帝王都,雄伟豪华远超天下城。圆阙巍峨直出浮云外,承露铜盘高举摩天穹。皇佐传播天子仁爱情,四海之内从此息刀兵。兵家权谋纵使易克敌,保全人国才能扬美名。君子多才屈居职位低,难能歌颂在上仁德声。丁生在朝怨气积满腹,王子居家欢快一身轻。欢怨虽殊皆非纯正则,中和乐职确可持永恒。

(陈复兴译注并修订)

赠白马王彪一首五言　　曹子建

题解

这是一首赠白马王曹彪的抒情长诗。

曹彪,字朱虎。曹植异母弟。建安二十一年封寿春侯。黄初二年进爵,徙封汝阳公。三年封弋阳王。其年徙封吴王。五年改寿春县。七年徙白马(今河南滑县东)。本诗作于黄初四年,彪时为吴王。此称白马王者,大概彪四年曾自弋阳徙白马。七年又自寿春复还白马。(据黄节说)

李善注引本集说:“黄初四年五月,白马王、任城王与余俱朝京师,会节气。到洛阳,任城王薨。至七月,与白马王还国。后有司以二王归藩,道路宜异宿止,意毒恨之,盖以大别在数日,是用自剖,与王辞焉,愤而成篇。”魏有诸侯朝节制度。每年立春、立夏、立秋、立冬四个节令之前,诸侯皆来京行迎气之礼,并行朝会。即所谓“会节气”。黄初四年六月二十四日,立秋,依制须于立秋前十八日行迎气之礼。曹植五月与任城白马二王入京。其间,胞兄任城王曹彰猝死(传说彰强壮骁勇,善于用兵,遭丕嫉恨,为其所害)。其后,欲与异母弟曹彪相伴同归,又为监国使逼迫,终不得同路。该诗正是出于这次迎气礼之后。

全诗七章八十句,曲折地表现出诗人由京返国途中情感跃动的轨迹。第一章抒离洛之后对京城的殷殷恋念。第二章述霖雨流潦,行路悲苦。第三章写小人凶横奸险,兄弟被迫分手,骨肉遭谗巧离间,满含义愤。第四章则感物伤怀,忧思孤独之情寓寄于外在的物象。第五章是以悲死者的永诀,而伤生者的长别,感到祸福难测,生命无常。第六章则以大丈夫应有之志排遣小儿女之仁,强自宽解,而愈见悲愁。第七章是从切身经历中体悟天命可疑,仙道虚无,执著现实,专注自我的哲理。这是全诗的理性升华。这是纵向说。

横向说,全诗则呈现一种复调结构,表现出了抒情主体的二重性。写城阙之恋,不能不包括对乃兄曹丕的依依之情;诅咒群凶也自然含有对魏主不义的气愤。一面是忧伤悲苦,生命无常;一面是大丈夫高志,不信天命与神灵,肯定现实与自我。一个是理智的声音,强自宽解;一个是情感的声音,难脱悲苦。主体情感不同侧面的对立、冲突、融合、交替,是这首长诗的抒情特征,也是使历代读者嗟叹不已的内在原因。

原文

谒帝承明庐[1],逝将归旧疆[2]。清晨发皇邑[3],日夕过首阳[4]。伊洛广且深[5],欲济川无梁[6]。汎舟越洪涛[7],怨彼东路长[8]。顾瞻恋城阙[9],引领情内伤[10]。

太谷何寥廓[11],山树郁苍苍[12]。霖雨泥我涂[13],流潦浩纵横[14]。中逵绝无轨[15],改辙登高岗[16]。修坂造云日[17],我马玄以黄[18]。

玄黄犹能进[19],我思郁以纡[20]。郁纡将难进[21],亲爱在离居[22]。本图相与偕[23],中更不克俱[24]。鸱枭鸣衡扼[25],豺狼当路衢[26]。苍蝇间黑白[27],谗巧令亲疏[28]。欲还绝无蹊[29],揽辔止踟蹰[30]。

踟蹰亦何留[31],相思无终极[32]。秋风发微凉[33],寒蝉鸣我侧[34]。原野何萧条[35],白日忽西匿[36]。归鸟赴乔林[37],翩翩厉羽翼[38]。孤兽走索群[39],衔草不遑食[40]。感物伤我怀[41],抚心长太息[42]。

太息将何为〔43〕？天命与我违〔44〕。奈何念同生〔45〕，一往形不归〔46〕。孤魂翔故城〔47〕，灵柩寄京师〔48〕。存者忽复过〔49〕，亡没身自衰〔50〕。人生处一世〔51〕，去若朝露晞〔52〕。年在桑榆间〔53〕，影响不能追〔54〕。自顾非金石〔55〕，咄唶令心悲〔56〕。

心悲动我神〔57〕，弃置莫复陈〔58〕。丈夫志四海〔59〕，万里犹比邻〔60〕。恩爱苟不亏〔61〕，在远分日亲〔62〕。何必同衾帱〔63〕，然后展殷勤〔64〕。忧思成疾疢〔65〕，无乃儿女仁〔66〕。仓卒骨肉情〔67〕，能不怀苦辛〔68〕。

苦辛何虑思〔69〕？天命信可疑〔70〕。虚无求列仙〔71〕，松子久吾欺〔72〕。变故在斯须〔73〕，百年谁能持〔74〕。离别永无会〔75〕，执手将何时〔76〕？王其爱玉体〔77〕，俱享黄发期〔78〕。收泪即长路〔79〕，援笔从此辞〔80〕。

注释

〔1〕谒（yè 业）：谒见，拜见。　承明庐：指天子所居，寝息之所。曹植与兄弟盖以骨肉之亲，得谒见于起居之所。（赵幼文说）承明，魏都邺京门名。李善注引陆机《洛阳记》："承明门，后宫出入之门。吾常怪谒帝承明庐，问张公，云：'魏明帝作建始殿，朝会皆由承明门。'"庐，当指承明门内的宫室，为天子寝息之所。一说以为指长安汉宫承明庐。在石渠阁外，此为借指。

〔2〕逝：语助词，无义。　旧疆：旧时的封地。指曹植的封地鄄城，在今山东濮县东。李善注："时植虽封雍丘，仍居鄄城。"

〔3〕皇邑：皇都。指洛阳。

〔4〕首阳：山名。李善注引陆机《洛阳记》："首阳山在洛阳东北，去洛二十里。"

〔5〕伊洛：二水名。伊水，出河南卢氏县熊耳山，东北过伊阙，到洛阳县南，北入于洛。洛水，发源于陕西冢岭山，流入河南，经洛阳县至巩县入黄河。

〔6〕济：渡。　梁：桥梁。

〔7〕洪涛:洪水的浪涛。黄初四年六月大雨,曾出现洪水,伊水举高四丈五尺。

〔8〕东路:东向之路。此指自洛阳往鄄城之路。

〔9〕顾瞻:回望。 城阙:指京城洛阳。

〔10〕引领:延颈,伸长颈项远望。

〔11〕太谷:山谷名。东路所经过的山谷,在洛阳城南五十里,旧名通谷。 寥廓:辽阔空旷。

〔12〕郁:树木繁茂的样子。 苍苍:形容草木青翠的颜色。

〔13〕霖:指连下三天以上的雨。 泥:动词,泥泞而阻滞。 涂:道路。

〔14〕流潦:地上流注的雨水。 浩:水势盛大。 纵横:形容雨水四溢。

〔15〕中逵:路中。逵,交错之路。 轨:车马行走过的轨迹。

〔16〕辙:车辙。

〔17〕修坂:陡长的山坡。 造:至。余冠英《三曹诗选》注:"成皋西有大坂,上登大坂,是东往成皋。曹植和曹彪分别的地点当在成皋。"

〔18〕玄以黄:即玄黄,马病的样子。为诗句的严整和谐,中间嵌一个"以"字。

〔19〕进:前行。

〔20〕思:心情。 郁以纡:即郁纡,形容心情郁闷不可解脱。以,嵌于词中的虚字。

〔21〕难进:难以前行。

〔22〕亲爱:指兄弟。 离居:分别。这句补说上句"难进"的原因。

〔23〕本图:原打算。 偕:同,同路。

〔24〕中:途中。 更:改变。 克:能够。 俱:在一起。吴伯其《六朝选诗定论》:"二王初出都未有异宿之命,出都后群臣希旨,中途命下,始不许二王同路。"

〔25〕鸱枭(chī xiāo 吃消):恶鸟名。鸱为猛禽,枭食母。以喻奸邪小人,鸱,李善注本作鸮。从六臣注本。 衡扼:车辕前端的横木,扼在牲畜的颈项上,拖拉车轮前进。扼,别本作"轭"。车辕与车衡衔接处的销钉。余冠英《三曹诗选》注:"乘舆衡上有鸾铃,现在代以鸱枭恶鸟之声,比喻小人包围君主。"

〔26〕豺狼:恶兽名。 路衢(qú 瞿):四通八达的大路。此句寓意与上句同。

〔27〕苍蝇:比喻奸邪之人。 间:毁。李善注:"《毛诗》曰:'营营青蝇,止于樊。'郑玄曰:'蝇之为虫,污白使黑,污黑使白。'喻佞人变乱善恶也。"

〔28〕谗巧:谗言巧语。 令:致使。

〔29〕蹊(xī 西):路径。

〔30〕揽辔:手持马缰绳。 止:语助词,无义。 踟蹰(chí chú 池除):徘徊不前。

〔31〕留:留止而不行。

〔32〕终极:穷尽。

〔33〕发:散发,吹送。

〔34〕寒蝉:暑天则蝉鸣,秋凉至则蝉声微弱,是为寒蝉。李善注:"蔡邕《月令章句》曰:'寒蝉应阴而鸣,鸣则天凉,故谓之寒蝉也。'"

〔35〕萧条:草木衰败的样子。

〔36〕西匿:谓日沉落于西方。

〔37〕乔林:乔木之林。乔,指高大的树。

〔38〕翩翩(piān 偏):形容鸟儿轻盈飞舞的样子。 厉:奋,鼓动。

〔39〕走:奔跑。 索:寻求。

〔40〕遑:暇,功夫。

〔41〕伤:悲伤。此使动用法。 怀:心怀。

〔42〕抚心:即拊心,捶胸。 太息:叹息。

〔43〕何为:为何。

〔44〕天命:指人所接受的天命。赵幼文《曹集校注》:"案命指人寿夭,谓受之于天,故曰天命。" 违:背离,不相合。

〔45〕同生:同母兄弟。此指任城王曹彰。曹彰与曹植皆为卞皇后所生。

〔46〕一往:一去不返。谓死亡。 形:形体。此句谓曹彰之死。

〔47〕翔:翱翔。 故城:指曹彰封地任城。

〔48〕灵柩:装敛亡者尸体的棺椁。 寄:暂时寄放。 京师:指洛阳。

〔49〕存者:活着的人。此指诗人自己与白马王曹彪。 忽:倏忽。此形容衰老之速。 复过:又往。黄节说:"《太玄》,范望注曰:'过,去也,'存者谓己与白马也。忽复过,谓须臾亦与任城同一往耳。"(《曹子建诗注》)

〔50〕亡没:死亡。以上两句意谓活着的人,倏忽之间也将故去,而亡故则是其本身自然衰老的结果。所以下文谓"去若朝露晞"又,黄节说:"'亡殁身自

衰'句,倒文,谓身由衰而殁耳,指存者也。"(《曹子建诗注》)也通。

〔51〕处:度过。

〔52〕去:离去,消逝。　晞(xī 西):干。此句以朝露易干,比喻生命的短促。

〔53〕桑榆:二星名,在西方。通常说日在桑榆,表天将晚。此喻人到晚年。

〔54〕影响:指光与声。此句以光影声响消逝之迅疾,比喻生命之短促。

〔55〕自顾:自念。　金石:喻坚固。

〔56〕咄唶(duō jiè 多借):感叹词。此形容一呼一应的功夫,极言时间短促。李善注:"言人命叱呼之间或至夭丧也。"

〔57〕神:精神,魂魄。

〔58〕陈:陈说。

〔59〕志:心志。

〔60〕比邻:近邻。

〔61〕亏:亏缺,减少。

〔62〕分:情分,感情。

〔63〕衾帱(chóu 仇):被和床帐。

〔64〕展:展示,表达。　殷勤:真挚的情谊。

〔65〕疾疢(chèn 趁):疾病。疢,同"疢",热病。

〔66〕儿女仁:男女的情爱。黄节说:"《墨子》曰:'仁者,爱也。'儿女之仁,谓儿女之爱也。恩爱在同衾裯,此乃儿女之仁耳。六句用比义。"(《曹子建诗注》)

〔67〕仓卒:匆促,形容时间短暂。　骨肉情:指兄弟之间的手足之情。

〔68〕苦辛:辛苦。此为痛楚的意思。

〔69〕虑思:思虑。

〔70〕信:实。

〔71〕虚无:空虚不实。　列仙:众仙。

〔72〕松子:赤松子,仙人名。李善注:"《论衡》曰:'传称赤松王乔,好道为仙,度世不死,是又虚也。'"

〔73〕变故:灾难。　斯须:须臾,顷刻。

〔74〕百年:形容长寿。　持:保持。

〔75〕无会:不能相会。

〔76〕执手:握手。指会面。

〔77〕玉体:身体的美称。

〔78〕黄发:形容高寿。年老发由白而转为黄色。

〔79〕即:就。

〔80〕援笔:持笔,指写这篇赠诗。　辞:辞别。

今译

谒见皇帝在那承明庐,我将离去返封地鄄城。清晨即起从京城出发,夕阳沉落过首阳山旁。伊水洛水广阔而幽深,人要渡过河上无桥梁。驾起舟船越过洪涛涌,怨恨东去路途多漫长。回首凝望京城恋亲故,延颈远眺内心填悲伤。

太谷辽远空旷无人迹,山间松柏茂密莽苍苍。连日大雨道路尽泥泞,流水倾注遍地掀波浪。大路冲断车行无轨迹,调转马头直上登高冈。漫长山坡高处接云天,马儿疲惫迈步直摇晃。

马儿疲惫尚可向前行,我心郁闷愈来愈沉重。郁闷难解无力向前进,在此离别同胞亲弟兄。原想相伴同行归封国,途中传令路线须变更。鸱枭在车辕前怪声叫,豺狼在大路间逞凶横。苍蝇乱飞白色可变黑,坏人谣言离间兄弟情。要返京城路径已断绝,手持缰绳徘徊走西东。

徘徊西东无法再逗留,相思之情无边又无际。秋风乍起散发出微凉,寒蝉悲鸣入耳我心碎。原野荒凉草木皆枯萎,白日暗淡瞬间便西坠。归鸟疾飞直向高树林,彼此相随翩翩振羽翼。孤兽奔窜寻求同类群,口衔青草欲食来不及。感触物类使我倍忧伤,手抚心胸深深长叹息。

深长叹息又将何所为?天命难测与我心相违。时时怀念同生亲兄弟,奈何一去形影永不归。孤魂飞翔重返旧封国,灵柩暂留京城多凄悲。存者虽生也将匆匆去,亡殁变故来自身日衰。人生一世光景何其短,好似朝露霎时无痕迹。年已垂老正是日黄昏,如光如声既逝不能追。自念生命非同金石坚,转瞬而逝令人心内悲。

心内多悲损害我精神，排遣忧虑解脱不再陈。丈夫高志放达超四海，相隔万里犹觉是近邻。恩爱至诚若能满心怀，身处遥远情谊日益亲。何必相守同床共被眠，然后展露深情自心间。忧愁固结化作相思病，岂非儿女情肠寸寸断。骨肉相连长别在瞬间，彼此内心怎能不悲酸。

悲酸之中思索长经验，天命可疑人意当自知。寻求众仙虚无又缥缈，向来欺人神灵赤松子。不测灾祸常在顷刻间，百年高寿谁人能保持。即此离别永远不能会，握手交欢难料在何时。但愿吾王珍爱好身体，共同享受晚年欢乐事。拭干眼泪分手登长路，写诗相赠从此即告辞。

（陈复兴译注并修订）

赠丁翼一首 五言

曹子建

题解

丁翼，字敬礼，丁仪之弟，与曹植友善。官黄门侍郎。曹丕即位，与兄一起被杀。

这首诗当为曹植早期所作。

前半描写与邺下文人宴饮的场面。美酿佳肴，大饱于口；琴瑟声歌，快愉于心。可见朋友间的无拘无束，亲切诚挚。后半是对友人的劝勉。君子与小人，滔荡之士与世俗之徒，判然对立，勉人务于大节大道，淡于势利世禄。可见诗人交友的真谛与个人怀抱。诗含至理至情，感人至深。

原文

嘉宾填城阙〔1〕，丰膳出中厨〔2〕。吾与二三子〔3〕，曲宴此城隅〔4〕。秦筝发西气〔5〕，齐瑟扬东讴〔6〕。肴来不虚归〔7〕，觞至反无余〔8〕。我岂狎异人〔9〕，朋友与我俱〔10〕。大国多良材〔11〕，譬海出明珠〔12〕。君子义休偫〔13〕，小人德无储〔14〕。积善有余庆〔15〕，荣枯立可须〔16〕。滔荡固大节〔17〕，世俗多所拘〔18〕。君子通大道〔19〕，无愿为世儒〔20〕。

注释

〔1〕填：充满。　城阙：城楼。

〔2〕丰膳：丰美的膳食。　中厨：内厨，宫廷里的厨房。

〔3〕二三子:此指与曹植友好的邺下文人,包括丁翼。

〔4〕曲宴:私宴。与公宴相对。　城隅:城上的角楼。

〔5〕秦筝:乐器名,有弦似瑟,传为秦蒙恬制作。　西气:西音,指琴声。赵幼文说:"《释名·释乐器》:'筝施弦高急筝筝然也。'杜佑《通典》:'筝,秦声也。'谓陕西多高亢酸楚之曲调。"(《曹集校注》卷一)

〔6〕齐瑟:乐器名。今瑟二十五弦,弦各有柱,可上下移动,以定声音的清浊高低。　东讴:指齐歌。

〔7〕肴:肴馔。　不虚归:谓食之且尽也。(赵幼文说)虚,空。

〔8〕觞:古时的酒器。此指酒。　反无余:谓饮酒干杯,杯子拿走则一滴不剩。赵幼文说:"此两句极意形容宴饮酬酌之欢乐。"

〔9〕狎:亲近而不庄重。　异人:他人,关系疏远的人。

〔10〕俱:在一起。

〔11〕良材:贤良多才的人。

〔12〕明珠:珍珠。

〔13〕休偫(zhì 至):美好而完备。休,善;偫,具,备。

〔14〕无储:无所蓄积,即浅薄而微少。李善注此二句:"言君子之义美而且具,小人之德寡而无储也。"

〔15〕余庆:多福。

〔16〕荣枯:原谓草木的发荣或枯萎。此喻人生的荣华富贵,紧承上句"积善"、"余庆",意脉贯通,"枯"则虚化了。　须:待。

〔17〕滔荡:胸襟开阔,豁达大度的样子。　固:坚守不渝。

〔18〕世俗:社会风尚。　拘:拘束。谓拘泥于小节。李善注引《淮南子》:"曲士不可与语至道,拘于俗,束于教。"

〔19〕通:贯通,通晓。　大道:宏大的道理。

〔20〕世儒:指讲疏经书的人。赵幼文《曹植集校注》说:"揆子建之意,似蔑视章句之儒,而其所谓大道,或《与杨修书》所云'戮力上国,流惠下民'之意同,于此可见于建当时之意愿。"

今译

贵宾齐集邺京的城楼,美餐出自王宫的内厨。我邀来邺下二三友好,排设便宴在城上角楼。秦筝奏起关西曲慷慨,齐瑟弹出东方调和柔。佳肴送上饱尝即告罄,美酒斟满畅饮千杯杓。我所亲近岂是异乡人,朋友心交与我志气投。大国文风哺育良才众,好比沧海呈献夜明珠。君子节义美好而完善,小人势利无德也不修。蓄积美善来日将多福,荣华富贵必定可成就。胸襟豁达坚守大志节,世俗鄙陋多为名利徒。君子精通治国济民道,不愿去做平庸俗世儒。

(陈复兴译注并修订)

赠秀才入军五首

嵇叔夜

题解

《赠秀才入军》多谓嵇康送其兄嵇喜入军诗。《文选》李善注:“集云,兄秀才公穆入军赠诗。刘义庆《集林》曰:嵇喜,字公穆,举秀才。”《古诗纪》将一首五言诗与十八首四言诗合在一起,冠题《兄秀才公穆入军赠诗十九首》。也有人将五言诗辟为“古意”,另十八首四言为一组,仍从原题。戴明扬《嵇康集校注》案:“‘携我好仇’代从军者言狩猎之乐尔。至诗中云‘我友良朋’,明非兄弟矣。此十九首仍非尽为赠兄之诗,亦编者所入也。”

萧统将“良马既闲”与“携我好仇”合为一首,加“轻车迅迈”、“浩浩洪流”、“息徒兰圃”、“闲夜肃清”四首,计五首录入《文选》。

《良马既闲》为第一首。“此诗盖叔夜于秀才从戎后所寄,故首述军中骁勇之情,及盘游于田之乐也。”(《嵇康集校注》引刘履语)刘勰评嵇康诗“清峻”,于此可见。前八句为第一部分,想象嵇喜军中之威:战马驰骋,戎装生辉,左右开弓,风驰电掣,腾跃原野,顾盼生姿。起笔非凡,“突兀拔起,墨气喷雾”(《嵇康集校注》引王夫之语),一意磅礴,神勇毕肖。后八句为第二部分,写畋猎之乐,可视为前意之补充。古代畋猎并非单纯的游乐,而与军旅生活有关,是练武的一种形式。但毕竟属游乐,故笔意舒缓,“仰落惊鸿,俯引渊鱼”的收获,其乐无穷。

原文

良马既闲[1],丽服有晖[2]。左揽繁弱[3],右接忘归[4]。风驰电逝[5],蹑景追飞[6]。凌厉中原[7],顾盼生姿[8]。携我好仇[9],载我轻车[10]。南凌长阜[11],北厉清渠[12]。仰落惊鸿[13],俯引渊鱼[14]。盘于游田[15],其乐只且[16]。

注释

〔1〕闲:熟练。此指马善跑。

〔2〕丽服:华美的衣服,此指戎装。 晖:日光。

〔3〕揽:持。 繁弱:大弓名。

〔4〕接:交,搭。 忘归:箭矢名。李善注引《新序》:"楚王载繁弱之弓,忘归之矢,以射兕于云梦。"

〔5〕风驰电逝:风驰电掣,形容极快。

〔6〕蹑(niè 聂)景:追上日光。蹑,追踪。景,日光。 追飞:追上飞鸟。

〔7〕凌厉:意气昂扬、奋勇向前的样子。 中原:原野。

〔8〕顾盼:左顾右盼,形容目光机警的神态。 生姿:英姿焕发。

〔9〕携:携同。好仇(qiú 求):好友。戴明扬《嵇康集校注》:"此代秀才言之,好仇指秀才军中之侣也。"《诗经·兔罝》:"赳赳武夫,公侯好仇。"

〔10〕轻车:轻快的车子。

〔11〕凌:凌越。 阜:土山。

〔12〕厉:越过。

〔13〕落:使之落,射下之意。 惊鸿:飞雁。

〔14〕引:取。 渊鱼:深水之鱼。

〔15〕盘:游乐。 游田:打猎。田,通"畋"。李善注引《尚书》:"不敢盘于游畋。"

〔16〕只且(jū 居):非常快乐。《韩诗》作"其乐旨且"。王先谦《诗三家义集疏》:"盖以旨本训美。乐旨,犹言乐之美者,意谓乐甚。"一说"只且"作语尾助词,无义。

今译

骏马奔驰快如飞，华丽军装闪光辉。左手拉开繁弱弓，右手搭上箭忘归。风驰电掣远逝去，可追日光胜鸟飞。奋勇直前驰原野，左顾右盼生英姿。携同我的好朋友，坐上我的轻车骑。向南翻过长土岭，向北涉过清水渠。仰头射落空中雁，俯身正中渊中鱼。尽情游乐在打猎，其中乐趣无终极。

题解

《轻车迅迈》为第二首。诗描述游春思人之情怀。“所钦”，可指兄亦可指友。如果说前首清峻，这首则清新。写出了春光明媚，生机盎然，是一幅声色俱丽的春意图。诗人工于字句，而又不露斧凿痕迹。王夫之赞道：“‘春木’四句，写气写光，几非人造。”“习习谷风”、“咬咬黄鸟”、“心之忧矣”等句，虽出自《诗经》，但用来十分自然。用而不死，别生情致。

原文

轻车迅迈〔1〕，息彼长林〔2〕。春木载荣〔3〕，布叶垂阴〔4〕。习习谷风〔5〕，吹我素琴〔6〕。咬咬黄鸟〔7〕，顾俦弄音〔8〕。感悟驰情〔9〕，思我所钦〔10〕。心之忧矣，永啸长吟〔11〕。

注释

〔1〕迅迈：快行。迈，前进。

〔2〕长林：树林。

〔3〕春木：春天的树木。　载：充满。　荣：繁茂，指茂密的枝叶。

〔4〕布叶：树叶披散。布，展开。　垂阴：布下树荫。阴，通“荫”。

〔5〕习习：微风和煦的样子。　谷风：山谷里的风。

〔6〕素琴：无华丽装饰的琴。

〔7〕咬咬：鸟鸣之声。　黄鸟：黄莺。

〔8〕顾:看。俦:伙伴。胡刻本作"畴",据戴明扬《嵇康集校注》改。 弄音:指鸟宛转鸣叫之音。李善注引古诗:"黄鸟鸣相追,咬咬弄好音。"

〔9〕感悟:受感动而觉悟。 驰情:感情激荡。

〔10〕所钦:钦佩之人。指亲友。

〔11〕永啸:长啸。啸,撮口发出长而清越的声音。

今译

轻车飞快响辚辚,休息前方绿树林。春天树木枝叶密,密密枝叶绿成荫。山谷清风和煦吹,吹我朴实无华琴。咬咬黄莺林中叫,宛转悦耳吐佳音。我受感悟情激荡,思我心中仰慕人。思人不见心忧郁,撮口长啸发低吟。

题解

《浩浩洪流》为第三首。诗中自叙与兄别后之情。"洪流",鱼龙聚焉;"绿林",群鸟集焉。而自己"思我良朋,如渴如饥",却不能如愿,心中悲焉。虽有悲情,但格调昂扬。"浩浩洪流",开篇即把人带入一个开阔蓬勃的意境。文辞壮丽。

原文

浩浩洪流〔1〕,带我邦畿〔2〕。萋萋绿林〔3〕,奋荣扬晖〔4〕。鱼龙瀺灂〔5〕,山鸟群飞。驾言出游〔6〕,日夕忘归。思我良朋,如渴如饥。愿言不获〔7〕,怆矣其悲〔8〕。

注释

〔1〕浩浩:水势盛大的样子。

〔2〕带:环绕如带。 邦畿(jī 机):疆界。李善注引《毛诗传》:"畿,疆也。"

〔3〕萋萋:草木茂盛的样子。 绿林:绿色的树林。

〔4〕奋荣:争茂。荣,茂盛。 扬晖:闪耀光辉。晖,同"辉"。

〔5〕瀺灂(chán zhuó 缠浊):出没水中的样子。何焯《义门读书记》:"'瀺

濳'、'群飞'皆谓同类之相求也。"

〔6〕驾言:乘车。言,同"焉",语助词。《诗·邶风·泉水》:"驾言出游,以写我忧。"

〔7〕愿言:思念。愿,念。言,语助词,无义。魏文帝《与朝歌令吴质书》:"愿言之怀,良不可任。" 不获:指思念之心得不到宽慰。

今译

浩浩荡荡一洪流,如同玉带绕边陲。葱翠茂密一片林,充满生机放光辉。鱼龙出没烟波里,山鸟成群林中飞。驾御车马去野游,夕阳西下心忘归。思念佳朋与好友,如饥如渴难忘怀。思念之情莫宽慰,无限惆怅心中悲。

题解

《息徒兰圃》为第四首。刘履说:"此言秀才从军多暇,既无事于战斗,惟以弋钓为娱,或目送飞鸿,或手弹五弦。而俯仰之间,游心道妙,如彼钓叟,得鱼而忘筌,其自得如此,固可嘉矣。然在军旅之中,谁可与论此者,正犹庄子之意,既无郢人之质,则匠石虽有运斤斫鼻之巧,而无所施也。"(《嵇康集校注》引)

嵇康之诗,常发挥老庄思想,但不是干巴巴写教义,而是论含激情,赋思理于形象,以发人联想。"嘉彼钓叟,得鱼忘筌","目送归鸿,手挥五弦",皆融理趣情趣于一炉,故王士祯赞其"妙在象外"。

原文

息徒兰圃[1],秣马华山[2]。流磻平皋[3],垂纶长川[4]。目送归鸿[5],手挥五弦[6]。俯仰自得[7],游心泰玄[8]。嘉彼钓叟[9],得鱼忘筌[10]。郢人逝矣[11],谁与尽言[12]?

注释

〔1〕息:休息。 徒:徒众。此指军队。 兰圃:长满香草的野地。

〔2〕秣(mò 末)马:喂马。息徒、秣马,相对为文,皆指休息。 华山:长满花草的山。

〔3〕流磻(bō 波):指射箭。磻,在系箭的丝绳上所加的石块,射出以猎鸟。平皋(gāo 高):水边的平地。

〔4〕垂纶:指钓鱼。纶,拴鱼钩的丝绳。 长川:长长的河流。

〔5〕目送:随物之去而以目注视。 手挥:指弹琴。目送手挥,乃写自得之意趣。

〔6〕五弦:指琴。戴明扬注引高诱语:“古琴五弦,至周有七律,增为七弦。”又张平子云:“弹五弦之妙音。”

〔7〕俯仰:俯仰之间,形容时间短促。俯,低头,应“手挥”句。仰,抬头。应“目送”句。 自得:指心境超脱尘俗,精神归于自然。

〔8〕游心:心神往来,贯注于某一境地。 泰玄:指自然之道。

〔9〕嘉:赞许。 钓叟:钓鱼的老翁,此指超尘脱俗的隐者。

〔10〕得鱼忘筌(quán 全):比喻超脱,不拘形迹。筌,捕鱼的竹器。《庄子·外物》:“筌者所以在鱼,得鱼而忘筌;蹄者所以在兔,得兔而忘蹄;言者所以在意,得意而忘言。吾安得夫忘言之人而与之言哉!”

〔11〕郢(yǐng 影)人:郢,春秋时楚国的都城,在今湖北省江陵县。《庄子·徐无鬼》:“庄子送葬,过惠施之墓,顾谓从者曰:‘郢人垩漫其鼻端,若蝇翼,使匠石斫之。匠石运斤成风,听而斫之,垩尽而鼻不伤,郢人立不失容。’宋元君闻之,召匠石曰:‘尝试为寡人为之。’匠石曰:‘臣则尝能斫之。虽然,臣之质死久矣。’自夫子之死也,吾无以为质矣,吾无与言之矣。”北大《魏晋南北朝文学史参考资料》:“这里用此典故,意思是说,像郢人死后匠石‘无以为质’一样,嵇喜如有所领会,也没有可谈的人。” 逝:死去。

〔12〕谁与:与谁。以上两句意思说正如郢人之死,匠石失去无与言的对象一样,嵇喜离去,诗人也再没有与之谈玄的对手了。

今译

士卒休息兰草园，喂马就在百花山。射箭水边平野上，钓鱼垂钩长河川。目送大雁南飞去，手挥五弦素琴弹。俯仰之间返自然，精神超脱与道浑。赞美垂钓老渔翁，不拘形迹心超凡。楚之郢人早逝去，纵有千言对谁谈？

题解

《闲夜肃清》为第五首。别绪缠绵，意境清雅，读了仿佛置身于清丽静谧的月夜之中，会引起种种遐想。方廷珪说："读叔夜诗，能消去胸中一切宿物，由天资高妙，故脱口而出。"(《文选集评》)颇为中肯。

原文

闲夜肃清[1]，朗月照轩[2]。微风动袿[3]，组帐高褰[4]。旨酒盈樽[5]，莫与交欢[6]。鸣琴在御[7]，谁与鼓弹[8]。仰慕同趣[9]，其馨若兰[10]。佳人不在[11]，能不永叹[12]。

注释

〔1〕闲夜：安闲的夜晚。　肃清：清静。

〔2〕朗月：明月。　轩：有窗的长廊。

〔3〕袿(guī 归)：帷帐。李善注："袿或为帏。"

〔4〕组帐：系有丝带穗子的帷帐。　褰(qiān 千)：开，揭起。

〔5〕旨酒：美酒。《诗·小雅·正月》："彼有旨酒，又有佳肴。"　盈樽(zūn 尊)：酒满杯。樽，酒杯。

〔6〕莫：没有谁，无定代词。　交欢：相交而欢心。

〔7〕鸣琴：琴。张华《情诗》："北方有佳人，端坐鼓鸣琴。"　御：进用。

〔8〕鼓弹：弹。鼓琴，即弹琴。以上两句意思说鸣琴已经进呈上来，可是为谁弹奏呢？承上而言无知音之意。

〔9〕仰慕:衷心思慕。 同趣:意趣相同。薛综《西京赋》注:“趣犹意也。”

〔10〕馨(xīn 新):香气。 兰:香草。李善注引《易经》曰:“同心之言,其臭如兰。”

〔11〕佳人:美人。此指秀才。

〔12〕永叹:长叹。

今译

安闲清静良宵夜,一轮明月照廊前。微风吹动绣锦帐,锦绣帷帐高高悬。满杯美酒溢芳香,无人共饮相与欢。鸣琴进用在几案,有琴无人为谁弹?心中仰慕同道者,德风清雅馨如兰。如今同道已不在,怎能叫人不长叹。

(赵福海译注并修订)

赠山涛一首五言

司马绍统

题解

司马彪(？—约306)，西晋史学家。字绍统，河南温县(今河南温县)人。生年不详。晋朝皇族。曾任秘书郎，迁秘书丞，官至散骑侍郎。笃学不倦，博览群籍。著有《庄子注》、《九国春秋》等。所著《续汉志》八十卷，论述东汉史事，原来纪、传、志完备，以后纪、传散佚，仅存八志三十卷，北宋以后，与范晔《后汉书》配合刊行(范书只有纪、传)。

《文选》唯独入选司马彪的这一首《赠山涛》诗。山涛(205—283)，西晋大臣，河内怀县(今河南武陟县西南)人，字巨源。少孤贫，好老庄学说。与嵇康、阮籍等友善，为竹林七贤之一。与司马懿有亲戚关系，见懿与曹爽争权，遂隐居不问世事。后司马师兄弟相继执政，他才出来做官，任吏部尚书、尚书右仆射等职。主持吏部十余年，每选用官吏，都亲自作评论，当时称为“山公启事”。

这首诗自述门第高贵，自幼抱负不凡，却不为世用，自叹光阴虚度，功业不建，内心压抑，抱怨世道险恶。极力颂扬山涛，比作“神龙”衔烛，照耀幽阴，为黑暗封建社会带来光明，盼望他慧眼识珠，鼎力引荐，使自己得以施展抱负。开头十四句自述，出身高贵，少有大志，但不被世用，深感恐惧、怨恨。中间六句感叹岁月蹉跎，功名未立，内心感到郁闷不平。结尾四句用古代神话“烛龙”比喻山涛，赞美其光照大地，洞察一切，定能识别璞玉，期望着力推荐自己。全诗措词婉转，文情并茂，并非一般应酬诗作。

原文

苕苕椅桐树[1],寄生于南岳[2]。上凌青云霓[3],下临千仞谷[4]。处身孤且危[5],于何托余足[6]?昔也植朝阳[7],倾枝俟鸾鷟[8]。今者绝世用[9],倥偬见迫束[10]。班匠不我顾[11],牙旷不我录[12]。焉得成琴瑟[13],何由扬妙曲[14]?冉冉三光驰[15],逝者一何速[16]。中夜不能寐[17],抚剑起踯躅[18]。感彼孔圣叹[19],哀此年命促[20]。卞和潜幽冥[21],谁能证奇璞[22]?冀愿神龙来[23],扬光以见烛[24]。

注释

〔1〕苕苕(tiáo 条):同“岧岧”。高耸的样子。 椅(yī 医)桐:木名,即山桐子,属梧桐类。

〔2〕南岳:衡山,在今湖南衡山县,为五岳之一。

〔3〕凌:高升。 青云:意谓高空。 霓:虹。

〔4〕千仞:极言其深。仞(rèn 任),古代长度单位,东汉末为五尺六寸。

〔5〕孤:孤立。 危:高。

〔6〕托足:立足,容身。语本《汉书·贾山传》:“不得邪径而托足焉。”

〔7〕植:栽种。 朝阳:山的东面。《诗·大雅·卷阿》:“梧桐生矣,于彼朝阳。”《尔雅·释山》:“山东曰朝阳。”

〔8〕俟(sì 四):等待。 鸾鷟(zhuó 浊):都是传说中的凤凰一类神鸟。鸾,传说中的凤凰之类鸟。鷟,即“鸑鷟”,亦凤凰之类鸟。

〔9〕绝:断绝。 世用:世间所用。

〔10〕倥偬(kǒng zǒng 孔总):困苦。语本《新语·本行》:“倥偬屈厄。”

〔11〕班匠:公输班和匠石,都是古代著名巧匠。用以比喻执政大臣。(依李善注)语本王褒《洞箫赋》:“于是班匠施巧。” 顾:看。

〔12〕牙旷:伯牙和师旷,都是古代著名乐师。用以比喻执政大臣。(依李善注)语本《汉书·叙传上》:“若乃牙旷清耳于管弦。” 录:录用。

〔13〕琴瑟:两种弦乐器。琴瑟配合演奏,声音和谐悦耳,用以比喻朋友融

洽。语本曹植《王仲宣诔》:“好和琴瑟,分过友生。”

〔14〕扬:传播。

〔15〕冉冉(rǎn 染):渐进的样子。 三光:指日、月、星。语本《白虎通·封公侯》:“天有三光:日、月、星。” 驰:奔驰。

〔16〕逝者:谓消逝的时光。典出《论语·子罕》:“逝者如斯夫。”

〔17〕中夜:半夜。 寐:睡眠。

〔18〕抚剑:按剑。语出《楚辞·九歌·东皇太一》:“抚长剑兮玉珥。” 踯躅(zhí zhú 直竹):住足,踏步不前。

〔19〕感彼孔圣叹:意谓深深感慨那孔子叹惋光阴流逝而不复返的至理名言。典出《论语·子罕》:“子在川上曰:‘逝者如斯夫!不舍昼夜。’” 孔圣:孔子。

〔20〕年命:寿命。语本曹植《又感节赋》:“恐年命之早零。”

〔21〕卞和:春秋时楚国人。相传他觅得玉璞,两次献给楚王,都被误认为虚假,先后被砍去双脚。楚文王即位,他抱璞哭于荆山下,王使人雕琢其璞,果得宝玉,称为和氏璧。事见《韩非子·和氏》。 幽冥:暗昧,幽阴。

〔22〕奇:奇特,奇异。 璞(pú 仆):蕴藏有玉的石头,也指未雕琢的玉。典出《韩非子·和氏》:“王乃使玉人理其璞,而得宝焉。”

〔23〕神龙:古代相传龙为神物,故称龙为神龙。用以比喻山涛。(依李善注)

〔24〕扬光以见烛:意谓山涛就像神话传说中的烛龙衔烛光照幽阴一样。此暗用“烛龙”典故,见《山海经·大荒北经》:“有神,人面蛇身而赤……是烛九阴,是谓烛龙。”

今译

高大参天椅桐树,附着生长在南岳。直上升入高空中,其下面临千仞谷。处身孤立且高危,我在哪里能立足?昔日栽植山东面,枝叶低倾待鸾鹫。当今不为世间用,困苦窘迫受拘束。公输匠石不看我,伯牙师旷未收录。哪能成全琴配瑟?从何传播美妙曲?三光渐渐奔驰去,流逝光阴多快速。时至半夜不能睡,手按宝剑起踯躅。感慨孔圣叹流光,哀伤寿命太短促。卞和蒙冤暗埋没,谁敢仗义证奇璞?期望神龙早日来,光照幽阴凭衔烛。

(张厚惠译注 陈复兴修订)

答何劭二首

张茂先

题解

何劭、张华(茂先)曾一道为官,故以"同寮"相称。二人庐舍田园比邻,极便密切往来,常常互赠诗文,互相慰藉。《文选》入选了他们三首赠答诗,都是晚年所作,写得富有真情实感。

比勘诗意,后面何劭《赠张华》与这首诗正是互相唱和之作,当对照阅读。这首诗记叙以前仕途烦苦、拘束,称赞何劭赠诗所含美德、文采,怀念好友深厚情谊,既是同僚,又成为邻居,抒发志趣相投、希望能结伴安度晚年的心情。开头六句写往日仕途繁复艰苦,寂寞拘谨。中间六句歌颂好友何劭才德,所赠新诗内含美德,外富文采。结尾八句说年岁已老,希望辞官,安度晚年,作为共勉。但他们没有辞官,结局不同,参见下一首《赠张华》题解。

原文

吏道何其迫[1]?窘然坐自拘[2]。缨緌为徽纆[3],文宪焉可逾[4]?恬旷苦不足[5],烦促每有余[6]。良朋贻新诗[7],示我以游娱[8]。穆如洒清风[9],奂若春华敷[10]。自昔同寮寀[11],于今比园庐[12]。衰夕近辱殆[13],庶几并悬舆[14]。散发重阴下[15],抱杖临清渠[16]。属耳听莺鸣[17],流目玩儵鱼[18]。从容养余日[19],取乐于桑榆[20]。

注释

〔1〕吏道:犹言仕途。为官的道路。吏,泛指官吏。　迫:公事急迫。

〔2〕窘:窘困。　拘:拘泥。

〔3〕缨緌(ruí):冠带和冠饰。借指有声望的士大夫或高官显贵。　徽纆(mò 墨):谓绳索。

〔4〕文宪:犹文法,法制,法律条文。　逾:逾越。

〔5〕恬旷:安适闲散。

〔6〕烦:烦琐。　促:紧迫。

〔7〕贻(yí 移):赠。

〔8〕娱:乐,欢乐。

〔9〕穆如洒清风:意谓陶冶人的性情像清和的风化育万物。用以歌颂良友何劭的才德。语出《诗·大雅·烝民》:“穆如清风。”

〔10〕奂(huàn 换):光鲜的样子。　春华(huā 花):春天的花。亦可看做“春华秋实”的略语。用以比喻何劭的文采和德行。语本《三国志·魏志·邢颙传》:“采庶子之春华,忘家丞之秋实。”

〔11〕自昔同寮宷:意谓以前我们曾经是同僚,一同担任过辅佐太子的官。史事并见《晋书》张华本传:“惠帝即位,以华为太子少傅。”何劭本传:“惠帝即位……以劭为太子太傅。”同寮,亦作“同僚”。旧时称在同一部门做官的人为“同寮”。语出《诗·大雅·板》:“及尔同寮。”　宷(cài 菜):谓同僚,同事的官员。

〔12〕比:比邻,紧靠。　园庐:田园和庐舍。

〔13〕衰:衰老。　夕:暮。比喻暮年。　辱殆:谓侮辱和危险。语出《老子》:“知足不辱,知止不殆,可以长久。”

〔14〕庶几:希望。　悬舆:同“悬车”。意谓告老辞官家居,废车不用,即把车挂起来。典出王充《论衡·自纪》:“章和二年,罢州家居,年渐七十,时可悬舆。”　以上两句意谓人已老迈还继续为官恋位,就易于犯错误被羞辱,当知足而退。

〔15〕散发:头发不束整,谓解官隐居。典出《后汉书·袁安传》:“闳遂散发绝世,欲投迹深林。”　重阴:谓浓荫。意谓浓荫底下安闲乘凉。

〔16〕抱:犹拄,扶。　杖:手杖。　渠:水渠。

〔17〕属:专注。 莺(yīng 英)鸣:黄莺鸣叫,其叫声悦耳。

〔18〕流目:放眼随意观看。 鯈(tiáo 条):鱼名,白鲦。

〔19〕从(cōng 匆)容:安适。 余日:剩余的日子,犹余年,晚年。

〔20〕桑榆:指日落时余光所在处,谓晚暮。用以比喻垂老之年。语本曹植《赠白马王彪》诗:"年在桑榆间。"

今译

仕途何等受急迫?做官窘困被拘束。冠带装束是绳索,条文法律哪能逾?安适闲散极难得,烦琐紧迫常有余。良友惠赠新诗篇,启示我心多欢娱。淳如清风化万物,焕若春花烂漫铺。昔日一同居官署,如今比邻结园庐。暮年恋位易辱殆,希望告老悬车舆。愿能解冠散发乘凉去,拄杖面临清水渠。专注聆听黄莺鸣,逍遥放眼赏鯈鱼。安闲舒适度晚年,寻找乐趣于桑榆。

题解

这首诗侧重言志抒怀。表达诗人自己的学养、志向以及勤勉为官的心迹,抒发了以诚相见的真挚友情。开头八句主要述志,从少年直到成年,"志不在功名",而崇尚虚怀恬静,爱好揣摩文章写法,喜欢博览群书,酷爱珍藏典籍。中间八句着重写"自量"、"自强"和"自爱"。深感任重道远,才智不敷运用,应当自强不息,勤勉谨慎,以求免祸和善终。结尾四句重在抒情,应该酬答至友的美好赐予,恐怕文笔笨拙,难以表达对友人的一片诚挚心意。

原文

洪钧陶万类〔1〕,大块禀群生〔2〕。明暗信异姿〔3〕,静躁亦殊形〔4〕。自予及有识〔5〕,志不在功名〔6〕。虚恬窃所好〔7〕,文学少所经〔8〕。忝荷既过任〔9〕,白日已西倾〔10〕。道长苦智短〔11〕,责重困才轻〔12〕。周任有遗规〔13〕,其言明且清〔14〕。

负乘为我戒[15],夕惕坐自惊[16]。是用感嘉贶[17],写心出中诚[18]。发篇虽温丽[19],无乃违其情[20]。

注释

〔1〕洪钧:大钧,谓天。　陶:陶冶。　万类:万物。

〔2〕大块:谓地。语本《庄子·大宗师》:"夫大块载我以形。"　禀:禀受,承受。　群生:众生。

〔3〕信:实。　姿:形貌、姿态。

〔4〕殊:殊异,不同。

〔5〕有识:谓成年,指人三十而立之后。(依吕延济注)

〔6〕功名:功绩和名声。

〔7〕虚:虚怀。　恬:恬静,安适。　窃:私自。谦称自己。

〔8〕文学:文章,学术。　经:经心,谓留心钻研。

〔9〕忝(tiǎn 舔):辱,承蒙。谦词。　荷(hè 贺):负荷,担任。　过:超过。任:担当,承担。

〔10〕白日已西倾:意谓太阳已经西斜。用以比喻年老。(依李善注)

〔11〕道:路。　智:才智。

〔12〕责:责任。　才轻:谓才能少。

〔13〕周任有遗规:意谓古代史官周任有名言传世。典出《论语·季氏》:"周任有言曰:'陈力就列,不能者止。'"周任,古代史官。遗,遗留,留传。规,规范,指有教益的名言。

〔14〕其言明且清:意谓先贤的名言既清楚又明白。语出《礼记·缁衣》:"诗云:'昔吾有先正,其言明且清。'"

〔15〕负乘为我戒:意谓小人居于君子之位,我应当引以为戒。典出《后汉书·崔琦传》:"荷爵负乘。"李贤注:"《易》曰:'负且乘。'负也者,小人之事也。乘也者,君子之器也。以小人而乘君子之器,盗思夺之矣。"负,以背载物。乘,谓乘车。旧社会统治者出门就要乘车,声称车是君子专用的代步工具。

〔16〕夕惕坐自惊:意谓终日勤勉谨慎,不敢丝毫懈怠,自然而然引为警戒。语出《易·乾》:"君子终日乾乾,夕惕若,厉,无咎。"坐,无故,自然而然。惊,警戒。

〔17〕感:感激。　嘉贶(kuàng 况):美好的赠送。语本曹植《与钟大理书》:"嘉贶益腆,敢不钦承。"

〔18〕写心:抒发心意。

〔19〕发:启发。　温:谓温和文雅。　丽:美丽。

〔20〕违:违背。　情:心情,情怀。

今译

高天陶冶化万物,大地禀受育众生。明暗对照实异态,静躁相反不同形。自幼长到而立年,志向不在求功名。虚怀恬静我所好,文章学术幼经心。负荷超过所承当,太阳运行已西倾。道路漫长苦智短,责任重大少才能。周任遗留有指教,说得明来道得清。负乘当为我警惕,夕惕自然使己惊。因此感激嘉勉意,抒发心意表赤诚。发为篇章虽绚丽,或许难表我心情。

(张厚惠译注　陈复兴修订　陈延嘉再修订)

赠张华一首五言

何敬祖

题解

此诗与前面张华《答何劭二首》之一互为赠答，当合看。这首诗写何、张二人是至交密友，过从亲密，常常一起游览，观赏清泉、嘉木；张华生活豪奢，何绍希望也是劝戒他不要忘少年贫苦牧羊、注意节俭等美德。二人既为同僚，又为邻居，期望结伴安度晚年，悠游自得。开头八句描写二人亲密往来情景，经常互访交谈，一起欣赏清泉、花木。中间六句劝戒生活豪奢的张华虽身居高位而不要忘节约，虽富有却须保持青少年时清贫的生活作风。结尾六句表达希望，能在告老后继续交往，一起弹琴观书，携手漫步，树下共饮，安度晚年。实际上他们皆未辞官，何劭死于任上，张华内斗被杀。但亲密的友情和友好的劝戒还是值得赞美的。

原文

四时更代谢[1]，悬象迭卷舒[2]。暮春忽复来[3]，和风与节俱[4]。俯临清泉涌[5]，仰观嘉木敷[6]。周旋我陋圃[7]，西瞻广武庐[8]。既贵不忘俭[9]，处有能存无[10]。镇俗在简约[11]，树塞焉足摹[12]？在昔同班司[13]，今者并园墟[14]。私愿偕黄发[15]，逍遥综琴书[16]。举爵茂阴下[17]，携手共踌躇[18]。奚用遗形骸[19]？忘筌在得鱼[20]。

注释

〔1〕四时更代谢:意谓四季交替。语本《荀子·天论》:"四时代御。"四时,四季。更,更替。代谢,犹代御。更替,交替。

〔2〕悬象:谓天象,指日、月等。语本《易·系辞上》:"悬象著明,莫大乎日月。" 迭:更迭,更替。 卷舒:卷起和舒展。意谓运行变化。

〔3〕暮春:指春末,农历三月。

〔4〕和风:春天温和的微风。 俱:谓一起来。

〔5〕临:高处往下看。

〔6〕嘉木:善木。此谓生长茂盛的优良树木。 敷:铺陈。指树多。

〔7〕周旋:应酬,来往。 陋圃:狭小的园地。此泛指家园。何劭谦词。

〔8〕瞻:瞻仰。敬称。 广武庐:指张华的庐舍。因其曾经受封广武县侯,故称。见《晋书》本传。

〔9〕贵:位尊。不忘俭:张华生活豪奢,是何劭对张华的希望。

〔10〕有:谓富有。 无:谓贫苦。与上句意同。下二句亦此意。

〔11〕镇俗:意谓抑制当时王公贵族的奢侈风气。 简约:简易,节约。

〔12〕树塞焉足摹:意谓立门屏、讲排场哪里能效法呢?典出《论语·八佾》:"邦君树塞门,管氏亦树塞门。"原意是说,国君立门屏,管仲也完全效法,孔子认为管仲越礼。树塞,为"树塞门"的略语。谓立门屏。摹,效法。

〔13〕同班司:与"同寮寀"义同。班,同等,并列。司,旧时官署名称。亦引申为官的代称。

〔14〕并:谓并列。 墟:墟里,即村落。

〔15〕愿:愿望,期望。 黄发:谓老人。语本《诗·鲁颂·闷宫》:"黄发台背。"

〔16〕逍遥:优游自得。 综:理,温习。 琴:拨弦乐器。亦称七弦琴,俗称古琴。 书:书籍。

〔17〕举爵:谓端起酒器饮酒。 茂阴:浓阴。

〔18〕踌躇(chóu chú 愁除):来回走动,从容自得。

〔19〕奚用遗形骸:反诘句。意谓哪里要用遗忘形体呢?暗用"得意忘形"典故。《晋书·阮籍传》:"当其得意,忽忘形骸。"

〔20〕忘筌在得鱼:意谓重在得鱼,达到目的后,就忘记了原来捕鱼的竹器。

此用"得鱼忘筌"的典故。典出《庄子·外物》:"筌者所以在鱼,得鱼而忘筌。""筌"亦作"荃",捕鱼的竹器,鱼笱之类。

今译

四季交替呈代谢,日月运行迭卷舒。暮春忽然又来到,和风伴随季节至。俯看清澈泉水涌,仰望茂盛美木铺。大驾光临我寒门,回访瞻仰广武府。望你显贵不忘俭,富有仍能持贫苦。抑制奢侈在简约,效法哪能凭盲目?昔日共同处官署,今天一并邻居住。希望偕同度晚年,快乐逍遥理琴书。浓阴底下举杯饮,携手悠闲共漫步。哪里要用忘形体?忘筌目的在得鱼。

(张厚惠译注　陈复兴修订　陈延嘉再修订)

赠冯文罴迁斥丘令一首 陆士衡

题解

冯熊，字文罴，吴地人，与陆机同在东宫做太子洗马（太子的侍从官）三年，情谊笃厚。冯文罴元康三年（294）调到斥丘县（属魏郡，在今河北临漳县西南）做县令。当他动身赴任的时候，陆机写此诗赠给他，以表示惜别之情和对他的祝愿。

在诗里，陆机叙述了与冯文罴志同道合、朝夕相处三年的亲密友谊，特别是在“交道实难”的时代，他们的友情能“利断金石，气惠秋兰”，尤其难能可贵。在语言方面，此诗善于驱遣成句，特别是多用《尚书》、《诗经》的句子，或原封不动地搬来，或稍加改动，但是，皆做到了妥帖自然，不啻自其口出，显示出华赡典雅的艺术特色。

原文

於皇圣世[1]，时文惟晋[2]。受命自天，奄有黎献[3]。阊阖既辟[4]，承华再建[5]。明明在上[6]，有集惟彦[7]。

奕奕冯生[8]，哲问允迪[9]。天保定子[10]，靡德不铄[11]。迈心玄旷[12]，矫志崇邈[13]。遵彼承华[14]，其容灼灼[15]。

嗟我人斯[16]，戢翼江潭[17]。有命集止[18]，翻飞自南[19]。出自幽谷[20]，及尔同林[21]。双情交映[22]，遗物识心[23]。

人亦有言，交道实难[24]。有颎者弁[25]，千载一弹[26]。

今我与子,旷世齐欢[27]。利断金石[28],气惠秋兰[29]。

群黎未绥[30],帝用勤止[31]。我求明德[32],肆于百里[33]。佥曰尔谐[34],俾民是纪[35]。乃眷北徂[36],对扬帝祉[37]。

畴昔之游[38],好合缠绵[39]。借曰未洽[40],亦既三年[41]。居陪华幄[42],出从朱轮[43]。方骥齐镳[44],比迹同尘[45]。

之子既命[46],四牡项领[47]。遵涂远蹈[48],腾轨高骋[49]。庆云扶质[50],清风承景[51]。嗟我怀人[52],其迈惟永[53]。

否泰有殊[54],穷达有违[55]。及子春华[56],后尔秋晖[57]。逝将去我[58],陟彼朔垂[59]。非子之念[60],心孰为悲?

注释

〔1〕於(wū 乌):赞美声。 皇:大。

〔2〕时:是,此。 文:指文德之君。

〔3〕奄(yǎn 演):覆盖,全部包括。 黎献:众贤人。黎,众;献,贤。

〔4〕阊阖(chāng hé 昌何):传说中的天门。诗人认为晋帝受命于天,故说天门开辟。此阊阖意有双关,又指京城洛阳的阊阖门。 辟:开。

〔5〕承华:指承华门。太子宫中有承华门。这里指太子。 再建:指立愍怀太子。此句"承华"与上句"阊阖"相对,意思是惠帝登基,又立太子,故谓之"再建"。

〔6〕明明:明智聪察。

〔7〕有:动词词头,无义。 彦:对士人的美称。

〔8〕奕奕:精神焕发的样子。 冯生:冯文罴。

〔9〕哲:聪明。 问(wén 闻):通"闻",声誉。 允迪:确实能遵行古人之德。

〔10〕保:保佑。 定:安定。 子:指冯文罴。

〔11〕靡:无。 铄:美。

〔12〕迈心:远大的抱负。 玄旷:幽远旷达。

〔13〕矫志:高尚的志向。 崇邈(miǎo 秒):高远。

〔14〕遵:遵奉。 承华:承华门。此指愍怀太子。

〔15〕容:容貌。 灼灼:形容红艳。

〔16〕嗟(jié 节,又读 jué 掘):感叹声。 斯:语助词,作用同"兮"。

〔17〕戢(jí 及):收敛翅膀,指停止飞翔。语出《诗经·小雅·鸳鸯》:"鸳鸯在梁,戢其左翼。" 江潭:深水。

〔18〕命:上天之命。此指君命。

〔19〕南:南方,指吴地。陆机为吴人,自谓自吴入洛。

〔20〕幽谷:幽深的山谷。

〔21〕同林:同在一个林中栖止。喻与冯文罴同做太子洗马。

〔22〕交映:交相映照,喻两人心灵相通。

〔23〕遗(wèi 为)物:赠送礼物。 识(zhì 志)心:表明心意。

〔24〕交道:交友之道。

〔25〕頍(kuǐ):戴弁的样子。 弁(biàn 便):古代贵族的一种帽子,有皮弁、爵弁。这里作为当官的象征。

〔26〕弹:弹冠相庆。《汉书·王吉传》:"吉与贡禹为友,世称王阳在位,贡公弹冠,言其取舍同也。"王吉,字子阳,故称王阳。意谓二人友善,王吉做官,禹贡也准备出仕。千载一弹,指这样的友谊很少有。

〔27〕旷世:历时长久。此指离王吉、禹贡的年代久远。 齐欢:友情与王吉、禹贡一样欢洽。

〔28〕利断金石:锋利得可以砍断金石。喻友谊之牢固。

〔29〕气:气味。 惠:和,美。

〔30〕群黎:百姓。 绥:安抚。

〔31〕用:因。 勤:劳于功业。 止:语尾助词,无义。

〔32〕我:指晋帝。 明德:有美德之人。

〔33〕肆:置,安排。 百里:指县。汉朝的县大多百里方圆,故以百里代替县。

〔34〕佥(qiān 千):众人,指群臣。 尔:你,指冯文罴。

〔35〕俾(bǐ 比):使。　纪:治理,使遵守法度。

〔36〕乃眷:眷顾,依恋。　北徂(cú):向北行走。冯文罴调到斥丘县做县令。斥丘在魏郡以东80里,位于晋朝国都洛阳以北。

〔37〕对扬:报答,称扬。　帝祉(zhǐ 止):皇帝之美德。祉,美德。

〔38〕畴昔:从前。　游:交游。

〔39〕好合:相善,友好。　缠绵:指感情深厚。

〔40〕借:即使。　未洽(qià 恰):不亲近。

〔41〕既:已经。

〔42〕陪:伴随。　华幄:华丽的帐幕。此指在东宫内伴随太子。

〔43〕朱轮:古代王侯贵族所乘之红漆车,此指太子之车。

〔44〕方骥:两马并行。　齐镳(biāo 标):使镳一致。意即向同一方向前进。镳,马嚼子露在口外两旁的部分。

〔45〕比:并。以上几句叙述与冯文罴朝夕相处的友情。

〔46〕之子:这位君子,指冯文罴。　既命:指已任命为斥丘县令。

〔47〕牡:公马。　项:大。　领:项领,形容马高大肥壮。

〔48〕遵:沿着。　涂:道路。　远蹈:远行。

〔49〕腾轨:沿着辙印奔驰。轨,辙。　高骋:迅速驰骋。

〔50〕庆云:彩云,古代以为祥瑞之气。　扶:护。　质:身躯,指冯文罴。

〔51〕承:与"扶"互文。此有飘送意。　景:同"影",身影。

〔52〕怀:怀念思念。

〔53〕迈:行迈,出行。　永:长,远。

〔54〕否(pǐ 匹)泰:《周易》中的二卦名,泰谓"天地交而万物通",否谓"天地不交而万物不通"。此指人事通塞。　有殊:有不同。有,李善注本作"苟"。从六臣注本。

〔55〕穷达:得志和不得志。　违:异,不同。否泰有殊,穷达有违:两句是说自己的运气不如冯文罴好,是送人时希望友人运气好的客气话。

〔56〕春华:春花,喻青春年华。

〔57〕秋晖:秋阳喻成年。

〔58〕去:离开。

〔59〕陟(zhì 志):登上,在此是行进之意,斥丘在晋京之北,而北方地势较高,故曰陟。　朔垂:北方边疆之地,指斥丘县。

〔60〕念:思念。

今译

啊!伟大时代,文德之君。自天受命,赢得众心。惠帝继位,又立太子。高高在上,明察一切。聚集帝侧,皆为俊贤。

我友冯君,德智过人。遵从古道,美誉超群。上天护佑,无德不备。抱负远大,志向高崇。奉侍太子,耿耿忠心。容貌不凡,美哉英俊。

哎,我之为人,如鸟翻飞,栖息江滨。上天有命,北飞至京。出自山谷,栖止同林。两情交映,赠物表心。

人们有言,交友实难。王阳在位,禹贡弹冠,此情罕有,千载一见。今我与君,旷世齐欢,利断金石,香美秋兰。

百姓不安,天子苦辛。帝求仁人,置于郡县。冯君德才,群臣共赞。治理县政,百姓规范。君去赴任,依依眷恋。称扬帝德,国泰民安。

昔日友情,悱恻缠绵。情意不尽,也已三年。居陪太子,外随朱轮。双骑并驾,形影不分。

冯君受命,四马驰骋。风驰电掣,沿路远行。祥云护体,清风送影。啊,我想念的人,越行越远。祸福有别,穷达不同。青春年华,你我并肩。壮年前程,君在我先。今将离我,北去赴命。不为思君,为谁伤情?

(陈延嘉译注并修订)

答贾谧一首并序

陆士衡

题解

贾谧，字长渊。晋武帝权臣贾充的外孙，本姓韩。其父韩寿，其母为贾充的小女儿。贾充死后，其妻郭槐以韩谧为贾充长子贾黎民（三岁时已死）之子，过继贾家，奉嗣贾充之后，并承袭贾充的爵位，封为鲁郡公，于是改姓贾。惠帝贾皇后是贾充之女，专权恣行。贾谧恃贾后之威，骄纵横行，“权过人主”。贾谧以散骑常侍之官，侍讲东宫；陆机同时为太子洗马。后来，陆机离京做吴王的郎中令。元康六年（296）又被调回京师做尚书中兵郎。这时，贾谧请潘岳代写了一首诗《赠陆机》（参见本卷潘安仁《为贾谧作赠陆机》）。其中有“在南称甘（柑），度北则橙，崇子锋颖，不颓不崩”的句子，要陆机保持节操。并有“发言为诗，俟望好音”的话，希望陆机回答。因此，陆机写此诗作答。

这首答诗，在结构上与《赠陆机》相同。可分为三部分。第一部分从三皇写起，直至晋王朝建立，美化晋武帝上承天命，建立晋国。第二部分叙述贾谧的外祖父贾充对晋王朝的贡献，以及贾谧承嗣贾充，被封为鲁王，春风得意的情形。第三部分写作者与贾谧的交往、友情，并交代写此答诗的主旨。

本诗语言简洁明快，从三皇写到与贾谧的交往，有很强的概括力。但囿于《赠陆机》的三段内容，对赠诗几乎句句有答，缺乏创造性。且多有对晋王朝的歌功颂德之词和对贾谧的阿谀奉迎之语，显得格调不高。

原文

余昔为太子洗马[1]，贾长渊以散骑常侍侍东宫积年[2]。余出为吴王郎中令[3]，元康六年入为尚书郎[4]。鲁公赠诗一篇，作此诗答之云尔。

伊昔有皇[5]，肇济黎蒸[6]。先天创物，景命是膺[7]。降及群后[8]，迭毁迭兴[9]。邈矣终古[10]，崇替有征[11]。

在汉之季[12]，皇纲幅裂[13]。大辰匿耀[14]，金虎习质[15]。雄臣驰骛[16]，义夫赴节[17]。释位挥戈[18]，言谋王室[19]。

王室之乱，靡邦不泯[20]。如彼坠景[21]，曾不可振[22]。乃眷三哲[23]，俾乂斯民[24]。启土虽难[25]，改物承天[26]。

爰兹有魏[27]，即宫天邑[28]。吴实龙飞[29]，刘亦岳立[30]。干戈载扬[31]，俎豆载戢[32]。民劳师兴[33]，国玩凯入[34]。

天厌霸德[35]，黄祚告衅[36]。狱讼违魏[37]，讴歌适晋[38]。陈留归蕃[39]，我皇登禅[40]。庸岷稽颡[41]，三江改献[42]。

赫矣隆晋[43]，奄宅率土[44]。对扬天人[45]，有秩斯祜[46]。惟公太宰[47]，光翼二祖[48]。诞育洪胄[49]，纂戎于鲁[50]。

东朝既建[51]，淑问峨峨[52]。“我求明德[53]，济同以和[54]。”鲁公戾止[55]，衮服委蛇[56]。思媚皇储[57]，高步承华[58]。

昔我逮兹[59]，时惟下僚[60]。及子栖迟[61]，同林异条[62]。年殊志比[63]，服舛义稠[64]。游跨三春[65]，情固二秋。

祗承皇命[66]，出纳无违[67]。往践蕃朝[68]，来步紫微[69]。升降秘阁[70]，我服载晖[71]。孰云匪惧[72]，仰肃明威[73]。

分索则易[74]，携手实难[75]。念昔良游[76]，兹焉咏叹[77]。公之云感[78]，贻此音翰[79]。蔚彼高藻[80]，如玉之阑[81]。

惟汉有木，曾不逾境[82]。惟南有金，万邦作咏[83]。民之胥好[84]，狂狷厉圣[85]。仪形在昔[86]，予闻子命[87]。

注释

〔1〕昔：过去。　太子洗马：官名，太子属官，掌管图籍，太子出则为先导。洗马，又作“先马”。

〔2〕贾长渊：参见题解。　散骑常侍：官名，三国时魏置，在皇帝左右规谏过失，以备顾问。晋以后，增加员额，往往预闻要政。　东宫：太子所居之宫。

〔3〕吴王：指司马宴，字平度，晋武帝第二十三子，封于吴。　郎中令：官名，为帝王左右亲近的高级官职，主要执掌守卫宫殿门户，是郎官中的首长，故叫郎中令。

〔4〕元康：为晋武帝的一个年号。　尚书郎：官名。魏晋以后，尚书各曹有侍郎、郎中、中兵郎等官，综理职务，通称为尚书郎。《晋书》载，陆机当时为中兵郎。

〔5〕伊昔：从前。　皇：君王。指三皇。

〔6〕肇济：开始帮助。肇，始。　黎蒸：众民，平民。

〔7〕景命是膺：膺景命，承受上天的伟大使命，膺，受。景，大。

〔8〕群后：各君主。后，君。

〔9〕迭：轮流。

〔10〕邈：远。　终古：久远。

〔11〕崇：终结。　替：废弃。　征：征兆。

〔12〕季：末年。

〔13〕皇纲:帝王之纲纪,法度。　幅(fú 福)裂:像布帛一样断裂。幅,布帛。

〔14〕大辰:指东方苍龙宿中的房宿、心宿、尾宿。　匿:藏。　耀:光芒。

〔15〕金虎习质:金星进入昴宿,金昴形体迫近。金,指金星,又称太白星。虎,指西方白虎七宿中的昴宿。　习:重,迫近。　质:体,此指星体。古人认为,大辰隐匿光辉,而呈阴暗,金星进入昴宿,金昴相迫,皆预兆人间有战乱。

〔16〕雄臣:杰出的或强有力的臣子。　驰骛(wù 务):奔走趋赴。

〔17〕义夫:义士,正义之士。　赴节:为节操而死。

〔18〕释位:离开本身的职位。　戈:指武器。

〔19〕谋王室:为汉王室而谋划。

〔20〕靡邦不泯(mǐn 敏):没有一个地方不混乱。靡,无,泯,"泯泯"之省,纷乱。

〔21〕坠景:西坠的阳光。景,日光。

〔22〕曾:竟。　振:举,救。

〔23〕眷:眷顾,这里是指望、依靠之意。　三哲:三位哲人,指刘备、孙权、曹操。

〔24〕俾(bǐ 比):使。　乂(yì 义):治理。　斯民:百姓。

〔25〕启土:开启疆土。

〔26〕改物:改变帝统。　承天:接受天命。

〔27〕爰:于是。　魏:三国时的曹魏。

〔28〕宫:建立宗庙,即建立魏国。　天邑:国都。

〔29〕吴:指三国时的孙权。　龙飞:比喻帝王登基。

〔30〕刘:指刘备。　岳立:像高山一样耸立,刘备建立蜀国。

〔31〕干戈载扬:武器高举,指战事兴起。载,语助词,无义。

〔32〕俎(zǔ 祖)豆载戢(jí 及):把俎和豆收藏起来,指祭祀无人进行。俎和豆都是古代祭祀用以载牲的礼器,引用为祭祀之意。戢,收藏,收敛。

〔33〕师兴:军队出征。

〔34〕玩:玩习。　凯入:犹凯旋。此指凯旋之歌。

〔35〕天厌霸德:上天厌弃霸道。

〔36〕黄祚告衅:曹魏的国统出现险恶的征兆。黄祚,指曹魏。依五行说魏以土德承汉,土色黄。祚,帝位,国统。衅,事端,征兆。

〔37〕狱讼:打官司。语出《孟子》:"万章曰:'尧以天下与舜,有诸?'孟子曰:'否,不然。天与之。尧崩。三年之丧毕,舜让避丹朱(丹朱,尧之子)于南河之南。天下朝勤,狱讼者,不之(往)尧之子,而之舜。讴歌者不讴歌尧之子,而讴歌舜。舜曰:天也!夫而后归中国,践天子之位焉。'" 违魏:离开魏国。

〔38〕讴歌:歌颂。 适:往。

〔39〕陈留:指曹奂,曹操之孙,魏国的末代皇帝。他被迫向司马炎交出了政权,被司马炎封为陈留王。 蕃:通"藩",指诸侯封地。

〔40〕我皇:指晋帝司马炎。 登禅(shàn 善):登上禅让的帝位。这是美化司马炎的说法。

〔41〕庸岷:指蜀地。庸,古国名,在蜀地;岷,岷山,也在蜀地,故以"庸岷"代蜀地。 稽颡:古代一种跪拜礼,屈膝下拜,以额触地。

〔42〕三江:指吴地。今吴淞江、芜湖与宜兴间由长江通太湖的一段,以及长江下游,即南、中、北三江,皆属吴境。

〔43〕赫矣隆晋:显耀兴隆的晋王朝。

〔44〕奄宅:全部占有。 率土:天下。《诗经·北山》:"溥天之下,莫非王土,率土之滨,莫非王臣。"

〔45〕对扬:报答颂扬。 天:上天。 人:指晋帝。

〔46〕有秩斯祜:有此常福。秩,常。斯,这。祜(hù 护),福。

〔47〕公:指贾充。司马昭在曹魏时期做大将军时,贾充曾做司马氏手下的右长史,在司马炎废曹奂自立为帝时,历任司空、侍中、尚书令、太尉等职。太尉、司徒、司空是为三公。太宰即太师,晋朝为避景帝司马师讳,改太师为太宰,贾充死后,赠太宰。

〔48〕光翼:辅佐。 二祖:指司马昭、司马炎。

〔49〕诞育:生育。 洪胄:伟大的后代,指贾谧。

〔50〕纂:继承。 戎:大。 鲁:晋帝封贾谧为鲁公。

〔51〕东朝:即东宫,指愍怀太子。

〔52〕淑问:美好的声誉。淑,美好;问,通"闻",声誉。 峨峨:山高的样子。比喻声望的崇高。

〔53〕我:指愍怀太子。 明德:贤明仁德之人。

〔54〕济同:同心济事。指太子求明德之人,以助王事。

〔55〕鲁公:指贾谧。 戾:至。 止:语尾助词。

〔56〕衮服:古代帝王及公侯的礼服。此指贾谧所穿之礼服。 委蛇(wēi yí 威夷):雍容闲雅的样子。

〔57〕思媚:热爱皇储太子。指愍怀太子。实际上贾谧并不爱太子,贾谧与贾后共谋废黜了他。

〔58〕高步:高视阔步。 承华:承华门,代指东宫和太子。

〔59〕逮:及,到。 兹:此。指太子宫。

〔60〕下僚:职位卑下之属吏,指做太子洗马之官。

〔61〕栖迟:游息,出入。

〔62〕同林:如鸟儿同林一样共事东宫。 异条:栖息于不同的枝条,喻职位不同。贾谧是散骑常侍,地位高;陆机是太子洗马,地位低。职不同。

〔63〕年殊:年龄不同。贾谧比陆机的年龄小。 志比:志向相同。

〔64〕服舛(chuǎn 喘):穿的衣服不同。封建社会,品阶不同所穿衣服也不同。舛,不同。 义稠:情义密切。

〔65〕游:交往,经历。

〔66〕祗(zhī 支):恭敬。

〔67〕出纳;出入。

〔68〕往践蕃朝:指陆机离开京城而去做吴王郎中令。蕃朝,指吴王之封地。

〔69〕来步紫微:指陆机入朝为尚书省中兵郎。紫微,指紫微宫,天子宫殿之一,此处代尚书省。

〔70〕秘阁:指尚书省官寺之阁。

〔71〕晖:辉,光。

〔72〕孰:谁。 匪:非。

〔73〕肃:敬。 明威:显赫威灵,指天子之明威。

〔74〕分索:分开,分别。 索:散,离。

〔75〕携手:在一起。

〔76〕良游:美好的交游,深厚的感情。

〔77〕兹:通“滋”,增加。 永叹:长叹。

〔78〕公:指贾谧。 云感:有感,指因分别而有感触。

〔79〕贻:送。 音翰:诗篇。此指贾谧赠陆机之诗篇,即潘安仁《为贾谧作赠陆机》一诗。

〔80〕蔚:文采华美。 藻:高明的文章,指贾谧所赠之诗。

〔81〕阑:当作"烂",灿烂。

〔82〕惟汉有木,曾不逾境:在长江汉水之间有橘树,不能离开它生长的环境。《晏子春秋》载:"江淮有橘树,生于淮南则为桔,迁于淮北则为枳,叶徒相似,其实味不同。"贾谧在给陆机的赠诗中有"在南称甘,度北则橙"的句子,以树之变喻人之变。陆机这两句诗是贾谧诗句的意义的概括。

〔83〕惟南有金,万邦作咏:在南方有黄金,百炼而不销,所以万国都来歌颂它。陆机以真金自喻,回答贾谧的告诫。

〔84〕民:人。这里指陆机和贾谧。　胥好:相互友好。

〔85〕狂狷:偏激之人。　厉:磨练。　圣:圣人,圣人之道。

〔86〕仪形:仪型,法度,榜样。　昔:古昔。

〔87〕命:教诲之言。

今译

从前,我做太子洗马,贾长渊以散骑常侍的身分在太子宫中侍奉多年。我出宫做吴王司马晏的郎中令。元康六年入宫做尚书郎,鲁公贾长渊赠诗一篇。我作诗回答他,全诗是这样的:

从前三皇,始助百姓,上帝造物,人主承命。降及众帝,时毁时兴。太古虽远,兴废有形。

汉朝末年,皇纲断裂。大辰无光,金虎相搏。雄臣驰骋,义士殉节。挥戈相向,言为王室。

王室衰微,无地不乱。如日西坠,前途黑暗。指望三杰,安民靖难。开拓疆土,历经磨难。改换帝统,有命承天。

三国鼎立,北方曹魏。孙吴称帝,蜀汉刘备。武器高举,祭祀荒废。劳师远征,胜利万岁。

天厌霸道,魏现败兆。众心离魏,讴歌晋朝。曹奂让位,我皇登基。蜀民跪拜,吴人称臣。

昌盛大晋,统治下土。颂扬天人,有此大福。鲁公贾充,辅助二祖。伟大后裔,继业于鲁。

太子既立,德才并茂。寻求仁人,和谐同道。鲁公到来,衮服美好。思爱太子，志得步高。

往昔在此，我作下属。共在东宫，名位不等。年岁有别，志向相同。服饰虽异，道义高崇。相交数年，情深意重。

恭承皇命，言行无违。往为吴王，来步紫微。出入台省，服饰生辉。谁说不惧，敬仰皇威。

分别则易，携手实难，回忆当年，增此长叹。公有感慨，赠我诗篇。文辞华美，似玉灿烂。

江汉之橘，不能离境。南方有金，万邦歌颂。君我良朋，教我贤圣。古有榜样，遵嘱力行。

（陈延嘉译注并修订）

于承明作与士龙一首 陆士衡

题解

陆机从吴地到洛阳，在万始亭与弟陆云分手，于暂驻承明亭时写此诗赠给陆云，以述思念之意。诗中回顾了告别时的情景，表达了别后的眷顾依恋之感，手足之情跃然纸上。

原文

牵世婴时网[1]，驾言远徂征[2]。饮饯岂异族[3]，亲戚弟与兄。婉娈居人思[4]，纡郁游子情[5]。明发遗安寐[6]，寤言涕交缨[7]。分涂长林侧[8]，挥袂万始亭[9]。伫眄要遐景[10]，倾耳玩馀声[11]。南归憩永安[12]，北迈顿承明[13]。永安有昨轨[14]，承明子弃予[15]。俯仰悲林薄[16]，慷慨含辛楚[17]。怀往欢绝端[18]，悼来忧成绪[19]。感别惨舒翮[20]，思归乐遵渚[21]。

注释

〔1〕牵世：牵于世，被社会上的俗事所牵累。 婴：缠绕、束缚。 时网：时世的罗网，喻礼俗的束缚。

〔2〕驾：车马。 言：助词，无实义。 徂(cú)：往，到。

〔3〕异族：族外之人。

〔4〕婉娈(luán 栾)：眷念的样子。 居人：指陆云。 思：愁。

〔5〕纡(yū 迂)郁：抑郁，郁结。 游子：指陆机。

〔6〕明发:天亮。　安寐:安睡。

〔7〕寤(wù 误):醒。　涕:眼泪。　缨:古代系在颔上的冠带。

〔8〕分涂:分路,即告别。

〔9〕挥袂(mèi 妹):举起衣袖拭泪。　万始亭:亭名。

〔10〕伫:伫立,长久地站立。　眄(miǎn 免):看。李善本作“盼”,依五臣本改。　要(yāo 腰):凝望之意。　遐景(yǐng 影):远影。此指远去的陆云的身影。

〔11〕玩:品味,回味。　徐声:指告别时陆云所说的话。

〔12〕南归:归南,指陆云南行。　憩:休息。　永安:亭名。

〔13〕北迈:北行,指陆机北行。　顿:停止,休息。　承明:亭名。

〔14〕昨轨:昨日留止之迹。轨,迹。

〔15〕子:指陆云。　予:陆机自谓。

〔16〕俯仰:悲思的样子。　林薄:林丛,丛林。

〔17〕辛楚:痛楚,苦痛。

〔18〕怀往:怀想往时。　绝端:断绝端由,没有理由。

〔19〕悼:哀,愁。　绪:丝绪。此指忧思如乱丝。

〔20〕舒翮(hé 合):伸展翅膀。翮,羽茎,代指鸟翼。

〔21〕遵渚:沿着沙洲。渚,水中的小块陆地。

今译

世俗网缠身,乘车欲远行。饯别无外人,亲戚弟与兄。眷念亲弟愁,抑郁愚兄情。终夜不安枕,醒别泪飘零。分路长林侧,挥泪万始亭。伫立望远影,萦耳告别声。弟南归永安,我北止承明。永安留旧迹,承明我独行。俯仰丛林中,悲伤慷慨情。念昔欢已绝,悲如乱丝形。感别鸟难飞,思归乐融融。

(陈延嘉译注并修订)

赠尚书郎顾彦先二首

陆士衡

题解

顾荣,字彦先。三国时吴国人。《晋书》有传。顾荣自幼聪明颖悟,弱冠之年(二十岁)即在吴国做官,曾任黄门侍郎、太子辅义都尉,是江南的名士。吴国灭亡后,在晋武帝太康十年(289)与陆机陆云兄弟同到洛阳,时称"三俊"。拜为郎中。做过尚书郎、太子中舍人、廷尉正等官。

顾家与陆家是世交,又都是吴国的重臣。吴亡后,顾荣到洛阳去做官,与陆机陆云一样是迫于王命,并非自愿。他们志趣相投,又同在王官中做官,在尚书省任职,长期相处,友情日密。

元康八年(290)九月,荆、豫、徐、扬、冀五州洪水泛滥,京洛一带苦雨连绵,遍地成灾。陆机与顾荣虽同在尚书省为官,却萧墙阻隔,不通音问,于是有此赠诗。

第一首写怀友。先述天时不正,苦雨不晴;次述忧患之感,思念之情缠绵而相寻问;后抒怀友情深,无以自慰。

原文

大火贞朱光[1],积阳熙自南[2]。望舒离金虎[3],屏翳吐重阴[4]。凄风迕时序[5],苦雨遂成霖[6]。朝游忘轻羽[7],夕息忆重衾[8]。感物百忧生[9],缠绵自相寻[10]。与子隔萧墙[11],萧墙隔且深[12]。形影旷不接[13],所托声与音[14]。音声日夜阔[15],何用慰吾心[16]。

注释

〔1〕大火(huǐ 毁):星名。指东方苍龙七宿之心宿的主星,又叫鹑火星,是夏夜星空中的标志星。 贞:正。 朱光:犹朱明,指夏季。

〔2〕积阳:积久的阳气,指日光。 熙:炽热。 南:指夏季。按五行的观点,南方属火,为夏季。

〔3〕望舒:神话传说中为月亮驾车的仙人,此代月亮。 离:犹“历”,经过。金虎:指西方七宿毕昴星宿,五行说认为西方为金,时序为秋;虎,指白虎,西方七宿的合称。古代天文学认为月亮经过毕宿,天就要下大雨。毕宿是白虎星座之一。

〔4〕屏翳:雨神。 重阴:指浓云。

〔5〕迕(wǔ 午):违背,迕逆。 时序:季节的顺序。

〔6〕霖:连续三日以上的雨。

〔7〕轻羽:羽扇。

〔8〕衾(qīn 亲):被。

〔9〕感物:感此风雨不时。 百忧:各种忧患。

〔10〕缠绵:深情的样子。

〔11〕子:你。指顾彦先。 萧墙:照壁。指宫墙。

〔12〕隔:阻隔。

〔13〕旷:远。

〔14〕托:寄托。 声与音:指书信往还。

〔15〕阔:疏,远。

〔16〕何用:以何。

今译

大火星正南,夏阳如火焚。月神经毕宿,雨神播浓云。凄风违时节,苦雨遂成霖。朝游忘羽扇,夜寝被御寒。感时百忧生,思君自问讯。与君隔宫墙,宫墙高又深。久不见君影,寄望于书信。书信隔日夜,何以慰我心。

题解

第二首写忧民。先铺叙迅雷惊电振风暴雨之夜景,回应前诗之"凄风""苦雨"句意。后抒写对灾区流民与家乡百姓苦难的同情之心,回应前诗之"感物""缠绵"句意。

全诗描写物象流动有态,用词典雅明畅,可为陆机现实主义诗歌之代表作。

原文

朝游游层城〔1〕,夕息旋直庐〔2〕。迅雷中宵激〔3〕,惊电光夜舒〔4〕。玄云拖朱阁〔5〕,振风薄绮疏〔6〕。丰注溢脩溜〔7〕,黄潦浸阶除〔8〕。停阴结不解〔9〕,通衢化为渠〔10〕。沉稼湮梁颍〔11〕,流民泝荆徐〔12〕。眷言怀桑梓〔13〕,无乃将为鱼〔14〕。

注释

〔1〕层城:杨明以为"疑是晋宫城内楼观名"。

〔2〕旋:返还,归来。　直庐:值宿的住所。

〔3〕中宵:半夜。　激:震响。

〔4〕惊电:迅疾的闪电。　舒:展布。此有闪现之意。

〔5〕玄云:乌云。　拖:曳引。　朱阁:华丽的红色楼阁。此形容乌云从朱阁之上飘过就像拉动它一样。

〔6〕振风:震响的风。振,通"震",动。　薄:迫近。此有吹动意。　绮疏:雕饰的窗户。

〔7〕丰注:大雨。注,雨水。　溢:满。　脩:高。　溜:层檐滴水之处。

〔8〕黄潦(lǎo 老):雨后沟渠中的大水。　除:台阶。

〔9〕停阴:指聚集的乌云。　结不解:指乌云不开。

〔10〕通衢:四通八达的道路。　渠:水渠。

〔11〕沉稼:淹没庄稼。沉,沉没。这里指淹没。　梁颍:梁和颍两地。梁,国名。汉高帝五年改砀郡为梁国,治所在睢阳(今商丘南)。颍,指颍川,郡名,

在今河南境内。

〔12〕泝(sù 朔):逆水而上。　荆:州名,汉武帝所置十三刺史部之一。辖境相当今湖北、湖南两省及河南、贵州、广东、广西的一部。　徐:州名。汉武帝所置十三刺史部之一。辖境相当今江苏长江以北和山东南部地区。据《晋书·惠帝纪》载,元康八年秋九月,荆、豫、徐、扬、冀五州大水。诗中所说梁、颍、荆、徐正是水灾之区。

〔13〕眷(juàn 卷):眷顾,眷念。　桑梓:故乡,此指故乡之人。

〔14〕无乃:也许,莫不是,表猜测之词。　将为鱼:将要变成鱼了。陆机是吴人,其故乡多水,现在此处下大雨,他担心故乡被淹,所以说故乡之人也许化为鱼了。

今译

朝往层城楼,夕返值宿处。夜半迅雷激,暗夜电光布。黑云曳朱阁,疾风吹窗户。大雨倾盆下,积水上阶屋。浓云聚不开,大道成水路。梁颍地遭淹,荆徐流民苦。念我故乡人,能否化为鱼?

(陈延嘉译注并修订)

赠交阯太守顾公真一首 陆士衡

题解

诗题中的“交阯”是沿用古称，实际上是指交州。交阯，又作“交趾”，上古泛指五岭以南。汉武帝时所置十三刺史部之一。东汉末年改为交州。交州辖境为今越南一部分及广西钦州地区、广州、雷州半岛。

顾秘，字公真。《晋书·顾众传》说他“有文武才干”。他与陆机都做过吴王司马晏的郎中令，后改授交州刺史。从“改授抚南裔”、“伐鼓五岭表”来看，他是在南部边疆发生叛乱的紧急时刻受命前往的，而“扬旌万里外”，则说明他完成了使命，取得了平叛的胜利。陆机赞美他既有“远绩”，又有“明德”，与《晋书》对他的评价是一致的。陆机怀念远在万里之外的朋友，以至“引领望归旆”，表现了对重逢的渴望。

原文

顾侯体明德〔1〕，清风肃已迈〔2〕。发迹翼藩后〔3〕，改授抚南裔〔4〕。伐鼓五岭表〔5〕，扬旌万里外〔6〕。远绩不辞小〔7〕，立德不在大〔8〕。高山安足凌〔9〕，巨海犹萦带〔10〕。惆怅瞻飞驾〔11〕，引领望归旆〔12〕。

注释

〔1〕顾侯：指顾秘。　体：包含，容纳。　明德：光明之德行，美德。

〔2〕清风:清高的风范,廉洁的作风。　肃已迈:严正而远大。

〔3〕发迹:指立功扬名。　翼:辅佐。　藩后:保卫天子的人,指吴王司马晏。

〔4〕抚:安抚,安定。　南裔:南方边远地区,指交阯,即交州。

〔5〕伐:击。　五岭表:五岭以南的地区,即交州。

〔6〕扬旌:高举旌旗。此指平叛胜利。旌,军旗。

〔7〕远绩:在边远之地建立功绩。　辞:拒绝。　小:指名位低微。

〔8〕立德:树立高尚的德行。　大:指名位崇高。

〔9〕凌:凌越。

〔10〕萦带:萦绕的衣带。形容渡越不难。

〔11〕瞻:远望。　飞驾:飞驰的车驾。指顾秘乘坐的车驾。

〔12〕引领:伸长着脖子,盼望的样子。　归旆(pèi 沛):指回到京城的军队。此指带领军队胜利回来的顾秘。旆,旌旗,代军队。

今译

顾君有美德,品格多豪迈。发迹辅吴王,受命镇南海。平叛五岭南,扬威万里外。建功不辞小,立德不在大。高山渡越易,大海犹衣带。思友心惆怅,引颈望君来。

(陈延嘉译注并修订)

赠从兄车骑一首

陆士衡

题解

这是一首赠给陆晔的诗。陆晔，字士光，吴郡华亭（今上海松江）人，陆机的堂兄。《晋书》本传说他“少有雅望”。陆机对他有很高的评价：“我家世不乏公矣。”他在仕途上的发展，果然像陆机预言的那样，官至光禄大夫，开府仪同三司，加卫将军、给千兵百骑，以功进爵为公。车骑是车骑大将军之省略。此封号是其死后追赠的。

在诗里，陆机以“孤兽”“离鸟”自比，表现出了一种很深的孤独感。虽然做官为宦，但时时不忘回归故乡，故乡的山山水水，父祖的旧居和坟茔，常常出现在脑际，简直到了魂不守舍的程度，他欲归而不得，由慕而生怨，痛苦得难以自拔，以至于想得到“忘归草”，来排除使他日夜不得安宁的思乡之情。感情真挚、深沉，动人心弦。

这首诗确切的写作时间已不可考，但从内容看，是陆机入洛以后的作品。

原文

孤兽思故薮〔1〕，离鸟悲旧林〔2〕。翩翩游宦子〔3〕，辛苦谁为心〔4〕。仿佛谷水阳〔5〕，婉娈昆山阴〔6〕。营魄怀兹土〔7〕，精爽若飞沉〔8〕。寤寐靡安豫〔9〕，愿言思所钦〔10〕。感彼归涂艰〔11〕，使我怨慕深〔12〕。安得忘归草〔13〕，言树背与衿〔14〕。斯言岂虚作〔15〕，思鸟有悲音〔16〕。

注释

〔1〕故薮(sǒu 擞):旧时的水浅草茂的泽地。

〔2〕离鸟悲旧林:离群之鸟为失去原来栖息的树林而悲伤。以上两句是借“孤兽”“离鸟”写陆机思念故乡之意。

〔3〕翩翩:鸟儿飞翔的样子。这里是形容做官在外旅居不定的样子。　游宦子:在外做官的人。

〔4〕辛苦谁为心:心为谁而辛苦。

〔5〕仿佛:好像,看不真切的样子。　谷水阳:谷水的北面。水的北面为阳。据《大清一统志》:“谷水有二:娄县南之谷水,乃西湖之异名。昆山西之谷水,则长泖之异名。”此诗之谷水,即指昆山西之谷水。昆山西之谷水又名华亭谷,盖因陆机之祖父陆逊曾被封为华亭侯而得名,陆逊曾居于此。在今上海市松江县西,又叫长谷,谷水即流经长谷之水。

〔6〕婉娈(luán 栾):美好的样子。　昆山阴:昆山的北面。山北为阴。《太平寰宇记》载:“华亭谷(即长谷)东二十里有昆山。陆逊父祖墓在焉。”上两句的意思是:陆机在想象中好像看见了祖父陆逊居住过的长谷和埋葬了祖父的昆山,是思念故乡的山水和亲人之意。

〔7〕营魄:魂魄,灵魂。　营:犹荧荧,微火闪烁的样子。人之灵魂为魄。古人认为灵魂的形态就像闪烁的微火,若有若无,所以营魄指灵魂。　兹土:此土,指故乡吴地。

〔8〕精爽:魂魄。　若飞沉:若飞若沉,形容心神不定,神不守舍的样子。

〔9〕寤寐:醒时睡时。　靡:不。　安豫:安乐、安逸。

〔10〕愿:思念。　言:助词,无义。　所钦:所钦敬的人,指陆士光。

〔11〕归涂:回故乡的路途。

〔12〕怨慕:怨恨,思慕。

〔13〕忘归草:即忘忧草,萱草的别名,一名紫萱,《述异记》中说,吴地书生认为它可以治病,驱除忧愁。

〔14〕言:助词。无义。　背与衿:堂前屋后。堂北为背,堂前为衿。

〔15〕斯言:此言。　作:此处当“说”讲。

〔16〕思鸟:离群而思伴侣之鸟,陆机自喻。　悲音:悲哀的鸣叫声。

今译

孤独的兽思念原来的泽薮，离群的鸟悲恋旧日的树林。游荡不定的做官人，为谁忙碌为谁操心？我仿佛看见谷水之北祖父的旧居，圆秀而润的昆山埋着父祖的坟。灵魂萦绕着故乡啊，神不守舍若飞若沉。醒时睡时都不得安宁，想而又想啊，我钦敬的人。归途是这样艰难，使我又思念又怨恨。怎能得到忘忧草，种在堂前屋后以解我忧心。难道这是虚言吗？思伴之鸟尚发出悲音。

（陈延嘉译注并修订）

答张士然一首

陆士衡

题解

张悛,字士然。李善注引孙盛《晋阳秋》曰:“少以文章与陆机友善。”

诗中说:“洁身跻秘阁,秘阁峻且玄。”秘阁原为古代宫廷中藏书之所,也称秘馆、秘府。秘书寺则为掌图籍的官署,因而这里的秘阁,实指秘书寺(从梁朝开始,改称秘书省)。陆机在元康八年(298)从尚书省殿中郎转为秘书寺著作郎,称为大著作,专掌编纂国史。这或许是陆机转著作郎之后不久,士然有诗见赠,陆机则以诗答之。

著作郎主管国史的修撰,所以要经常侍从皇帝左右,“驾言巡明祀,致敬在祈年。逍遥春王圃,踯躅千亩田”,就反映了这种情况。但陆机对此工作似乎并不满意,“秘阁峻且玄”,就透露个中消息。“峻”是指秘书寺作为官府级别较高,而“玄”则指衙门庭院深深。“峻且玄”并不使诗人感到亲切,相反,繁忙的工作使人厌烦:“终朝理文案,薄暮不遑瞑。”这就增加了对故乡的怀念,因而使诗人多“戚戚”之感了。在《赠从兄车骑》一诗里陆机说:“翩翩游宦子,辛苦为谁心。”亦可作证。

原文

洁身跻秘阁〔1〕,秘阁峻且玄〔2〕。终朝理文案〔3〕,薄暮不遑瞑〔4〕。驾言巡明祀〔5〕,致敬在祈年〔6〕。逍遥春王圃〔7〕,踯躅千亩田〔8〕。回渠绕曲陌〔9〕,通波扶直阡〔10〕。嘉谷垂重颖[11],芳树发华颠[12]。余固水乡士[13],总辔临清渊[14]。戚戚多远念[15],行行遂成篇[16]。

注释

〔1〕洁身:保持自身的纯洁。　跻(jī 击):登,升。　秘阁:即秘书寺。陆机在元康八年转入秘书寺任著作郎。

〔2〕峻:高。　玄:远,深。

〔3〕终朝(zhāo 招):早晨。与下句"薄暮"相对,表示从早到晚。

〔4〕薄暮:傍晚。　遑:暇,空闲。　瞑:"眠"的古字。

〔5〕驾:车驾。　言:无义。　巡:巡视,指陆机跟随皇帝的车驾出巡。　明祀:神明之祭祀。

〔6〕致敬:向鬼神致敬,祈求神明的保佑。　祈年:祈求丰年。

〔7〕逍遥:悠闲而自由自在的样子。　春王圃:园林名。据李善注:"晋宫阁铭(铭当作"名")曰:"洛阳宫有春王园。"春王园即春王圃。

〔8〕踯躅(zhí zhú 直竹):驻足,踏步不前。这里是缓慢前行的样子。指晋朝皇帝亲自耕种藉田。千亩田:指古时帝王于春耕前亲自耕种(实际上是做做样子)农田以奉祀宗庙,且含有劝农之意。天子之藉田千亩,诸侯百亩。

〔9〕回渠:回环的水渠。　曲陌:弯曲的田间道路。东西之路叫陌,南北之路叫阡。

〔10〕通波:流动的渠水。　扶:沿着。

〔11〕嘉谷:美好的庄稼。　垂颖:指谷穗。颖,麦芒之类,此处代指谷穗。

〔12〕芳树:美树。　颠:指树梢。

〔13〕余固水乡士:陆机的故乡吴地多水,故自称为水乡士。

〔14〕总辔:手握马缰,御马骑行。　临:来到。　清渊:清而深的水。

〔15〕戚戚:忧伤的样子。　远念:指对遥远的故乡的思念。

〔16〕行行:行走不停。　遂:于是。

今译

洁身进入秘书省,秘省高峻又深远。从早处理公文案,到晚无暇来睡眠。随驾出巡祭先祖,致敬鬼神祈丰年。晋帝逍遥春王园,天子躬耕千亩田。回环水渠绕曲径,清水沿路流向前。谷穗沉沉垂大地,树木青青花灿烂。我本水乡吴地人,乘马前行临清泉。心中忧戚念故土,行走吟成答诗篇。

（陈延嘉译注并修订）

为顾彦先赠妇二首

陆士衡

题解

李善注依本集以顾为“全”之误。其实，陆机还有《赠尚书郎顾彦先》诗，弟陆云也有此作，顾字似不误。（梁章钜《文选旁证》说）何焯（《义门读书记》）与黄侃（《文选黄氏学》）也未就此提出异议。陆顾既为世交，机荣（顾荣，字彦先）又为好友，且同自吴入洛，心态经历相近，拟其情而作诗，应属事理当然。

诗题为顾而作，实在抒自我块垒。

第一首是赠妇，写丈夫思归之情。顾之入洛，同迫于王命，京洛风尘，素衣为缁，外界环境已足忧苦。因而勾起内心对妻子的感念，心曲烦乱，思绪难理，愈不可摆脱。于是逼出归鸿的意象，以寄托熬煎的归思，以表赠意。

原文

辞家远行游，悠悠三千里〔1〕。京洛多风尘〔2〕，素衣化为缁〔3〕。修身悼忧苦〔4〕，感念同怀子〔5〕。隆思乱心曲〔6〕，沉欢滞不起〔7〕。欢沉难克兴〔8〕，心乱谁为理〔9〕。愿假归鸿翼〔10〕，翻飞浙江汜〔11〕。

注释

〔1〕悠悠：遥远的样子。

〔2〕京洛：京都洛阳。

〔3〕素衣:白色的衣服。　缁(zī 资):黑色。

〔4〕修身:提高品德修养。李善注:“孟子曰:‘古之人不得志,修身见(现)于世。’”　悼:伤,忧伤。

〔5〕同怀:心情相同。　子:指妻子。

〔6〕隆思:繁杂的思绪。　乱:胡刻本作“辞”。此从六臣本。　心曲:内心。

〔7〕滞:郁滞,压抑。起,兴起。

〔8〕欢沉:欢情沉寂。　克:能。

〔9〕心乱:心绪烦乱。　理:理清思绪。

〔10〕假:借,借用。　归鸿翼:归雁的羽翼。

〔11〕汜(sì 四):水的支流。《诗经·江有汜》:“江有汜。”

今译

辞家远行游,悠悠三千里。洛阳多风尘,白衣变黑衣。心忧则修身,想念我贤妻。多愁心曲乱,欢情沉不起。欢沉难兴起,心乱谁为理。愿借归雁翼,飞向浙江地。

题解

第二首是妇答,写妻子闺怨之情。思妇之叹,充溢幽闼,以见盼归之切、怨思之苦。以山川之阻,参商之乖,弦括之离,写空间相距之远,时间相隔之久,把妻子对久别的丈夫之哀怨苦思,化作联绵的意象,意象情思浑然合一。末尾再以温情的祝愿宽慰饥渴的思念,以表答意。题目皆曰“赠妇”,误也。

原文

东南有思妇〔1〕,长叹充幽闼〔2〕。借问叹何为〔3〕,佳人眇天末〔4〕。游宦久不归〔5〕,山川修且阔〔6〕。形影参商乖〔7〕,音息旷不达〔8〕。离合非有常〔9〕,譬彼弦与括〔10〕。愿保金石躯〔11〕,慰妾长饥渴〔12〕。

注释

〔1〕东南:《草堂诗笺》作“东海”。 思妇:思念丈夫远行的人。这一首诗代答前诗。

〔2〕充:充满。 幽闼(tà 踏):幽深的闺房。闼,寝室左右的小屋,这里指思妇所居之屋。

〔3〕借问:请问。这里是妇人自问。 叹何为:为何叹。

〔4〕佳人:这里指丈夫。 眇(miǎo 秒):远。 天末:天边。

〔5〕游宦:在外做官。

〔6〕修:长,这里指路长。 阔:远。

〔7〕参(shēn 申)商:二星名,此出彼没,永不相见。 乖:离,背离。这一句是说夫妻本应形影相随,现在却如参星和商星一样分离两地而不能相见。

〔8〕音息:音讯,音书消息。 旷:远。 达:到达。

〔9〕常:久。

〔10〕括:箭括,箭的末端。括,通“筈”。

〔11〕金石躯:如金石一般强健的身体。

〔12〕妾:妻子自称。 饥渴:如饥似渴的思念之情。

今译

东南有思妇,深闺坐长叹。请问为何叹,丈夫在天边。做官久不归,山川路遥远。形影如参商,音讯不得见。离合皆难久,如同箭和弦。愿君金石健,慰我饥渴念。

(陈延嘉译注并修订)

赠冯文罴一首

陆士衡

题解

在冯文罴初调斥丘县任县令的时候,陆机曾有诗相赠。陆机在出任吴王郎中令后,因怀念冯文罴,又写诗相赠,足见他们友情之深。在诗里,陆机回顾了他们同做太子洗马时的亲密友情,并因怀念冯文罴而慷慨长叹。冯是他所钦之人,既有“明德”,又有“远猷”。陆机相信,冯文罴一定会干出一番业绩,而寄来“惠音”,表现了对朋友深切的期望和信任。

原文

昔与二三子〔1〕,游息承华南〔2〕。拊翼同枝条〔3〕,翻飞各异寻〔4〕。苟无凌风翮〔5〕,徘徊守故林〔6〕。慷慨谁为感〔7〕,愿言怀所钦〔8〕。发轸清洛汭〔9〕,驱马大河阴〔10〕。伫立望朔涂〔11〕,悠悠迥且深〔12〕。分索古所悲〔13〕,志士多苦心〔14〕。悲情临川结〔15〕,苦言随风吟〔16〕。愧无杂佩赠〔17〕,良讯代兼金〔18〕。夫子茂远猷〔19〕,款诚寄惠音〔20〕。

注释

〔1〕二三子:二三君子之省,诸君,几个人。

〔2〕承华:太子宫中有承华门,此处代指太子宫。

〔3〕拊翼:击拍翅膀。　同枝条:指同做太子洗马。

〔4〕异寻:指各有任命。冯文罴调任斥丘县令,陆机出任吴王郎中令。寻,

依附。

〔5〕凌风:乘风。　翮(hé 何):鸟羽茎,代鸟翼。

〔6〕徘徊守故林:指陆机出任吴王郎中令,回到故乡。故林,指故乡。

〔7〕谁为感:为谁感叹。

〔8〕愿:思念。　所钦:所敬之人,指冯文罴。

〔9〕发轸(zhěn 诊):发车。轸,车之代称。　洛:洛水。　汭(ruì 锐):水南曰汭。

〔10〕大河阴:黄河阴。水南曰阴。

〔11〕朔涂:北路。冯的任所斥丘在洛阳北,故谓朔涂。朔,北方。涂,通“途”。

〔12〕悠悠:悠远。　迥且深:辽阔而深远。

〔13〕分索:分离。

〔14〕苦心:痛苦之心。

〔15〕临川:面对滔滔的流水。　结:郁结。

〔16〕苦言:指表现内心痛苦的诗句。

〔17〕愧:惭愧。　杂佩:由几种玉合成的佩玉。语出《诗经·女曰鸡鸣》:“知子之来之,杂佩以赠之。”

〔18〕良讯:良言。　兼金:成色纯正的黄金。

〔19〕夫子:指冯文罴。　茂:美好。　远猷(yóu 由):深谋远虑。猷,道术,方略。

〔20〕款诚:诚恳的心意。　惠音:佳音。

今译

从前与诸君,共事承华门。如鸟同枝栖,翻飞各离分。若无凌风翼,只能守故林。慷慨为谁叹,怀念所敬人。君车发洛阳,驱马黄河滨。伫立望北路,北路曲且深。分离古所悲,志士多苦心。水声增离情,悲言随风吟。愧无佩玉赠,良言化纯金。君有远谋略,恳盼寄佳音。

(陈延嘉译注并修订)

又赠弟士龙一首

陆士衡

题解

这是一首赠别诗。诗中叙离别之苦,希望兄弟二人能"携手","成骈服",生活在一起。陆云有答诗,可参见后文《答兄机》。

原文

行矣怨路长,惄焉伤别促[1]。指途悲有余[2],临觞欢不足[3]。我若西流水,子为东跱岳[4]。慷慨逝言感[5],徘徊居情育[6]。安得携手俱[7],契阔成骈服[8]。

注释

〔1〕惄(nì 逆):忧思,心里难受。 促:急速。

〔2〕指途:手指着即将出行的道路。

〔3〕临觞(shāng 商):面对着饯别的酒宴。觞,盛有酒的酒杯。古代有在送行的道旁设宴饯别出行之人的风俗。

〔4〕子:指陆云。 跱(zhì 治):止,独立。 岳:指东岳泰山。

〔5〕慷慨:情绪激动,这里指因分别而悲伤激动。 逝言:出行人的言辞。逝,往。

〔6〕徘徊:回旋的样子,这里是形容陆云在送别陆机时依依不舍地来回走动的样子。 居情:相与共处之情意。

〔7〕安:怎么。 俱:在一起。

〔8〕契阔:聚合。契为合,阔为分,"契阔"为偏义复词,义在"合"。语出《诗经·击鼓》:"死生契阔。"意思是生死永远在一起。 骈(fēi 非)服:骈马与服

马。古代四匹马驾车时,中间两匹夹辕者名服马,两旁之马名骓马,也叫骖马。

今译

将行怨路长,忧伤别离促。指路悲有余,饯别欢不足。我像西流水,你如泰山矗。行者心慷慨,言谈多悲苦。留者身徘徊,依依离情笃。怎得共携手,生死长相处。

(陈延嘉译注并修订)

为贾谧作赠陆机一首四言 潘安仁

题解

这首诗为潘岳代贾谧作答陆机。

贾谧(mì 密)为晋惠帝时把持朝政的贾氏集团中的重要成员。原名韩谧,后为贾充养子,改姓贾。见《晋书·贾充传》。贾充(217—282),西晋大臣、贵戚。自曹魏以来,历任高官。因无子,立外甥韩谧为嗣,并改姓贾。贾充有一女为晋惠帝皇后,史称贾后。惠帝无能,贾后擅政,重用贾谧等,结成贾氏集团。贾谧野心勃勃,"权过人主",并广招文士,史载投靠其门下的有石崇、潘岳、陆机、陆云等"二十四友"。陆机由江南来京城洛阳,曾有诗赠贾谧,故贾请潘岳代笔,作此诗回赠陆机。

这首诗长达八十八句。记叙陆机活动的历史背景,孙吴破灭后,应聘进入京城洛阳,博得权贵赏识,卷入宦海,曾一度高升。侧重赞美陆机诗文、德行都出类拔萃,怀念与陆"情同友僚"的厚谊,勉励立德,当以谦逊为本,以祝福健康长寿作结。开头二十四句简要回顾远古到三国时吴国的历史沿革,交待陆机生长的环境。次十六句主要写孙皓投降,陆成为孙吴遗臣。后幸遇晋武帝宽厚仁德,应聘从故土吴国北上京城洛阳,以才华出众而扬名,被太傅杨骏辟为祭酒,步入仕途。又次二十四句写陆为权贵所赏识,列身于"二十四友"群贤行列。从辅佐诸侯吴王晏高升为朝廷侍从,着意渲染其才华横溢,步步青云的一面。结尾二十四句写"我"(贾谧)与陆曾同侍东宫,情谊深厚,称赞陆诗文德行兼优。

这首诗讲究铺陈,看重文采,多用典故,雍容典雅,有意炫耀雕凿修饰。

原文

肇自初创[1],二仪烟煴[2]。粤有生民[3],伏羲始君[4]。结绳阐化[5],八象成文[6]。芒芒九有[7],区域以分[8]。

神农更王[9],轩辕承纪[10]。画野离疆[11],爰封众子[12]。夏殷既袭[13],宗周继祀[14]。绵绵瓜瓞[15],六国互峙[16]。

强秦兼并[17],吞灭四隅[18]。子婴面榇[19],汉祖膺图[20]。灵献微弱[21],在涅则渝[22]。三雄鼎足[23],孙启南吴[24]。

南吴伊何[25],僭号称王[26]?大晋统天[27],仁风遐扬[28]。伪孙衔璧[29],奉土归疆[30]。婉婉长离[31],凌江而翔[32]。

长离云谁[33]?咨尔陆生[34]。鹤鸣九皋[35],犹载厥声[36]。况乃海隅[37],播名上京[38]。爰应旌招[39],抚翼宰庭[40]。

储皇之选[41],实简惟良[42]。英英朱鸾[43],来自南冈[44]。曜藻崇正[45],玄冕丹裳[46]。如彼兰蕙[47],载采其芳[48]。

藩岳作镇[49],辅我京室[50]。旋反桑梓[51],帝弟作弼[52]。或云国宦[53],清涂攸失[54]。吾子洗然[55],恬淡自逸[56]。

廊庙惟清[57],俊乂是延[58]。擢应嘉举[59],自国而迁[60]。齐辔群龙[61],光赞纳言[62]。优游省闼[63],珥笔华轩[64]。

昔余与子[65],缱绻东朝[66]。虽礼以宾[67],情同友僚[68]。嬉娱丝竹[69],抚鞞舞韶[70]。脩日朗月[71],携手逍遥[72]。

自我离群[73],二周于今[74]。虽简其面[75],分著情深[76]。子其超矣[77],实慰我心[78]。发言为诗[79],俟望好音[80]。

欲崇其高[81],必重其层[82]。立德之柄[83],莫匪安恒[84]。在南称甘[85],度北则橙[86]。崇子锋颖[87],不颓不崩[88]。

注释

〔1〕肇(zhào 兆):初始。

〔2〕二仪:同“两仪”。指天地或阴阳。　烟煴(yīn yūn):同“细缊”、“氤氲”,即天地生成前的浑沌状态,此句意谓由阴阳的交互作用而化育为天地万物。

〔3〕粤:语助词。　生民:谓人类。

〔4〕伏羲:即伏羲氏。中国神话中人类的始祖。

〔5〕结绳:相传远古用绳子打结以记事,是文字产生以前的一种帮助记忆的方法。　阐化:开创教化。

〔6〕八象:犹八卦。《周易》用卦爻等符号象征自然变化和人事休咎。

〔7〕芒芒:久远。　九有:谓九州。

〔8〕区域:土地的界限。

〔9〕神农:即神农氏。传说中的古代部落首领,一说即炎帝。传说他用木制作耒耜,教民农业生产。又曾尝百草,发现药材,教人治病。　更:更替,代替。

〔10〕轩辕:黄帝,传说中的古圣贤王。后人认为他是中华民族的祖先。　承:顺承。　纪:纪年。

〔11〕画:画分。　疆:疆界。

〔12〕爰封众子：典出《史记·五帝本纪》："黄帝二十五子，其得姓者十四人。"

〔13〕袭：相因，继承。

〔14〕宗周：西周王都镐京。周为诸侯所宗仰，故王都所在称宗周。　祀：祭祀，此指国家大祭祀。

〔15〕绵绵瓜瓞（dié 迭）：承接上句申说。瓜瓞年年相继，连绵不断，比喻周王朝子孙昌盛，其中有一支到吴，即为古吴国的始祖。《史记·周本纪》载：周太王（古公亶父）的儿子太伯、仲雍奔吴，相传为古吴国的始祖。瓞，小瓜。

〔16〕六国：指战国时魏、赵、韩、齐、楚、燕；加秦，则称"战国七雄"。这是春秋后期以来，诸侯各国长期互相兼并的结果。其间，古吴国于春秋末期为古越国所灭，而古越国于战国时期为楚国所灭。　峙（zhì 至）：对峙。

〔17〕兼并：并吞。

〔18〕四隅：犹四方。

〔19〕子婴面榇：意谓秦王子婴自受捆绑，抬着棺材，表示有该死之罪，甘心向刘邦投降。子婴（？—前206），秦始皇孙。秦二世兄之子。秦二世三年（前207），赵高杀秦二世，立子婴为秦王。面榇（chèn），典出《左传·僖公六年》："许男面缚，衔璧，大夫衰绖，士舆榇。"面，为"面缚"的略语。两手反绑，表示有罪，当受绑。榇，为"舆榇"的略语。意谓抬着棺材，表示有罪该死。子婴史事与春秋许男类似。《史记·高祖本纪》："秦王子婴素车白马，系颈以组，封皇帝玺符节，降轵道旁。"

〔20〕汉祖膺图：意谓秦朝很快灭亡，汉高祖统一天下，接收了秦地图、法令和户籍等文书。《史记·萧相国世家》："〔萧〕何独先入收秦丞相御史律令图书藏之。"　膺（yīng 英）：受，接受。

〔21〕灵：谓东汉灵帝（156—189），即刘宏。　献：谓东汉献帝（181—234），即刘协。

〔22〕在涅（niè 聂）："白沙在涅"的略语。典出《荀子·劝学》："白沙在涅，与之俱黑。"今本《荀子》无上述二句，依王念孙《读书杂志》"蓬生麻中不扶自直"条的意见补。意谓白沙与黑色染料混在一起，将一并变为黑色。涅，矿物名。古代用作黑色染料。　渝：变，变为。

〔23〕三雄：谓三国时期，魏、蜀、吴三国的君主。　鼎足：同"鼎立"。比喻三国并峙，如同鼎的三只脚并立。语本《史记·淮阴侯列传》："三分天下，鼎足

而居。”

〔24〕孙启南吴:意谓三国时期吴国据有并开辟南方区域。吴国统治者姓孙,故史称吴国为孙吴。南吴,亦指三国时期的吴国。因其地域位于江南,故名。

〔25〕南吴:上一句结尾用作此句的开头,构成修辞“顶真”。

〔26〕僭号称王:意谓吴国孙权超越本分,擅自冒用帝王尊号。史实见《三国志·吴志·吴主权传》:“黄龙元年……〔孙权〕南郊即皇帝位。” 僭(jiàn践)号:旧指超越本分,冒用帝王尊号。

〔27〕大晋统天:意谓西晋统一天下。 大晋:即晋。公元265年晋武帝(司马炎)代魏称帝,国号晋,史称西晋。太康元年(280)灭吴,统一全国,故亦称大晋。

〔28〕仁风:谓仁德的作风和影响。 遐(xiá霞):远。 扬:传播,颂扬。

〔29〕伪孙:谓吴国君主孙皓。 衔璧:典出《左传·僖公六年》:“许男面缚衔璧。”杜预注:“缚手于后,以璧为贽,手缚故衔之。”此用“衔璧”表示吴国君主孙皓俯首投降。

〔30〕奉土归疆:意谓进献、归还疆土。奉,进献。疆,疆土。

〔31〕婉婉:柔美的样子。 长离:同“长丽”。灵鸟。一说即凤凰。用以比喻陆机(依李善注)。

〔32〕凌:逾越。

〔33〕此句与上二句都有“长离”,构成修辞间接“反复”。

〔34〕咨尔陆生:当与上句合观。采用自问自答句式。意谓灵鸟是说谁呢?就是您陆机。陆生,谓陆机。

〔35〕鹤鸣九皋:即“鹤鸣于九皋”的略语。语出《诗·小雅·鹤鸣》:“鹤鸣于九皋,声闻于天。”郑玄笺:“皋,泽中水溢出所为坎,自外数至九,喻深远也。”陆德明释文:“九皋,九折之泽。”意谓仙鹤在深远的沼泽中鸣叫,其声音远传到天上。用以比喻陆机贤能,身隐未仕而令誉远扬。 九皋(gāo高):九曲的沼泽,谓深泽。

〔36〕犹载厥声:紧承上句而言。意谓仙鹤虽然在深泽里鸣叫,但是很远很远的地方也充满着她的声音。

〔37〕海隅;海边。谓吴国(依李善注)。

〔38〕播名上京:当与上句合观。意谓陆机美好名声远近传扬,京城洛阳尚

且闻名,更何况吴郡家乡。播,传播,传扬。上京,古代对京城的通称。

〔39〕旌招:典出《孟子·万章下》:"〔招〕士以旂,大夫以旌。"意谓招聘士用有铃铛的旗,招聘大夫用有羽毛的旗。此谓朝廷用旌礼招聘有学问、有德行的士大夫陆机出任官职。

〔40〕抚:抚慰。 翼:辅佐。 宰庭:谓宰相府,指杨骏。(依李善注)。史实见《晋书·陆机传》:"后太傅杨骏辟〔陆机〕为祭酒。"杨骏(?—291),西晋权臣。因其女为晋武帝皇后,任车骑将军,封临晋侯。晋惠帝时,为太傅、大都督,总揽朝政,遍树党羽。

〔41〕储皇:即皇储,亦称王储。谓被确立为皇位的继承者。

〔42〕简:选;选择。 良:谓德才兼优的良臣。

〔43〕英英:俊美,气概不凡。 朱:谓朱鸟。传说中凤凰一类的鸟。 鸾(luán 孪):谓鸾鸟。传说中凤凰一类的鸟。用凤凰一类的朱鸾比喻陆机不凡。(依李善注)

〔44〕南冈:南方山冈。借指陆机故乡吴郡吴县华亭(今上海市松江县西)。

〔45〕曜(yào 耀):光耀,明亮。 藻:文采。 崇正:谓太子所居宫殿东宫。史实见《晋书·陆机传》:"〔陆机〕累迁太子洗马。"洗马,一作先马,为太子官属,太子出则为前导。

〔46〕玄冕丹裳:意谓陆机任太子洗马官,辅助祭祀时,身着玄冕丹裳特制的礼服。实指陆机荣任辅佐太子显贵官职。 玄:黑色。 冕(mǎn 免):犹"冕服"的略语。古代帝王、诸侯、卿大夫的礼服。 丹:朱红色。 裳:下身的衣服,裙。

〔47〕如彼兰蕙:意谓陆机好像那兰蕙香草。兰蕙:皆香草名。

〔48〕载采其芳:意谓那兰蕙的芳香采取不尽,暗喻陆机才华横溢,品德崇高,美不胜收。

〔49〕藩岳作镇:意谓封司马晏为吴王,让他做镇守吴郡一带的诸侯。 藩岳:谓诸侯。古代帝王分封诸侯,用以藩屏皇室。镇,镇守。谓镇守一方。

〔50〕辅我京室:顺承上句申说。意谓吴王司马晏镇守一方,成为辅佐我晋皇室的诸侯国之一。 辅:辅佐,辅助。 京室:古指皇室。

〔51〕旋反桑梓:意谓后来陆机任吴王司马晏的辅佐官郎中令,离开京城,随吴王出镇淮南,因得以返回故土吴郡。 旋:归,还。 反:"返"的古字。桑梓:古代各家房前屋后常栽的两种树木。后用做故乡的代称。

〔52〕帝弟作弼:意谓陆机做晋惠帝弟吴王司马晏的辅佐官郎中令。史实见《晋书·陆机传》:“吴王〔司马〕晏出镇淮南,以〔陆〕机为郎中令。”又《晋书·武十三王·吴敬王晏传》:“吴敬(一作孝)王晏,字平度。太康十年受封,食丹杨、吴兴并吴三郡。” 弼(bì 必):辅弼,辅佐。

〔53〕宦:犹“佐宦”的略语。即佐辅,谓辅佐诸侯的官(依李善注)。

〔54〕此句当与上句合观。意谓有的说出京城做诸侯国的辅佐官,将失掉清平的仕途。 清:清平。 涂:通“途”。犹“仕途”的略语,谓做官的途径。攸(yōu 优)失:失掉。

〔55〕吾子洗然:意谓先生(陆机)听到上述风言风语,不以为意,态度洒落,处之泰然。 吾子:偏义复词,即子,先生,您。尊称陆机。 洗然:犹洒然,洒脱,洒落。

〔56〕恬(tián 甜)淡:清静自安。 自:自然。 逸:安逸,安静。

〔57〕廊庙:犹庙堂,指朝廷。 清:清明。

〔58〕俊乂(yì 义):贤能的人。 延:聘请,引进。

〔59〕擢应嘉举:意谓晋武帝明令全国官员广泛举荐贤能,陆机适逢此机遇,应招聘自故土吴郡来到京城洛阳。史实见《晋书·武帝纪》载:晋武帝下诏曰:“令内外群官,举清能,拔寒素。” 擢(zhuó 浊):选拔;提升。 嘉:善,贤。 举:举荐。

〔60〕自国而迁:意谓陆机由诸侯国吴国的郎中令高升为朝廷尚书中兵郎,转殿中郎。史实见《晋书·陆机传》:“吴王晏出镇淮南,以机为郎中令。迁尚书中兵郎,转殿中郎。” 迁:升迁;升官。

〔61〕齐辔群龙:意谓陆机升为朝廷显宦尚书中兵郎,同当时群贤并驾齐驱。 齐:同,并。 辔(pèi 配):驾御牲口的缰绳。 群龙:即一群龙,用以比喻众多贤人。(依李善注引韦昭说)

〔62〕光赞纳言:意谓陆机因才德兼优,光荣高升为皇帝左右近臣尚书中兵郎,佐助处理国家政务,向上呈报言论、意见,向下传达王命等。 纳言:古代官名。听取下言,向上禀报,得到王命,向下传达。可笼统称作上传下达。

〔63〕优游:悠闲,悠然自得。 省闼(tà 榻):犹省中,禁中,宫中。

〔64〕珥(ěr 耳)笔:插笔。古时史官、谏官入朝,或帝王近臣侍从,把笔插在帽子上,以便随时记录、撰述。 华轩:有文彩的高级车子,旧指富贵者乘坐的车子。

〔65〕子:先生,尊称陆机。

〔66〕缱绻东朝:意谓我(贾谧)和先生(陆机)曾经固结不解,同心合力侍奉东宫,可谓同僚情深。　缱绻(qiǎn quǎn 遣犬):固结不解。　东朝:犹东宫。太子所居之宫,用以借指太子。史实见《晋书·陆机传》:"〔陆机〕累迁太子洗马。"又《贾充传·附贾谧》:"〔贾谧〕及为常侍,侍讲东宫。"

〔67〕虽礼以宾:意谓贾、陆二人互相敬重,都以宾客的礼节相待。

〔68〕情同友僚:意谓贾、陆二人紧密合作,侍奉太子,曾为同僚,情谊深厚。友僚:犹僚友。即同僚,旧指在同一官署任职的官吏。

〔69〕嬉:嬉戏。　娱:娱乐。　丝竹:我国对弦乐器(如琵琶、琴瑟等)与竹制管乐器(如箫、笛等)的总称。亦泛指音乐。

〔70〕抚:通"拊",拍,击。　鞞(pí 皮):同"鼙",小鼓。　韶:相传为虞舜乐名。

〔71〕脩:同"修"。善,吉。　朗:明亮。

〔72〕逍遥:优游自得的样子。

〔73〕离群:犹离索。都是"离群索居"的略语。语出:《礼记·檀弓上》:"吾离群而索居,亦已久矣。"意谓离开朋友而孤独地生活。

〔74〕二周:谓二年。

〔75〕简:犹简阔,疏略。　面:见面,面谈。

〔76〕分著情深:当与上句合观。意谓贾、陆二人分手以后,虽然很少面谈,但是借助书信往来、吟诗唱和,表达同僚深厚情谊。

〔77〕超:高超,美妙。

〔78〕实慰我心:语出《诗·邶风·绿衣》:"我思古人,实获我心。"毛传:"古之君子,实得我之心也。"当与上句合观。意谓先生(陆机)贤能,所赠诗文皆美妙无比,我读后感到称心如意。　慰:犹获(依李善注)。　得:称心如意。

〔79〕发:传达,表达。　言:说,说话。

〔80〕俟(sì 似):等待。　好音:好消息。　音:犹音问,信息。

〔81〕欲崇其高:意谓人立德应崇高。　崇其高:即崇高,雄伟,高大。

〔82〕必重其层:顺承上句申说。意谓人立德永无止境,必须更上一层楼。重(chóng 虫):重叠。　层:谓重屋,楼层,楼房的层数。

〔83〕立德之柄:意谓立德的根本就是谦。语出《易·系辞下》:"谦,德之柄也。"柄,根本。

〔84〕莫匪安恒:承上句而来。意谓没有谦虚,立德就不能牢固稳定。匪:“非”的本字,不能。 恒:固定不变。

〔85〕甘:通“柑”,柑橘。

〔86〕度北则橙:当与上句合观。意谓相传柑橘生长于江、淮以南则为柑,如果移种到江、淮以北则变为枳、橙了。《考工记·总序》:“橘逾淮而北为枳。”度:通“渡”,过,越过。

〔87〕崇子锋颖:意谓我(贾谧)和群贤都推崇先生(陆机)是拔尖人才。崇:尊重,推崇。 锋:本指兵器的尖端,亦泛指器物尖锐犀利部分。 颖:尖端;此比喻陆机是拔尖的杰出人才。

〔88〕不颓不崩:意谓我衷心祝福先生(陆机)永远健康长寿。 颓:倒塌。崩:毁坏。语本《诗·小雅·天保》:“如南山之寿,不骞不崩。”

今译

远古混沌初开时,天地万物变化生。万物之灵有人类,传说伏羲始为君。大开教化结绳治,八卦象征万象情。邈远洪荒古九州,区域界线初分明。

贤王更替神农出,黄帝纪年又顺承。规划田野分疆界,分封诸侯众子孙。夏朝殷朝相因袭,宗周顺接大祭祀。连绵不断瓜瓞多,六国林立成对峙。

秦国强盛图兼并,吞并四方谋统一。子婴请罪愿投降,汉祖接受图与文。灵献二帝并衰弱,白沙在涅俱变黑。三国鼎足皆称雄,孙吴开发江南地。

试问孙吴为什么,冒用尊号称皇帝?大晋统一有天下,仁德颂扬远万里。衔璧投降吴孙皓,甘愿归降献土地。灵鸟长丽展翅飞,超越大江翱翔急。

借问长丽指谁说?就是平原陆先生。仙鹤鸣叫在深泽,远近充满其声音。原在吴郡早闻名,远在京都美誉传。旌招应聘登仕途,辅佐权臣为杨骏。

辅弼王储选属官,德才兼备择良臣。俊美朱鸟和鸾鸟,腾飞来自东南边。文采闪耀东宫殿，身着礼服助祭奠。如同兰草和蕙草，正好采摘其芳芬。

镇守一方诸侯国，支撑捍卫我大晋。随行得以回故土，辅佐吴王作忠臣。充任诸侯辅佐官，朝中仕途自然失。先生泰然又洒落，清静淡远自安逸。

适逢朝廷正清明，广招贤能得荐引。选拔贤良应荐举，来自侯国迁朝廷。并驾齐驱列群贤，光荣赞助进善言。优游自得宫殿里，持笔侍从宫车间。

昔日君我同官邸，情谊牢结事东朝。以礼相待如宾客，友情深厚为同僚。嬉戏娱乐赏乐舞，击鼓伴奏观大韶。吉日良辰明月夜，携手并肩乐逍遥。

朋友分离添孤独，两年难熬到如今。难得见面共话语，诗书赠答寄情深。先生高超大手笔，诵读再三尽称心。作诗抒发肺腑言，翘首以待美音问。立德标准应崇高，高楼重重又一层。

立德根本在谦逊，无德不能立安稳。橘栽江南方为柑，移种到北则变橙。杰出人才推先生，寿比南山永康宁。

（张厚惠译注　陈复兴修订）

赠陆机出为吴王郎中令一首四言

潘正叔

题解

潘尼(约250—约311),西晋文学家。字正叔,荥阳中牟(今河南中牟县东)人。曾任太子舍人。历任侍中、秘书监、中书令等,官至太常卿。晚年遭遇西晋皇族争夺政权的“八王之乱”,携带家人回乡避乱,不幸病死于路上。他与叔父潘岳都以文章著名,世称“两潘”。两人作品风格相近,都注重词藻。潘尼与陆机曾为同僚,潘为太子舍人,陆为太子洗马,都是太子左右近臣。二人互有赠答之作。这首诗是他传世的应酬赠答诗的代表作之一。

晋惠帝元康四年(294),陆机出京,赴吴王郎中令。潘尼作此诗送别。

这首诗回顾潘、陆曾为同僚,互有赠答,友谊深厚。赞颂陆德才兼优,堪称“东南之美”。祝愿陆珍惜大好年华,全力辅佐吴王,施展管理国家的才干,建功立业。前十六句称赞陆为东南杰出人物,德才如美玉,如江海。中间十六句夸赞陆年轻有为,才德日新,是辅佐吴王管理诸侯国的栋梁之才,定能协调众官,恭敬从命,为诸侯国分忧。结尾十六句先写陆出京城兼程赴吴国,临行仍眷恋着太子,颂扬其思贤若渴的情怀。次写潘不忘过去陆所赠美妙诗篇,现在临别仅以“珍惜寸阴”相赠,并愿共勉。

这首诗语言典雅,有意引经据典。直接引用《诗经》等典籍的原句入诗,尤为突出。

原文

东南之美[1]，曩惟延州[2]。显允陆生[3]，于今鲜俦[4]。振鳞南海[5]，濯翼清流[6]。婆娑翰林[7]，容与坟丘[8]。

玉以瑜润[9]，随以光融[10]。乃渐上京[11]，乃仪储宫[12]。玩尔清藻[13]，味尔芳风[14]。泳之弥广[15]，挹之弥冲[16]。

昆山何有[17]？有瑶有珉[18]。及尔同僚[19]，具惟近臣[20]。予涉素秋[21]，子登青春[22]。愧无老成[23]，厕彼日新[24]。

祁祁大邦[25]，惟桑惟梓[26]。穆穆伊人[27]，南国之纪[28]。帝曰尔谐[29]，惟王卿士[30]。俯偻从命[31]，爰恤奚喜[32]？

我车既巾[33]，我马既秣[34]。星陈夙驾[35]，载脂载辖[36]。婉娈二宫[37]，徘徊殿闼[38]。醪澄莫飨[39]，孰慰饥渴[40]？

昔子忝私[41]，贻我蕙兰[42]。今子徂东[43]，何以赠旃[44]？寸晷惟宝[45]，岂无玙璠[46]？彼美陆生[47]，可与晤言[48]。

注释

〔1〕东南之美：即"东南之美者，有会稽之竹箭焉"的略语（依李善注引《尔雅》）。《广群芳谱》引戴凯之《竹谱》："箭竹，高者不过一丈，节间三尺，坚劲中矢。江南诸山皆有之，会稽所生最精好。故《尔雅》云：'东南之美者，有会稽之竹箭焉。'"箭竹、竹箭、东箭皆义同。古代都指东方或东南方所产闻名于世的箭，古人视为箭中珍品。此借以比喻季札、陆机等可贵的人才、人品。

〔2〕曩（nǎng）：从前，以往。 延州：即"延州来季子"的略语，又称季札、公

子札。春秋时吴国贵族。封于延陵（今江苏常州市），故称延陵季子。后又封州来（今安徽凤台），故又称延州来季子。他是吴王诸樊的弟弟，多次推让君位。吴王余祭四年（前544），季札出使鲁国，在欣赏周代传统音乐时，一一加以评论，借以说明周朝和诸侯的盛衰大势，很有见地。详见《左传·襄公二十九年》载。故古人极力推崇其人品、才智。

〔3〕显允陆生：意谓英明诚实的陆先生是德才兼优的贤君子。语出《诗·小雅·湛露》："显允君子，莫不令德。" 显：光明，英明。 允：诚实，可信。陆生：陆先生，尊称陆机。

〔4〕鲜：少，不多。 俦（chóu 仇）：伴侣，同辈。

〔5〕振鳞南海：意谓鱼在南海中急速游动。 振：摇动，抖动。 鳞：鱼鳞，亦借代鱼。

〔6〕濯翼清流：意谓鸟在清清流水中欢快洗浴。 濯（zhuó 浊）：洗涤，洗浴。 翼：鸟的翅膀，亦借代鸟。

〔7〕婆娑（suō 梭）：盘旋，徘徊。 翰（hàn 汉）林：谓文翰荟萃的所在。

〔8〕容与：安闲自得，优游。 坟丘：即"三坟、五典、八索、九丘"的略语。典出《左传·昭公十二年》："是能读三坟、五典、八索、九丘。" 杜预注："皆古书名。"实为传说中我国最古老的书籍。

〔9〕玉以瑜润：意谓陆机的君子仁德就好像美玉一样，温润而富有光泽。语本《礼记·聘义》："昔者君子比德于玉焉，温润而泽，仁也。" 瑜（yú 于）：美玉。 润：温润。

〔10〕随以光融：意谓陆机的德才如同随侯之珠一样光泽晶莹，弥足珍贵。随：为"随侯之珠"的略语。亦作"隋侯之珠"。简称"随珠"或"隋珠"。古代传说中极其珍贵的明珠。融，大明。

〔11〕渐：渐进，进入。 上京：古代对京都的通称。

〔12〕仪：连上句读，当为"鸿仪"的略语。用以比喻陆机仪表、风采堪为楷模。典出《易·渐》："鸿渐于陆，其羽可用为仪。"孔颖达疏："处高而能不以位自累，则其羽可用为物之仪表。" 储宫：犹储君，指太子。

〔13〕玩尔清藻：意谓玩赏您（陆机）美妙清丽的文采。 玩：玩赏，欣赏。清：清丽。 藻：文采，指文辞的藻饰。

〔14〕味尔芳风：意谓体味您（陆机）的美德、风范。 味：玩味，体会。芳：芳香，用以比喻陆机的美名、美德。 风：犹风范、风度、风采。

〔15〕泳之弥广:意谓陆机的才华像江海一样深广。钟嵘《诗品·卷上》:“陆〔机〕才如海,潘〔岳〕才如江。”典出《诗·周南·汉广》:“汉之广矣,不可泳思。” 泳:潜游,此泛指游泳。 弥:更加。

〔16〕挹之弥冲:意谓陆机才华、智慧充盈,取之不尽,用之不完。 挹(yì义):舀取,汲取。 冲:空虚。典出《老子》:“大盈若冲,其用不穷。”意谓真正渊博充盈的人,表面上好像很空虚,其实才智用之不尽。

〔17〕昆山:即今昆仑山。古代相传昆仑山以出产美玉闻名于世。

〔18〕瑶:美玉。 珉(mín民):似玉的美石。此皆用以比喻像陆机这样的贤能之士。

〔19〕同僚:古代称在同一部门做官的人为同僚。

〔20〕近臣:犹左右。君主左右的亲近之臣。

〔21〕涉:进,进入。 素秋:本指秋季。此用以比喻老年、暮年。

〔22〕子:先生,尊称陆机。 登:升,上,走上。 青春:此比喻少壮年龄。

〔23〕愧无老成:意谓我虽然到了老年,却深感惭愧,缺乏老成。此潘尼自谦之词。典出《诗·大雅·荡》:“虽无老成人,尚有典刑。” 老成:阅历多而练达世事。

〔24〕厕:犹厕身,参加。 日新:犹日新其德之略语。谓天天更新德行,日臻高尚。语出《易·大畜》:“日新其德。”

〔25〕祁祁(qí齐):众多的样子。此指人口众多,物产丰富等。 邦:诸侯封国。此指吴王司马晏所封的吴国。

〔26〕桑梓:桑树和梓树。古代习俗在住宅周围常常栽种桑梓。此用作故乡的代称。

〔27〕穆穆伊人:意谓此人(陆机)仪表堂堂,举止端庄恭谨。 穆穆:仪表美好,举止端庄恭敬。

〔28〕南国之纪:意谓陆机雄才大略,为辅佐管理吴国的栋梁之才。 南国:吴国位于东南,故称。 纪:综理,管理。语出《诗·小雅·四月》:“滔滔江汉,南国之纪。”

〔29〕帝曰尔谐:李善注引《尚书》:“帝曰尔谐。”意谓帝说:你能够协调各官。帝,指传说中的古圣贤王帝尧等。 谐:调和,协调。

〔30〕惟王卿士:语本《书·洪范》:“谋及卿士。”意谓和王朝执政官一道考虑国家大事。 卿士:王朝的执政官。

〔31〕俯偻从命:意谓恭敬遵命。语出《左传·昭公七年》:“一命而偻,再命

而伛,三命而俯,循墙而走,亦莫余敢侮。”偻、伛、俯为同义词,皆为恭敬的样子。

〔32〕爰恤奚喜:意谓忧国忧民当先,有什么沾沾自喜的? 恤(xù 序):忧,顾惜。 奚:何,什么。

〔33〕我车既巾:意谓我(陆机)起程远赴吴国的车已经覆盖就绪。巾,车上覆盖用的织物。此用如动词,谓车上篷盖已经覆盖好了。

〔34〕我马既秣;意谓为我(陆机)驾车的马也已经喂饱了。 秣(mò 末):喂养。

〔35〕星陈夙驾:多略称“星驾”、“夙驾”。意谓贪黑起早,驾车兼程前往。语出《诗·鄘风·定之方中》:“星言夙驾,说于桑田。”

〔36〕载脂载辖:意谓为车轴键加油脂,润滑灵活,以利远行。语本《诗·邶风·泉水》:“载脂载辖,还车言迈。” 辖:车轴两头的金属键。

〔37〕婉娈(luán 孪):眷恋。 二宫:犹二室、副宫。指太子之宫,谓太子。

〔38〕徘徊:来回行走。 殿闼(tà 踏):谓太子的宫殿门。

〔39〕醪(láo 劳):本指汁滓混合没有过滤的酒,引申为浊酒。 澄:指澄酒,即清酒,淡酒。 飨(xiǎng 响):用酒食款待人。

〔40〕孰慰饥渴:意谓怎样才能安慰陆机如饥似渴思念太子那样的贤人之心呢?

〔41〕昔子忝私:意谓以前承蒙您(陆机)厚爱我(潘尼)。 忝(tiǎn 舔):谦词。 私:私人,此潘尼自称。

〔42〕贻(yí 遗):赠送。 蕙兰:皆为香草名,用以比喻陆赠潘的诗美妙。

〔43〕今子徂东:意谓您(陆机)跟随吴王奔赴吴国。 徂(cú):往,到。

〔44〕何以赠旃:犹何以赠之。意谓当陆机离京远走南方之际,我(潘尼)用什么礼物相赠呢? 语出《诗·秦风·渭阳》:“何以赠之? 路车乘黄。” 旃(zhān 沾):犹“之”。

〔45〕寸晷(guǐ 鬼):犹寸阴。谓极其短暂的时间。语出《吴越春秋七·勾践入臣外传》:“夫君子争寸阴而弃珠玉。” 晷:日影。此用其引申义时光。

〔46〕玙璠(yú fán 于烦):两种美玉。

〔47〕彼美陆生:意谓那德才美如玉的陆先生。 陆生:谓陆先生,尊称陆机。

〔48〕可与晤言:意谓可以同他(陆机)交谈至理名言。语出《诗·陈风·东门之池》:“彼美淑姬,可与晤言。”

今译

会稽竹箭东南美，昔日人杰有延州。光明诚实陆先生，能与匹配今少有。如同游鱼畅行于南海，高鸟洗浴于清流。先生盘旋于翰林，优游坟典与九丘。

德行如玉多温润，随珠闪光亮晶晶。荐引明珠进京都，仪表储君多称赞。清丽文采堪赞赏，美德芬芳耐品评。江海深广难探测，看似冲淡实满盈。

昆仑特产有什么？盛产美玉与美石。你我同僚于东宫，都为太子亲近臣。愚兄已经到暮年，先生风华正青春。自惭年迈无老成，君德日新我艳羡。

人众物博诸侯国，诗人故乡在于此。容止优美又恭谨，综理南国赖此人。贤王嘱咐讲和谐，协同卿士做贡献。恭敬从命谨尽职，忧国忧民何自满？

远行车盖已备好，驾车骏马已喂足。贪黑起早兼程往，车轴车键油上够。临别眷恋太子情，依依难舍殿门口。浊酒清酒皆未献，饥渴思贤谁问候？

昔日承蒙垂厚爱，惠赠佳诗如蕙兰。今天送君东南去，敬赠何物表我心？珍惜寸阴最可贵，价值高过玙与璠。德才双美陆先生，实可晤谈金玉言。

（张厚惠译注　陈复兴修订）

赠河阳诗一首五言

潘正叔

题解

潘尼只比其叔父潘岳小四岁，都以文章著名，世称“二潘”。论才华及文学成就，潘岳较高；论仕途及官位，潘尼较顺利，且身居侍中、太常卿等显贵官职。潘岳虽然从小就“才名冠世”，但是步入官场，沉沦下僚，且“栖迟十年”不升迁。好不容易苦熬到三十二岁时，才走出仕途窘困的低谷，升任河阳县令。尽管官位仍然不高，可是长期滞官终于得迁。故潘尼为叔父庆幸，赠此诗祝贺。

这首诗赞美潘岳自幼天资甚高，才华出类拔萃，少年扬名于世。预言一旦仕途通达，定能像古代贤能的地方官一样，创建政绩，大治河阳，流芳百世。开头四句连用四个典故，表面颂扬古代四位贤能的地方官，其实是以古喻今，赞潘岳的贤德才能可同上述四人相媲美。中间四句以骥马、潜龙作比，称颂潘岳自幼名高，才德出众，堪任宰辅。最后四句表达仰慕潘岳天赋甚高、词采艳丽、流芳后世的崇敬心情。

诗中多用典故，注重词藻，亦其时代文风使然。

原文

密生化单父〔1〕，子奇莅东阿〔2〕。桐乡建遗烈〔3〕，武城播弦歌〔4〕。逸骥腾夷路〔5〕，潜龙跃洪波〔6〕。弱冠步鼎铉〔7〕，既立宰三河〔8〕。流声馥秋兰〔9〕，摛藻艳春华〔10〕。徒美天姿茂〔11〕，岂谓人爵多〔12〕？

注释

〔1〕密生化单父：意谓春秋时宓子贱大治单父，使人心风俗向好的方面转化。典出《吕氏春秋·察贤》："宓子贱治单父，弹鸣琴，身不下堂，而单父治。"旧时常用"鸣琴而治"称颂地方官，谓政简刑清，无为而治。　密生：即宓子贱。春秋末期鲁国人，名不齐，孔子学生，曾为单父宰，很有政绩。　化：意谓使人心风俗向好的方面转化。　单父（shàn fǔ 善甫）：一作"亶父"。古邑名、县名。春秋时鲁邑，秦置县。治所在今山东单县。

〔2〕子奇莅东阿：意谓春秋时年轻人子奇受齐君命到东阿为官，东阿大治，留下美善的政声。李善注引《说苑》："子奇年十八，齐君使治阿……子奇至阿，铸库兵以为耕器。魏闻童子为君，库无兵，仓无粟，乃起兵击之。阿人父率子，兄率弟，以私兵战，遂败魏师。"　子奇：传说为春秋时齐国人，十八岁时受命去治理东阿，他大胆用库藏兵器改铸农具，开仓廪赈济贫民，深得民心。　莅（lì 力）：到，临。　东阿（ē）：地名，今山东东阿县。

〔3〕桐乡建遗烈：典出《汉书·朱邑传》："〔朱邑〕少时为舒桐乡啬夫，廉平不苛，以爱利为行……初邑病且死，属其子曰：'我故为桐乡吏，其民爱我，必葬我桐乡。后世子孙奉尝我，不如桐乡民。'及死，其子葬之桐乡西郭外，民果共为邑起冢立祠，岁时祠祭，至今不绝。"意谓汉代朱邑在桐乡为官清廉、公正、仁爱、节俭，遗留政绩，得到老百姓长久爱敬。烈，功业，政绩。

〔4〕武城播弦歌：《论语·雍也》："子游为武城宰。"又《阳货》："子之武城，闻弦歌之声。"意谓孔子的学生子游做武城县县令，一天孔子来武城，听到学校弦歌之声传扬，感到教化普施，认为有重要政绩。　武城：春秋时鲁国的城邑，治所在今山东费县西南。　播：传扬。　弦歌：犹弦诵。古代学校朗读诗歌，有用琴瑟等弦乐器伴奏歌唱的，故称。

〔5〕逸：奔跑。　骥（jì 际）：千里马。用以比喻潘岳。（依李善注）　夷：平坦。

〔6〕潜龙：典出《易·乾·文言》："初九，曰：'潜龙勿用'。"后世常用以比喻有大德而未为世用的人，此喻潘岳。（依李善注）　洪波：大波浪。

〔7〕弱冠步鼎铉：意谓潘岳二十岁时步入仕途，做了司空荀颛的属官司空掾。　弱冠（guàn 贯）：语出《礼记·曲礼上》："二十曰弱，冠。"弱，谓年少。即二十岁。冠，古礼男子二十岁成年，开始加冠。亦称冠礼。"加冠"谓戴帽子。

后世常常“弱冠”连称,泛指男子年少。 鼎铉:语出《易·鼎》:“鼎黄耳金铉。”铉为举鼎的器具,用以提举。此喻潘岳被举荐为司空府的辅佐属官,其实官位微不足道。

〔8〕既立宰三河:意谓潘岳三十二岁时做河阳县县令。 既立:犹“而立”。语本《论语·为政》:“三十而立。”后世称人三十岁为“而立”之年。 宰三河:即宰河阳。三河,指洛阳(包括其周围地区)。河阳为洛阳外围重镇,又因押韵需要,故用“三河”代替“河阳”。 宰:谓县令。

〔9〕流:流传,传扬。 声:名誉。 馥(fù 复):香,香气。 秋兰:即建兰。其花芳香馥郁。

〔10〕摛(chī 吃)藻:铺张词藻。 春华(huā 花):春天的鲜花。用以比喻文采。

〔11〕徒:但,仅,只。 天姿:犹天资、天赋。

〔12〕此句紧承上句申说,应合观。意谓只因为潘岳天资甚高,德才美盛,自然博得人们赞誉,难道说是人为的抬举,才得到崇高的社会爵位吗? 人爵:语出《孟子·告子上》:“有天爵者,有人爵者。仁义忠信,乐善不倦,此天爵也;公卿大夫,此人爵也。古之人修其天爵,而人爵从之。今之人修其天爵,以要人爵;既得人爵,而弃其天爵,则惑乏甚者也,终亦必亡而已矣。”这里“天爵”与“人爵”相对待,前者谓天然爵位,后者谓社会爵位。古人认为天爵为上,人爵次之。古代称不居官位,因自身德高而受人尊敬的为天爵。

今译

教化单父称宓生,年少子奇治东阿。桐乡建立大功业,武城传扬琴弦歌。骥马奔腾越坦途,潜龙飞跃起洪波。年少步入显赫位,而立为宰于三河。名誉流芳胜秋兰,词藻艳丽赛春华。天赋独厚德才美,难道以为人爵多?

(张厚惠译注 陈复兴修订)

赠侍御史王元贶一首五言 潘正叔

题解

王元贶，生平未详。侍御史，官名。汉沿秦制，在御史大夫下，或给事殿中，或举劾非法，或督察郡县，或奉使出外执行指定任务。晋代亦沿袭。

揆之"王侯"、"蠖屈"四句意，该诗似在元贶赴任侍御史时，潘尼所赠。

潘尼大概认为，侍御史为禁中显贵官职，赠诗非同寻常，故自始至终颂扬不绝。赞美御史府为藏龙之地，人人向往，龙飞高升，贵不可言。称颂侍御史贤德如琼玉，有栋梁之才，是股肱良臣，堪当辅佐圣世。前四句以"昆山"、"广厦"、"灵沼"、"天阶"比喻禁中"宪台"，这里游龙汇聚，美玉积集，人材济济，令人向往。中间四句称赞"宪台"官员贤能，为官清正廉明。结尾四句祝愿侍御史官运亨通，步步高升，竭力辅佐帝王，力求百事安宁。

这首诗精心雕琢词语，追求句式整齐。注重修辞手法：比喻格如"昆山积琼玉"等，借代格如"游鳞"等，对偶格如"蠖屈固小往，龙翔乃大来"等。通篇措词温文尔雅，华赡藻丽。

原文

昆山积琼玉[1]，广厦构众材[2]。游鳞萃灵沼[3]，抚翼希天阶[4]。膏兰孰为销[5]？济治由贤能[6]。王侯厌崇礼[7]，回迹清宪台[8]。蠖屈固小往[9]，龙翔乃大来[10]。协心毗圣世[11],毕力赞康哉[12]!

注释

〔1〕昆山积琼玉:古代相传昆山盛产美玉。昆山,古山名。即今昆仑山。琼(qióng 穷):赤色玉。亦泛指美玉。

〔2〕广厦(shà 煞):大房子。暗喻禁中官署。

〔3〕游鳞:谓游龙。(依李善注) 萃:聚集。 灵沼:美池。用以比喻省阁。(依刘良注)省、阁皆禁中官署名。语出《诗·大雅·灵台》:"王在灵沼,於牣鱼跃。"相传周文王有善德,站在美池边,满池鱼儿游乐欢跳。

〔4〕抚:通"拊"。 振:击,拍。 天阶:宫殿台阶。用以比喻省阁。(依刘良注)省、阁皆禁中官署名。

〔5〕膏兰孰为销:设问句。泽兰、油脂为哪个焚烧、消耗?语出《汉书·龚胜传》:"薰以香自烧,膏以明自销。"原意谓香草焚烧自己而散发香气,油脂消耗自身而发光照明。用以比喻坚守善道。 膏兰:即兰膏。古代用泽兰炼成的油脂,用来点灯,有香气。一说加进泽兰等香料的油脂,用来制烛,燃烛时散发香气。语出《楚辞·招魂》:"兰膏明烛,华容备些……兰膏明烛,华镫错些。" 销:通"消",耗费,消耗。

〔6〕济治由贤能:意谓依靠贤能,可望国家大治,有所成就。 济:成,成就。 治:谓治理得好。 由:听从,依靠。

〔7〕王侯:此指王元贶。 厌:厌倦。(依李善注引《汉书·严助传》:"君厌承明之庐。") 崇礼:汉魏宫门名,尚书郎奏事之所。

〔8〕迹:踪迹,脚印。 清:犹清廉,廉洁。 宪台:西汉御史府,东汉改称宪台。后来通称御史(包括侍御吏),官职为宪台。

〔9〕蠖屈:为"蠖屈求伸"的略语。意谓尺蠖弯曲身体,为了向前伸展。典出《易·系辞下》:"尺蠖之屈,以求信(伸)也。" 蠖(huò 获):尺蠖,虫名。

〔10〕龙翔:犹龙飞。用以比喻受恩得志,连连升官。此句与上句对仗工稳,"小往"与"大来"相对成文,应合观。意谓人间事物互有消长,就像尺蠖有屈有伸一样,"蠖屈"如同"小往","龙翔"好像"大来"。小往大来互相对待,万事亨通,大吉大利。语出《易·泰》:"泰,小往大来,吉,亨,则是天地交而万物通也,上下交而其志同也。"

〔11〕协心:犹"协力同心"的略语。 协:协同,协调,和谐。 毗(pí 皮):

辅助,辅佐。　圣世:谓圣明之世,称极美好的世道。

〔12〕毕力:尽力,全力。　赞:称赞,赞美。　康哉:典出《书·益稷》:“元首明哉,股肱良哉,庶事康哉!”意在赞美君主昭明,臣子贤能,诸事安宁。后世用“康哉”颂扬时势安宁。

今译

昆山积累美玉多,大厦构筑广聚材。游龙汇集美池中,振翼高飞望天阶。兰膏消耗为哪个?成就大治由贤能。王侯离却崇敬门,回任清廉御史台。尺蠖屈身固小往,龙飞腾达乃大来。协同辅佐圣明世,全力赞颂时康哉!

(张厚惠译注　陈复兴修订)